이야기 망태기 1

서울 · 경기 · 강원 · 충북(1)

글누림 학술 총서 5

현지채록 구비전승 자료집

이야기 망태기 1

서울 · 경기 · 강원 · 충북(1)

조 희 웅

이번 여름엔 몇 주에 걸쳐 끈질기게도 비가 내린다. 이 글을 쓰고 있는 지금 이 시각에도 서재의 창에 부딪쳐 떨어지는 빗방울이 매우 거세다. 하지만 비 때문에 외출을 하지 못하고 방안에 틀어박혀 오랫동안 별러오던 자료 정리 작업을 서두를 수 있었음을 참으로 다행으로 생각한다.

몇 년 전 30여 년간의 강단생활을 마치면서 앞으로는 될 수 있으면 강단엘 서든가 학회활동 같은 일들엔 관여하지 않고, 그동안 마무리 짓지 못했던 일들에 대한 정리 작업을 마치겠다고 다짐했었다. 염두했던 정리 작업 중에는 기발표 연구논문들의 보완 집성, 아직 구성 단계에 머물렀던 연구 논저들의 완성, 미발표 자료 정리 같은 학적인 것도 있고, 일기 정리나 사진 정리 따위와 같은 사적인 일들이 포함되어 있었다.

이들 중 어떤 것은 이미 대충 마무리를 지은 것도 있으나, 대부분은 틈틈이 조금씩 진척 중이거나 혹은 미처 손을 대지 못한 상태이다. 이번에 끝내려는 '이야기 망태기'는 필자가 참가하여 계속 수행하여 왔던 현지조사 자료 중 미처 공간되지 못했던 이야기문학 자료들을 대상으로 한 것이다.

돌이켜 보면 필자가 현지조사, 특히 이야기 자료 채집과 인연을 맺게 된 것은 1960년대 말부터 1970년대 초 대학원생으로서 이른바 '답사반'의 일원으로, 혹은 조교로서 학생들을 인솔하였던 것으로부터 시작되었고, 이어 1980년대 초에는 『한국구비문학대계』 연구 및 현지조사원으로 활약하면서 본궤도에 오른 셈이라면, 1980년대 말부터 2000년대 후반까지는 대학 강단에서 구비문학 강의를 하는 한편 학생들에게 현지실습을 시키면서 큰 성과를 얻었다고 볼 수 있다. 40여 년간에 걸친 현지조사 결과 『한국구비문학대계』(4책), 『경기북부 구전자료집』(공편, 2책), 『영남 구전자료집』(공편, 8책), 『호남 구전자료집』(공편, 8책)을 펴낸 바 있다.

위 책들의 제목에서도 알 수 있다시피 그 주요 활동지역은 서울 일부 및 경기·영남·호남 지역이었다. 따라서 이제까지 강원·충청·제주에 대한 자료 조사는 전혀 하지 못한 것으로 드러나 보인다. 하지만 실제 자료 조사는 충청 지역에서 시작하였고, 강원도에 대한 조사도 일부 수행한 바 있다. 다만 아직까지 자료들을 종합 정리할 시간적 여유가 없어서 보고서 형태로 공간하지 못했을 뿐이다. 이에 모처럼 한가한 틈을 타 자료 정리를 시작한 것은 금년 4월부터의 일이며, 그럴 수 있었던 것은 그 무렵 3년을 끌어오던 소설 사전 작업이 완료된 상태라 새 작업을 착수할 수 있었기 때문이다.

이 책에 수록된 자료를 대충 소개해 보기로 하겠다. 먼저 전제해 둘 것은 수록 자료 중에는 설화뿐만 아니라 민속에 관한 이야기까지 포함시켰다는 것이다. 이 때문에 책의 제목을 '설화'라고 하지 않고 '이야기'라고 포괄적으로 붙였다. 각처의 이야기 중 가장 중심을 이루는 것은 아무래도 분량으로 보아 가장 많은 양을 차지하고 있는 충북지역의 자료들이다. 사실 영남에서 채록한 소량의 자료들을 빼어 버리면 이 책의 이름은 차라리 '중부 구전자료집'이라 하는 편이 더 좋을 걸 그랬다는 생각이 들 정도이다.

서울시 서초구 염곡동의 자료들은 저자가 1971년 9월 4일에 고향 마을인 서울시 관악구(후에 강남구로 바뀌었다가 곧 서초구로 바뀌었음) 염곡동 선산에서 있었던 시제에 참석하였다가 같은 마을 133번지에서 채록

한 자료들이다.

경기도 안산시·화성시의 자료들은 필자가 조사 책임자로 참가하여 얻었던 1993년도 2월의 『서해안고속도로(안산－安仲間) 건설예정지역 문화유적지표조사보고서』(한국도로공사·국민대학교박물관, 1993) 중 일부를 재수록한 것이다.

강원도 명주군의 자료들은 1991년도 저자 담당의 '구비문학개론' 강의의 현지조사의 일환으로, 1991. 5. 22~5. 25일간 강원도 명주군 일대에서 얻은 것이다. 하지만 당시 조사 자료 중 일부만 남아 있어 그것을 수록하였고, 사천면의 제보자 상황은 모두 망실되었다.

충북 괴산군·단양군·영동군·옥천군·제천군의 구비전승 자료는 서울 문리대 국어국문학과 학술 답사반이 1968. 5. 24~10. 26(제3차 소백산 서록지대 학술답사) 및 1968. 9. 30~10. 4(동 제4차 조사), 1968. 10. 27~10. 28(동 추가 조사)에, 경북 상주군 및 안동군의 구비전승 자료는 1967. 6. 10~6. 14(제1차 소백산 서록지대 학술답사)에 조사한 것들이다. 이 지역의 조사는 모두 6차에 걸쳐 실시되었으나, 이 중 자료가 남아 있는 것은 필자가 참가했던 위의 4차에 걸친 자료뿐이다. 또한 영동군 자료 조사는 1977. 5. 16.~5. 19. 국민대 문과대 국문과에 의해서도 실시되었다.

위의 충북·경북 지역의 조사 자료들은 지금은 대부분의 녹음테이프나 상당수 수기(手記) 원본들이 망실된 터라, 제보자의 정확한 구연 내용이나 제보자 사항, 조사자 명단 등을 확인할 길이 없음이 매우 유감이다. 따라서 현존 테이프나 원고를 참조하여 정리 수록하였으므로, 당시 속기되었던 요약 내용만을 제시하였거나, 또는 의미를 확인할 수 없는 어휘나 대목 따위가 포함된 자료가 상당히 많음을 고백하지 않을 수 없다.

경남 남해군의 구비전승 자료는 서울 문리대 국어국문학과 학술 답사반이 1971. 9. 22~9. 27에 조사하였다. 그러나 이 역시 현재 대부분의 녹음테이프나 수기(手記) 원본들은 망실되었고, 현재는 10여 편의 녹음자료만 남아 있는 상태이다. 그 중 자료적 가치가 있다고 여겨지며, 또한 채록이 가능한 일부 자료를 선택하여 수록하였다.

이상과 같이 필자는 제주를 제외한 전국의 자료를 주마간산 격으로 접해본 셈이다. 특히 이번 자료집은 이제까지 보고하지 못했던 중부지역의 자료를 비로소 학계에 내놓음으로써 책무를 일부나마 벗게 되었다는 점, 또한 가공되지 않은 1960~1970년대의 현지조사 자료들을 늦기는 하였지만 내놓게 되었다는 점에 의의가 적지 않다고 하겠다. 그 이전에 채록된 자료로써 설화력이 제대로 밝혀져 있는 것은 임석재 선생의『한국구전설화』가 거의 유일하기 때문이다.

수록 작품 중 몇몇은 필자가 공저자로 참여했던『구비문학개론』및『구비문학선집』에 이미 수록된 바 있다. 그러나 이들도 이번에 재수록하면서 원래 테이프를 재확인하여 수정과정을 거쳤으며, 각주도 새로 달았다. 제보자 설명에 간혹 등장하는 '현재'란 모두 채록 당시를 가리키는 것이다. 또한 특정 어휘의 뜻풀이는 주로 인터넷 네이버의 국어사전(원래 국어연구원 편찬)을 참조하였음을 밝혀 둔다.

채록의 원칙은 가급적 방언을 살리고 제보자의 말 그대로 표기함을 원칙으로 하였다. 하지만 정확한 표기가 불가능한 경우는 가능한 한 원발음에 가깝게 표기하려고 하였다. 따라서 본서의 표기는 맞춤법이나 띄어쓰기의 원 규정과는 합치하지 않는 것이 많을 줄 안다. 그리고 대화에 이어지는 '하고 / −하구'는 모두 별행으로 처리하였다. 또한 본문 중 조사자, 청중 혹은 제보자 자신의 개입이 이루어지는 곳이 있는데, 이 경우는 각각 (조사자 : ……), (청중 : ……), (제보자 : ……)로 처리하였다.

끝으로 조사에 응해주신 현지의 제보자 여러분께 충심으로 감사드리며, 열과 성을 다하여 자료 채록에 이바지했던 실제 조사자들과 함께 이 책 출간의 기쁨을 축하하고 싶다. 좋은 책을 만들어주신 글누림의 최종숙 사장 및 편집부 여러분의 노고에 대해서도 감사의 말씀드린다.

2011. 8. 15. 파정재에서

서울시 편

I. 서초구

강원도 편

I. 명주군

3. 사천면(沙川面)

Ⅰ. 괴산군

1. 청천면(靑川面)

II. 단양군

1. 가곡면(佳谷面)

3. 심천면(深川面)

1) 황희(黃喜) 정승의 명견(名見) / 2) 곽재우(郭再祐) / 3) 금주령 어긴 죄인을 용서한 유진항(柳鎭恒) / 4) 송시열(宋時烈) 일화 / 5) 김장생(金長生) 일화 / 6) 난세(亂世)의 비결 / 7) 금돼지 아들 최치원(崔致遠) 2 / 8) 파경노(破鏡奴) 최치원 / 9) 촉학자를 물리친 목은(牧隱) 선생 / 10) 사명당과 서산대사의 경술(競術) / 11) 어사 박문수 / 12) 초강(草江) / 13) 하동정씨(河東鄭氏) / 14) 바보 사위 / 15) 호랑이에게 자식 던져주고 시아버지 구한 효부 3 / 16) 고목생화 2 / 17) 강홍립(姜弘立)과 김응서(金應瑞) / 18) 임경업(林慶業) / 19) 지명 유래 6 / 20) 영동 지방 풍습 / 21) 생시명주(生時溟州) 사후진천(死後鎭川) / 22) 지명 풀이 노래 / 23) 지명 유래 7 / 24) 송시열 / 25) 뫼방골 / 26) 아내에게 절하는 남편을 만난 어사 3—오배정(五拜亭) / 27) 용당리(龍塘里) / 28) 동대공의 축지법 / 29) 바보의 게장사 / 30) 뻐꾸기로 환생한 며느리 / 31) 두더지 / 32) 장화와 홍련 / 33) 호랑이 퇴치한 결의형제 1 / 34) '들어온 복도 발길로 내찬다'의 유래 / 35) 용못 / 36) 장자늪 4—청주(淸州) / 37) 장자늪 5—청주 / 38) 도깨비 / 39) 비새

4. 용산면(龍山面)

1) 떡점[餠店] / 2) 떠 온 산[浮來山] 1—한산 / 3) 신털이봉 / 4) 신문장(申文章) / 5) 식우집(拭疣集) / 6) 장장군(張將軍) / 7) 율곡과 임진왜란 / 8) 은진 미륵(恩津彌勒) / 9) 명소지—외아들의 군초(軍招) 면케 한 세 과부 / 10) 토정(土亭) 선생의 아버지 / 11) 경주 최부자네 개무덤 2 / 12) 명소지 / 13) 박달산(朴達山) / 14) 백화산(白華山) / 15) 썩은 달걀을 써 얻은 명당 / 16) 명당을 폭로한 출가외인 / 17) 생사 시금석(試金石) / 18) 용산(龍山) / 19) 학승패가 2 / 20) 지명 유래 8 / 21) 박효자(朴孝子)가 구한 꿩 / 22) 조헌(趙憲) / 23) 윤병개 / 24) 매금리의 개두릅나무 / 25) 매금리의 산제(山祭) / 26) 허장자(許長者) / 27) 짧은 이야기 / 28) 장자늪 6—황지(黃池) / 29) 원효대사의 도술 / 30) 미혈(米穴) 1 / 31) 친자식보다 나은 양아들 4 / 32) 김진사 묘 / 33) 쉰세골 / 34) 금대야 은대야의 꿈 2 / 35) 법화리(法化里) / 36) 송시열 / 37) 월리봉 / 38) 학승패가 3 / 39) 부모 때리는 효도 3 / 40) 여우 구슬 얻고 지리 통달한 도선(道詵) / 41) 석탑(石塔) 숭배 / 42) 용과 구렁이 / 43) 미혈 2 / 44) 연식고초(鳶食枯草) / 45) 삼부지(三不知) / 46) 화담 선생(花潭先生) / 47) 사돈마누라의 고쟁이 / 48) 국수가 먹고 싶다 / 49) 주처해주(住處害主)의 상동이 상진정승 / 50) 병부를 감추고 찾은 어린 아이들의 꾀 / 51) 선달의 꾀—이문덕, 어필수, 정온양 / 52) 쫓겨난 딸과

IV. 옥천군(沃川郡)

1. 청산면(靑山面)

2. 모서면

1) 용수샘 / 2) 부락제(部落祭) / 3) 지명 유래 9 / 4) 지성으로 우연 출세한 사람 /
5) 서삽살 일화 / 6) 빈대 절터 2 / 7) 장수바위 / 8) 붕어 명당

3. 화북면

1) 나무꾼과 선녀 / 2) 노루의 보은 / 3) 부모 때리는 효도 4 / 4) 구두쇠가 쫓아간
장도둑 2 / 5) 여우 잡는 몽둥이 2 / 6) 호랑이 퇴치한 결의형제 2 / 7) 독장사 순임
금을 살린 신령 / 8) 며느리의 노 꼬기 기술 / 9) 호랑이 퇴치한 결의형제 3−이순신
장군 / 10) 호랑이 잡은 제주도 군마잡이 / 11) 좌상 차지한 두꺼비 / 12) 길러준 부
모를 모른 척한 패륜아

● 경상남도 편

I. 남해군(南海郡)

1. 고현면(古縣面)

1) 망두석 재판 / 2) 형제간을 화목하게 한 맏동서의 꾀 2 / 3) 쌍종골 / 4) 촉물점
(觸物占)−까치가 팔팔 날아가 / 5) 임석조를 살려준 명복(名卜) / 6) 명풍수 아우 덕
에 삼정승을 얻은 형 / 7) 정승 치고 얻은 벼슬 / 8) 청산에 안개 보소 / 9) 사마실고
개 / 10) 실수를 거듭하는 바보 사위 / 11) 시부모를 살찌워 팔려던 며느리 5 / 12) 시
묘(侍墓) 살던 효자가 구해낸 호랑이 / 13) 효자와 호랑이

서울시 편

I. 서초구

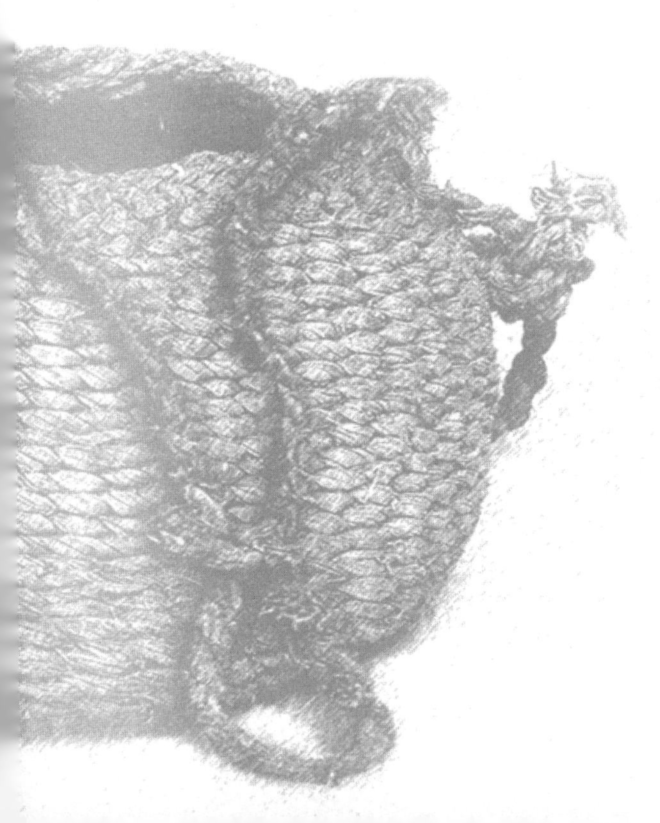

1. 염곡동(廉谷洞)

1) 해는 하루에 얼마나 가나?

1971. 9. 4. 염곡동 / 조희완(曺喜完), 남 · 81

예전 해미[1] 고을이 있어. 해미 원이 해미로 내려갔는데, 그 아전의 계집이 잘 생겼거든. 그래 그 전에 아전이야 말 받아 넘기는 제 밑의 하인이란 말이야. 그렇지만 그 하인의 계집을 그냥 달랄 수야 있나. 그래 인제,

"내기를 하자."

그랬거든.

"그 무슨 내기냐?"

구.

"너 해가 하루 몇 리나 가느냐? 네가 이기면 내가 이 해미 원에서 일년 산 걸 널 다 주구, 네가 지면 네 계집을 내게로 보내야 한다."

그랬단 말야. 그러니께 제 두목— 상관이 그랬는데 마다면 그때는 목이 달아난단 말이야. 그래 이제 코로 대답하고 나왔지. 나와 집에 가서는 안 먹구 저 죽는다고 밥을 전폐해.

"아 저 여편네 뺏기구 내가 살 수가 있느냐?"

---

1) 충청남도 서산시 해미면.

구.

　그래 이제 그 여편네가 와서,

　"어째 밥을 안 먹소?"

그러니께,

　"아 너는 알 것 없다."

그런 모양이지.

　"그 어째 부부간에 밥을 안 먹고 생병을 앓는데 알 것이 없소?"

하구 자꾸 다그쳐 물으니께, 나중에야 그 얘길 하거든.

　"아, 너를 내기를 했어. 해가 하루 얼마 가는 건지, 하루 해가 몇 리를 가는지 누가 아느냐?"

그런 말이지. 그러니께,

　"아, 그것 염려 마시오. 내가 답변하리다."

그런단 말이여. 그래 밥을 먹었다 그 말이야. 그래 기일(期日)날 여편네가 관청엘 들어갔거든. 들어가서,

　"소녀가 그 얘길 하러 들어왔습니다."

　"거 무슨 얘기냐?"

　"제 서방하구 뭐 해가 하루 몇 리 가는지 내기를 했었다면요?"

　"아 그랬지."

　"거 내가 하루 해가 몇 리 가는가 꼭 압니다."

그런 말이여.

　"그래 몇 릴 가더냐?"

그러니께,

　"제 소녀의 집에서 친정이 팔십 린데, 아침 해 뜨기 안에 밥을 먹구 해 뜨면 떠나서 꼭 친정에 가면 해가 넘어갑니다."

그런 말이야.

　"그래 팔십 리밖에 더 갑니까?"

그런 말이지.

"그래 나는 그밖에 모르는데 사또께선 하루 얼마나 가는지 아십니까?"
그랬단 말이야. 아, 이거 알긴 뭘 알아? 그래 져서 일 년 이상 그 고을살
이한 걸 죄다 줬어. 그랬단 그 얘기구―.

2) 이도진과 백정의 딸 ···

1971. 9. 4. 염곡동 / 조희완, 남 · 81

이조 때 이도진2)이라는 사람이 있었는데, 그 내자3)가 참 잘 생겼단 말
야. 그래 임금님이 이4) 늙은 노파를 당물림을 꾸며 주었어. 인제 그 각
층하집으로 다니면서 어느 신하의 여편네가 잘 생겼나 봐라 그랬단 말야.
그래 다니는데 그 이도진네 집엘 갔었단 말야. 아 그런데 이도진이 마누
라가 잘 생겼거든. 그래 상솔(상소를) 했단 말야. '아무개 부인이 잘 생겼
드라.'고. 그래 그 신하를 불렀단 말야.

"그 네 처가 잘 생겼다니 아무 날 내게 수청을 들게 하라."
그런단 말여. 아 거 또 임금님이 그러는데 거역해? 모가지가 달아나니까.
아 그래 또 나와서 밥을 안 먹구 앓어― 죽는다구. 그래 자꾸 마누라가
들이 다그쳐 물으니까 그 얘길 했단 말야.

"아 그거 염려 말라."구, "세상 사람이 임금을 섬겨두 한 남편을 섬기
지 누가 그렇게 하는 사람이 어디 있느냐?"구, "아, 염려 말라."
구. 그래 믿지 않았나― 여편네 말에. 그럭저럭 하다가 그날이 떡 돌아왔
네그려. 돌아오니까 새벽부터 사랑에서 자는데, 인제 밝으면 들어갈 모양
인데, 새벽부터 안에 불을 훤하게 켜 놨단 말야. 그래 종년을 불렀거든.
나오니까,

---

2) 이 이야기는 야사에서는 연산군 때에 '교리(校理) 이장곤(李長坤)'의 이야기로 전승된다.
3) 내자(內子). 남 앞에서 자기의 아내를 이르는 말.
4) 문맥상 '한' 또는 '어떤'의 뜻임.

"거 왜 안에 불을 켜 났니?"

"아씨께서 무슨 나라에 들어가신데요. 안 들어가면 죽인다고 그래서 들어가신데요."

아 이래. 앞서 한 얘긴 죄 틀렸다.

"거 정말야?"

"아, 정말이예요."

거 그이가 그만 옛날에는 장도칼 달구 다니는데, 그 장도칼을 빼 가지구 들어가서 그냥 모가질 찔러 죽였어.

"그래 이년아, 너 꼭 들어가야 하냐?"

"아 꼭 들어가야죠."

그래 장도칼로 모가질 찔러 죽였단 말야. 그가 발이 크다드라. 발이 엄상5) 큰데 그저 망건도 안 쓰고 갓도 안 쓰고 달망으로 삿갓 하나 쓰고 그냥 내들고 아 저 충청도 전라도 저리로 며칠을 내려가는데…… 어쨌든지 아 들어올 날 안 들어왔으니 난리가 안 났어? 하인들 보내서,

"가 봐라."

가 보니까 죽였어― 서방이. 그래갖구,

"달아났습니다."

그랬거든. 그래,

"그놈 잡으면, 어쨌든지 천금으로 상을 준다."

그랬단 말이지. 세상 각 도 각 읍에다 방을 붙이니, 어느 사람인지 알아야 잡지 않우? 그래 못 잡는데, 이 사람이 어디쯤을 가다, 저 충청도 일경 어디를 내려가다 보니까 목이 몹시 마른데, 우물은 있는데, 우물에 수양버드나무가 늘어졌단 말야. 아, 깊어 떠먹을 수가 없거든. 그래 '어떻게 할까, 물 길러 오는 사람이나 부를까?' 하고 있는데, 커다란 색시가 물을 길러 와.

―――――――――

5) 엄청.

"여— 처자 물 한 그릇 주게."

그랬단 말야. 아 근데 색시가 척 쳐다보더니, 아 물을 휘휘 둘러 한 바가지 푹 떠가지고는 그 버드나무 휘잡어서 잎삭(잎사귀)을 주룩룩 훑어다가 그 물그릇에다 담가서 준단 말야. 그 목이 마르는 판에 거 보기 고약하거든. 그걸 갖다 인제 쭉 들이켰단 말야. 그래 다 먹고 물을 확 내버리고,

"그래 네 어찌 나 물 먹는 데다 그 버드나무 잎삭을 훑어 넣느냐?"

그러니까,

"그 보아한즉 대단히 목이 마르신 어른인데 그냥 벌떡벌떡 잡숫다간 체합니다. 냉수에 체하면 약도 없습니다."

그런 말이지.

"아 그래 저어 잡수라고 그렇게 했습니다."

그런 말이야.

"그래? 아, 그럼 고맙다."

그런데 해가 아마 설핏해 다 졌던 모양이야. 그래,

"저 해는 다 졌는데, 누구 사랑채 비었는데 없느냐?"

그러니까,

"주무시려고 그럽니까?"

그랜 거지.

"아, 좀 자구 가야겠다."

구.

"절 따라 오세요.— 소녀 따라 오세요."

그래 따라 갔단 말야. 그래 저의 집 사랑으로 들어가네. 그래 사랑으로 들어가 앉았거든. 저녁 잘 해다 줘 먹구 하루 묵어.

"다리 아프신데 가시지 말고 계세요."

여전히 그 처녀가…… 그래 있는데, 아 인제 그놈의 백정에 집이야. 게가 전부 백정촌이야. 어디루 가란다 그래. 그 색시가 못 가게 해요.

"그 사람 내보내지 마세요. 난 그 사람하고 살겠어요."

“아, 저런 고얀 년 보라.”구.

“아, 고야나마나 그 사람하고 살겠다.”

구. 아 영 못 가게 한단 말이야. 여전히 밥을 해다 잘 주구 그래서 먹구만 노는데, 아 그럭저럭 몇 달 그냥 지냈단 말야. 지내는데, 그 윤— 시굴서는 감사또6)께서 그 고리그릇7)을 공출8)을 받어요. 요즘 베 공출 받드키 공출을 받아서는 인제 각 고을루 돌려요. 노나줘요. 모두. 그래 그때 새면9)에, ‘이도진이 잡어 바쳐라.’ 하는 방이 붙었는데, 아— 그때 들으니까 그 군수가 갈리구 자기 오촌조카가 그 감사를 해 왔어. 이름을 보니까 성과 이름이 똑같애. ‘이게 내 조카— 틀림없는 내 오촌 조칸데, 이놈이 날 잡으려고 그러나보다!’ 그러구 ‘이제 가 얼굴이나 좀 봐야겠다.’ 그러구 언제든지 그 골이10) 키11) (공납하러) 댕기는 걸,

“지12)가 지구 가겠다.”

구, 여편네에게다 청을 넣단 말야. 근데 그 여편네는 성렐13) 시켜 줬어요.

“그 집에서 살든지 말든지 얻어먹는 놈하고 살아라.”

그 어디 자꾸 (제가 키를 지고 관청엘 가겠다고) 간청을 하니까,

“아 그까짓 밴밴한— 밴밴치 않은 놈이 지고 와서 그 불합격이나 맞으면 뭐 하느냐?”

구.

“그저 불합격을 맞든지 말든지 좀 지어보내슈.”

---

6) 감사(監司). 관찰사(觀察使). 조선 시대에 둔, 각 도의 으뜸 벼슬.

7) 키버들의 가지나 대오리 따위로 엮어서 상자같이 만든 물건. 주로 옷을 넣어 두는 데 쓴다.

8) 공출(供出). 국민이 국가의 수요에 따라 농업 생산물이나 기물 따위를 의무적으로 정부에 내어놓음.

9) 사면(四面). 사방.

10) 고을에.

11) 곡식 따위를 까불러 쭉정이나 티끌을 골라내는 도구. 키버들이나 대를 납작하게 쪼개어 앞은 넓고 평평하게, 뒤는 좁고 우긋하게 엮어 만든다.

12) 제. 자기.

13) 성례(成禮)를. ‘성례’는 혼인의 예식을 지냄.

그래 저의 아배즈,[14] 오라비 석 멩[15]이 못 이기는 체하고 지어 보냈단 말야. 그래 인제 지어가지구 갔는데, 참 거기다가서는 이놈이 밀방[16]을 느지막하게 걸어서 짊어지고 꽁무니에 더덕더덕 지구 가면서 관문 거리가 돌지 안 들어가요. 인제 오정 때가 되었단 말야. 오정 때가 되어서 다 점심들 먹으러 갔단 말야― 관속들이. 아, 그래 그때 집에 가니까,

"아 점심 먹구나서 받지 안 받는다."

구 못 들어가게 해. 비켜섰다가는 죄 나가고 아무도 없는 새에 벌썩 들어갔단 말야. 관방실 앞에 들어가서,

"고리 바치러 왔다."

구 소리를 냅다 질렀단 말야. 그래 그 감사가 지그[17] 오촌조카야. 가만히 내다보니까, 원체 여러 달 고생을 하고 다녔으니 모양도 수척하지 않어? 아, 보니까 저의 오촌삼촌이거든. 방울을 흔들었단 말야. 그래 사령님이 들어왔어. 그래,

"저 사람 골방에 갖다 가둬라."

그런 말이야. 아 이놈들이 오더니 그저 불똥같이 갖다 가둔단 말이야.

"다 나가거라."

이런 말이야. 나간 뒤에 감사가 들어왔단 말이야. 들어와서 앞에 가 절을 뚝 하고는,

"허, 어떻게 목숨을 사셨습니까?"

그런 말이지.

"말 마라. 아, 이거 지구 온 거 못 봤니? 백정의 집에 가 있다. 그래 내 목숨은 살았다. 그래 니가 왔다는 소문을 내가 듣고 이름과 성이 네 이름이어서 내가 구경을 좀 하려고 들어왔다."

---

14) 아버지.
15) 세 명.
16) 멜빵. 짐 따위를 어깨에 걸어 메는 끈.
17) '자기'의 사투리.

"아, 그러세요?"

아, 그래 인제 진지 잘 해다 대접하고 관속을 불러가지구,

"저 뒤에 합격― 아주 거 일등으로 찍어 주라."

구. 그래 죄 일등을 맞아가지구 왔단 말이야.

"그래 어느 동네서 삽니까?"

그러니까,

"저 건너 저 아무 이러이러한 동네 강 아무개 집이다."

구.

"그럼 제가 내일 가겠습니다."

"그래라."

그래 왔지. 그래 와서 인자 표를 떡 내놓으니께 저의 장인 장모가 보니까 모두 참 일등만 맞어가지구 왔단 말이야. 그 (감사의) 권세루 맞은 줄은 모르고…… 그래 여편네더러 식전에 조반을 먹고 앉아서,

"내― 저 건너 김동지 댁에 가서 그 갓허구 망건하구 얻어가지고 오너라."

구. 그래 그 갓허구 망건하구 얻어가지고 왔단 말이야― 여편네가. 얻어가지고 와서 이 망건을 도추리18)같이 쓰고 언제든지 갓을 쓰고 두루마길 날래 입고 뜩 여기다 돗자릴 펴구 앉았거든. 그래 인제 벌써 도에서 감사가 나온단 말이야. 그래 앞뒤에 순령수가 서서 '에랏꺼라 물렀거라' 하고 소릴 지르고 나오는데, 일산19)이 뜨구 나온단 말이죠. 아 그래 저리 가아 이 안엘 들여다보니까 그 사위 백정 자식이 아 갓을 쓰고 망건을 쓰고 그놈의 긴 장죽을 뜩 물구 아 이러구 앉았단 말이지.

"아이구, 이놈의 옘병헐 놈아. 남의 집 망해 줄려구 죄 죽이려구 이놈아 그렇게 하느냐?"

---

18) 도토리.

19) 일산(日傘). 감사, 유수, 수령 들이 부임할 때 받치던 양산. 자루가 길고 흰 바탕에 푸른 선을 둘렀다.

이런 말이지. '가만 있거라. 너의는 아무것두 모른다.' 허구 여전히 그리구 앉어 있어. 아 그거 이 그 행차가 점점 차차차 다가오는데 저의 문 앞으로 온단 말이야. 하인놈들은 들락날락 대체 지랄이여. '담뱃대 물구 앉았다.'구. 아 근데 '쉬이-' 하드니만 마당에다 뜩 인말(人馬를) 갖다 놓는단 말여. 나와선 안마당에 뜩 앉았는데 뜩 안마당에 들어오더니, 그저 맨 땅에 엎드려 절을 한단 말이야- 감사가.

"아, 네가 여기 내려왔단 말은 내 이미 들었다."

아 감사더러 제기- 네라니? 원 기가 막히지. 이놈들이 그만 똥이 끓는단 말이야.

"이리 오너라. 네 정사20)의 일이 지금 모두 어떻게 되었느냐?"
그러니까, '누군 갈리구 누군 새로 들어오구, 뭐 어떻구- 시방 정치가 해가구- 거 시방 그 임군은 갈려 나가구 딴 임군이 들어왔다.'구 그러는데, 또 이 양반을 불러다 대신을 시키려구, '불러- 찾아 들이라.'는데 찾을 도리가 있어야지. 그래 그 지그 조카가 찾았단 말야.

"올라가시지요."

"아, 가자."

거 제게 하던 생각하문 그 뭐 다 죽여도 괜찮은데……

"거 (죽이면) 어떻겠습니까?"

"안 된다."

"이 백정놈을 갖다가- 내 처남 장인이란 거는 갖다가 양반으로 만들어 줘라. 양반을 만들어주고, 우리 여편네 네가 데리고 가야 한다. 내가 그 여편네 때문에 오늘을 보게 되었으니, 네가 모시구 올라가거라."

그래 이도진은 서울로 올라가 높은 벼슬 받고 잘살았더라우.

---

20) 정사(政事). 정치 또는 행정상의 일.

3) 구룡산[21] 용의 등천

1971. 9. 4. 염곡동 / 조희종 모친 김씨, 여·66

만주 채 못 가서 계린이란 곳 어디쯤에 돌아오고 있었단다. 별안간 구름이 하늘에 가득 끼고 천둥을 하더니 소낙비가 쏟아졌는데 그때 검은 구름이 그대로 말고 올라가고 반사가 밑에는 뾰족하고 위에선 넓었으며, 구름이 그대로 뱅글뱅글 돌고, 밑에는 뱀 꼬리였다고 한다. 그 현상이 비잡하고 해가 구름 속에 들어가서 구름 안에서 햇빛이 확 뻗쳐 밝았었다 하고 그 다음 꼬리 감은 그 형식으로 말려가지고서 올라갔는데, 목격자는 한참 보았다고 한다. 그때마다 소낙비가 막 쏟아지고 그 안엔 태양이 들어가서 그냥— 목격자들은 그것을 보고서 용을 안은 것이라고 했다고 한다. 그래서 이 구룡산에서 여섯 용이 아홉 마리를 낳았고, 이 아홉 마리가 올라갔기 때문에 구룡산이라는 옛말이 전한다고 말한다.

4) 영혼 재생

1971. 9. 4. 염곡동 / 조희종 모친 김씨, 여·66

어느 절에 중인 오라버니가 누이집에 가끔 놀러가곤 했었는데, 하루는 누이 집에 갔는데, 다른 때 대단히 반기던 누이가 빨래를 해가지고 와선 본체만체했단다. 그래 오라버니는 저 누이가 왜 저러는가 하고, 그 누이를 덥석 붙잡았더니, 누이가 별안간 방에 들어가서 펄쩍 뛰고 죽겠다고 하고, 그 후 누이는 계속 아프고, 오라버니가 그 누이의 머리를 만지니까 더 죽는다고 야단을 했단다. 그런데 밖에선 무당을 불러놓고 푸닥거리를 하고 있더란다. 이 오라버니는 그 누이가 죽었다고 하니까는 머리만 자꾸 만지고 앉아 있는데, 만 조상이 모두 들어오더니, '사돈두 나가서 같이 잡

---

21) 서울특별시 서초구 염곡동 뒷산.

숫자.’고 하고, 자꾸 끌어내어서 이 오라버니는, ‘누이가 저렇게 되었는데 무엇을 먹겠느냐?’니까, 그게 아니라고 자꾸 나오라고 해서 같이들 먹고는 이 조상들이 같이 가자고 해서 가는데, 어디쯤 가니깐, 어느 좋은 사랑에서 갓 쓰고 있는 옛날 양반들이 글방에서 글을 읽고 있고, 어디쯤 가니까 광무대[22]들이 춤을 추고 놀고 있더란다.

그 다음 이 오라버니는 자기가 있던 절로 올라갔는데, 무엇인가를 놓고 중들이 염불을 하며 재게가 뿌리더니 계속 염불을 하는데, ‘이거를 어여태 버리고 우리 저 재산을 다 우리가 갖자.’라는 말이 오라버니 귀에 들리더란다. 그래서 오라버니는, ‘내가 이상도하다!’ 하고 ‘그 무엇인가를 한번 만져 보리라.’ 하고 가서 관을 만졌단다. 그 다음 그 오라버니 중은 다시 살아났단다. 그 오라버니는 자기가 잠시 죽었었던 것을 깨닫고 누이 집에 가는데 광무제 놀던 것은 모두 개구리였단다. 곧 광무제 죽은 혼신들이었다고…… 또 어디쯤 가니까 좋은 사랑에서 글 읽던 양반들은 큰 고목나무에 큰 벌들이 왕왕왕왕왕왕 우는 것이었는데, 그 큰 벌은 양반 죽은 혼신이라고…… 벌의 머리에 쓴 것도 양반 갓과 같더란다. 다음 누이 집에 가니까, 누이가 없었는데 조금 있다 빨래를 해가지고 들어오더니 매우 반기더란다. 그래서 그 오라버니는 자기가 죽었다 다시 살아난 것을 깨달았단다. 이런 연후로 죽은 혼이 만지면 자다 아프다고 죽었다고 한다는 옛말이 있다고 한다.

5) 바보 사위와 나박김치 ···

1971. 9. 4. 염곡동 / 조희종 모친 김씨, 여 · 66

옛날에 한 바보 사위가 있었는데, 처가엘 갔다가 하룻밤 묵게 되었는데, 제 각시에게,

---

22) ‘광대’를 가리킨 것인 듯함.

  "여보, 색시, 거 낮에 상에 놓은 거, 그 네모 반듯하구 빨갛구 그런게 뭐냐?"

구 자꾸 그러드라는군. 뭐 그래 색시가,

  "그 나박김치 말이유?"

하니까,

  "그렇다."구, "그게 어디에 있느냐?"

구 하더래— 신랑이. 원, 그 색시도 미련스럽지. 퍼다 주든지, 떠다 주든지 할 일이지.

  "거 나가서 부엌에 아무 데 가면 있을 꺼요."

하고 말더래. 아, 이놈이 나가서는 항아리에다 두 손을 풀썩 집어넣고, 그 건대기를 끄낼려고…… 손을 빼자니 아 안 나오더래는 거야. 그러니까 안에서는 인제 '도둑이 들어왔다!'구 야단났을 거 아냐? 아 (사위가) 빨가벗구 있는데, 장인이, '도둑 들어왔다!'구 소리를 지르구 뛰어 나오니까, 이놈이 어떡할 수가 없어서 뒤란[23]으로 뛰어 들어가서 감나무 꼭대기에 앉았어. 아 그런데 인제 장인이 나와 찾을 거 아냐? '도둑놈이 감나무 꼭대기에 앉았다!'구 그냥 법석이 났던 모양이라. 아 그런데 색시는 방에서 그냥 죽겠지 뭐야. 이놈의 신랑이 나가서 꼭 일을 저질렀는데, '도둑놈 들어왔다!'구 법석은 나구…… 그런데 인제 감나무에 앉은 도둑을 잡아 끌어 내리니까 사위드라지 뭐야. 그래서 색시 방으루 빨가벗은 놈이 뛰어 들어갔다는 모양으루…… 그렇게 옛날에는 미련한 놈들이 많았다구.

6) 딸년은 헛거 ···

1971. 9. 4. 염곡동 / 조희종 모친 김씨, 여·66

  *이른바 출가외인(어머니, 딸)이 친정의 명당을 가로채는 관련 자료는 충북

---

23) 집 뒤 울타리의 안.

옥천군 〔청산면 자료 9〕를 참조할 것.

“애, 네 어머니더러도 얘기를 허지 말어라. 나 죽거든 너만 알고 있다가 아무 아무 데에 꼭 묻어 다오.”
라고, 아버지가 아들에게 유언을 하고 있는데, 마누라가 밖에서 엿듣고 들어서니까, 딸에게 마누라가 얘기를 해서 딸까지 알게 되었다 한다. 그런데 이 산소만 쓰면 요즘에 대통령이 되거나 큰 인물이 된다는 자리였다. 이것을 안 딸이 그 밤중에 시집에 가서, 시집이 멀었는지 가까웠는지는 모르지만, 저의 아버지 발 뻗쳐 놓고, 저의 옛날— 시아버지 죽은 것을 데려다가 그 산에다가 밀례[24]를 했다고 한다. 그래서 여편네, 아주머니, 심지어는 마누라래도 전혀 그런 이야기는 안한다는 게야.

7) 고려장[25] 1

1971. 9. 4. 염곡동 / 조희종 모친 김씨, 여 · 66

마누라가 남편한테,
“그 구신[26] 딱지를 무얼 담어 줄꺼유?”
라고 했다.
“아 구신 딱지라니?”
“구신 덩어리 말야.”
“어머니 말야?”
“아 하루 죽을 세 사발씩 먹으니 그걸 무얼로 먹일 꺼유?”
“그럼, 어떡허냐?”

---

24) ‘면례(緬禮)’의 사투리. 무덤을 옮겨서 다시 장사를 지냄. 또는 그런 일.
25) 고려장(高麗葬). 예전에, 늙고 쇠약한 사람을 구덩이 속에 산 채로 버려두었다가 죽은 뒤에 장사 지냈다는 일.
26) 귀신(鬼神).

라는 대화가 오고가는데, 시어머니가 앉았다가 말하길,

"내가 무신 밥을 그렇게 많이 먹니? 누름밥 조금씩 주문 내가 먹고 그랬지. 무슨 밥을 내가 그렇게 많이 먹느냐?"

라고 했다. 부인이 남편을 어떻게 꼬셨는지, 하루는 조금 일찍 지게에다 어머니를 지고 험한 산을 갔다. 높은 산은 어느 곳이나 험했다. 숲이 많이 우거진 곳을 지나가는데, 어머니가 지게 위에서 나무를 뚝뚝 꺾어 놓으면서 지나갔다. 그래 아들이 그 이유를 물으니, 어머니는,

"아범이 나갈 적에 길 찾아가라고 하는 거다."

라고 했다. 한참 숲에 들어가서 지게를 내려놓고 돌아오는데, 그때 조그마한 아들이 따라갔었는데, 아버지가 한참 오다 뒤를 돌아다보니, 아들이 지게를 지고 오더란다. 그래,

"왜 지고 오느냐?"

고…… (이하 망실)[27]

8) 바보 군수

1971. 9. 4. 염곡동 / 조희종 모친 김씨, 여 · 66

옛날에 어떤 사또가 있었는데, 그에게는 딸이 하나 있었다. 딸이 시집 갈 때가 되어서 사윗감을 구할려고 하는데 마땅한 사람이 없었다. 그래서 큰 나무에다가 구멍을 파놓고 콩을 넣어보니 구만 구천구백구십구말이 들어갔다. 그래 그 통나무를 바깥에 세워 놓고서 그 옆에 방을 써 붙이기를, '이 구멍에 콩이 얼마나 들어갔는지 알아맞히는 사람은 사위로 삼겠다.'구 했다. 그러니까 그 지나가는 사람들이 많이 다녀갔는데 아무리 쳐

---

27) 이 이야기에 앞서 '아기장수' 이야기도 들었는데 자료를 망실하였고, 본 자료의 말미 부문도 원고를 분실하였으나 다른 이본들의 결구로 보아 망실된 부분의 내용을 충분히 유추할 수 있다.

다보아도 알 수가 없어 그냥 지나가고 그렇게 세월이 흘렀는데, 이 처녀가 하루는 빨래를 하다 생각해 보니 아무리 해도 자기 남편을 구할 길이 없다는 것을 깨닫고, 하루는 가만히 앉아 있다가 저 아랫길로 지나가는 사람을 불러다가 목욕을 시켜 깨끗하게 하고 이르길, 거기 가서 큰 구멍이 있을 테니 거기를 발로 차면서, '어이 그 구멍 꽤 크구나! 거기에 콩 구만 구천구백구십구말이 들어갔겠구나!' 하면 좋은 일이 있을 거라구 말해 주었단다.

그런데 그 사람은 거지였었다. 그 사람은 좋은 일이라니까 눈이 번쩍 띄어가지고 얼른 좇아가서 발로 차면서 시키는 대로 말했다. 그 안에 앉아서 듣던 사또가 그를 불러다가 좋은 옷을 입히고 사위를 삼았다. 보기엔 사윗감이 될 만했다. 그런데 사또가 늙어서 사위를 사또로 앉혔는데 그 사또가 너무너무 바보라서 누가 와서 무엇을 물으면 그 답변을 해 주질 못해서 마누라가 가르쳐주곤 했다. 하루는 어떤 사람이 와서 소가 죽었는데 어떻게 하냐고 하니까, 소피[28]를 보러 가는 척하고 나와서 부인한테 물으니, 부인이,

"가죽을 벗겨서 관가에 바치고, 고기는 팔아서 작은 송아지를 하나 사다놓으면 이다음에 커서 어미가 될께 아니냐?"

고 가르쳐 주었다. 이 사또가 그렇게 소 임자에게 이르고 난 후, '나도 이제 어떤 사람이 물어보아도 충분히 답변할 수 있다.'고 생각했다. 그 다음 날 어떤 사람이 와서 울며,

"어머니가 돌아가셨는데 어떻게 하느냐?"

고 물었다. 그랬더니 사또가 일르기를,

"가죽을 벗겨서 관가에 바치고, 고기는 팔아서 작은 송아지를 하나 사다 놓으면 이다음에 커서 어미가 될께 아니냐?"

고 했다.

---

28) 소피(所避). '오줌'을 완곡하게 이르는 말.

9) 황새논 ··

1971. 9. 4. 염곡동 / 조희종 모친 김씨, 여 · 66

옛날에 황새논이라고 있는데 전부 이렇게 베 짜서 먹구 살았나봐. 그런데 그 인제 어떤 영감 마나님이 사시는 집인데 영감님이 이렇게 밤새도록 마나님이 베 짠 것을 짊어지고 전 가서 장을 봐 와야지 양식을 사 가져오구. 옛날에는 비단이 없었대. 그런데 그걸 지고 논두랑을 이제 건너가는데 황새가 그냥 논두랑에서 다리가 하나 부러졌는데 어쨌는지 막 허덕허덕 대드래. 그래서 이 황새가 왜 그런가 하고 그 베 짠 걸 짊어지고 가던 것을 논두랑에다 내려놓고 그러고 그냥 그 바지를 걷고 그러고 이제 그 논에를 들어갔대. 들어가서 이렇게 황새를 보니까 다리가 부러져가지고 이렇게 못 날러 가더래지 뭐야. 그러니까 이 영감님이 어떻게 생각을 해도 어떻게 해 줄 수가 없드래. 그래서, '에이— 내 댄님을 하나 끌러가지고 황새 다리를 짜매준다.' 그래가지고 대님으로 이렇게 묶었대. 그것으로 다리 부러진 데를 그렇게 꼭꼭 묶어서 짜매 놓으니까 날라가더래지 뭐야.

그래서 이제 날려 보내고 이 영감님이 왔어. 그런데 댄님이 없잖아. 그러니까 그냥 이렇게 걷어가지고 양쪽 다리를 다 걷어가지고 그 베 짠 것을 지고 장엘 갔는데 장이 늦었대요. 가니까 장도 다 파했는데 남들은 판 사람 팔고 간 사람도 있는데 안 판 사람이 많드래. 그래서 갖다 내려놓자마자 그냥 어떤 이쁜 여자가— 아주아주 잘 생겼더래. 지나가더니 아 이 반색을 하면서,

"할아버지 못 다 팔으셨냐?"

고 하면서 그걸 다 사가드래. 그래서 이 영감은 어떻게 좋은지 그냥 절을 몇 번씩하고, '고맙다.' 그러시고. 근데 그 영감님보다 먼저 온 사람도 못 팔고 있었대. 그래서 팔아가지고 인제 양식을 시가지고 그러구 오는데 장 봐가지고 오는 날 어스룩 하는데 어떤 여자가 조그만 무슨 보따리를 하

나 들고 개울을 건너오드래. 바로 개울 건넌가 봐. 그 노인네 집이. 근데 그 노인네는 이제 바깥마당을 씰으셨대. 그 아래 보니까 이쁜 여자가 건너오는데 이렇게 자세히 보니까 그 자기 베 사간 여자드래. 그래서,

"아유, 웬일이냐?"

구 반색을 하니까, 그 여자가,

"아이 할아버지 안녕하시냐?"

그러고 인사를 하면서 아주 좋아하더래. 그래,

"내가 어딜 가는데 할아버지 길이 저물어서 그러니까 할아버지네 집에서 하룻밤만 재워 달라."

구 그러드래. 그래서,

"아유, 재워주는 거야 뭐 저거냐?"구, "그러라."구. "우리 두 영감 마누라뿐이 없으니 자고 가라."구. "방은 하나래두 자고 가라."

구. 그래 인제 이렇게 들어갔는데, 저녁상을 해서 먹구 그리구 치우고 그랬는데, 마나님이 이제 또 베를 짜시러 올라 가시드래. 근데 이제 이렇게 큰 이 칸짜리 방인데 간술29)을 막았다는군. 그래서 인제 그 여자가,

"아이, 할머니. 나도 베 안 짜보진 안 했으니까− 나도 베는 좀 짜봤으니까 내가 좀 짜드리께, 할머닌 좀 주무시겠어요?"

이러드래, 얼마 짜니까,

"아이 별 말씀을 다한다."고, "어서 자라."고, "괜찮다."고, "나는 낮에 자고 밤에 일하니까 괜찮다."고, "어서 자라."니까,

아 자꾸,

"그냥 내가 조금만 짜 드릴 테니까 그동안에 좀 주무시라."

고 그러드래. 그래서 그냥−

"그러라."

고 인제 그랬더니,

---

29) 간 사이를.

　“내가 저 한 가지 원을 할 테니까 꼭 좀 지켜 달라.”
고 그러드래. 그래서,
　“무슨 원이냐?”
고 그러니까,
　“내가 가서 베를 짜고 이 방에 돌아 들어올 때까지…….”
　고 웃방에 이렇게 포장을 쳐 놨대. 근데 그 베 짜는데 이렇게 포장을
쳐들고 보여.
　“이렇게 보질 말라.”
고 그러드래.
　“나 이 방에 들어올 때까지 이렇게 보질 말라.”
고 아주 신신부탁을 하드래― 그냥 그 여자가. 그래서,
　“그러라.”
고 인제 그랬더니, 이렇게 짜서 이렇게 내놓는데 세상에 명지30)구 무슨
그렇게 비단을 짜 놓드래. 그냥 색색 가지루 이렇게 놔 가면서 그래 짜서
방으로 내려보내드래. 그래서, ‘아유, 이 여자가 이걸 어떻게 이런 실이
없는데 이런 걸 어떻게 이렇게 짜 보내나.’하고 보고 싶어 죽겠지 뭐야.
그걸 배워야지, 그 마나님도 짤 거 아냐? 근데 보고 싶어 죽겠는데 보진
말라구 그러구. 그래서 그냥 망설이구 있다 그 포장을 이렇게 조금 찢어
가지고 디려다봤대지 뭐야. 그랬더니 그 황새가 그냥 자기 털을 빼가면서
그걸 잣드래지 뭐야. 그러니까 그렇게 인제 비단을 짜는 거지. 자기 털을
일부러 뽑아 가면서 그렇게 짜는데 기가 막히게 짜 나오드래. 그래가지구
그 이튿날 아침에 이제 장을 보러 가지고 가니까 동네에서 야단 아냐?
　“웬 비단이 이런 게…… 비단이 어서 났냐?”구, “어디서 이렇게 나서
짰느냐?”구, “한 동네― 응 당신네만 그렇게 짜가지구 자기만 벌 수 있느

---

30) 명주(明紬). 명주실로 무늬 없이 짠 피륙.

냐?”

고 이제 막 떼로 몰려와서 야단이지 뭐야. 그러니까 이 영감님이,

“아이, 그게 아니구, 응 내가 이래저래서 어떤 여자한테— 그 여자가 짜 줬는데, 그 여자가 실을 가져와서 짰나보다.”

고 그랬대. 그리고 인제 그랬는데…… 여자가 아침에 막 울면서 그러드래.

“할머니가 그날 저녁만…… 음 난 포장으로 할머니가 들여다보는 것까지 다 봤다.”구. “할머니가 그때 보지만 않았으면 내가 한 사날 놔가지고 짜드리고 갈라고 그랬는데, 너무너무 고마워서…… 내 다리 부러진 것을 짜매 주셔서 너무너무 고마워서…… 근데 할머니가 들여다보셔서서 음 인제는 할 수 없다.”구, “이제 끝…….”이라구 하면서 어디론가 훌쩍 가 버리드래.

10) 중국에서 제시한 난제를 해결한 소년 ·····································

1971. 9. 4. 염곡동 / 박관홍, 남 · 14

옛날에 어떤 나라가 있었는데, 그 강 건너편 그 나라에서 서신이 오기를 공주를 잡아다 놓고서 이제 자기가 그 나라가 탐이 나서,

“만약에 저 내가 부탁한 말을 다 들어주지 못하며는 그 나라와 이 공주를 뺐겠다.”

고 그러니까 그 부탁은, 그 나라의 전부를 덮을 수 있는 비단과, 그 강을 다 퍼 담을 수 있는 옹기와, 이제 그 대궐만한 수박을 하나 갖고 오랬어요. 그랬더니 이제 이 나라에선 그게 너무나 엄청난 부탁이라서 할 수가 없어서 부하들보고 이 나라를 다 돌아다니면서 지혜꾼을 하나 데려 오라고 시켰어요.

그래서 사방으로 흩어져갖구 그러는데 한 사람이 말 두 필을 끌고서 한 동네에 도착했어. 대궐로 그냥 들어갈래다 그 한 동네가 남아서 그 동

네마저 들어가 보았는데,

"이 말을 갖다 어미와 새끼를 골라 달라."구, "하나는 박서방 네가 갖고 갈 거고 하나는 김서방 네가 갖고 갈 건데, 이게 어미와 새끼가 똑같애서 섞였는데 어떡하느냐?"

고 그러니까, 한 사람이 오더니,

"아, 이게 어미구 이게 새끼—"

라고 그러니까, 동네 사람들이 웃으면서,

"어느 게 그게 새끼냐?"구, "그게 어미 같다."

구 그러면서 떠드는데, 이 사람이 나중에는 할 수 없어서 돈 백 냥을 내놓으면서,

"이 말을 똑바로 찾아주는 사람한테는 돈 백 냥을 주겠다."

고 그러니까, 아무도 나서는 사람이 없드래요. 그런데 거기서 한 꼬마가 그 얘기를 듣고 얼른 집에 가서 말죽을 갖고 오면서 말 앞에다 갖다 놓구서는 가만히 서 있더래요. 그러니까 말 둘이서 서로 쳐다보고선 그 중에 하나가 먼저 먹드래요. 그래 먼저 먹는 말보고,

"이게 새끼고 이게 어미—"라고 그러니까,

"그게 어떻게 새끼고 이게 어미냐?"

고 그러니까,

"동물도 사람과 같이 이렇게 인정이 있어서 새끼를 먼저 먹이는 버릇이 있다."

고 그러니까, 이 어사가 돈 백 냥을 주면서 인제 꼬마 지혜꾼을 하나 찾았다고 그렇게 생각하고선,

"시장에 들러서 고기를 사 갖구 오라."

구 했어요. 고등어를 그래 사갖고 인제 집엘 갔는데, 그 집 어머니가 인제 그 아들이 가서 어머니한테 이야길 하니까 막 야단을 치면서,

"언제 네가 언제서부터 그렇게 돈을 받고서 그런 일을 했냐?"고, "얼른 도루 갖다 주라."

고 그랬어요. 그러니까 이제 이 사람이, '음— 그 똑똑한 아들에 어머니도 똑똑하다.'고 그러면서 '시골에서 이렇게 썩어 있는 게 음 참 안됐다.'고 그러면서 인제 속으로 생각하고선, 사온 고기를 갖다 반찬을 해 오라 그랬어요. 그래 이제 그가 다 먹어갖고 뼈를 갖다가 네 개를 접시에다 올려놓고서는 그 꼬마보고,

"내가 이런 사람인데 누구냐?"

고 그러니까, 이 꼬마가 가만히 생각하다 한문으로 그 풀이를 했어요. 고기는 '어(魚)'짜니까 인제 '어'짜는 맞고, 고기 뼈가 네 개니까 '사(四)'라고. 그래서 '어사'라고—. 인제 그래갖구 깜짝 놀래갖고,

"어사님이 어떻게 이런 데를 다 오셨냐?"

고 그러면서 그냥 그 어머니도,

"몰라보았다."

고 그러면서 그냥 막 절을 했어요. 그러니까,

"아 너무 그럴 필요 없다."구, "이 나라에 큰일이 있어 갖구 나는 지혜꾼을 찾으러 다니는 지금 이 꼬마를 만나 갖구 응 다행—"

이라고 그러면서 이 꼬마를 갖다 대궐로 데리고 갔어요. 그래 임금님이 아무리 기다려도 인제 다 들어왔는데 딱 한 사람이 안 들어왔어요. 그러니까 '인제 틀렸구나!' 그렇게 생각하고서는, 이제 이 사람 이제 기대를 걸었던 걸 다 인제 하고 원망해 했는데, 인제 이 사람이 꼬마를 데리고 나타나니까, 이 임금님이,

"그런 꼬마가 어떻게 이 나라를 구하겠느냐?"

고 그러니까 인제 그 사정을 물었어요.

"뭘 하는가?"

그래 임금님이 이 꼬마보고 사실을 쭉 얘기하니까 이 꼬마가,

"아무 걱정 말라."

고 그러면서 자 조그만 한 뼘짜리 자하고 사발 하나하고 눈먼 장님을 하나 데려다 달랬어요. 그러니까 이제 임금님이,

  "그건 무엇에 필요하느냐?"

고 그러니까,

  "그걸 꼭 달라."

고 그랬어요. 그러니까 인제 그걸 눈이 먼 장님과 조그만 자 하나하고 사
다 갖다 주니까 그걸 보따리에 싸면서,

  "나를 그 나라에 데려다 달라."

고 그러니까, 인제 이 사람이 틀림없이―

  "나는―" 이제 임금님이,

  "나는 너만 믿겠다."

고 그러니까, 이제 이 꼬마가,

  "너무 그렇게 걱정하실 필요 없다."

고 그러면서 그 나라에 갔어요. 그 나라에 가니까 이 임금님이,

  "응, 너 같은 꼬마가 무슨 내 부탁을 들어주러 왔냐?"

고 그러니까,

  "그 부탁이 그렇게 어렵지 않다."

고 그러니까, 이 임금님이 깜짝 놀래갖구,

  "응 그럼 그걸 가지고 왔냐?"

고 그러니까,

  "가져오진 못했지만, 그 물건을 지금 만들고 있다."

고 그러면서 그 조그만 자를 내어놓으면서, 이 자로― 응― 크기가 얼마
나 되는지 모르니까, 이 자로 이 나라를 전부 다 재보랬어요. 땅을 몇 평
이나 되나― 그러니까 이 임금님이 그만 그 질문에 깜짝 놀래갖고는 그
시험을 지고, 둘째로 인제,

  "그러면은 강물을 담을 그릇을 갖고 왔냐?"

그러니까, 조그만 그릇을 내주면서,

  "이 강물을 이 그릇으로 몇 그릇이나 되나 퍼 보라."고,

  "그래야 우리나라에서 얼마나 많이 드는지 그 그릇을 만들 께 아니냐?"

고 그러니까, 이 임금님이 또 깜짝 놀래면서,

"그 질문에도 졌다."

고 그러면서,

"그렇다면 마지막으로 대궐 같은 수박을 갖고 왔나?"

고 그러니까, 그 눈먼 장님을 내세우면서 응―

"이 애가 그 수박을 꼭 보긴 봤는데 눈이 멀어 갖고 지금 어디로 갔는지 모른다."고, "이 애의 눈을 고쳐주면 그 수박을 따오겠다."

고 그러니까, 임금님이 그때는 지금같이 의사들도 없고 해서 그 병을 고칠 수가 없으니까, 이 애가 인제 그걸 믿고 데리고 갔는데, 그 임금님이 깜짝 놀래갖고는,

"응 너 같은 지혜꾼이 그 나라에 있었냐?"

고 그러면서,

"가서 후히 대접을 해 주라."

고 신하들보고 그러니까, 이 꼬마가 이제 그 뒤에 한 번 더 놀라게 해 준다고,

"난 지금 우리나라로 건너가면 호밋자루 들고 시골에 가서 일을 해야 된다."고, "호밋자루 버리고 지금 왔다."

고 그러니까,

"아니 너 같은 지혜꾼이 어떻게 너희 나라로 돌아가면 호밋자루를 잡냐?"

고 그러니까,

"우리나라엔 내가 제일 똑똑하지 못한 편―"이라고, "난 지금 농사꾼."이라고 그러니까,

"그럼 어떻게 그렇게 지혜가 있냐?"

고 그러니까,

"우리나라엔 나보다 지혜가 많은 사람이 많지만 그런 쉬운 부탁은 얼마든지 들어줄 수가 있어서 나 같은 농사꾼이 왔다."

고 그러니까, 임금님이 깜짝 놀래면서, '그 나라를 잘못 건드렸다간 우리 나라가 망하겠다.'고, 그냥 이 꼬마를 후히 대접하고서는 큰 보물을 갖다가 그냥 배에 잔뜩 실어갖고는 그 나라로 보내 줬대요.

11) 옹기장수

1971. 9. 4. 염곡동 / 박관홍, 남·14

옛날에 어떤 바보가 있었는데 부인이 옹기장사를 하는데 그 인제 부인이 그 남편을 갖다가 옹기를 짊어져갖고 내보내는데,

"어떤 집에 가서 옹기를 살래냐 안 살래냐 물어봐 갖고, 그 집에서 옹기를 산대면 인제 바지를 여러 개 입었으니까, 바지 하나를 벗어갖고 거기다가 쌀을 받아 오라."고 그리고,

"옹기를 안 산대면 옹기 밑구녕을 이렇게 마주 대갖고 짊어지고 다른 집으로 가라."

구 그러니까, 이 사람이 인제 '옹기를 사면 바지를 벗고 옹기를 안 사면 밑구녕을 마주 붙여갖고 짊어지고 다닌다.'고 그걸 기억하고선 어떤 집엘 들어가니까 예쁜 각시가 있는데 거기 들어가서는,

"옹기를 살래요, 안 살래요? 안 산대면 밑구녕을 마주 붙이구, 산대면 속바지를 벗겠수다."

그러니까, 이 처녀가 깜짝 놀래갖고 그걸 부모들한테 일러갖고는 그냥 그 사람을 옹기를 막 뚜드러 깨구 쫓아 버리드래요. 그래 인제 이 사람이 그때 콩이 한참 무성해 있었는데, 콩밭으로 뛰어들었어요. 너무나 놀래는 바람에 옹기도 다 버리고 콩밭으로 뛰어 들어가서 있으니까, 인제 두꺼비가- 너무나 좋아갖고- 옆에서 헐떡헐떡 하고 있으니까,

"너도 옹기장사 갔습네?"

그러구 두꺼비한테 묻드래요.

경기도 편

I. 안산시

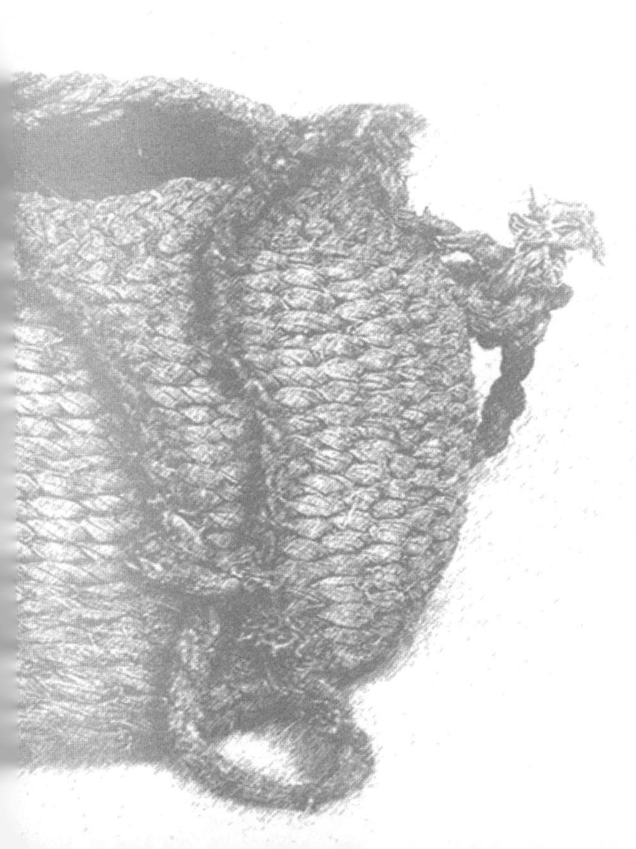

1. 반월면(半月面)

1) 신주공의 효도

1993. 2. 팔곡리 / 민홍식, 남 · 83

　내가 민간(閔哥ㄴ)데, 우리 일가집에서 그 양반이 승지까지 되신 분인데(조사자 : 그분 성함은요?) 건 모르지, 근데 조 위에 산소가 있는데, 그 양반이 신주공이고 그 아들이 어디 군순가 뭐 지금 하는데, 동지섣달에 그냥 눈이 막 오고 얼음이 벅벅 어는데 그때 풋대추를(조사자 : 예, 풋대추요?) 그러니 뭐 동지섣달에 풋대추가 어딨어, 그래 산소에 가설랑은 그 아버지 산소엘 가 절을 허며 아 지난 일을 허는데, '풋대추를 먹고저 허니 그 어떡허냐?'고, 울며 절을 했어요. 그 울고 나서 보니까 그 풋대추가 석 대가 이렇게(손모양을 하며−) 있드래. (조사자 : 예) 그래서 출천지효라고 그 나라에서 효자 정문꺼정 내렸어요.

2) 호환(虎患)

1993. 2. 팔곡리 / 민홍식, 남 · 83

　사람이 죽으면− 내 요거 하나 하지,− 혼령이 없다고는 못봐요. (조사

자 : 예) 혼령- 우리 일가집이서 한 삼대 전에 얘긴데. (조사자 : 예) 아, 이렇게 옛날엔 저 머리(?)를 도르래에다 꿰가지고, 밥을다가 해가지고 주고 이랬거던. 그 불이 번쩍 허드래. 그러더니 피가- 그냥 키를 까부니까 상당히 먼 거리를 날아가더니 없었다 이거여. 게[1] 호환여. 호랭이가 물어 갔다 이거여. 옛날엔 그 호랭인 쇠소리를 싫어하거던, 그래, 밤에 깜깜한 밤에, 그냥 여기저기를 찾으니 찾을 도리가 있나? 그래 그 이틑날 새벽에 가 보니까, 요 우리 넘어가면 (청취 불능)-고개라고 있는데, 고개[2]다가 그 갖다놓고 거 내장만 빼먹었드래. (조사자 : 예) 그게 걸[3] 갖다가 요 위 저수지 있는 고 부근에 지냈어요. (조사자 : 예) 호랭이가 와 자꾸 파더래, 제 밥이라고. (조사자 : 예) 그런 전설이 있고-.

제삿날이면 호랭이가 반드시 와요, 대문에. 왔다 제하면[4] 그 가고. (조사자 : 그건 왜 그럴까요?) 호랭이는- 호랭이에 죽은 사람은 호랭일 타구 대닌대. 그래 인저 제삿날 호랭일 타구 왔다가 제사 다 받아 먹구 가구, 그런 전설이 있어요. 그래 지금은 없구 우리 아버님대만 해두 호랭이가 제삿날이면 왔어요. 대문간 기대리구 있다 제사 지내면 갔지.

3) 은행나무 밑에서 술 안 마시는 이유 ·······································

1993. 2. 원리 / 이돈형, 남·72

조기 가면 저 큰 은행나무가 있죠? (조사자 : 지금 보고 내려온 것 말씀 이죠?) 네. 그래서 인제 병사공이 내 십일대존데[5] 그 집이서 인자 시가를 나셨거든요. 그런데 그게 저 이상시런 것이-그래 인저 풍양조씨하구 사

---

1) 그것이.
2) 거기에.
3) 그것을.
4) 제(祭)하면. 제사가 끝나면.
5) 십일대조(十一代祖)인데. 11대 할아버지인데.

둔간이 되셨거든. (조사자 : 예) 병사공이. 그런데 그게 인저 은행나무 밑창이니까, 인제 여름에 인저 거기서- (조사자 : 그분 성함이 어떻게 되시죠?) 두(斗) 짜 구(龜) 짜-말 두 짜 거북 구 짜. 그래서 인저 그 여름에 사둔끼리 만나서 소주를 잡쉈대. 그런데 이 양반이 소주를 잡숫고 나서 돌아가셨다- 돌아가셨다구. 이 양반이 그래선 인저 격6)이 진 일이 있다구(조사자 : 예) 그래서, 뭐 거기다가 인저 뭐-그래 그땐 인저 우린 남인7)이구 거긴 소론8)이거던. 그래서 사둔 간에두 그렇게 격을 지내구 그런 일이 있다구. 그래 뭐, 은행나무 밑창에서 뭐 소주를 뭐 거시기 하면9) 뭐 좋질 않다구 그래. 그래 그런 거시기를- 거 뭐 옛날에 어른들이 얘길 허시대.

---

6) 격(隔). 사이. 틈.
7) 남인(南人). 조선 시대에 사색당파의 하나. 선조 때에 동인에서 갈라진 당파로, 이산해를 중심으로 한 북인(北人)에 대하여 유성룡, 우성전을 중심으로 한 파를 이른다.
8) 소론(少論). 조선 시대에, 사색당파의 하나. 서인(西人) 가운데 소장파인 한태동, 윤증 등을 중심으로 한 당파이다.
9) '마시면'의 뜻임.

Ⅱ. 화성시

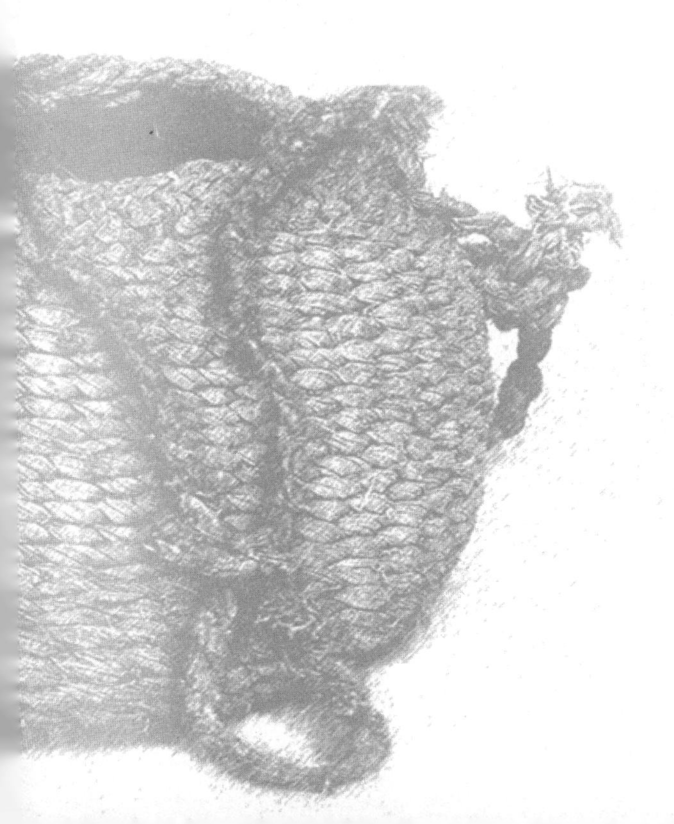

1. 비봉면(碑峰面)

1) 도깨비 장난 ···

비봉면 양로(養老)2리 / 조재원, 남·84

그전에 여기서— 그적에 왜정 초로군 그래. 기미 경신년 그 해 내 당숙 어른이— 거 병사댁이라구. 그전에 병사 지내구 다니던 내 당숙어른이 있었는데, 거 저 이사를 갈려구 이 양반이 집을 딴데다가 짓구선— 저 우서 살았다가— 기와집 있는데 살다가 이 아래로 내려올려구 그랬는데, 아— 자구 났는데 돼지새끼가 없시요. (조사자 : 예) 그 얘기— 얘기만 들었지, 보지는 않았는데, 하여간 우리 그 쬐끄맛을 때 다 듣구 알았으니까— (조사자 : 예) 그랬는데 아, 당최 없시요, 게 이상시러워서는 그러는데, 나가 보니까 쇠죽 속에다 집어 늬구서[1] 소당[2]을 속에다 늬지[3] 뭐예요. (조사자 : 죽 속에다요? 거 돼지는 죽었겠네요?) 아, 죽진 않았어요. 그런데 그러구선 그날 저녁에 또 고사허구선 그 이틀날 가 보니까 그냥 그— 그냥 감쪽같이 그냥 솥 안이서 나왔어요. 돼지새낀 나오구, 그런 일이 있었어요.

---

1) 넣고서.
2) 소댕. 솥을 덮는 쇠뚜껑.
3) 넣지.

2) 고기 잡는 도깨비 ···

비봉면 양로2리 / 조재원, 남 · 84

하여간 갯바닥에 가면— 갯바닥, 그전에 얘기만 들었지, 그건— 우리가 현재 보기는 봤지만 그물에— 요기서— 저 상귀4)서 살았이요. 거기서 살았는데, 그물에 가면, 밤이면 도깨비불을 켜가지고 왔다 갔다 했어— (조사자 : 고기 잡느라구요?) 도깨비불이— (조사자 : 왜요?) 그물 쳐 논데— (조사자 : 고기 잡느라구요?) 그렇죠. 고기 잡느라구. 그거— 거—그게 들— 들왔다 나가면 고기가 많이 잽히구요, 그게 안 들오면 괴기 없시요. 도깨비가 거— 도깨비가 몰아다 놓는대요. (조사자 : 예) 게5) 고사를 지내구 그러지 뭐예요. 그런 일은 겪어보구, 여기서 뭐 예전에 저기 헌것은 정신이 없어서 들었어두 죄 잊어뻐리죠, 뭐.

---

4) 상기리(上箕里)일 듯함.
5) 그래서.

강원도 편

I. 명주군

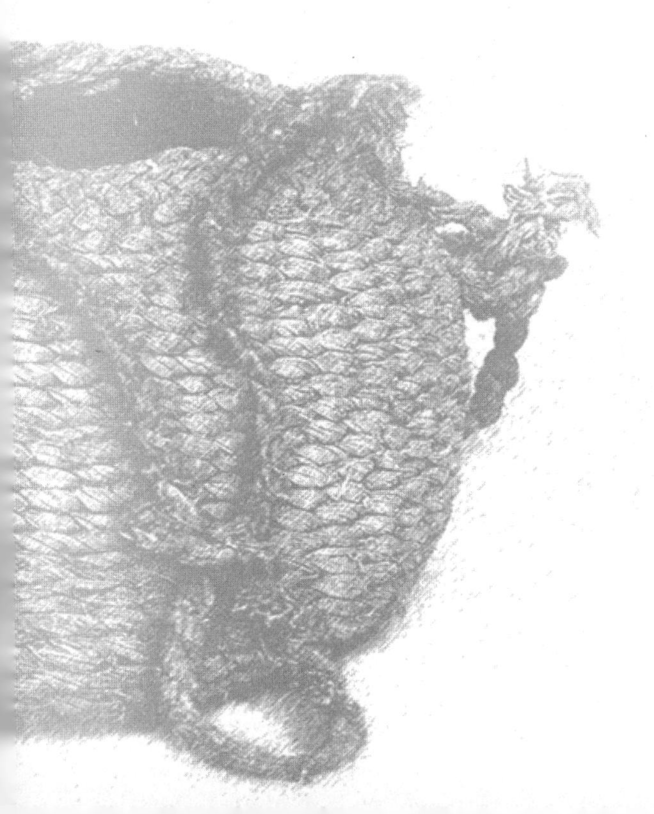

1. 강동면(江東面)

1) 해령당 전설

1991. 5. 23. 안인진리 / 강기완 남·89

*이 이야기와 유관한 자료는 충북 단양군 〔매포읍 자료 70〕을 참조할 것.

봉화산이라고 하는데요. 산 이름이 그전에 봉화— 옛날엔 횃불과 다름 없구, 횃불을 붙이면 저는 저 강릉으로 가고, 강릉서 붙이면 원주나 절로 가고— 서울로 통하는 횃불과 같은 것을 지금 같으면 통신에 통하는 봉화산이라고 하는데, 산 위에 저 성황당이라고 하—하나 있구요. 성황당이라 저 끝에 나가면 해령당이라고— 해신당이라고— 해령당이라고도 하고 해신당이라도 하는데, 그 해령당 얘기를 내 아는 대로 들려드리지요. (조사자 : 예)

헌데 옛날 우리가 (청취 불능) 얘길 들으면— '해령당이 왜 생겼느냐?' 고 우리가 물으면 말이요, 이제 여기 그 해령이란 이제 처녀를 둔 집이 있는데, 부모가 있는데 그 인제 저 남해에서 경상도서 혼저의 몸으로 온 남자가 그 집에서 살게 됐는데, 지금 말하면 둘이 서로 인제 결연이 되게 됐어요, 지금으로 하면 연애처럼 이제 그 집에 사는데 그 남자가 날 자고 고기 잡으로 갔거든요. (조사자 : 아) 고기 잡으러 가가지고 종래 들어오지 않단 말이예요. 들어오지 않아서 해령이란 여자가 바라고 바라고 '인제 오나, 저제 오나?' 바다 나가 저기서 심사[1]했단 말이예요. 지쳐서 죽었단 말이예요. (조사자 : 지쳐서요?) 예.

죽으니 인자 여기서 중인[2]들이 전체로 와가지고— 죽은 뒤 농사도 안 되고 이 해 사업도 안 되고 이래 가기고 하니까, 혹 인제 아는 사람[3]한테 물으니까, '죽은 그 사람의 신위를 모시 주어야 한다.'고 해요 (조사자 : 아, 해령이요?)[4] 그래가지고 해령당이라고 집을 이에 하나 지었어요. (조사자 : 아, 그 아가씨 정성이 지극해서요?) 예. 인제 집을 지어주었는데 여기서 인제 보자. 기도하러 봄이랑 봄 한 철 가을 한 철 일 년에 두어 번 제사지내고, 또 개인이 뭐 소원이 있으면 농사가 안 되든가 인제 뭐 파업해서 잘 안 된다면 거기가 고—고사 올리고 기도한단 말이예요. 그런데 처음엔 무어를 그 예물로 드렸나 하는가 하면 나무 갖다가 사람 신[5]처럼 신을 깎아가지고요. 나무를 신을 깎아가지고 바쳤어요. 여기다 이제 황토를 칠해가지고요. (조사자 : 예에—) 나무다— 나무다 황토를 칠해서 바치고 인제 거 기도하고 나면 그 사람은 그리 뭘 해도 잘 되고 사업에도 농사도 다 잘 되고 줄— 이러 해서 그래서— 그래가지고 그거를 해령이라고 했는데요.

그전엔 해령지신이라 하나만 썼는데 이제는 위패가 둘이예요. 뭐 어째 둘인고— 왜 둘인가 하면— 왜 둘이냐면 이제 그때— 옛날 우리 동네 사람 동장이라는 사람 김철호 씨가 있어요. 그 양반의 부인이 자주 아팠어요. 아파서 정신없이 있는데 자주 글리 간단 말이예요. 해령당으로요. 밤

---

1) 심사(心事). 마음속으로 생각하는 일.
2) 중인(衆人) 뭇사람. 많은 사람.
3) '점쟁이'를 뜻함.
4) 이것은 조사자가 잘못 알아들은 것이다. '아는 사람' 곧 점쟁이가 한 말이다.
5) 신(腎). 남근(男根)을 말함.

중이 돼도 글리 가서 그래가지고 안정치 않아 (청취 불능) 아는 사람한테 물으니까네 인제는 말이요. 인제는 이 신을 깎아가지고 오는 걸 받지 않고 자기의 남편이 있다고 그래가지고— 그래가지고 왜 지금은 미신이라고 하지만, 옛날엔 무당덜은— 이나 뭐나 (청취 불능) 아는 사람들이 대를 이렇게 신위를 쳐줘가지고 인제 내리면 안 되는데— 인제 내리면 인제 뭐라고 하면 성이 김가 되는 남편이 있다 해서 '김대부지신'이라 써 놨어요, '해령지신'이니 '김대부지신'이니 내외분 위패가 거기 있어요. 거 우리 동네 거기 있어요.

세 분— 세 분 모셨는데, 인제 맨 처음에 인자 한 분을 '토지지신'이라— 토지지신이라는 건 이 땅을 말해요. 우리 지대— 우리 동네 그 토지지신이라 토지를 맡은 신이라 이제 써놓고, 또 한 분은 '성황지신'이라, 우리가 그 성황당을 모셨으니 '성황님'이라 하고— '성황지신'이라 하고 모시고, 또 한 분은 '여력지신'[6]이라— 여력이라 하는 것은 모든 병마가 들어오는 것을 막는— 막아주는 신이예요. 그 성황당이 요 밑에 있습니다. 그 세 분을 놓고 춘추로 우리 동민들이 기도를 올립니다.

▶ 참고

위의 이야기는 강동면 안인진리(安仁津里)에 있는 해낭당(海娘堂), 또는 해낭사(海娘祠), 해령당(海靈堂)의 유래 전설이다. 저자는 일찍이 1962년 8월 4일 두 명의 제보자에게서 각각 다른 내용의 이야기를 현지에서 채록한 바 있었고, 그 내용을 당시 서울대 문리대의 신문이었던 『새세대』 제48호(1963. 9. 18)에 발표한 바 있기에, 아래에 재수록하여 참고에 이바지하도록 한다(원래 구어체이던 것을 발표 지면의 특성상 문어체로 고쳐 수록하였다).

---

6) 여력지신(癘疫之神). '여역'은 전염성 열병을 통틀어 이르는 말.

1)-(1) 해낭전설(海娘傳說) 1

1963. 8. 4. 안인진리(安仁津里) / 권규칠(權奎七), 남·?

어느 때인가 나라님의 명으로 두 명의 궁녀가 지금의 강원도 명주군 강동면 안인리로 근친을 나왔었다. 그리하여 봄동산에 올라 멀고 먼 수평선 저 편을 바라다보는 두 궁녀의 눈시울은 점점 촉촉이 젖어갔다. 무언가 알 수 없는 그리움이 밀물처럼 몰려오는 것이었다. 동해안의 절경에 감동한 그녀들은 이윽고 커다란 결심을 하고 명주실로 추천(鞦韆)을 만들었다. 그리고 바닷가로 늘어진 소나무가지에 그네를 매고 뛰다가는 꼭 껴안은 채로 떨어져 갔다.

그 뒤부터 그 마을의 권씨라는 어부에게는 이상한 일이 일어났다. 그것은 고기가 통 잡히지를 않는 것이었다. 그러던 어느 날 권씨의 꿈에 궁녀가 나타나 말하기를 "우리는 궁녀가 되어 청춘의 몸으로 죽었으니, 우리를 위하여 주면 고기를 잡게 해 주겠다."고 하였다. 꿈을 깬 후에 권씨는 이 생각 저 생각 끝에 "이것이 그리울 것이다."고 혼자 생각하고는 남자의 성기를 깎아 달고 제사를 지냈다. 그랬더니 과연 방어 삼치 같은 것이 막 잡히는데 쇠스랑으로 떠내도 못 다 잡을 정도였다. 이 소문을 전해들은 마을 사람들을 네가 남근(男根)을 하나를 깎아 바쳤으니 나는 둘을 해야겠다, 또 다른 사람은 나는 네 개를 해야겠다…… 이와 같이 나도 나도 하여 나중엔 사당이 남근 천지가 되어 주체할 수 없게 되었다.

그래 마을 사람들은 할 수 없어 의논을 하고는 "신주가 없으니 어느 귀신이 와서 먹는지도 모른다. 그러니 신주를 만들어 놓자."고 하니, 또 한 사람이 "하나씩만 만들어 놓자."고 하여, 그 뒤부터는 '해낭지신위(海娘之神位)'란 신주를 놓고 제사를 지내게 되었다(그런데 현존하는 '김대부지신위(金大夫之神位)'란 것은 궁녀가 다시 현몽하여 "김대부를 남편으로 택하여 달라."고 하였기 때문에 돌집을 허물고 다시 지을 때 만들어 놓은 것이라 한다).

(부기) 그 후 삼척에 사는 화자의 친구 김성도(金聖道)란 사람이 고기잡이를 나왔다가 고기를 하나도 잡지 못하고 빚만 젊어진 뒤 오도 가도 못하는 형편이 되었다. 그래서 제자가 농담조로 "남들은 대용품을 만들어도 잘 잡으니 너는 현품으로 해 봐라."고 하였다 한다. 그랬더니 김성도는 마을의 술집 여인 안추력(安秋力)이란 여자를 끌고 해낭당(海娘堂)에 들어가 관계를 했다. 그때부터 이 여자는 미쳐 깊은 밤중에도 산 위를 치달아 오르곤 했다. 그래서 연유를 물은즉 "기생들이 와서 음식을 차려 놓고 나를 오라고 한다."고 대답하는 것이었다. 마침 화자에게는 조상 비전의 선방경(仙方經)이 있어 주문을 읽어 잠시 광증을 진정시키고 김성도에게 이르기를, "네가 모든 사건의 책임을 지고 여자의 병을 고쳐야지 않겠느냐?"고 하였다. 이에 김성도는 며칠을 두고 빌고 굿을 한 후에야 여자가 낫게 되었는데, 그 후 그 여자는 어디론가 떠나 버리고, 김성도란 사람은 아직까지 삼척에 살고 있다고 한다. 그리고 궁녀는 둘이 틀림없는데 왜 하나만 모셨는지 모르겠다고 하였다.

1)-(2) 해낭전설 2 ··

1963. 8. 4. 안인진리 / 홍덕유(洪德裕), 남 · ?

안인리에 가난한 고기잡이 부부가 살고 있었다. 살림은 비록 구차하였지만 그들에게는 무엇보다도 훌륭한 재산인 외동딸이 있었다. 그 딸아기가 점점 장성하여 가면서 어찌나 예뻐지든지 인근 지방의 재산 있고 잘났다는 젊은이들은 모두 그녀와 결혼하기를 원했다. 그러나 그때마다 부모의 대답은 한결같았다. "아직 어려서 결혼시키고 싶은 마음이 없다."는 것이었다.

한 해 두 해 세월은 흘러 그녀는 이미 과년7)한 처녀가 되었다. 그럴수

─────────────

7) 과년(過年)한. '과년하다'는 주로 여자의 나이가 보통 혼인할 시기를 지난 상태에 있

록 짝사랑에 애태우다 미쳐가는 젊은이가 늘어났다. 이제는 자식을 둔 자 치고 그 처녀의 부모를 원망하지 않는 자가 없었다.

이러한 모성애 때문이었는지 그렇지 않으면 젊은이들의 원망이 하늘을 움직였음인가, 하여튼 그녀는 아지 못하는 병으로 시름시름 앓게 되었다. 얼마 후 병은 나았지만 미모를 잃게 되었다. 옛 모습을 잃은 그녀를 이제 누구 하나 거들떠보려고도 하지 않았다. 잃어버린 옛날을 이제는 아무리 하여도 되찾을 수 없음을 알자 그녀는 자신의 생명을 끊기로 마음먹었다. 이제 그녀의 단 하나의 소원은 후생에 다시 태어나서 아름다움을 되찾는 것뿐, 이 세상에 대하여는 별다른 미련이 있을 수 없었다. 그리하여 그녀 는 마침내 바닷가 절벽에 올라 푸르고 푸른 동해물에 몸을 던져 한 많은 세상을 등지고 말았다.

그 후 그녀는 어촌 사람들에게 현몽하여 사당을 지어 달라고 호소하였 다. 이에 동리 사람들은 그녀의 소원대로 떨어져 죽은 곳에 사당을 지어 주었다. 그런데 어떤 사람이 이취(泥醉)하여 이곳을 지나다가 갑자기 소변 이 마려워 사당 안에 들어가 오줌을 누었다. 그날 밤 그녀가 다시 현몽하 여 말하기를 "나는 시집을 가보지 못하여 원혼이 되었소. 그런데 오늘에야 당신 덕분으로 한을 풀게 되었으니 당신이 고기를 많이 잡도록 하여 주겠 소." 하고는 사라졌다. 과연 그 사람은 그 뒤부터 고기를 많이 잡게 되어 부자가 되었다. 이 소문이 널리 퍼지자 사람들은 다투어 나무로 남자의 성 기를 깎아 걸게 되었는데, 그들 역시 고기를 많이 잡았음은 물론이다.

2) 시인 이야기 ··

1991. 5. 23. 안인진리 / 강기완 남 · 89

*조사자가 재미있는 우스갯소리 잘 아시는 분이 계시냐고 여쭙자, 옛날에 있

───────────

다는 뜻임.

었다며, 자신이 재미있는 이야기 몇 가지를 들려주셨다.

　옛날에 시인들이 농담한 글이 있는데, 글 한 수로 이야기하기는 모한데8) – 시인이 한 사람이 질을 가다가 중을 만났거든요, 중을 만나 이 시인이 그런 글로 뭐하기를, '승두반반9)하니 행바지나애10)로구나!' (청취 불능) 중의 머리가 반반하니 댕기는 말불알 같구나. 허허 – (모두 웃음) 그러니 중이 억무창담에 얼친 말하니11) 뭐하니 (청취 불능) 사공이 고호하니 좌우지신12)이라. 사람의 상투가 아 꼿꼿하니 앉은 개좆 같드라. (웃음소리) 그렇게 옛날엔 말로는 어려운 걸 그런 글로써 하였어요.

　(조사자 : 다른 건 없어요?) 그래 또 시인 한 사람이 이제 읊는 걸 보면 말이예요, 흔히 우리 생각할 때 – 아이 그래, 이제 젊은이들이 – 그 시인이 인제 어디 가서 기생방에 가서 잠을 자는데, 그 글을 한 수 읊어 보거든요. 뭔 글을 읊었는가 하니까네 목청탄주에 일금동13)하니 바람과 불이 한 이불에 움직인단 말이야. 그래, 또 뭐 불우강산에 양안십14)이라. 비도 오지 않은 강산에 양언덕이 젖었드라. (웃음소리) 둘이 정말 만나가지고 잠자리에 들 적에 – 우북풍천리에 일금동이요, 불우강산에 양안십이라. 비도 오지 않은 강산에 양 언덕이 젖었드라. (웃음소리) 글이란 게 그렇게……. (모두 웃음)

---

8) 뭐한데. '뭣하다; 무엇하다'는 언짢은 느낌을 알맞게 형용하기 어렵거나 그것을 표현할 말이 생각나지 않을 때 암시적으로 둘러서 쓰는 말임.
9) '승두(僧頭)'는 중의 머리. '반반'은 '반반하다; 빤빤하다'는 말. 반들반들함. 혹은 '단단(團團)'의 잘못일 수도 있겠음.
10) 청취 곤란. '행마지낭(行馬之囊)'일 듯함.
11) 청취 곤란.
12) 청취 곤란. 민간에 전하는 김삿갓의 시에 '유두첨첨좌구신(儒頭尖尖坐拘腎 : 선비의 뾰족뾰족한 관은 앉은 개좆이로다)'이라는 구절이 있으니 이를 말함인가?
13) '목청탄주(木靑炭朱) 일금동(一衾動)'
14) '불우강산(不雨江山) 양안습(兩岸濕)'

3) 맹선문 · 허리대 · 군선강 ···

1991. 5. 23. 안인진리 / 강기완, 남 · 89

맹선문15)이라는 게 있어요. 맹선문. '바다 맹[溟]'짜, '신선 선(仙)'짜에 문이라는 문(門)이다. 아주 크게— 옛날에 요 왕자리를 세겨거리라 (청취 불능) 인제 신선이 와서 노는 장소라고 이래가지고 그 바우가 여 따로 있고, 이 산간이 이렇게 옆에 있어. 인제 문처럼— 멀리서 보문 인제 문처럼 돼 있어요. 근데 그 바닷가 돌에 가 보면 그 암벽이 있어 가기 싫은데 맹선문이라 놓고—

또 요 아래 내려가면 '허리대'16)라고 거기 있는데, 거기 가 보면 바위가 이렇게 넙적하고17) 사람들 앉아 놀기도 좋은데, 인제 그래서는 옛날 강릉부사로 온 허씨하고 이씨하고 두 부사— 그 부사가 거기 가가 쉬기도 하고 먹었으니, 두 분이 다 뭐 신선이 됐갔다고18) 이제 얘기도 있고— 예, 야그19) 그 두 군데 명소가 있어요.

우리 집 조그마한 냇물 같은데 그 강 아래요. 이 냇물 이름이 군선강이래요. 그래 옛날에 맹선문 있고, 허리대 있고, 예— 이란 데 유람선을 띄워가지고 그 신선들이 놀았다 해가지고 '무리 군(群)'자 '신선 선(仙)' 해가지고 끝에 강이란 강(江)짜가 붙어 '군선강(群仙江)'— 요 강 이름이 군선강이라고 그래요.

---

15) '바다 맹'자가 아니라 '바다 명(溟)'자일 것이니, 따라서 '맹선문'은 '명선문(溟仙門)' 일 것이다.
16) 허씨와 이씨가 놀던 장소라고 해서 허(許)리(李)대(臺)라고 하였다고 함.
17) 넓적하고.
18) 되었겠다고.
19) 여기.

2. 구정면(邱井面)

1) 범일국사의 탄생 ··

1991. 5. 22. 학산리 / 황근각, 남·71

*학산리에 대한 자료를 찾아보시다가 말씀해 주신 이야기다.

옛날에 석천동에 얽힌 설합니다. 그래서 왜 그러냐 하면 한 집이기 살었는데, 어머니는 문씨라고 이렇게 나와 있어요. 어머니가 문씨인데, 그 따님이 이제 그 석천우물에 와가지고 그 인제 그 집 옆에 우물이 있시니까 그 우물물을 인제 아침마다 인제 이걸 자꾸 집에다 길러서1) 가구 이래죠, 요짐2)에는 뭐 상수도가 있어서 방안에서 다 물을 기르지마는, 옛날에는 우물이 따로 있어가지고선— 인제 밖에 우물이 있어서 인제 그 샘물을 언제든지 떠다가선—갔던 것은 식수로 하고 이렇게 하는데, 그래 그 하루 아침에에 또 물동이를 그 처녀가 이구서는 인제 와서— 우물에 와 가지구서는 물을 길를라구 하니까 아마 아침 해가 떴던 모양이죠. 그 유난히 그 햇살이 그 인제 우물에 인제 비췄다 이기죠. 비췄는데, 그 노란

---

1) 길어.
2) 요즈음.

이- 인제 구전에 의하면은 여러 가지 설도 있는데, 우리가 들은 바에 의하면은, 그 노란 계란 노란 자위가 있잖아요? 그 노란 자위 같은 게 그게 나타난다 이기죠. 물에- 우물에 나타나니까, 바가지를 갖다가 이렇게 긷다가 그 노란 자위 있는 걸 그걸 떠서 마셨다 이기야. 그 인제 처녀가-. 그르므는 이제 집에도 모르죠. 그래가지고는 인제 우연히 이래서 자연스럽게 물을 퍼가지고 물동이 이고- 물을 길러서 물동이를 이구선 그 다음에 인제 집에 갔다 이기죠.

근데 그 후에 처녀가 자꾸 그 배가 불러, 이상하게-. 그래서 이건 그 옛날이나 지금이나- 뭐 요즘엔 처녀가 애를 낳았다구 하면 뭐 별루 대단치 않지만, 또 뭐 이해하는 건 하고 이래는데, 그때 세대야말로 참 그 처녀가 애를 낳았다 이래며는 이건 뭐 아주 참 부끄러운 일이고, 이래서 그래 그 처녀가 자꾸 배가 부르니까 십사 개월 만에 애를 낳았어요. 열 달 만에 애를 나야 되는데-. 그러니까 십사 개월 만에 애를 낳으니까- 그래 또 어떤 인 십삼 개월 만이다 이렇게도 이야길하고 이래는데, 게 우리가 들은 바에 의하면은 십사 개월 만에 어린애를 낳았다 이기죠.

나니,3) 지금이나 옛날이나 이건 이웃이 알까봐 남새시러워서 그래 거 처녀는 집에다가 그냥 몸이 아파서 앓는다고 해서 이불을 인제 덮고 드러누워 있고, 그 다음에 에 이래서 뭐이야 했는데 그 후에 애를 낳으니까, 이- 이웃이 알까봐 부끄러우니까 뒷산에 학바위라고 있어요, 큰바위가-. 지금도 여전히 유적에 남아 있습니다마는- 그래 그 학바위에 올라가서 그게 보면은 그 참 그런 그 납작한 돌 있고 아주 그 놀기가 좋아요. 지금은 옛날로 말하면 화전놀이4)- 요즘 말하면 소풍을 가면 그게 아주 바위에- 그 요즘에 위험도가 있닥 해서 애들이 옛날 애들과 다르잖아요? 이 좀 호기심이 많아서 높은 데서 자꾸 뛰어내린다고 하니까 고만 애들 뭐

---

3) 낳으니.
4) 화전(花煎)놀이. 꽃잎을 따서 전을 부쳐 먹으며 춤추고 노는 부녀자의 봄놀이.

이 하잖치만, 옛날에는 선생님이 한 마디 하면은 그 뭐 참 그대로 말을
잘 듣는데, 요즘에야 뭐 그렇게 하나요? 그래서 그런 그 놀이 좋은- 그
놀이하기가 좋은 바위가 있어요. 그 바위틈에다가 애를 갖다가 포대기로
싸가지고는 놓았어요,

그래 놓구는 가만히 집에 인제 내려와 있죠. 그랬는데 그 후에 사흘이
지냈어요, 그 삼일이 지낸 다음에 그 참 모성애라는 게 그 참 그럴 게 아
니요? 암만 부끄러운 일이기는 하지마는 그 어린애를 낳았다는 것은 그
하니까 이기 이젠 죽었을 것이다. 갖다가 잘 파묻어 주두룩 하기 위해서
관이니 뭐니 준비를 해가지고서는 그 애를 생명이 아깝다고 해서- 하여
튼 내던졌으니까- 삼일이 지났으니까- 가니까 이런! 애가 살아 있다
이기요. 그래서 이기 이상하구나, 이래서 이기 어떻게 돼 살아 있느냐 하
니까- 그래자 학이 한 마리가- 인제 학이 날아오더라. 날아와서 그 애
를 이렇게 품어가지고서- 그러니까 야 이게 심상치 않구나! 그 나음엔
숨어서 지키봤다 이기죠. 그래 되니까 학이 날아가더니까 뭔 빨간 열매를
인제 물어다가 애를 입안에다가 멕이더랍니다. 그러니까 '야, 이게 신기
하구나! 이래 놓으니까 이기 이상하구나! 원 붉은 열매를 갖다가 으 학이
물어다가 애를 멕이고 밤엔 아마 틀림없이 학이 품고 애를 이렇게 해서
애가 살았구나! 애는 틀림없이 비범한 애가 될 것이다.' 다시 꺼내다가 집
에 와가지고 길런 기 바로 범일국사다.

2) 부무골과 조고리골 ···

1991. 5. 22. 학산리 / 황근각, 남 · 71

임씨들이 인제 산소를 찾아 돌아 댕기는데- 여러분도 아마 옛날 그
산소도 잘 찾구 못 찾구 이런 기 있잖아요? 근데 어머니, 아버지- 그기
아매 내가 생각하기는 그 추리인데- 이건 뭐 어떤 주관점으루 내가 말

드리기가 곤란하지마는 그 얘기 들은 바에 의하며는— 인제 내 주관점으루 얘기를 합니다.

그러니까 그전에 아마 뭐 임진왜란 때나 아마 뭐 그때 난리통이고 뭐이 하니까 송장을 갖다가 막 내던진 거지. 갖다가— 밤에 그저 어두워 놓으니까 갖다 밤 안장— 그렇지 않으면 임진왜란 전에 어떤 그 숫한 뭐 여러 가지 난들이 있었잖아? 그 난 때에 아마 부모를 (제보자 : 잠시 이야기 중단) 그래서 인제 부모의 산소를 갖다 놓고는 내중에 인제 그 후손들이 내중에 인제 산소를 찾아 돌아 댕기는 기야. 암만 돌아 대닝께— 그 구전에 의하면 인제 김씨라구 그래요. 김씨가 인제 에— 아버지, 어머니, 할아버님 모두 산소를 인제 어디 갖다 막 다 묻었시니까 그것 찾으러 돌아댕기다가 고만 못 갔어— 못 찾았어. 그래 아주 한탄이 돼서 게 그 '부모골'이라고 있어요. 그것가지고 '부무골'이라이라 이래는데, 그래 아주 원한이 돼가지구 부모를— 게 부모곡인데 그것가지고 요즘에 자꾸 그 어원이 바꿔가지고 '부무골'이라— '부무골'이라 합니다.

그 다음에 또 할아버지 산소도 또 찾을라고 돌아 댕기다가 못 찾어서 한이 돼서 그거는 또 '조고리골' 이래는데, 요즘에는 '조곡'이다— 조곡, 뭐 이런 말이 있습니다.

3) 굴산사[5]

1991. 5. 23. 학산리 / 황근각, 남 · 71

처녀가 처음에 말씀드린 것과 마찬가지로 그 처녀가 인제 잉태해서 십사 개월 만에 출생한 바로 그 범일국사가— 그 아이가 커서 범일국사가 되었다. 그래서 범일국사가 상당히— 그 십사 개월 만에 출생해 그랬는지

---

5) 강원도 강릉시 구정면(邱井面) 학산리(鶴山里) 597번지 일대에 있었던 신라 굴산사의 절터. 847년(문성왕 9)에 범일국사(梵日國師)가 창건하였다고 함.

뭐인가 비범하구 이래서 불교에 일찍 뜻을 두고 말이지. 칠백삼십일 년6) 흥덕왕 육 년이래요. 흥덕왕 육 년에 인제 흥덕왕 왕자님의 이름이 김의종7)이라 그래요. 김의종이- 김의종을 왕자를 따라서 당나라에 들어갔어요. 들어가서 제안대사에게서 법을 배웠어요. 그리고 그 다음에 제안대사에게서 수련을 받고- 받은 다음에 당나라 각지를 돌아다니면서 배움을 더 거듭했어요.

그래 오 년하고 그 담에 칠백사십육 년 팔월에 우리나라로 귀국했어요. 그래가주구 경주를 중심으로 해서 불도를 펴왔어요. 경주에 들러서 그래가지고- 그러던 중에 당시 명주 도독이8) 굴산사에서 설법을 해 달라고 인제 요청을 받았어요. 그래서 이 절로 들어왔어요. 그러니까 그때에 굴산사에서 설법을 좀 범일국사에게 요청했으니까, 그전에 굴산사를 만들고 아마 간 걸로 이렇게 짐작이 가는군요. 요청을 받아서 여기에서 사십여 년 동안을 설법을- 학산 여게 굴산사에서 했어요.

설법을 하고 그 다음에 경문왕, 헌강왕, 정강왕이 국사로 봉했어요. 봉하고 서울 경주로- 인제 국사로 모셔가지고 서울 경주로 인제 모실라고 했는데, 그걸 불응했어요. 하고 굴산동의 발전에만 아주 전념을 했었다. 그래서- 그리고 보니까 수많은 제자를 배출했고, 특히 개천 그 다음에 행적 등 십승 제자가 있어서 굴산사 선문은 크게 번창했다. 이런-이렇게 전해 오고 이들의 선교 활동은 신라 말에 불교계에 새바람을 일으켰고, 강릉지방을 중심으로 해서 영동지방에 크게 영향을 받게 했다.

범일국사는 굴산사를 본산으로 해가주구 강릉 내곡동에 신국사, 삼척에 삼화사, 그 다음에 양양에 낙산사를 창건했다는 기록이 남아 있어요.

---

6) 제보자의 착오임, 흥덕왕 6년은 731년이 아니라 831년임.
7) 흥덕왕의 초명은 '김의종'이 아니라 '김수종(金秀宗)' 혹은 '김수승(金秀升)'임.
8) 도독에게서. '도독(都督)'은 통일 신라 시대 각 주(州)의 으뜸 벼슬. 원성왕 원년(785)에 총관(摠管)을 고친 것으로, 위계는 이찬(伊湌)에서 급찬(級湌)까지이다.

4) 기민(饑民) 먹이기 ···

1991. 5. 23. 학산리 / 황근각, 남 · 71

나라에서 인제 그 보유미가 옛날에도 있었거든. 없던 게 아니거든. 나라에서 인제 군량미도 해야 되겠고─옛날에두 무관이 없던 게 아니야. 옛날에두 나라에 남의 나라에 적이 있구 이랬기 때문에 항상 이 중국 같은 데서 우리나라와 붙었잖아요? 그래 노니까 침입을 하고 이래 인제 군량미라는 건 옛날부터 있었고, 또 이 정부에서─나라에서 이 보유해 두는 예비미가 있었는데, 기민을 먹인다구 하는데, 그 기민[9]이라는 게 어떤 긴고 하면, 인제 흉년이 져서─ 흉년이 졌다고 하는데, 이 실제로 흉년이 졌는지 안 졌는지 모르잖아? 그러니까 인제 암행어사 같은 걸 거지같이 차려 내보낸단 말이야. 그래 이건 아주 비밀탐정이지. 그래서 내보내서 한 부락에 가니까 때가 됐는데도 도무지 연기가 안 나. 굴뚝에서 연기도 도무지 연기도 전혀 안 나드라 이기야. '야, 이거 무슨 곡절이 있구나!' 하구서─ 한번 이 뭐 볼라면 얼마든지 보지 뭐. 물이 먹구 싶다 해가지구 들어가두 되구─ 물 달라 해서 들어가도 되니까─ 아, 이 아침도 안 하구 있는 게 이상스럽단 말이야. 그래,

"댁에서는 아침때가 됐는데 아침도 안 하고 계십니까?"
하고 이래 물으니까, 그 뭐 촌 아주머니들 솔직히 얘기할 수가 있지.

"식량이 하나도 없으니까─ 쌀이 없어서 밥을─ 끼니를─ (제보자가 밖에서 나는 소리에 대답하느라 잠시 중단) 이래서 지금 밥도 못하고 있다."
고. 온 부락을 집집이 물어봤어. 다 그런 얘기를 하드라 이기야. 그러니까 기민들 나라에서 보유미를 풀어가주구 매호에 기민을 먹여. 그걸 갖다 '기민 멕인다.'고 해.

---

9) 굶주린 백성.

5) 미륵불이 얼굴 깎인 이유

1991. 5. 23. 학산리 / 황근각, 남·71

소를 모두 멕였는데— 그 목동들이 인제 소를 멕이는데, 소가 자주 없어진단 말이야. 그래 야중에[10] 보니까 미륵불이 소를 자주 잡아먹는다 이기야. 아, 인제 그 뭐 전설이야. 돌부처가 어떻게 소를 잡아먹어? 그래 소를 잡아먹으니까 그래가 말에[11] 하루는 날이 흐리구서는 소내기[12]가 쏟아지면서 천둥하면서 인제 뇌변으로 해서 그만에— 그 쉽게 말해 '벼락 맞는다.'고 그러잖아? 인제 나쁜 짓을 하면 왜 '벼락 맞는다.'고…… 그래서 그게 인제 벼락을 맞아가주고는 죄의 (청취 불능) 낯을 싹 깎았다.

6) 강릉 시내 전체가 불탄 이유

1991. 5. 23. 학산리 / 황근각, 남·71

*정신교 할아버님께서 지관 이야기 두 편〔구정면 자료 9~10〕을 해 주시자 황 교장(황근각)께서 생각나는 지관 이야기가 있다며 시작하셨다.

이건 풍수학에 관한 문젠데, 강릉시내 남산이 있잖아요? 남산— 남산에 정자가 있어요. 강릉 시내 오성정이라고 정자가 있어요. 남산이 있는데 누가 인제 '거기가 명당자리요. 명당자리니까 거기에…….' 구전으로 한 이야기지. 그런데 남산 밑에 가만히 굴을 파구선 거기다 송장을 묻었단 말이야— 송장. 거 워낙 좋은 자리니까— 그래서 뭐 몰라— 마루 밑인지 하연간 어딘지 하여간 가만히 암장했다 이기야. 모르지, 뭐 평토를 해 놨으니까. 송장을 갖다 묻었는지, 안 묻었는지.

---

10) 나중에.
11) 마지막에. 마침내.
12) 소나기.

하룻밤에 인제 정월 대보름날에 강릉 시내가 전소를 했어, 강릉 시내가 전부 불로 해서 싹 탔다 이거야. 그때는 시내는 요즘에 탄이니 석유 보일라로 해서 불 염려가 없잖아? 옛날에는 시내 살아도 전부 장작을 가지고 불을 때. 전부 집집이 불을 때는데— 전부 초가집이니까. 그래 이저 정월 대보름날에는 모두 인제 그 뭐야? 불을 때고서는 인제 그 찰밥을 찌잖아? 정월 대보름날에 먹을라고— 찰밥을 찌는 집집이 불을 땐단 말이야. 그래 인제 한참 모두 짚을— 누구 집 할 것 없이…….

뭐 강태공이 얘기 안 했지만, 섣달 그믐날 뭐 베 짜는 소리가 거그서 나왔잖아?

"딴 데는 떡방아소리가 나는데 우린 뭐 떡방아 없느냐?"

고.

"이래서 뭐이 하니 그러면 우리도 떡방아 찧자."

고. 이래서 그 집엔 뭐 적빈[13]이지 뭐. 빈한한 가난이니, 뭐 딴 데 떡방아 찧는 소리가 나는데 우린 뭐 할 수 없시니까— 그래 그만 그 부인 보구선,

"우리도 떡방아 찧자."

고 해서, 그래 그 인제 가야금 가지고서는 인제 노래 부른 기 방아타령이 그기 바로 정월 대보름날 딴 데들은 뭐 떡방아 찧는데 그 집엔 뭐 선비집이 가난해서 없이니 해서 방아타령을 했다는 그런 것과 마찬가지로, 그래 인제 집집이 정월 대보름날 불을 때고 이래는데 한집에 불이 나니까— 화재가 나니까, 불 때다가 부지깽이 들고 제 집 불 생각은 안 하고— 그럴 께 아니야? 불 보러 나갔을께 아닝감. 나가니까 이 집에도 불이 또 나가지고 또 저 집에 또 가니까 저 집 불 때다가 말고 쫓아 나갔시니 이 집에 불나고 저 집에 불나고 (조사자 : 모두 웃음) 그만 강릉에 전부 전소됐단 말이야. 되니 사실 알고 보면은 제 가끔 부주의지 뭐. 알고 보면은 모두 화덕을 했시니까—. 그랬는데 이상하다구 풍수학상으로 누가 아마 그

---

13) 적빈(赤貧). 몹시 가난함.

랜 모양이라. 뭐인가 남산에 뭐이가 이상하다. 그래지 않고는 강릉에 흉한 일이 생길 택[14]이 읍다. 이래서 파 보니까 거기 드갔던 송장을 암장했단 말이야. 그걸 파내고 나니까 강릉에 불도 안 나고 이렇더라.

7) 숭덕왕

1991. 5. 23. 학산리 / 황근각, 남 · 71

숭덕왕일 꺼야, 숭덕왕. 그 근데 내가 그건 지금 도저히 내가 확실한 자신은 없어, 하도 책본 지가 오래 돼서. 숭덕왕이 즉위하기 전에 왕으로 즉위하기 전에 민정을 좀 살펴봐야 되겠다. 그래가주구선 옷을 남루하게 해 입고서는― 인제 왕자가 옷을 남루하게 해 입고서는 저 시골로 갔어요. 가니까 한 군데 가니까,

"어디 머슴 좀 살 데 없느냐?"

이래니 그 뭐 어디 그지 같은 게 와 머슴을 산다고 하니,

"저 등 너머― 고개 너머 가면은 큰 기와집이 있는데, 그 집에 가서 인제 머슴을― 그 집엔 머슴을 많이 둔다."

그래 인제 그 집에 찾아갔어. 가니까 지금― 근데 거 찾아가니― 주인을 찾아서,

"제가 인제 머슴을 좀―"

"그래 농사를 많이 지어봤느냐?"

이래니,

"저는 농사를 안 지어봤기 때문에 어쨌든 밥이나 얻어먹고― 어떻게 좀 있도록 해주쇼."

이러니 전에 큰 일꾼이 있고 또 전매 일꾼이라고 또 있어. 거 인제 조그마한 심부름도 하고 이런 인제 일꾼이 전매로― 그러면 전매 일꾼을―

---

14) 턱. 리.

인제 지금으로 말하면 일꾼을 채용하는 거지, 그래서 인제 일꾼 노릇을 하는데 꼴을 베니 이거 당체[15] 이놈이 왕잔데 궁궐 안에만 있다가 뭐 뭐 그걸 베 봤나.

"꼴을 베 오너라."

이래니 그래 뭐 근근이 인제 뭐- 인제 매를 맞지. 꼴을 하는 게 뭐 조금씩 한 아름씩 해서 인제 확실하게 적으니까 전매 일꾼을 부르러 가는 거야.

"너 이리 오너라."

그 주인이 인제 왜 그러나 (하고),

"왜 그랬습니까?"

하구선 갔단 말이야. 가니,

"우리 집에 그 연못이 있는데, 그 기와집이니까 큰 인제 기와집이니까 연못이 있는데, 저 밤으로 저 개구리가 자꾸 우니까 오늘밤에 그 좀 잠을 못 자겠다. 그러니 개구리가 울지 않도록 좀 가서 해라."

이러니 자 이거 개구리를 아유 이거 우야노? 연못에 가서 게 인제 연구를 했단 말이야. 인제 주인이 시키니까 안 할 수 있는가? 그래 인제 그 담에 가만히 연구를 했단 말이야. 하니까 하 이 재재한[16] 돌- 재갈이 있잖아? 재갈을 인제 가서 한 짐 바수가리[17]에 짊어지고선 연못가에다 갖다 놓구선 '개골, 개골, 개골' 하면 돌 하나 탁 던져 '텀부렁' 하면 그건 누구든지 그래요, 개구리 한창 울 때, 돌을 하나 획 던져 '텀부렁' 하면 개구리 소리가 없어. 그래 인제 앉아서 인제 바수가리에- 잠이 오면 할 수 없고, 주인이 시켜 놓은 일이니까 인제 한 개씩 던지고 던지고- 게[18] 하룻저녁을 인제 개구리소리가 좀 작게 인제 이렇게 했단 말이야,

---

15) 당최. 도무지. 영.
16) 자디잔. 자질구래한.
17) 바수거리. '발채'의 사투리. '발채'는 짐을 싣기 위하여 지게에 얹는 소쿠리 모양의 물건.
18) 그래.

그 다음에 그 이튿날에 또 하라 이기야. (모두 웃음) 그 담에 또 생각하기로, '하야, 이거 안 되겠구나! 개구리를 우는데 내가 돌을 획 던지면은 이 안에 개구리가 맞는데, 혹 다리를 다치는 개구리가 또 있겠다.' 이기야. 돌을 던지니까 많이 던지다 보면 개구리한테 돌이 맞아서 개구리한테 부상을 당하겠다. 그 다음에 또 가만히 생각해 보니까, '아녀, 이러면 안 되겠다.'

모래를 인제 그 다음엔 한 바수가리를 인제 짊어지구서 가서 인제 그 다음엔 연못가에 앉아서 개골개골 하면은 모래를 한 번씩 확 뿌리고 뿌리구— 이래 참 조용하단 말이야. 또 그래고 나서 가만히 생각하니까, '이 모래를 뿌리면 혹 또 개구리눈에 (청중 웃음) 또 혹 들어갈는지 모르겠다.' 그래 생각하니까— 그러니 얼마만치 인자해? 그래서 고만 전부 철수를 했어. 하고 주인보고,

"나는 인제는 더 이상 못하겠다."

하니,

"이놈아, 니 모래나 돌 이런 거 갖다가 하면 내가 잠을 잘 자겠는데, 니 우째 못하겠느냐?"

"인젠 머슴도 인제는 고만 살고 가겠습니다."

이래서 그 집을 떠나가지고 그 분이 집전[19]해가지고— 나라 국왕으로 즉위해가지고 그 참 민정을 바로 살폈으니까. 그래가주구 그분이 인권옹호 문제도 그거 했지만, 그 인제 절대 사람을 그 인제 종을 부리되— 그 다음엔 국왕이 돼가지고 그러니까 인제 주인을 인제 불렀단 말이야'

"그때 머슴 살 때 당신이……."

보니까, 하 이거 뭐 내가 뭐 머슴을 둔 게 아니라, 나라 왕을 머슴으로 둔 기라. 그래서,

"당신이 그렇게 국사를 하면 안 될 것이 아니냐? 내가 당신 그거 하니

---

19) '집권'의 잘못일 듯.

까 돌을 던지니 개구리는 울지 않지만, 혹 다리를 다칠 염려가 있고, 또 모래를 갖다 뿌리니 혹 눈에 들어갈 염려가 있고, 이래서 내가 나왔노라. 이래니 앞으로는……."

그래 그것 인제 정책적으로 베풀어가지고 종을 갖다가 너무 박대를 하지 않고 국정을 잘 했다는 그러한- 그 참 그 분이 아마 숭덕왕일 꺼야.

8) 학산리

1991. 5. 23. 학산리 / 정신교, 남·69

*황 교장 선생님과 이야기를 하고 있는 중에 이 동네 노인회장님이시고 전에 강릉상고 선생님을 하셨던 정신교 할아버님이 오셨다. 이야기를 해 주십사고 부탁드리니 약간 쑥스러워하시면서 학산이라는 지명과 마을 유래 등에 관한 전설을 들려 주셨다.

고려 삼십이 대 우왕이 마지막이 여기 왔거든요. 여기 왔는데 학산리라는 데가 여기 굴산사가 있었는데 거기에 승려가- 중이 많이 있었대요. 그분이 여기 와 계심으로 해서 이짝 동댓골이니 뭐 이렇게 이름 붙어 있거든. 그런데 우린 뭐 잘 몰라요. 근데 그 장안을 중심으로 해서 동서남북으로 갈려 있었는데- 그런 얘긴 할 필요도 없고-

학산리라는 게- 내가 볼 때는 학산리라는 게 처음부터 학산리는 아니다. 절이 굴산사거든. 범일국사가 여기서 출생하고 이래고 나서 학산이다. 학바우[20)]가 생기고 학산이 아니 됐겠느냐? 난 이렇게 추측하죠. (조사자 : 그러면 그때 그 범일국사 이후로 학산 학마을이 된 거예요?) 그렇지. 그전에는 사가 없어요.

이성계 군대가 와서 들이치니까 이 승군이 일어났어요. 한성사든지 뭐

---

20) 학바위.

승북사든지 중들이 전부 모여가지고선 싸웠다 이거요. 싸우니 무기가 있나 뭐가 있나 그냥 작대기 들고 싸워 봐야 소용도 없고 그래서 그 우왕은 왕산골이라는 데가 있는데 거기 지금 왕성이라고 그러는데 왕산골 가다가 붙들려 죽고 그때에 승군이 일어남으로 해서 여기 있던 민간들은 가세를 했단 말이야. 그 바람에 절도 불태워 버리고 굴산사에 대한 사지[21]가 없어요. 아무 자리나 찾아봐도 없다구. 대한민국 내에 여근디 다 타 삐졌으니까.

그리고 여 민간인들도 그때는 장성거리[22] 밑으로만 집을 짓고, 우[23]는 절이니까 뭐 식구 몇이 살았겠지만 전부 불타 삐렀어. 여그 한 칠십 년 동안 이조 초기 한 칠십 년 동안 집이 없었다 이거요. 그러다가 맨 처음에 이 황씨가 오고 우리가 오고 동황정조[24] — 그래서 그건 뭐—그건 뭐 사실은 처음엔 동씨가 맨 처음에 왔다는데 동씨가 전라도에서 왔거든. 그래고 지금 딱 한 사람이 살아요. '동기달'이라고—.

9) 인장묘시발복지[25] ···

1991. 5. 23. 학산리 / 정신교, 남·69

*학생들이 지관 이야기 아시는 것 좀 해 달라고 부탁드리니 이야기를 시작하셨다. 교직 생활을 하셨기 때문인지 말씨에 사투리가 덜하고 말씀도 잘 하셨다.

들은 얘긴데, '인장묘시발복지'가 있다 이렇거든. 인시에 묘를 두고 묘

---

21) 사지(寺址). 절터.
22) 장승거리. 강원도 강릉시 주문진읍 장성리에 있는 길거리.
23) 위[上].
24) 동씨, 황씨, 정씨, 조씨의 네 성씨를 말함.
25) 인장묘시발복지(寅葬卯時發福地). '인시' 즉 오전 4시 전후에 장사를 지낸 후 '묘시' 즉 6시 전후에 곧 발복함.

시에 발복을 닦아야 한다. 어느 한 사람이 참 가난한 사람인데 자기 아버지가 돌아가셨단 말이야, 그러니 묘를 쓸라 하니 묘를 어디 자리가 있나? 그래서 지관한테 물으니까 저수지 위쪽으로 논가에 바로 그 자린데 거기 쓰라 하니, '여기 쓴다면은 반드시 그가 올끼다. 올 테니 묘 딴 데 가 써라.' 그래서 자기 혼자 부를 모시고 가서 인제 구덩이를 파고선 인제 묻을라 하였단 말이야. 하는데 그 아래 사는 부잣집에서 묏자리를 보니 즈그 쓸 데거든. 그때는 개인소유 땅이라는 기 그런 건 실지로 부자가 내끼다 그럼 고만이거든. 얼매 안 돼. 일제시대 와서 했지. 옛날에는 그게 없었단 말이야.

"벼 몇 섬 줄 테니 딴 데 가라."
그러니까,

"아이구 안 됩니다. 나는 갈 데가 없습니다."
하고선 더 준다 하니, 열 섬인가 얼매 섬 받고선 헐 수 없이, '가겠다.'고 하고 딴 데 갔다 이거야. 그라니 인자 묘시발복지라. 부잣집에선 벼 몇 섬 있으나 마나라 이기야.

10) 지관 김음보의 죽음

1991. 5. 23. 학산리 / 정신교, 남 · 69

*'인장묘시발복지' 지관 이야기를 하신 후 학생들이 더 해 달라고 조르자 이 이야기를 해 주셨다.

제빈리,[26] 거기 강씨들이 많이 살았시요. 강씨ㅡ 진주강씨가 많이 살았는데, 거기 인제 김음보라는 지관이 왔단 말이야. 근데 김음보 지관이 왔는데 이 지관이 지금 강원도 기능원장 옛날 할아버진가 그랬대요. 그 할

------

26) '제비리(濟飛里)'의 잘못. 구정면 소재임.

아버지 같이 묏자리 보러 저 본사 쪽으로 가는데, 가다가 말고 해가 이렇게 있는데,

"장개를 간다."

이거야. 장가를 갈 테니 안 간단 말이야.

"여자야 된다."

말이야. 그 동네서─.

"어떻게 자냐?"

하니까,

"아구, 왜 못 자냐?"

구.

가만히 생각해 보니 장가를 간다니 이상해서,

"하여튼 네 맘대로 해라."

그렇게 했단 말이요. 그리 했는데 지팡이를 짚고 가다가 지팽이 가주 가서 우물이 있어요. 그 동네 인제 들어가는 어구에 우물을 가서 휘저어 놓거덩. 그래고는

"가자."

고─. 그 옆에 가서─ 주막, 옛날엔 주막집이 없으니까 가서,

"좀 쉬어 자고 가자."

고 하니, 그리 잤지. 자다가 저녁밥 먹고는 달이 훤한데 그만 어실렁어실렁 간단 말이야. 가더니 이틀 아침에 왔단 말이야, 그 동네 처녀를 인제 꼬신 기야. 그래가지구선─ 그래서 이 사람이 그날 가서 인제 묏자리 잡아주고 오더니, 그 처녀랑 결혼한 기라. 해주구선 사람들이 원체 부자고 이러니 당체 못 뵈겠단 말이야. 어떻게 해 볼 방법 없으니, '왜 이러나?' 하고 가 보니. 제비골이란 데 강씨들 시조묘가 있는데, 이짝 이래 보니 바우가 있단 말이야. 그 바우만 내리 굴리면 강씨들이 망하겠거든. 그래서 지관이 그 큰집 종손들 보고,

"저 바우를 굴리시요. 하면 과거도 많이 나고 좋겠더라."

거짓말했던 거야. 그짓말 하니까 들었네. 듣고선 내리 굴렸어. 굴리고 나니까 일 년도 안 돼서 사람 서이 죽는 기야. 죽고— 잘못해서 재산도 손해보고, 그래 가만 생각해 보니 이 사람이 자꾸 죽으니까 도망가야겠단 말이야. 거 있다간 안 되겠시니 그 마누라 데리구선 가는 거야. 가다가 저 강둑변인가 어디 가 붙들렸시요. '잡아 죽여야 된다.'구— 잡혀선 죽었단 말이야. 지금은 제비새끼를 품고 있는 이런 형국인데, 그 바우가 할미바우거든 그래서 그 바우가 있으므로 해서 이쪽에 뱀이 넘어 오지 못하거든. 제비새끼 잡아먹으러—. 그래서 지금은 돌을 올리놨어, 또.

11) 눈물바위와 독바위 ···

1991. 5. 23. 학산리 / 동기달, 남·67

옛날에— 그거는 우리들이 사실은 철두 모르게 인제 눈물바위—눈물바위 얘길 들었거든요. 게 눈물바위란 바위는 그래 우리가 어른들보고, '왜 눈물바위 하필이면 왜 눈물바위라 합니까?' 하니까, 어떻든 그 지향이 그거는 겨울이구 여름이구— 겨울이면 고드름이 달리구 여름이면 계속해서 물이 눈물처럼 바위에서 물이 뚝뚝 떨어진단 말이야. 그래서 인제 눈물바위라구 이래구—.

고 윗동네 가면 독바위라는 바위가 있는데, 독바위라는 건— 아주 바위가 큰 독바위가 하나 있어요. 아주 인제 매 독바위라구 하구— 요거는 사실 석천동이라 하는데, 옛날에 석천동이라는 옛날 원형 이름은— 지금은 죄 행정구역으로 학산 그리니 뭐 뭐 이반이니 이래잖아요? 옛날엔 석천동이라구 인제— 인제 샘 천(泉)짜— 흰 백(白) 밑에 물 수(水)한 자 '내천'27)자 그런 동이 인제 석천동— 흰 백 밑에 물 수— 인제 그러니까 저 흰 백이 아니라 돌 석(石) 밑에— 돌 석 있어. 인제 여 물 수 한 자, 돌 밑

---

27) '샘 천(泉)'자를 잘못 말한 것임.

에 나는 석천— 돌 속에서 나는 물이야. 거기서 인제 범일국사가 났지요. 응. 석천이라구—석천이라구— 흰 백이라. 흰 백이다. 흰 백이 맞다. 흰 백 밑에 물 수 한 자다. 돌 석이 아니다. 요게서 인제 범일국사가 났고, 어— 내가 알기로는 고기 인제— (이하 녹음 안 됨)

12) 숯대백이

1991. 5. 23. 학산리 / 동기달, 남 · 67

어— 내가 알기로는 요기 인제 진사댁이라구 있어요. 요게 옛날에 진사댁이라구 있는데, 진사라고 하면 옛날 벼슬도 그것도 그만하면 그 우리 나라 벼슬루는 지금의 무엇에 비교할까? 진사라 하면은 첫 초시를 시케 가지고 천 명을 지원받아 이백 명을 뽑으니까 그것도 꽤 비율이 꽤 세지요. 내가 얘기하지만 그래 진사 급제— 진사만 해도 여기 숯대를 세워요. 요기 숯대백이[28]라고 요 바로 요 석천우물 옆에 숯대를 세웠는데, 우리 서로 몰라서 아마 숯대가 아마 썩어서 넘어가고 이래서 선구[29]들— 선구 님들한테 들었는데, 돌아가신 양반들 얘기로 인지[30] 진사라는 벼슬만 해도 그 인제 그 숯대를— 숯대라는 걸 맨들어 세워가지구 인제 진사가 났으니까 집안의 한 경사니까 그 축하하는 의미로써 인제 광대를 줄 택할 때— 옛날에 그 광대 지금 말하자면 서커스단 있잖아? 줄을 갖다 이리 매고 광대가 옛날에도 부채 들고 옛날에 광대 오면 뭐— 그 뭐 그렇게 줄을 그렇게 알아주지 않았지. 그래 조금 낮은 사람으로 취급하지만, 광대들이 줄 타고 그와 놀이를 하는 거야. 놀이를 하구 인제 그래서 인제 진사만 해도 숯대백이— 숯대백이 하고—.

---

28) 숯대백이. 과거급제를 기념하기 위해 세운 화주대(華柱).
29) 선고(先考). 남에게 돌아가신 자기 아버지를 이르는 말. 문맥상으로는 '선조님'을 뜻함.
30) 인제.

13) 장승

1991. 5. 23. 학산리 / 동기달, 남 · 67

*조사자가 할아버지에게 귀신 이야기를 해 달라고 조르자, 그런 건 모르고 장
승 이야기를 해 준다며 하신 이야기이다.

　장승 같은 것도 얘기 들었겠지만 장승도 우리가 쪼끄만해서 이 요 부
락에 이 아랫 모탱이하고 윗 모탱이하고 요 사이에 인제 장승이 있었어
요. 장승- 장승이라는 게 인제 남구[31]로 인제 깎아가지고 지금도 뭐 어
떤 데 가면- 유원지에 가면 모형으로 하긴 했지만, 그땐 아주 진짜루 남
구를 칼로 아주 남구를 깎아가지고 사람 형태처럼 맹글어가지구 뭐 천하
대장군이라고 또 지하여장군이라고 둘이 양짝에 세워.
　그런 건 왜 거기 세우냐고 우리도 물었지. 물으니까 그때 철모르고 뛰
어 댕길 때니까 옛날에 뭐 아나. 병이 인제 그 마을과 마을 새로 넘나들
었는데 옛날 말로 괴질이라는가 무슨 요즘에 전염병- 나쁜 말이지. 그
뭐 그런 병을- 병이 한 부락에서 앓으면 저쪽 부락으로 넘어거면 그땐
의학이 아무 약도 없고 그러니까 넘어거면 그 막 사람들이 많이 사망하
고 이래니까 그 장승이 그렇게 인제 우뚝이 서서 양짝에 있으면 병이 이
쪽 병이 저쪽으로 넘어가지 않고 저쪽 병이 이쪽으로 또 넘어가지 않고-
　우역[32] 같은 것도- 우역이라는 것은 쇠고[33] 또 병이 있었거든. 옛날
에 소병도 역시 그렇게 넘어가지 않는다 해가지고 예나 지금이나 우리나
라에서 소를 얼마나 많이 키워싸? 그러니까 인제 소 키우는 사람들이 그
방법이라는 게 이 옛날 복상남구[34]를 갖다가 칼로 말끔하게 칼 형태로

---

31) 나무.
32) 우역(牛疫). 소, 양, 산양에 생기는, 급성 접촉 감염성의 치명적인 질환.
33) '소이고'의 뜻임.
34) 복숭아나무.

이렇게 깎아가지고 아주 이 무사들 가지구 하는 이런 참 커다랗게 깎아 가주구는 주로는 빨강— 주로 있잖아? 빨강 거—. 그걸 칠해 가지구는 그 마굿간35)— 오양깐36)이라구도 하구, 마굿간이라고도 하는데, 오양깐 양짝에 이렇게 찔러 놓아 놓구 그런 방침이 있었지, 옛날에—.

14) 기우제(祈雨祭)

1991. 5. 23. 학산리 / 동기달, 남·67

　*조사자가 "강원도엔 산이 많은데 산에 얽힌 이야기 하나 해 주세요."라고 부탁드리자, 한참 생각하신 끝에 이 이야기를 구연해 주셨다.

　하지37)가 지날 때까지 비가 안 오는 해가 있어요. 이 여름철에—. 아주 하지라 하면은 우리 농촌에서는 (제보자 : 아이, 더워서 소매를 걷어야—) 하지라 하면은 농촌에서는 아주 하지까지만 지나서 모만 심으면 증말 참 큰일이라구. 뭐 하지만 지나면 앞뒤 줄을 다툰다 그랬어. 먼저 심근 한 줄이 이오 종종 줄모38) 심거 놓고, 오전에 심은 것과 오후에 심은 것이 또 달라. 그렇게 곡석39)이 성장할라고 애를 쓰는데, 모자리를 똑 옛날— 마— 그— 저 지금처럼 기계모 안 하고 손으루다 씨를 뿌리여 놓으니 이 놈으 게 올라오다 올라오다 내중에 고만 아주 녹두질금40)같이 이만큼 올라오니까 빨리 이것 뽑아 윙겨야지,41) 그놈이 몸이 굵어가지구 인제 그

---

35) 마구간(馬廐間). 말을 기르는 곳.
36) '외양간'의 사투리. 마소를 기르는 곳.
37) 하지(夏至). 이십사절기의 하나. 망종과 소서 사이에 들며, 양력 6월 21일경으로, 북반구에서는 낮이 가장 길고 밤이 가장 짧다.
38) 못줄을 대어 가로와 세로로 줄이 반듯하도록 심는 모.
39) '곡식'의 방언.
40) 녹두에 물을 부어 싹이 트게 한 다음에 말린 것.
41) 옮겨야 하지.

이삭이 굵은 게 추수를 하는데 사람이 죽은 지경이지 뭐.

하지가 지닐 때까지 비가 안 오면— 그래니까 하지가 지날 때까지는— 하지가 지나면 남의 논물이라도 있으면 들어다 모 심그라고 이래 돼 있어. 그래 그랬는데 그거는 인제 한 정성으로 에— 그 말하자면 인제 산에 가서—명산에 가서— 기우제라는 게 어떤 긴고 하면 이제 개를 잡아가지고 일개 면 하면 인제 면장이 대표로— 면장이 제일 어른이니까, 면장이 대표로 인제—인제 개를 잡아가지고 사람들 모두 여러— 인제 면장이 뭐 직접 가거나 잡아가주구 아주 간다는 게 아니라, 사람들 시켜가주구 여러 사람이— 제관이 또 여럿— 알지? 여기에 뭐 면에 사람들— (이때 전화벨이 울려 잠시 장내에 혼란이 있었음) 산 개를 짊어지구 가지.

산 개를—글세 살아 있는 개를— 만일 어느— 경기도 하면 명산이 있구 강원도 하면 명산이 있잖아요? 경기도 하면 삼각산이라든지 뭐 뭐 전라도 하면 지리산이라든지, 강원도 하면 우리 이 지방에 여기 칠성이라구 있어요. 칠성산[42]이라구— 칠성산— 법왕사[43]라는 그 절이 있는 우에 가면 그 칠성대가 인제 봉우리가 일곱 봉우리가 일곱 봉우리— 봉우리 봉우리 있는데 거게까지 올라가요. 아주 그 참 맷 시간을 땀을 흘리고 올라가가주구— 그 명산에 올라가서 인제 개를 거 가서 인제 목을 찔러가주구 피를 그 명산 우에 사방에 자연히 뿌리게 되지요. 개가 뭐 그래 놓으니 사방에 뛰어다니니까 (조사자 : 개를 풀어 놓습니까?) 그럼 그럼. 내놓으니 개가 이리 뛰고 저리 뛰고 하는데 뭐 피가 사방에— 그 명산에 인제 바위에 묻혀 놓는단 말이야.

그래 묻혀 놓으니까, 이 오죽 답답해서 그렇게 하겠어요? 이 농사가 안 되면 아 농민들이 죽을 지경인데, 지금에 정부에서 어디서 전라도나 저 뭐 호남지방에 풍년이 있으면 갖다 멕이지만, 그때는 뭐 뭐 차가 하나 있

---

42) 칠성산(七星山). 강원도 강릉시 구정면 어단리 소재.
43) 법왕사(法王寺). 강원도 강릉시 구정면 어단리 소재의 절.

소? 뭐 뭐 한 곳에 흉년이 들면 그 죽는 판인데— 그래 이제 그래 그 다음에는 인제 내려와서 거기서 제사를 올리고 제사를 올리고 인제 개는 뭐 가주 내려오다 어디 과[44] 먹는지 하여튼 가주구 내려와.

그날 밤에 다행히도 비가 오는 수도 있다고. 무릇 명산에다 그 인제 피를— 부정을 해 났으니까 그걸 씻느라고 하늘이 번개를 치면서 천둥을 하면서 비가 와가주구 그 물에 막 씻긴단 말이야. 그런 의미로써 인제 기우제 지낸다구.

15) 풍구[45]혈 ....

1991. 5. 23. 학산리 / 동기달. 남 · 67

묘 봉분[46] 위에 이래 둥글잖아? (제보자 : 손으로 둥그런 시늉을 지어 보였다) 둥글었는데 묘를 쓸 때 둥그렇게 썼겠지. 썼겠는데 그 구녕도 뚫어 놓지 않았겠는데 묘 봉분 꼭대기에 구뎅이 뚫버졌다 이런 얘기야. 그래가지고 성황신은 아들이 인제 위에 뚫어지니 페닝[47]이 무서울 기라 이런 얘기야.

그래가주는 멀리서 인제 가랑잎을 한 움큼 주워가지고 가선 이제 훅 던지면 그 묘에서 바람이 나와가지구 가랑잎이 그만 마구 날라가 거기 하나도 안 떨어지고 마 날라가고 이랬다는 얘기를 들었지. 그런데 게가 뭐 이거는 풍구고 이거는 풍구대고 뭐 이렇다고 설명하는 소리를— 그건 현지에 가봐야 무엇이 풍구고 무엇이 풍구대인지 알게 되지. 여기서 이렇게 얘기해가지고 모르지만도 땅 지형이 인제 그렇게 풍구— 왜 이 저기 대장간에서 풍구 부는— 그래 인제 그래 풍구혈이라 하는 거지.

---

44) 고아서. '고다'는 고기나 뼈 따위를 무르거나 진액이 빠지도록 끓는 물에 푹 삶다.
45) 풀무. 불을 피울 때에 바람을 일으키는 기구.
46) 봉분(封墳). 흙을 둥글게 쌓아 올려서 무덤을 만듦.
47) 청취 불량으로 의미 불명.

16) 복치형(伏雉型) 묏자리 ·····································

1991. 5. 23. 학산리 / 동기달, 남 · 67

풍구혈이라는 게 묘-당체에 그 풍구처럼 돼가주구 고 풍구 당체에다 묘를 써야지만 그 자손이 잘 된다는 이런 얘기예요. 솔직히 얘기하자면 복치형이란- 복치형이리는 건 매- 거- 인제 매가- 복치형이란 건 매 뭐 가슴에다가 써야 되느냐? 그런 논이 많잖아요? 근데 복치형에 인제 묘를 쓰면 무조건하고 그 자손은 떠나야 돼요. 경기도나 저 전라도나 어데 경상남도도 돼요. 매라는 것은 우리가 이지적으로 생각해도 뭔 데로 가야 지 꿩도 잡히구 먹을 게 생기지, 가만히 한 군데 집안에 있으면은 매가 먹을 게 없다 말이예요.

그래서 여기 복치형에 학바우 최 교수네 집 뒤에 있는데, 그게 복치형 이거든. 근데 가 보면 매 나래[48]구 매 주댕이 같은 것도 있고 다 있어. 산이 생기기를- 있는데 그 손[49]이 저 서울- 경기도로 뛴 사람들은 어마어마하게 큰 갑부 부자가 됐대. 손복기라고 그 인제 종손이-. 그런데 여기- 여기 이 지방에서 만날 그 뿌리를 못 뽑아가주구 여 지방에서 동네 여 언저리 가든지 동네 손가들은 만날 어려워서 말이지. 지금 이 집 걱정하지마는 각지에 간 사람들은 크게 잘됐다구요. 그래서 내 뭐 재사[50]는 아니지만은요. 재사는 아니지마는 이 이치가 틀림이 없어요.

---

48) 날개.
49) 손(孫). 자손.
50) 지사(地師). 지관(地官). 풍수설에 따라 집터나 묏자리 따위의 좋고 나쁨을 가려내는 사람.

17) 와우형(臥牛形) 묏자리

1991. 5. 23. 학산리 / 동기달, 남 · 67

와우형51)이라— 쇠형국이라잖아요? 묘가 쇠형국이라 하면 쇠가 새끼를 낳아가주구 젖을 떼며는 가야 돼. 송아지도 딴 데 가야지 큰 소가 되지. 그 소— 그 와우형인데 그냥 두고 비석을 내세워도 쇠대가리라 쓰일 비석을 석물52)해 세우면 그건 안 돼. 와우형은 절대로 석물을 못해 세운다구. 형국이 인제 와우형— 쇠형국이다 하며는 석물을 등때기에 비석을 세워도 안 되고, 뿌리에 세워도 안 된다 이기야. 쇠에 찣어 눌리켜져 안 된다구. 그러니까 그건 절대 안 된다구. (곁에서 : 황근각 교장께서 거들었다. "와우형이라는 거는 소가 누운 형이라 이거야. 와우형이라는 건 소가 누웠다. 그러니까 거기다 석물을 하면 안 된다는 거요. 석물 못한다 이거요. 그건 세우면 자손이 해로와요.")

18) 집터

1991. 5. 23. 학산리 / 동기달, 남 · 67

집터에 만약 중의 바랑 형국이 있거든— 집터 이 사람 사는 집터— 이 중의 바랑 형국이 있단 말이야. 그럼 중이라는 건 배랑53)이 가뜩 시주 댕기면서 받아가주구 응 공양미를 댕기매 인제—인제 시주를 받아가지고 인제 배랑이 가득 차면 지구 떠나야 되지. 거기 모 살다 보면 망해.

그래고 또 배랑 형국에는 자손이 귀하다 이렇게 나와. 철학적으로 그렇게 나와 있어. 자손이 귀하다. 중의— 중이 뭔 자슥이 있는가? 옛날에 중은 그냥 홀로 살아. 내중에 화장하면 끝나거든. 그러니 그게 돈은 불지망

---

51) 소가 누워 있는 모양.
52) 석물(石物). 무덤 앞에 세우는, 돌로 만들어 놓은 여러 가지 물건.
53) 배낭(背囊). '바랑'으로 변함.

정 절대루 중의 이― 저기 배랑 형국에 집을 짓고 살며는 재산은 배랑이 찰 때까지는 모이지마는 자손이 귀하다. 이렇게 돼 있어. 그건 이치와 우리 지사 얘기는 똑같애. 조금도 다름이 없어.

19) 강릉김씨 시조 ···

1991. 5. 23. 학산리 / 동기달, 남·67

*조사자들이 이야기를 부탁드리자 처음에는 좀 귀찮아하시는 것 같았으나 이내 잘 말씀해 주셨다.

강릉김씨의 인제 시조가 주짜 원짜거든.54) 주짜 원짜. 그 시조가 지금 묻힌 곳이―모신 곳이 인제 삼왕― 성산면 보광리 삼왕55)이라고 하고, 보광리라고도 하는데, 거가 지금 그 아주 능도 이렇게 참 그 모셨어요. 모셨는데 그 양반이 옛날에 인제 그 왕명을― 인제 강릉 낙향해가지고 왕명을 받았는데, 왕이 물론 왕자리 비니까 왕명을 했겠지. 그전에 얘기는 약하고 왕명을 받아가지고 인제 임금 자리에 인제 그 옥상에 앉을려고서 왔단 말이야.

오니까― 갈라고 하니까 그날 비가―비가 들이 쏟아지고 번개를 치면서 눈을 못 뜨게 아주 그 일기가 불순했단 말이야. 그러니까 옛날엔 지금 같이 다리두 없구, 이런 뭐 이런 세면56) 다리두 없구, 그런 차도 없구 그러니까 도보로 그냥 가야 되는데 경주에서 한 남쪽 한 십리 밖에 거 어떤

---

54) 김주원(金周元, ?~?). 통일신라의 왕족. 태종무열왕의 6대손으로 강릉김씨의 시조. 785년(선덕왕 6) 왕이 후사가 없이 작고하자 왕으로 추대되었으나 되지 않았다. 후일 아들 헌창이 자기 아버지가 왕위에 오르지 못하게 된 것을 원망하여, 반란을 도모하였으나 실패하였다.
55) 강원도 명주군 성산면(城山面) 보광리(普光里) 삼왕(三王)마을.
56) 시멘트.

그 시골에 사는 양반이거든. 그 양반이 살았는데 걸어가야 되겠는데 걸어 갈 수가 없잖아. 그 비가 확 오니까 막 물이 홍수가 나고 급류에 말린 돌 다리-징검다리는 건너는데 빠졌다 하면 그 죽으니까 암만 왕자리라 할 지라도 내가 목숨이 위태로우니까 떠나질 못했지. 낮이 뜨거 걸어서 가니 도저히 갈 길이 없단 말이야. 지금은 다리를 놓으니 암만 이 뭐 물이 많 이- 한강이 아무리 물이 내려와도 그 다리를 건너가네 차로 건너가네 암만 그 댕겼지만-

그러니까 걸어서- 도보로 인제 그 나라의 명령을 받고 왕의 명령을, '왕자리에 앉아라. 빨리 와서 왕노릇 하시오.' 하는 명령을 받고서만이 갔 단 말이야. 가니 갈 수가 있난 말이야. 도통 걸어갈 도리가 없고, 물을 건 널 수가 없단 말이야. 그래서 인제 그날에 참 하늘을 쳐다보니 참 한탄을 하면서 못 갔지. 못 갔는데 그 이튿날에 인제 물이 빠져 다음에 인제 갔 어요. 가서 어떻게 됐는가? 그 참 일개 나라에 임금이- 임금 자리가 비 었다는 것이 궁금하기도 하구 그래서 인제 갔거든.

가니까 하 뭐 이미 인제 조카라고도 하고 측근- 그 인제 가차운 집안 사람57)이 앉았겠단 말이야. 왕자리를 그 정승들이 그 또 뭐야? 지금으로 말하면- 옛날 우의정 좌의정 뭐 정승들이라고 그랬잖아? 나라에 인제 지금은 국무총리니 뭐 부총리니 이랬지만 정승들이 모여서 회의를 하기 를, '막중한 이런 자리를 지금 비우면 안 된다. 안 되니까 빨리 이 예 이 자리를 비우지 말고 하루래도 이거는 지연할 수 없으니까 임금으로 빨리 모시자.' 이래가지구 인제 조금 인제 그 강릉김씨로서 시조의 왕명을 받 은 분(김주원)보다 쪼금 그 말하자면 아래 계급에 있는 사람을 세웠던 말 이야. 그 앉이키니까- 그 가 보니까 딱 앉아 있으니까 뭐라고 말해?

그래서 그 앉은 분이 인제 그 주짜 원짜 하는 그 강릉김씨 시조 양반 보고서,

---

57) 이 사람이 김경신(金敬信) 즉 신라 제38대 왕인 원성왕(元聖王)이다.

"아이, 제가 서슴없이 양보를 할 테니까 이 자리를 앉아주시오."

이래니까, 고차58) 한단 말이,

"나는 신왕의 그 왕위에— 왕직에 올라앉은 것을 내가 그 인사차 온 거지— 인사차 내가 말해— 축하의 뜻을 품고 온 거지, 내가 이 신왕의 그 앉은 자리를 내가 탐내서 온 사람이 절대 아닙니다."

인제 이런 얘길 했지. 그 농담이 아니야. 얼마나 얘기가 훌륭해? 그러니까 오늘날에 그 후덕으로 강릉김씨네 인재가 그렇게 많이 쏟아져 나오는 거지.

20) 창녕조씨(昌寧曺氏) ·······································

1991. 5. 23. 학산리 / 조규은, 남·59

우리 창녕'조가'라는 건 뭐 자신이 말할 땐 '조씨'라 그렇게 말할 수 없고 '조가'라고 해야 하거든요. 창녕조가는 어데서 처음부터 어데서 생겼나? 경상도 안강59)이네. 안강— 거기서 연못이 있었어. 연못이— 연못이 있는데, 거게서 인제 우리 창녕조씨가 단번에 거기서 나오거든요. 거기서 나오는데 성씨60)하고 창녕조가하고 한 군데서 나왔어요. 성씨— '이룰 성(成)'씨하고—. 그래 창녕조가가 '이룰 성'씨하고 결혼을 못해요. 그래 한 군데 한 연못에서 나왔기 때문에 결혼은 못한다구.

그래서 우리 창녕조가는 연못에서 나온 게— 그 연못에서 잉어가 있었거든요. 그래서 연못에서 나왔기 때문에 그 잉어고기도 옛날부터 우리가 조상님들 제전에선 막 안 썼어요. 그래 그 연못 내에 잉어가 있고, 그 연못에 잉어— 결국엔 그다지 놓고 보면 잉어 자손이라 이거지. 옛날 옛날

---

58) 곧. 금방.
59) 경상북도 경주시 안강읍.
60) 창녕성씨(昌寧成氏).

에 나온 것이- 그래서 우리 창녕조씨는 그 잉어고기를 안 써요. 조상이 절대 안 써요. 그래 지금 젊은 사람들은 잉어고기를 먹고 다 달고 하는데 아직까지 육십 대 이상 넘은 분들- 우리 창녕조씨들은 잉어고기 안 먹습니다. 안 먹고 우리 대까지는 잉어고기를 안 먹어요. 예. 안 먹고-

성씨들이 바로 우리하고 연못에서 같이 나왔어요. 같이 나와가주구서 결국은 뭐 이래 나왔는데 거기서 나와가지고서 결국은 남녘에 남조선 일대에-남조선이 아니지. 전부 다 북조선이구 남조선이구 다 한데 우리 소원이 바로 거기서 나온 거예요. 거기서 나와가지구서 백삼파니 신석파니 뭐 경상도파니 이래 나왔어요. 그리고 창녕조가는 전부의 본이 단본[61]이예요. 단본이기 때문에 우리 창녕조가는 누구하고도 서로 간에 결혼할 수 없어요. 다른 성 가지는 이 같은 성은 동성동본이라도 결혼할 수 있잖아요? 근데 우리 창녕조가만큼은 동성동본이 결혼을 못해요. 한 할아버지 자손이기 때문에 결혼을 절대 못해요. 그래서 우리 창녕조가라는 게 고게[62] 한 개 특이한 것이고, 다른 건 없어요.

---

61) 본관(本貫)이 하나뿐임.
62) 그것이.

3. 사천면(沙川面)

1) 열녀문 1 ···

1991. 5. 23. 사천진 1리 / 김매자, 여·?

　백이십 년도 넘겠네. 그럴 때 이─이제 열녀가 났거든. 그런데 그 할머이가 영감이 인제─ (청중[남편] : 아, 처음부터 시작해) 옛날에 옛날에─ (웃음) 그 한 백이십 년 전에 그쯤 일인데─ 이 동네에 열녀각이 섰댔는데. 그 할머니─ 거 열녀각이─ 거 섰는 그 할머이 성씨를 잊어버렸네. 여 올라가면 있는데. 그 열녀각에 거게다가─ 그 할머이─ 열녀가 났는 할머이 성씨가 있던데 거 잊어버렸어. 그 내 봤는데. 우에 있는 게 열녀로─ 열녀가 됐는 그 할머이 성씨가─ 거기 있는데, 열녀각에─ 이 비석에 쓰여져 있거든. 그러는데 이제 내 그걸 봤는데 잊어버렸어. 근데 그 할머이─ 영감이 인자 저기 배를 타고 이제 장사를 갔는데─ 여게서 저 경상도로 갔는데, 거게서 풍랑을 만내가지고 그만 배가 엎어지니까. 그래 경상도 가기 전에 정동이라는 그 앞에서 그만 배가 깨져가지고서네─ 인제 정동 여서 (조사자 : 정동이요?) 응, 정동. 그러니까 여서 정동이 리 수로 치면은 몇 리가 될까? 한─ (청중[남편] : 한 오십 리 되겠다) 오십 리 넘죠. (남편 : 한 육십 리 되겠다) 그런데 거기까지 풍랑이─ 만내가지고

선 영감이 죽으니까- 신랑이 죽으니까, 그 할머니가 찾으러 가가지구선 저기 뭐인가 판에- 널판인가? 그 영감을 인제 놔가지고서는 이고서 여까지 왔는데- 고향으로 머리다 이고선 그기꺼정 와가지고 그 영감을 이제 그 하니깐- 저 저기 장사를 지내버리니까. 그기서 그저 얼마가- 몇 십 리를 이고 왔으니까- 그래 열녀를- 인제 열녀각이 여기 섰단 말이야. (조사자 : 지금도 열녀각이 여기 있어요?) 지금도 있지 여게. 여 우에 한 여서 백 미다1) 되나? 백 한 오십 미다 되는가? 요 뭐에 있는데- (조사자 : 들어온 길로요?) 응, 들어온 길로. 열녀각이- 근데 그 할머니 성씨를 잊어 버렸네. 내가 보긴 봤는데- 그런 끼네 뭐 저기-

  (조사자 : 또 다른 거 없어요?) 허추네- 거 뭐인가? 저 시비가 있지. (조사자 : 허균2)이요?) 응, 허균 씨 시비- 거 갔다 왔는가? (조사자 : 오다가 보았어요) 응, 시비만 보았지? (조사자 : 네. 거기에 얽힌 얘기도 있어요?) 응. 시인의 허균 씨가 시인이잖나? 응, 허균 씨가 여기서 낳다구. 그래서 저 시비를- 허추 씨가 있거든. 그 집안이니까 확실히 알 꺼야.

2) 진정한 친구 ···

1991. 5. 23. 사천진 1리 / 성명미상, 남·?

  우리나라가 이제 이 개혁 초기- 지금에- 인저 고 시긴데- 고 시기- 아직 왕조가 존재했잖아? 우리나라는. 그래 그 왕조 밑에 판서 되셨던 김 -김씨라고- 젊은 김씨가 판서 벼슬을 했는데, 기니까 젊은 사람이 그만큼- 옛날에는 그 정도 하자면- 자기 선조 때부터 벼슬해 나오던 집안이거든. 기니까 돈도 많고, 능력도 있고. 그런 일 하는데- 나라에 궐 안

---

1) 미터(meter).
2) 허균(許筠). 조선 시대의 문신·소설가(1569~1618). 자는 단보(端甫). 호는 교산(蛟山)·성소(惺所)·학산(鶴山).

에 드가면은 지금 공무원과 달라서 조금 분주할 때는 한 달에 한 번씩 집에 들어올 때도 있고 몇 주일이 걸려서 집에 들어오는 때도 있거든. 기니까 처음에 그 젊은 사람이 이제 결혼해가지고 이 그 두 내우가 아주 정답게 살고 있는데— 이 남편이 가서 뭐 한 달 있다가도 오고 몇 주 있다 오니까— 항상 이 남편이 그립지. 뭔가 세상이 그리운 거거든. 돈이 많이 있어, 뭐 인물 좋아, 권력이 좋지, 뭐이 나쁜 게 하나도 없는데, 단지 이 두 내우는 사랑만 그립지. 아 그눔의 거 날마다 만나도 못 당하는데, 아 이거 한 달에 한 번도 오고 뭐 이래 노니까 그립지— 항상 그립게 이래 살지.

그런데 어느 해 그 꽃 피는 봄이 돌어 왔어요 따뜻한 봄이 돌어왔는데— 게 서울 장안에 모두 청춘 남녀들 전부 그 남산에 꽃구경 가고— 봄이 되니까— 그래 자기 가족끼리 뭐 뭐 인제 음식 장만해가지고 뭐 뭐 놀고 이런 땐데— 이 부인은 참 그런데 가고 싶은데, 그 남편이 없으니— 판서의 부인이니까 옛날에도 이 함부로 바같에 가지도 못하고, 하 이 고만 뭐 그냥 방에서 왔다 갔다 뭐 이래. 이런 찰나인데. 그 이웃에 친한 부인이 하나 와서, '그 우리 오늘 남산에 가서 바람 좀 쐬고 오자.'고. 그 이 부인이 자꾸 가고 싶던 차에 그 와서 자꾸 그러니까, 거 가서는 안 되는데 만약에 갔다가, 그— 그 얘기가 말이 퍼지면— 자기 남편 귀에 드가면은 큰일이거든. 그니까 참 가지는 못 하겠는데, 하 이기 뭐 참 마음이— 봄이— 마음이 봄바람이 솔솔솔 부고 이래고 꽃이 피고 이래면 여자들 나이 많으면 처녀도 발꿈치가 들썩들썩 거리는데, 하물며 결혼해가지고 미처 뭐 자식도 놓기 전인 그 시절이니까 얼마나 남편이 그리와. 하 남들이 모두 그 남자들 같이 놀러 가니까, 하 이 가고 싶어 죽겠거든. 근데 자기 그 위치를 생각하니까 참 가서는 안 되겠는데, 하 이래서 뭐 좌불안석이지. 방에서 왔다 갔다 앉지도 못하고 서지도 못하고 이래 하는데, 그 이웃에 친한 부인이 하나 와가지고 그 잠깐 가서 놀러갔다 오자고 자꾸 이래거든. 아 고거 또 들으니 귀가 솔깃해. 고거 한편으론 말이지. '갔다 올까?' 하,

이거 갔다 오기로 결정했거든.

 그래가지고 남산에 갔단 말이여. 가니까 그 뭐 그 참 전부 자기 짝짝이 지어가지고 말이야. 여기저기 앉아서 뭐 음식도 먹고 얘기도 하고 참, 그 뭐 그 부럽거든. 자긴 혼자니깐― 뭐 남편이 있어야지. 그렇다고 해서 뭐 남으 남자 데리고 그럴 수도 없는 신분이지, 그렇잖어? 하, 속이 상해 죽을 지경이지. 그래가지고 그 밑은 신작론데 신작로 난간― 산 인제 꼭대기 여게 그― 그 혼자 가서 가마이 이래 생각하는데, 그 인제 그 자기 결혼 때 자기 남편이 그 결혼 반지해 준 거 있지. 반지에다가 김성현이라고 하는 남편의 이름 새긴 거 있거든. 반지 고 반지를 빼가지고 남편 이름을 보고 남편 생각에 만족만 하고 있는데, 이놈의 반지가 똑 떨어졌거든. 아 떨어져 이기 비랑3)에 철철철 궁굴어 가는데, 아 이 반지가 어디로 궁굴어 가나 보고 있지. 저 짝에― 길 저 짝에서 어떤 신사 한 사람이 아이, 뭐 백수 양복에다 백구두 신고 금테 안경을 쓰고 기와장4)을 핑핑 돌리면서 그 밑으로 오거든, 그리로― 이거 뭐 이 이상하지, 이거― 정신이 왔다 갔다 하는 차인데. 그 오고 있는 고 남자가 마침 고리를 지나자 이 반지가 굴러가 그 남자 구두코에가 달랑 얹혔거든.

 기 그 남자는 저서부터― 저서부터 먼쳐서 오미5) 보니까, 야 참 그 여자 잘났거든. 야, 저런 거하고 연애 한 번 해 봤으면 좋겠는데― 마음을 잔뜩 먹고 하 그 눈독을 들이고 오는데, 아 밑으로 오니까, 반지가 떨구고 자기 구두코에 갖다 얹어. 그래 반지를 주워 보니까 반지란 말이라. 그래 이놈이 한참 서서 가지는 않고 지웃지웃6) 서서 생각을 하지. 아, 저 여자가 어째서 내 앞에다 반지를 왜 떨궜느냐? 아하, 사람이 여럿 있으니까 말로는 못하고 이 반지로다 시험을 하는 거거든. 그래 이 반지를 주워

---

3) 비탈.
4) 개화장(開化杖). 개화기에, '단장(短杖, 짧은 지팡이)'을 이르던 말.
5) 오며. 오면서.
6) 기웃기웃.

서 서서 우물쭈물한단 말이야. 그 부인이 가만 생각을 하니까 이눔의 반지가 딴 데로 갔으면 좋겠는데 하필이면 그 남자 구두코에 가 얹었으니 큰일 났거든. 저놈이 뭐라 뭐 말을 건네든지— 뭐 어 이 지금 세상 같으면 마음이 좀 거한 남자 같으면 와서 좀 찝쩍거리든지 이러면 거거 그 동네 이 남자들 와 있는데 큰일 났거든. 마음이 불안해서 그만 이 가슴이 올라갔다 내리갔다 하지. 아, 그만 반지가 그놈이 보기 싫어 죽겠거든. 뻘떡 일어나서 즈 집에 혼차서 오지.

남자가 서서 가마이 생각 하니까, 저 여자가 사람이 여럿이 있어서 차마 말은 못하고, 내한테 마음은 있는데— 자기 고 오미 보니께 백만장자 자식 같거든, 차림새가. 그래니께 내한테 마음은 있는데 옆에 남녀들이 모두 숱한 사람이 법석거리니까 차마 나한테 말은 못하고 반지를 가지고 자기를 시험을 하는 걸 알았거든. 그래가지고 여자가 뻘떡 인나서[7] 간단 말이여. 옳다, 자기 따라오라는 모냥이거든. 남자가 그 여자 따라 가거든. 여자가 가미[8] 가마이 생각 하니까 아 마음이 졸여 죽겠거든. 저놈이 차라리 반지를 가지고 내뺏으면 반지 까짓 거 다시 맨들면 되지마는 저놈이 따라오면 큰일이거든. 오다가 어째— 오다가 할 수 없으니 마음이 당황해가지고 오다 한번 돌아다 봤단 말이라. 아닌 게 아니라 따라오거든. 가마이 '걸음아 날 살리라.' 하고 그만 더 빨리 가지. 남자 따라가며 가마이 생각하니까, 그렇지 않으면 그냥 무심히 갈 텐데, 가다가 또 돌아보고 빨리 가는 거 보니까, 자기 빨리 따라 오라는 얘기거든. 그래 이제 생각을 하고, 아 이놈이 또 부지런히 따라가지.

따라가니 뭐 어떤 큰 기와집 속으로 쑥 드가는데, 그래 가 보니 해는 하마[9]— 저녁에 인제 해가 넘어 갔는데, 바깥문을 다 걸었거든. 서서 가마이 생각하니까, 지 마음과 같이 지 오라고 유인을 했으면은 문을 걸 리

____

7) 일어나서.
8) 가면서.
9) 벌써.

가 없는데 왜 바깥문을 걸었느냐 이 말이여. 그렇다면 '대장부 사나이가 내가 뭐 오고 싶어 여기 왔나, 자기가 오래서 왔지.' 에이— 뭐 기냥 돌아 갈 수는 없거든. 그래 월담[10]했지. 담을 넘어서 그 인제 방 옆에 가까이 가니까 여자가 등불을 환히 키 놓고 옛날엔 등불이잖아? 키 놓고— 아 보 니까 그만 마음이 그거하고, 날도 또 봄바람이 부는데 더운 데다가 이 마 음이 졸였으니까 땀이 그만 흥건하지. 그래 우에 옷 전부 다 벗어서 기냥 걸어 놓고 속옷만 입고— 이래고 그만 앉아 있지 못 하고 방에서 그만 이 짝 구석에 갔다 저짝 구석에 갔다 왔다 갔다 할 판이거든. 그래 가까이 가서 이래 엿을 보니까 아무 사람도 없고 그 여자 하나만— 방안에 그 여 자 혼자뿐이거든. 그래 문을 펄떡 열어 그래 발을 방에다 하나 턱 들이놨 지. 들노니까 그 여자가 뭐 옛날에 그 뭐 양반집 부인들이 속에 거 비단 가지고 속옷 말이여. 지금 같으면 바자마[11] 아니지— 잠옷이 아니고, 옛 날식으로 속에다 했는데, 아주 얇은 기 뭐 살이 보일라 말라 그런 아주 얇은 비단 가지고 해 입었으니까, 뭐 이래이래 보면 뭐 반은 환하지. 그 래 그래는데 그냥 옷 입을 새도 없지 뭐— 문을 퍼뜩 열고 보니까— 이 놈이 문 열었거든. 그래 좇아가 두 팔을 탁 내 걸지.

"우리 집에 못 들어옵니다."

"우째 그러냐?"

"우리 집 양반은 지금 판선데, 알면 당신 목숨하고 내 목숨하고 파리 목숨이다. 목숨이니까 그런 변 당하지 말고 빨리 가라."

이거거든.

그래 이눔이 얘길 하거든.

"여보, 내가 오고 싶어 여 왔느냐?" 말이야. "당신이 반지를 가지고 내 구두코에다 떨궈서 신호를 하고 당신이 부지런히 오니까 오라는가 하고

---

10) 담을 넘음.
11) 파자마(pajamas). 헐렁한 윗옷과 바지로 된 잠옷.

내 따라왔지 않냐? 따라오는데 오다가 또 돌아다 보니께 빨리 오라는 줄 알고 나는 빨리 따라왔는데 말이여. 그 당신이 가라 한다고 내가 여기서 갈 수가 있느냐?”

여자가 가마이 생각해 보니까 사실은 그렇거든. 자기 잘못이지 그 사람 잘못이 아니라. 이놈을 어떻하든 달래 보낼라고 들어오라 했거든. 그래 들어와가지고선 찬장문을 턱 여니까. 그 판서가 어느 때 한 달에 한 번씩 이 집에 들어오면 한 잔 내놓고 먹는 거야. 그런데 인제 여 은주전자 금 잔에다가 참 좋은 포도주 같은 거 약 너서 삼 너서 해 났다가 거 판서가 한 번씩 집에 오면은 인제 그 꺼내다가 한 잔씩 따라 주는 그런 좋은 술 이거든. 그래 그눔을 꺼내 놓고 술을 한 잔 부서 주거든. 주니―

“이 술 한 잔 잡수고 마음 풀고 가시라.”고. “우리 남편이 알면은 당신 목숨 내 목숨 파리보다 못 하니까―”

옛날에는 그 권리가 뭐 막 능지처참하잖아? 잘못하면 그냥 칼 가지고 목을 치는데. 지금마냥 재판하고 그런가? 옛날에. 그래 이눔이 얘기가,

“내가 평생에 보지 못한 귀부인인데 술을 받아먹고 거저 갈 수 있느냐? 그러니까 내 술 한 잔 들으라.”

이거야.

이 부인은 천상 술이란 건 입에 대지 못하거든. 못 먹거든. 한 잔 먹으면 큰일이지 뭐― 뭐― 그래,

“준 술 못 먹는다.”

이기야.

“부인이 오늘 이 술을 한 잔 들면은 내가 그냥 돌아서 가지마는, 만약에 이 술을 안 들면 못 가겠다.”

이기야.

여자가 가마이 생각하니 이눔을 보내긴 보내야 되겠는데 보내기 위해서는 못 먹는 술이라도 한잔 먹어야 되겠거든. 그래 그 술이 참 좋은 거지. 근 한 잔 먹으면은 그만 정신이 없는 거야. 홀홀해지는 게― 아, 그래

그만 그 사람 보낼 욕심으로 그래 못 먹는 술을 먹었디만-먹었단 말이야. 한 잔 먹고 나니까, 아 그만 정신이 홀홀해지미 뼈대가 녹신해지거든. 그래 그 방에 누가 있는가 단 둘뿐이니까 그래 이놈이 그날 저녁에 그 여자하고 그만 잤지.

그래 새벽에 날이 밝았는데, 눈 떠보니까 아니 원수 같은 놈의 팔을 턱 비고 자, 부인이. 큰일· 났거든. 그래 깼는데- 그래 빨리 나서야지 누가 보면 큰일이거든. 그래 날 아주 밝기 전에 빨리 보낼라고 그 술꾼 그 술 먹든 걸 이 한 짝에 밀어 났으니까, 글 내서 또 술 한 잔 부어서 해장 씨기서 보낼라고 글키 이래 달래야지. 그러니 이놈이 그 다음에 이제 참 이제 허풍을 까는 거지.

"나는 서울 장안의 백만장자의 자식인데, 에- 내 부하만 돼도 한 이백 명 돼, 이 장안에-. 내 명령 한 마디면 뭐 죽고 사는 거- 뭐 세상에 못 하는 일이 없단 말이야. 그러니까 당신을 위해서 그 이 청춘 시절 이렇게 허무하게 보내느냐? 그 한 달에나 일 년에 한 번씩 남편 만나서 그 무슨 사람이 재미로 사느냐 말이야? 나하고 살면은 세상에 그런 게 없다."
말이야. 여자가 보니까 백만장자의 자식 같거든. 그 차림이 말이야. 그러자 뭐 저도 저 남자한테 가면 뭐 그 뭐 실수핸 끝이고 하니께, 그 말이 그만 솔깃해 드갔거든. 그래가지고 그 남자하고 같이 살기로 약속을 했어요. 그 살자면은 그 본 판서를 죽여야 되지. 판서 살게 되면 어디 할 수 있는가? 그래니까,

"그것은 문제없다."
이기야.

"내 부하가 한 이백 명 되는데, 장안에-"
지금으로 말하면 깡패 대장이지. 지금 그 사람은-.

"그 사람들 내 명령 한 마디면 뭐 그까짓 거 판서 하나쯤 없애는 거- 감쪽같이 없애는 거 문제 아니다."
이거야.

그럼 오늘 저녁에 담방12) 그 판서를 없애기로 약속을 하고. 그래 여자가 논밭 팔은 거 옛날 돈 이천 냥 탁 끄내 주면서 이걸 가지고선 부하를 그 술자리라도 해주라 이거야. 그래드니 이눔이 가서 부하들하고 가서 딱 약속을 했네. 돈 노나 주고-. 그래 약속을 하니까 이제 이 판서는 궐 안에 있는 것이 아니고 조회를 마치면 궐 밖에 그 죽- 인제 신하들 대신들이 기거하는 방이 따로 있거든. 그래니까 그 방이 어데 있고 위치가 어특해 되는 걸 다 인제 알아가지고 그래 거 부하들한테 가 지시를 했거든. 그래 그날 저녁에 부하들이 이제 칼을 가지고 벽을 뚫고 인제 찔러 죽일 이제 그런 계획을 하고 그날 저녁에 글로 가는 거야.

그런데 이 내용을 아는 사람이 있어요. 누가 아는 사람이 있느냐 하면은. 이 판서가 옛날에 어려서부터 같이 동문수학을 하고-동문수학을 하고 옛날에 서당에- 그 저 에 학교 있지? 전에 서당에 댕기면 같이 참 뭐 옛말에-옛말이 이런 기 있지 부랄 맞쥐고 컸다고. 제일 친한 친구지. 어려서 홀딱 벗고 둘이 큰- 그래 그런 친구가 하나 있었는데 그 친구는 벼슬을 못 하고 재야에서 있는데. 자기 마누라 모르게 내용으로 자기집을 모든 일거일동을 그 사람한테 책임을 지워 놨어요. 그러니까 그 사람의 직업은 어데 나가지도 안 하고 단지 그 이웃에서 그 마누라가 하는 일거일동 행동만 살펴가지고 판서한테 보고를 하는 거지. 그래 그 판서의 권한으로 먹고 살고 판서의 권한으로 이 사람이 뭐 권리도 쓰고 돈이 없는가 뭐이 없는가 금이 없는가 세상에 그런 기 없거든. 그런데 그날 마침 이 사람이 그 여자하고 같이 놀러 나가는 거 봤어. 보고 남이 뵈지 않는 그 집에 은신해가지고 그 집 치부책13)에다가 전부 그 행동 일거일동 말한 거 하고 적지. 적고 그 여자 해질 무렵에 그 부인이- 부인이 집으로 오자 그 뒤에 이 남자가 따라와서 담 넘어 와가지고 방 안에서 같이 행동

---

12) 당장.
13) 치부책(置簿冊). 돈이나 물건이 들고 나고 하는 것을 기록하는 책.

하는 것까지-. 금 이 사람은 보지마는 이 사람들은 글 모르지- 못 보지. 그 비밀 전부 적고 이래가지고-

"오늘 저녁이면 내 친구가 죽는구나! 내 친구를 살리야 되겠다."

그래 이눔이 먼저 그 시간 전에 지 먼저- 혼자서 손수 중한 술과 안주를 좋은 걸 맨들어가지고 직접 가지고 친구한테 갔어요. 하다 그 만났으니 반갑거든. 이 사람은 뭐 두어 번- 반갑지.

"하, 이기 그 내 오늘 술 할라고 내 여까지 내 손수 맨들어가지고 왔네."

"아, 그래 좋다."

고. 아 그래 취하도록 먹었거든. 먹은 뒤에 이 판서는 들어다가 딴 방에다 갖다 놓고. 이눔이 전부 인제 준비해가지고 왔지. 옛날에 그 양반들 뭐 입는 이런 도포하고 삼베 돌린 통녕갓[14) 있잖아? 아주 양반들 쓰는 이 너른 갓- 이래 너른 기 있지? 이거 쓰고 얼굴에 화장을 하고, 거다[15) 담뱃대 진[16) 걸 들고 이래 앉아 있으니까 똑 신령 같거든. 그리고 이놈이 시간을 다 아니까 자꾸 벽을 고기만 눈독을 쓰고 딱 이래 앉아 있는데- 담뱃대 탁 이래 들고 말이야. 그래 뭐 뽀시락 뽀시락 소리가 나는데, 칼로 벽을 뚫는 소리가- 이걸 듣거든. 밖에 놈은 모르지마는, 이건 다 먼저 알고 있으니까, 듣는다 말이라- 듣고 있단 말이라. 그래 듣는데 밖엔 달이 환하게 밝았는데 어느 그 시간이 되니까 벽이 퍽 뚫리거든. 뚫리니게 칼이 시퍼런 기 칼날이 번쩍하잖아. 그럴 때 이 안에서 담뱃대를 탕 치미 아주 뭐 벽이 둘러빠지라고 큰 호통을 했지.

"아, 이놈들-"

소리를 지르니까, 어 지 놈들도 깜짝 놀랐거든. 문풍지 디다[17) 보니까,

---

14) 통영갓(統營). 경상남도 통영 지방에서 만든 갓. 또는 그런 양식으로 만든 갓. 품질이 좋고 테가 넓은 것이 특징이다.

15) 거기에 또.

16) 긴.

이 이기 뭐 뭔 판서도 아닌데—

"난 남산의 산신령이다. 그래 내가 보니께 너들이 너 두목하고 짜고 돈 이천 냥을 받고 오늘 이 김판서를 죽이러 왔는데, 너 이놈들 내가 너희들 소해[18] 갈키[19] 위해서 내가 왔노라. 만일 이 자리서 내 명령을 듣지 않으면 너들은 전부— 너들 가족까지 전부 피를 토하고 죽어. 그래 죽을 티니까 내 명령만 들으면 너—너 말대로 그냥 살아도 괜찮다."

그래 이놈들이 디다 보니까 신령이 맞거든. 큰일 났거든. '이 신령 말 안 들으면 우리도 아마 담방 피 토하고 우리 가족도 다 죽을 티니까 말 들어야 되겠다.'고. 그래,

"명령대로 하겠습니다."

밖에서 절을 하고 그랬거든.

"그래 이 길로 너희 돌아가면은 너희 두목은 너희들이 인제 이 판서를 없애고 오는가 하고 이 집에서 기다리고 있을 거다."

말이야.

"그래 너희들이 마당에 들어가면은 밖에 나올 티니까, 그 칼에 담방 목을 치라."

말이야.

"쳐가지고—"

옛날에는 뭐 가마이나 부대 같은데 자루지—

"자루 같은 데 너 가지고 남산에 갖다가 넣고, 너는 너대로 가면 잘살으라."

고.

그래 이놈들이 가마이 생각하니까 뭐 죽게 한다니까 뭐 신령 말 안 들으면 이제 담방 죽을 틴께 어떡해. 그래서 집으로 들어왔지. 들어오니까

---

17) 들여다.
18) '소행(所行)'의 잘못일 듯.
19) 가르치기.

이 두 남녀는 이제 이놈들이 그 자기의 목적을 다하고 집으로 들어올 때니까 오는가 하고 시간만 딱 기다리는데, 밖에서 떠드리 하고 오거든. 그래 그 남자가 반가워가지고 먼저 마당으로 쫓어 나왔거든. 마당에 나오는 거 뭐 좋을 칼을 가지고 히뜩 대니까 털컥 떨어지지. 그래서 거서 뭐 자루에다가 훌렁 너가지고는 고만—

그래니까 그 여자는 이 남자가 나가다니까[20] 아 들어올 때가 됐는데 안 들어오거든. 그래 등불을 들고 마당에 나가 보니까 그 사람 목을 쳤으니 거 땅에는 피 묻은— 그랬지. 그래서 마당에 있는 흙을 갖다가 덮어서 이렇게 하고는 방에 드가니 잠이 오는가? 그래가 못 잤지. 그런데 이 친구가 가마이 생각해 보니까 저 여자도 살고 자기 친구도 살고 이래야 할 틴데, 어떡하면 살겠느냐? 이 사람이 참 연구를 했지. 해가지고 지 혼차만 알고 있는 거야, 이 사실을. 그 여자한테 당신이 이랬지 않느냐고 말하면 그 여자가 그만 살겠는가? 자살하지. 남자한테 얘기하면 그 남자 자기 위신이 있으니까, 그 여자를 그냥 안 놔 주지. 죽이든지 어데 쫓으든지 할 께 아니야? 그러면 자기 친구의 두 내우의 사랑이라는 것은 영영 파산이 되고 말지. 자기 혼차만 알고 있으면은 말 안 하면, 여자는 자기 혼차 양심적으로— 자기 혼자는 알지마는 양심이 있으니까 알지마는, 지 혼자 지 흉을 어디 남한테 얘길 하겠냐 말이야. 지 마음으로만 항상 가책을 받지. 남자는 거 앉아 있으니까 뭐 친구 와서 술 먹고 술 깨고 나니까 그만이지. 그래 자기뿐이 그 내력을 모른다 말이여. 친구한테 얘기를 안 하면 모르거든. 모르니까 이 남자는 여자에게도 벌을 안 하고 이 여자는 자기 항상 자기 혼자 양심으로는 가책이 되지. 남이 모르니까— 친구가 얘기 안 하면 세상— 뭐 나는 새도 모르니까.

그래서 이 두 내우는 영원히 그 검은 머리가 파뿌리 될 때까지 잘— 아들 낳고 딸 낳고 살도록 이 친구가 이렇게 만들었다는 거야. 그렇기 때

---

20) 나가더니.

문에 지금 사람들은 학생들도 다 그래요. 같은 학교 댕기지만. 뭐 과자도 잘 사주고 빵도 잘 사주고 술도 한 잔 사주고 이래미[21] 아, '아무개야, 아무개야?' 부르지. 그러다 뭐 좀 사주면 좋겠는데, 안 사주거든. 돈 있으면서 안 사주거든. 그러면 개새끼라 욕하지. 그러니까 그런 것은 친구가 아니다— 아니다 이거여. 백날 친구다 친구라 하면 뭐 히안한[22] 일이나 그 허한[23] 일이나 친구가 여전히 장래에 성공할 수 있게끔 뒤에서 맨들어 주는 것이 친구지. 뭐 쪼금 있다가 쉬하고 욕하고 그러는 것은 친구가 아니다는 얘기여. 친구라는 것은 이런 것이 친구라 하는 것 얘기지.

3) 사기(邪氣)[24]로 된 황금 ···

1991. 5. 23. 사천진 1리 / 성명미상, 남·?

*유관 자료인 충북 단양군 〔가곡면 자료 20〕, 단양군 〔매포읍 자료 8〕, 동 〔매포읍 자료 22〕, 동 〔매포읍 자료 23〕을 참조할 수 있다.

옛날에— 옛날이지. 햇수로는 어느 핸지 모르지마는 옛날이여. 저 경상북도 어느 곳에 한 사람이 살았는데, 자기 어머니는 먼저 돌아가시고 그 야가[25] 인제 철들자마자 고때 나이— 즈 아바지가 돌아가셨거든. 돌아가시니까 뭐 돈도 없지, 친척도 뭐 많지 않지— 없지. 글 외딴 데— 이런 데 살다가 죽으니까 우특해? 그래 이 아들이 철들고 사니까. 그 옛날에는 열다섯이면 호패[26] 차잖아? 옛날에 호패라는 게 뭐인 줄 알아? 지금 주민

---

21) 이러면. 이렇게 하면.
22) 희한(稀罕)한. 매우 드물거나 신기한.
23) 허망한.
24) 요사스럽고 나쁜 기운.
25) 이 아이가.
26) 호패(號牌). 조선 시대에, 신분을 증명하기 위하여 16세 이상의 남자가 가지고 다녔던 패. 직사각형으로 앞면에는 성명, 나이, 태어난 해의 간지를 새기고 뒷면에는 해

등록이지. 낭구27)에다가 딱 주소 성명 이름 딱 철인28) 찍어가지고 구녕 뚫어서 끈 매가지고 차고 다니는 거― 이 호패라는 거여. 그러니까 호패 찰 나이 거진 됐으니까, 일반 철은 조금 들었지마는 없으니까 뭐 아바지를 어특해 장사를 지내냔 말이여. 기니까29) 자기 힘 자라는 대로― 그 뭐 마을 가운데 살았으면은 마을 사람들 협조나 받지마는, 마을 거 뭐 외딴 데 살았으니까 마을 사람들 협조도 못 받고 그냥 가마니에다 이래 말아가지고 밭에 그저 좋은 양지짝 기냥 이런데 갖다 묻었지. 묻은 그곳이 우리가 쉽게 말하자면 우리 한국 사람들 찾는 명당―명당자린데, 그것이 임자를 만나느라고 가가30) 만난 것이지. 실지로 거 명당인데, 하 돈 있는 놈들이 수천만 금 들이서 찾을래도 못 찾는 기 이기31)―이기 차지 됐거든.

그래 그기32) 지금 현재까지는 명당인지 뭔지 모르지. 그래 그짝33)에 갖다 썼단 말이라. 썼는데 이 친척이 없어요. 없고, 자기 외삼춘 되는 사람이 하나 사는데. 그 외삼춘 있는 데를 갔어요. 가니까 즈 외삼춘이 농사를 옛날에는 농사짓는다 카면 부자니까. 농사를 짓고 사는데― 아주 미련해요. 뭐 돈만 알지 사람은 모르거든. 그래 이 조카도 나이 뭐 십오 세가 넘고 이러면은 자기 집에 일 씨키 먹을라면 장가도 들이가지고 집도 지서34) 내놓고 이래야 될 틴데, 쇠35)처럼 부려먹을 생각만 하지 그런 생각은 일절 하지를 않으니까, 이놈이 한 날36) 앉아서 가마이 생각을 하니

　　당 관아의 낙인을 찍었다.
27) 나무.
28) 쇠로 만든 도장.
29) 그러니까.
30) 그 아이가.
31) 이것이.
32) 그것이.
33) 그쪽. 거기.
34) 지어서.
35) 소.
36) 하루는.

까 희망이 없거든. 내가 뭐 평생 이래봤자 뭐 희망이 없어요. '에이— 이런 내 발길 닿는 대로 내뺄 수밖에 없다.'고. 그래 산에가 지게를— 지게 알지? 옛날 짐 지고 다니던 것, 농꾼들 지게를 저 큰 높은 솔가지에다 벌뜩 달아 매 놓고는, 고만 뭐 쉽게 말하면 가지 오입을 가는데, 그 정한 데 없으니까 발길 닿는 대로 하이 백 리도 가고 십 리도 가고 오십 리도 가다 또 날 자무면[37] 뭐 나무 위, 뜨래기[38]도 자고, 뭐 이런 마루 끝에도 자고, 밥을 얻어먹고— 그래 거칠 것 없이 자꾸 가지.

자꾸 가는데 하루는 얼마를 갔던지 해는 서산에 지는데 잘 데가 또 있어야지. 그래 이래 보니까 저 맞은편이 산골에 큰 기와집이 하나 있거든. 그래 옛날에는 뭐 기와집이 있어야 지금 같지 않지. 십 리 안에 오 리 안에 있지. 뭐 다다이 여럿이 살지 않거든. 이눔의 사람이 있는가 뭐? 그래 기와집이 하나 있는데, 걸[39] 찾아가. 찾아가 이제 이 집 비우면 안 되겠거든. 우쨌든 간에 이 집에 자야 되니께 찾아가 주인을 부르니, 소리를 몇 번 질렀는데 안방에 문이 이렇게 열리다니까[40] 아주 뭐 한 이십 된 처녀 하나가— 처녀 하나가 머리가 아주 발등에— 옛날에 머리를 따가지고 댕기를 매잖아? 그러니 이 발등 머리에 처렁처렁 하는 거야. 아 인물도 잘났거든. 이 처녀가 하나 나오다니까,[41]

"손님, 우리 집에 못 주무십니다."

이기라. 그래,

"사람 집에 사람이 못 잔다니 그기 무슨 얘기요?"

이 집에는 식구가 한 이십여 명 살았었는데, 이것이 어떻게 돼서 해마다 하나씩 죽어요. 죽어서 이제 식구가 다 줄고 자기 혼차 남았거든. 그

---

37) 저물면.
38) 뜨락. 뜰. 집 안의 앞뒤나 좌우로 가까이 딸려 있는 빈터.
39) 거기를.
40) 열리더니.
41) 나오더니.

러니까,

"오늘 저녁에 내가— 지가 마저 죽을 차레다. 그 순별로 쳐 보면은 죽으니까, 우리 집에 선생이 자다가 내가 혼차 죽고 나면은 어떡하느냐?" 이거야. "당신은 어떡하느냐?" 이거야. "차라리 안 자는 게 났지 않느냐?"

그래 이 사람이 가마이 생각하니까, 이기 반다시 무슨 연고가 있거든. 이기 반다시 무슨 연고가 있는 얘기야. '이걸 꼭 내가 알아봐야겠다.'고. '그 우선 저녁이나 좀 달라.' 이래서— 그래 처녀가 가더니 저녁상 잘 차리 왔거든. 그래 저녁을 배불리 먹고. 그래 물어. 내용을 물었더니,

"모른다."

이기야.

어특해 돼 그런지 모른대. 그래 이 사람이 있다가,

"당신네 부친들 입던— 그 옛날에 왜 부자들이 농에 참 좋은 그 뭐야? 의관하고 도포 뭐 이런 담뱃대 있지?"

"그런 거 모두 있다."

고 그래. 그래,

"말캉42) 내 오라."

고.

그— 그43) 내다 전부 지가 인제 모두 이렇게 참 뭐 차리 입고 이래고, 그 처녀는 벽장문을 열고— 옛날에 벽장— 옛날집에 모두 벽장이 있지? 저 소소한 걸 말캉 거다 집어넣는 거야. 그 벽장에다 인제 그 처녀는 너 놓고, 이놈 혼자서 딱 앉아 있는데, 그 한 열 시 되니까 밖에서 뭐가 우수수— 이 바람 부는 것 마냥 우수수수 하다니까44) 뭐이 오는 것 같드래요. 사람이, '옳다. 저게 뭐 올째기나45) 귀신이 오는구나!' 하고 딱 기운을—

---

42) 말끔. 조금도 남김없이 모두 다.
43) 그것.
44) 하더니.
45) 올 적에는.

이 사람이 그래도 남이 몰라서 그렇지, 지가 지 기운을 몰라서 그렇지, 자기 자신이 기운이 이래 있는데,[46] 이 기운이 한번 써보질 않으니까 자기 기운이 많이 있는지 없는지 모르거든. 근데 문이 버시시[47] 열리거든. 그래 이래 내다보니까 뭐 사람도 아니고 귀신도 아니고 뭐 이상한 물체가 이런 것들이 거 왔거든. 그래 소리 지르미,

"도대체 너 뭐냐?"

그래 약한 사람 같으면은 그만 그거 보고 놀래가지고 뭐 까무러치던지 뭐 이래 씨러지던지, 마 식구가 모두 그래 죽었거든. 그러니까 소리 지르고 하니까, 이놈들 밖에서 서 있거든. 그래,

"너히들 도대체 뭐냐? 너 소원이 뭐이면은―뭐냐 말이야? 내한테 얘기하면 너 소원 다 풀어 줄 테니까 얘기해라."

이래.

그래 그놈들 얘기가,

"우린 딴 게 아니요."

시방 이 집안에 삼 대째―삼 대 전에 할아버지가 큰 부자로 살았지. 그 고을 대판하고. 살을 때, 그 황금을 이만한 독에다가 세 독을 넣어가지고 된장독에다 이래 나가미 밑으로 한 서 자쯤 파고 묻어 놨거든. 그래 인제 고 자기 재산 후손에게 물리준다는 의미로. 그래 재물은 장만해 놨는데 갑자기 병이 드니까 그 밑에 사람한테 유언을 못하고 죽은 거여. 그래 밑에 사람이 거 뭐이 있는지 모르고 몇 백 년이 그냥 지내 나왔다 이기야. 금 그것이 햇빛을 못 봐 사[48]가 돼가지고 도깨비가 됐지. 그 자기 사연을 얘기―하소연해가지고 글[49] 파서 햇빛에 이래 뵈면 되거든. 그래 할라고 왔는데, 그걸 보는 사람은 다 죽으니까 어떻게 하느냐 말이야. 그래 놀래

---

46) 세었는데.
47) 바시시. 미닫이나 장지문 따위를 조용히 매우 가볍게 여는 모양.
48) 사(邪). 사기(邪氣). 요사스러운 것.
49) 그것을.

죽지. 지절로 그냥 보면 놀래 죽지. 귀신이 온다고 생각하고 있으면은—
그래 뭐이 끼면 그래 놀래 죽거든. 그래 이놈들이 이이리리 하고 고만 돌
아갔거든.

그래 그래서 벽장문을 열고 보니까, 그 주인 처녀는 까무러쳐가지고,
그래서 꺼내가지고 참 뭐 물을 데워서 믹이고 그만 사방 주무르고 이래
서 피워 났거든. 그래서 아침이 떡 됐는데. 그래 그 집 농사짓던 집이니
까 농사짓던 도구, 파는 거 떠내는 거 뭐 삽, 괭이 같은 거 이래 있잖아?
그래,

"있느냐?"

니까,

"있다."

그래.

그래 창고 문 여니까 많이 있어. 그래 그눔을 갖다가—있으니 팠거든.
파니까 한 서너 자 파니까 옛날 독이 이래 묻혔는데 뚜껑이 뭐이 덮혔드
래. 그래 뚜껑을 열어젖히니까 허연 황금이 그 안에 가뜩 들었는데, 이것
이 뭐 몇 백 년 내리오미 그 태양 구경을 못 해가지고 그기 그만 화가 돼
서도 또 도깨비가 된 거야. 그래서 이기 이제 받아놓고 그래 처녀 살았지.
그래 그 이튿날에 간다고 나섰거든. 처녀가 못 가게 하지.

"'당신 때문에 내가 살고 또 우리 집안에 죽은 원수를 갚았단'[50] 얘기
야."

"그래갖고 저 많은 돈이 생깄는데, 금이 저래 쌓였는데, 우리가 평상
저래 먹고 살아도 못 다 먹는다 평상. 이 이래 놔두고 당신이 가면은 어
떡하느냐?"

말이야. 그래,

---

50) 원칙적으로 인용부호는 "'……갚았다.'ㄴ 얘기"처럼 써야 원칙이겠으나, 편의상 이
 처럼 표기하였다. 이하 같음.

"여기서 살자."

고.

"내가 아직 때를 못 됐으니까 내 갔다 올 테니까 내 갔다 올 때를 기다리라."

그래고 이제 하루 자고 또 가요. 또 이제 몇 달을 갔던지 갔단 말이야. 가다 보니까 또 해가 저물어서 이래 보니까 한군데 또 큰 기와집이 하나 있는데, 그 기와집에 또 갔지. 가서 소리를 몇 번— 주인을 부르니까 그 것도 역시 처녀가 하나 나왔어. 그래,

"즈 집에 못 자고 간다."

이기야. 그래,

"왜 못 자고 가느냐?"

이거야.

"우리 집이 참 옛날에는 우리 선친들 때는 참 부자로 살았는데. 참 가세가 기울고 이럭저럭 인폐가 나서 사람들 다 죽고 내 혼차 살고 있는데, 저 산 너머 가면 그 김진사라고 있는데—"

옛날에는 진사 벼슬이지, 진사. 그것이 오늘 저녁에 자기를 일곱째 첩으로 데려간다 이기야. 알았는가? 옛날에는 과부나 처녀가 혼자 살고 있으면은 그 행세 꽤나 하는 사람들이 밤에 하인들을 보내가지고 데려가요. 자루에다 집어너가지고 지고 간다 말이라. 보쌈[51]—그기 보쌈이라는 거지. 옛날에 풍속이 그랬기 때문에 보쌈에 걸리면은 어쩔 수 없어요 그 팔자가 그렇거든. 그 저녁에 온다 이기야.

"그 우리 집에 자다가 내가 부여간 뒤에 당신 혼자 자면은 어떡하느냐? 안 자는 것보다 같지 못 하니까 못 잔다."

이거거든. 그래 이놈이 있다가,

"여하튼 그건 염려 말고 내가 잘 테니까 그 처녀는 내 말만 들으라."

---

51) 예전에 과부를 밤에 몰래 보에 싸서 데려와 부인으로 삼던 일.

이거야.

그래 이 처녀를 벽장에다가 너서 잠귀 놓고 이놈은 이제 아주 홀랑 벗고 말이여. 자기 일신을 홀랑 벗고, 그 처녀 덮고 자던 이불 고걸 한쪽 손에 이래 쥐고 똘똘 말아가지고 둘러 있었거든. 그러니까 한 열두 시 되니까 그 진삿집에 그 저 아랫것들이 — 하인들이 참 가마 — 옛날 가마 그걸 가지고 이제 태우러 온 거여. 태우러 와 보니까, 방안에 이불이 똘똘 말아 자는데, 그 처년 줄 알았지. 그래서 이래 디민디민 댕겨 보니까, 그 기운 신 놈이 꼭 쥐고 둘러 있으니까, 둘러 눕냐 말이야. 아무리 그래도 뭐 안 드러눕거든.

"야, 아마 이 처녀가 뭐 나이 많은 사람들 있는데 첩으로 이케 가니까, 여자 이 팔자 생각하고 이러니까 그냥 이불 째로 들쑤고[52] 가자."
고.

그래 이놈들이 이불 째로 가마에다 싣고 그 진삿집에 갔거든. 진삿집에 갔으니 이 처녀는 그냥 살아났지. 살아났을 거 아니야? 벽장에서. 그래 진삿방에 갖다 떡 들이났는데, 뭐 안에서 자꾸 쿨쿨쿨 우는 소리를 하거든. 이 진사가 가마이 생각하니 자기는 벼슬은 하지마는 나이가 많으니까 그 젊은 처녀를 데리왔으니까, 그 왜 자기 팔자를 생각하고 울지 않겠느냐. 그러니까 하인을 불렀지. 하인을 불러서,

"아마 자기 팔자를 생각하고 이런 것 같으니……."

그 집에 누가 있었냐 하면은 자기 며느리 아주 청춘과부가 있어요, 그 아들이 장가가자마자 죽었어. 그러니까 옛날에 그래 죽으면 시집 못 가거든, 양반집에는 — 혼자 늙거든. 늙으니까 아주 그 청춘 — 청춘과부지. 아 아주 젊은 청춘과부가 있는데, 아주 잘났어요, 인물이. 그러니까 이 진사가 하는 얘기가, 하인더러,

"그러면 이것을 그 젊은 아씨 방에 갖다 놔라. 그 같은 젊은 여자끼리

---

52) 들쓰고. 이불이나 옷 따위를 위에서 아래까지 덮어쓰고.

니까 서로 오늘 저녁에 얘기도 좀 하고 마음도 풀고 이래믄 아침에 내 방으로 데리고 오너라.”

이래고 명령을 했거든. 그러니까 하인들이 이불채로 들내다가 그 며느리 방에 턱 내리놨거든. 며느리 방에 내리노니까 그 며느리가— 가만있으니— 저 이제 채리나 마나 시어머니지, 진사 며느리 있는 데서는. 그래 옆에서 자꾸만 달래지.

“아이 시어머니, 팔자소관이라는데 우리 다 같은 나이 또래고 젊으니까 마음을 풀고 이제 나하고 좀 대화도 좀 하고 이러다가 이제 같이 자고 아침에 아버님 방으로 가라.”

고 이러니, 안에서 자꾸 훌쩍 훌쩍 우는 소리가 나거든. 그래 옆에 자꾸 이불을 댕기미 자꾸 달래지. 그래 달래니까, 그 뭐 이—그 저 뭐시기 진사님 며느리도 그만 옷을 겉옷을 다 벗고 속옷만 입고 옆에 둔—뉘서 이불을 자꾸 잡아댕기거든. 그러니까 이놈이 인제 시간이 벌써 밤중돼— 한밤중 됐든 모냥이지. 그래 그때부터는 이제 이불을 한 꺼풀씩 들내준다 말이여. 들내놓거든, 그 처녀가 인제 거진 내리오라고 자꾸 잡아댕깄지. 이불을 잡고 이래 댕기면서는 옆으로 이제 같이 가까이 가서 그러는데, 아 이불을 자꾸 댕기미 이래노니 다르잖아? 같은 여자가 아니잖아?

거— 거 그러니까 이 며느리가 아주 뭐 시집오자마자 과부 됐으니까— 그것도 양반에서 시집 왔지. 진삿집에 시집 왔으니까, 그 집안도 양반일 거 아니야? 그러니 뭐 인물도 잘나고 자기 뭐 글도 많이 배우고 옛날 뭐 모르는 것 없이 공부도 하고 이랬는데. 그 뭐 오자마자 과부 됐으니 얼마나 서러워. 그래서 그 하루하루씩 보내는 이 세월이 참 그 기가 맥히— 기가 맥히니 그 참 안타깝게 보내는 찰난데, 그러니까 그 여자도 역시 남자가 얼마나 그리우냐 말이여. 참 꿈에도 한 번 봤으면 하는 이런— 참 이렇게 그립게 사는 처진데. 아 이 자기 시아버지 첩으로 데리고 왔다는 사람이 여자가 아니고 남자다 이 얘기여. 그러니까— 그래 있으니까 이 남자가 모르는 척하고 실쩍 끈⁵³⁾안었지. 그러니까 여자가 가마이 생각 하

니까,

"옳다. 우리 시아버지가 이꼬 첩으로 데려온 것이 아니고 하여간 나를 보기가 하도 안타까우니까 나를 시집보내기 위해서 아마 이런 공략을 쓰는 것이다. 그렇지 않으면 시아버지가 보내주는 시집 내가 왜 안 가겠냐?"

는 것이여. 그래— 그러니까 그 사람하고 잤거든. 아침이 떡 됐는데, 아침이 떡 되니까 뭐 이 여자가 그래니까 그 집에 남녀 간 하인들이 많지, 그런 집에는 하인들이 많은데. 아 이 진사 며느리가 식전에 주방에 나오드니 아주 안색이 좋거든, 그전에 대면— 아주 뭐 얼굴에 웃음꽃이 피고 말이야. 이 조금 세숫물도 떠가지고 가고 이러거든. 그래 하인들이 생각하기에, '이 무슨 조화가 있구나!' 하고 가만가만 가서 이래 디다[54] 봤거든. 아이구, 이— 이런 이— 이제 자기 남자가 살았을 적에 그 입던 해난[55] 옷이 모두 있지. 그래 이 사람 글 끄내가지고 전부 입혀 노니까 참 잘난 미남자거든. 그기 참 없이 살아서 땟물을 못 벗어서 그렇지, 하 이 멋진 남자 미남자라거든. 아, 그래고 옷을 그렇게 뭐— 뭐 양반 자식 입던 옷 전부 새로 맨들어 논 거 꺼내 입고 턱 앉아 있으니까 진짜 뭐 여— 여 잘났거든. 게 이 하인들이— 여자들이 모두 와 보고 이러니까, 하 이 뭐 뭐 기양[56] 뭐 뭐 즈찌리[57] 남녀 간에 만나서 뭐 여기서 쑥덕 저기서 쑥덕쑥덕 난리거든. 그랜 후에 이 진사가 이 하인들을 불렀지. 갔거든.

"그래 밤에 어떻게 됐느냐? 그 마음이 좀 풀렸으면 데리고 오너라."

이랬거든. 이래니까 이 하인들이 보고를 했지.

"그건 그런 기 아니올시다. 대감님, 방에 좀 가보시오. 그 엊저녁에 데

---

53) 끌어.
54) 들여다.
55) 해 놓은.
56) 그냥.
57) 저희끼리.

리고 온 기 여자가 아니고 남자올시다.”

그래니까 진사가 깜짝 놀랐지. 큰일 났거든. 마— 이것을 남이 알면은 집안이 어떻게 되느냐 말이야. 그래,

“일단 불러라.”

그래서— 그래 이 두 사람을 다 불러 갔거든. 사실 엊저녁에 데리고 간 것이 자기 일부될 첩이 아니고 어떤 남자를 데리고 왔단 말이라. 기 이래 가마이 생각하니까 전부 다 팔자다 이기야. 자기도 그런 팔자고 자기 자부58)도 그런 팔자고 다 이렇게 엉킬려— 이래 되란 팔자니까 이걸 누구 보고 원망을 하겠느냐? 그래 남도 모르게— 이웃 사람도 모르게,

“느 내 재산 한 반 갈라 줄 테니까 저 한 짝에 가 잘살으란.”

말이야. 그래가지고 뭐 이 우째 며느리는 뭐 하 그런 일이 있을 줄을 꿈에도 참 생각하지 못 했는데 그런 일이 생기니 얼마나 좋은가? 그래 거도 그 집 재산 한 반 가지고— 옛날에는 재산이란 것이 뭐 지금같이 등기 이전하는 것이 아니고 거 문서만 있으면 돼요. 그 논밭 전지에 대한 물목59) 그것만 있으면 그기 재산이고, 그기 돈이란 말이여, 옛날에는— 그기 신용이고.

그 재산 한 반 가지고 어데로 갔냐 하면은 그 처녀 구해난60) 집 왔어. 처녀 집에— 처녀 집에 오니까 처녀는 그만 살았지 뭐. 그래도 처녀 집에 도 재산이 많거든. 자기 아버지 선친 때 부자로 살았으니까 재산이 많지. 이 여자가 가진— 진사 집에서 가지고 온 갈라가지고 간 재산만 해도 자기들 일평생 다 못 먹고 살아요. 그 또 처녀 가지고 있는 재산도 또 평생에 다 못 먹고 살어. 그 다음에 어델 갔냐 하면은 그 뭐이야 도깨비 금단지 금독 나온디, 거길 또 갔거든. 걸 가니까 그 그 집에 있는 재산만 해도 또 일평생 다 못 먹고 살어. 그 돈이 형편없이 있지. 그래니까 이 사람이

---

58) 며느리.
59) 물목(物目). 물건의 목록.
60) 구해 놓은. 구해 준.

거기다가 집을 말이야. 여[61] 하나 짓고 여 하나 짓고 세 개를 쫄로리[62] 지가지고— 지가지고 이 집에 하나 살고, 이 집에 하나 살고, 이 집에 하나 살고, 여자는. 그래 이 사람은 오늘 저녁에는 이 집에 가고, 오늘 저녁에는 이 집에 가고, 오늘 저녁에는 저 집에 가고 사흘 만이라야 마누라를 찾아오지마는 마누라들은 날마다 남편 찾아오지. 그래니까 거서 또 뭐 아들 낳고 딸 낳고 이래면 어데 멀리 시집 안 주고 그 이웃에 집 지가지고, 인제 신랑감이면 신랑감 얻어서 데리고 오고 며느리면 며느리 데리고 오고, 전부 그만 내중에는 그 고을 전체가 그 집안이 됐대. 전체가 그 집안 되니 그 있는 재산 가지고 전부 다 갈라 줘서 다 전부 부자로 잘살고, 아들도 많이 낳고 딸도 많이 낳고, 공부도 많이 하고, 벼슬도 많이 하고 이렇게 잘살은 그 집안이 있었다는 기야. 그래니까 이 야가 즈 아버지 묘자리 하나 명당자리 갖다가 내 썼기 때문에, 그 인제 그 운이 그렇게 돌어온 것이지. 그래니까 우리나라 사람은 옛날에부터 집터하고 묘터— 일본도 한가지래요. 일본은 다 그래.

4) 귀신의 원수를 갚아준 어사 ·······································

1991. 5. 23. 사천진 1리 / 성명미상, 남·?

*이본으로는 충북 영동군에서 채록한 〔용산면 자료 54〕를 참조할 수 있다.

그래 이눔의 서울 과거 보러 가지. 가니까 아주 옛날에는 뭐 경상도 지나서 서울 올라가자면 몇 달 가야 돼. 그래 개나리봇짐[63] 하나 둘러 미고 미투리[64] 신발— 삼 삼는 거— 그거를 몇 커리[65]씩 이래 한 죽[66]씩— 한

---

61) 여기.
62) 쭈르르. 여럿이 한 줄로 고르게 잇따라 있는 모양.
63) 괴나리봇짐. 걸어서 먼 길을 떠날 때에 보자기에 싸서 어깨에 메는 작은 짐.
64) 미투리. 삼이나 노 따위로 짚신처럼 삼은 신. 흔히 날을 여섯 개로 한다.

죽이면 열 커리거든. 그래[67] 해 뒤에다 달아 매가지고 가지. 가다가 밑구 녕이 빠지면 내버리고 그걸 꺼내서 또 신고 그래고— 옛날에는— 옛날 사람은 봉양은 그래고 다녔잖아? 그래서 얼마를 갔던지 건너서 갔는데, 저 서울 남에 경기도 부근 거 인제 올라갔는 모냥이지. 그래 해가 저물어서 옛날 집이라고 뭐— 뭐 인가가 참 좀체로 집단적으로 좀 사지마는, 그 외에는 참 산골 산 하나 넘어가야 한 집 있고, 높은 산 하나 넘어가야 한 집 있고 그 정도거든. 그래니까 중간에 가다가 만약에 해가 지던지 길을 잃으면은 큰일나지. 고생하지. 그래 도깨비한테 홀려가지고— 그런 말이 있잖아? 홀려가지고 어디 산으로 어디 끌려가고, 어디—.

옛날에— 옛날에는 왜 그런 기 생기냐면은, 지금처럼 이 사람이 많고 참 공장이 많고 뭐 도로 차 소리가 붕붕하고 뭐 군대서 총 소리가 빵빵 나고 이러니까 뭐 귀신 잡귀가 어디 올 수가 없잖아? 예전엔 그런 기 하나도 없으니까, 인가 드문 데는 전부 그 수풀이 나서 우거지고 뭐 형편없거든. 외지고— 어떤 데는 그런데 가서 목매 죽는 사람도 있고 그러니까, 그— 그기 그런데 가다 보면 도깨비가 있어요. 옛날에는 진짜로 도깨비한테 홀리가지고 그런 지경이 많지. 옛날에는— 지금이야 뭐 어디 그런 기 어디 할 데가 없지. 옛날 여기도 호랭이가 더러 내려 왔었는데.

그래서 한 산 밑에 보니까 불이, 불이 반짝반짝하거든. 그래, '옳다. 이기 사람 사는 집이구나! 저길 가야 되겠다.' 저기 빈집이면 이제 큰일 났거든. 그래 걸 갔는데 뭐 인제 풀막[68]을 요래 지 놓고 그 안에 등잔불이 요래 켜졌는데. 그 밖에서 주인을 찾으니까. 싸리문을 열고— 싸리문— 여 산에 싸리 그런 거 엮어서, 그 아루 우에 하얀 흰 소복을 한 부인이 하나 나왔는데, 그 안으로 드시라고 해. 드갔거든. 드가니까 저녁을 지 왔

---

65) 켤레.
66) 죽. 옷, 그릇 따위의 열 벌을 묶어 이르는 말.
67) 그렇게.
68) 풀막. 물가나 산기슭에 뜸집처럼 지붕을 풀로 잇고 임시로 지은 막.

는데 참 잘 지 왔거든. 그래 저녁을 맛있게 먹었지. 그래 먹고— 그렇게
갔으니까 이눔도 피곤하지. 그래니까 그 방은 풀막[69] 집이지마는 방은 한
칸뿐이지. 한 칸뿐인데. 그 저 웃목에 둘눠 있고, 이 주인 여자는 아랫목
에 옛날에 콜쿠루 등잔이라고— 콜쿠루 등잔, 요렇게 벽에다 요 파고 이
렇게 해 놓고, 속괭이[70] 갖다가 불 비쳐놓는 것도 있고— 그래 거기서 여
자는 바느질하는데, 이눔이 둘눠서 그래 요렇게 보니, 그 여자 보니 잠이
안 오거든, 얼마나 잘났는지—. 그래 잠이 안 와 쿨쿨쿨 하미 이래 보니
까, 얼마나 잘났는지 이눔이 승질(성질)나서 여자 손목을 딱 줬거든. 그래
여자가,

"이래면 안 됩니다."

그래니까, 이 남자는 뭐 아주 사정을 하지. 여자는,

"안 된다."

해.

"당신이 정 그런 생각이 있으면은 내가 글을 하나 질 테니까 이 글을
바깥을 채우면은 오늘 저녁에 나하고 당신하고 동침을 하지마는, 만약에
바깥 자를 채우지 못하며는 당신은 내 제자여. 그러니까 내한테 종아리를
맞아야 된다."

이거여. 그래,

"밖에 나가 종아리채를 떠 오라."

이거여.

그래 밖에 나가서— 옛날엔 비녁[71]에 싸루[72] 있지? 싸루— 싸루— 인
제 꽉 찼으니까, 그걸 몇 개 비다가[73] 앞에 갖다 딱 놨거든. 그래 여자가

---

69) 물가나 산기슭에 뜸집처럼 지붕을 풀로 잇고 임시로 지은 막.
70) 속갱이. 관솔. 송진이 많이 엉긴, 소나무의 가지나 옹이.
71) '벼랑'의 사투리. 낭떠러지의 험하고 가파른 언덕.
72) 싸리.
73) 베어다가.

하는 말이, '금양74)에 양인지락75)이면―' '오늘 저녁에 우리 두 사람이 즐기게 되면 어떡하겠느냐?' 이거여. 그럼 그 바깥 자를 채워야 되는데 이 뭐 연구를 해도 못 채우겠거든. 그 과거 보러 오는 놈이― 시골서 과거 보러 오는 놈이 그래도 뭐 『시전』, 『서전』, 『논어』, 『맹자』는 다 읽었을 텐데. 읽어도 이건 못 채우겠단 말이여. 각중의 글이지. 그래 땀을 뻘뻘 흘리고 생각을 하다 못 생각하고 그만 항복을 했어요.

"못 채우겠습니다."

그래,

"다리를 걷고 돌아서라."

이기여.

그래 목침을 갖다놓고 고 우에 다리를 걷고 올러스니까는, 그 싸리를 가지고 종아리를 갈기는데, 옛날에는 종아리 맞으면 여게 여게 손가락 같은 기 피멍이 생기지. 벌겋게 피가 맺히가지고― 그만 서당에 가면 우리도 종아리 많이 맞아 봤잖아? 다리에 이런 기 뭐 빙빙 돌아댕기 피가 맺혀서 어떤 땐 피가 툭툭 터진다고. 하 이거 뭐 뭐 아주 사정 안 두고 뭐 하 몇 대 후리 쌔렸는데76) 정신이 퍼쩍 나. 글 맞고 나니까― 마 여자한테 그래 맞고 나니까, 그 담에 그만 딴 생각은 다시 못 하지. 하 정신이 없다. 그래 이 사람이 내가 종아리는 맞았지마는 이 바깥 자는 뭔지 알고 가야 될 것 아니야? 그래 이 바깥 자가 뭔가 물었어. 이 여자가 하는 말이― 그 여자는 남편 죽은 무덤에 시모77) 사는 여자야.

옛날에는 어머이가 죽든지 아버이가 죽든지 그만 남편이 죽든지 하면 그 묘에 가서 삼년 동안 시모를 살아요. 이 벼78)를 상온시라고 있지. 뭘

―――――――――

74) '금석(今夕)'의 잘못일 듯.

75) 양인지락(兩人之樂). 두 사람의 즐거움. 혹은 '양인지락(兩人至樂)'. 두 사람의 지극한
    즐거움.

76) 때렸는데. '쌔리다'는 '때리다'의 사투리.

77) 시묘(侍墓). 거상 중에 무덤 옆에서 삼년간 움막을 짓고 삶.

78) 베[布].

쓰고 해 입고 그 밤낮 가서 촛불을 켜 놓고 시간 되면 엎드려 절하고-. 그기 인제- 옛날에는 효자 열녀라고 하는 것이 그런 데서 나는 것이지. 어느 집안이든지 그렇게 하면 거게 인제 효자 열녀가 나라에서 인정해가지고 그 뭐야 홍문사79)를 세워 주잖아. 홍문사라 하는 것은 큰 기둥을 세워 거다 비석처럼 이렇게 뾰죽뾰죽하게 해가지고 둘을 이렇게 하고 여기다 이렇게 세우고 이래가지고- 그기 이제 홍문사라 하는 것은 열녀문이지. 홍문사라 하는 것은 그 나라에서 명령 내려와야 그렇게 해요. 그래 그-그렇게 시모 살고 그런 집안에는 열녀나 효자가 났다 그래가지고 나라에서 어명으로 그 홍문사를 내리면 그 집 문턱에다- 문 앞에다 이렇게 해 노면, 어떤 사람이 지나가든, '아, 이 집은 그 열녀 집안이구나! 효자 집안이구나!' 그렇게 해가지고 인간적으로 대우를 아주 그 극진히 높이 대해 주지. 옛날에 그런 제도- 제도적을 그런 기 있어.

그래 그 남편 무덤에 시모 사는 거여, 그 여자가-. 남편이 죽어서 시모 사는 상준데,80) 이 남자가 그걸 유혹을 하니까 말을 듣느냐 이 말이야. 그러니까 여자가 글을 한 수 내가지고, '바깥 자를 채우면 내가 말 듣고 바깥 자를 못 채우면 당신이 제자니까 내한테 종아리를 맞아야 된다.' 이기지. 그래 종아리를 때렸거든. 그래 이눔이 종아리를 맞고 나니까, 그 다음에 딴 생각이 아무것도 없어요. 그 바깥 자가 뭔지 이것만 알고 싶거든. 그래서 이 여자가 하는 말이, '금양에 양인지락이면 구랑81)은 통곡황천82)이라- 구랑은 통곡황천이라.' '옛 구'짜에 '신랑 랑'짜여. '옛 낭군은 황천에서 통곡한다.' 이기여. 당신하고 나하고 자면은-. 그래 이눔이 그걸 듣고 나니까 무릎을 탁 치미, '맞구나!' 그래 아침에 뭐 잠이 올 턱

---

79) 홍문(紅門). 정문(旌門). 충신, 효자, 열녀들을 표창하기 위하여 그 집 앞에 세우던 붉은 문.
80) 상주(喪主)인데.
81) 구랑(舊郎). 옛 남편. 죽은 남편.
82) 통곡황천(痛哭黃泉). 황천에서 통곡함.

이 있는가? 그냥 두물두물 세우다가 아침 해 주는 거 먹고 떠났단 말이
지.

과거 보러 이제 떠나는데, 가다가다 또 해가 져서 그 한 집에 또 찾아
갔지. 민가에 찾아갔더니 그 집에는 한 오십 넘은 그 선배[83] 노인이 한
분 계시거든. 안에는 누가 있는지 모르고ー. 그래서 자기 방으로 들어오
라 해 드가니까. 아 아주 뭐 그 하인을 불러서 저녁 식사를 아주 극진히
대접을 하고ー. 그래 하는 말이,

"나도 이 골선[84] 그래도 괜찮이 살았는데, 내 아들이 첫날밤에 호환[85]
을 했다."
이기야.

"첫날밤에 호랭이가 물어 갔다."
이기야.

물어 가니까 자기 며느리는 기양[86] 청춘과부로 기양 후면 별당에 기양
살고 있고, 자기는 바깥채에서 혼자 살고 있고, 돈은 많지마는 그러한 사
정이다.

"여 과거를 보러 가지마는, 과거를 보든지ー 뭐 시험에 붙든지 안 붙든
지 내리올 때는 꼭 내 집에 들리라."
이기야.

그래가지고 옛날 노자도 몇십 냥을 주고 그래가지고 거서 대우 잘 받
고 그 노자 그래 얻어가지고 서울로 가지ー 과거 보러 가지. 지금은 뭐
한강 다리가 몇 갠가? 다리가 그래 많지마는 옛날에는 다리가 없어요. 다
리가 없으니까 배로 건너잖어? 옛날에는 마포ー 지금 마포 들어서 알지
만 마포나루가 있고ー 나루가 있잖아? 그 외국 큰 기선들은 인천으로 해

---

83) 선비.
84) 고을에서는.
85) 호환(虎患). 호랑이에게 당하는 화(禍).
86) 그냥.

가지고 한강을 들어왔잖아? 김포[87] 해서 한강을 들어오고─. 이 뭐야? 이 전라 경상도 충청도 이짝서 세곡[88] 실은 배들─ 나라의 세금 곡식을 받아 가죽배[89]로 해서 그 인천으로 해가지고 한강을 들어왔지. 그래서 마포나루 거데로[90] 전부 나라로─ 곡창[91]을 들어가고 옛날엔 그랬거든.

　그러니까 과거 보러 갔던 사람들이 전부 그 인제 한강 저쪽이지. 한강 이짝으로 건너와야 되는데, 한강 저쪽에 딱 당도했는데, 그 주막집 가니까, 그 전부 과거 보로 온 놈들이 몇 십 명 모있거든.[92] 거 시골서 온 놈들─ 과거 보러 갈라고 거서 모이 자는데, 어 그거 참 그래 되는데─ 그래서 그리 가는 길인데, 해가 어둑한데 저 서울 쪽에서 웬 젊은 사람이 하나 이 이 참 뭐 아주 이래 보니까 양반집 자식처럼 이래 차렸는데, 서울 쪽에서 오거든. 그래 이 사람은 서울로 들어가지. 한강 건너고, 그 한강 가기 전에 거서 만났는데, 그래 그 사람이 먼저 묻드래요.

　"당신 어디로 가시오? 선배는 어디로 가시오?"

　"나 과거 보러 갑니다."

이랬거든. 그래 오던 사람이─ 젊은 사람이 하는 얘기가,

　"하하─ 거 안됐소."

이기야.

　"아, 그 왜 그러우?"

　"과거 날이 어제 지내갔소."

이기거든.

　그래 '십년 공부가 나무아비타불'[93] 이런 말이 있지. 십년 공부해가지

---

87) 김포(金浦)로.
88) 세곡(稅穀). 나라에 조세로 바치는 곡식.
89) 가죽배. 나무 따위로 만든 골조 위에 가죽을 씌워 만든 배.
90) 그곳으로.
91) 곡창(穀倉). 곡식을 쌓아 두는 창고.
92) 모였거든.
93) 십년(十年) 공부 나무아미타불(南無阿彌陀佛). 십년공부 도로 아미타불. 오랫동안 공

고 그 고충을 겪으면서 과거 하나 보는 일념으로 이렇게 고생을 하고 몇 달을 걸어서 여기 서울- 강 건너가면 서울인데, 여기를 왔는데 어제 과거 날이 지내갔다니 기가 맥힐 것 아니야? 야 참 기가 맥히거든. 그래 이 사람이 한숨을 지면서,

"그럼 과거는 지내갔지마는 그 형은 거게 참석 했습니까? 그 과거 글은 봐서 알 기 아니냐?"고.

"안다."

이기야.

그 옛날에는 과거를 하면 사율[94]이라고 해서 문자를 내요. 문자를 내면 그 문자를 따라서 그 문자가 글 맨 끝에 이키 드가거든. 요 글자가 옛날 예를 들어서 '바다 해'하면, 요 우에 우에 여섯 자나 다섯 자가 바다에 관련이 있으니 글이 맨들어져야 한다고. 그래고 밖에 안 바깥이 대가 되가지고 이기 맞아 들어가야 되지, 아무케나 글 지면 안 되거든. 그래서 그 문자가 뭐인지 뭐인지 알켜줬지요.

그 글이 뭔지 내 알켜줄까? 그 사율이라는 것은 맨 첫귀는 양짝이 다 맞추고- 이를테면 일이지. 첫귀 자는 옛날에 한글이라 하는 것은 요 두 줄 요래 내려오지. 요 안 짝 바깥 짝 두 줄 요렇게, 예를 들어서 천지현황[95]이요 우주홍황[96]이라 이러거든. 마찬가지로. 이렇게 귀결이 있으면은 맨 첫귀는 양짝 밑에 양짝에 가 두 자가 다 들어가요. 운이 '하늘 천' 하면- 하늘천- '따 지' 하면 따 지가 밑구녕에 와 요래 붙거든. 그럼 요게[97] 맞춰서 글이 요래 맞춰져야 된다 말이지. 그래 여간 배우지 않고선 걸 못 맞추지. 그럼 이제 바깥 율로 세 귀는 밖에 한 자치만 맞추면 되거

들여 해 온 일이 허사가 된 경우를 비유적으로 이르는 말.
94) 사율(四律). 운율(韻律).
95) 천지현황(天地玄黃). 『천자문』의 제일 첫 구.
96) 우주홍황(宇宙洪荒). 『천자문』의 둘 구.
97) 여기에.

든. 기니까98) 운이라는 건 다섯 자야. 운은 다섯 자라고. 그래니까 맨 처음에는 첫귀는 양짝에 ─ 양짝이 다 두 자가 들어가고. 요짝 세 귀는 밖에 한 자씩만 들어가거든. 그러니까 다섯 자지.

그래 뭐 인제 ─ 뭐 인제 났냐 하면은 '뫼 산'짜에, '사이 간'짜 ─ 맨 첫귀는 ─ 뫼는 산이라는 거, 사이 간짜. 맨 밑에 뫼 산짜에, 사이 간짜. 그 다음에 '한가할 한'짜 ─ '한가할 한'짜 있지? '문 문' 안에 '달 월'짜 ─ '달 월' 하던지 '나무 목' 하던지 이기 '한가할 한'짜 ─ 한가하다고 하는 거 고게 '한가할 한'짜. 고 다음에 '머리굽을 한'짜 ─ 여자가 머리를 이래 구부리는 거 ─ '머리 수' 변에다가 '돌어올 환'짜 ─ '머리굽을 한'짜. 고 다음에 '돌어올 환'짜 ─ '환금'이다 뭐 '환전'이다 하는 '돌아올 환'짜 있지 왜? 맨 끄트머리 밑에는 '돌아올 환'짜여. 이래서 다섯 자가 뭐 이렇게 났다 이기여.

"그러면 장원한 글을 당신이 봤을 거 아니냐?"

"봤다."

그러거든. 그래서 이눔이 얘기하는데, '낙조토게벽산'99)하니 ─ '뫼 산'짜여. 낙조가 ─ 낙조라 하는 것은 떨어질 낙에 '새 조'짜100)지 낙조가 붉은 것을 토해 푸른 산에 걸렸거든. 그래니까 '하나식지 바금바'101)라 ─ 참 까마귀는 흰구름 사이로 최적을 다하는 거여. 이 나는 건 자질을 하는 거 한가지거든. 최적을 다한다. 그 다음에 이제 '한가할 한'짜는 뭐이냐 하면은 ─ 음 '문진행각(객)은 피연겁(급)'102)이요 '심사귀승은 장부한'103)이라. 나루를 놓고 돌아오는 손님은 그 지팽이가 뭐이가 급하거든. 절을 놓고

---

98) 그러니까.

99) 글 뜻으로 미루어 '낙조토홍괘벽산(落照吐紅掛碧山)'의 잘못인 듯. 즉 '황혼의 붉음이 푸른 산에 걸려 있다.'는 뜻.

100) 문맥상 '새 조(鳥)'가 아니라 '비칠 조(照)'가 옳을 듯함.

101) 청취 미상.

102) 청취 미상.

103) 심사귀승(尋寺歸僧)은 장부한(杖扶閒). 절을 찾아 돌아오는 중의 지팡이는 한가롭구나.

돌아오는 중은- 돌아오는 중은 그 지팽이가 한가로워요. 그 중들은 바쁜 게 없지. 그저 한가롭게 이렇게 어디 갔다- 소 먹이는 목동들이- 소 먹이는 사람들- 아이들을 옛날에는 목동이라 하잖아? 목동이라고- 방목104)을 이래 하고, 소 맥이는- 소 멕이는- 동산105)에 소는 그림자를 띠썼거든.106) 소는 그림자를 떴쓰니까 저녁이란 말이라. 저녁때 해가 지면은 소가 괴롭혀 가지구 이짝에 그림자가 생기거든.107) 그래 방목을 저 이래하니 '망부대산(상)108)에 첩전'109)이라. 대 우에 제비를 기다리거든- 남편이 기다리는 대 우에서는 첩의 머리가 나즉해 지거든. 여자의 머리가 남편 기다릴래니까 이래 찌우든지 기울어지든지 이랠 꺼 아니야. 그다음에 청연고목110) 길남리.111) 푸른 연기 속 남쪽 마을에-

'밖에 한 짝은 잊어뻐렸다.' 이기야. '요건 내가 잊어뻐렸다.' 이거라. 기니까 요거만 들었으니까 이 사람이 전부 그 귀하게 들었지. '아! 금년에 이 과거 보는 장원 그- 이기 장원이 됐구나! 이 글이-. 그 밖에 한 짝은 그 선비가 잊어버렸다고 하니, 이 한 짝은 연구하면 나올 거다.' 이렇게 생각해가지고 기니까, '그 선비 잘 가시오.' 하고 이 사람은 그만 가뻐리거든. 그 뭐 가니까- 어둑스레하니까 안 뵈지.

혼자 가마이 서 생각하니까 저 강 건너 가면 서울 과거 보는 자리가 있는데, 여까지 왔다가 내가 집으루 몇 달을 집으로 돌아갈 생각을 하니 기가 맥히잖아? '이왕 왔으니 하룻밤 더 자고 내가 저 강 건네가 보고 간다.' 이기지. 그래서 그날 밤에 그 배를- 나룻배를 타고 그 건네 갔거든.

---

104) 방목(放牧). 가축을 놓아기르는 일.
105) 동산. 마을 부근에 있는 작은 산이나 언덕.
106) 띠었거든.
107) 문맥상 제보자가 글 한 구절을 구연했을 것 같으나, 테이프를 교환하느라 녹음이 되지 않은 듯함.
108) 망부대상(望夫臺上). 남편을 기다리는 대 위.
109) '첩수전(妾首轉)'(?). 첩의 머리가 기울어짐.
110) 청연고목(靑煙枯木, 혹은 古木). 푸른 연기 솟아오르는 나무 사이.
111) 미상. '남리'는 '남리(南里)'?

가니 아까 얘기한 마찬가지로, 그 전국에 선비들이 전부 시골서 모두 오고 그래가지고 수십 명이 거 과거 볼라고 거 모이 있는 거여. 거 와서 얘기 들으니까 내일이 과거 보는 날이라 이래거든. 그래 이 사람이 가만 생각하니까, '옳다. 이건 신이 나를 알고 줬구나!' 귀신이 자기를 알고 줬단 얘기여. 그래가지고 그때 선비 있는데 하는 얘기가 서로,

 "인제 어디 사느냐?"

고 물었지. 난 경상도 안동 골에 산다든지, 하 이 뭐 이 사람 얘기는— 젊은 선비 얘기는 나는 수중방[112] 골에 산다 이기야. 물속에 방에 산다 이기지.

 그래 이 사람이 그날 저녁에 와 그 이튿날 아침에 나와 전부 인제 그 과거 볼 때 쓸 필먹 종이 같은 것 전부 장에 나가 사가지고 딱 준비 해가지고 과거장[113]에 갔거든. 가니까 하 뭐 여럿 수십 명이서 그거 지—지멋대로 글을 보고 거게 맞춰 짓느라고 난리지. 근데 이 사람 다 들었으니까 글을 보니 그거와 똑같으니, 그 사람이 하는 얘기와 —그 먼저 선배— 만났던 사람 얘기가 거 방에 내 붙은 것하고 똑같거든. 똑같으니까 기양 그 사람이 한 대로 기양 썼지.

 밖에 한 짝은 잊어삐렸다— 몰라— 몰랐다는 거지, 잊어삐리서—. 고걸 하나 자기 혼자 연구한 거여. 기니까 '찬이(청연)고목 길합리' '단발초동[114]이 농적'[115]하니라. 머리를 짜르니— 초동이라는 것은 소 멕이는 사람이라— 아들이[116] 절을[117] 하고 돌어오는 기여. 나발을— '절(저)'이라는 것은 옛날에 피리, 아니 그런 게 아니고— 옛날에는 버드나무, 버드나

---

112) 수중방(水中坊). 물속에 있는 마을.
113) 과거 시험장.
114) 단발초동(斷髮樵童). 머리를 짧게 깎은 나무꾼 아이.
115) 농적(弄笛). 피리를 붐. 그러나 다른 구가 모두 7언시임을 감안하면 '농적' 앞 혹은 뒤에 한 글자가 빠진 것임을 알 수 있음.
116) 아이들이.
117) 저(笛)를. 피리를.

무 이래 꺾어가지고 이래 손으로 틀어가지고 이래 쭉 빼며는 안에 나무 고거만 쏙 빠지고 겉에 ─겉에 버드나무는 기양 물어볼 적에는 기양 빠지거든. 그럼 끝을 고게를 칼 가지고 삭삭 밀어가지고─ 밀어가지고 쫙 요래 입으로 빨아가지고 뱉으고 불믄 피리 소리가 난다고. 옛날에는 이제 그걸 불고 다녔잖어? 소 타고─. 그래 저녁 때 해가 지니까 그 이제 목동이 피리를 불고 돌어왔단 말이야. 그래 고거는 자기가 생각해 채워가지고 탁 써서 올렸거든.

그러니까 한참 있다니까 발표하는데, 아─ 이 사람이 시골에 완 사람을 발산급제[118] 발표 됐다고. 그래니까 그 시관[119]들이 모여가지고. 옛날에 시관들은 용해요. 이 사람이 짓는지 귀신이 짓는지 다 안다고. 시관들이 보면은, '이─ 이건 사람으로서는 이래 질 수 없단 얘기'지. 귀신이─ 신작[120]이다. 그런데 신작은 대개 글자마다 슬픈 뜻이 들어가고, 귀신이 지은 건─. 사람이 지은 건 즐거운 뜻이 들어가거든. 기니까 여게 안에 있는 건 전부 귀신이 지은 건 맞지. 그 사람이 일러 줬으니까. 그만 밖에 한 자 잊어삐렀다 하는 것은 일부러 안 알려준 거지. 왜 그러냐? 그것까지 알려주면 신작으로 되면 과거를 못 하거든. 일부러 안 알려준 거지. 못하는 이유가 사람이 지어야 이건 과거할 수 있다 말이야. 기니까 요걸 잊어삐렀다고 안 갈쳐줬거든. 그래 요 사람이 참 '단발초동이 농작(적)'이라 하는 것은 이 사람이 지서 채워서 넌 거지. 그런데 발산급제 장원했잖아?

그래 팔도어사에다가 한림학사[121]까지 벼슬을 했지. 그래 팔도어사라 하는 것은 기양 처 죽여요. 원이나 이런 것들 뭐 잘못하면 그만 처 죽일

---

118) '알성급제(謁聖及第)'의 잘못. 임금이 성균관 문묘에 참배한 뒤 보이는 과거 시험에 합격하던 일.
119) 시관(試官). 과거 시험에 관계되는 시험관을 통틀어 이르던 말.
120) 신작(神作). 신이 지은 작품.
121) 한림학사(翰林學士). 학사원·한림원에 속한 벼슬. 임금의 조서를 짓는 일을 맡아보았다.

수도 있고, 담방122) 삭탈관직— 벼슬을 없앨 수도 있고— 이런 권리 권한이 있다고. 그래 그런 벼슬을 해가지고 떡 그 노인 집— 가는 질에 노인 집에 들렀지. 그 그 인제 그래 되면 사령123)들— 그 왜— 그 저 저 저 테레비 봤지? 그 팔도어사 출도요 <춘향전> 못 봤어? 테레비 나오는 거—. 변학도 그 잡을 때 나오는 거— 그거 왜 하인들이 팔도 방맹이— 육모방맹이124) 그걸 들미125) 와서 패들지. 그기 육모방맹이라는 거여. 그래 그 사람들 전부 며칠날까지 그 노인 집으로 그리로 대령하라는 그 약속을 해놓고 이 집으로 왔거든. 이러니 그 노인이 얼매나 반거워? 자기 자식보다 더 반가워하지. 그래서 그 내력을 물었더니 그 자기 아들이 호환해 갔다 이기야.

그래서 이 사람이 그만 가만 거서 연구를 했거든. 아들이 호환해 간 게 아니고 이것은 반다시 어떠한 공작에 의해서 죽었구나! 그 귀신이 아들— 귀신이 나를 자기 원수 갚아 달라고 미리 글을 알켜준 거여. 그래서 이 사람이 인사할 때 수중방골에 산다고 했으니, 수중방골이라는 건 물 속에 사는 거라고. 그 물 속이 어느 물에— 어느 물속에 사느냐? 그래 이 노인 한테 물었더니, 뒤안에— 그 집 뒤안에 연당126)이 있단 얘기야. 옛날에 부잣집은 뒤안에 연당이 있다고. 그래 저짝 그 후면 별당이라고 가서 자식들이 거 아주 세상 뭐 하나 파지도 못하게 만들어 놓고 외딴 방 뒤안에다가 후원 별당을 만들어 놓고, 이 연당을 지내서— 지내야 내실127)을 오지. 이 연당을 올 때는 배— 배를 타고 연당 건네와서 자기 부모 방엘 가던지 밖으로 오지. 그래 그 뒤안— 그 뒤안에는 별당을 지서 여기는 참 이거 뭐 새도 못 들어가지, 공부만 하지. 글만 배우고— 배우고— 복판에

---

122) '당장'의 사투리.
123) 사령(使令). 각 관아에서 심부름하던 사람.
124) 육모방망이. 역졸·포졸들이 쓰던 여섯 모가 진 방망이.
125) 들며. 들고.
126) 연당(蓮塘). 연못. 연꽃을 심은 못.
127) 내실(內室) 안방. 안주인이 거처하는 방. 여자가 거처하는 방.

는 여기는 연당을 만들어서 옛날— 옛날에 그 행세 �꽤나 하는 집들은 다 그렇게 해. 지금도 강릉도 부잣집들은 아직도 연당이 있어요.

그래서 이 사람이 가마이 생각하니까 하 이 아들이 호랭이가 물어간 것이 아니고 어떠한 무슨 딴 연유가 있어가지고 이 물 속에 있구나! 그래서 이 이 노인의 아들이 자기 원수를 갚아 달라고 인제 미리 이렇게 알궈[128) 준 거지. 그라고 이 사람은 확신을 하고 이제 그날 그 하인 사당[129)들 모두 그치며는— 옛날은 팔도어사 출도 소리가 나면은 산천초목이 벌벌 떨고 울었다 이기야. 그만큼 그 죄 있는 사람 전부 벌벌 떨지, 남녀간에—. 뭐 있나? 뭐 뭐 있어 잡혀 가지 않나 하고—. 그만큼 그 무서웠다는 거지. 그래서 출도를 붙이니까, 동네 사람들 전부 와야 돼요. 출도하면은—. 안 오믄 안 온 집은 죽는다고. 그래 남는 것 없이 전부 모이지. 그 집 마당으로—. 그 모인 가운데서 그 전부 명령을 해가지고 뒤안에 연당을 잘 찾았지. 물을 푸고— 물 푸고 잦추니까[130) 베자루[131) 있지? 베—. 옛날에 베— 베— 옛날엔 베자루 만들어가지고 거다 넣고 이랬잖아? 그 베자루에다— 베자루가 하나 꼭대기가 묶인 게 거 안에 있더라 이기여. 그래 거 꺼내가지고 우에 끄르니까 그기 그 아들이 안직도— 안직도 벌레 뭐 뭐 파먹지도 안 허고 그냥 생생하게 그냥— 기양 거 안에 자루 안에 묶여 있더라고. 그래가지고 원수를 갚었거든.

이 사람이 기니까 그 아들이 이 사람을— 그 귀신도 아무 사람한테 부탁은 안 하지. 이 사람은 반다시 그 약속을 지켜 줄 줄만 하고— 학식이 그만큼 있으니까, 이 사람이 그래 미리 일러줘가지고, 그 벼슬을 해가지고 자기 원수를 갚아 달라고, 그 귀신이 그 목에 들러서 어제 날짜가 지내갔다고 그래 한 거야. 그래 파묻으니께, 그렇게 그 글짜라고— 장원한

---

128) 알려.
129) '사령'의 잘못일 듯.
130) '잦히니까'. '잦히다'는 물건의 안쪽이나 아래쪽이 겉으로 드러나게 하다.
131) 베로 만든 자루.

사람이 글이 이렇게 나왔다고 그래 알궈 줬거든. 그래 다 알려주면은 신작이라 하고- 귀신이라고 하고 시관들이 금 안 써주니까, 바깥에 한 자를 빼 먹어야 사람이 채워 너야 인정을 받거든. 그래 나중에 끄트머리 한 자는 잊어먹었다고 안 갈쳐 준 거야. 그래서 이 사람이 연구해서 채워 넣거든. 그래서 그 아들이 원수 갚아 달라고 귀신이 그렇게 일러준 것이지. 그래가지고 그 아들 귀신 원수를 갚아주고 그래서-.또 왜 그랬느냐? 그 도대체 지금도 뭐 저 형사가 그래도 항복하는데, 옛날에 어사 앞에서 야까짓거 뭐 뭐 큰칼 씌워 놓고 그래 하믄 뭐 하 이 다 다 내 뱉어야지 뭐.

　그래 그 이웃에 절이 하나 있는데, 거게 그 도- 옛날에는 중놈들이 그런 짓을 많이 했대요. 민가에 가만 그기 댕기면서 그래서 그 처녀가 시집가기 전에 그 별당에 담 넘어 월담[132]해가지고 댕기니, 안에서- 밖에서는 모르지 뭐. 그래 하다가 장가가니까 첫날밤에 그 중놈과 짜고 신랑을 자루에 담아가지고 연당에 갖다 담궈 버렸다고. 그래 나중 호랭이가 물어 갔다 이래 구실해가지고- 그래 이 그 아버지는 호랭이가 물어간 줄 알았지. 그랬드니 이 어사가 와서 그걸 밝히냈는데, 호랭이가 물어간 것이 아니고, 그 며느리가 나쁜 짓을 해가지고 그 아들이 그렇게 애매한 목숨을 죽인 것이지. 그래 판결이 났어. 그래서 그 어사가 그 원수를 갚아주고 그런- 잘 잡았지. 그래서 이 사람이 그 당시 전국적으로 댕기면서 그런 좋은 일 많이 했대. (조사자 : 첫번째 종아리 때린 과부는요?) 그 과부는- 그 과부 덕이지, 이 사람이 잘된 것이. 그래 그 시모 사는 여자니까, 시모 다 살고는 그만 자기 시집을 가서 또 그래 살고.

---

132) 월담(越 -). 담을 넘음.

5) 손맞이 마을

1991. 5. 23. 사천진 1리 / 성명미상, 남·70

허균[133] 선상[134] 형 하곡[135]이란 분이 있다고. 하곡. 내중에 보면 알지 마는 하곡이라는 분이 있는데, 하곡– 그분도 여서 살았어요. 여– 여 와 서–. 그분도 인제 병조판서를 지낸 분인데, 살 적에 그 양반도 결국은 이 참판공의 외손이겠지? 형제니까. 그런데 여 가면 고 우에 가면 '손맞이'라는 동네가 현재 여 있어요. 손맞이라고 있는데. 하곡이 그래도 정승 정도 지내고 있으니까, 상부에 세력이 있고 위력이 있으니까, 하여간 그 손님이 들어오고 나갈 즉에[136]– 집에 오고 할 즉에 맞아들이고 했다고 해서 인제 전송하고 할 즉에, 그래서 그 동네 가면 손맞이라는 동네가 있 어. 요게 요게 요게 요게 손맞이라는 마을이 있는데, 이기 수백 년을 흘 러가미 요새 와서는 솔맞이로 변해 뿌렀다고. 솔맞이로–. 우리– 한 유 래니까 내가 애길 하는데, 지방 유래니까–. 그래서 그 즉 허균 선상의 그 형제는 특히 그 괴산공– 그 집안은 이 함평공이라는 여게 그 외가 유 래로 봐서 상당히 유래가 깊은 그 유래가 있어요, 여게–.

6) 열녀문 2

1991. 5. 23. 사천진 1리 / 성명미상, 남·70

그 성씨를 모른다 그러더라고. 평택임씨라고– 평택임씨. 그분이 그분 의 그 유래는 우리 대한민국에 둘째가라면 서러워하는 아마 열녀라고 봐 야 돼. 그런데 그 당시 남편 되는 분이 요새 같으면 무역을 했다고, 무역

---

133) 허균(許筠, 1569~1618).
134) 선생(先生).
135) 하곡(荷谷). 허봉(許篈, 1551~1588)의 호.
136) 적에. 때에.

선ㅡ. 요새 같으면ㅡ 요새 같은 큰 군함 이런 거ㅡ 무역선ㅡ 철선[137]을 탔으면 좋겠지만, 그 당시는 이 목선 배로써 이 돛을 달고 댕기.[138] 돛을ㅡ 있잖아? 그걸 달고 댕기야 되는데. 그걸 가지고 함경도로 무역을 갈라고 어디 가서 울진께서 고만 조난을 당해서 고만 그 할아버지가 돌아가셨데요. 돌아가시니 젊은 할머니가 그 남편을 위해서 걸어가서 하여간 뭐 석 달 열흘을 바닷가서 공을 드리구 인제 참 통곡을 하고 이래는데. 어떤 이 하루 밤에 그 시신이 기냥 불을 밝히가지구 할머니 앞에 왔대요. 그인데 불을 나오니 그 할머니가 그 다음에 목적은 시신을 찾으러 간 거니, 거서 대칼[139]을 가지구 그 시신이 살을 다 오려내고 뼈만 가지고 그 버들코리[140]라고 코리가 있다고. 거다 너서 이고 거서 걸어서 여 와서 산소를 이제 모셨거든.

산소를 모신 뒤에 영동 지구 한재[141]ㅡ 비가 안 와서ㅡ 한재가 심해서 도저히 농사를 질 수 없고 곡식이 다 타 죽는다 말이여. 그 하도 그래니까 예전에 뭐 다른 방법이 없으니까 기우제라도 지내고 이랜다고. 비 오게 해 달라고 기우제 지내고 이래는데, 그래도 효과가 안 나거든. 그저 그 당시에는 원이[142] 뭐 이건 필이 곡절이 있다 이래서 이렇게도 비가 안 올 수가 있느냐. 그래 뭐가 원한이 있는 것 같으니까 알아봐라 했다 말이여, 원이ㅡ. 그래 알아보니 이런 할머니가 계시는데 천하 열년데 나라서 열녀 정문[143]을 내리야 되거든. 아무리 열녀라 해도 그땐 나라서 정문을 안 내리면 열녀가 안 돼. 그래서 이 그런가 해서 여 당시 원 되시는 분이 나라다 상소를 했던 모냥이여. 우리 고을에 이러한 열녀가 있는데,

---

137) 철선(鐵船). 쇠로 만든 배.
138) 다녀.
139) 대칼. 대나무로 만든 칼.
140) 버들고리. 키버들의 가지로 걸어 만든 상자. 주로 옷을 넣는 데 쓴다.
141) 한재(旱災). 가뭄으로 인하여 생기는 재앙.
142) 원님이.
143) 정문(旌門). 충신, 효자, 열녀들을 표창하기 위하여 그 집 앞에 세우던 붉은 문.

열녀문 안 내려서 비가 안 오는 것 같다고 말이여. 그랬더니 그 당시에 임금이 당장 어인144)을 찍어야 되니까— 도장이지. 어인을 찍으면 참 평택임씨 열녀 정문을 내리면서 여개다가 인제 열녀 정문을 내리믄 논밭을 줘야 된다고. 그래 여— 여 가면— 그 나라에서는 줘야 되거든. 그 공이 있다고 해서. 그래 여 가면 열녀답이 있고— 열녀 인제 논두 뭐 산두 있어요. 안직 그 산두 여 있는데. 그러한 이제 훌륭하신— 이제 여게 임씨 열녀 할머니가 계시고. 그 남편은 전주이씨라고 그래고.

7) 낙향한 허균의 손자 ···

1991. 5. 23. 사천진 1리 / 성명미상, 남·70

그 허균 선상의 손자 되시는 분이구만. 그 양반두 그 승지를 하구 계시다가 낙향을 초당으로 하셨다고. 초당— 초당 와서 있는데. 그 양반은 그 시골 낙향해서 그래 인제 할아바이 살던 고향이지. 와도 동네서 딱 허간145) 줄만 알지— 허노인인 줄만 알지, 벼슬 했는지는 몰랐어. 그 양반도 그래고 살았거든. 그래구 사니까, 그 하루는 그래 그 양반들— 예전— 지금도 그렇지만 공직하던 노인들은 대부분 낚시질을 좋아하다고. 그래 경포146) 그 강릉 마을이라고 하나 있어요. 그 경포 인제 호수 거 바다라고— 물이라고 하는데 이제 거서 인제 고기를 낚고 있더니, 그 서울에 있는 젊은 사람이— 초록데기147)가 말을 타고 거를148) 하나 왔거든. 그래 그 사람도 이제 그 참 즉 말하자면 승지공을 뵈러 온 거라. 거 와보니 물

---

144) 어인(御印). 임금의 도장.
145) 허가(許哥)인. 허씨인.
146) 경포(鏡浦). 강원도 강릉시의 동해안에 있는 석호(潟湖). 호수의 서쪽 언덕에 경포대가 있다.
147) 초립동(草笠童)이. 초립을 쓴 사내아이.
148) 거기를.

이─

(청취 불능) 그래 선배[149] 할아버님 거 살았지만 고만 다 이사 가고 나니까 별로 허가가 없었는데─ 그래 당신─ 그만이 거 와서 낙향해서 사는데, 그래 떡 가니 그─ 그 부인이 그 승지공 부인이겠지. 할머니겠지. 들어오니 서울 아무 대감집 아들이라 그래거든. 그래니 이제 승지공 대감이랑 아주 유명한 친구라. 친구가 낙향했으니 '너 가서…….' 그래 예전에는 아들을 나면 이제 그 시골 그─ 인제 가서 국가 그 민심이나 모든 면을 견학하기 위해서 많이 보낸 모냥이래요. 예전에도 그 귀한 자식도 즈가 대감을 지내도. 그래 강릉을 간다 하니, '강릉을 가거든. 그 친구 승지 대감이 있으니까 가서 찾어뵈라.' 하니까, 그 양반을 찾으러 온다 하는기 그 양반한테 업히 왔네.[150] 그래 조금 있으면 오신다고 하니까, 그래 인제 팩 쓰러져 있는데 들어오시는 거 보니 자기가 업어 들어오던 노인이거든. 그래 와서 인사를─ 그래 '그러냐?'고 말이여. 그래믄─ 그래믄 그 '죄송하다.' 할 거 아니야?

"대감님, 죄송합니다."

하니, 글쎄 이걸 비로소 시골 와서 배와야겠다는 거야. 서울 대감집 아들은 다 이렇다 이거여. 그런데 그 아무개 아들은 이럴 줄은 몰른다 했거든.

"너 아버지는 그렇게 안 갈친다 했는데 우째 니가 그러느냐? 이건 내한테 와서는 뭐 괜찮으나 이건 아주 평생에 이─ 저─ 저 조심해라."

그래고 이 양반이 말씀하기로, '조조는 나라작이요 행락은 나이치'[151]라. 나라 안에서는 벼슬하는 사람이 어른이야. 나이 작거나 마나 어른이지만 '행락은 나이치'라고. 시골에 내려와서는 나이 많은 사람이 어른이

---

149) 선비.

150) 문맥상 위의 '청취 불능' 부분에, 승지공 허공이 지쳐 쓰러져 있던 서울 친구 대감의 아들을 업고 자기 집으로 돌아왔다는 내용이 있었을 것으로 생각됨.

151) '조정(朝廷)에서는 막여작(莫如爵) 향당(鄕黨)에서는 막여치(莫如齒)' 즉 '나라에서는 벼슬이 제일이고 촌에서는 나이가 제일이다.'란 말을, 기사자가 잘못 알아듣고 오기한 것으로 생각된다.

라 이거여. 시골 와서는—.

"근데 너 아무리 시골— 서울에 대감 아들이라 해도, 시골 여 나이 많은 사람을 우째 우대를 안 하고 그 뭔 짓이냐?"
말이여.

"너 아부지가 그래 가르치냐?"

그래서 그 사람이 거서 배워가지고 평생에 그걸 잊지 않더래요. 그런데 그 양반이 그 승지공 대감이 초당서 돌아가셨거든. 떡 죽으니, 살아 계실 적에 초당 마을에 산이 있어요. 산이—. 당신 살아서 거다 묘를 써 달라고 자신한테 유언했네. 고 자리다가 요 자리다가 써 달라고 말이여. 그러니 또 아버지가 돌아가셨으니 그 자리가 묘를 써야 할 것 아니야? 아들 삼 형제분인데 묘를 떡 쓸려고 하니, 초당 그 초당의 주민이 들고 인나서[152]— 특히 최(씨) 집안이 들구 인나서 거 묘를 못 쓴다 이기야. 승락할 턱이 있어? 요새도 잘 못 쓰게 하는데, 그때— '우특해 이런 주산[153]에다가 주정이 있는 산에다 묘를 쓸라고 하느냐?' 그러니 이 아들들은 돌아가신 아버지가 유언을 했으니까 거다 묘를 안 쓸 수가 없잖아? 그래 쓴다 못 쓴다 하니까 도저히 쓸 수가 없으니 나라다 상소를 했더라고.

그래 나라 어명으로서 이 요새 같으면 육군 군— 골 원이지. 요새 같으면 군수지. 그래 요새 군수야 맥을 못 쓰지만, 그 당시 군수라면 사법, 행정, 다 가지고 있거든. 삼부[154]를 다 가지고 있거든. 삼부를 다 가지고 있으니까 마음대로 처형할 군한[155]이 있거든. 마음대로 죽이고 살린다 말이여. 그래 이사람들이 가서 그 나라 어명이니까 육군 골 원이 와가지고 고 산에다가 빼앵 돌아가미 싸리— 인제 싸리 낭구를 베가지고 이걸 이제

---

152) 들고일어나서.
153) 주산(主山). 도읍, 집터, 무덤 따위의 뒤쪽에 있는 산.
154) 삼부(三府). 입법부, 사법부, 행정부를 통틀어 이르는 말. 여기에서는 입법권·사법권·행정권을 모두 가졌다는 말임.
155) 권한(權限). 어떤 사람이나 기관의 권리나 권력이 미치는 범위.

뺑 돌려 이제 방어선을 쳤단 말이여. 울타리를 쳐놓고 여 묘 쓴데 누구든 지 침범하면 사형이다— 죽인다 하니까 한 놈도 감히 올 수가 있나? 그래 거다 묘를— 산소를 못 썼는데—156)

　그 후로 그 초당의 최씨 노인이라 하면 범노인이라 하는데, 아무리 그래도 위— 이 강릉에 최가가 그렇고 초당에 이 수백 호 마을에서 이 쪼그만 한 집 있는 허가한테 졌다고 해서 말이여. 에 이눔의 산을 파산을 시킨다 해서 이 늙은이가 혼차 댕기면 구덩을 팠다는 기 지금도 가면 굉장해. 아주 골이 됐어. 지금도 가면 있다고. 그런데 초당 가서 그 유래를 가져 가라고.157) 초당이란 마을을 가거든— 안 갈 거면 헐 수 없는데, 그래믄 그 산이 지금까지도 권장재158)야. 권장— 권도159)로 묘를 썼다는 거야. 저—저 어명으로서 군수가 와서 묘를 썼으니, 권력— 이제 즉 말하자면 세력으로— 그래서 권장재라 한다고, 권장재—. 그래 지금도 초당 가서는 권장재 하고 물으면 모르는 사람이 없어. 그런 거 뭐 있느냐 하면 그 승지공 산소가 있다 그랬지. 그런 이제 강릉에 그런 유래가 있는데—.

8) 강릉 원님의 심술

1991. 5. 23. 사천진 1리 / 성명미상, 남·70

　강릉이란 데가 즉 말하자면 다른 데는 강릉을 뭐라 그러는지 모르겠으나, 강릉은 예전부터 굉장히 양반촌이라고 해. 강릉에는— 강릉은 어데지지 않는 양반촌이라 그러거든. 그래 참 여기는 육조160)가 많았다는 덴

---

156) '허씨' 외에 다른 사람들은 묘를 쓰지 못했다는 뜻임.
157) 제보자가 조사자에게 초당이 있는 마을을 찾아가 그 '유래'를 조사해 가라는 뜻임.
158) 권장지(權葬地). 권력으로 장사를 지낸 곳.
159) 권도(權道). 목적 달성을 위하여 그때그때의 형편에 따라 임기응변으로 일을 처리하는 방도.
160) 육조(六曹). 원뜻은 '국가의 정무(政務)를 나누어 맡아보던 여섯 관부(官府)'이지만, 여기에서는 그런 관부의 벼슬아치를 가리키는 말로 쓰였음.

데, 임금이 그 원이— 군수가 여기 부임을 하면 그 당시에는 군수가 왔다 하면— 원이 왔다 하면, 그기 한 고을의 제일 어른이거든. 그렇잖아? 원이— 요새는 그까짓 거 아무것도 아니지마는. 예전에는 어른이래도 와서는 문안을 가야 돼. 원이 와서 판서패들이 있으니까—. 요새는 유지 군로로 권한— 군수 권한 같은 걸론 그 사람들 이기질 못하거든, 세력을—. 그 사람들 가서 먼저 문안을 해야지, 와서 행동을 하지 그렇잖으면 행동을 할 수 없다 말이야.

그래서 그전에 참 뭐 한 원이— 황귀비라는 원이 떡 와보니. 아니꼬울 거 아니야? 한 고을의 그래도 어른인데 와보니 꼬라지가 되쳐먹지 않았거든. 이거 드럽다고 말이야. 그래 그 이놈 강릉이라고 연고가 우특해 그러냐면서 한 번 산세를 돌아보니, 이건 지리학을 했는데, 산세를 돌아보니 이 산이 우특해 명산들인데[161] 그 산에 산 힘으루 사람이 나서 원체 훌륭한 사람이 나니, 다른 데서 원이 와서 맥을 못쓰겠다 말이야. 요새도 그렇지만 예전도 원이 꼭 강릉 사람이 하는 거 아니니까— 뭐 뭐 경기도 사람도 오고 서울 사람도 오고 사방서 오니까—. 그래서 이눔의 빌어먹을 놈의 원이 음흉스럽고 심술궂은데 명산에 댕기며 혈[162]을 끊어— 혈을 다 질러놨어. 산은 이제 운을 막는다 해서—. 그래 가만히— 그래도 원을 당하지 못하거든. 아무리 세력이 있다 해도 원을 당하지는 못해요. 원은 특권을 가지고 있기 때문에, 아무래도 어른은 어른이니까.

그래 아까 얘기한 박가 박상반 선생이라고 강릉 박가가 있어요. 그 양반이 유명한 위인이야. 하 이 원놈이 하는 행동을 보니 당초[163] 못쓰겠거든. 그래 욕심이 그렇게 많드래요, 그 원이—. 그래서 여 있는 그 상반 선생이 달리는 그눔을 해칠 수 없고, 이걸 없애긴 없애야겠는데 자기로서는 없앨 수 없고— 그리고 또 예전 선현들— 선상들이란 건 남을 직접 손을

---

161) 어찌나 명산들인지.
162) 혈(穴). 풍수지리에서, 용맥(龍脈)의 정기가 모인 자리.
163) 당최. 도무지. 영.

대 죽이지 않았대. 그래서 왜 이눔의 원이 한 번은 갈 테니까 고때 가서 본다 이랬어. 이 양반(박상반)이 댕기미 뭘 했나 하면 겨울게 댕기미 활을 만들어가지고 새를- 참새를 잡았어, 참새를-. 참새를 잡아가지고 고걸 갖다- 참새를 해서 요새 같으면 잠바를 하나 만들었다 말이야. 그래 새 털발이164)지. 새털발이를 맨들어가지고- 그래니 이 그 양반이- 그 상반이란 분이-165) 참 사람(원님)이 욕심이 많고 이러니까, 나라 이제 정승 판서나 이런 사람한테 상당히 아부했던 모양이야.166) 선물도 많이 주고- 그래니 원으로 있으면서 거 승진해가지고 나라를 들어가게 됐거든. 들어가게 되니 나라 임금 앞에는 절대 털가죽 옷을 못 입어167) 간대. 그러면 즉결168)이야.

그래 이 사람이 그래 지리학만 알았지 다른 거는 생각지 못했던 모양이야. 그래 나라 올라가니까- 올라간즉 나라 들어가니 어전에 인사 안 할 수 없거든. 임금을 봐야 되니까- 거 이- 이 양반이 갈 적에 관복을 입고 드가야 될낀데, 그래 이 상반 선생이- 그 황귀비 그 원도 상반 선생이- 어쩜 훌륭한 선생이 자기를 해치리라고는 생각지 않았지. 그래 입고 기양 드갔단 말이야. 기양 들어간 그 자리서 즉결새 없어졌잖아. 그래니까 상반 선생이 그렇게 앞을 내다보는 유명한 분이셨다고. 그런데 강릉을 위해서 원이가 잘해야 되는데, 아 이 마한 놈이 와서 나쁘게 하니까, 어 그래 죽는데- 요새도 그래요. 정치하는 사람이나 이런 사람들이 좀 잘해야지, 와서 뭐 자기 욕심이나 부리구 세력이나 부리구 이런 도둑질이나 하고 하믄, 반다시 예전에는 그따구169) 일을 당한다고. 그 그기 이제

---

164) 새털옷.
165) 전후 문맥으로 보아, 박상반이란 사람이 새털옷을 만들어 황귀비란 원님에게 선물을 했는데, 황귀비가 그 옷을 입고 조정에 나아갔다는 이야기임을 알 수 있다.
166) 역시 문맥상 아부를 한 것은 원님 즉 황귀비가 그랬다는 말임.
167) 입고.
168) 즉결(卽決). 즉결 심판. 즉시 벌을 준다는 뜻임.
169) 그따위. 그런.

유래가 돼서— 하여간 원이거든. 좀 깨끗하게 잘 해라. 국민을 위해서 일 해라. 예전에는 국민을 위해서 일한 원이라면— 한 고을 그 주민을— 백 성을 위해서 잘 핸 원이 몇 없어요, 다—.

9) 부자 된 소금장수 ·····

1991. 5. 23. 사천진 1리 / 성명미상, 남·?

*이 이야기는 널리 알려진 '도깨비 방망이' 혹은 '혹부리 영감'의 변종이라 할 수 있다. 충북 괴산군 〔청천면 자료 45〕 및 동 〔청천면 자료 62〕 참조할 것.

옛날에 소금장수가 에 형님 동생인데— 그 놀부 흥부 식이다게. 형님 동생이 이제 한 집에서 살았는데. 재산이 참 좋거든여. 그래 인제 어머니 아버지 나이 많은 분들 돌아가시고, 형님이가 인제 동생을 내 달궜어요. 게 결혼해갖고 애들, 아들 딸 삼남매 들이고—. 그래 나는 보지는 못했지— 들었지. 중학교 때 담임한테 들어거가. 그래 인제— 그래 집도 없이 인제 거리에 나갔어요. 거리에 나가가지고 어떻게 사나? 산 속에 가가지고 막 땅을 파가미 쪼끄만 막을 이래 지갖고 이래 사는데, 이 아저씨가 할 게 없어 소금장수를 한 거야. 친구들은 소금장수를 하니까 돈을 벌고 저 어 디 멀리 게 인제 친구들 따라 소금장수를 갔어요. 그래서 마누라를 애들 데리고, 아침 되면 품 팔고 저녁 먹고 저녁 밤에 품 팔아 아침 먹고, 이랜 식이지. 밤에 품 팔러 안 가면 산에 나물해다 죽 쒀 먹고.

그래 이제 남편은 소금장수하면 떠나가면 한 삼 개월 만에 오고, 빨리 오면 한 이 개월 넘어 오고 이래 했는데, 그래 인제 소금장수 가갖고— 참 옛날엔 걸어 다녀. 지금 같으면 차가 있어— 그땐 차가 없었거든. 한 몇백 리를 이래 갔다 오는데, 어떤 고개 넘어오다니까— 시퍼런 산 속에 고개 넘어오다니까 날이 저물었다 이거야. 천상 집도 없고 절도 없이 산

속에서 잠은 자야 되거든요. 이 밤 얘기를 세 마디를 해야 되는데 큰일 났다 그래. 인제 밤 얘기를 세 마디를 해야 되는데 큰일 났다고. 그래 깊은 산 속에서 날을 새게 되는데, 배두 고프고 목두 마르고 산꼭대기니 어디 갈 수 있나. 그래 할 수 없이 인제 참고 인제 잠을 자는 거야.

자다 보니까 얼마만치 잠도 옳게 오겠나? 사방 짐승 울음소리 왔다 갔다 하고 뭐. 여우 뭐 늑대 뭐 곰들 너구리 뭐 웅웅 소리 나지. 눈을 감았다 떴다 아무래도 살포시 잠이 들었다. 잠결에 이래 보니까 거 억수로 밤인데, 자기는 산꼭대기 자는데, 저 개울 같은데 내다가 보니께 웬 숭상숭상 단이 꽹과리를 치고 이래 불— 횃불을 들고 뭐 술도 많이 갖다 놓고 안주도 많이 갖다 놓고 그래 잘 놀드래. 그래 노래 부르는 소리 가만 들으니까 여느 소린 없고 그저 숭상숭상 반주를 맞춰 그래 잘 놀드래. 그래 결국은 도깨비들이 노는 거야. 그기 도깨비들이—. 그래서 인제 이 남자 가마이 들어보니까 거 뭐 온갖 음식 갖다 놓고 그래니 배가 고프니 얻어 먹으러 가야 될 거 아니야? 그래 인제 개울을 턱 내려가니까 어찌 산을— 참 사람으로 둔갑해가지고 수많은 인간들이 놀드라 이거야.

그래 거 떡 가니까 거 무신 거 문지기가 인제 '하, 손님 온다.'드래. '손님 온다.'니까 거 인제 거 대장이가

"아, 손님 잘 모시라."고. "가마 보이 배고프니 싫어 빨리 한 상 차려드리라."

고. 게 가 여러분 앉아 교자상 참 잘 차려 왔다 이거야. 염치불구하고 배가 고프니까 배를 채워야지. 하 얼마나 잘 먹었는지 맛만 좋으니까 거다 술도 또 막걸리 있잖아? 뭐 좋대 그래

"아, 손님도 한번 우리하고 같이 놀라."고 "이제 한 잔 먹고 놀자." 그러더래. 가마이 들어보니까 숭상숭상하는데 그렇게 잘 논다 이거야. 그래 자기도 고래[170] 반주를 맞춰야지. 게,

---

170) 그렇게.

　　"나도 노래하냐?"

니까,

　　"아, 노래하라."

고.

　　박수를 치며 같이 노는 거야. 그래 그 사람들 따라서 숭상숭상 그렇게 한 몇 시간 동안 놀다 새벽이 돼 날이 새니까 도깨비 대장이 그 대장이가,

　　"아, 이제 우리 오늘 저녁에 즐거운— 이렇게 좋은 손님을 만나서 이렇게 재미나게 놀았다."

이거야.

　　"오늘 이제 고만 놀고 헤어지자."

고.

　　그런데 그 사람들이 헤어지면서 가면서 하는 말이 뭐냐 하면은,

　　"여기서 십 리를 가면 그 큰놈의 동네— 동네 마을 복판 미루나무 밑에 우물을 파며는 그 동네가 먹고 남을 텐데, 그거를 그 마을 사람들이 몰라서 물을 못 파니까, 그 동네 물이 귀해가지고 생전 물이 없어. 십 리 오 리 가서 길러가지고 먹고 사는 동네다. 소금장수 너 그만하면……."

　　그래 생각을 하니 도깨비다 이거야. 그래 십 리 너머 가면 자기도 거 소금장수가 자구 가던 동네거든. 참 물이 없어. 이 두레박 물 십 리 오 리 가서 막 이고 온다 이거야. 그래 이 남자가 인제 소금장수 갈 적에 동네 이장 집으로 갔어. 시골에 가면 이장들이 있잖아? 이장 집을 찾아가 구장, 반장 오라 그래 놓고는, 제 뭐이 철학하는 척하고 노트 하나 갖다 놓고 볼펜 갖다 놓고,

　　"이 동네 식수가 좀 적구만요."

　　"아, 그렇심다."

할 거 아냐, 그지? 그래서,

　　"이 동네 어디 미루나무 있지요?"

　　"아, 있다."

이거야.

"거기 파면은 물이 이 동네가 먹고 남는다."

이거야.

그래서 계약을 하는 거야.

"진짜 먹고 남으면 우리 마을에 돈이 많으니까 재산도 많고 당신 평생 먹을 것을 줄 테니까. 거 뭐 물만 나게 좀 해 달라."

이거야.

그래 자기는 들은 소리구 하니까 이장 구장 반장 말하니까, 그래 미루나무 잡아 제치니 물이 펑펑 솟드라 이거야. 그래가지곤 그 동네가 먹고 남아. 그 다음에 거서 인제 논밭, 돈도 많이 얻어 이 소금장수가— 이 집에 큰 부자가 됐네. 부자가 돼갖고 돈도 많이 벌고 논밭도 있어갖고 집에 오니까, 마누라 이제 소금장수 안 해도 되고 애들 공부도 시키고 인제 밤에 품 팔러도 안 가고 나물죽도 안 먹고 그 집도 부자가 됐거든.

형님이 떡 와보니까 동생이 참 잘살거든. 욕심이 나거든요.

"하, 거 내보다 못한 놈이— 동생이 어떻게 부자가 됐느냐?"

고.

"하, 형님— 그런 게 아니라 내가 소금장수 어데 어데 고개 넘어가다 잠을 자다 보이께네 배도 고파 그 숭상 도깨비들한테 가 그렇게 불을 패 가 그렇게 이거야.171) 고 소리를 듣고 고대로 해가지고 소금장수를 가는 거야, 형님이—. 소금장수 가가지고 그 고개 가가지고 온종일 헤매는 거야. 그 산에 그 얼마나 자다 보니까 또 짐승 소리 나드래, 동생 말한 대로—. 그래 잠이 푹 자는데 거 그 밑에서 그와 같이 불을— 횃불을 들고 참 만 가지 음식을 차려 놓고 숭상숭상 도깨비들이 그래 잘 놀드라 이거야. 그래 형님은, '저 틀림없구나!' 하고 떡 내려가니까 도깨비 대장이 그러더래.

"아, 여봐라. 그 손님을— 손님을 잘 모시라."

---

171) 청취 불량.

이거야.

그래 속으로 또 '부자 되겠다.' 이러지, 지금-. 그래 앉아 있으니 천천히 잘 먹고 술 한 잔 얼큰이 이래 됐거든. 가마이 들어보니 숭상숭상 잘 놀아. 그래 이놈이 가다가,

"여러분, 저도 노래하고 아- 놉시다."

고.

이래 도깨비들 한참 신나게 노는 판인데 이놈이 거 반주를 안 맞추고 자기 한다고 개판을 지졌다 말이야. 이놈의 도깨비들이 부애172)가 나거든.

"야. 에이, 오늘 저녁엔 손님이 개좆같은 손님이 와가지고 우리 옳게 못 놀구 간다."

이거야.

"헤어지자."

그럭저럭 날이 새네. 헤어지는데 도깨비 대장이 또 뭐라 그래.

"여봐라."

"예, 저노무173) 새끼 눈까리174) 개눈깔을 해 맞추라."

이거야.

게 이제 자기 본 눈을 빼버리고 개눈까리 해 맞춰. 그래 본인은 모르지. 도깨비 요술로 눈 빼고 개눈까리 해 맞추니, 그래 개눈깔 가지고 다니거든. 그래 나중에 날이 훤하게 샜어. 이제 집으로 올라고 오는데 어떻게 집으로 올라고 오는데 맨 신작로 바닥에- 질거리175)고 질가에 드문드문 맨 질가에 찰떡이 해쳐진 거야. 자기 눈에 찰떡이야. 그래 주워 먹고 주워 먹고-. 또 인제 똥 싸 논 게 찰떡으로 보이거든, 개눈으로-. 거 개또이176) 말캉 질가에 있으니까, 배고픈데 주사177) 먹고- 어떻게 또 조

---

172) 화. 성질. 신경질.
173) 저 놈의.
174) 눈깔을. 눈알을. 눈을.
175) 길거리.

금 쉰 건, '아이구, 냄새야. 맛있다. 아이구, 냄새야. 맛있다.' 주178) 먹고一.
지가 주 먹고 좀 굳은 건 자꾸 보따리에 주 넣는 거야. 그래 주 넣고一
집에 가서 아들, 딸 들, 며느리, 마누라 줄려고. 그래 이제 집에 떡 와가
지고一 마누라는 이때 오나 저때 오나 기다리니 당도했네, 며칠 만에一.
게 인제 문 밖에서 애들하고 마누라 인사를 하니까는, 하 보따리를 맡기
구선 그래 인제 화장실로 가는 거야.

"내 화장실 좀 보고 올 테니까……."

이랬거든. 게 마누라는 소변보러 가시는가 이렇게 생각 했는데, 하 오시
면 시장할 텐데一 마누라 인제 부잣집이니까 불도 때고 진지를一 밥을
잘 지었거든, 정성으로一. 그래 아무리 화장실 들어가서 거진 한 시간 지
났는데 안 오거든. 히안하다 싶어가지고 가 보니께一

"아부지, 화장실 가 왜 안 오시나 한번 가봐라, 빨리 나오셔서 시장하
신데 점심 잡수라 하셔라."

떡 가 보니께 아버지가 손도179) 안 주서 먹고 화장실 거 단지에 대고
있는 거 퍽퍽퍽퍽 먹드라 이거야. 그라는데 이제 아들이 막 뛰와서,

"아이구! 엄마, 아부지가 똥단지에 똥을 퍽퍽퍽 먹드라."

이거야. 설마 이랬지. 그래 가 보니까 마누라 떡 가 보니까 아 정신없이
먹고 있는 거야. 아, 인제 등가죽을 들고치며,

"아, 여보一 당신 미쳤냐?"고, "배고픈데 지금 밥 지 났는데, 밥 먹지
왜 똥을 먹느냐?"

고 말이라.

"응, 그기 똥인가? 내 눈에는 그기 말캉 찰떡으로 보이는데一."

그래 형님이 그 질로180) 망한 거야. 동생은 부자 되고一.

---

176) 개똥이.
177) 주워.
178) 주워.
179) 손으로도.

10) 강릉 단오제 ···

1991. 5. 23. 사천진 1리 / 홍종준, 남 · ?

대학에서 학생들이 많이 와요. 왜 오냐 하믄 여기는 인제 강릉에는 음력 오월 오일 날이 단오제잖아? 강릉— 영동의 큰 잔치지. 그 단오제의 역사는 어떻게 되냐 하믄 강릉의 최준집이 있지. 최준집이 들었어, 그 얘기? (조사자 : 아뇨) 최준집— 강릉 부자— 일정시대부터 강릉 부자지. 최준집이— 강릉최씨들이 대개 부자야. 강릉서는 다 부잔데— 강릉 최준집이라고 일정 때 동경 명치대학에 나와 가지고 뭘하면 회사로는 큰 겐짜꾸[181]— 겐짜구 큰 회사하고, 육지로는 동해상사 자동차운수 사업을 크게 했어요. 그래서 그 사람 밑에 월급 받는 사람이 한 삼, 사천 명 됐지. 일정 때도 그래— 일정 때 일본전쟁 때 비행기 다 헌납하고 이랬잖아? 그래가지고 해방되고 친일파로 몰려가지고 젊은 아들한테— 이 준집이— 준집이 하믄 골목으로 쫓겨 댕기고 이랬거든.

그래서 그 사람— 그분의 아버지가 최재인이라고— 그분의 아버지가 살았는데, 그 집이 어디냐믄 지금 강원의료원— 도립병원 있지요? 홍제동[182] 내려오자— 서울서 내려오다가 도립병원 있지? 강릉의료원— 고위에 조금 가면 산막 위에 거기가 정방인데 그— 그 집 자리야. 강릉에선 부자— 강릉에서는 이제 강릉최씨들하고, 오죽헌[183]이 석류장에 있지? 석류장[184]— 석류장— 거기 배다리 부잣집이야. 옛날에 석류장. 그럼 지금 시대 와서 그 집안들이 모두 공부를 못하게 돼서 집안이 그거 해가지고 일시 밑에 사람들이 서울에 가 살고 이러지만— 그때는 일정 시대만 해

---

180) 그 길로. 어떤 일이 있은 다음 곧.
181) '건축(建築)'을 뜻하는 일본어.
182) 강원도 강릉시에 있는 동(洞).
183) 강릉에 있는 오죽헌(烏竹軒)은 보물 제165호로, 율곡 이이 (栗谷 李珥)의 생가이다.
184) 아마도 조사자가 강릉시 운정동에 있는 선교장(船橋莊)을 잘못 알아들었을 듯하다.
　　　바로 뒤에 '배다리[舟橋]'라는 말이 나온다.

도 강릉 부자 그 석류장 근방 그 부근에 경포 그 부근의 땅은 전부 그 집 땅이고, 또 최준집이 강릉 이 사람은 서울까지 올라가도 남의 땅 밟지 않고 갔거든. 일정 때도 그러니까 강릉에는 그 두 집이 강릉에서 제일 큰 부자지.

부잔데 이-그 최재린이라고 최준집이- 최재린 씨는 신학을 공부 못 했고 옛날에 국학을 공부한 거고, 그 다음에 인제 그들 아들 최준집이는 - 그 밑의 사람들은 전부 그 집- 집안들은 전부 일본 명치대학이야- 나온니 강릉에서 큰 사업들을 했는데, 최준집의 누이가 밤에 그 대회에 나가서 머리 감는데- 머리- 그러기 땜에 옛날에는 여자들은 밤으로 머리 못 감게 하잖아? 머리 감으면 귀신이 잡아 간다고- 호랭이 잡아간다고 밤으로는 머리 못 감게 하지. 그런데 팔자가 그럴라구 그런지 부모들 몰래 자연에 나가서 머리를 감았단 말이야. 감다가 호랭이- 범이 물어갔어요. 호랑이가- 그 호랑이가 물어갔는지 뭐가 물어갔는지 모르지. 그 머리 감으러 나갔는데 그 없어졌으니까 그 뭐 옛날에 그 집들이- 옛날에 부자하면 그 밑에 그 하인들이 몇 십 명씩 있잖아? 있고- 그 집안들이 하인 모두 모이면 몇 백 명 되지.

그래 전부 초롱불 켜가지고 강릉서 온 산천 다 뒤져도 없거든. 그래 대관령 갔는데 국사서낭 갔다가 그기에 세워놨더래. 벌써 죽었지. 그래가지구 그분이 국사서낭이 되었대. 이래가지구 일정 때부터는 그 강릉 최준집이 집에서 단오제 지내는 거 비용- 경비를 거의 다 대다시피 했어. 다 대다시피 하다가 해방되고- 뭐 해방되고 이 망한 셈이지. 그래고 한 칠팔 년 전부터 강릉 단오제는 **KBS**에서 경비를 한 육 칠십 퍼센트 대고, 그 나머지는 인제 강릉 유지들이 보충을 하고 그래서 단오제를 지내는데- 이 강릉 단오제가 커요. 하여 영동 그 사람들이 전부 여 다 모이니까- 영동뿐이 아니야. 저 경상도- 경상남도, 전라도 사람들이 거진- 전부 다 와요.

강릉 단오제를 다 오면- 별개 다 오지. 곡마단 뭐 놀이패, 농악대, 그

네 뛰고 전부 뭐 약장사를 하고 뭐 이 음식장사, 옷장사 뭐 이런ー 형편 없어요. 뭐 그래 달 깎는다 그러지. 그래도 이제는 뭐 무형문화재로 지정이 돼가지고 KBS에서 그 행사를 경비를 거의 부담하고 있어. (청중[부인] : 뭐 귀신 얘기 좀 해달라잖아?) (웃음)

4. 성산면(城山面)

1) 곽곽 선생과 이순풍 ···

1991. 5. 23. 보광1리 / 윤치상, 남·74

　*최태집 노인의 집에서 간단한 술상을 보아 드려 여러 노인들이 함께 하셨는데, 재미있게 말씀을 잘하셨다. 유관 자료로 충북 영동군 〔심천면 자료 10〕; 경남 남해군 〔고현면 자료 5〕를 참조할 수 있다.

　곽곽 선생[1] 이순풍[2]이라는 분이— 곽곽선생 이순풍이 그야 말마따나 점을 묘하게 쳤거든. 치고— 곽곽 선생은 시아버이고 이순풍은 며느리란 말이야.[3] 그 두 고부[4]가 점을 그렇게 치는데 이 고부가 며느리도 용하고 시아버지도 다 용하긴 용한데 며느리가 풀이를 더 잘해가지고 시아버지

---

1) ‘곽박(郭璞) 선생’이 민간에서 잘못 전해진 것이다. ‘곽박(276~324)’은 중국 진나라 때의 시인 겸 학자로, 유곤(劉琨)과 더불어 서진(西晉) 말기부터 동진(東晉)에 걸친 시풍(詩風)을 대표하는 시인이다.
2) ‘이순풍(李淳風, ?~?)’일 듯하다. 중국 당나라 태종 때의 천문학자로, 혼천의(渾天儀)를 제작하여 별을 관측했고, 태사령이 되어 인덕력(麟德曆)을 편찬했으며, 오조(五曹), 손자(孫子) 등의 옛 산서(算書)를 주해했다.
3) 역사적 인물인 ‘이순풍’을 이야기 속에서는 여성화했다.
4) 원뜻은 시어머니와 며느리. 여기서는 ‘시아버지와 며느리’를 가리킨다.

가 못 당한단 말이야. 그래니 이 요놈의 며느리를 아무래도 처치를 해야 되거든. 처치를 해야 내가 풀이해5) 먹겠거든. 그래서 야 내가 할래면 어디 갖다 처치를 할라구선 질6)을 떡 인제―

"니 오늘은 인제 아무데를 가자."

떠나갔단 말이야. 한 군데 함께 가다가 보니 검은 소 하나하고 붉은 소 한 마리하고 두 마리가 떡 둘눴거든.7) 둘눴는데,

"야, 우리 좀 쉬어 가자."

"예, 쉬어 갑시다."

그래 앉아 떡 쉬는데,

"저 소가 지금 검은 소 한 마리 붉은 소 한 마리 두 마리가 둘눴는디 그게 어느 게 먼저 일어나겠느냐? 여기서 한 번 점을 쳐 보자."

그래 둘 다 쳐 보니까 화(火)자란 말이야. 불 화짜― 화짜가 나오거든. 불이라는 것은 그야 말마따나― 시아버지는 붉은 소가 먼저 일어난다고 했어. 불이 이게 붉으니까 붉은 기― 붉은 기 먼저 일어난다는 거지. 며느리는 꺼면 소가 먼저 일어난다고 그래. 둘 다 화짜는 화짠데 며느리가 그야 말마따나 풀이를 더 잘 하거든. 왜서 잘하느냐 이러면, 이게 불을 노면 검은 연기부터 먼저 올라간단 말야. 불길은 나중에 올라가, 그렇잖는가? (조사자 : 예) 그렇지? 불은 그렇지? 이래 인나는8) 걸 보니까는 검은 소가 먼저 일어나거든. 자, 며느리한테 또 졌지.

이럭저럭 또 가다가 날이 저물어져 한 숙소에 자러 들어갔다고. 자러 들어가서,

"올9) 저녁에 야 우리 월 먹겠는가 또 한 수 짚어보자."

---

5) 점을 쳐.
6) 길.
7) 드러누워 있거든.
8) 일어나는.
9) 오늘.

이 또 한 수 짚으니 둘 다 뱀사(巳)짜— 사짜가 나오거든. 그래 시아버지는 저녁이니까 국수를 먹겠다고 이래고—

"뱀 사짜, 국수를 먹겠다."

"아니올시다. 접[10]을 먹습니다."

"그래, 우째 그러느냐?"

그래 저녁을 채려 들어온 거 보니 접이 들어왔거든. 그래 시아버지는 이제 뱀 사짜니 국수를 먹는다 그랬으니 그래 풀이를 못했지. 접이 들어왔으니—.

"이 우뜨케 접이 됐느냐?"

시아버지가 물으니,

"그게 아니올시다. 뱀이라는 건 저녁에 밤에 구녕에 들어가면 또아리[11]를 뱅뱅 돌려쳐 동그랗게 되니까 접을 먹는다."

거 용하지 뭐. 그렇게 용하대, 자, 요놈의 며느리를 꼭 그야 말마따나 잡으려고 작정을 했는데, 도저히 못 당하겠거든. 그래 한 군데를 또 자고 나서는 또 길가를 홀홀 또 가다— 가는데 어디 만큼 가다가 그야 말마따나 뭔— 그야 말마따나 지르메재[12]를 너메[13]— 지르메재 너메 이제 사발소[14]이 있는데— 그 지르메재 너머에 사발소에 그야 말마따나 거 갖다 쳐늫고[15] 올라고 한 기— 잡을라고 간 기, 며느리가 먼저 앞에— 딸갔단[16] 말이야. 가다가 한 농부가 밭을 슬슬 쇠[17]를 매아가지고 가는데[18]

---

10) 수제비.
11) 똬리. 둥글게 빙빙 틀어 놓은 것. 또는 그런 모양.
12) 길마재. 안장처럼 생긴 고개. 언덕. '길마'는 짐을 싣거나 수레를 끌기 위하여 소나 말 따위의 등에 얹는 안장을 말함.
13) 너머에.
14) 사발처럼 움푹 파인 소(沼). '소'는 늪. 땅바닥이 우묵하게 뭉떵 빠지고 늘 물이 괴어 있는 곳.
15) 처넣고. 마구 집어넣고.
16) 따라갔단. 혹은 달아났단.
17) 소[牛].
18) 가[耕]는데. 갈고 있는데.

- 이거 우뜨게? 피신해야지 뭐. 그래서,

"아이고! 농부님, 날 좀 숨겨 주시오. 이 지르메 밑에다가 좀 숨겨 주시오."

그래 고만 그 농부가 지르메 밑에- 지르메를 덜렁 들고 밑에 여자를 인제 넣고 숨겼단 말이야. 숨기니 뒤에서 시아버지가 쫓아온단 말이야. 쫓아와,

"여보, 여보, 여 사람 하나 가는 거 봤소?"

"아 못 봤어."

분명히 여기 지르메재를 넘었는데 어디 가고- 간 곳이 없단 말이야. 이제는-

"아, 제깟 년이 지름재- 지르메재를 넘었으니 사발소에 빠져 죽었겠지."

하고 집에 돌아왔단 말야. 여전히 뒤에 따라- 집에 쫓아 돌아왔단 말이야. 돌아와서,

"너 우뜨케 그랬느냐?"

"아, 아버님. 그만한 피신도 못합니까? 제가 거 지르메 밑에 있었습니다. 지르메재를 해서 지르메 밑에 있어서 피신해 돌아왔습니다."

그래가지고 결국은 시아버지가 못 당했대.

2) 호랑이에게 자식 던져주고 시아버지 구한 효부 1 ·················

1991. 5. 23. 보광1리 / 박종기, 남·71

*이본으로 충북 단양군 〔가곡면 자료 30〕과 동 영동군 〔심천면 자료 15〕 참조할 것.

옛날에, 대우재 넘어 가는 데 한 부락이 있었고, 그 넘어서 강릉 시내

같은 데 가서 장을 보러 댕기는 부락이 하나 있었는데, 그기는 매19) 장마동20) 작당을 해가지고 대관령 마루21) 같은 데는 범이 나와서— 나오기 때문에 한 부락 사람들이 단체로 해가지고서는 장을 보고 함께 비가고— 함께 보고 했는데, 하루는 그 이짝에— 여게 대우재 너메 부락 마을쯤에 있는데— 한 잔칫집이 있었어요. 그 잔칫집에 그짝 너메 사는 부락에 노인 한 분하고 노인이 거를22) 오게 되었고— 장꾼들하고 같이 따라오고 갈 때는 같이 가려고 하고 왔는데, 그 잔칫집에서 잔치를 잡쑤고 집으로 가는 길인데, 장꾼들은 젊은 사람들이니까 뒤에 따라오거니 하고 일찌감치 떠나서 잔칫집에서 과일 같은 거 손주 갖다 줄라고 받은 거를 가지고 가져오더니, 장꾼은 그날 저물어서 어터기23) 뒤에 따라오거니 하고 가다가 대우재 마루24) 같은 데 가서— 거 범이 나온단 데 거서 잠이 들었어요.

근데 그 메누리가— 메누리가 장꾼이 올 때께 오기로 되어 있는데 시아버지도 나— 아이, 곧 오실 때가 됐지. 발무발무25) 어린애를 해 업고서는 저 마중을 나왔거든요. 그래서 오니 발무발무 오다 보이 대우 종마루26) 같은 데로 갔거든요. 아, 보니 시아버지가 누워 자는데 그 머리에는— 머리맡에 범이 이래가지고 있어 보고 있어요. 그러니 업었던 어린애를 거기다 벗어서는 범 앞에 집어 내던졌어요. 내버리니까 범이 발등으로 주워가지고 가뻐렸거든요. 그래 시아버지를 구해가주 왔어요. 와서 집에 올 때까지 장꾼들이 도착을 안 했거든요. 그래서 지바 받아온 걸 손주에게 줄라구선,

---

19) 매번. 늘.
20) 장마다. 장이 서는 때마다.
21) 등성이를 이루는 지붕이나 산 따위의 꼭대기.
22) 거기를.
23) 어떻게.
24) 재의 꼭대기. 높은 산의 맨 꼭대기.
25) 조금씩 조금씩. 차츰차츰.
26) 가장 높은 곳.

“어디 갔냐? 야, 이거 내가 가져왔다.”
하니,
“어린애가 잡니다. 낼 아침에 주시지요.”
하고 이랬대요. ‘낼 아침에 주시지요.’ 하고−. 그 담에 장꾼이 왔어요. 그
래 그런 사정 얘기를 했더니, 그 이튿날 아침에 자고나서 아침에 그 부인
이 나가서 부엌에 불을 때고 앉았어요. 근데 그 남자는 가서 부엌에 이
부엌 앞에 그 불 때는 그 아내를 보고 절을 했어요. 꾸벅꾸벅−.
“그 아버지− 우리는 젊었으니까는 다시 아들을 보면 되고, 아버지는
그양…….”
그 공을 해서 그 부인을 보고서는 자꾸 절을 했어요. 그러자, 이웃 사
람이 가서 보니까는 거 이상하거든. 부엌에서 자기 부인을 보고 절을 하
고 있으니. 그래 집안이 나왔죠. 그래,
“뭔 일로 그런 일을 하는가?”
하고 물으니, 그 연유를 얘기했거든요.
“어린애를 대신 주고 그 아버지를 구하니 얼매나 고마우냐?”
참 그 갸륵한 일이거든요.
“아, 이상하다− 이상히. 요 아랫부락에 지난밤에 어느 집에서 타작을
했는데− 타작을 하다 저물었는데, 일꾼들이 저녁을 먹다가− 저녁을 먹
는데, 이 짚더미 속에서 어린애 소리가 나더라. 그래 나가 보니 어린애가
있어서, 그게 혹 자네 아들이 아닌가? 좀 가보게.”
그래 그 집에 찾아갔어요. 가니, 아니나 다를까 아들이거든요. 범이 받
아다가선 그 속에 갖다 넣어 놨지요. 그래고 그 효자 효부 거런 말씀 내
중에 그 나라에서 상꺼정 받고− 잘 모든 걸 했다는 얘기요.

3) 인불구(人不救) ···

1991. 5. 23. 보광1리 / 박종기, 남·71

*"또 한 마디 할까?" 하시며 이야기를 시작하셨다.

'인불구'라는 얘기 한 마디 하지요. 사람은 구하지 못— 못하니라. 예전에, 낙동강 강가에 있는 사람이 두 내우가 아들도 없고 딸도 없고 두 내우가 나무장사를 해먹고 살았어요. 한번에는 낙동강에서 그 물이 홍수가 나서 남기[27]— 무남기 이거— 이 나무토막이 내려오는 거— 그걸 건져 나무 장사를 해 먹고 사니까 그걸 건져서— 그 뭐 건져 놓을려고 강가에 나갔더니 노루가 한 마리 떠 내려와요. 노루가 한 마리 떠오는 걸 건져서 배 안에 실었거든요. 다음엔 큰 구렁이가 오더니까는 뱃전에 널름 붙어서 암수 서로 온단 말이죠. 그 뒤에는 사람이— 사람이 지금,

"사람 살구라."

고 소리치면서 내려온단 말이죠. 그래서 사람을 건져 주고 배에다 실었죠. 실쿠는 강전[28]에다 이래 대고는 뒤에 가서 미음을 대려[29] 먹여 살렸죠. 게 젊은 사람인데 두— 아들도 없고 딸도 없고,

"워디서 살다 왔느냐?"

하니까,

"아무 데 살았는데 여 수해[30]에 뭔가 식구가 다 궁몰[31]하고 내 혼자 살았다."

하드래. 그래 오데 갈데 없으니까[32]—

———————

27) 나무.
28) 강 앞. 강변.
29) 달여. '달이다'는 액체 따위를 끓여서 진하게 만들다.
30) 수해(水害). 장마나 홍수로 인한 피해.
31) '구몰(俱沒)'의 잘못일 듯. 모두 죽음.
32) 어디 갈 데가 없으니까.

"그램 우리 집에서 같이 내 아들로 하고[33] 같이 사자."

그래 같이 살았거든요. 그런데, 하루는 또 나무하고- 산속으로 남구[34]를 하러 가요, 가는데 웬 노루 한 마리가 튀어 나와요. 노루가 튀어 나오더니, 이 지게 작대기를 가지고 때리문 맞으리만치 이 앞서 가니, 그믄[35] 지게를 벗어 놓고 그믄 노루를 잡- 잡으러 따라 갔거든요. 따라가니, 한 덤바우[36] 밑에 가서 빙빙 돌더니 그만 내빼고 없어요. 그래 못 잡고 툭 바우 밑에 이래 가 보니까는 뭐이 형체가 있는 것 같애서 이 작대기를 가지고 들쳐보니 그 안에 뭐이 덜컥 소리가 나거든. 그 안에- 그 단지 안에 보물이 들어 있었어요. (조사자 : 모두 감탄사를 터뜨림)

그 보물을 가지고 와서는 그래 논도 사고 집도 새로 짓고 뭐이 잘살게 되고 그랬는데, 그 아들로 해가지고[37] 키우던 사람이 집으로 가겠다는 게야. 그래-

"집도 없다며 우트케 갈려고 하느냐?"

그러니,

"있다."

고 말이죠. 그래믄 돈 좀 가지고- 거 재산이 많이 사니 돈 좀 가져다주거니 하고 아마 이랬던 모양이죠. 그래 돈 안 주고 노자만 조끔 줘서 보내니 고만 거 화가 났단 말이야. 그래서 관가에 가서 일렀어요. 고발했어요. '아무 집에 아무 이가 아 이 도적질해선 잘 산다.'

옛날에 도적이라 하면 (청취 불능) 라 해서 다 (청취 불능) 그런데- 그래 뭐 관가에 갔죠. 옥에 갖다 가뒀다 말이죠. 지금 말하자면 유치장에다 가둬 노니, 자 달은 환하기는 한데 이기 큰일 났거든요. 그런데 가지-

---

33) 아들이 되어. 수양아들이 되어.

34) 나무

35) 그만.

36) 덤불이 덮인 바위.

37) 삼아서.

이 뭐 죄- 뭐 없이 그냥 붙잡혀가주 있으니-

그런데 큰 구렁이가 한 마리 들어와요. 살창38)으로 두루루 들어오더니 그냥 덮어놓고 이유 없이 (청취 불능) 확 깨물어요. 깨무니 좀 저리겠소, 그게-. 그래가지고- 그래 놓고는 스르르 나간다 말이죠. 나가더니 뱀이 다시 들어와요. 다시 들어와서는 뭔 풀잎을 하나 물고 왔어요. 와가지고 는 그냥 너글너글 해놓고 나가니, '거 이상하다!' 해서 거 풀잎을 줘서39) 그 아픈 자리에다 붙이니까 그냥 멀쩡하거든. 금방-. 그 이튿날 아침에 그 옥졸40)이라고 지금 거 유치장 간수가 있죠? 이 순행41)을 하고 있는데, 한 사람이 있다가,

"야, 지난밤에 사또 따님이 남자를42) 해가지고 뱀한테 물려가주 그만 사경43) 중이란다."

그래거든요. 그래니- 그래 그 사람이 그 얘기를 듣고서 불렀어요.

"내가 좀 가보면 안 되겠느냐?"

그래니까 한 사람이 있다가,

"저 뭐 죄수가 뭘 안다고 뭐 거 가볼라고 하나?"

"그게 알 수 없잖은가? 사또한테 고하세."

그래 사또한테 가서 그 얘기를 하니까,

"빨리 데려 오라."

그래요. 그래 가서 거 풀잎을 가주가서 붙여 놓으니까 금방 낫거든요. 그 래니,

"이 어찌 된 사실이냐?"

고 물으니, '사실이 이랬다.' 그래서 인불구- '사람은 구해 노면 그 뭔가

---

38) 가는 나무나 쇠 오리로 살을 대어 만든 창.
39) 주워서.
40) 옥졸(獄卒). 옥사쟁이. 옥에 갇힌 사람을 맡아 지키던 사람.
41) 순행(巡行). 감독하거나 단속하기 위해 돌아다님.
42) 의미 불명. 혹시 '나물을'의 뜻이 아닐까?
43) 사경(死境). 죽을 지경. 또는 죽음에 임박한 경지.

그렇게 해를 끼치고, 짐승은 구해 놓으니 그렇게 뭐 하드라.' 그런 얘기죠.

4) 두 친구의 깊은 우정

1991. 5. 23. 보광1리 / 박종기, 남 · 71

옛날에 거 한 부락에서 두 사람이 서당에 — 옛날에는 서당에 다니는데, 아주 어떻게 친절한지 한 사람은 글재주가 상당히 좋고 한데 한 사람은 글재주가 나빴어요. 그러나 재주가 좋고 나쁘고는 음— 문제가 아니고 아주 정이 그렇게 두터웠어요. 그래 서당에 다니면서,

"야, 우리가 커서 누가 성공하든지 서로 돕고 살자."

이러고 약속이 있었죠. 근데 글재주 좋지 않은 사람은 과거를 올랐어요. 과거에 올라서 평양감사를 갔고, 글재주 좋은 사람은 그래 보낼 적에 서로 환호해 주고 보내고 그랬는데, 글재주 좋은 사람은 편편히 가서 과거만 보면은 고만 낙방이고 낙방이고— 그러다 보니 좋든 재산도 다 없어지고 먹고 살길이 없으니 이제는 평양감사를 가 찾어— 친구를 가 찾아 가지고 뭔가 좀— 뭔가 얻어다가선 먹고 살라고 그래 친구를 찾아갔어. 찾아가서— 가 얘기를 하니까— 보초한테 얘기를 하니 들어오라고 기별이 왔거든요. 그래 들어가니 그 평양감사 앞에는 웬 사람이 하나 서 있어요. 뭔 문초를 하는지 거 있는데, 그래 오랜만에 만났으니 아, 평양감사 보고,

"아, 아무개 아닌가?"

말이— 이래 웃으면서 손을 내대고 악수를 하려고 하니,

"저놈 갖다 가둬라."

이래 됐어요. 그래 덜커덕 갖다 옥에 갖다 가두게 됐어요. 그래 몇 배로— 돈 노자도 없이 굶어서 가서 거 가서 친구를 찾아 갔는데 물도 한 모금 안 주고 갖다 가두잖아요. 그래 거다 가두니 한심하지요. 굶어서 가서 그

러니 물도 한 모금 안 주고 그냥 갖다 가두니 이— 이게 세상에 옛날에 어려서 약속한 기래도 이렇게 할 수 있느냐— 이래 돼야 되겠소?

그래 한밤중 됐는데 그래 옥졸이 순행하다가선— 순행하는데,

"그래 죄수는 뭐 땜에 와 이래 갇혀 있는고?"

이래 물었단 말이야. 물으니,

"난 죄를 진 사람이 아니고 친구 찾아왔다가 이렇게 됐노라."

"이 친구? 누구 친구냐?"

이래 물으니,

"감사가 내 친구다."

"근데— 아 그럼 친구를 갖다 왜 이래 가두냐?"

하니,

"글씨 날 물 한 모금 줘도— 주고 갖다 가둬도 하등의 뭣이 없겠는데 이렇게 갖다 가둬놓고……."

"그래? (청취 불능) 우리 집에 갑시다."

그래,

"옥졸이 해서 자기는 가지 못한다. 내가 여기 해야지— 내가 당신 따라 갔다가 뭔가 감사— 그런 악한 감사가 알게 되며는 당신 어떡하겠소?"

"나 때문에 그래 난 못 간다 하니 관계없다. 가만히 갔다 가만히 오면 될 게 아니겠소. 그래가주 요기나 하고 오시오."

그래 하도 권유하니까 가만 나와서 그 옥졸 집에 갔어요. 가니 방이 진수성찬 나와서 뭔 술도 많이 내오고 그래서 하 양껏 먹었거든요. 먹고 나서 그만 여느 때 굶어 놨으니 들어가니 곧 노곤했어요. 노곤하니 그만 둘 뉘 잤거든요. 자고나 눈을 번쩍 떠보니까는 아주 별천지에서 뭔 새도 지저구고, 염라— 에 그러니까 이 우찌된 사례냐 물으니 그 시녀가 있다 하는 소리가,

"당신은 평소에 글재주가 없어서 좀— 그 재주는 좋으나 과운44)이 없어서 뭔가 과거에 못 올랐고 이젠 당신 지난밤에 그 옥졸 집에서 음식을

먹고 그 길로 죽었소. 그러니 평소엔 과운이 없어 그렇지만 이젠 당신이 착한 그 마음이기 때문에 염라대왕이 됐소. (모두 탄성을 냄) 그러기 이 세상 모든 무엇을 당신 마음대로 다스릴 수 있소.”

“그래하죠.”

“그 궁금하면…….”

그래서 뭐 꼰− 어디 보고만 들어오면 잡을라 해가지고 뭐 죽일 사람은 죽이고 살려 보낼 사람은 보내고 이래고 있네요.

하루는 아무런 뭔가 일거리가 없고 감사가− 가만히 생각하니 그 감사가 아무래도 괘씸하거든. (청중 웃음) 그 생각이 나서,

“그 평양감사를 알지?”

이래니,

“예, 압니다.”

“당장 붙잡아 대령해라.”

그래 붙잡아 와서 꿇어 앉혀 놓고 호령을 하네요.

“네 이놈아. 니 내 누군지 알겠느냐?”

하니,

“알겠다.”

고.

“근데 우리 암만 뭐 어려서 약속이지만− 그 물 한 모금이라도 나를 줘서 갖다 가두었으면 이런 꼴이 아니다. 난 죽어서 염라대왕이 됐다.”
그래디,45)

“아, 그러냐?”

고 말이야. 아주 손이 발이 되도록 빌었죠.

“살궈 달라.”고. “잘못했다.”

---

44) 과운(科運). 과거를 한 운수.
45) 그랬더니.

고.

"그래. 살귀 줄 테니 앞으로 니가 악성을 갖지 말고 백성을 모두 다스
려라. 옛날의 정으로 인해서 너를 내보내마."

그래 나가요. 그래 인나서,

"고맙다."

고 인사하고 나가고— 나가고선 뒤로 돌아서요. 뒤로 돌아서서 악수를 청
하며,

"자—자네가 죽은 게 아닐세. 살아 있네, 우리 후원 별당일세."

이랬어요. 그래 손목을 잡고 내 방으로 가세. 그래 가서 얘기를 해요.

"자네가 그때— 우리 그게 몇 년 만인가? 이렇게 오랜만에 만났는데
마침 내가 죄수 하나 다스리고 있었네. 문초할 게 있어서— 하는 중인데
일은 바쁘지, 자넨 반가우니 운제 그 반가운 것을 다 회포할⁴⁶⁾ 수 있는
가? 그래 그 죄수를 먼저 다스리기로 했네. 내 장난하느라 그랬으니 장난
은 장난이나 자네 속에는 그게 풀어지지 않을 거야. 그래서 자네 그 오늘
— 오늘에야 자네 마음이 풀어졌어, 그래서 내 이렇게 일부러 꾸민 일이
니 뭔가 그래 알게." (조사자 모두 감탄, 웃음)

그래고는 한 해 노다 가더니 (청취 불능) 둘이서 앉아 재미나게 노네요.
그래 뭐 정치 의논할 거도 같이 의논하고 그래 있는데 아무— 하루는 있
다가,

"나 인제 온 지 오래니까 집에 좀 가봐야 되겠네."

"가봐야지. 집에서 오죽 기다리겠나."

그래 갈 적에 노자만 좀 줘 보내요. 가니까— 집에 찾아가니 아주 그
순간에 저 감사가 뒤로 돈을 보내서 집도 짓고 논밭도 사서 아주 살게 만
들어 났대요. 친구 중에 이래 의로운 친구들이 있어요.

---

46) '회포를 펼'의 뜻임.

5) 삼복(三伏)에 홍시 구한 효자 ···

1991. 5. 23. 보광1리 / 박종기, 남·71

　*유관 자료인 충북 단양군〔가곡면 자료 32〕및 동 영동군〔용산면 자료 21〕참조할 것.

　그전에 한 효자가 있었는데 어머니가─ 홀어머니가 계셨는데, 어머니가 병중에 오래 있었어요. 근데 여름 삼복47) 중인데 홍시가 먹고 싶다네. 홍시를 내 먹으면 병이 좋아질 것 같다. 삼복 중에 뭔 홍시가 있겠어요? 그래 감나무─ 감나무마동48) 홍시를 찾아다니니 삼복 중에 홍시가 있을 택49)이 있소, 그래서 날이 저물었죠. 날이 저물어서도 행여 구할가 하고선 댕기다가 저물었는데 범이 나타났어요. 나타나서 (청취 불능)50) 거 올라앉았죠. 그래 어디론가 가뻐렀소. 가는데 어떤 정체를 보니 한 집이 마당이 있는데 그 집이 줄이 반듯반듯해요. 그래 그 집에 거 문 앞에서 딱 서니 가51)는 거 내려서 집에 들어갔죠.

　들어가니 제사를 지냈거든요. 제사를 지내는데 제사 음복상52)에 홍시가 올라 앉았으대요.53) 삼복 중에─. 그래니,

　"거 어떠 된54) 사람이냐?"

해니,

　"사실은 우리 어머니가 환중55)에 있는데, 홍시가─ 홍시가 잡쑷고 싶

---

47) 초복, 중복, 말복을 통틀어 이르는 말. 여름철의 몹시 더운 기간임.
48) 감나무마다. '─마동'은 '─마다'의 사투리.
49) 턱.
50) 문맥상으로 보아 범이 등을 돌려대고 타라는 시늉을 했다는 말이었을 듯함.
51) 그 아이. 그 애.
52) 음복상(飮福床). 제사를 다 지내고 난 뒤의 상. '음복'은 제사를 지내고 난 뒤 제사에 쓴 음식을 나누어 먹음.
53) 올라앉았대요.
54) 어찌 된. 어떻게 찾아온.
55) 병환 중. 병을 앓고 있는.

다 해서 그래 내 구하러 왔다.”

“아, 참 이상한 일이로다. 우리 아버지가 평소에 홍시를 좋아해서 그래서 이 지하로 굴을— 땅 굴을 파고 감을 아주 여러 개씩 가둬 놨는데, 다 썩고 제사 때마다 조금씩 남았었는데, 올해는 유난히도 많이 남았다.”

그래서 홍시를 한 보따리 싸 준단 말이죠. 그래 싸가지고 나오니 범이 밖에 있다가 등에 또 태워가지고 갔어요. 그래서 그 홍시를 갖다가선 어머니를 대접해서 병을 낫게 했다는— 그래 그 집도 감을 가지고 좋아하는 음식을— 실과를 대접할려고 한 그 집도 효자고— 이 집도 효자고, 양쪽에 다 효자들이 살고 있었다는 그런 얘기죠.

6) 보현사[56] ···

1991. 5. 23. 보광1리 1036번지 / 창조,[57] 남 · 77

*제보자인 창조 스님은 보광사 주지 스님으로 계셨는데, 10년 전에 보현사 주지로 있었으며, 아는 얘기를 해 주시겠다며 인사를 마치고 난 뒤 댓돌에 서신 채 말씀을 시작하셨다.

두 보살이 돌배를 타고 이렇게 항해를 하다가 동해에 와서 각자 소원하기를, ‘우리가 여서 절을 하나씩 짓자.’고 해서 그 절을 짓기 위해서 지금은 석장[58]— 주장제[59]라 그러는 ‘주장제를 던져가주 이르는 곳을 절을 짓자.’고 그렇게 약속을 하고, 그 보현보살이 짚은 석장이— 다시 말하면 주장제라 그러는 그 지팡이가 지금 현 보현사 절 있는 고 조금만 터 올라가면 백련암 절터라고 있어요. 거게 떨어졌어요.

---

56) 보현사(普賢寺). 강원 강릉시 성산면(城山面) 보광리(普光里)에 있는 절.
57) 승명(僧名)임. 호는 ‘덕문’이라 함.
58) 석장(錫杖). 승려가 짚고 다니는 지팡이.
59) 주장(拄杖). 짚고 의지하는 지팡이.

　그래서 그 보현보살이 거기 와서 그때가― 때가 겨울인데, 겨울에 거기 오니까 갈화[60]―갈화는 다시 말하면 칡꽃이라 그래요. 칡꽃이 아주 만발했어요. 그래 거기다 처음에 백련암 절이라고 절을 지었어요. 지어가주 거기서 수백 년을 있다가 그만 그 절이 인연이 다 소실되고 그 다음에 나온 국수가 지금 현 보현사 위치에다가 보현사 절을 짓고 그 보현사 절이 그게 지금까지 내려오고 있는 거래요. 그래고 그 문수보살이 짚은 건 어디 떨어졌냐면 지금 강릉비행장 북쪽에 가면 한성사란 절이 있어요. 옛날에 아주 큰 절이었는데, 지금 가면 주초[61] 뭐 이런 게 아주 자취만 남고 지금 조그마한 마갈이가 하나 그 대신 절터에 있죠.

　동시에 그 두 분 보살이 절 지은 것이 문수보살 지은 절은 한성사고, 보현보살 지은 절은 지금― 현 보현사 거기예요. 뭐 거 역사는 보현사는 그렇지. 한 천 오백 년 됐기 때매 역사가 있지만, 뭐 여긴 아무것도 없고 그래요. (조사자 : 보광사는 어느 분이 지은 거예요?) 보광사? 내가 이 집 주인인데 절 이름을 누가 지었나 그 소린지 뭔 소린지 모르겠네? (조사자 : 누가 창건하셨는지?) 아― 내가 여기만 한 십여 년 있었는데, 내가 창건한 거지 뭐. (모두 웃음) (조사자 : 특별히 보광사라 지으신 이유가 뭐죠?) 아, 이 동네가 보광리야. 그리고 또 부처님 제자 중에 보광보살이라는 보살이 있어. 그런 걸 모두 합해가지고― 종합해서 내가 절이름을 '보광사'라고 지어서 살고 있어요.

7) 무쇠골과 대공산성 ···

1991. 5. 23. 보광1리 1036번지 / 창조, 남 · 77

　*보광사 이야기를 하다가 동네 이름 이야기가 나오자 이어서 대공산성 유래

---

60) 갈화(葛花) 칡꽃.
61) 주초(柱礎). '주추'. 기둥 밑에 괴는 돌 따위의 물건.

까지 말씀하셨다.

　(조사자 : 동네 이름 자체가 부처님 이름을 딴 것인가요?) 여기에 지금 그런 유래가 하나 있는데, 여 보현사 조금만 밑에 가다 보면 이짝 그 남쪽으로 거기 무시터,[62] 무쇠골 이런 동네가 있어. 거 참 동네가 아니고 이런 지명이 있어. 있는데, 이 동네 여기를 요 길로 쑥 내려가면 한 십여 호 사는데, 거기를 무쇠골, 무시골 이래거든. 거를 왜 무시골이라고 하느냐? 그 보현사 밑에 무시골터란 고게 ― 그 절에 문수보살이 살았다고 해서 그 지명을 따라 여기도 무시골 그래요. (조사자 : 아, 그럼 ‘문수골’ 하다가 ‘무시골’로 된 거예요?) 아, 거 인제 그게 뭐시기 ― 뭐냐 하면 무시터, 무시터 이랬거든. 무시터라는 소리는 그 자리를 ― 그곳을 얘기하는데 그게 그 무시터란 곳에 옛날에 그 문수보살의 도량[63]이라고 해서 그 문수보살이 거서 문수보살이 살안 것이 아니라 문수보살 도량이기 때문에 거 절을 짓고 살았다고 그래가지고 그 지명을 따가지고 ― 그 이름을 따가지고 이 아래 동네를 무시골이라 그랬단 말이야.

　그리고 여기서 한 이십 리 ― 한 십이 킬로쯤 올라가면 ‘대공산성’이라고 있어요. 근데 대공산성 거기 올라가면 인제 그 옛날 온조왕 때라고― 온조왕 땐지 연대는 확실히 모르나 거기 인제 그―그 나라 그 뭔 임금이 거서 거주했다고 하는데 거 올라가면 빽 돌아가며 아마 주위가 한 십 킬로 넘을 거야. 빽 돌아가며 성이 있어. 성이 있고 거 또 동서남북 문이 있단 말야. 문이 있는데 절을 맨들었던 거는 절은 없어지고 돌만 남아 있고, 돌 거 기둥을 이래 해가지고 문에 따른 이런 바쿠[64]가 있고― 빽 돌아가며 다 있어. 그래 거 올라가면 팬팬하고,[65] 그 높은 곳이지만 물이 있고

---

62) 무쇠터.
63) 도량(道場). 부처나 보살이 도를 얻는 곳. 또는 도를 얻으려고 수행하는 곳.
64) 바퀴.
65) 편편하고.

참 좋은 곳이 있는데 거기 뭐 연대도 모르고 전설로 온조왕 때라 그렇게 하는데, 여기 뭐 강릉 군지에 보면 그 기록이 있고, 또 여기서 제일 뭐 명소라 그랠까 그러지 뭐.

　(조사자 : 높은 곳에 그런 넓은 자리가 있어요?) 아— 그런데 거기 지금은 풀이 펴서 안 보이지만 풀이 안 폈을 때 보면 여기서 봐도 그 성이 뚝 돌아가며 있어요. (조사자 : 원래 지형이 거기가 평평하고 넓었나요?) 아니지. 지금 뭐 그러한 산꼭대기에 평평하지. 평평한데다가 돌아가면서 성을 쌓고 살았지. 한 나라가 살았다고 하는데— 그래 뭐 온조왕 때라 그러는데, 연대는 잘 모르고 대공산성 그러지 뭐.

　그래고 여기 올라가는 이 산이 아미산이라 그래는데, 아미산이라는 말은 보현보살의 거기 그 이명인데 그래 그런지 아미산이고, 보현산은 산 이름이 없고 그냥 아미산이라고 하는데, 아미산은 중국 아미산인데, 중국 아미산에서 보현보살이 살았다고 그런지 어떤지 그 아미산은 지금 아미산을 동시에 보현산이라고 그렇게 이름을 했지요.

5. 옥계면(玉溪面)

1) 호랑이의 새끼 사랑 1 ···

1991. 5. 23. 남양2리 / 지성만, 남·?

*축약된 형태의 자료인 충북 괴산군 〔청천면 자료 37〕 참조할 것.

옛날에 난 보지 못했어. 보진 못하고 남의 얘기 들은 말이야. 얘기 들은 말이란 말야. 나물 캐러 산에 갔는데— 가니깐 말야. 어느 큰 바위 밑에 굴이— 이런 굴이 있는데 호랑이가 새끼를 금방 낳아 놨거든. 요런 호랑이 새끼 말여. 그래 아줌마가 하나가 참 방정맞지. 아주마이가— 참 아가씨들이라도 어디 가도 말이야, 참하면 좋은데— 에이, 어디 아줌마—
　"미워."
그랬대. 아줌마 한 분은 지금은 아줌마지만 옛날엔 사장댁[1]이었지 뭐, 옛날에—. 그래,
　"시상에— 아이구, 이쁘다."고, "어데 그렇게 이쁘냐?"
고. 그래 산에 갔는데 아줌마 하나가 있다가,
　"어구, 이쁘구—" 말야. "우리 하나 갖다 키울까?"

———————
1) 새댁?

그래 호랑이 새끼를 말여, 붙들구-

"어이구! 이쁘다야. 우리 집에 가서 크자야- 크자."

하니까, 바위 뒤에서 어홍- 어미 호랑이 아닌가? 그저 새끼를 가져간다
고- 어미가 피해 있다가 이젠 고 밉다한 그 여자는 다 알지.

"'이쁘다.'고 "어이구! 이뻐."

이랬단 말야.

"거 아이고! 이쁘다. 우리 갖다 키울까?"

그러자 뒤에서 어홍- 그 아주마이가 오줌을 찔끔찔끔 싼 모양이야.
(청중 : 거 오줌 싸는 거 봤소? 모두 웃음) 나도 말만 들었지. 급한 판인데
뭐 나물 보퉁이 뭐이고 에이 지랄이고- 뭐 그래 안 그래? 막 그냥 내 버
렸네. 살라고 도망을 쳐번졌어. 거 그렇지. 나물 캐러 갔는디 뭐 빈손으로
올 거 아닌가? 나물 캐러 간 놈들이 그냥 오지- 그냥 오지, 뭐. 호랑이를
만나서 혼이 났지. 그래 처음에 난 본 일 아냐. 옛날에 들은 일이야. 봤다
고 하면 그짓말이야. 그래 이젠 아주머니가- 지금은 아주머니가 되셨지
만, 옛날 그때는 사장댁이었지만- 뭐 이 호랑이 새끼가 그래 다 해 놓으
니, 그 나물 보따리 용케 갖다 났지 뭐야. 쪽쪽 찢어서 보퉁일 눈앞에 걸
어났지 뭐야. (청중 : 밉다한 사람한테 갖다 줬겠네) 그럼. 밉다 한 사람한
테 줬지. 그런 얘기가 있어. 난 본 얘기 아냐. 다 거짓말이지- 거짓말이야.

2) 장자늪 1

1991. 5. 23. 남양2리 / 지성만, 남·?

*이본으로는 충북 괴산군 〔청천면 자료 64〕, 단양군 〔대강면 자료 4〕, 영동
군 〔심천면 자료 36〕, 동 〔심천면 자료 37〕, 동 〔용산면 자료 28〕 등이 있다.

여 지금 다닥치가 말이야. 황씨- 옛날 황씨야. 그 황간데- 이게 지금

강릉군 삼척군이야. 삼척군 상경면이면- 상경면이란 말이야. 옛날에 황
씨가 삼척군을 먹었단 말야, 그 황씨가 아주 아주 말로 못해. (청취 불량)
말 다했지. 그래 이제 거름 짊어지는 거- 이 양반이 거름을 지고 말이야.
그는 중도 아니고 대사야- 대사. 대사가 어서[2] 시조[3]를 지었다 이거야,
목탁 두들기면서- (청취 불량) 낭구는 뭐이냐 하면 똑똑히 들어야 돼. 이
제 지금은- 그때는- 석유를 때지만, 그때는 석유가 없다. 그때는 낭구
를 가지고- 낭구로 때가지고- 이제 주워가지고 쇠갈쾡이[4]를 가지고 땠
다. 이제 그 대사가 시주하라고 하니, 그 황씨가 똥 세 덩어리 퍼가지고-
(조사자 : 시주하라는데 똥을 넣어 줘요?) 그건 그건 난 본건 아니고 들은
말이야. 그냥 주더니 그 대사가 말이야 아무 소리 안 하고,

"에그, 고맙습니다."

거의 차갔다 말이야. 근데 그 집 맏며느리가 있어. 며느리가 참 보니
억울하더군. 그 시아버지 하는 짓이 좀 너무하거든. 없다면 그냥 없다 하
지. 그게 말이야 그리고- 아이구, 그래 인제 그 맏며느리가 은근히 말야,
봤다 말이야. 봤다. 보구서,

"대사님, 대사님. 좀 들어오십시오. 제발 좀 들어오십시오."

옛날에 지금처럼 뭐 말야. 동그란 양푼이라고 말야. 지금은 없지만 그
래도- 그래도 그냥 가져갔지. 근데- 그래 이젠 하여간 그 놋양푼에 쌀
을 한 양지기[5] 퍼주니 대사가 그 집이 맞다 그랬지. 다 시주한단 말이야.
대사가,

"나오시오. 나오시오."

(조사자 : 대사가 며느리에게요?) 그렇지.

"뒤돌아도 보지 말고 나오시오."

---

2) 어디서.
3) '시주(施主)'의 잘못일 듯.
4) 쇠갈퀴.
5) 양재기. 양은이나 알루미늄 따위로 만든 그릇.

(조사자 : 뒤돌아보지도 말고요?) 그렇지. 전설의 고향에 나올 거야.

"틀림없이 나온다."

고.

"나오시오."

근데 개를 키웠다 이거야. 개를 키우니 개가 며느리를 따라 나오는 거 아닌가. (조사자 : 개까지 따라 나갔어요?) 거짓말 아냐. 인제 그 아주머니 애기가 있어, 애기가-. 애기는 업고 가는 그를 개가 따라갔다. 개도 말이야. 밥 주는 주인 따라갈 거 아닌가? 올라가다 통리- 고건- 그건 거짓 말 아냐. 뭐이 그냥 그 자리로 그냥 탁하고 했단 말이야. 그냥 내리 팽개 치며- 내리 말이야. 힐끔 뒤돌아 봤단 말이야. 안 왔으면 되는데-. 그러 다가 급하면 우리는 '아이구, 어머니야!' 이러면 되는 거야, 그럼 되는 건 데- 그냥 되는데, 안 봤으면 되는데- 그리고 말야. 미륵이라고 말이야. 미륵이- 돌멩이로 된 미륵 따위 말이야. 미륵이 됐잖아그려.

3) 기우제(祈雨祭) 1

1991. 5. 23. 남양2리 / 지성만, 남 · ?

(조사자 : 예전엔 기우제도 여기서 지내셨다면서요?) 응, 옛날에- (조 사자 : 기우제 어떻게 지내셨어요?) 음. 기우제 그거-그거지. 이렇게 지 금처럼 가무니까 저기 저 이런- 저거 가면 서낭당이라고 저기 저 나무 가 아주 큰 산이 있어. 큰 산이 있는데 거기 가서 날이나 가무면 거기 가 서 인제 그 기우제사라고 말야. 기우제사라고 그게 뭐이냐 하면 부정한 거 말야. 개 같은 거- 개라면 그게 말야. 아무 부정하다라고 하잖아? 인 제 그거 잡아서 넣어가지고 인제 그만 놓고 비 좀 오게 해 달라고 말이 야. 그게 기우제라고.

절하고 개고기 이전 먹고 그러니 인제 그러면 제사 지내고 나면 비가 왔어. 비가 왔단 말이야. 비가 와서 물이 내려오고 하니까 참말 이 인간 이 밭은 많은데 마을에 가면 논 같은 데 물이 없어서 물이 있어야 모를 심지. 물이 흔하니까 모를 심고 기우제사를 지내게 됐고, 그러니까 그게 뭐냐 말이야. 부정한 사람이 거길 산에 가면 벌을 줬어. (조사자 : 벌을 요?) 벌을−. 죄를 준단 말이야. 벌이지. 죄라는 건−

그래가지고 요즈음은 기우제사를 안 지내고 옛날에 다 그랬어. (조사 자 : 벌을 주면 어떤 벌을 줬어요?) 그 사람의 뭐 짧게 하던지 아 기냥 내 려오다가 어데 부러지거나 잘라버리고 몸을 다치던지 산신님 말이야. 노 했단 말야. 비 오게 해 달라고 거기 가서 하면 그리면 또 옛날에 다 그런 거지. 옛날에−.

4) 기우제 2

1991. 5. 23. 남양2리 / 지성만, 남 · ?

(조사자 : 거의 다 올라오다 보니까 저기 성황당이 많이 있었던 거 같은 데요?) 음. 많이 있었지. (조사자 : 요기 아래 성황당이 바람에 날려서−) 음. 그거 낭구가 되고 몇 백 년 됐어. 그러니까 작년 가을에 저절로 부러 졌어. (조사자 : 무슨 성황당이라고 이름을 불렀죠?) 피밀골 서낭당이라고 불리지. 피밀골. 바람에 날려가서 이제 그만 제사도 안 지내고 그냥 말자 야. (조사자 : 예전엔 제사를 많이 지냈지요?) 그럼. (조사자 : 그럼 그 제 사를 언제 지내요?) 음력 열 나흗날. (조사자 : 그 옆에 큰 참나무도 있었 다면서요?) 그 나무가 부러졌잖아? (조사자 : 그 참나무는 다른 이름으로 불려진 건 없었나요?) 그냥 서낭당 나무라고 부르지 뭐. 서낭낭구라고 해. (조사자 : 언제부터 있었는지 모르고요?) 모르지 뭐. 적어도 몇 백 년 됐 어. 적어도 몇 백 년−. 하도 오래 되니까 절로 넘어졌지 뭐. 그리고 제사 를 잘 지냈지, 뭐. 동네에서 뭐 사고 떡하고 뭐든 하고 잘 지냈는데, 작년

─ 그저께 그끄저께 그 서낭 잠자리로 해 놓은 짚까지 있었는데 바람에 이게 들고나가지고 말야. 서낭당을 물에 쓸러 너버렸어. 그 뒤 제사도 안 지내고 작년에는 나뭇가지도 부러지고─.

5) 부자가 된 종

1991. 5. 23. 남양2리 / 신길선, 남·?

큰 대사가 와가지고,

"시주를 하면─시주를 하면 뭐이든 소원이 일어난다."

하니, 아 이 집네는 살림조차 자석같이[6] 하여 뭐 돈이 있겠다 그래서,

"소원이 없다."

고 했지. 그놈의 종이 그 집에 삼대를 종노릇을 했거든. 그 종이 나가서 들으니 희한하거든.

"그러믄 시주를 하면 그러믄 뭐든 소원이 일어나냐?"

하니,

"일어난다."

하니,

"일어남─ 그러면 시주를 하면 그러느냐? 이 집에서 삼대를 종노릇해 서 저 산비탈에 밭을 하나 장만했네. 그 밭을 그러면 시주를 하겠네."

그 후에 그 주인 부자는 앉은뱅이 삼년, 어두워진 귀가 삼년─ 귀가 먹 어서 삼년 고생하다 이게 그 죽더래요. 고생하다 죽지. 그 큰 대사가 참 큰 자리로─ 아주 큰 명당자리로 잡아서 내려주고, 그 본집에는 싹 벼가 지고[7] 종이 그 살림을 싹 와가지고 살았대. 석삼년[8] 고생하다 죽은 아주

---

6) 자석에 쇠붙이가 달려 붙듯이, 재산이 몰려들었다는 말인 듯함.

7) 비어서.

8) 세 번 거듭되는 삼 년, 곧 아홉 해라는 뜻으로, 여러 해나 오랜 시일을 이르는 말.

옛날이야기지. 옛날이야기야.

6) 탑거리와 피밀골 ···

1991. 5. 23. 남양2리 / 신길선, 남·?

(조사자 : 탑이 없었다구요?) 어. 혜원 아래 그 탑— 탑 문제는 그건—
(조사자 : 지금도 있어요?) 있지. 탑이라는 게 지금처럼 쌓아 놓지 않고 기
양9) 돌을 가져가서는 기양—기양 선담을 만들어 놨지. 선담을 와 이리
쌓아 놨냐? 왜 담을 이리 쌓아 놨냐 하니까, 옛날 어른들이 그 우물을 먹
으면 장수가 든다. 장수가 나서 그 우물을 막기 위해서 쌓아 놨다고 이런
얘기가 있어. 탑거리라고 그러지. (조사자 : 돌을 한 번에 쌓은 거예요? 아
니면 조금씩 쌓은 거예요?) 조금씩 쌓았겠지. 그 앞에 소위 또 이 바위가
절벽으로 됐다. 소위 병풍석이라 하는데 옛날에 거 뭐 백마가 와서 물을
먹고 병풍소에 빠져 죽었다고 하는데—.

전두환 전씨10)들이 옛날에는 묘가 요 뒤에 있거든. 거기에 묘 쓰고 전
씨 중에 장수 하나 났다고. 그게 백년 안 되겠구나. 장수가 하나 나가지
고 심11)이 어마어마하게 시지.12) 막 집안에 행패를 부리지. 어다 저 산에
데리고 가서 술을 많이 먹여서— 산에 데리고 가서 이 잡아 준다고 잡아
주는 체하다가 도끼로 가서 찍어 죽였다고 하드마. (조사자 : 마을 이름이
다른 이름 없어요? 남양리 말구요) 피밀골. 여기가 피난터야. 지도상에는
피밀골로 나와 있어. 육이오 때가 여기가 사방이 전쟁터였는데, 여기는
인민군이 오지 않았어. 풍곡동이라고 하지.

---

9) 그냥.
10) 정선(旌善)전씨를 말함.
11) 힘.
12) 세지.

7) 기우제 3

1991. 5. 23. 남양2리 / 신길선, 남 · ?

닭모가지라고— 거 저 서평산에 거 가면 꼭 돌이 닭처럼 생긴— 볏이 생겼다고. 고로[13] 생겼는데, 거기 가서 옛날에는 참 옛 어른들이 닭을 가지고 와서 큰 이런 남간[14]에 무섭드라마루 기우제를 드렸는데, 남간에 산 닭을 가지구 와서 모가지를 부러뜨려서 고다 그 피를 딱 묻히면, 그리고 나면 검은 구름이 한 바탕씩 꼭 왔다고 한다. 우리 알기에도 기우제 지내러 가서 소내기 온 것 많이 봤거든.

(조사자 : 기우제는 언제부터 했습니까?) 하지 지내서 꼭 지내지. 하지 전에는 안 지내지, 전혀. (조사자 : 요즘같이 비가 안 오면 기우제 지내는 거 아니예요?) 그렇지. 그것도 하지 때가 아니면 안 지낸다고.

8) 종선각

1991. 5. 23. 남양2리 / 이재춘, 남 · ?

옥계에 샌계[15]라는 데가 확도 많고 골도 깊고 그랬는데, 유명한 건 뭐냐면 '종선각'이라는 비각이 있어요. 비각이 있는데 왜 종선각이라 했냐면 '심을 종(種)'짜 '착할 선(善)'짜에 그 두 자를 가지고 뭐했는데, 우리나라 선조대왕 때 임진왜란이 참 오랫동안 나가지고 백성들이 도탄에 빠져가지고 저 남도에서 피난을 해서 산골로 찾아오느냐니 생계로 와가지고 난리가 금방 끝이 안 나서 오래 걸리는 동안 가진 돈이고 식량이고 다 떨어져서 식구 전부 여러 사람들이 다 굶어 죽게 됐어요. 그래서 거기에 각 사받이 열세 분이 계를 모아 곗돈이 상당히 많았는데 그 양반들이 피난

---

13) 그렇게.
14) 나무.
15) 옥계면 산계리(山溪里).

민의 굶주림을 보고, '우리가 그냥 보고 있으면 되겠느냐? 이 곗돈을 뭐
에 쓰느냐? 이럴 때에 선심을 하자.' 해서 그 곗돈을 식량을 구해서 당신
들이 다 져날라서 그 피난민을 다 먹여 살렸단 말야.

　그래서 한 사람도 죽은 사람 없이 무사히 모두 살아가지고 난리가 평
정되니 그러니 누가 그렇게 한 사람도 없단 말이야. 고향으로 돌아갔었단
말이야. 팔십 년이 지난 후에 가서 이 얘기가 우리나라 정부에 얘기가 들
어갔어요. 그러니 나라에서, '이렇게 착한 분들을 그냥 놔둬서 되느냐? 비
각을 세우라.'고 나라서 '종선각'이라는 이름 지어서 내려 보내 비를 아주
크게 세웠어요. 그 열세 분의 이름을 비에다 기록하구 이래서 오늘까지
비각이 되어가지구 음력 사월 초파일로 정해진 날에 나라에서 정해진 날
로 행사했어. 옥계 유림16)이 유교를 믿는 사람들은 모두 유림이라 말이
요. 그 유교를 믿는 사람들이 수십 명이 모여가지고 제향17)을 올리고 했
으니 이것이 옥계에서 자랑거리요.

9) 응봉산

1991. 5. 23. 남양2리 / 이재춘, 남·?

　응봉산이라는 큰 산이 요기 있었는데, 그 산이 꿩 잡는 매 형국으로 생
겼어. 그래서 매처럼 생겼다고 해서 '매 응(鷹)'짜에 '재 봉(峰)'짜에― 매
처럼 생겼다고 '응봉산'이라 했어. 응봉산이라 하는데, 그 밑에는 묏자리
가 좋은 게 하나 있는데, 그것은 또 복치형(伏雉形)이라 했어. 매가 꿩을
보고 덮치려고 하는데, 꿩은 그 밑에 숨어 있다 말이야. 그 묏자리가 좋
다고 이름난 묏자리야.

---

16) 유림(儒林) : 유학을 신봉하는 무리.
17) 제향(祭享) : 제사(祭祀).

10) 호랑이에게 끌려간 시누이

1991. 5. 23. 남양2리 / 이삼연, 남 · ?

전에 웬 아주머니가— 한 아주머니가— 나이 젊은 아주머니가 절에 있
더래요. 와가지고 뭐 기도드리러 왔겠지. 요 시간에 그랬대요. 왔는데—
있는데 그 아주머니가 그런 얘기를 하더래요. 우리 시누이가— 나이는 몇
살인지 몰라요. 우리 시누이가 나물을 하러 간다면서 하고서 바구니를 들
고 나물을 하러 갔더래요. 갔는데 안 오더래. 그래서 혹시나 마을을 찾았
대요. 찾아도 기미[18]를 모르겠더래요. 그래서 밤에 자다가 새벽 네 시가
됐는지 뭐이 저 뜨락에서— 마당에서 아주 끙하는 소리가 나더래요. 아주
벼락치는 소리가 났기 때문에 짐승이 와서 그러지 무서워서 못 내다볼
정도인데, 그래 내다 봤대. 내다보니 시누이도 고양[19] 오고 바구니도 고
양 오고 그래고는 발자국이 아주 이런 게— 그날 밤엔 비가 왔더래요. 요
시간에 왔더래요.

11) 호랑이

1991. 5. 23. 남양2리 / 이삼연, 남 · ?

아주머니 하나가 나물을 허러 갔는데 집에 해논 게 없어서 찾아가니
구렁이가요. 큰 구렁이가 장벽에 둘러앉아 깨미니[20]— 그 양반을 못 가
게 하느라고 장벽에 올라앉아 깨미니, 이거 말이야. 잠깐 말이야. 거절했
겠지. 그래 그 사람이 이 집 신랑이 의원께 가는데 못 업고 이웃 사람을
데려 왔다고 하데요. 데리고 왔는데—업고 왔는데 호랑이가 자꾸 따라오
네요. 부시렁부시렁 따라와가지고 그 뭐 또 새벽 네 시가 돼서 죽었대요.

---

18) 기미(機微) : 낌새.
19) 그냥.
20) 깨무니.

그 여자가 숨이 떨어지니 호랑이가 가더래요. (청중 : 그게 말야. 산신이 내
준 건데 산신이 죽을 팔잔데 안 가면 사는가?) 호랑이란 짐승은 인간의-
사람 눈에 안 띄는 짐승이야.

6. 주문진읍(注文津邑)

1) 벼락 없앤 강감찬 ··

1991. 5. 23. 주문6리 소돌 마을 / 이종기, 남 · 75

(조사자 : 혹시 여기 어사 박문수 얘기 없어요? 어사 박문수 얘기-) 어사 박문수에 대해선 우린 잘 몰라. (조사자 : 강감찬 장군은요?) 아. 강감찬 얘기 내 한마디 하랴? (조사자 : 예- 예) 강감찬이가 말이야. 그 전에 - 옛날에 하던 말이야. 그 전에 옛날엔 은간하면1) 벼락이 흔했대요. (조사자 : 벼락이요?) 하늘에 벼락이 흔해가지고 이러는데- 살2) 씻다가 말이야. 살 날 넘어가도 벼락을 때리고 이래서- 하도 벼락이 흔해서, 강감찬이 그 양반이 우물에 앉아 똥을 쌌대요. 똥을 누니 그 얼마나 뭐 하겠어. 하늘에서 벼락이 내려 오드래요. 벼락이 내려오니까 벼락 방망이를 들고 뿌셔버렸대요. 그래서 벼락이 드물어졌다. (조사자 : 방망이로 벼락을?) 응. 벼락방망이로 뿌질러3)가지고- 죄 뿐질러 버렸다. 그래곤 벼락이 드물어졌단 이런저런 얘기지.

---

1) 엔간하면. 웬만하면. 어지간하면.
2) 쌀.
3) '부러뜨려'의 사투리.

(조사자 : 근데요, 할아버지 조금 전에요? '살 씻다가 살날 맞아서 벼락이 내린다.'고 그러셨는데, 살날 맞는 게 뭐예요?) (다른 조사자 : 살이 넘어가서?) (조사자 : 쌀 말씀하시는 거예요?) 아. 살(쌀) 말이야. 이래 왜 살 씻다가 낟알을 꾸정물에 내던지면, '이 아까운 걸 왜 내던지냐?' 이래서 벼락을 쳤단 이거야. 하도 흔해가지고— 강감찬이가 그런 일을 했다는— (청중 : 시방은 뭐 허연 밥도 돼지먹이에 내뿌리지만 옛날엔 밥낟알 하나 내뿌려도 베렸다는 거 아이요?)

2) 성황당에 얽힌 전설

1991. 5. 23. 주문6리 소돌 마을 / 이종기, 남 · 75

굿을 하면 동네가 잘된다고 그거 하는데 잘되긴 잘된다고. 바다에 나가면 사람도 많이 죽는데 굿하고 나면 그런 일이 없지. (조사자 : 풍어제 말인가요?) 음. 자네 이리 올라가면 성황당이 있는데 그걸— (조사자 : 거기에 얽힌 전설 같은 거 없어요?) 그래, 있지. 그 성황당의 전설이라는 게 거기 집을 짓기만 하면 그전에 성황님이 노하셔서서 집을 넘겨 버려서 그래 집이 없이 그래 이리 돌로만 놓고 그러지. 그래 이상하단 말이지. 딴 데는 성황당에 집을 짓고 이러는데, 우리 이 동네 성황당은 집을 못 짓지. (조사자 : 집을 지으면 바람이 불어서요?) (청중1 : 홀딱 넘어가 버리지) (청중2 : 성황님이 어떻게 된 게 집을 싫어한단 말이야) 그래서 이렇게 전부 벌려놨지.

(조사자 : 성황당에요. 성황당의 신이 여신이라고 그러든데요. 또 신이 네 분인가?) 세 분. 세 분. (조사자 : 그 얘기 좀 해 주세요) 아니 세 분인데, 거기에 대해서 우리도 말이야. 성황님이 세 분이라는 거만 알지 뭐 어떻게 내력을 똑바로 알지 못하지. (청중[할머니] : 아니 이렇지 않아요?) (청중들 : 웅성거림) 애기를 해 봐요. (청중[할아버지] : 그러지. 성황님은

저 왜 토지귀신 성황님 여역기신4)이 계시지) (조사자 : 여역귀신이 뭐예요?) (청중[한 할아버지] : 그게 나쁜 병에 걸려 가지고 하는 게 여역이라고 토지귀신이라는 건 이제 땅에 곡식을 심고 하는 거지)

(그러자 옆에 계신 할머니가 덧붙여 말하신다) 그리고 이게저게 정월달에 제사가 인제 정월달 되면 시방은 호랭이 같으면 옛날엔 성황님이 호랑이가 불이 번쩍 번쩍 하고 내려와서— 내려와가지고 성황이 올라간단 말이야. 옛날에—. (조사자 : 호랑이가요?) 응. 호랑이가 정월 보름날이면 언제든지 온다고. 근데 이제는 또 개명이 돼서 호랑이도 안 온다고. 우리 옛날에는 불 봤어. 번쩍 번쩍 번쩍하고 하면 떡 성황이 올라가잖아? 아주 정월 보름날이면 영락없이 왔다간다고. 인제는 세월이 이러고 난리통이고 호랑이도 안 와. 안 오고 옛날에 우리 봤어. 정월 보름날에 눈이 쪼금쪼금 하면 호랑이가 불이 번쩍 번쩍하고 올라가잖아?

3) 금기

1991. 5. 23. 주문6리 소돌 마을 / 이종기, 남 · 75

*우물에 관계된 이야기를 청하자, 풍어제 때의 금기와 함께 말씀해 주셨다.

(조사자 : 우물에 관계된 얘기는 없어요?) (제보자 : 우물에— 그저 큰 우물에— 옛날 큰 우물이 이 영감들 둘이 알겠지 뭐?) 아는데 그게 뭐 무슨 큰 전설이라고? 단지 옛날부터 그 우물이라는 것은 바로 이회장네 집 앞에 그 우물이 동네에서 큰 우물이라고 그래거든. (조사자 : 큰 우물이요?) 아주 큰 대우물이라고 해서 동네에 제사를 올리면 딴 사람 사흘 전에 봉한단 말이야. 멍석을 가지고 덮어놓고 딴 사람 물 못 길어가도록 딱 해놓고 제서 지낸 뒤에라야 그 물 먹도록 이렇게— (조사자 : 아— 그렇

---

4) 여역귀신(厲疫鬼神). '여역'은 전염성 열병을 통틀어 이르는 말.

게 안 하면 뭐 어떻게 되나요?) 그러니 성황님이 나쁘게 생각한단 그거지. 날 정해 놓으면 성황님부터 위하기 위해서. 단지 그거지. (조사자 : 풍어제하기 전에 며칠 전에요. 뭐 출산을 하더라도 나가서 해야 되고, 장례도 뭐 그날 그냥 그전에 치루든지 다음에 치루든지 다음에 치루든지 해야 된다고 하던데요?) 그저 뭔가 풍어제 지내기 전에 성황님인데 성황님 모시고 이래지. (청중 : 뭐 아무것도 없어) 그런데 성황님을 인제 모시고 와서 굿한 풍어제 올리는 굿당에 모셔 놓고 한다 그거지.

4) 소돌 마을 ··

1991. 5. 23. 주문6리 소돌 마을 / 최인석, 남 · 77

(조사자 : 어렸을 때 들으셨던 이야기 하나 해 주세요) 다 잊어버렸지. (조사자 : 고시레 얘기같이 짧은 얘기 들으신 거 없으세요?) (청중 : 그 얘기 하나 해 줘요. 옛날 이 마을이 '소돌(牛岩)'이라 했거든. 어떻게 해서 '소돌'이라 했는지 그 얘기를 회장님이 해 줘요) 여기를 소돌이라 하는데, 소돌이라 하기도 하고 우암진이라 하기도 하거든. (조사자 : 소돌이라고 한 유래요?) 음. 소돌. 동네 이름이지. 우암진.

(조사자 : 그 얘기를 해 주세요) 얘기를 해야 그렇지. 왜 소돌이라고 하냐면 여 저기 산이 (청취 불능) ―이거든. 그래서 옛날부터 이 동네는 소돌이라 우암진이라 그랬거든. 또 이 동네 말야. 생기기를 희한하게 생겨 가지고 여 바우가 있고, 이 바우가 소머리같이 생긴 바우가 있었다고. 또 옛날에 소 먹이는 구영5)통 말이야. 저 배양장6) 진 거기가 그전에 개화기 때 꼭 소 구영처럼 항구가 그래 쭉 있었지. (조사자 : 여물통 말이죠?) 지금도 이름은 구영이라 그러지. 그래서 이 동네는 소 진영이 있다. 이렇게

---

5) 구유. 소나 말 따위의 가축들에게 먹이를 담아 주는 그릇.
6) 배양장(培養場). 어류나 패류(貝類) 따위의 치어(稚魚) · 치패(稚貝) 따위를 기르는 곳.

소돌이라 그러지.

5) 삼태기 형국의 집터 1 ··

1991. 5. 23. 주문6리 소돌 마을 / 최인석, 남 · 77

　*전에 절터였다는 노인회관 아래의 밭에 관한 이야기를 청하자 이 이야기를 해 주셨다.

　밭이 옛날에 말이지. 집이 아주 없거든. 옛날 절터라고 그러거든. 절터라고 그러는데 여기다 집을 지으면 집을 짓지 못한다고― 터가 말이지, 세가지고―. (조사자 : 터가 세서요?) 집을 지으면 (청취 불능) ―도 나고 말이야. 귀신소리도 나고 말이야. 이래가지고 집을 못 짓는단 말이야. 아직까지 집이 없단 말이야. 그래 이 터를 사질 않아. 집을 안 질라고 겁이 나가지고. 무섭다고 그러니까―. (조사자 : 그럼요. 망했던 사람은 누구예요? 집 졌다가 가고 그런 사람이요?) 요기 말이야. 요 밑에 집에 한 윗집 ― 이 집이 사는 사람은 돈 잘 번단 말이야. 고 산뙤기[7] 행국[8]이라는 게 있거든. (조사자 : 예. 삼태기 형국이요?) 그래, 삼태기 형국. 삼태기 형국이 있어. 거기다 집을 짓고 사는데, 거기 처음 들어와 사는 사람은 돈을 번단 말이야. 돈을 벌면 나가야지. 오래 있으면 안 된단 말이야. (청중 : 한 삼태기가 되면 나가야 하지. 한 삼태기 넘으면 고마[9] 망하지) (조사자 : 아― 삼태기 안에 가득 차면 나가야 되는데 안 나가니까 또 망하고 그런다구요?)

─────────────

7) 삼태기. 흙이나 쓰레기, 거름 따위를 담아 나르는 데 쓰는 기구.
8) 형국(形局). 관상(觀相)이나 풍수지리에서, 얼굴 · 집터 · 묏자리 따위의 겉모양과 부분의 생김새를 이르는 말.
9) 그만.

6) 삼태기 형국의 집터 2 ··

1991. 5. 23. 주문6리 소돌 마을 / 한귀남, 여·72

　*할아버지(1)와 할머니(2)가 번갈아 이야기하셨다. 전직 이장님 말씀에 의하면, 마을 형태가 소 모양이기에, 소가 수풀[林]을 뜯어 먹는다 하여 임씨가 못 사는 것이라 하였다.

　(1) '하야시'[10]는 임씨가 아니냐? (2) 하야시는 임씨지. 임씨는 다 여기 못 살지. (조사자 : 망한 사람— 혹시 아는 분 없으세요? 그런 이야기 없어요?) (청중 : 다소 웅성거림) (2) 하야시네가 망한 건— (1) 아니 자연히 어떻게 돼서 죽고—. (2) 며느리도 죽고 시아버지도 죽고 뭐 한 달에 다 죽고— (1) 인제 또 이런 얘기를 들으니 그렇네. 가만 보니 맞아. 여기 임씨가 공장하다 망했고. (2) 살림이 다 없어져 버렸지. (1) 그리고 하야시 이 양반 전부 말이야. 하다가 망하고—. (2) 시아버지 상[11]도 나고 인제 땅은 잘 있는데— 인제 그거를 서울 사람이 와서 사자 했거든. 인제 아저씨가 모르고 자유로 '움메[12] 사라.' 이래 팔았거든. 그래니깐 또 다른 사람이 와서 땅 사자 하니깐 더 많이 준다니깐 그래 팔으면 더 많이 준다니깐 다 빼가서 죽은 거야.

　장사 났는데 며느리가 또 인제 애를 낳은 거야. 한 다섯 낳았는데, 아들로— 가장더러 의사가 있다가 놓지[13] 말라고— 그래 낳다가 죽으면 인제 안 낳는다고. 그래 낳다 고만 죽은 거야. 그래 그 집은 쫄장[14] 망했지.

---

10) '림(林)' 즉 '수풀'을 뜻하는 일본어임. 일본의 성씨 중의 하나이기도 하다.
11) 상(喪). 초상(初喪).
12) 얼마에.
13) 낳지.
14) 쫄딱.

7) 우장귀신 ···

1991. 5. 23. 주문6리 소돌 마을 / 한귀남, 여 · 72

(조사자 : 여기 귀신 얘기 같은 건 없어요?) 응? (조사자 : 귀신 얘기요. 바닷가도 있으니까요) 어- 귀신 얘기는 우리가 여기 도랑이 있지. 오다 봤지? 그전에 인제 여기가 쪽다리[15]가 있었거든. 지금은 다리를 놨는데- 인제 쪽다리가 여기에 있는데 무스그[16] 쪽다리 건너면 해친다는 옛말이 있지 않는가? 있는데, 쪽다리에서 인제 날이 많이 궂친다면[17] 이렇게 눈이 온다든지 바람이 분다든지 비가 온다든지 인제 날이 궂친단 말이야. 날이 궂치면 인제 도깨비라도 나오는 거지. 그러면 이제 우리가 밤에 못 나오는 거지. 응-

도랑을 올라갔다 내려갔다 철떡철떡해. 그 물소리- 그 걸어 댕기는 물소리- 그러면 인제 사람이 술에 취했다든지 좀 모자라다면 홀려가지고 인제 물구덩이에 처박아 넣어. 정신없게-. (청중 : 옛날 얘기야. 밤에는 사람이 잘 말이야. 개울가를 잘 다니지 못했다구. 귀신이 홀린단 말이야) 우장귀신[18]이지. 남자들이 논물을 보다가 장마가 져가지구 떠내려 오다가 그 사람이 죽었대. 죽어가지구 그 귀신이 우장을 쓰고 나타난대. 옛날에 그래 나타나구- 우장귀신- 우장귀신- 옛날에 농사지으면 이래 우장을 쓰고 하잖아? 지푸라기로[19]-. (조사자 : 예, 지푸라기로 만든-) 그게 그 사람이 여 내려와서- 죽어서 그 귀신이 여기 안에 죽어 버려서 우장을 쓰고 이리 나오지.

---

15) 긴 널조각 하나로 걸치어 놓은 다리.
16) 무슨.
17) 궂어지면.
18) 우장(雨裝), 곧 비옷을 쓴 귀신.
19) 짚으로 만든 '도롱이' 따위를 말함.

8) 무당의 넋걷이굿[20)] ....

1991. 5. 23. 주문6리 소돌 마을 / 이성덕, 여 · 78

*중간에 자꾸 청중이 끼어들어 분위기가 좀 소란스러웠다.

밥을 예 식기에다 담아가지고 딱 덮어가지구 이렇게 짐을 져가지구 물에다 던지구- 던지문 그 인제 무당이- 시방은 무당이 약아서 물에 안 들어가. 옛날엔 무당이 물에 막 들어가문 죽을 정도야. 귀신이 몸에 인제 해가지구- 그래 인제 나오믄 가 붙들어가지구 막 주물르고- 사람을- 그 무당을 살린단 말이야. 무당을- 죽은 사람을 무당이 홀려가지구- 시방 그렇게 안 해.

그래가지구 인제 혼이 나왔나 안 나왔나 보려면 밥그릇을 열어본단 말이야. 열어 보면 머리카락이 거기 있어. 그러면 혼이 나왔다는 걸- 그 시기에 이렇게 밥그릇에 열십자가 이렇게 이렇게 (제보자 : 열십자를 그려 보이며-) 돼 있어. 시방은 무당이 그렇게 안 해. (청중 : 그거야 뭐 귀신이 그랬는지 뭐가 그랬는지- 뭐 이렇게 보니까 댕겨 나왔다 그거지 뭐-) 응- 그래가지구 꽉 덮어가지구 던져 놓으문- (청중 : 물 안 들어가지. 그래도 그 속에 물이 안 들어가지) 그래 물이 자꾸(청취 불능)

이러다가 무당이 나와가지구 인제 혼을 감아가지구 오지. 오는 무당이 그냥 새카맣게 죽어. 죽으문 자꾸 이래 주물르구 이래가지구 살리지. 살려가지고 밥그릇 열어보문 머리카락이 있어. 그러믄 혼이 나왔다고- 아마 머리카락이 없으믄 안 나왔다 그렇고- 그렇게 돼 있어.

---

20) 물에 빠져죽은 사람의 넋을 물속에서 건져 저승으로 보내주는 저승 천도굿.

9) 암탉으로 넋 건지기 ···

1991. 5. 23. 주문6리 소돌 마을 / 김선례, 여 · 72

*조사자가 바다에 관한 이야기를 청하자, 옆에 분이 바다에서 죽은 사람의 혼을 건지기 위해 굿을 하는 이야기를 하자 이어서 말씀하셨다.

암탉을 한 마리 사다가 묶어가지구 물에다 떤제.21) 혼 풀어 낼 적에ㅡ. (조사자 : 암탉이요?) 암탉을 물에다 내삐르믄22) 그 물ㅡ 그 혼 나올 적에는 그 닭이가 바다로 안 나가고 물에 자꾸 가서 사가서 붙을라는기라. 그 혼 사낼라고. 물에 막 떠간다고. 그래 물에 막 떠간다고. (청중 : 어촌이기 때문에 여 물에 사망된 사람이 많다고ㅡ)

---

21) 던져.
22) 내버리면.

충청북도(1) 편

I. 괴산군

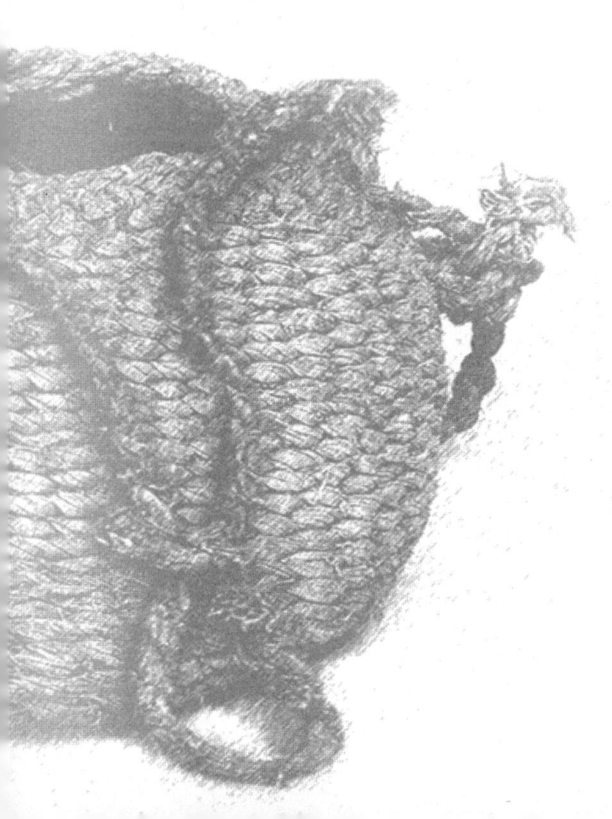

1. 청천면(靑川面)

1) 사또의 명재판 ···

1968. 5. 25. 대치리(大峙里) 농가 마당 / 김복래(金福來), 남·76

*소싯적에 동네 노인에게서 들은 이야기라고 한다.

보지도 못하고 예전이지. 예전에 우리나라에 임금이 있을 때, 서울서 열여섯 살 먹은 양반이 상주 관아를 지키러 갔다. 쌍가마에 말을 타고 가다가 보은골 장터에서 밥을 지어 먹고 쉬고 있는데 그날이 마침 장날이어서, 어떤 사람이 오더니 소도둑을 맞았다고 한다. 고삐를 시장터에 매고 술을 먹고 나오니 소가 없어졌다고 한다.

"그러면 본골 사또에게 가봐라."

사또에게 가서,

"살기는 아무 데 살고 하는데 소를 찾아 주십시오."

하고 사연을 말하고 간청하니,

"소를 찾아보았느냐? 네가 가서 찾아 봐라."

하며 백방으로 그 사람을 내몰았다.

열여섯 살 먹은 양반이 신임하자 이 사또께 가 상소하니, 이 양반이 호

령하여,

"도사령1) 게 있느냐?"

하였다. 도사령이 오자,

"이 마을 쇠고기 파는 데가 몇 군데나 있는가 알아오라."

하니, 알아와서,

"두 군데가 있다."

고 한다.

"그러면 둘로 갈라 가서 육회2)를 바쳐라."

하니 바쳤다. 가져 오니 그 양반은 한 점도 안 먹고,

"백정을 불러 오라."

해서 백정이 왔다. 백정에게,

"내가 하루에 육회를 세 그릇씩 먹어야 하는데 깨끗한 것을 먹어야지. 헌 것을 먹으면 역효가 난다. 오늘은 둘 다 역효가 나니 필시 더러운 것일 것이다. 싱싱한 것을 내놔라."

하니, 백정은 벌벌 떨며 싱싱한 놈을 달라는 대로 바치었다.

"하루에 소를 두 마리씩이나 잡으니 그 두 마리가 어디서 났느냐? 바른 대로 대어라."

고 추궁한 끝에 범인을 잡았다. 사흘을 놀다 떠났다.

상주 관아에 간 지 오 일이 지나니까 한 백성이 와서,

"저기다 소를 매고 갔더니 누가 소 세빠닥3)을 반이나 끊어 갔습니다."

고 했다. 사또는 사령을 불러 동네 장정을 집합시켰다. 소를 매라 하여 그 앞으로 장정을 한 사람씩 한 사람씩 지나가게 했다. 어떤 한 사람이 소 앞으로 지나가자 소가 뒤로 냅다 물러선다 말이지. 그래 그놈을 족치

---

1) 도사령(都使令). 각 관아에서 심부름을 하던 사령의 우두머리.
2) 육회(肉膾). 소의 살코기나 간, 천엽, 양 따위를 잘게 썰어 갖은 양념을 하여 날로 먹는 음식.
3) 혓바닥.

니 바른 대로 분다.

"어머니 병 치료하다 돈을 다 없애고 소 혀가 어머니 병에 특효라 하여 소 혀를 끊어다 달여 드렸더니 어머니 병이 낫더이다."

고 한다. 십육 세 먹은 사또는 도사장을 불러, '소를 갖다 팔라.' 하고 그 돈을 이 소자[4]에게 주었다. 소자는 사또 말대로 어머니 약과 음식을 사다가 드렸다. 그 다음에는 천석지기를 불러 땅 열 마지기를 내놓으라고 하여 그 땅을 이 소자에게 주었다.

"이 근처에 소자라곤 너밖에 없어."

이거 보도 듣도 못한 것이지. 한 사또가 어떤 사람을 부자로 만든 이야기지.

2) 간부간부를 재판한 아이의 꾀 1 ·······························

1968. 5. 25. 대치리 농가 사랑방 /고팔분(高八粉), 여 · 71

*제보자는 젊었을 적에 약장사를 하면서 몇 차례의 출타 경험이 있을 뿐 쭉 대치리에서 살았으며, 이야기를 잘 하기로 소문이 난 분이다. 들은 이야기도 있었으나, 책을 보고 안 내용도 많다고 하였다. 구연 도중 몸짓을 자주 쓰고 이야기를 사실적으로 하였으며, 한문도 많이 알고 있었다. 이 이야기의 이본은 충북 단양군 〔매포읍 자료 48〕, 동 영동군 〔용산면 자료 69〕를 참조할 것.

그 전에 어떤 부부가 있었는데 가난하게 살았는데, 먹고 살 도리가 없어 색시가 남편 보고,

"여보, 우리 이렇게는 살 수 없소. 자식도 안 낳고 단 둘이 이래 사니 나갑시다. 난 식모살이, 당신은 담살이[5]를 하여 십 년 벌어 남부럽지 않

---

4) 효자(孝子).
5) 더부살이. 머슴살이.

게 삽시다.”

해서 청춘남녀가 나가서 식모, 머슴을 해서 구 년을 벌었더라. 칠천 원인지, 칠백 냥인지 하여튼 벌었는데,

“이 돈 가지면 고향 가면 우리도 집 사고, 남부럽지 않게 살 것 아니냐?”

그래 두 내외가 오다니께루 못이 있는데, 금붕어가 노는데— 둥구나무 밑에서 돈을 세다가— 학생들이 학교를 죽 가는데 끝에 가는 학생이 자꾸 되돌아 보더라. 아내가,

“우리 기왕에 십 년을 하기로 했으니 어디 가 일 년을 더해서 십 년을 채웁시다.”

남편이,

“그러나 어디 갈 데가 있어야지.”

하니 끝에 가는 학생 쬐그만 애한테,

“이 동네 안팍 담살이 들 데가 어디냐?”

물어 보니까,

“큰 동네에 가면 면장댁에 가보라.”

그래 찾아가니 참, 일꾼이 나오는데,

“이 댁이 안팍 담살이 두냐?”

고 하니께 참 ‘그렇다.’고 해서 저녁에 저녁을 먹구 일꾼한테, ‘얘기해 주라.’고 부탁했다.

“그렇냐? 내 집에 있으라.”

구 면장이 그래서 석 달을 담살이하니까 여자가 면장하고 눈이 맞아 남편이 있는 곳에 꾸정물을 부으러 나와도 본 척도 안 했다. 그래서 하루는 아내가 꾸정물을 부으러 나온 것을 꽉 붙들어서 남편이,

“이젠 안 가냐?”

고 했더니, 아내가 화를 내며,

“왜 가느냐?”

고 하니 남편이 하도 화가 나서, '혼자 간다.'고, 면장한테 '새경6)을 달라.'구 하구― '그동안 사경을 달라.'고 하니― 이 부부가 들어가던 날 구년 벌은 돈을 맡겨 면장에게 보관시켰는데, 그 돈은 '안 받았다.'고 하고, 일 년치만 주면서 면장이 하는 말이,

"거지 둘을 밥 먹였는데 무슨 돈 맡긴 것이 있느냐?"

면장과 여자가 한 패가 돼서 그러는 것인데, '억울해서 못 가겠다.'고 했더니, 동네 회를 열어서 뚜들겨서 내쫓았다. 그 남자가 너무너무 분해서 돈 세던 나무 밑에 가서 엉엉 우니까, 열두 살쯤 먹은 학생이 자꾸 보고 가다가 해가 다 져서 학생들도 다 갔는데, 그 쬐끄만 여학생이 다시 와서 연유를 물으니,

"무슨 일 때문에 우세요?"

"이러이러해서 이렇게 되었다."
하니,

"긴긴 해에 배는 얼마나 고프고, 얼마나 고단하세요?, 나 따라 오세요."
하여 따라가니,

"엄마, 이 아저씨 밥 좀 드려."

그리고 아버지한테 사연 이야기를 하며,

"아버지, 아버지, 구 년을 벌어서 면장 집에 맡겼는데 돈도 안 주고 부인도 안 주고 그래서 못에 빠져 죽으려는 것을 제가 식전에 보고 데리고 왔으니 아버지가 그 돈을 찾아 주세요."

"그래, 재판을 하자."

그 아이가 재판정에 가기 전에 하는 말이,

"아저씨? 재판을 해서 지든 이기든 저를 찾아오세유."

"아버지 어떻게 됐어요?"

"졌지."

---

6) 머슴이 주인에게서 한 해 동안 일한 대가로 받는 돈이나 물건.

"불복해서 또 한 번 해 보서유. 결석을 하더래도 내가 갈 께니."

반공일 날 재판이 열렸는데 재판소에 가서 구경꾼 사이에서 재판 받는 것을 요래구 보더니 또 졌으니까, 그 학생이 판사더러,

"판사님, 그렇게 하시면 판결이 안 납니다. 그 옷을 절 좀 빌려 주세요."

"그래라."

쪼그만 애가 그러니 귀여워서 벗어주니 세 사람을 모두 부르고 순경을 불러 순경더러

"광7)은 얼마하고- 넓이 얼마 하는 널을 짜서 여자를 집어넣고 못질을 해서 휘장에 갖다 감추라."

그 다음날 아침 일찍 간부와 본부를 들어오라 하고,

"이 속에 색시가 들었다." 하고, "이걸 짊어지고 열 바퀴만 돌아라." 하니, 간부는 이걸 짊어지고 가며,

"여보게, 돈 줬단 말 절대 하지 말어."

고 달래고, 본부는- 본부는 그걸 짊어지고,

"요년아, 왜 거짓말 하니?"

하면서 관을 들썩거렸대. 그 속엔 순경이 들어 있었기 때문에 다 발각이 났대. 그 여학생이 판사더러,

"왜 고만 일도 판결 못하느냐?"

고 판결을 내리니, 여편네는 잡아 죽이고, 면장의 땅, 집의 반을 이 남자에게 주어 이 남자는 부자가 되었대.

---

7) 광(廣). 넓이.

3) 효자 부부가 얻은 황금

1968. 5. 25. 대치리 농가 사랑방 / 고팔분, 여 · 71

옛날에 과댁이 있었는데 손자를 나니까 시어머니가 얼마나 귀여워하는지 먹는 것은 다 뺏어 먹고 도무지 입에 들어가는 것이 없으니, 아들 부부가,

"쟤[8] 땜에 할머니 반찬도 못 잡수시니 쟤를 끓여 먹자. 자식은 또 나면 자식 아니요? 우리 쟤를 끌어 묻읍시다."

하고 끌어 묻으려고 가서 땅을 파니까 황금이 소복하더래요. 그래서 애도 먹이고 할머니도 먹이고 잘살았더래요.

4) 효자와 동자삼(童子蔘)[9]

1968. 5. 25. 대치리 농가 사랑방 / 고팔분, 여 · 71

옛날에 한 홀시어머니가 있어서 앓으니 아들 며느리가,

"뭐 잡수시면 낫겠냐?"

고 물으니,

"고사리 뻬아리[10]를 볶아 먹으면 낫겠다."

하니 눈이 설산[11]한데, 아들이 가서 사흘을 기도드리니까 고사리가 솟아나 어머니를 볶아 드리니,

"고사리 먹으니까 좀 낫다."

해. 그래 아들이 또—

"무엇이 잡수시고 싶으냐?"

---

8) 저 아이.
9) 어린아이 모양처럼 생긴 산삼.
10) 뼈. 줄기. 대.
11) 설산(雪山). 눈이 덮인 산. 여기서는 '산에 눈이 왔다.'는 뜻임.

하니,

"고기를 먹으면 좋겠다. 인고기[12]를 먹으면 좋겠다."

그래, 내외가 어떻게 할까 궁리타가

"자식은 또 나면 자식이고 어머니는 한 번 가면 또 올 수 없는 것이니 학교 간 애 오거든 삶아 어머니를 드리자."

장작불을 지피고 물을 설설 끓여 학교에서 오는 애를 붙들어서 목욕하자고 하고 끓는 물에 집어넣고 폭 삶아 하얗게 되니, 그 고기를 듣고 국물을 떠서 주니께,

"아휴, 내가 살았다!"

그 고기를 먹고 어머니 병이 낫는데, 아이가 책보를 메고 또 들어왔대요. 아까 껀[13] 성심[14]이 하늘에 올라 동삼 뼈다귀가 사람처럼 되어 내려온 것이래요. 즉 사람이 효도가 지극하면 하늘이 감화하고 복을 받게 된다는 것이에요.

5) 우애 좋은 친구

1968. 5. 25. 대치리 농가 사랑방 / 고팔분, 여·71

*유관 자료로 괴산군 〔청천면 자료 18〕, 단양군 〔매포읍 자료 49〕, 동 〔매포읍 자료 50〕, 영동군 〔용산면 자료 70〕 등을 참조할 수 있다.

옛날에 두 아이가 한때 나서 앞뒷집에 살았는데, 앞집은 못살고 뒷집만 잘살아. 학교를 다니는 때는 언제나 윗집 애가 변또[15] 둘 싸가지고 가서 같이 먹으면서 학교 다녔는데, 졸업하니까 아랫집 애가 불쌍해서 먹여 살

---

12) 사람의 고기. 인육(人肉).
13) 학교에서 돌아온 아이.
14) 성심(誠心). 정성스러운 마음.
15) 벤또. '도시락'의 일본말.

리려고, 하루는 자기 아버지 인감을 벽을 파 넣고 발라 놓았다. 아버지가
막 도장을 찾으니까,

　"아랫집 개16)가 단수17)를 잘 짚어유."

하고 아랫집 애한테,

　"우리 아버지 책상 밑에 벽이 보이니 고 속에 도장이 들어 있다."

　가르쳐 주어, 도장을 찾으니께 쌀 한 가마니를 주었는데, 그게 다 떨어
지니까,

　"나하고 나가자."

　어디 가자니께 배가 고파 들어 누웠드래요.

　"저기 장사 지내는 사람이 있으니 배고프니 밥 좀 달라고 하자."

　그래 거기 가서,

　"미안하지만 장위18)를 모셨어도 헛모셨습니다. 신체가 다른 데 있습니다."

　"아 풍수가 여기 있는데 우찌 그리요?19)"

　"도망홀20)에 신체를 묻어서 그렇습니다."

　그래 파보니께, 정말 신체가 없드래. 후히 사례를 받고 나자,

　"야 여기 있다간 맞아 죽는다. 빨리 달아나자."

6) 아버지의 유언 지켜 왕이 된 아들 ·······················

1968. 5. 25. 대치리 농가 사랑방 / 고팔분, 여 · 71

　*이본으로 충북 단양군 〔가곡면 자료 16〕, 영동군 〔영동읍 자료 7〕을 참조할
수 있다.

---

16) 그 아이.
17) 단수(段數). 수단이나 술수를 쓰는 재간의 정도. 여기에서는 '예언'이나 '점복'의 의
　　미임.
18) 장례(葬禮).
19) 그래요? 그렇게 말합니까?
20) 도망혈(逃亡穴).

옛날 어떤 사람이 있어서 아들 삼 형제를 두었는데, 큰아들이 귀신이 들렸다. 아버지가 하루는 큰아들을 자기 방에 불러,

"내 숨 떨어지거든 목을 베서 동네 못에 넣어 주라."

하니, 큰아들이,

"하죠."

하고 아버지가 죽었는데도 큰아들이 그렇게 할 생각을 안 하니, 장개 안 간 막내아들이 내일이 장례할 날인데 사람을 사서,

"돈을 많이 줄 테니 형님들이 곤하게 잘 테니 우리 아버지 목을 가만히 베어 오라."

하니 그 사람이 모가지를 끊어주니까 종이, 비단에 싸서 끌어안고 못으로 가니까, 못이 바짝 말라서 보니 큰 용의 모가지가 있어서 여기다 걸어놓고 보니까, 못에는 새파란 물이 고여 있었대. 묘 앞에서 색시가 하나 나와서 부르더니,

"내가 공주인데 편지를 써 줄 테니까— 공자[21]님을 공부시킬 테니까 찾아가라."

공자가 그 집을 간신히 찾아 가서 보니까, 그 집에서 '내 딸 원대로 한다.' 하여 초당에서 공부를 하게 하였다.

그런데 그 집 식모가 밥을 차려주면 반만 먹고 반은 내보내는데, 며칠 후 빈 식기가 나와 식모가 엿보니 평풍 뒤에서 색시가 나와 밥을 먹어, 주인께 이르니 딸을 좇아 붙드니까 다시 안 나왔다. 얼마 후 이윽고 엄마가 다시 붙드니까 안 가더래요. 그래 날을 받아 잔치를 해서 몇 달 안 되었는데, 나라에 국상이 나서 죽은 사람 살리는 재주가 있다 하여 임금님을 살려 내라고 하니 근심이 되어서 밥을 안 먹는데 색시가,

"왜 근심을 하세요? 행랑 모퉁이를 돌아가면 말 당나귀가 수북할 것이니, 그중에서 제일 비루먹은 당나귀를 타고 가서 석 달 말미를 요구하고

---

21) 공자(公子). 지체가 높은 집안의 아들.

불사약을 구해 오겠다 하라. 그러고 당나귀가 가는 데까지 가다가 당나귀
가 서는 곳에 서라.”

그래 그 말대로 하여 당나귀를 타고 당나귀 가는 데까지 가서 쉬는데,
말이 쉬는 곳에 늘펀한[22] 기와집이 있는데, 자기 아버지가 왕이 되어 앉
아,

“너 지금 국상이 나서 용상[23]이 비는데[24] 너 가서 왕 하라.”

그래 그길로 돌아와 왕이 되었지요.

7) 황희(黃喜) 황정승 부자(父子) ·······························

1968. 5. 25. 대치리 자택 마루 / 고팔분, 여·71

*이본으로는 충북 영동군 〔심천면 자료 2〕, 동 〔영동읍 자료 18〕을 참조할
수 있다.

황이 황정승 그 얘기나 한번 해 보까? 가난해서 먹구 살 수 없어도 백
성이 가져오는 걸 귀찮어 할 지경이었어. 백성들이 달걀을 가져왔는데 하
나도 남지 않고 다 곯아버렸어. 그래서 ‘곯은 황이 황정승’이라고 하지.
(웃음) 그 아들이 남들은 잘사는 걸 부러워해서,

“아버지 우리는 왜 이렇게 못살아요?”
하니까,

“내 복에 티인[25] 대루 먹는 거야.”
하더래요. 그래 각서에 짐생 글씨를 쓰니까 노적가리[26]가 쌓였어. 아들이

---

22) ‘늘펀하다’는 퍼질러 앉거나 누운 모양이 편편하고 넓다.
23) 용상(龍床). 임금이 정무를 볼 때 앉던 평상.
24) 비었는데.
25) 태인. 태워진.
26) 노적(露積)가리. 한데에 수북이 쌓아 둔 곡식 더미.

저걸 먹자구 하니까,

"저걸 우리가 먹으면 각서에 있는 짐생이 굶어죽는다."

하며 듣지 않더래요.

부모의 친구를 아들이 찾아갔는데, 그 친구 되는 분이 사나흘 놀다 가라고 하니까, 아들은 사나흘 놀다 가려 했어요. 그러자 쌀 몇 섬 값 돈을 주었는데, 아들은 '사나이 대장부로 태어나서 금강산 구경 한번 못하다니 수치다. 마침 수중에 돈이 있으니 금강산 구경이나 하자.' 하고 지게에 돈을 지고 금강산에 들렀어요. 일만 이천 봉 팔만 구암절27)을 구경했는데, 거 집에 나 같은 할머니가 있었던 모양이지. 그 집에서 잠을 자고 국을 한 그릇 끓여주고 먹고서 올라가자니까 꽃 같은 색씨와 하이카라28) 청년이 일루 땡기구 절루 땡기며 울고 있었어. 아들이 구경을 갔다 내려오는데 아직 아까처럼 있었어요.29) 연유를 캔즉,

"우리 아버지 어머니가 아들을 낳으면 죽고 죽고 해서 저 하나를 겨우 키워 출가를 시켰는데, 나랏돈을 써서 사형이 되려 해서 나는 '남한테 목을 끊기니 차라리 내가 끊지.' 하고, 부인은 그냥 '내일 목을 바치라.' 하고 싸우는 중이올시다."

라고 말하자, 아들은 지게에 지었던 돈을 주었지. 두 내외가 간곡히 성명을 묻자 아들은 아버지 이름을 대고 집으로 돌아와 자세한 이야기를 아버지한테 하고 용서를 빈즉 황정승은,

"잘했다. 참 잘했다! 내 자식이다."

하고는 며칠 있다 죽었어요.

한편 부부는 은혜 갚을 길이 없어 고민하다가,

"앞뜰에 논을 짓고 밭을 짓고 집을 두 채를 지읍시다."

고 했어요.

----

27) 암자(庵子)를.
28) 예전에, 서양식 유행을 따르던 멋쟁이를 이르던 말.
29) 젊은 남녀가 아직도 그대로 있더라는 말임.

어느 날 발가벗은 아이 하나가 아장아장 걸어 들어왔는데[30] 다섯 살짜리더래. 그러더니 그냥―

"여기서 자구 가유. 굶어두 좋구 추워두 좋으니까 여기서 자구 가유."

하더래요. 두 내외가 한참 들여다보니까 땀 흘리며 앓구 있는데 옘병을 꼭 석 달을 앓더라지. 지성으로 간호해 주니까 일어나서 어디론가 가버리면서,

"아저씨, 아저씨, 사당집[31] 여기다 지어유."

하더래.

"임마, 남의 집 앞에 사당을 지으면 어떡해?"

"예미 씨팔― 자리를 잡아줘두 그래. 예미―"

하며 훌쩍 나가버렸지.

그래 그가 가르쳐 준 대로 그 땅을 찾아가자 바로 옛날 그 젊은 내외가 나와 있다가 반겼어.

"내가 오늘 여기 올 줄 어떻게 알았냐?"

하니까,

"아버님이 한 분 계시다 해서 아버님 사당을 지어놓고 부처를 하나 두었는데, 그 부처가 나간 지 꼭 석 달 만인 어제 돌아와서 성님이 오늘 꼭 오실 줄 알았습니다."

하였다. 그래 한 채에 한 집씩 살며 성[32]을 꼭 같이 하고 오래도록 잘살았대요.

---

30) 아이가 황정승의 아들 집에 들어왔다는 말임.
31) 사당(祠堂)집. 조상의 신주(神主)를 모셔 놓은 집.
32) 형(兄).

8) 드센 시어머니 버릇 고친 며느리 1 ·······························

1968. 5. 25. 덕평리(德坪里) 사랑방 /고근재(高根在), 남·35

*제보자는 마을 이장으로, 중학교를 졸업한 이후 현재까지 농사를 짓고 있다. 구비문학 자료 조사에 대해 특별한 흥미를 가진 듯했다. 자신도 국문학에 관심을 갖고 있다며 조사에 적극적으로 협력해 주었다. 어릴 적 동네 아주머니에게 들은 이야기라시면서 천천히 구연했다. 이 이야기의 이본은 단양군〔대강면 자료 11〕을 참조할 수 있다.

이야기 중 하나를 끄집어내면, 며느리를 아주 잘 내쫓기로 유명해서 여덟을 쫓았는데, 무슨 수단으로든지 시어머니가 내쫓았더래요. 그런데, 얼마 안 되는 거리에 인물 좋고 얌전한 그러나 가난한 새악씨가 하나 살았어요.

"아버님 그리 보내주세요."

"거기 가서 어떻게 할려고?"

자꾸 조르니까,

"갈 테면 가라."

그래 매파를 놓아 통혼하니, 시아버지와 아들은 작정을 단단히 했지요. '이번에 또 내쫓으면 가정의 체면도 안 선다.' 해서 잔뜩 각오를 했는데. 막상 결혼식이 있게 되니 인심을 잃어 가마 따르는 사람이 없어요. 이웃 사람도 오지 않고요. 시어머니가 그날 당장 밥을 해야 했대요. 며느리를 아랫방에 족두리를 쓰고 앉았고 신랑은 사랑에 앉았는데, 구멍이 있는데 며느리가 내다보니까 시어머니가 밥을 하는 것이 보였대요. 뛰어나가 작대기로 시어머니를 막 패고, 방에 들어와 모르는 척하고 앉았으니, 시어머니가 '새며느리가 나를 팬다.'고 호소하니까 신랑이 나와 봤대요.

"새댁이 들어와 날 패더라."

하니 신랑이 삐죽하고 나가며,

　“어머니 아홉째 쫓아낼랴오?”

하고 말했어요. 시어머니를 남편도 아들도 안 믿게 되었지. 그 이튿날 며느리가 밥을 하는데 서로 벼르는 중, 신랑과 시아버지만 없으면 시어머니를 패더래요. 안 보이는데서 실컨 자꾸 팼어요. ‘평소에 얌전하던 색시가 그럴 리가 있냐?’구 동네 사람은 시어머니가 엄부렁을 떤다고 아무도 인정하지 않으니, (제보자 : 시어머니와 며느리의 갈등은 열쇠 꾸러미 때문에 생기는 것이 아니겠어요?) 할 수 없이 열쇠 뒷박을 내주면서 자기를 제발 때리지 말라고 하였죠. ‘그 평소에는 상을 곱게 차려 공손하기 그지 없는 애가 나를 이렇게 패니 못살겠다.’ 하여 이후 그 고약한 버릇이 없어지게 되었죠. 바리바리 실어가지고 친정엘 갔다 왔어요. 친정아버지가, ‘이제 저년 떨려 오는가보다!’ 했더니. 차반[33]을 대단히 잘해 갖고 와 놀라 물어보니까,

　“저 할 탓이죠.”

그러드래요.

　이렇게 해서 시어머니 버릇을 고쳤다는 얘기죠.

9) 원두막 정사(情事) ···

1968. 5. 25. 덕평리 사랑방 / 고근재, 남 · 35

　이상한 얘기지만 어떤 사람이 원두막을 했었다대요. 참외를 했지요. 마음이 착해서 지나가는 행인이 오면 싸게 주곤 했는데, 하루는 참 소내기가 쏟아지기 시작하는데, 참외 원두막을 닫으면 비도 안 들이치고 캄캄해서 그 속에 들어앉았는데, 어떤 여자가 원두막 밑에서 비를 피하다가 천둥이 치니까 무서워서 올라왔는데, 남자는 홑이불을 덮고 있는데 여자도 함께 홑이불 속으로 들어왔죠. 비가 그쳐,

---

33) 예물로 가져가거나 들어오는 좋은 음식.

"당신은 가시오."

해도 안 가더래요. 말인즉,

"나는 상부[34]하고 친정에 와서 있다가 아버지가 내쫓아 제일 먼저 만난 사람과 살려고 하오."

사실 이 남자도 상처를 한 외로운 사람이라, 이 여자를 데리고 집에 가서 결혼을 했죠. 여자가 가져온 재물로 아주 부자가 되었대요.

그 이웃에 고약한 청년이 하나 있었는데, 이것을 보고 자기도 참외 원두막을 차려 놓고 참 비와 여자를 기다렸대요. 비는 가끔 오는데 어디 여자가 와야지요. 그래 삼 년째 망쳤지요. 그러던 어느 날 소낙비가 오는데 그 사람처럼 문을 닫아놓고 있으니, 아닌 게 아니라 여자가 비를 피해 올라왔어요.

"이크, 복이 왔군!"

비를 다 피하고 나선,

"당신 가라."

하니,

"난 백문둥인데 당신이 껴안았으니 갈 수가 없다."

하더래지요. 입장이 난처해서 할 수 없이 집에 데려가니 동네 사람들이 우물도 같이 안 먹으려고 하고,

"욕심이 많더니 잘 됐다."

하면서 빈중거렸대요.[35]

그 여자가 죽든지 병이 고쳐지든지 기다리는데, 그 부인은 마음씨가 착해 약도 해 먹였는데, 참 남자도 감동이 되어서 나무껍데기도 베껴다 달여 멕이고 풀도 멕이고 하는 등 수고를 하다가 어느 날 나무하러 가니 해골바가지[36]에 노란 곰팽이가 끼고 물이 약간 있어서 그것을 끓여 먹였더

---

34) 상부(喪夫). 남편의 죽음을 당함.
35) 빈정거렸다고 해요.
36) '해골'을 속되게 이르는 말.

니 효험이 있어 깨끗이 났더래요.

어느 날 여자가,

"나하고 살기로 했는데, 내 친정에 당신이 한번 가보시오. 우리 집은 서울인데 반가와 할 거요."

그래 편지를 한 장 써서 들고서 노자와 옷을 깨끗이 입고 올라오니 친정집을 찾기 힘이 들어, 간신히 큰 대갓집 문 옆에 기웃하니 편지를 전하니 자기 딸 친필이어서 모셔 들였는데, 정승 판사집이래서 큰 출세를 하고 마음도 고치어 잘살았더랩니다.

10) 부모 때리는 효도 1 ···
─청주 경효자

1968. 5. 25. 덕평리 사랑방 / 고근재, 남·35

*이본인 충북 영동군 〔영동읍 자료 33〕, 동 〔용산면 자료 39〕, 경북 상주군 〔화북면 자료 3〕을 참조할 것.

때리는 것을 효도하는 것이라고 생각했던 사람의 버릇을 한 중이 고쳐 준 이야기에 관해서, 그 버릇을 고쳐 준 사람은 중이 아니라 경효자(慶孝者)라는 사람이다. 청주에 가면 효촌[37]이 있는데─ 경효자 비문이 있는데, 그 내력을 얘기해 보면, 백정놈들이 자기 아들을 난 채로,

"에이, 네 어머니 패줘라. 네 아버지 패줘라."

해서, 이놈들이 지 어머니 아버지를 마구 패더래지요. 이놈들이 이웃에 가 보니까, 지 어머니를 패는 게 아니고 머리를 깎아서 고길 사오는 걸 보고, 부모를 대구 패던 백정의 아들이 이상하다 하고,

"왜 안 팹니까?"

---

37) 효촌(孝村).

하고 물으니,

"저런 고얀 놈들."

하더래요. 이 백정의 아들들은 패는 게 효도인 줄로 알았는데, 나중에 경효자가 이놈들을 가르쳐 주었지요.

11) 재앙을 면케 해준 이묵재(李默齋)의 비 ·······························

1968. 5. 25. 덕평리 사랑방 / 고근재, 남·35

괴산 문장 사는 성주이씨 조상 이묵재[38] 씨(조정암[39]의 수제자)가 을사사화 시대 명현[40]이 죽어가자 이 양반이 매우 영특하니 을사사화를 미리 알고 경기도 양주로 피난을 내려갔지만, 사화를 만나 죽고 말았다. 그 아들이 비를 세울 때, '누구를 막론하고 아버지가 있으면 아들이 있고, 아들이 있으면 아버지가 있을 것이다. 누구든지 자식 된 자는 이것을 다치지 말라. (제보자 : 한문이지만 언문으로 고쳐 말하겠다) 만약 해롭게 하면 해를 입을 것이다.' 이래서 이백 년 후에도 자손이 이것을 몰랐고, 그 지방 사람이 이 비를 춘추로 잘 모시니 재앙을 면했다. 자손이 나중에 이것을 알고 지금까지 전한다.

12) 아버지의 원한을 갚은 종의 아들 ·······································

1968. 5. 25. 덕평리 사랑방 / 고근재, 남·35

*같은 유형으로 「학승패가(虐僧敗家)」 설화인 영동군 〔영동읍 자료 49〕, 동 〔용산면 자료 19〕, 동 〔용산면 자료 38〕 등을 참조할 것.

---

38) 조선 중기의 문신·학자인 이문건(李文楗, 1494~1567).
39) 조선 중기의 문신인 조광조(趙光祖, 1482~1519). '정암'은 그의 호.
40) 이름난 어진 사람.

한 부자가 죽을 때 산 종을 같이 묻었는데, 그 종의 아들이 도선[41]이한
테 배운 중에게 와서 동냥을 주고 원수를 갚아 달라 하니, 그 중이 부잣
집에 가서 보니까, 계곡의 물이 재기[42]가 있음을 보고,

"저 물이 흘러 재산이 줄어드니, 물을 막으면 더 부자가 된다."
고 해서 부잣집에서 물을 막으니 망해 버렸다 한다. 지금도 그 물돌멩이
가 있다.

13) 우암(尤庵)이 명명한 절승(絶勝)들

1968. 5. 25. 덕평리 사랑방 / 고근재, 남 · 35

송우암[43]이 중국에 갔다 와서 그곳의 지명을 따서 조선에도 이런 절
승[44]이 있다고 자기 고향 경물[45]에 화양동,[46] 운교,[47] 칠성,[48] 제월대[49]
의 이름을 붙였다 한다.

14) 만동묘(萬東廟)를 없앤 흥선대원군

1968. 5. 25. 덕평리 사랑방 / 고근재, 남 · 35

만동묘[50]는 화양동에 있는 것이데, 공자 맹자 백가[51]들 제사 지내는

---

41) 통일 신라 말기의 승려(827~898). 풍수지리설의 대가.
42) 재기(財氣).
43) 우암(尤庵). 조선 숙종 때의 문신 · 학자인 송시열(宋時烈, 1607~1689)의 호.
44) 비할 데 없이 빼어나게 좋음. 또는 그 경치.
45) 경물(景物). 계절에 따라 달라지는 경치.
46) 화양동(華陽洞). 청천면 화양리에 있는 계곡.
47) 운교(雲橋). 청천면 청운리 마을 앞 큰내에 있는 구름다리.
48) 칠성(七星). 칠성면 소재.
49) 괴산읍 제월리(霽月里)에 있는 누각.
50) 만동묘(萬東廟). 임진왜란 때 조선을 도와준 데 대한 보답으로 명나라 신종(神宗)을
    제사지내기 위해, 1704년(숙종 30) 충북 괴산군 청천면(青川面) 화양동(華陽洞)에 지
    은 사당.

곳입니다. 홍선군[52]이 만동묘에 온 적이 있는데 뒷대감이 홍선군이 절을 하는데 발을 걸어 그 감정으로 대원군이 제일 먼저 없앴죠.

15) 아들의 꾀로 행실 고친 여자 ···

1968. 5. 25. 덕평리 사랑방 / 손응렬(孫應烈), 남 · 45

*일정 때 일본에 징용을 갔다 왔다고 한다. 구연 내내 굳은 얼굴과 몸동작 없이 말하였다. 사투리를 심하게 썼으며, 이야기를 구성지게 잘해 주었다. 과거 국민학교를 다닌 적이 있으며, 현재 농사를 짓고 있다고 하였다.

긴데 내 한마디 해 보게.

옛날 어느 산중에 몇 가구 안 되는 집이 있어 이웃에 김서방, 이서방이 있었어. 남보다가서[53] 다정하고 친한데, 김서방 부인이 이서방을 참 좋아했는데 김서방은 이것을 몰랐더래요. 김서방 아들 일곱 살짜리가 보니까, 김서방 부인이 이서방에게 닭도 잡아주고, 떡도 해 주고 한단 말야. 이상하다 싶어 하는 중에, 한 날은 김서방이 산전[54]을 팔라[55] 가게 됐는데,

"앞집에 누구누구 아버지도 산전을 파러 가니까 우리도 갑시다."

구티나[56] 어디로 가나 하면 — 밭이 서로 가까웠대요. 김서방이 밭을 매러 간다고 점심 싸 달라고 하니까 좋다고 밥을 싸서 보내고 해종일[57] 있을 테니 자기 마음대로 할 수 있겠다고 좋아했대요. 그날 이서방에게,

"당신 뭐 할 것이냐? 어디 가서 하느냐?"

---

51) 백가(百家). 여러 가지 학설이나 주장을 내세우는 많은 학자 또는 작자(作者).
52) 홍선군(興宣君, 1820~1898). 홍선대원군. 조선 후기의 왕족 · 정치가.
53) 남보다.
54) 산전(山田). 산에 있는 밭.
55) 파러. 경작하러.
56) 구태여. 일부러 애써.
57) 하루 종일.

이서방이 얘기하니까,

"그럼 내가 뭘 해 갈 테니 밥을 싸지 말아라."

"자주 풀포기를 묶어 놀 테니 그 표시를 보고 오라."

아들이 죄다 듣고 가다보니 풀을 동여 매놓고 가니, 죄 끊어 놓고 아버지 가는 데로 풀포기를 매어 놓았대요. 김서방 마누라가 떡도 하고 닭도 하고 하여 풀포기 매어 논 곳을 따라 죽자고 가 보니 부자가 있단 말여.

아들은 그것만 보고 있다가,

"엄마!"

하고 쫓아오니 갖다 줄 수밖에 없었대요. 하나 속으론 참 괘씸하거던. 아무것도 모르는 남편은,

"뭘 이렇게 해 가지고 오느냐, 더운데 욕을 본다."

고 한단 말여. 보니 이거 닭도 잡고 근사하게 해가지고 왔어.

"어찌 이러냐?"

이눔의 애가 말이지.

"아버지, 아버지? 우리 옆집 아무개 아버지가 옆에서 일하니 데려올까?"

한단 말여. 하니 부인이 좋아서,

"얼른 갔다 오라."

떡도 가며 먹으라고 싸주니 이 녀석은 여기 한 개, 저기 한 개 흘려 놓고 갔다. 가서는,

"아버지가 도끼 갖구 와서 죽인다구 하니 얼른 도망가세요."

하니, 이서방이 도망가려구 해. 아들이 내려와서

"아버지, 아무개 아버지가 연장 자루가 부러져 도끼를 빌려 달라고 하는데요."

하니 김서방이 도끼를 메구 가니, 이서방이 진짜 죽이려 오는 줄 알고 냅다 도망을 가.

"아— 싱거운 사람."

이라고 하며 오면서― 조금 전에 이눔 일곱 살짜리가 떡을 이리저리 흘려 놓았는데, 아버지가 오면서 보니 떡이 흘려져 있어. 기래 떡을 궁성거리면서[58] 주우면서 온단 말야. 부인이 아들에게 까닭을 물은즉

"어머니 큰일 났어. 이웃집 이서방하고 어머니 일을 아버지가 알고서 이런 산골에서 만나면 죽인다고 별렀는데, 어머니 때려죽이려고 돌멩이 줍는 거야."

하니, 부인이 그릇이고 뭐구 내버려 두고 집어 내뛰었어. 아버지가 오니까,

"아버지, 아버지 집에 얼른 가 보쇼. 집에 불이 났대요."

했어. 남자가 도끼를 갖구 가 보니 부인이 지쳐 집에 자빠져 있어. 남자가 들어오니까 부인이 '잘못했다.'구, '살려만 달라.'구 싹싹 빌거던. 남자는 이상히 생각하고 물을 것도 없이,

"다시는 그러지 말어."

했다는 얘기지요.

16) 아이의 지혜를 빌린 대신

1968. 5. 25. 덕평리 / 박음전, 여·59

*이 유형의 이야기 이본은 충북 단양군〔매포읍 자료 55〕로 채록된 것을 참조할 수 있다.

일곱 살 아이가 살고 있었는데, 그 나라 임금이 대감에게― 간신이 충신 내쫓으려 트집 잡으려고, '하늘가에 닿는 채를 해 오라.' 하였는데, 정처 없이 다니다가 비를 흠뻑 맞고 오두막집에 드니 아이가 혼자 있어,

"너의 아버지 어디 가셨니?"

하니,

---

58) 구시렁거리면서. '구시렁거리다'는 못마땅하여 군소리를 듣기 싫도록 자꾸 하다.

"우리 아버지는 낮눈 가지고 밤눈 하러 갔어요."

"그게 무엇이냐?"

물으니,

"낮눈은 낫이요, 밤눈은 밤에 소나무 광수리[59] 따라 갔다."

하였다.

"어머니는?"

"찬 물에 빠진 놈 껍데기 벗기러 갔어요."

또 몰라서 그 애에게 사정하여,

"알켜 달라. 무슨 소리냐?"

했더니,

"보리방아 찧으러 갔어요. 물을 부어야 방아를 찧으니 그렇습니다."

하니, 그래 '의견 너르다.'[60] 하며 이야기하려 하였다. 그때 소내기가 눈을 찌르게 따르니[61] 어머니가 부르며, '비를 가져 오라.' 하니, 강아지를 불러 비를 끈에 매어 강아지를 부르라 하였다. 그래 부르니 수고 안 하고 보내니 이를 유심히 보았다. 말마다 밑져 감탄하여 진실하게 이야기하자 하고,

"그게 아니라 사정을 들어 보아라. 서울서 근심이 하도 많아 왔으니 들어라."

하고 사정을 이야기하니 아이가,

"아이구! 끝까지 닿는 저름[62]를 해 달라 하면 그대로 하겠다 하면 되지요."

하니,

---

59) 관솔. 송진이 많이 엉긴, 소나무의 가지나 옹이. 불이 잘 붙으므로 예전에는 여기에 불을 붙여 등불 대신 이용하였다.
60) 넓다.
61) 떨어지니.
62) 사다리.

"넌 크게 되겠다."
하며 보리밥 해다 주어 맛있게 먹고 새 정신이 나서 임금께 인사하며 저름을 요구하였다.
　또 하루는 '하늘에 닿는 대나무를 해 오라.' 하니, 그 애에게 쫓아가서 물으니,
"저름을 해 달라 하라."
하니 또 모면하고 못 쫓아내어 충신 노릇을 여전히 하니 아이는 큰 사람이 되었다.

17) 시아버지로 변한 쥐

1968. 5. 25. 덕평리 / 박음전, 여 · 59

　옛날에 시아버지가 출입하러 갔는데 며느리가 쥐에게 쌀을 던져주니 두 시아버지가 생겼다. 진짜 시아버지가 출입 갔다 와 보니 자기와 꼭 같이 하고 웬 사람이 와 있었다. 그래 재판을 했는데, 재판에서 숟가락 수 아는 사람을 선택하고 진짜는 숟가락 수를 몰라 재판에 졌다. 진짜 시아버지가 문전걸식을 하고 쫓겨 다니다가 고양이를 하나 얻어 사철 고양이와 동무하여 돌아다니는데, 한 날은 잘사나 하고 그 집엘 가 보니 그 집 대문에 가서 기웃거리니 고양이가 방으로 들이닥쳐 멱살을 물고 가짜 시아버지를 내 사려 죽었는데 보니 쥐였다. 그래서 아들과 며느리가 사과하고 잘살았다.

18) 다시 찾은 옥새

1968. 5. 25. 덕평리 / 박음전, 여 · 59

　*유관 자료로 괴산군 〔청천면 자료 5〕, 단양군 〔매포읍 자료 49〕, 동 〔매포

읍 자료 50], 영동군〔용산면 자료 70〕 등을 참조할 수 있다.

　전에 부자 대감 집에서 아들 하나 두었는데, 독선생을 앉히고 글을 가르치는데 부엌 종도 다 두었는데, 아이가 자기는 선생님 대접이 하고 싶은데 종년들이 저 같은 마음이 없어 반대로 나가 반찬이 어설프니 하루는 연구하여 선생다려 저 시키는 대로 하라고 했다. 산통[63]을 하나 사다 주며, '종이 와서 점을 쳐 달라면 산통을 들고 점괘를 빼라고 하며 북쪽으로 가 감나무 밑을 파보라.' 하니, 선생이 겁을 내나 시키는 대로 하였다. 종이 오더니, '점을 쳐달라.' 하여 산통을 들고 눈을 지그시 감고 그대로 하니, '그날 아침 대감의 관제 숟갈이 없어졌는데, 대감이 점심은 꼭 와서 잡수실 터이니 꼭 찾아야 한다.'고 야단이라. 그곳에 가니 그곳에 묻혀 있으니 참 용타고 하였다.
　아이가 종년들더러,
　"너희들이 부엌에서 하는 일, 마음성[64]까지도 선생은 다 안다."
고 하니, 그제는 무엇이든지 잘해 주었다. 그래 선생이 먹으니 좋아 은근히 웃고 가르치기를 계속하는데, 한번은 그 집 대감이 나갔다 와서 앓으니 아들이 묻기를,
　"무슨 일이요?"
　아버지가,
　"지금 임금께서 신하를 모우고 토론회를 했는데, 대국 천자가 옥쇄[65]를 잃었다고 한국으로 사신을 보내 달라는 통문[66]이 왔는데 신하를 다 모우고 보아도 인재가 없어 근심한다."
하니, 아들이 다 듣고,

---

63) 산통(算筒). 점을 칠 때 쓰는, 산가지를 넣은 통.
64) 마음을 쓰는 성질.
65) 옥새(玉璽). 옥으로 만든 국새.
66) 통문(通文). 통지하는 문서.

"아버지 별 걱정도 많으셔요. 나를 가르치는 선생님을 보내셔요."

아버지가,

"선생님이 뭘 아니? 더 나은 사람이라도 어찌 옥쇄를 찾니?"

아들이 듣더니,

"아버지 별 걱정도 많으셔요. 그러니 걱정 말고 보내셔요. 얼마나 용하시다구요? 빨리 보내셔요"

하니 아버지가,

"하 답답하니 보내볼까?"

아들이 쫓아가서 선생님한테,

"팔자 고칠 일을 해 드릴 테니, 말만 들어보셔요."

"무엇이니?"

"대국을 가셔요."

아들이 사정 이야기를 하니, 선생님이,

"난 아무것도 모른다. 대국을 가다니? 죽이려면 그냥 죽여라. 어떻게 하면 옳으냐?"

"나 시키는 대로 적으셔요. 어느 날 떠나 대국을 들어가면 환영이 대단할 테니 마중 나오거든 들어가서 식사 잡수시고, '나는 첫째 옥쇄를 찾아야 할 것이니 내 소청대로 조그맣게 초당을 하나 지어 달라.' 하여 그 곁에 아무도 오게 하지 말고 필요 없다 하고 꼭 이십일을 정성드린다고 혼자 있으면 아무아무 날 밤 삼경쯤 한데 나와 통곡을 하고 울으면 모두 모여 들거든 '내가 조상에 득죄했다.'고 하며, '멀리 타국에 있으니 고향집에 불이 나서 조상 신주를 다 태우니 어떻게 하니?'"

모두 그렇게 했는데 우니까, 그날 밤 그 애가 그날 그 시에 불을 질러 놓고 연락되니, 천자가 용한 것 같다고 생각하고 그 소문이 났다. 아이가, '그날 밤부터 재떨이 갖다놓고 의관정제하고 앉아 담뱃대 갖다놓고 두드리며, 갖다 놔라 갖다 놔라 하고 있으면 찾을 것이다.' 하는 말을 명심불망67)하여 그대로 하니 이 소문이 나서 도둑놈이 살살 가서 문틈으로 들여다보려고 하니 선생이 그러고 있으니, 놀라 냉큼 방으로 가서 문지방 밑에 가서 굴복— '죽여줍쇼.' 하니 선생이 '낱낱이 네 죄를 고하라.' 하니, '옥쇄는 아무데 방죽 못에 가서 넣었으니 그 물만 빼면 찾을 것이다.' 하니, 선생이,

"너는 회개하고 네가 자백하니 내 용서하려마."

도둑이 얼싸 좋다 하고 나간 다음에, 마음 탁 놓고 자서[68] 천자에게 고하니, 천자가 군을 풀어 물을 푸니 옥쇄가 그곳에 있었다. 옥쇄를 찾아서 참 용하다고 금이야 옥이야 꽃다발이야 바리바리 싣고 내보내니, 선생이 훌륭히 되어 나온다 하니 아이 아버지와 어머니가 좋아하며 '마중가야 한다.' 하니 아이가 '그만두고— 아무도 가지 말고 나 혼자 가겠다.' 하니 먼저를 생각하고 '네 마음대로 하라.' 하니 나라에 상의하고 그대로 가지 않고 새파란 칼을 갈아 갔는데, 큰 강을 건널 때 만나니 선생이 아주 좋아하며 말하기를,

"세계 각국에 소문이 나면 나는 어쩌나?"

아이가,

"걱정 말라."

하고 강 복판에 가서 배 안에서 선생의 귀끝을 싹 도려내고,

"선생의 괴롬을 방지하려 했으니, '공중에서 비호같이 날아와 귀를 베어 못한다.'고 하라."

시키니, '참, 네가 천재라.' 치하하고 나와서는 평생 부자로 살더라. 아이도 공부하여 큰 벼슬을 하고 잘살더라. 은혜를 보답하고 궁량[69]이 넓은 사람은 복이 있다.

---

67) 명심불망(銘心不忘). 마음에 깊이 새겨 두어 오래오래 잊지 아니함.
68) 자고나서.
69) 국량(局量). 남의 잘못을 이해하고 감싸 주며 일을 능히 처리하는 힘.

19) 시부모를 살찌워 팔려던 며느리 1 ·······················

1968. 5. 25. 덕평리 / 박음전, 여·59

　*이본인 충북 단양군 〔매포읍 자료 16〕, 동 〔매포읍 자료 30〕, 동 〔어상천면 자료 5〕, 경남 남해군 〔고현면 자료 11〕을 참조할 것.

　옛날에 며느리가 시어머니를 미워하여 죽지 않나 하고 기다리는데, 그 생각을 아들이 알고 아내에게,
　"어디 가 물으니 밤을 서 말 팔아 하루 열 개씩 구워드리면 그 밤이 떨어지면 죽는다."
하더라 하니, 며느리가 열심히 구워드렸다.
　그러니 시어머니는 매일 밤을 열 개씩 먹고 살이 오르고 며느리가 귀해 좋아하니, 시어머니가 며느리를 잘 도와 서로 아끼며 죽을까봐 겁을 내며 잘살았다 한다.

20) 지렁이로 보신시켜 시어머니 눈 띈 며느리 ·······················

1968. 5. 25. 덕평리 / 박음전, 여·59

　옛날에 시어머니는 눈이 멀었는데, 아들이 군인 가고 살림이 어려워 며느리가 디딜방아로 공경하는데, 띠 안 두른 지렁이가 보신된다는 말을 듣고 시금흙70)을 긁어 지렁이를 고아 보얗게 하여 드리고 하느님께 축수하였다.
　"제발 가빈71)하여 지렁이를 고아드리니 용서하십시오." 하며.
　시어머니가 매일 고기를— 뭔 고기인지 받아먹다가 아들이 오면 며느

---

70) 시궁흙. 시궁창의 흙.
71) 가빈(家貧). 집안이 가난함.

리가 고아준 고기를 보이려고 하루는 하나 건져 자리 밑에 넣으니, 아들이 와 보니 어머니 신수가 좋아 고맙게 절하며 손을 붙잡고 반가워하는데, 어머니가 자리 밑에 손을 넣어 꺼내며,

"무슨 고기인지 매일 이 고기를 해다 줘서 이렇다."

하니, 아들이 놀라 소리를 지르니, 그 소리에 눈을 뜨게 되었다. 효성이 지극하면 하늘이 감동한다.

21) 화수분

1968. 5. 25. 덕평리 / 김상례, 여 · 60

*제보자는 경상도에서 시집왔으며 현재 담배 농사를 짓고 있다.

어떤 며느리가 하도 어려워, 물을 이러 갔더니 보리 씻으며 하나 먹으며 헹구며 축원하며 밥을 갖다 주고, 물을 이러 가니 뇌성벽력이 나기에 죄지어 죽나보다 하고 다른 사람은 다 들어가고 혼자 서 있으니 번쩍 하고 한 단지가 내려 왔다. 벼락이 때릴 줄 알았는데, 그저 단지를 주워 가져와서 쌀을 씻다가 쌀 한 말을 떨어뜨렸는데, 주워 먹을까 하는데 거기에 우연히 들어갔더니 자꾸자꾸 차여72) 한 단지가 나오고, 돈을 한 번 넣으니 자꾸자꾸 나와. 무엇이든지 넣으면 한 단지 가득 채우는 화수분단지73)였다. 그래서 부자가 되었다.

---

72) 차서.

73) 재물이 계속 나오는 보물단지.

22) 거북의 보은

1968. 5. 25. 덕평리 / 김상례, 여 · 60

옛날에 여자가 가빈하여 길삼으로 양식을 팔아먹는데 남편더러 베를
한 필 팔아 쌀을 사오라 하니 오지 않아 종일 기다리니 남편이 베를 팔아
거북 한 마리를 사와 저녁을 못하고,
　"저녁거리도 없는데, 거북을 무엇에 쓰려고 하나? 참 딱하다."
하며 아내가 불평을 하였다. 남편이 말하기를,
　"어떤 사람이 가져가 잡아먹으려 하니 가져왔다."
하며 물에 갖다 넣으니 그 이튿날 꿈에 나타나 용왕의 셋째 아들이라며,
'죽을 것인데 살렸으니 아무아무 날 오라.' 하였다. 아무아무 날 정말 가
니 고맙다 치사하고 그 은혜를 갚으려고 표주박 하나를 주며 일생 편안
할 것이라고 하였다. 가지고 오니 우연히 재수가 차차 불 일 듯하고 재산
이 일었다. 삼 형제를 두었는데 그 아들들 살림을 내려 하니, 두 형제는
살림 내고, 셋째에 가서 표주박 하나로 섬기는 대로 나와 잘사니, '난 무
엇보다도 표주박을 달라.' 하니 아버지가 그것을 날려 버렸다. '그대로도
넉넉하니 제국74)으로 보내 버려야 한다.'고ㅡ. 그래 잘살았다.

23) 이야기 주머니

1968. 5. 25. 덕평리 / 김준학, 남 · 66

*어릴 적 글방에서 공부를 하였으며, 현재 농사를 짓고 있다.

어느 집에 아들이 이야기 주머니에 이야기를 듣고는 자꾸 쳐 넣으니
이 아들이 커서 장가를 가게 되었는데, 일군이 쇠죽75)을 쑤며 들으니 이

---

74) 제 나라. 제가 본래 있던 곳.

야기들이 나와서,

　"우리가 커서 갇혀 있었으니 그 원수를 갚겠다."

하며, 첫 번째 이야기가,

　"나는 딸기밭에 가 딸기가 되어 원수를 갚겠다."

하고, 둘째 이야기가,

　"나는 한 고개서 옹달샘이 되어 원수를 갚겠다."

하고, 셋째 이야기가,

　"나는 이놈이 싸리문 간에 들면 가마다리가 부러지게 하여 원수를 갚겠다."

하고, 넷째 이야기가,

　"나는 대리청76)에 들면 급살병이 되어 원수를 갚겠다."

하며, 다섯째 이야기가,

　"나는 그놈이 신방에 들거든 뱀이 되어 감아 원수를 갚을 테야."

하였다. 일꾼이 소죽 쑤며 다 듣고서 주인더러,

　"샛님은 집에 계시라."

하고 자기가 가겠다 하니, 거절 끝에 승낙하여 일꾼이 앞차77)를 밀고 가다 보니, 딸기가 탐스럽게 익어 있으니 가마 안에서 신랑이 보고 요구하였다. 일군이 가마를 재촉하고 들은 척도 안 하고 빨리 가 버리니 신랑이 괘씸하게 생각하였다. 또 한참을 가다 보니 옹달샘이 있으니 가마 안에서 신랑이 목이 마르다고 물 좀 달라 하는데, 또 들은 척도 안 하고 빨리 지나쳐 버렸다. 신랑이 더욱 괘씸히 생각하며 싸리문 간에 들어서니 가마가 팍 엎어지니 주물러서 대례를 지냈는데, 신방에 신랑이 안 갈 수 없으니 가게 두고는 일꾼이 가만히 엿보았다. 실뱀이 잠깐 만에 솔솔 들어 닿으니 일꾼이 쫓아 들어 신랑 신부를 들어내니 신랑이 따라 나오며 물으니

---

75) 소에게 먹이려고 짚, 콩, 풀 따위를 섞어 끓인 죽.
76) 대례청(大禮廳). 결혼식을 비롯한 여러 가지 의식을 거행하던 집.
77) 앞채. 가마나 상여 따위에 달린 채의 앞부분.

일꾼이 그냥 두었다. 이튿날 집에 가서 연유를 이야기 하겠다 하며 무사하여 샛님에게 이야기 하였더니,

"이야기 듣거든 설명해야지, 그냥 놔두면 죄가 된다."

하며,

"네가 의인은 의인이다. 재산을 반분하여도 네 은혜는 그래도 못 갚겠다."

하여 치하하니, 양가가 잘살았다 한다.

24) 거칩이

1968. 5. 26. 덕평리 덕평국교 교감댁 / 조성명(趙誠明), 남 · 35

*제보자는 고등학교를 나왔으며, 학교 교사이다. 자료 조사에 많은 관심을 표하였다. 8년 전 노인 분들께 들은 이야기라며 구연했다.

이곳에서 '안거칩이', '바깥거칩이'라고 부르는데, 요기 나주 입구를 거차비(去此非)라고 하죠. 내용을 알아보니까 이조 중엽에 우암 선생이 공부하실 곳을 찾아 와서, '이곳도 버릴 곳이 아니다.'라고 손수 바위에 쓰고 돌아가셨다고 합니다.

25) 이여송이 떼어 버린 미륵의 코

1968. 5. 26. 덕평리 덕평국교 교감댁 / 조성명, 남 · 35

염풍에 미륵 두 개가 코가 없이 절벽 위에 서 있는데, 장군이 둘 나온다고 해서 이여송이 활을 쏘아 코가 둘 다 없어졌다고 합니다.

26) 탄금대(彈琴臺)[78] ···

1968. 5. 26. 덕평리 덕평국교 교감댁 / 조성명, 남·35

신립[79] 장군이 탄금대에서 죽었죠? 꿈에 한 여인이 나와서,

"쳐 오지 않는 일본놈을 기다리고 있느냐? 넓은 데나 가서 남아 장부 답게 싸워라."

해서 후퇴하여 충주에 와서 배수진을 친 것이 단양 제천에서 나오는 강하고 이곳에 나오는 물이 모이는 삼각지[80]이죠. 싸우다가 더 견디지 못해 용마를 타려는데 일본놈들이 절벽에서 소금을 많이 뿌려 죽었습니다. 합수머리[81] 바위에 '만고명장 신립'이라고 신립이 새기고 죽었는데, 날이 맑으면 뵌다고 합니다. 우륵(于勒)[82]이 가야금을 탔다고 해서 탄금대라고 하죠.

27) 군자산(君子山)[83] 금수(金水) ·····································

1968. 5. 25. 덕평리 농가 사랑방 / 이재동(李在東), 남·?

＊한학을 공부하였으며, 스스로 풍수지리에 능하다고 하였으나 구비전승 자료 조사의 취지를 이해하지 못하여 많은 이야기를 들을 수는 없었다.

괴산군 칠성면 원효골에 군가산이 있는데, 원효대사님이 그 옆에는 금수(金水)라는 물이 나 그것을 잡숴가며 공부한 사적이 있다. 그 굴이 넓어

---

78) 충청북도 충주시 칠금동에 있는 누대(樓臺).
79) 조선 중기의 무장(1546~1592).
80) 삼각주(三角洲). 강이 바다로 들어가는 어귀에, 강물이 운반하여 온 모래나 흙이 쌓여 이루어진 편평한 지형.
81) 합수(合水)머리. 두 갈래 이상의 물이 한데 모이는 곳의 가장자리.
82) 우륵(于勒). 가야국 가실왕(嘉實王)과 신라 진흥왕 때 악사로 활약한 가야금의 명인.
83) 충북 괴산군 칠성면 쌍곡리에 있는 산.

서 사람 백 명이 앉을 만큼이나 넓었다. '금수'는 만병통치 물이다. 그런데 거기에 기도를 안 하면 물이 훌렁 뒤집혀서 벌거지[84]가 나온다.

28) 토정 선생(土亭先生) ···

1968. 5. 25. 덕평리 / 유갑순, 남 · 65

토정[85]은 일곱 달 유복자인데, 큰아버지가 한 번도 안고 귀여워 안 하니 그 어머니가 서운해서 이야기하니 토정의 큰아버지가 말하기를,

"그 애를 정들이면 안 됩니다. 여덟 살에 죽을 것을 정들여 무엇 합니까?"

하니 그 어머니가 놀라서,

"죽는 것은 알아도 그럼 살리는 법은 모르신단 말입니까? 어떻게 하면 됩니까?"

하니,

"석 달 열흘을 백일기도 드리면 살릴 텐데, 중밤중[86]에 백일기도 드리러 산에 올라가야 한다."

하였다.

토정의 어머니가 하루도 거르지 않고 그날부터 산에 올라 사흘만 있으면 다하는데, 큰아버지가,

"오늘은 기추[87]를 보셨습니까?"

하니, 어머니가,

"기추를 보기는 보았으나 남자 삼인이 키가 크고 정승 같은 사람인데

---

84) 벌레.
85) 조선 선조 때의 학자인 이지함(李之菡, 1517~1578)의 호. 민간에서는 『토정비결』의 저자로 알려져 있다.
86) 한밤중.
87) '기축(機軸)'일 듯. 어떤 활동의 중심이 되는 중요한 부분.

가다 서서 이야기를 하며, ‘정성이 지극하다.’ 하여 물으니, ‘그게 어렵습
니다.’하고 지나갔다.”
고 하며, 그 다음날은,
　“돌아앉아 있었다.”
하니, 큰아버지가,
　“오늘은 노자 세 푼, 짚세기[88] 세 개, 술 석 잔을 가지고 올라가라.”
하여 그대로 하니, 그 중 한 사람이,
　“어려운 일이야.”
하고, 또 하나가,
　“그 참 어려운 일이야.”
하고 있어서 가져온 것을 주니,
　“목마른데 술 잘 먹겠다.”
하고,
　“신 없는데 잘 신겠다.”
하고,
　“돈도 잘 쓰겠다.”
하고 받고나서,
　“이왕에 받았으니 팔(八)에 십(十) 짜를 하나 더 그리면 된다.”
고 하였다.
　그들은 저승차사였는데, 토정의 어머니의 정성에 감동하여 그같이 한
것이다. 어머니가 좋아서 받아가니 큰아버지가 그제야 아이를 안고, ‘이
제 내 조카’라고 좋아하였다. 그래 그 토정이가 앞일을 알아 베껴 놓은
것이 토정비결[89]이다.

---

88) 짚신.
89) 토정비결(土亭秘訣). 조선 명종 때에 토정 이지함이 지었다고 하는 일종의 도참서.

29) 호식(虎食)을 면한 아이 ···

1968. 5. 26. 송면리(松面里) 박순임 씨 댁 방 / 조복희(趙福姬), 여·50

*경북 예천에서 이주해 왔으며, 현재 농사를 짓는다. 이 이야기는 어려서 고향에서 조모께 들은 이야기라고 한다.

이동아들[90]을 길러 중이 와서 동냥 달라고 하자 학생이 동냥을 주자,
"도령 나기를 잘났구먼!"
하더랴. 아버지 되는 이가,
"미친[91] 날 미친 시에 가면 호상[92]을 할 팔자라. 먹을 양식과 옷을 준비해 나를 따라오면 된다."
해서 딸려 보냈디야. 긴긴 산중에 들어가서 까맣게 쳐다보는 고개에 천도복상[93]을 따라 해서 딸라고 하는 순간에 정신을 잃어 나무에서 뚝 떨어졌디야.

먼동이 터서 학생이 사뭇[94] 가니까 큰 질[95]에 집 한 채가 있어. 양반의 집이고 종도 살아. 가서 사정 이야기를 하니까,
"우리 집에 소 멕이면서 나하고 같이 살자."
해서 있는데, 그 애 때문에 주인이 종들을 미워한디야. 그래 시암[96]이 나서 풀을 뜯으러 가면 죽는 고개가 있는데 종들이 이 아이를 그곳으로 보냈디야. 캄캄한 그믐밤에 주인이 찾아오라 해서 종들을 찾으러 나갔어. 그 아이가 가니 세 할아버지가 있어. 풀 한 바리[97]를 하고 소머리에 등불

---

90) 외동아들. 외아들.
91) 몇.
92) 호상(虎喪). 호식(虎食). 호랑이에게 잡혀 먹힘.
93) 천도(天桃)복숭아.
94) 거리낌 없이 마구. 내내 끝까지.
95) 길.
96) 샘.
97) 마소의 등에 잔뜩 실은 짐을 세는 단위.

을 달고 나팔을 불라고 해서 그 일을 하고 돌아오니 주인이 더욱 더 사랑하는 거야.

30) 구박받는 장남을 출세시킨 아내 ···

1968. 5. 26. 송면리 박순임 씨 댁 방 / 조복희, 여 · 50

맏인 장개를 가고 차재[98]는 공부를 하여디야. 어미는 차재에게만 좋은 반찬, 좋은 옷을 주었디야. 맏이는 농군 대접을 받았어. 여자가,
　"지금부터라도 글공부를 내 시키는 대로 하시오."
해서 공부하게 되는디, 장자는 세 달 열흘을 배워두 하늘 천, 따 지밖에 모르더래요. 하늘 천, 따 지에 문리[99]가 터져 가리킬 게 없다고 하더라. 오장채[100]에 이고 과거 보러 가서 맏이가 급제했디야. 친동생을 공부 계속했는데 친척 사람들이 우습게보던 장자가 어사 되어 밤에 집에 와 문을 열어 달라고 하니 잘 안 열어 주어.
　"어화 둥둥 내 사랑. 어데 가면 날이 새까, 공든 탑이 무너지랴."
하며 신명이 나서 노래 부르니 부모가 좋아 하더라.

31) 왜가리의 보은 ··

1968. 5. 26. 송면리 박순임 씨 댁 방 / 박순임(朴順任), 여 · 68

　*이본인 영동군 〔상촌면 자료 12〕를 참조할 수 있다.

우리 아버지한테 들은 거요.

------

98) 차자(次子). 둘째아들.
99) 문리(文理). 글의 뜻을 깨달아 아는 힘.
100) 오장치. 오쟁이. 짚으로 엮어 만든 작은 섬.

활량[101]들이 집채 같은 바위 밑을 지나가니 왜가리 새끼가 바글바글 끓는데 대명[102]이가 올라가. 그래 활량이 활을 쏘아 죽였어. 그 이듬해 또 그곳을 지나가니 그 전에 없던 주막이 있어. 술을 달라고 해서 버섯나물[103]을 집다가 뱀 생각을 해서 다른 안주를 먹었어. 그 후 그 활량이 몸이 부어 노란 물이 쭉쭉 나와. 왜가리 새끼들이 마당에 와 부글부글 끓는데, 아들이 멍석을 깔고 활량이 누워 있으니 왜가리가 배를 빈틈없이 쪼고 날라가. 노란 물이 나와 똥이 마리자 가서 누니 뱀이 쏟아지는데 뱀눈이 모다 멀었어. 말 못하는 짐승은 그 은혜를 갚는다는 거요.

32) 벌 받은 상좌 ···

1968. 5. 26. 송면리 박순임 씨 댁 방 / 박순임, 여·68

깊은 산중에 중이 혼자 있어. 상좌를 두었는데, 절에서는 부처를 위한 기름, 쌀, 불을 바치잖아? 아, 그걸 이눔의 상좌가 막 차구 던져버리구 하더라지. 중은 가만 내버려뒀어. 상좌가 갈까봐. 그 아이[104]가 죽어 버려서 중이 그 절을 떠났디야. 십 년 있다 와 보니께루 그 아이가 있다지. 귀에서 기름이 줄줄 나오고 입에서는 쌀이 나오고 정강이 사이에서는 불이 나오더라지. '아이고고— 아이고고—' 하며 신음을 내, 이 중이 무서워 도망을 가니께루 이 상좌가 쫓아오며,

"너, 이눔! 니가 나를 상제[105]로 삼았는데 불, 쌀, 기름을 차는 것을 훈도[106]하지 않아 나를 고해[107]에서 벗어나지 못하게 했어. 이 악의 벌을

---

101) 한량(閑良). 일정한 직책이 없이 놀고먹던 말단 양반 계층.
102) 대망(臺蟒). 구렁이. 이무기. 매우 큰 뱀.
103) 마른 버섯을 물에 불려서 기름에 볶다가 쇠고기나 돼지고기를 섞어 양념을 쳐서 볶은 나물.
104) 상좌를 말함.
105) 상좌(上佐).
106) 훈도(薫陶). 덕(德)으로써 사람의 품성이나 도덕 따위를 가르치고 길러 선으로 나아

벗겨 달라."

했어. 중이 절루 올라가 그 상좌의 벌을 벗겨 주었어. 그 후로 상좌가 부처를 잘 모셨다지.

33) 개가했다 후회한 여자 ···

1968. 5. 26 송면리 박순임 씨 댁 방 / 전복순, 여 · 46

*이 이야기는 제보자가 자신의 어머니께 열다섯 살 즈음에 들었던 이야기라고 한다. 유화로 충북 단양군 〔대강면 자료 1〕 및 동 영동군 〔상촌면 자료 6〕을 참조할 수 있다.

옛날에 신랑이나 각시가 둘 다 열세 살인 내외가 있었지요. 아주 가난해서 가을에는 피를 뽑아 먹고 살았는데 남잔 죽자고 공부만 했지요. 노상 동냥을 해 먹고 살았지요. 이 여자가 참을 수 없어 딴 데로 시집을 갔지요. 가게108)를 보아 어사가 되었지요. 고향에 내려와서 보니, 피109)를 훑는 여자가 있어 데려와서 보니 아, 제 부인이 아니겠어요? 논 한 무데기를 비어110) 주어 남편과 잘살라 했지요. 장개 잘 가고 고을 원님이 되고 잘살았디요.

　가게 함.
107) 고해(苦海). 고통의 세계라는 뜻으로, 괴로움이 끝이 없는 인간 세상을 이르는 말.
108) 과거(科擧).
109) 볏과의 한해살이풀. 열매는 식용하거나 사료로 씀.
110) 베어.

34) 경주 최부자네 개무덤 1 ··

1968. 5. 26. 송면리 / 이상오(李霜五), 남·78

　*직업이 일정치 않아 많은 고생을 했다고 하는데, 이 이야기를 하면서 진짜 있었던 일로 확신하는 듯했다. 구연 중 손짓을 해 가며 재미있게 이야기했다. 이 본인 영동군 〔용산면 자료 11〕을 참조할 수 있다. 다른 유형의 '개무덤 이야기' 인 영동군 〔영동읍 자료 14〕도 참조할 수 있다.

　경상도 부자 얘기 하나 할께요. 경주 가이[111]무덤 최부자 이야긴데, 남대문에 있는 점쟁이한테 가,

　"비실[112]이나 가볼까?"

하니 점쟁이 왈,

　"짐생이고 사람이고 처음 만나면 데리고 오라."

해서 얼마 안 가 보니 꼬리를 흔드는 가이가 있어 데리고 가서 길렀지요. 가이가 한 십 년을 묵었어요. 밥반찬을 똑 베 먹고 와서 보니, 고냥이가 와서 날름날름 베어 먹더란 말이지. 고냥이가 와서 밥반찬을 먹으려는 걸 후려갈기니 사라져 버렸어. 이눔의 고냥이가 산에서 자라 한 없이 커. 주인을 해칠려고 들어와서 주인이 겁을 먹었어요. 가이와 고냥이가 싸웠지요. 가이가 고냥이를 이겼어요. 그 후에도 한 댓해 살다가 가이가 죽었어요. 점쟁이가 점을 용하게 쳤지요. 그래 가이 뫼를 잘 썼다는 얘기가 있지요.

---

111) 개.
112) 벼슬.

35) 친자식보다 나은 양아들 1 ·······································

1968. 5. 26. 송면리 / 이상오, 남 · 78

　*유관 자료인 충북 단양군 〔가곡면 자료 31〕; 동 〔대강면 자료 9〕; 동 영동
군 〔용산면 자료 31〕 참조할 것.

　어떤 노인이 아들 삼 형제에게 각각 백 석씩 보내어 살림을 내주었다.
죽을 때까지 한 집에 석 달씩 번갈아 가 있으면서 여생을 보내기로 했다.
장자집에 가서 잘 얻어먹고 잘 입고 할라 했으나, 장자는 그저 무해무독
이었다. 한 이십칠 일쯤 되자,
　"아범아, 오늘 이 달이 며칠인가?"
　"이십칠 일 되었어요."
　"아직 안 되었네."
하고 노인과 며느리가 대화를 했다. 둘째 아들네, 셋째 아들네 가도 다
마찬가지였다. 각각 석 달씩 있다가 장잣집에 가서,
　"여행을 하고 올 테니 돈 좀 달라."
하니, 장자가 동생들과 의논하여 각각 백 냥씩 각출하여 삼백 냥 가지고
구경을 갔다가 돈이 떨어졌다. 돈이 떨어져 어느 동네 큰 집에 들어가 하
룻밤 묵어가기를 청했다. 허락을 받고 그 김진사 집에 있으려니 그 진사
를 찾아온 노인들이,
　"그래 저런 노인을 재우려고 이런 좌석에 두었느냐?"
하고 묻자, 진사가,
　"그러 게 아니라 물어보니 아들이 없는 노인이라고 하더라."
라고 대답하고,
　"우리 집에 머슴 사는 아무거시가 아버지가 없어 뚝 불겄는데 아버지
를 삼아 보라."
하고 머슴을 불러들였다. 김진사의 소개로 부자의 맹약[113]이 이루어졌다.

며칠 후 진사 생신에 머슴더러,

"아버님과 함께 와 밥이나 같이 먹자."

고 하는데, 노인은 올 생각을 안 한다. 할 수 없이 밥상을 따로 차려 독주와 함께 노인에게 드리니, 노인은 밥을 다 먹고 한 댓 잔 술잔을 기울이니 정신이 오락가락했다. 같은 방에서 자고 있던 여아의 목 위에 다리를 놓아 아이는 질식해서 죽어 버렸다. 며느리가 젖을 멕이러 와서 노인의 다리를 가만히 내려놓고 아이가 죽은 것을 보고 가만히 아랫목에 내려둔다. 부부가 부엌에서 쏙닥거리더니 아이를 저녁 먹고 노인 몰래 묻기로 했다. 노인이 기가 막혀 뜨거운 눈물을 흘릴 뿐이었다.

노인은 한 열흘 다녀오겠다 하고 장자네 집에 가서 땅문서를 내놓으라 하였는데, 그 방법이 뛰어났으니,

"네가 제일 효자다. 애비의 심정을 제일 잘 이해하는 것은 너뿐이다."

하여 각각 아들에게서 문서를 받아 석 장을 갖고 왔다. 약속한 날에 돌아가니 이십 리를 새며느리 아들이 마중을 나왔다. 노인은 땅문서를 새며느리, 아들에게 주고 과거 얘기를 다 했다. 노인 환갑 때 동네 사람을 다 불렀고 또 아들 삼 형제를 다 불러 모았다. 김진사도 참가해서 그 아들 셋을 톡톡히 꾸짖었다. 그래 그 양자가 댓 마지기 되는 밭을 갖고 있는데, 집을 네 채 지어 그중 세 채를 삼 형제에게 노나 주었다. 이 머슴을 보고 모두 본을 떴다.

36) 형제간을 화목하게 한 맏동서의 꾀 1 ·····································

1968. 5. 26. 송면리 / 함승춘, 여·58

*어린 시절 이웃집 노인에게 들은 이야기라고 한다.

예전에 한 사람이 아들 성제를 두었다가 장가를 보냈더래. 그래 재산을

---

113) 맹약(盟約). 굳은 약속.

공평히 나누었는데 둘째아들이 재산을 탕진했더래. 어린것들 하고 배만
곯고 있었지. 작은 며느리가 와서 웅케114)를 큰 집에 널어놓고 채로 덮었
어. 반동이115)에 이구 와서 큰집 꺼에 섞어 놓았데. 저녁이 되야 작은 며
느리가 와서 이리 채고 저리 채고 퍼 넣는데 자기네 꺼만 갖고 갔더래.
그래 큰 동서가 감동 했지 모야.116) 둥기미117)를 채우지도 않고 가는 것
을 보고 동네가 결심을 했지. 저녁을 먹고 남자118)가 어디 갔다 왔는데
남자를 잔뜩 술 멕이고 하니 남자가 곯아 떨어졌지 모야. 큰 동세119)는
땅문서랑 궤를 흩어 놓고 잠들었지. 남편이 일어나서 문서랑 궤가 왜 흩
어졌냐고 물으니까 여자가,

"아이 저이 봐, 정신없어. 당신이 동생을 불러다 놓고, 나만 잘살면 뭐
하냐? 땅을 노놔120) 살라고 했지 않았소?"
하니까 이 남편 좀 봐,

"내가 그렇게 술이 취해서 정신이 없었나?"
하더래지. 옆에서 마누라가 권고하니까, 술을 좀 해가지고 동생을 오라고
해서 권커니자커니 하고 땅을 몇 마지기 베어 주었어. 주니께루 어머니도
기막히게 좋구 성두 잘살구, 동생두 잘살구 서로 우애 좋고 잘살더래.

37) 호랑이의 새끼 사랑 2 ···

1968. 5. 26. 송면리 / 남주희, 남 · 47

　*제보자는 타지(他地) 분이다. 고등학교를 졸업하였고, 현재 국민학교 교감으

---

114) 우케. 찧기 위하여 말리는 벼.
115) 보통 동이의 절반 정도 되는 자그마한 동이.
116) 뭐야.
117) 둥구미. 짚으로 둥글고 울이 깊게 결어 만든 그릇.
118) 남편.
119) 동서(同壻).
120) 나눠.

로 재직 중이다. 이 이야기 유형은 보다 상세히 구연된 자료인 강원도 명주군
〔옥계면 자료 1〕을 참조할 수 있다.

  옛날 어떤 사람이 나물 뜯으러 가서 아기 호랑이가 귀여워 쓰다듬으니
어미가 '어흥!' 하고 좋아했는데 무서워 도망갔더니 다음 날 신발, 바구니
칼을 가져다 놓았다. 호랑이는 옛부터 영물[121])이다.

38) 호랑이 뱃속에서 살아난 사람 ···

1968. 5. 26. 송면리 / 남주희, 남 · 47

  *호랑이 뱃속에서 살아난 사람의 이야기로는 충북 단양군 〔매포읍 자료 5〕도
있다.

  옛날에 어떤 분이 저녁을 잘못 먹어 밤에 자다 변소 가고 싶어 불도
없이 변소 가서 뒤를 보는데, 무엇이 궁둥이를 핥아. 육감으로 '개로구
나!' 하고 보니, 방맹이가 있어. '이놈의 개!' 하고 때려 손으로 더듬어보
니 죽었다. 실수했다 생각하여 걱정하고 개 값을 물어줄 생각을 하며 뜬
눈으로 밤을 새웠다.
  이튿날 가서 보니 호랑이라. 자기 힘을 장사라 생각하며 작대기를 바라
보며 보배작대기라 생각— 방망이를 냇가에서 씻어 짊어지고 호랑이 사
냥을 가니, 동네 사람들이,
  "호랑이 잡았나?"
하고 칭찬했다. 지각 있는 사람은, '마음을 돌리라.'는 사람도 있어. 사방
수소문을 해서 호랑이 많은 곳을 물으니, 웬 노인이,
  "그대가 호랑이 잡으러 가오? 이 길로 쭉 하룻밤만 가면 호랑이 왕국

---

121) 영물(靈物). 신령스러운 물건이나 짐승.

이 있다. 그러나 제일 먼저 제일 큰 호랑이를 잡아야 산다."

했는데— 날이 새는데 높은 데서 보니 수많은 호랑이들이 졸아. 그중 가장 큰 호랑이가 가운데 있어 살금살금 기어가서 작대기로 때리려 하니 너무 커서 못 때리고 호랑이 등에 기어올라 힘껏 자꾸 때렸다. 세 번짼가 있는 힘을 다해 힘껏 싸운다. 왕 호랑이가 한 바퀴 둘러보니 저짝에서 호랑이 한 마리 보고 물어 죽이나 자꾸자꾸 서로 물어 한 마리만 남았다. 호랑이가 돌아보니 무엇이 머리 위에 있는데 그래서 떨어져 먹혔는데, 그 안에서 칼을 가지고 배를 그려 나왔다.

39) 삼 형제의 유물 ·······································

1968. 5. 26. 송면리 / 남주희, 남 · 47

산중에 늙은 두 내외가 있어 부인이 기세하고 삼 형제를 길렀다. 늙은이가 앉아 먹여 키우기만 하고 가르치지는 않았는데 노인마저 죽었으니, 삼 형제가 '무얼 먹고 사느냐?'고 공론하고 벽장을 열어보니 머리 아홉 개인 투구 한 개와 장구, 나팔이 있었다.

맏형이 이야기하기를,

"아버지가 우리 이것 가지고 빌어먹으라 한 것이니 가자."

하고 차례로 가지고 떠났는데, 세 갈래길이 나오니,

"셋이 한 몫 다니지 말고 십 년 후 오늘 이 시에 여기서 만나자. 못 온 사람은 죽은 셈 치고 살기로 하자."

맏형이 가다 일모[122]하고 기와집 번드르하게 있어 내려다보니 사람은 하나도 없고 제일 큰집에 일류 미인 여자가 있어,

"자러 왔다."

하니, 여자가,

---

122) 일모(日暮). 날이 저묾.

"못 자오, 가야 하오, 저의 일가 다 죽고 혼자 남았소."

그래도 간청하여 저녁 먹고 촛불을 키고 투구를 쓰고 앉았으니 밤중이 되니 천둥소리가 나고 백만 대군이 앞에 오는데, 선발대 뒤로 선 다음이 육두[123]장군, 저쪽이 구두[124]장군이 있는데, 호령하며,

"임자 만냈다. 아뢰어라. 너희 무엇이냐?"

(채록 불명) 요사[125]가 되었다. 부적에 관한 것이 요사인데, 부적을 내일 아침 사라[126] 주니 여자가 사례하고 부적을 긁어 불사르고 부부 되어 부자가 되었다.

둘째는 가니 큰 소나무가 있고 판판한 마당에 소나무 꼭대기에 올라가 장구끈으로 허리를 동여매고 자는데, 호랑이가 모여들어 회의를 하는데, 한 놈이―

"사람 냄새가 난다."

해 전부 차례차례 엎드려 거진 올라가니 장구 한번 두드리니 어린 호랑이가 춤추는 바람에 다른 것도 춤추니, 장구 두드리고 호랑이 춤추는 구경하러 모여들고― 소문이 나라에 퍼져 나라의 공주가 병이 나 미친 호랑이 간이 필요하다 하여 부마를 약속하고 부마가 되었다.

셋째는 나팔 가지고 가다 보니 동네집 잔치하여 얻어먹으려 하나 재우려도 안 하여 집둥어리[127]를 헤치고 보니 방처럼 만들어 놓았는데, 웬 여자가 자꾸 뭘 가지고 와서 받으라 해서 받아두니 나중엔 남자가 들어와 앉았다. 여자가 오더니,

"저 남자와는 살 수 없으니 떠나야겠소."

평양감사 가는 길이라 하며 나팔 불었더니 남자가 놀라 나가니까 여자가,

---

123) 육두(六頭). 머리가 여섯 개라는 뜻.
124) 구두(九頭). 머리가 아홉 개라는 뜻.
125) 요사(妖邪). 요망하고 간사함.
126) 살라. 태워.
127) 짚둥우리. 볏짚으로 만든 둥우리.

"보물도 맡겼으니 이왕에 이리 된 것 같이 삽시다."

하여 잘살았다 한다.

40) 지명 유래 1

1968. 5. 26. 송면리 국민학교 숙직실 / 이우화, 남·?

*제보자는 국민학교 교사이다.

1. 증평

충주에서 어느 사람이 보니까 벌이 장독에 빠졌어. 그걸 잡으려고 충주서 증평까지 날아갔다. 죽자고 쫓아가니 십 리 되는 곳에 장독에 앉았습니다. 그래서 장내라고 합니다. 그 장내가 장뜰 → 장평 → 증평이 되었다고 합니다.

2. 기국암(棋楜岩)

한 나무꾼이 나무 하러 갔다가 신선이 바둑 두는 것을 보다가 집에 돌아오니까 자기의 오 대손이 태어났습니다. 신선이 바둑 두던 이 바위를 기국암이라고 하는데, 바둑판처럼 발이 넷이고 물이 그 밑으로 흘러갑니다.

3. 망선대(望仙臺)

이 바위에서 신선을 맞이했다고 해서 망선대라고 합니다.

4. 난가대(爛柯臺)

나무꾼이 신선이 바둑 두는 것을 구경할 제 지게 도끼를 기국암에서 한 십 미터 정도 떨어진 바위 위에 놓아두었는데 바둑 두는 것을 보다가 오니까 지게, 도끼가 모두 썩었답니다. 그래서 이 바위를 난가대라고 부릅니다.

5. 와룡폭(臥龍瀑)

그 형상이 꼭 용이 누워 있는 것 같아서 와룡폭입니다. 용의 꼬리와 목이 있고, 온 몸이 꿈틀거리고 있는 형상입니다.

6. 연단로(煉丹爐)

이 바위는 천연적으로 솥모양으로 생겼는데, 천수[128]가 떨어져 물이 항상 있습니다. 이 바위에서 신선이 단사[129]라는 약을 대려 먹었답니다. 그래서 연단로라고 합니다.

7. 은선암(隱仙岩)

바위가 서로 이렇게 (제보자 : 손으로 ∧ 모양을 만들어 보임) 되어 있는데, 비가 와도 맞지 않고 그 아래 폭포가 내려갑니다. 신선이 그 바위 속에 숨어 버려서 은선암이라고 합니다.

8. 귀암(龜岩)

바위등이 꼭 거북이처럼 생겼습니다. 왜 거북이 등은 넓적한 것이 금이가 있지 않습니까? 그래서 구암입니다.

---

128) 천수(天水). 하늘 위의 물이란 뜻으로, 빗물을 이르는 말.
129) 단사(丹砂). 수은으로 이루어진 황화 광물.

9. 경천벽(擎天璧)

하늘을 받들고 서 있는 벽같이 생겼다고 해서 경천벽입니다.

10. 황룡출수(黃龍出水)

이조시대에 이조판서까지 지낸 심순택[130]의 고총은 그 모덤 모양이 꼭 누운 용처럼 생겼습니다. 그 자손도 대대로 번영했습니다.

11. 매지벌

이인좌가 날 때 그곳에서 용마가 태어났답니다.

12. 임장군 들돌

임장군이 힘이 하도 세어 이렇게 큰 바위를 던져서 떨어뜨린 것입니다.

13. 백로담(白露潭)

학이 연못에 있는 붕어를 잡아먹으려고 하자 그 붕어가 안 먹히려고 쫓기니 그것이 바로 백로담의 형상입니다

41) 호협(豪俠)[131]한 임경업 ···································

1968. 5. 26. 송면리, 농가 사랑방 / 박재석(朴在錫), 남 · 70

*제보자는 서당에서 공부한 때문인지, 한학을 매우 중요하다고 생각했다. 많은 이야기를 알고 있는 듯했으나, 몇 가지 이야기만 구연했다. 6 · 25이후로 쭉

---

130) 심순택(沈順澤, 1824~1906). 조선 후기의 문신.
131) 호방하고 의협심이 있음.

송면에서 살아왔다고 한다.

　임경업이 어려서 공부할 제 신검과 함께 공부하는데 임장군은 나이 많고 신장군 아들은 어렸다. 신검은 과부의 아들인데ㅡ. 임장군은 어려서부터 나무하러 다니고 쇠풀[132]이든지 하여간 산에 일을 하러 가면, 길가에 돌을 쌓아 놓고 진 치는 놀이를 하며, 동네 아이들을 모아 놓고,
　"내가 대장이다. 내 말을 거역하는 놈이 있으면 직인다."[133]
하고 어기는 놈이 있으면 죽도록 팼다.
　하루는 진법을 치고 조련을ㅡ 시방 이르면 연습이지ㅡ 하는데 신장군 아들이 안 온단 말이여,
　"신대장 아들은 왜 안 오니?"
　자기 어머니가 과분데 그날엔 자꾸, '머리를 빗고 가라.' 했다. 그래서 늦은 거야. 맨 나중에 오니까 임경업은 자기 말을 어긴다고 참말로 죽였어. 그래 그 동네에서 쫓겨났어. 그래 임장군은 그 길로 절에 가서 중 행세를 하고 큰 사람이 되었는데 야중에[134] 중국에 구원병으로 가서 노서아[135]에 갔는데 승전하고 집에 오려니까 천자가 사위 노릇하라고 못 나가게 하였는데, 그가 갈 때 가죽신 속에 백지 석 장을 넣고 갔는데 공주가 임장군을 보고, '다 좋은데 키가 두 치가 커서 못 쓰겠다.' 했다. 임장군이 부러 그렇게 한 것이지. 임장군이 말 안 듣고 나올 때, 천자가,
　"너 무엇이 원이냐?"
하니까,
　"원은 없고 조선 땅이 좁으니 땅을 좀 주시오."
하니까 시방 만주를 베어 주었지. 조선의 여섯 배가 되지. 저기 가면 임

---

132) 소를 먹이기 위한 풀.
133) 죽인다.
134) 나중에.
135) 러시아.

장군 초상이 있는데 너무 무서워서 바로 볼 수가 없지.

42) 그림을 그려 타고 도망간 도둑 ···

1968. 5. 26. 송면리, 농가 사랑방 / 박재석, 남 · 70

옛날에 어떤 사람이 재주가 비상해서 나가 도둑질을 해 먹고 사는데, 이웃에 친한 친구가 있는데 장사를 해서 간신이 사는데, 이놈은 놀고도 잘사니 이상하다 하다가 어느 날 장사하는 놈이,

"나는 춘하추동 벌어도 못사는데, 자네는 아무것도 안 하고 잘 먹고 잘 사니 그것 좀 가르쳐 주게."

하니,

"내 가르쳐 줄께시니 너 말 안 낼래?"

하고 다짐을 받고 방법을 가르쳐 줘.

"내가 도둑질 하고 산다. 내가 시키는 대로 해라. 커다란 단지에 큰 닭을 그리고 닭 주둥이에 돈 꾸러미를 그려 놓고 그 끝에다 엽전을 달아 놓고 하루 세 돈씩만 꺼내라"

하였다. 이래서 날마다 세 돈씩 꺼내서 잘살았는데 어느 날 욕심을 내어 더 잘살라고 자꾸 빼다 보니까, 주책없이 꺼내서 집안이 온통 돈바다가 되었어. 나라에서 보니 창고의 돈이 자꾸 날아가서, '어디까지 가나 알아보라.' 하고 신하를 보내니, 그 돈줄을 따라서 나졸들이 가 보니— 아 경상도 어디로 가서 아주 집안 마당으로 돈이 들어가니 돈이 산떼미처럼 많이 쌓여 있다. 그래서 잡았지. 서울에 잡아다 놓고는,

"너 어찌 이리 훔쳤냐?"

"아무개가 가르쳐줘서 이렇게 했소."

그래 그놈도 잡아갔지.

"너는 왜 도둑질을 하느냐?"

"난 배운 것이 이것뿐이니 어서 죽여라."

서울로 잡아가서 석 달 열흘 만에 죽인다고 했다. 죽을 일을 생각하니 기가 막히지. 죽을 날이 되자,

"실컷 먹고나 죽어라."

하고 만반진수136)를 차려 주어 잔뜩 먹고는 나졸이,

"너 무슨 원이 없냐?"

하고 물었다. 그놈이,

"제가 환137)을 잘 그립니다. 환이나 한번 그려보고 죽고 싶소."

"그래? 한번 그려 봐라."

하고는 붓과 먹, 종이를 갖다 주니, 강원도 금강산을 그리고 그 안에 절을 그리고 신작로를 그리고 큰 나귀를 떡 그려 안장을 해 놓고는,

"제가 강원도 금강산 구경 갑니다."

하고는 가뭇138)도 없이 도망가 버렸다. 그래 그림 속에 뛰어 들어갔으니 어찌 찾을 것이여? (모두 웃음)

43) 〈옥련몽(玉蓮夢)〉의 유래

1968. 5. 26. 송면리, 농가 사랑방 / 박재석, 남 · 70

양창곡139)은— 시골서 과부에 아들인데 일등 공신이 되어 대국에 사신으로 가게 되니 어머니가,

"대국에 가서 볼 만한 책이나 사 오라."

했는데 잊어버려서 어머님께 뭐라고 할까 하고 궁리하다가 두 시간 동안 압록강을 배 타고 건느다가 생각을 해서 글을 지었다. 책 두께가 이런 것

---

136) 만반진수(滿盤珍羞). 상 위에 가득히 차린 귀하고 맛있는 음식.
137) 아무렇게나 마구 그리는 그림.
138) 보이던 것이 전혀 보이지 않거나 알던 것을 아주 잊어 찾을 길이 감감하게.
139) 양창곡이 아니라 서포 김만중을 가리키는 듯하다.

(제보자 : 손가락을 들어 두께를 표시해 보였다)이 다섯 권인데 한 달을 봐도 못 다 볼 것인데, 그 사람이 그 책을 <옥련몽>이라고 하고 잠깐 베껴서 갖다드리니 선비가 지은 책이니 좀 잘 지었겠어? 그 속에는 효자, 충신, 불효, 열녀, 별별 얘기가 다 있어서 청춘 과수140)로 늙은 어머니가 함뿍 반했지.

44) 효자의 실언 ··

1968. 5. 26. 송면리, 농가 사랑방 / 박재석, 남·70

효성이 있는 사람이 있는데,

"그래 그 아무거시는 효잔데― 그 어르신네는 아들이 어떻게 그리 효자냐?"

동네 사람들이 모다 그랬지. 다른 사람들은 실언을 하여 술도 사주고 하였지만 이 사람은 삼십이 다 되도록 사람들이 이 사람 술도 못 얻어먹고 그런다. 그래 그 아버지를 찾아가,

"술을 얻어먹게 해 달라."

하니, 그 아버지는,

"자네 백년 가도 우리 아들 술 못 얻어먹네. 갸141)는 헛된 말을 안 하니께. 내가 자네 술 얻어먹게 해 줄까?"

"제발 그렇게 해 주세요."

"내가 내일 우리 밭 속에 가서 똥을 눌 것이니 자네들이 와서, '자네 밭엔 우째 그리 곡식도 잘 되고 좋으냐?' 하고 묻게."

했다. 집에 와서 아들보고,

"만약 네게 '우리 밭이 왜 이리 좋으냐?' 하고 물으면 '개가 똥을 누고

---

140) 과수(寡守). 과부.
141) 그 아이.

가서 그렇다.'고 해라."

고 일러 주었다.

다음 날 아들 몰래 밭 속에 가서 앉았지. 그 아들이 밭에서 일을 하고 있으니 친구들이 와서,

"자네 밭에는 무슨 거름을 했기에 그렇게 좋은가?"

했더니,

"개도 똥을 누고 해서 그래."

그때 밭 속에서 똥 누는 시늉을 하고 있던 아버지가 '에헴' 하고 일어나서 나오니, 아들이 어쩔 줄을 몰라 하니 친구들이,

"너 술 한 잔 내라."

하니, 아들이,

"내 술 살 테니 제발 말하지 말게."

하고 술을 한 잔 사더라는 얘기지.

45) 도깨비 방망이 ···

1968. 5. 26. 송면리, 농가 사랑방 / 박재석, 남·70.

*유관 자료인 강원도 명주군 〔사천면 자료 9〕 및 충북 괴산군 〔청천면 자료 62〕를 참조할 수 있다.

그전에 한 사람이 나무하러 가다 보니께, 아 그 어떤 빈 집이 있었는데, 아 그 남구 해가꼬 거길 오다가 비가 와서 빈 집에서 있으니께, 아 저짝 방에서 뭐이 뚱땅뚱땅 생야단을 치면서 복새[142]를 친다. 사람은 아니고― 하도 이상해서,

"뭐이 이러나?"

---

142) 많은 사람이 야단스럽게 부산을 떨며 법석이는 일.

하고 다락 속으로 들어가 보니, 아— 도깨비들이 방맹이를 가지고 두드리며 '돈 나와라, 먹을 것 나와라, 뭐 나와라!' 야단을 치고 있었다. 굶어서 배는 고프고 해서 깨끔[143]을 세 개 줏어 넣었던 것을 뻐쩍 깨무니까 딱 소리가 난단 말이지. 소리가 나니까,

"이크! 이거 뭐가 이래?"

하고 도깨비들이 놀래서 움칠하니, 또 깨무니 또 딱! 소리가 난단 말이여. 아, 그래 도깨비들이 놀라서 도망갔어. 그래 그 방맹이를 가지고 와서는 '돈 나와라!' 하면 돈 나오고, '쌀 나와라!' 하면 쌀 나오고 해서 부자가 되어 잘사는데, 이웃에 사람이 이 얘기를 듣고 그것을 부러워하다가 저도 가서 깨금을 깨무니까 이번에는 도깨비들이,

"야, 우리 방맹이 훔쳐간 놈이구나!"

하고는 붙잡아. 넙치[144]가 되도록 뚜드려 맞기만 했다는 얘기요.

46) 의좋은 형제

1968. 5. 26. 송면리, 농가 사랑방 / 박재석, 남·70.

그전에 한 사람이 있었는데 그 형이 이십 세 전에 오입[145]을 나갔다가— 나가서는 당최 편지가 있어야지. 어머니, 아버지 다 죽고 삼 년이 지나도 안 오니, 동생은 형을 괘씸하게 생각하고 있었다. 그러자 이 사람이 이십 년이 지나자 동전 한 푼 없이 집에 오기도 그렇고 해서 못 오고 있다가, 하루는 금구덩[146]에 가 일하다가 손에 무엇이 진뜩진뜩하는 것이 있어서 파보니까 금덩이가 나왔지. 그걸 흙 속에 도로 파묻어놓고 집에 편지를 해서 동생을 오라고 했지. 여러 해 만에 편지를 받아 보니 괘씸하지만 그

---

143) 개암. 개암나무의 열매.
144) 넙칫과의 바닷물고기. 생김새가 넙적하게 생겼음.
145) 오입(誤入). 아내가 아닌 여자와 성관계를 가지는 일.
146) 금광(金鑛).

래도 반가워서 동생이 찾아갔더니 형이,

"이젠 내가 부자가 되었다. 그런데 이 금을 가지고 나갈 수가 없으니 인제 내가 가서 일을 할 테니 네가 형님 보러 왔다고 인사를 하고 니가 날 막 욕하면 내가 널 잡으러 가는 척하고 묻은 금덩이를 갖고 나가겠다."

다음 날 아침 늦게 금 파는 굴에 가 보니까 여럿이 일하고 있어서 동생이 들어가,

"그래 집안을 돌보지 않고 부모가 돌아가셔도 와 보지도 않는 고약한 것이 어디 있느냐?"

고 형한테 막 욕을 하니까,

"형한테 그러는 놈은 때려죽인다."

하고 돌을 집는 척하고 금덩어리를 들고 죽인다고 고함을 치고 나갔다 금덩어리에 진흙이 묻었으니 안 보일 거 아녀? 금덩어리를 짊어지고 가는데— 동생 보따리에 넣고 짊어지고 가다가 형이 가만히 생각하니,

"저걸 내가 다 가져갔으면 부자가 될 꺼다."

하고,

"동생, 그 보따리 벗게. 내가 앞에 가겠네."

한참 가다가 그런 생각이 들어. 그래 형이,

"여보게, 동생, 우리 둘이 무슨 소릴 못하겠나? 금덩어리를 지고 가니 동생 맘은 어떤가? 나는 이상한 맘이 들어. 동생을 죽이고 싶더라."

동생도,

"나도 역시 그래요. 부자가 돼 무엇하요? 우리 이걸 내버리고 갑시다."

그래 샘에다 버리고 저만치 가는데, 갑자기 천둥이 치고 벼락이 샘에 떨어져 가 보니, 금덩이가 딱 절반으로 갈라져 있더란 말이지. 그래 나눠 가졌지. 그게 다 하늘의 뜻이지. 그래서 형제는 의좋게 같이 잘살았다.

47) 호랑이 퇴치한 명포수의 아들 ·······································

1968. 5. 26. 송면리, 농가 사랑방 / 박재석, 남·70

*유관 자료로 충북 괴산군 〔청천면 자료 59〕; 동 영동군 〔상촌면 자료 13〕이
있다.

그전에 어떤 사람이 포수질을 하는데 사냥을 갔다가 영 안 와. 자기 아
내가 태기가 있어 낳아 키우는데, 그 애가 커서 스무 살이 돼도 안 와—
어디 가 죽었는지. 애가 커서 글방에 다니는데, 동무들이 '애비 없는 후레
자식147)!' 하니 듣기가 싫어 하루는 어머니에게 가서 칼을 앞에 놓고,

"어머니, 나는 어찌 아버지가 없소?"

"너 애비가 죽었으니 없지."

"그래도 글방 애들이 애비 없는 후레자식이라니 분해서 못 살겠소. 어
찌 아버지가 없소?"

"너의 아버지가 사냥을 잘했다. 너 몇 살 먹어서 아침에 밥상을 받았는
데, 꿩148)이 한 마리 날아오니까 저거 잡아 오겠다고 나가서 여태 안 온
다."

그러자 아들이 대성통곡을 하고는,

"그럼 난 이 길로 아버지 원수 갚으러 간다."

고 그 길로 총을 사들고 연습을 해서,

"떠나겠다."

하니까, 어머니는,

"느 아버지는 내가 서쪽 문 옆에 가서 물을 이고 오면 또아리로 총알
이 쏙 빠져 사람은 안 상하는 재주를 가졌는데도 호랑이한테 물려갔다."

애가 몇 달 배우더니 그만큼 한다. 또,

---

147) 배운 데 없이 제풀로 막되게 자라 교양이나 버릇이 없는 사람을 낮잡아 이르는 말.
148) 꿩.

　"떠난다."

고 하니까,

　"느 아버지가 총을 쏘면 문 옆에— 대문간에 달아놓은 바늘귀가 똑 끊어지도록 잘 쏘았다."

　또 몇 달 지나니 그만큼 한다. 못 가게 하느라고 그랬는데, 이제 말릴 도리가 없어,

　"아이고 모르겠다. 니 맘대로 해라."

하니 총을 메고 칼을 차고 산골 호랑이 많은 곳으로 찾아가는데, 가다가 보니까 길이 세 갈래로 갈려 있는데 사람 다니는 길과 짐승 다니는 길이 있었다. 그래 짐승 다니는 길을 찾아가니 피절[149]이 된 절이 있어, 문을 열고 들어가니까 사람 잡아먹은 뼉다구 잔뜩 쌓여 있고, 한쪽 방에 가니까 총이 가득 있었지.

　며칠을 굶었든지 배개 고파서 어디서 연기가 나서 찾아가니, 조그만 오두막집이 있어. 주인을 찾으니까 노인이 나와서 하는 말이,

　"무슨 일이냐?"

　"아버지 원수를 갚으러 나왔는데, 오기는 왔으나 아버지 원수를 갚을까 안 갚을까 모르겠다."

하니,

　"여기는 들어가는 사람은 있어도 나온 사람은 없어. 만약에 그 호랭이 굴에 가거든 호랭이들이 중도 됐다 짐승도 됐다 색시도 됐다 변신을 하니 조심하게. 꽃 같은 여자가 옆에서 홀려도 사람이 아니니 그리 알게."

　그래 길을 가는데 꽃 같은 색시들이 나물 뜯으러 소리 내며 여럿이 주르르 몰려든다. 총 메고 바랑 짊어지고 앉았는데, 옆에 쏙 앉드니만,

　"저 총각 담뱃불 좀 달라."

고 해.

---

149) 폐(廢)절.

　"요망한 계집이 담뱃불을 달라니?"

하고 귀팅이150)를 갈겼다. 또 하나가 우스갯소리를 하며 무릎을 베고 사삿소리를 하니 또 귀팅이를 때려주었지. 해가 지니 그 주인집 마누라가 해준 밥을 먹고 호랑이굴로 들어가서 한 방문 앞에 서서 문을 여니 사람 대가리가 수북하게 쌓여 있고, 또 한 방문을 여니 총이 가득 찼고ー 그래,

　"아무 골에 사는 아무 아버지 총이 나오라."

하니까 총이 나와 그 총을 찾아가지고 나오니까, 아 저짝 켠151)에서 총소리가 콩 볶는 소리가 난단 말이여. 가만 들으니ー '아 이거 무슨 총소린가?' 찾아보니까, 그건 범하고 싸우는 소리다. 거기도 즈 아버지 원수 갚으러 온 사람인데 범에게 총을 쏘는데, 범은 꿈쩍 안 하고 총알을 받아 쌓고 하니께, '이래선 안 된다. 저 호랭이는 여러 백년 묵은 호랭이니 저 아가리에 총을 놔야 된다.' 생각하고 옆에 가서 그 호랭이 옆구리를 쿡 찌르고, '날 잡아먹어라.' 하니, 호랭이가 아가리를 벌리지. 그때 총을 넣어서 잡았지. 그래 그 집152)에 내려오니 노인이,

　"내가 그놈의 호랭이 때문에 여기 나와 있느라고 고생이 자심하다.153) 절로 가야겠다."

하고 절로 가며,

　"여 뒤에는 삼밭이 있으니 당신들 힘대로 캐 가라."

해서 힘대로 캐내서 짊어지고 와서 잘살았대.

---

150) 귀퉁이. 귀의 언저리.
151) 편(便). 방향을 가리키는 말.
152) 노인을 만났던 오두막집을 말함.
153) 자심(滋甚)하다. 더욱 심하다. 매우 심하다.

48) 쥐타령

1968. 5. 26. 송면리 / 장준섭, 남 · 58

  *제보자는 원래 이 고장 출신이 아닌 타지 사람이며, 현재 약국을 경영하고 있다고 했다. 구연시에 이야기의 일부를 가락을 넣어 타령조로 불렀다.

  아들 삼 형제와 막내딸을 둔 부자가 욕심이 많아 딸을 가지고 돈을 벌려고 욕심이 났다. 그래서 왕 쥐새끼를 구해 기르되 밥 먹이고 영감이 나오면 노래를 부르게 연습을 시켰다. 그래서 춤추도록 만들고는 방을 붙여 쥐가 춤을 추면 소에 소금 한 바리 지고 들어와 주고, 그렇지 않으면 딸과 쌀을 주기로 내기를 했는데, 들어오는 사람마다 지고 영감이 앉아 내 받기만 하는데, 이, 삼년 후엔 대드는 사람이 없었다.
  하루는 남의 집 사는 청년이 점하러 가니 봉사가 점하더니, '장가 갈 수 있다.' 하니, 이태만 더 남의집살이하여 소 한 마리가 되어 고양이 새끼를 소매에 넣고 울지 않게 훈련하여 가서 주인이 없는 중에 쥐를 내어 놓아 잡아먹히게 하였다. 마누라까지 영감과,
  "초경, 이경, 삼경, 사경, 오경에 잠든 쥐야 손님이 오셨다. 춤추어라."
하고 아무리 하여도 쥐는 나오지 않았는데, 딸은 옆에서,
  "쥐야 쥐야 추지 마라. 내 시집 늦어진다."
하며 노래하니 이 영감이 쥐가 오랫동안 노래를 듣지 못해 잊은 줄 알고 딸과 쌀을 주어 보냈다.

49) 삼천갑자(三千甲子) 동방삭(東方朔)154)

1968. 5. 26. 송면리 / 장준섭, 남 · 58

  옛날에 동방삭이 웃논에는 소경이 물을 대고, 아랫논엔 자기네가 물을

---

154) 중국 전한(前漢)의 문인(?B.C.154~?B.C.93). 속설에 서왕모의 복숭아를 훔쳐 먹어 장수하였으므로 삼천갑자 동방삭이라고 이른다.

대는데, 자기네 논물을 그 윗논에서 빼 가니 화가 나서 소경네 물을 빼 대니 소경이 와서 손을 꼽더니,

"요놈이 와서 물 끌어갔구나! 아이, 그만둬라. 며칠 안 있으면 죽을 텐데 가만 둬라."

동방삭이 가만히 다 듣고 닭과 술을 받아 가니 소경이 밉지만 하는 수 없이,

"내일, 모레 저녁에 떡 세 시루, 신 세 켤레, 돈 석 냥을 다리 위에 놔라. 그래서 된다면 되고, 안 된다면 하는 수 없다. 그리고 사람이 지나갈 때 애원하라."

하니, 동방삭이 그대로 하고 나니, 정말 웬 사람이 지나갔다. 그래 가서 사정을 말하니, 무엇을 탁 펼치더니,

"지금 너 잡으러 가니 안 되겠다."

고 하다가 먹어는 놓고 큰일이라. 세 사람이 서로 가서 생각하니 마침 염라대왕이 졸고 있어 먹기는 하고 은혜를 그냥 둘 수 없어 '삼십(三十)'에 획을 하나 더 해 '삼천(三千)'으로 하니 삼천 년을 살았다 한다.

50) 평양감사 친구의 우정 ···

1968. 5. 26. 송면리 / 장준섭, 남 · 58

옛날 이조 때 서울에 박정승과 이정승 둘이 살았는데, 모두 둘 다 명문 거족으로 아들이 하나씩 있었는데, 한 글방에서 공부를 시켰는데 도중에 두 아들들이 약조를 하기를,

"서로 잘 되거든 도와주기로 하고 친형제처럼 지내자."

때는 선조대왕― 정승들이 구몰[155]하고 양쪽 다 가산 탕진하였는데, 박정승의 아들이 먼저 과거에 급제하여 한림학사가 되어 임금이 묻기를,

---

155) 구몰(俱沒). 부모가 모두 세상을 떠남.

“어디 가려 하느냐?”

하니,

“가세 때문에 도백156)하나 주시오.”

그래서 평양감사로 가게 되어 이정승의 아들이 친구 구경하러 남대문에 가서 만나니, 박정승 아들이 교자157)에서 내리더니 이정승 아들이,

“너는 성공하고 나는 못했으나 네가 된 것이나 내가 된 것이나 꼭 같다.”

하니 박정승 아들이,

“자네 공부 더하게. 우리가 지금은 헤어질 수밖에 없다. 나는 가야 하고 자네는 공부해야 할 것이니―”

그래 헤어지는데 이정승 아들이 술을 퍽 잘하므로,

“자네 평양에 가면 감홍로주158)를 줄 수 있나?”

하니,

“여부가 있나. 목욕이라도 시켜 주지.”

하고 헤어졌는데―

얼마 후에 이정승 아들이 정말 부인에게, ‘여비를 마련하라.’ 하여 걸어서 평양 오백 리를 가는데 열흘 이상 걸려서 가니 평양에 고개가 하나 있는데 거기 올라서서, ‘내가 가면 술이라도 얻어먹겠지.’ 하고 생각하고는 가서 ‘서울 아무개’라 하고 명첩159)을 내어주니, 종이 나갔다 와서,

“사또께서 공무에 바쁘시니 기다리시랍니다.”

하니, 친구가 저녁때쯤이나 와서,

“오랜만일세.”

---

156) 도백(道伯). 관찰사(觀察使). 조선 시대에 둔, 각 도의 으뜸 벼슬.
157) 교자(轎子). 조선 시대에, 종일품 이상 및 기로소(耆老所)의 당상관이 타던 가마.
158) 감홍로주(甘紅露酒). 감홍주(甘紅酒). 지치 뿌리를 꽂고 꿀을 넣어서 받은 평양 특산
    의 소주. 맛이 달고 독하며 붉은빛이 난다.
159) 명첩(名帖). 명함.

하니 서러운 생각을 하며 따라 들어가니, 종보고─

"공사에 바쁘니 재160)를 따라가게."

해서 할 수 없이 따라가니, 늙은 기생 하나가 와서 '어디에 모시라.' 하여 먼지 쾨쾨한 방에서 콩나물 한 접시에 모주161) 한 그릇, 보리밥 한 그릇을 보내니 배가 고프니 하릴없이 다 먹고 있으니, 또 아까 그 늙은 기생을 보내, '바쁘니 잠깐 기다리.'라 하여 한참 후 담뱃대, 탕건162) 바람으로 어슬렁어슬렁 나타나,

"의리가 이럴 수 없지만 공사에 바쁘니 할 수 있나?"

하며 아까와 꼭 같이 그 늙은 기생이 가져온 상을 받아 감사가 먹으니, 할 수 없이 따라 먹은 후 또 감사가,

"바쁘니 여기서 쉬게."

하며 가고, 늙은 기생이 자리를 깔아주니 자고 심히 섭섭히 생각하였는데, 다음날 열 시쯤 그 기생이 어제 그대로 또 가져오거늘, 그때부터 앙심을 가지는데, 저녁때쯤 되더니 또 감사가 와서 어제와 똑같은 상을 놓고,

"점심 같이 하자."

이렇게 사흘을 하다가 떠난다고 나와 신들미163)를 하는 참에 감사가 쫓아 나와,

"내가 바빠 그러니 하루만 더 묵게나."

하니,

"나도 바빠."

그러니 박정승의 아들이,

"우리 모주164)라도 한 잔 더 먹고 가지 않겠나?"

---

160) 저 아이.
161) 모주(母酒). 재강에 물을 타서 뿌옇게 걸러낸 탁주.
162) 탕건(宕巾). 벼슬아치가 갓 아래 받쳐 쓰던 관(冠)의 하나.
163) 신들메. 들메끈. 신이 벗어지지 않도록 신을 발에다 동여매는 끈.

하고 가져와 먹으니, 엽전 두 냥을 꽁무니에서 내어주어,

  "없어도 괜찮아."

하고- 받자니 창피하고 안 받자니 답답하여 그대로 받아 넣으니까, 감사가 하는 말이,

  "이제 수일 내에 서울 갈 것이네."

  이정승의 아들이,

  "안 와도 좋아, 나도 공부해야 한다."

하며 떠나 그 고개에서 평양을 내려다보며 생각하니 괘씸 천만이라. '오륜을 잊었으니 네가 어찌 국사를 할 수 있나?' 하며 선화당165)을 내려다보며 내려오는데, 초가삼간이 지어졌는데 꽃 같은 색시에 '감홍로주점'이라 쓰여 있다. 괄시를 생각하여 이왕이면 그 돈으로 먹자하고 댓 잔 먹으니 정신없이 고꾸라져 꿈인지 생시인지 목이 말라 눈을 떠보니 곤룡포,166) 통천관167)을 쓰고 용상에 앉았는데, 양쪽에 여섯씩 앉아 있고, 자기 앞에 둘이 엎디어 있으니, 물어보니 염라국이라. '염라국의 보위168)가 비어 모셔 왔다.' 하니 앞의 사람은 염라국의 십이대왕이라. 가만 생각하니 이왕 죽었을 바에는,

  "해동 조선국 평양감사 아무 놈을 즉각 잡아올 수 있느냐?"

하니,

  "있다."

하고 사자들이 쇠사슬을 쥐고 닥치니 염라대왕이 명을 내리자 즉각 잡아오니,

  "명문거족의 후예로서 어찌 그럴 수가 있느냐? 이놈 죽일 놈. 너는 오

---

164) 모주(母主). 재강에 물을 타서 뿌옇게 걸러낸 탁주.
165) 선화당(宣化堂). 각 도의 관찰사가 사무를 보던 정당(正堂).
166) 곤룡포(袞龍袍). 임금이 입던 정복. 누런빛이나 붉은빛의 비단으로 지었으며, 가슴과 등과 어깨에 용의 무늬를 수놓았다.
167) 통천관(通天冠). 황제가 정무(政務)를 보거나 조칙을 내릴 때 쓰던 관.
168) 보위(寶位). 왕위(王位). 임금의 자리.

륜삼강도 모르니 당장 벌을 받아야 한다.”

하여 열탕, 화탕, 독사탕, 수탕 등의 5대 지옥 중 제일 무서운 ‘독사지옥에 집어넣으라.’ 하니, 데리고 나가니 자기가 생각하니 통쾌하기 짝이 없어. 십이대왕은 자기 일들을 하고 감홍로주를 먹겠다고 ‘가져오라.’ 하니 또 정신이 없었다.

깨어보니 해가 저문데 다리 밑에서 자고 있었다. 그래 ‘도깨비에 홀렸나보다!’ 하고 개울에서 물을 먹고 보니, 돈 두 냥은 그대로 있고 초가집도 없으니 결심하고 서울로 올라오는데, 오다보니 분명 자기의 퇴락하던 집인데 자기 부인도 없고 좋은 집이 있으니 물으니,

“한 달 전에 이사 갔다.”

하며,

“어디로 갔느냐?”

하니,

“명문거족들이 사는 데로 갔다.”

고 하여 찾아가니, 자기 문패가 붙어 있어, ‘꿈이냐 생시냐?’ 하고 밖에서 얼정이니,169) 종이 하나 나오니,

“뉘 집이냐?”

물으니,

“그것도 모르냐?”

하고 들어가고, 다시 종에게 단단170) 묻는 중 자기 부인이 녹의홍장171)함을 보고 눈을 의심하다가 보니 자기 부인이,

“왜 종년들과 허튼말만 하고 들어오지 않느냐?”

고 한다.

---

169) 얼쩡거리니. ‘얼쩡거리다’는 하는 일도 없이 자꾸 이리저리 돌아다니거나 빙빙 돌다.
170) 단단하게. 단단히.
171) 녹의홍상(綠衣紅裳). 연두저고리와 다홍치마. 곱게 차려입은 젊은 여자의 옷차림을 이르는 말.

"어찌 된 일이냐?"

물으니,

"당신 떠난 이튿날 장만했다." 하며, "모르냐?"

하니, 마당을 지나 대청에 앉으려는 때에- 말 탄 사람 하나가 집을 묻더니 계하[172]에 엎드려 봉투를 내놓으니 '염라대왕 귀하' 하고 '염라대왕 대단히 미안하오. 농이 지나쳤소.' 하고 토지 3백 석 문서, 종문서 놓고 '평양감사 누구'라 했으니, 그제야 모든 사연을 알게 되었지.

그래 다시 평양 가니 반겨 맞고 친구 사이 의가 비할 데 없더라.

51) 양반 속여 축재(蓄財)한 부부 ·······················

1968. 10. 1. 청천리 충북양로원 / 이상식, 남·61

예전 애기가 아니야. 그때만 해도 감투가 귀했거든. 감투가 하고 싶어서 칡뿔 떨어진 걸 쓰고 다닌 사람이 있어. 감투 하나 얻어 쓸라고 저 서울 작골 김정승의 집에 갔단 말이야.

"어디서 왔느냐?"

"정상도[173]서 왔습니다."

"그래, 우짠 일이고?"

"아, 다 방소제나 해드리고 마당 소제나 하고 댁에 좀 있을라고 왔습니다."

"아, 아무려무나-"

감투 하나 얻어 쓸려고 연구란 말야. 아, 이 사람이 하다못해 참봉[174]이라도 하나 해야지.

---

172) 계하(階下). 섬돌이나 층계의 아래.
173) 경상도.
174) 참봉(參奉). 조선 시대에, 여러 관아에 둔 종구품 벼슬.

“아, 글쎄ㅡ 나는 그래서 댁에 와 있습니다.”

글쎄, 제 부탁을 해야겠는데ㅡ 돈이 좀 있어야겠는데, 집으로 연락을
한단 말야ㅡ 정상도로.

“내가 뭘 좀 하겠는데ㅡ 감초175)를 좀 써야겠는데 돈이 없으니께 돈
좀 보내라”

착실했던 사람인데ㅡ 아, 그래 한 마지기 두 마지기 자꾸 팔아 올려서
종자를 죄다 팔아먹었네. 참봉이니 깨묵이니176) 하나 안 시켜주면 어떡하
냐구.

“아, 대감 어떡합니까?”

“아, 왜?”

“이ㅡ 집으로 좀 가야겠습니다.”

“갔다 와야지.”

“왕래비가 없습니다.”

그 참 이백 냥을 준단 말이야. 그걸 주머니에다 넣고서 집에 간다고 인
사를 하고 나왔네. 아 지금에사 차가 있지만 그때사 차가 있나? 마 어디
쯤 오니까 채를 가지고 무슨 충충177)거리고 굉장하단 말야. 개울 옆에서
그 누구더러,

“저 뭐하는 거냐?”

하니께, 철입178)쌀하는 거라고ㅡ 철입한다고 닐179) 쿵쿵거리고 조사 소
리가 빗발치듯하고ㅡ

“이제 저 들어가 보라.”

고. 기생은 한 여남은 돼요. 춤추고 대체 뭐 굉장하거든. 그래서,

---

175) 감투. 벼슬이나 직위를 속되게 이르는 말.
176) ‘참봉은커녕 깨묵도’란 말로, 이때의 ‘깨묵’은 ‘하찮은 것’이란 뜻임.
177) 악기 치는 소리의 형용.
178) 천렵(川獵). 냇물에서 고기잡이 하는 일.
179) 닐리니. 퉁소, 나발, 피리 따위 관악기의 소리를 흉내 낸 소리.

　　"기생 모가비180)가 누구냐?"

하니께, 한 사람이,

　　"왜 그럽니까?"

　　"기생 하나 하룻밤 수청 드는데 요금이 얼마나 먹는고?"

하니께,

　　"이백 냥 먹습니다. 어디 기생이요? 손가락질만 하면 내 말해 주리라."

　　"저 기생이 제일 얌전해 뵌다."

고.

　　"기생 중에서 제일 얌전하지요."

　　"이왕이면 그 기생 말해 달라."

고. 요금 이백 냥 주지. 가서 말하니께,

　　"아, 그러냐?"

고,

　　"그렇거들랑 그 양반더러 노는 것이 다 끝나도록 그 있으라고 하라."

고. 그 얘기를 하니까,

　　"낼181)까지 있으라고 해도 있겠다."

고. 아, 그러니 이놈의 궐자가182) 집에설랑 나온 지가 몇 해나 되었으니
아 그 마누라 생각도 날 거 아니야. '예끼, 내 걸어서 굶어 가드래도 돈
이백 냥 주는 것 젊은 것 여자 하나 데리고 잔다.'고. 아 그 기생이 놀이
가 끝난 뒤에야,

　　"어떤 분이냐?"고, "이야기하라."

고 하니까 말해 주었단 말이야.

　　"내가 살기는 정상도 사는데 서울 어디 갔다 오는데 그 놀음놀이하는

---

180) 막벌이꾼이나 광대 따위와 같은 패거리의 우두머리.
181) 내일(來日).
182) 그가. 그 사람이. '궐자'는 말하는 이와 듣는 이가 아닌 사람을 가리키는 삼인칭 대
　　 명사.

데 보니까 임자183)가 인물이 젤 나아. 그래서 권하는데 나 하룻밤 수청

드는데 요금이 얼마냐?"

물으니께,

"이백 냥이요."

하고 그 사람이 말하고 꼭 같거든.

"그래? 이백 냥 주지."

딴 것은 한 푼도 없거든. 그래서 이백 냥 준 거지. 아, 자는데 대체 이

사람이 고잔지184) 마누라도 살을 안 댈라케. 아 그래 기생이,

"아, 여보시오?"

"왜 그러십니까?"

"이왕 날 샀으면 살을 대야지. 사가지고 우째 이럭헙니까?"

"아냐, 내 식구 같으면 살을 대지만 — 내가 자고서 내일 아침 임자 이

백 냥만 주고 갈 따름이지. 무슨 일이 있으냐?"

고. 아, 당최 — 그라지 않아? 가만 보니께 사람은 떡 이상한 사람이라.

"아 — 여보, 사실 이야기를 좀 하우."

"내 그런 게 아니라 내가 서울서 김참판 댁에 가서 몇 해를 있었는데

감투 하나 얻어 쓸까 했으나 얻어 쓰지 못하고 땅 있는 것 죄다 팔고 할

수 없이 집으로 간다. 그러니께 돈 이백 냥을 가지고서 여기로 와 당도해

보니께 임자 때미185) 마음이 거들떡해서186) 아, 이렇게 하는 것이다."

그러거든.

"자, 그러면 오늘 밤 자고서 닐 나하고 거기에 갑시다. 갈 때 어떻게

가느냐 하면 — 갈 때 돈 가지고 나가설랑은 쪼랭이187) 하나 사고 바가지

---

183) '자네'라는 뜻으로 허물없이 이르는 이인칭 대명사.

184) 고자(鼓子)인지. '고자'는 생식 기관이 불완전한 남자.

185) 때문에.

186) 떠들썩해서.

187) 조롱박.

를 사고 짚을 한 단 사가지고 그리 오시오. 집에 갈 것 없소.”

그래 짚을 한 단 사가지고 가서 오쟁이[188]를 털라는 거여. 그래 오쟁이를 털었지. 털어가지고 거기 사발 넣고 쪼랭이 바가지는 끝에다 걸고 이를 짊어지고서 여자가 가자는 거야. 가는데 막[189] –

“나 시키는 대로 해야 한다.”

어떻게 하느냐 하니께, 가가지고서는 –

“벌써 오냐?”

이거야. 대답이 그렇거들랑,

“고향에 내려가다가 – 거기에 가다가 안식구가 뭘 이고 옵니다그려. 아, 먹을 것도 없고 돈 얻어 쓰는데 집도 말짱 돈임자가 차지하고 살 수가 없으니 굶어도 같이 굶겠다고 올라오는 것입니다.”

허 그거, 가만히 생각하니 논을 무수히 팔아 올렸다 말이요.

“그래가지고선 큰 집에 문간채에 방이 있을 기요. 그 대감 그 앉아서 유리창으로 내다보는 맞은편에 있는 방을 달라고 하면 –”

그래 무어라고 하냐 하면,

“아, 어떡합니까? 나 혼자 먹는 것 두 내외가 먹고 그냥 지내지요.”

“방 한 칸 있어야지?”

“아 그 문칸채 비는 방, 그거 좋습니다.”

“아, 아무려무나.”

아 저 방을 얻는다. 여편내[190]가 인물이 뚝 떨어지게 났거든. 그래 문칸채 방을 얻어가지고서는 문을 활짝 열어 놓고는 꼭 바느질 뭐 할 것도 없고 없는 것을 뭐 무릎박[191]에다 올려놓고는 만날[192] 바느질을 한다는

---

188) 짚으로 엮어 만든 작은 섬.
189) 마구. 몹시 세차게.
190) 기생이 위장한 것임.
191) 무릎.
192) 매일같이 계속하여서.

거야. 할금할금[193] 대감 문을 보아가면서. 대감이 가만히 보니께 여자 그 참 예쁘거든. 얌전하게 말야. 가만히 그 좋은 보약에 먹고 들어 앉아 있으니께 여자 생각밖에 날 게 더 있어. 그놈의 마누라 한 번 보았으면 좋겠다만- 욕심에.

마누라가 하루는 그런다 말이여.

"여보, 낼 아침 대감 문 앞에 들어가서, '문안드립니다.' 하고 엎드려 절을 하고서, '내 밥을 마누라하고 먹기는 하여도 내 좀 나가서 생활을 해야 되겠소.' '뭘 하려냐?' 하면, '아침 제자[194] 저녁 제자를 보았으면 좋겠다.'고. '돈을 얼마나 가지면 되겠느냐?'고 하거들랑 '열 냥만 달라.'고 해 가지고 오시오."

그래 가서,

"대감 문안드립니다."

하니,

"그래 우째?"

"돈이 좀 있으면 제자를 보았으면 좋겠습니다."

"얼마나?"

"열 냥만 주시오."

열 냥 주었단 말야. 이분이 아침 제자에 나갈쯤이면 열 냥을 다부[195] 갖다 줘.

"아 이게 웬 거여?"

"아침에 준 겁니다. 조금 남았습니다."

스무 냥이면 스무 냥, 서른 냥이면 서른 냥- 꼭 갖다 준단 말여. 이래 신용을 얻어서 한번은 몇 천 냥 얻어가지고서는 돌아갈 때는 빈 걸로 들어갔단 말야.[196]

---

193) 곁눈으로 살그머니 계속 할겨 보는 모양.
194) '시장'을 일컬음.
195) 도리어. 예상이나 기대 또는 일반적인 생각과는 반대되거나 다르게.

"아이구! 장사를 가서 벌써 온다."

고 하니께,

"어떻게 하느냐?"

고. 처음에 갈 적에 자리 한 장 사가지고 간 게 있는데,

"거기 앉으시오."

여자가 저 앉을 걸 자리를 뺏어 올려가지고서는 가만히 앉았지.

"아 여보, 벌써 오시오?"

"아 벌써고 뭐고— 아 돈도 싸 베고 누웠는데 밤에 어느 놈이 싹 뺏아 갔소."

"자, 인젠 우린 갈 수밖에 없다."고, "이제 죽어도 대감한테 죽는 건데— 며칠날197) 갚겠느냐?"

고.

"아— 여보, 사람 나고 돈 났지. 돈이 그렇게 무섭느냐?"고, "가만히 있소. 나 시키는 대로 해요."

그래 여자가 돈 한 냥을 꺼내 주면서,

"여보, 약주나 자시오."

술 먹으려 가는 핑계하면서— '홧김에 술이나 한 잔 먹는다.'고 하니께, 대감이 벌벌 떤다 말이여. 아 그래 아침에 가서 문안드린다고 하고,

"대감 어떻게 합니까? 죽여주시오."

돈 잃은 얘기하고 가서, '대감 문안드립니다.'

"아 자네 언제 왔나?"

"어젯밤— 오래 전에 왔습니다."

"그래 이번 장사가 어떤가?"

"참 우습습니다. 아, 곡식을 많이 했죠. 사갖고 올라오다가 배가 복

---

196) 뒤의 이야기로 미루어 보면 남자가 여자와 짜고 그 돈을 다른 곳에 맡겨 놓은 것을 알 수 있다.

197) 며칠에. 어느 날.

선198)을 해가지고 한 섬 못 건졌습니다. 아 그래, 이천 냥 어치 해갖고 오면 문안에 와서 팔면 사천 냥은 된다는데―."

"그 자네 어떡할 거야?"

"아, 도리 있습니까? 이천 냥 어치 사면 여기 와서 사천 냥은 되니까 한 번 더 해보지요."

"그래 한 번 더 해봐라."

"돈이 있어야죠?"

"아, 돈?"

아, 또 몇 천 냥 준단 말야. '한 일주일 안으로는 본전으로 생각하라.'구. 아 마누라 하고 또 짜구서. 마누라가 간 뒤에 대감을 불러들여가지고199) ― 아, 그렇게 약조를 했단 말야. 이 돈도 튼튼한 자리에 맡겨놓고 빈 걸로 저작저작200) 들어와서는― 아, 들어오게,201)

"아 우째 아무 적에 온다더니 어느새 오슈?"

"아, 참― 이제는 죽었는데―."

"왜요?"

"돈을 도적맞았어."

"아 도적을 맞다니?"

"아 밤에 돈 보따리를 베고 자는데 어떤 놈이 빼 갔다고. 이제 죽어도 대감한테 죽지 별 수 없네. 가세. 죽느냐202) 살아서 어정거리는 게 낫겠다."

구.

---

198) 복선(覆船). 배가 뒤집힘.

199) 문맥상 이야기가 좀 이해하기 어려우나, 짐작컨대 여자가 꾀로써 미리 남편과 짜고 대감을 사랑방으로 불러들였다가는 갑자기 남편이 돌아오자 방 한 구석에 자리로 가려 놓았다는 것으로 이해된다.

200) 자축자축. 다리에 힘이 없어 가볍게 다리를 절며 걷는 모양.

201) 들어오니까.

202) 죽는 것보다는.

"아뇨. 가만히 있우. 사람 나고 돈 났지. 돈 나고 사람은 안 났응게. 내 말대로 꼭 합세다."

"아 어떡하나?"

"내일 식전에 갑시다."

"아, 뭐 우습게 도적을 맞아가지고는 바짝 했지. 죽는 것보다야 낫지. 자리도 우리가 가져온 거ー"

조랭이 사발 대접 네 개 주걱, 말짱 가져와서 오쟁이에 넣어가지구ー 자리는 가만 두고서 말짱 오쟁이에 담아 두고서ー

"아, 저 자리는 깔고 해야203) 되니께 가져가야지. 한데 가서두 깔고 하지."

자리를 걷으니 대감 영감이 들어앉았단 말야.

"아, 대감님이 여기 어쩐 일이십니까?"

삼바위에 벌벌 떨면서,

"아, 조용조용 얘기하게. 이서방, 안204)에 뭐라고 말 들어갈까 무서우이. 조용조용 지껄이게."

자꾸 이러거든.

"저 죽여주쇼."

"아무 말도 말고서 가만히 있게. 처리가 있지. 아, 방으로 가서ー"

갔지. 자구서 식전에 부른단 말야.

"아 이서방 자나?"

"예, 왜 그러십니까?"

"이리 올라오게."

방으로 들어갔지.

"자네 어제 가려다가 못 갔지?"

---

203) 깔아야.
204) 안채. 아내.

"오늘 가는 거죠."

"그렇게 가면— 아닌 밤에 가면 돈도 없고 어떻게 한단 말인가?"

"그러니 우뜩합니까? 여편네더러. 밥 얻어 오라고 하죠."

"왕래는 얼마나 줄까?"

"아 다소가205) 있습니다."

"내 몇 백 냥 줄게 오늘 떠나게. 그래 이런 얘기 당최 하지 말게, 안에 그 말이 들어가면 내가 모양이 뭐가 되나?"

"여부가 있습니까."

아, 뭐 십 원 줘가지고, 돈 맡긴 데로 가서 돈 모두 거둬가지고서는 양반 토기질206)을 해가지구서 몇 배를 샀다우. 여자— 여편네 꾀라는 것이 무서운 것이지. 그전 얘기가 아니라 해방되기 이전에 그랬단 말야.

52) 매값 변상 ···

청천리, 충북양로원, 1968. 10. 27 / 김경삼(金敬三), 남·78

옛날에 한 과부가 산 밑에서 사는데 거 해 먹을 게 있어? 그래 달걀을 여러 개 모아가지고 파는데, 동짓달쯤 되어 눈이 왔어. 무슨 짐승이 달걀 하나를 뜯어먹길래 화가 나서 그 짐승을 볶아 먹었어. 나중에 어떤 사냥꾼이 와서, '우리 매를 잡아먹었으니 물어 달라.'구 하는 기야. '없다.' 하니까 집을 내놓으래. 집을 파니 두 냥 반이요. 매 값은 7냥이야. 그래 이 매사냥꾼이 관가에 소제207)를 올렸어. 얼마 후에 사령을 보내 둘 다 잡아 왔어.

"어떤 매를 잡아먹었는가?"

---

205) 조금.
206) 토색(討索)질. 돈이나 물건 따위를 억지로 달라고 하는 짓.
207) 소지(所志). 예전에, 청원이 있을 때에 관아에 내던 서면(書面).

"아니요, 매인지도 모르고 먹었어요. 달걀을 팔아 연명하는데 매가 와
서 닭을 잡아먹길래 먹었어요."

"알았다. 둘 다 나가 있어라."

이방을 불러 원님이 장에 가서 소리개[208]를 사 오라고 하니까, 이방이
칠 푼을 주고 사갖고 왔어. 그리고 다시 둘을 불러 사냥꾼에게 말했어.

"이 소리개도 닭을 잘 잡아먹으니 이것을 가지고 가라."

매 임자가 원통하게 되었어. 여자는 고마워서 이루 말할 수 없어, 그
이듬해 삼, 사월쯤 되어 수수를 갈아 수수를 뚜드려서 수수를 무살구
미[209]를 해가지고 관가에 들어갔지. 원님이 들어오라 해서 떡을 먹어보니
맛있어. 육방[210]을 말짱 불러 먹었여.

"맛을 보니 좀 좋은가? 난 그냥 있을 수 없다."

하고 돈 몇 냥을 내놓았어. 졸개들도 죽 내놓았어. 아, 돈이 수북이 쌓였
어. 원님이,

"이거 적긴 하나마 쌀이나 팔아 연명하여라."

해서 고맙게 그 돈을 받아가지구 나와 이것으로 논을 사두 훌륭하고, 밭
을 사두 훌륭하고, 그것을 밑천 삼구 사뭇 먹구 말더래요.

53) 임금에게 산삼 바친 이두석

1968. 10. 27. 청천리 충북양로원 / 김경삼, 남 · 78

이두석이라는 사람이 평창 읍내에서 사는디 그 양친 부모가 다 돌아갔
어. 산중에서 두 내외가 지내는데 화식[211]이란 것이 없어. 그래 시내에
나갔어.

---

208) 솔개.
209) 무살미. 수수떡.
210) 육방관속(六房官屬). 지방 관아의 육방에 속한 구실아치.
211) 화식(火食). 불에 익힌 음식을 먹음. 또는 그 음식.

"화식이 얼맙니까?"

하니,

"좁쌀 서 말이요."

한단 말야. 그런데 두석이가 땅을 파다 보니까, 무수212) 같은 것이 세 개 나왔단 말여. 보니께 좋은 산삼이란 말여. 두석이가 좁쌀 서 말하고 바꿔 오겠다고 했어.

평창 읍내에 박진사라구 하는 이가 있는데, 그 당숙이 내무대신이여. 박진사가 편지를 보내보랴구 하는데, 야심이 좋아 두석이를 서울로 보냈어. 이때 상감이 배비213)를 내려보내, '산삼 좀 보내라.' 하거던. 박진사가 이방을 불러,

"산삼을 구하라."

하니 이방이 전에 두석이한테서 구해 놓은 것이 있단 말여. 박진사가 두루마리를 써서 창호지에 싸고 싸서 비단에 싸 보냈어. 이방이 가지고 가겠다고 했어. 좀 좋아? 노량진쯤 올라갔는데 어두웠어. 두석이는 편지를 갖다주고 오는 판이었어. 그런데 이방이 덜컥 죽어버렸어.

두석이가 어느 주막 앞을 지나가니까 주막집 주인이 불러.

"여보, 여보! 송장을 치워주면 열댓 냥 빌려드리리다."

그래 송장을 둘둘 말아 꽹이 줘서 파묻구 왔어. 주인이,

"이게 죽은 사람 핸데214) 펴보시랴?"

해서 펴보니 아주 낯익은 것이여. 자기가 판 산삼이여. 그리구 두루마리 도 펴보았어. 그래 그걸 갖구 대궐에 들어갔어. 상감이 들어오라 하니까, 들어가서,

"예가 이서방네유? 이거 우리 원님이 보냈어유."

하! 숙맥215) 비스름이 한단 말야.

---

212) 무.

213) 배비(陪婢). 곁에서 모시는 종.

214) 것인데.

“누구냐?”

“전줏이가216)요.”

하니까 왕이 산삼을 보고 기뻐서 갓, 망건, 옷 등을 잘 입혀서 보냈어. 돌아가니까 박진사가 화가 나서 내쫓았어. 두석이도 화가 나서 서울로 와서 상감께 갔어. 상감이 내무대신을 불러 조카217)를 추궁했어. 두석이는 그 길로 평창 가서 큰 부자 되어 잘살았어. 그지218) 같이 허니까 까니보구219) 그랬어. 그래 사람은 까니볼 꺼는 아니여.

54) 퉁수 불어 잘살게 된 사내 ···

1968. 10. 27. 청천리 충북양로원 / 육승삼(陸承三), 남 · 80

그전에 서울에 김정승이 있었어. 반평생 자식이 없다가 낳구 보니 기집 애두 아니구 남자두 아니야. 보지도 없고 자지두 없어. 그래 아들루 삼구 키웠어. 공부도 잘하구 당수220)를 잘 배워 능택221)해. 그럭저럭 열댓 살이 됐는데 장가를 보내랴구 해두 걱정야. 할 수 없이 이정승 댁에 장가를 보냈어. 근데 신랑이 당최 손을 대야지. 이럭저럭 삼년이 지났어. 각시가 친정에 가면 골을 되게 내. 이 김정승 아들이 안 되겠다 하구 결심했어. 아버지에게 돈을 달라구 해서 귀경을 다녀. 당수는 꼭 가지구 다녀.

팔도강산 돌랴구 하니 돈 먹어 입성222) 먹어 말 먹어 먹을 게 없어. 소금장사가 지나가자 소금장사에게,

---

215) 숙맥(菽麥). 사리 분별을 못하고 세상 물정을 잘 모르는 사람.
216) 전주이가(全州李哥).
217) 박진사를 가리킴.
218) 거지.
219) 깔보고.
220) 단소(短簫). 혹은 퉁소
221) 능통(能通). 능수능란함.
222) ‘옷’을 속되게 이르는 말.

"다 사겠소. 지게까지 삽니다."

소금장사에게 입성을 바꿔 입으라구 하였어. '연식'이라는 봉노[223])에 혼자 들어가 자는데 옆방에서 거문고 소리가 나. 그래 김정승 아들이, '나두 당수 한번 불어야겠다.' 하구 불었어. 그 거문고는 기생이 뜯는 거여. 기생은 당수 소리가 하두 좋아 그 소리를 찾아가 보니 소금장사 방이여.

"이루 좀 나오시오"

하니까 나와. 남자는 남잔데 사람은 취비[224])해. 기생 이름은 '추파'라고 하는 게야. 입성을 벗구 목욕을 시키고 보니 아주 귀남자거던. 추파는 여관을 해서 좋은 남자 있으면 정할랴구 해. 한 오천 석 해. 같이 자는데 아이눔이 당최 와서 건드리지를 않아. 이건 우짠 일인가 하구, 어느 날 좋은 안주에 술을 권해서 취해서 잠들게 한 후 추파가 바지를 벗기고 손을 넣어보니 민짤세[225]) 그랴. 자지가 못 나왔어.

"고치면 천 석을 주리라."

하니, 황해도 해주 사는 돌팔이 의원이 찾아왔어.

"보름 말미만 주면 고치겠소."

하고는 재끼칼[226])을 사오라고 했어. 그리구 대팥[227])으로 쪼개니 자지가 툭 튀져 나왔어. 그전엔 오줌이 찌르르 나왔는데 지금은 쾰쾰 쏟아져 나와. 기생이 같이 자보니 좀 좋아. 아들 낳는데 딱 벌어졌거던.

그때 평양감사 이대신이 내려왔어. 지 장인이란 말여. 한 십 일이나 한 달쯤 있다가 감사를 뵈우러 갔어. 아, 입성을 아주 잘 입었단 말여. 감사가,

"저녁 먹구 네 처가 와 있으니 가보아."

색시가 그전 생각하면 반가울 게 없지. 그날 저녁 잠자는데 시집온 후

---

223) 봉놋방. 여러 나그네가 한데 모여 자는, 주막집의 가장 큰 방.
224) 추비(醜鄙). 거칠고 더럽고 낮음.
225) 민짜일세. '민짜'는 아무 꾸밈새가 없는 물건. 밋밋함.
226) 자깨칼. 주머니칼. 주머니에 넣고 다니며 쓰는 작은 칼.
227) 대번에. 혹은 대파(大破)? 크게 부서짐. 또는 크게 부숨.

처음으로 잘 자거던. 그 이튿날 보니 부엌에서 종년 데리구 색씨가 음식 장만을 해. 제 손수 보살피거든. 아 이눔이 당수 하나 불어 추파에서 삼 형제, 본처에서 삼 형제 육 형제를 낳아, 서울에서 고관대작 잘살아, 이름 있는 사람 자손이 이름이 있어.

55) 엄홍도(嚴興道)228)의 후손 ···

1968. 10. 27. 청천리 충북양로원 / 육승삼, 남 · 80

엄좌수229)가 대관령에서 단종 왕릉을 지키며 살았는데, 그의 아들 초 립동이230)가 죽었다. 그래 파묻었는데 강릉사또 딸에게 정을 통하여 자손 이 끊이지 않았다.

56) 아내에게 절하는 효자 ···

1968. 10. 27. 청천리 충북양로원 / 김영희(金永熙), 남 · 68

*괴산군 장인면 광길리에서 3년 전에 칠십 넘은 남자 노인에게서 들은 이야 기라고 한다. 유관 자료인 충북 단양군 [단양읍 자료 8], 동 [매포읍 자료 13], 영동군 [심천면 자료 26] 참조할 것.

부자가 살았는데 아비가 술이 과혀.231) 아비가 장엘 갔는데 오들232) 않아. 며느리가 네 살 먹은 애를 업고 마중을 나갔는데 산더미 같은 범이 시아버지 자는데 쭈그리고 있어. 며느리가 생각다 못해 애를 거기다 놓고

---

228) 조선 전기의 지사(?~?). 단종의 시신을 거두어 장례를 치러 주었다.
229) 엄홍도를 가리킴.
230) 초립동(草笠童)이. 초립을 쓴 사내아이.
231) 과해. 지나쳐.
232) 오지를.

시아버지를 모시고 왔어. 다음날 아내가 아침밥을 하는데 신랑이 와서 자
꾸 절을 해. 면서기가 추렴[233] 와서 보니까 남자가 여자한테 절을 한단
말여. 면서기가 그 연고를 물어보니까 사실 애기를 다 해주거든.

  면서기가 그럭저럭 하다 아침을 못 먹어 동네 부잣집에 가서 먹을랴고
했어. 그 집 주인이 하는 말에,

  "아침에 나가니까 웬 네 살 먹은 아이가 밖에 있지 않겠소."
하니 면서기가 조금 전에 안 사실을 말했어. 아이는 천상 그 아이거던.
주인이 그 집에 연락했어. 주인이,

  "나는 재산은 있으나 아이가 없으니 날 주시오."
해서 재산을 똑같이 나누어 갖고 살았어.

57) 어사 박문수 ⋯⋯⋯⋯⋯⋯⋯⋯⋯⋯⋯⋯⋯⋯⋯⋯⋯⋯⋯⋯

1968. 10. 27. 청천리 충북양로원 / 김영희, 남 · 68

  *10년 전 괴산군 괴산면 언기 갑골에서 들었던 이야기라 한다. 이본으로 충
북 영동군 〔영동읍 자료 38〕 참조할 것.

  박문수가 장에 가서 이것저것 구경을 했어. 웬 총각 아이가 신 다섯 켤
레허구 남구[234] 한 짐을 해 가요. 박문수가 신발 하나 달라구 해니까 두
서너 푼 달래. 박문수가 신발을 사갖고 점심때가 되어 요기를 할랴구 음
식 파는데 들어가 앉으니까 아까 그 애가 헐레벌떡 뛰어온단 말여. 와서
하는 말이,

  "신발이 끊어 떨어졌으니 이 푼은 되 드리지요."
한단 말야. 문수가 기특히 여겨 점심이나 같이 먹자구 하니까 거절하거

---

233) 돈이나 물품 따위를 내도록 하여 거둠.
234) 나무.

던. 자꾸 권하니까 할 수 없이 먹었어. 그 애가 집에 갈랴구 하니께 문수가 부탁하는 기여.

"니 집에 나 하룻밤 가서 자면 어떠니?"

"몹시 누추해서 손님 대접하기에는 더럽습니다."

"애, 괜찮다."

"밥도 없어요. 죽으로 끼니를 때우는데 어찌?"

"애야, 밥이면 어떻고 죽이면 어때. 죽을 쑤면 두 그릇 같이 먹자."

그래 가기로 했어. 박어사하고 곰방235) 개하고 반찬 한 마리 사서 갖고 갔어. 총각 아버지는 죽구 모자가 살구 있는 집야. 저녁에 상이 들어오는데 죽이야. 한 그릇씩 먹었지. 그리구 이 얘기 저 얘기 하다가 총각 어머니가,

"내일이 그날 아니냐?"

고 한숨 쉬며 말했어. 그 총각이,

"어머니는 가만히 계시오."

하고 역정을 내. 문수가 물어보니까,

"손님은 아실 게 못 됩니다."

하거던. 문수가 재촉하니까 이야기를 털어놓았어.

"그런 게 아니라 우리 선친 계셔서 어려서 저와 결혼하려던 강동지댁 따님이 내일 시집을 갑니다."

문수가 지필묵을 갖고 오라구 해 다 쓰고 나서,

"이것을 관가에다 갖다 주고 오너라. 편지를 보내고 넌 할 일이 있다."

관가에다 편지를 보내고 나오려니까 관가에서 총각을 잡아놓고 홀랑 벗기고 목욕을 시켜. 이 아이는 그래두 모르지. 본관이 직접 나와 가마를 떼매가지고 강동지댁으로 갔어. 신랑이 온다 허구 보니까 아 엉뚱한 놈이야. 본관이 후객236)으로 와 있으니, 강동지도 꼼짝을 못해. 새벽이 되니까

---

235) 금방.

신랑이 또 와. 본관에 그 신랑을 보내라구 호령을 했어. 그래 박어사 덕
택에 그 총각 소원하던 곳으로 장가가게 됐어.

58) 구복여행(求福旅行) 1

1968. 10. 27. 청천리 충북양로원 / 제보자 미상

*이본인 충북 영동군 〔영동읍 자료 9〕, 동 옥천군 〔청산면 자료 8〕 참조할 것.

서천 서역국에 가서 부처님에게 복을 빌러 가는 사람이 한 군데에 가
서 여화미인237)을 만나니, 그 여인이 말하기를,

"아무리 공을 들여도 임자가 안 나서니 부처님께 그 말 좀 전해 주시
오."

또 한 군데 가니까 돈을 한 짐 짊어진 정도령을 만나게 되었다. 정도령은,

"아무리 짐을 벗으려 하여도 벗을 수가 없으니 그 방법 좀 알려다 달
라."

그래 또 한참 가다보니 커다란 바다가 나서는데 건널 도리가 없어 애
태우자 이시미238)가 나타나서,

"바다를 건네줄 테니 부처님께 왜 용이 못 되느냐구 말 좀 전해 달라."

그래서 서천 서역국에 도착하여 부처님을 찾아뵙고 임자를 못 만난 미
인, 돈 짐 진 정도령, 용이 되지 못한 이시미 얘기를 하니, 부처님께서,

"그 이시미는 욕심이 많아서 여의주가 두 개인데— 맨 처음에 만난 사
람에게 여의주 하나를 주면 등천239)할 것이다. 그런데 이 말은 이무기가
강을 건너준 다음에 일러줘라. 또 정도령을 만나면 돈짐을 맨 처음 본 사

---

236) 후객(後客). 상객(上客). 혼인 때에 가족 중에서 신랑이나 신부를 데리고 가는 사람.
237) 여화미인(如花美人). 꽃과 같이 아름다운 여인.
238) 이무기.
239) 하늘에 오름.

람에게 벗어 주면 되리라, 또 미인을 만나면 맨 처음에 만난 사람이 그녀
의 임자라고 일러줘라"

부처님께 이 말을 듣고 복 빌러 간 사람이 이시미를 만나 여의주를 얻고,
다음에 정도령에게서 돈을 받고, 또 여인을 만나 아내로 삼아 돌아왔다.

59) 호랑이와 결의형제한 명포수 아들 ·······························

1968. 10. 27. 청천리 충북양로원 / 제보자 미상

*유관 자료로 충북 괴산군 〔청천면 자료 47〕, 동 영동군 〔상촌면 자료 13〕이
있다.

옛날에 어떤 사냥꾼이 산 속에서 날이 저물어 캄캄한데 들 때는 없고
해서 산에 바위 아래에서 날을 샐라고 했다. 그런데 건너산에 불이 번뜩
해서 그리로 찾아갔어. 주인을 찾으니, '들어오라.'고 해서 들어가 저녁을
먹고 나서 왜 왔는지를 묻거던. 그래,

"제주 한라산이라는 데에 짐승이 더 세다 해서 왔노라."
하니, 주인 할미가,

"들어가는 거는 봐도 나오는 거는 못 봤소. 우리 시키는 대로 하면 살
수 있을 거요."
라고 하며 일러주는데,

"저 평평한 곳에 바위가 뚫렸는데 거기에 공기돌이 있어. 처음에 들어
가서 물을 먹고 들어보기를 세 번 해라. 처음에는 안 되는 것이 물을 두
번 먹으면 좀 들리고, 세 번 먹으면 공깃돌 놀리듯이 돼. 또 산 위에 고목
이 있는데, 거기 있으면 여인이 오는데 그걸 총을 놓으면 호랑이가 죽어.
또 좀 있으면 할미가 오는데 담배를 달라거던 건[240] 호랑이니까 총을 놓

---

240) 그것은.

아 잡고 또 세 마리만 더 잡으면 돼."

이 말을 듣고 다음 날 그리로 가니 아주 미인이 오더니 아래로 내려와서 술을 먹으라고 해서 먹으니 그만 변복[241]해서 포수를 잡아먹었어.

그런데 그 포수 아들이 글방에 갔는데, '애비 없는 호로자식'이라고 놀려대니까 왜 그런지 어미한테 물어서 이야기를 듣고 총 쏘기를 배워 아버지보다 더 잘했어. 그래 어미한테,

"원수를 갚으로[242] 간다."

고 하니,

"네 아버지는 총솜씨가 물동이 이고 오는 것을 쏘아서 뚫고 뚫린 데를 총알이 대신 메워서 물 한 방울 안 흘렀다."

고 하니 아들도 그렇게 되었다.

그래 아들이 아버지 원수를 갚으로 저 아버지 왔던 데를 가서 주의를 듣고 고개에 오르니 미인이 오는데 총을 놓으니 파란 부채로 막아내거던. 또 새로 놓아서 잡고, 할미 호랑이도 잡고, 이제 덤불 속에 들어가서 보니 호랭이 셋이 오는데 총을 놓으려고 하니, '살려 달라.'고 빌어서, '가까이 오라.'고 해서 살려주고 서로 형제를 맺어 날마다 사냥을 했다.

하루는 장가를 들라고 해서,

"어떻게 산골에서 장가를 가느냐?"

하니,

"정승댁 딸이 시집을 가는데 데려오겠다."

해서 데려와 찬물을 떠놓고 예를 지낸 삼 일 후쯤 돼서, '아주머니, 아주머니.' 하더니 호랑이 셋이 너붓이 인사를 했다. 그리고 호랑이 셋이,

"어머니를 만나고 싶지 않으냐?"

고 하길래,

---

241) 변복(變覆). 뒤집혀 달라짐. 또는 변환(變換).
242) 갚으러.

"만나고 싶다."

했더니 업어 와서 그동안의 이야기를 했지. 그런데 제 어미가 새서방을 여섯이나 친했단 말이여. 어머니를 모셔다 놓고 날마다 사냥을 갔는데, 호랑이 셋이 성님을 잔뜩 지워서 보냈어. 집에 오니 그 어미가 아들한테 온몸에 구리철사를 감아주고는 끊어 보라고 하거던. 그래 힘을 불끈 써서 끊었는데 좀 헐겁게 두른 것은 안 끊어졌거던. 그래 벽장 안에서 총을 쏘아 죽였어. 그 어미가 새서방 하고 짜고서 총을 놓아 죽였어.

마침내 동생 셋이 들어와서 형님을 찾다가 찢어 던진 시체를 찾아와서 신령님한테 가서 약을 구해 왔어. 꽃 세 봉오린데 뼈살이꽃으로 '뼈 붙어라, 뼈 붙어라!' 하니 뼈가 붙고, 살살이꽃으로 '살붙어라, 살붙어라!' 하니 살이 붙고, 숨살이꽃으로 목에다 대고 '숨 살아라, 숨 살아라!' 하여서 살아났어. 새서방은 물어내 죽이고 어미는 아직 죽이지 못했는데,

"어미라서 죽이지 못한다."

고 하니 호랑이들이,

"자식 죽이는 부모를 뭐 할랍니까?"

하고 말했어. 그런데 허락을 안 하니 호랑이들이 굶어서 죽게 되자 '마음대로 하라.'고 했더니 어미를 잡아다가 둘러앉아 잡아먹어 버렸어. 잡아먹고 나더니, 호랑이 셋이 '이제는 원수가 없다.'고 하고서 재화를 많이 주어서 고향에 돌아가 잘살았대.

60) 상제는 노래하고 중은 춤추고 1 ···

1968. 10. 27. 청천리 충북양로원 / 김근배(金根培), 남 · 72

  *한문을 수학하였으며, 중국과 일본을 다녀온 일도 있다고 했다. 이 이야기의 이본으로 충북 단양군 [매포읍 자료 15]를 참조할 수 있다.

이조 이십 대 왕 숙종대왕 때란 말여. 장안에 아주 빈한한 사람을 찾아 왕이 암행하는데, 어떤 삼간 초막집 앞에 이르렀어. 가만히 보닝께 내외와 그 어머니 세 식구가 등잔을 켜놓구 있는데 부인은 머리를 깎구, 아들은 상제여. 상제는 노래를 하구 중은 춤을 추구, 그 노인은 탄식을 하구 있어. 그 노인의 생일이 그날이여. 머리를 깎어 그 돈으로 생일잔치를 벌리구, 아들이 위로하구 있어. 숙종이 문구멍으로 보고 글을 진 게야. '상가승무노인탄(喪家僧舞老人歎)' ― 이 글은 아주 이름난 거여.

61) 중신 선 민사운

1968. 10. 27. 청천리 충북양로원 / 지원호(池元鎬), 남 · 76

좀 지껄여 볼까. 괴산 사는 민사운이라는 이가 원주 가서 대장을 지낼 때 괴산 본토기로 오는데, 병장 일곱과 소실 아들 하나를 데리구 오는데 ― 아, 장가 들러간 사람[243]이 되돌아와.

"무슨 일인고?"

하고 물으니,

"혼행길인데 가 보니 다른 데서 신랑이 또 왔습니다그려. 아 색씨 집에서 제가 못생겨서 그런지 재산이 없던지 퇴짜 맞아 오는 길입니다."

하는데, 민장군이 보니 어려운 사람야. 옷 해 입은 거 보니 어려운 사람이거던.

"얘, 다들 색씨 집으로 가자."

민대감이 병장을 시켜,

"대사를 지냈냐?"

고 알아본즉 아직 안 지냈어. 대감이,

"신랑 둘을 다 불러라."

---

243) 문맥상으로 판단해 볼 때 이 사람은 민대장과는 처음 만난 사람인 듯하다.

하고는 자기 소실의 아들이 입은 저고리를 벗겨 그 신랑에게 입히고 있
다가, '다시 벗으라.' 하여 저고리 둘을 색씨 앞에 놓고 택하라고 하였어.
대장 소실 아들의 저고리가 좀 좋아. 옆에 사람이 권하여 색씨가 그 신랑
것을 잡았어. 대장이 색씨 아버지를 불러,

　"저고리 임자하고 혼인 들여라."

하고 말했어. 그래서 길에서 만난 사람을 장가들였어. 민대장이 그럭허구
다녔어요.

62) 혹부리 영감

1968. 10. 27. 청천리 충북양로원 / 지원호, 남 · 76

　*유관 자료인 강원도 명주군 〔사천면 자료 9〕 및 충북 괴산군 〔청천면 자료
45〕를 참조할 수 있다.

　예전 서울에 여기— (제보자 : 손가락으로 턱을 가리키며) 혹 달린 사람
이 있어. 객지에 가서 술을 먹구 비는 출출이 오는데 바람 좀 쐴까 하구
서 나갔어. 숭갓집[244]이라구 있어. 이 혹부리[245]가 갔단 말여. 대청에 가
서 풍월을 하나 멋지게 해댔지. 어디서 '쿵짝쿵짝' 하더니 도깨비가 와서,

　"이거 뭐냐? 이걸루 소리 했냐?"

하니까, 혹부리가,

　"비싸게 줘라."

했어. 흥정이 되얐어. 그러더니 혹부리가,

　"네가 띠여 가라."

하니까 도깨비가 냉큼 짤라갔어. 그래 이 혹부리가 돈을 잔뜩 짊어지구

---

244) 흉가(凶家)집. 사는 사람마다 흉한 일을 당하는 불길한 집.
245) 얼굴이나 목에 혹이 달린 사람을 놀림조로 이르는 말.

와서 잘살아.

장안에 혹부리가 또 있어. 이눔이 그 소리를 듣고 갔어. 풍월을 하자니께,

"아 멀쩡한 도둑놈아. 혹 팔아라."

하니께, 혹부리가―

"얼마 줄래?"

하니까, 도깨비가 혹을 도리어 하나 붙여주고,

"에이, 도둑놈아. 가거라."

했어. 시시헌 얘기지.

(63) 지명 유래 2 ....

1968. 10. 27. 청천리 / 제보자 미상

1. 장내

장내246)를 묻힌 파리가 와서 장내가 진동하였다. 장내는 나는데 파리는 없었다. 그래서 '장내'라고 한다.

2.

괴산군 연풍면247)에 적은 조령248)이 있는데, 그곳에 폭포가 있다. 이곳에 매년 색씨 한 명이 자살을 하는데, 이 폭포를 메울라고 하면 그날 저녁으로 도로 파지곤 하였다.

---

246) 장 냄새. 장.
247) 연풍면(延豊面).
248) 조령(鳥嶺). 새재.

(64) 장자늪 2

1968. 5. 24. 후영리(厚永里) 백노담 자택 사랑방 / 김동수(金東洙), 남 · 69

*제보자는 어릴 적 한학을 배웠으며, 왜정 때 지금 사는 곳으로 옮겨와 농사를 지었다고 한다. 이 이야기는 노인들에게 최근에 들은 것이라고 하는데, 옛날 이야기는 모두 거짓이라고 전제를 한 다음 구연하였다. 이 이야기의 이본으로는 강원도 명주군 〔옥계면 자료 2〕; 충북 단양군 〔대강면 자료 4〕; 동 영동군 〔심천면 자료 36〕; 동 〔심천면 자료 37〕; 동 〔용산면 설화 28〕 등이 있다.

청양군 정산면249) 미륵당에 장자못 전설과 비슷한 이야기가 있다고 한다. 돌부처가 있고, 그 집이 연못이 되었는데, 우먹250)이 연못가에 많이 피어 있다고 한다.

(65) 여우 잡는 몽둥이 1

1968. 5. 24. 후영리 백노담 자택 사랑방 / 김동수, 남 · 69

*이본으로 경북 상주군 〔화북면 자료 5〕 참조할 것.

예전에 그런 말이 있다. 여수251)가 사람의 탈을 쓰면 사람이 되고, 안 쓰면 여수가 되는데, 사람 탈을 써서 늙은 할미가 되었어. 기래252) 잔칫집에 가는데 등금장수253)를 만나,

"어딜 가냐?"

고 다정하게 물었지. 등금장수가 이 말을 듣고 여수라고 생각하여, '내 여

---

249) 충남 청양군 정산면(定山面).
250) 개나리꽃.
251) 여우.
252) 그래.
253) 등짐장수. 물건을 등에 지고 다니며 파는 사람.

수를 하나 쳐 죽이리라.' 하여 잔칫집에서 여수를 쳐 죽였어. 거기 있던 바보가 그것을 보고 막대기로 치면 여수가 되는 줄 알고 막대기를 하나 사서 노파를 쳐 죽였어.

66) 기생을 속인 재상

1968. 5. 24. 후영리 백노담 자택 사랑방 / 김동수, 남·69.

*조사자가 "할아버지 기생 이야기 하나 해주십시오!"라고 청하여 이야기를 들었다.

어떤 재상이 기생집에 가서 돈을 다 썼는데, 남은 마지막 돈을 가지고 가서 기생한테,

"한강에 가서 잘 놀아보자."

하여 한강에 가서 놀았지. 물재질254)을 재상이 잘해. 그래 물속에 빠져 자살을 했지. 며칠 있다 기생집에 이 재상이 갔어. 기생이 깜짝 놀랄 꺼 아냐?

"놀러 들어오라."

하니까

"나는 귀신이야. 들어가지 못해."

하더라는 게지. 상을 차려 들어갔더니 음식이 그대로 있어. 그 후 며칠 후 재상이 또 왔길래 음식하구 돈허구 갖다 차려 놓았더니 또 그대로 있어. 그 다음에 왔길래 이번에는 상, 술, 돈을 놓으니까 음식이랑 술이랑 잘 먹고 돈도 다 가져 갔다는 이야기지.

---

254) 물자맥질. 물속에서 팔다리를 놀리며 떴다 잠겼다 하는 짓.

(67) 기생에게 빠진 샌님 ···

1968. 5. 24. 후영리 백노담 자택 사랑방 / 김동수, 남·69

그런 얘기두 혹들 있는데— 생질은 평양감산데, 그 오삼춘[255]이 글을 잘해. 삼촌이 생질한테 가서, 아— 생질이 기생허구만 놀구 백성들 정치는 돌볼 생각을 안해서,

"넌 기생과 밤낮 노냐?"

하고 책망을 했지. 그라구 오삼춘은 서책을 갖다놓구 풍월[256]을 읊었어. 그러니까 생질이 오삼춘에게 기생을 보냈어. 아, 그러더니 기생이 화답하는 기야.

"선생님, 제가 지은 글도 잘 되었나 봐 주세요."

하면서 기생이란 소리를 안했어. 며칠 왔다 갔다 하더니 어느 비오는 날,

"선생 옆에서 자구 가야겠습니다."

그날 밤 참 관계를 했지. 이제는 샌님이 기다리게 되었어. 며칠이 되두 안 와. 며칠 있다 이 기생이 왔어. 반가워 어쩔 줄 모르는데,

"귀신이에요. 그런데 샌님이 제가 시키는 대로만 하면 살을 수 있습니다. 거먼[257] 두루마기를 입으면 몸이 안 뵙니다. 평양감사 잔치 때 시커면 두루마기를 입고 음식 한 가지씩을 골고루 나누어 주어 먹으면 환생할 수 있습니다."

기다리던 평양감사 잔칫날이 왔지.

"오삼춘이 안 뷔여."

감사가,

"오삼춘 인사도 안 해요?"

하는데, 오삼춘은 옷을 떡 입고 자루를 가지고 가서 주물상[258]에서 한 가

---

255) 외삼촌(外三寸).
256) 풍월(風月). 맑은 바람과 밝은 달을 대상으로 시를 짓고 흥취를 자아내어 즐겁게 놂.
257) 검은.

지씩을 넣어 자루에 넣었지. 가지고 나가려 하자,

　“오삼춘?”

하고 생질이 붙잡는 거야. 그러자 부엌에서 기생이 튀어나오며,

　“내가 죽었어요?”

하고 깔깔 웃었지. 생질이 오삼춘에게 이 기생을 주고 이 기생과 오삼춘
은 잘살았다는 그런 말이 있어. 이런 얘긴 기원두 잘 몰라.259)

68) 백로담(白鷺潭)

1968. 5. 24. 후영리 백노담 자택 사랑방 / 김동수, 남 · 69

　백로담이라는 데는 낙엽 뻗치는 형상이요 산은 붕어 형상이다. 백로가
붕어를 잡으려 하자 붕어가 백로한테 쫓기는 형상이라 하여 ‘백로담’이라
한다.

69) 두꺼비의 보은 1

1968. 5. 24. 후영리 백노담 자택 사랑방 / 김갑렬(金甲烈), 남 · 38

　*제보자는 24년 전에 후영리로 와서 현재 농사를 짓고 있다고 허였다. 이본
인 충북 영동군 〔영동읍 자료 45〕, 옥천군 〔청산면 자료 1〕 참조할 것.

　청주에 탑동260)이란 곳이 있는데, 그 전에는 동네 사람들이 조그만 초
가집을 지어놓고 위하는 집이 있었다. 거기다간 해마다 숫처녀를 재물로
바치었다. 그렇잖으면 동네 사람이 화를 만나곤 했다.

---

258) 주물상(晝物床). 귀한 손님을 대접할 때, 간단하게 차려서 먼저 내오는 음식상.
259) 어디에서 들은 이야기인지를 모른다는 말임.
260) 탑동(塔洞). 충청북도 청주시(淸州市) 상당구(上黨區)에 있는 법정동.

한 처녀가 두꺼비를 키우며 밥을 주곤 했는데, 해필이면261) 그해엔 그 처녀가 걸려들고 말았단 말이지. 그 처녀가 뼈가죽만 남고 핏기가 하나 없이 다 죽어 가며 부뚜막에서 밥을 먹는데, 두꺼비가 기어왔다.

"너 오늘 나한테 마지막 밥 먹는데, 난 죽게 됐으니, 잘살아라."

하니, 두꺼비가 눈물을 줄줄 흘린단 말이지. 처녀가 사당에 가 보니까 두꺼비가 먼저 와 앉아 있더란 말이지. 그 위에서 뭐가 힘을 냅다 쓰면 두꺼비가 힘을 못 쓰고 납닥해지고,262) 또 두꺼비가 힘을 한 번 냅다 쓰면 그 놈이 납닥해지고 하더니만, 불지네가 천정에서 떨어져 두꺼비하고 싸우다 둘 다 죽고 처녀는 살았다.

70) 천생연분(天生緣分) ··

1968. 5. 24. 후영리 백노담 자택 사랑방 / 이병관(李柄實), 남·42

옛날에 어느 사람이 하나 있었는데, 어디를 가라 가라 해서 가다보니까, 해가 일모263)되었다. 밤은 야심264)하고 인가를 찾았으나 야밤중265)에 야단이 났더라. 멀리 등잔불이 보여서 덤불을 헤치고 주인을 찾으니 노구266) 할머니가 나오더래요. 그 할머니 말이,

"여기엔 웬 사람이 찾아오면 귀신밖에 안 온다. 귀신이면 돌아가고 인간이면 들어와라."

"나는 인간이다."

하고 들어가니, 노부부가 있었더라. 청실홍실267) 맺고 있었단 말이예요.

---

261) 하필(何必)이면. 다른 방도를 취하지 아니하고 어찌하여 꼭.
262) 납작해지고.
263) 일모(日暮). 해가 서쪽으로 넘어가는 일.
264) 야심(夜深). 밤이 깊음.
265) 한밤중. 깊은 밤.
266) 노구(老嫗). 노파(老婆). 늙은 할머니.
267) 혼례에 쓰는 남색과 붉은색의 명주실 테. 신랑 집에서 신부 집으로 혼인을 청할 때

옛날엔 열두 살만 되면 장가를 갔었는데, 이 사람은 나이론 서른이 되가나 장가를 못 들고 총각이었단 말이예요.

"할아버지, 할머니, 나는 장가를 언제나 가겠습니까?"

"당신은 내일 아침 당신 마음 쓰이는 대로 가 보면 도로변에 백발 할머니가 어린애를 업고 있을 것인데, 그 사람이 네 배필이야."

그날 밤을 자고 한 곳을 정처 없이 가니까, 노구 할머니가 아이를 업고 기저귀를 빨아 널고 있더라 이 말이야.

"이 아기 참 예쁘다. 이 아이가 머시마268)요, 딸아이요?"

"딸아이요."

"하도 귀여우니, 내가 안아 봐야겠다."

고 해서 그 사람을 주었다. 안아 보니 역시 딸아이더라 말야요. 언제나 이 아이를 키워 장가를 가나 싶어 아이를 쿡쿡 쥐어박으니 그만 배가 툭 터지더래요. 할머니가 성이 나서 쫓아오니 도망을 가서 몇 해가 되었으나 장가를 못 들었다. 한곳에 자리를 잡고 있으니, 나이는 많아도 결국 말269)이 되어서 색시장가를 가게 됐드래요. 첫날밤에 몸270)을 이래저래 만져보니까 배 모퉁이에 흉이 있더라. 그래 물으니,

"내가 두 살 적에 종할미에게 업혀 있었을 때 어느 사람이 애가 귀엽다고 해서 줬더니 배를 두드려 툭 터졌으나, 노상 죽지 않고 살아서 당신에게 시집오게 되었다."

천정배필(天定配匹)271)이란 말이지.

청홍(靑紅)의 두 끝을 따로따로 접고 그 허리에 색깔이 엇바뀌게 낀다.
268) 머슴애. 남자아이.
269) 혼담(婚談).
270) 색시의 몸.
271) 천정배필(天定配匹). 하늘에서 미리 정하여 준 배필이라는 뜻으로, 나무랄 데 없이 신통히 꼭 알맞은 한 쌍의 부부를 이르는 말.

71) 식충장군

1968. 5. 24. 후영리 농가 사랑방 / 박흥래(朴興來), 남·48.

*유관 자료로 충북 영동군 〔심천면 자료 33〕, 경북 상주군 〔화북면 자료 6〕 및 동 〔화북면 자료 9〕를 참고할 수 있다.

옛날에 한 백여 석 하는 집에 영 아들이 없어서 사 오십이 되도록 아기를 못 낳았다. 그래 만득[272)에 낳았어도 얼마나 신체가 좋던지 대여섯 살 돼서 말 쌀을 먹더니, 열 살에는 한때에 한 가마, 열댓 살 돼서는 한때 쌀 한 섬을 먹는다. 이놈이 밥만 먹는 식충[273)이더랴. 한 스무 살 되니까 죄따[274) 다 먹고 원근 밥을 많이 먹으니 밥을 먹을 데가 없었다.

절이 하나 있는데 김장군이 있었다. 절에는 여승 둘 하고 남자 중 하나 해서 중이 셋이 있었는데 김장군이 밥을 뺏아 먹는단 말이지. 식충이가 찾아가서는 '걱정말라.' 하고,

"그놈이 며칟날에 올까?"

"아무 날에 온다."

"나무를 메어 지게에 지고 걸어서 그놈 오는 길에 놓아라."

하니 큰 산데미만큼 쌓아 올려놓았다. 그 식충이가 지게를 메고 산코를 골고[275) 웃통을 훌떡 벗고 잠을 잔단 말이지. 김장군이 보고 겁을 먹고 도망갔다. 김장군이 되돌아오니 주위 사람들이 짐을 주었다. 중들이 김장군 보고 지어 보라 했단 말이지. 김장군이 못 들고 낑낑 매었다. 어디 가 잠을 자는 것을 식충이가 머리만한 돌을 겨우 들어 김장군 머리를 깨고 손고락을 앞에 대고, '이놈!' 한단 말이지. 그러니, '내가 손고락으로 네놈

---

272) 만득(晩得). 늙어서 자식을 낳음.
273) 식충(食蟲)이. 밥만 먹고 하는 일 없이 지내는 사람을 비난조로 이르는 말.
274) 죄다. 남김없이 모조리.
275) 산코골다. 헛코골다. 자는 체하느라고 일부러 코를 골다.

대가리를 슬쩍 친 게라.’ 이말이거던. 그러니 김장군이, ‘지가 죽을 때를 몰랐으니 한번만 봐주라.’고 빌었다.

그놈이 그 절을 떠나서 딴 절을 찾아갔다. 그랬더니 거기에는 딴 장사 놈이 와서 행패를 부린다. 그놈은,

“범을 잡는다고 이 절에 와 있다.”

하니,

“그까짓 범을 못 잡냐? 내가 범을 잡겠다.”

하고 나섰다. 중들이 우리가 노상[276] 범한테 고생을 당하다가 장사를 불렀다. 장사는 청벽[277] 밑에서 만날 싸우는데, 싸워보다가 기가 눌려 소리만 지른다. 이놈이 닷새 기한을 받고 나섰지만, 닷새가 지나니 죽을 판이라 말이지. 마지막에 죽을힘을 다 내 모기만한 소리로 옆에서− 그전에 나무에 호랭이가 걸려 있었지. 그래 두 귀를 잡고−

“네 이눔! 이래도?”

한단 말이지. 그렇게 식충이가 힘은 없어도 꾀가 많단 말이지. (모두 웃음)

72) 어사 박문수와 산신령의 어음 1 ·······································

1968. 5. 24. 후영리 농가 사랑방 / 박흥래, 남 · 48

*간략한 채록 자료인 충북 영동군 〔영동읍 자료 17〕을 참조하고, 그밖에 유관 자료로 충북 단양군 〔대강면 자료 21〕; 영동군 〔심천면 자료 11-3〕을 참조할 것.

박어사가 문경 새재 잔등[278]에서 허기가 져서 드러누웠는데 어떤 사람이,

---

276) 늘. 언제나 변함없이 한 모양으로 줄곧.
277) 깎아지른 듯이 험한 바위 언덕.
278) ‘고개’의 방언.

"문수, 문수, 일어나게!"

하고 깨우는 바람에 벌떡 일어났다. 그런데 그 사람은 자기 이름을 아는데 자기는 그 사람 이름도 모르는 사람이었다. 주는 밥을 얻어먹고 허기를 채웠다. 박문수는 그의 말을 좇아 그를 따라갔는데, 노인은 전라도까지 데리고 갔다.

"노인이 저기 가면 초상집이 하나 있을 것인데, 이천 냥짜리 모이투[279]와 삼천 냥짜리 모이투가 잡아 있는데, 저 집에는 얼마짜리 모이투가 있는가 알아보라."

해서 문수가 알아보니 삼천 냥짜리가 있다 한다. 그래 아무 날 아무시 전라도 아무 데까지 가서 돈을 두게 하고 기약을 받고 그 노인이 그 모이투를 잡아 주었다. 또 조금 가다가,

"저 초상집에는 이천 냥짜리 모이투가 있는데 잡아 줄까 알어라."

가서 알아보니,

"잡아 주라."

고 했다. 그래,

"전라도 어느 집 아무 날 아무 시까지 가져 오라."

기약하고 또 이천 냥짜리 모이투를 잡아 주었다. 그러니 별수 없이 그 노인 가자는 대로 간단 말이여. 따라가니 전라도 지리산으로 간다.

지리산 잔등에서 그 노인이 간곳이 없고 해는 넘어가 어두워 가는데 기가 맥힌다. 조금 내려가니 사인[280]당집이 하나 있다. 그 집에 들어가 가만 생각하니, '아까 그분이 산신령이구나!' 싶단 말이지. 멀리서부터 쬐멘한[281] 들기름불이 가까이 오는데, 가까이 와서 보니 시루에 떡을 넣고 와 공손히 말하는데,[282]

---

279) 묘(墓) 터.
280) '산신(山神)'의 잘못.
281) 조그마한. 작은.
282) 신당 앞에 와서 빌었다는 말임.

"아버지가 나랏돈을 써서 관에 잡혀 있는데 백일 기한을 받고 이 안에 돈을 못 갚으면 죽는다." 했다. "내일 오후면 백날이 돼서 아버지가 사형이니 하여간 우리 아버지를 살리도록 하라."

고 애원한다.

"그러면 너 아부지를 구해 줄 테니 하고— (제보자 : 자기가 산신령인 체하고) 너의 집에 갈 터이다."

했다. 그래 그 처녀는, '안녕히 계시라.'고 하고 간다. 문수는 시장한 판에 떡을 잘 먹고 식전에 내려갔다. 모녀가 살다가 아버지가 빚을 져 군수에게 붙들렸다는 집을 찾으니, 아이가 버선발로 뛰어나와 '살려 달라.'고 애원한다. 어사가 군수에게 사신283)을 띄우니, 군수가 겁이 나 대번 내났다. 그래 오천 냥짜리 모이투를 잡았으니 이천 냥이 남아, 삼천 냥은 그 돈 갚고, 그 집에 천 냥 주고 자기가 천 냥 했다.

---

283) 사신(私信). 개인의 사사로운 편지.

II. 단양군

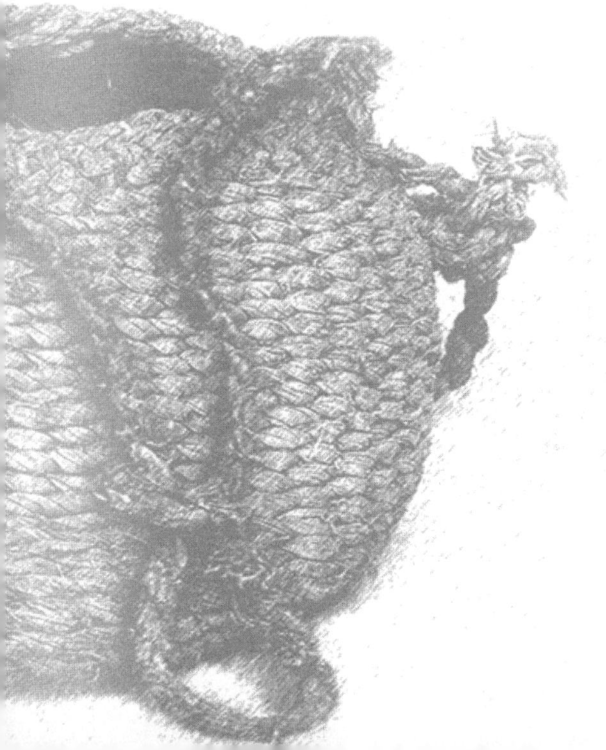

1. 가곡면(佳谷面)

1) 보발리

1988. 6. 3. 보발리(寶發里) / 이○○, 남·?

탄[1]이 나잖아? 그러니 보배 아녀, 그지?[2] (조사자 1 : 탄이 보배라구요?) 어. (조사자 : 아, 철도 나고, 땅에서-) 우리는 돈이 되니까 보배 아녀[3] 이거야. 그래서 나와.[4] '필 발(發)'짜거든. '저기 타는 보배가 난다.' 이 말이야. 글자 그대로 하면 '보배 보(寶)' '필 발(發)'- (조사자 1 : 타는 보배?) 그래. 이게 석탄이란 소리야. (일동 웃음) (조사자 1 : 그럼요, 보발리라는 게요, 언제부터 그런 말을 쓰게 된 거예요?) '보발리'라는 게 옛날에 그게 전설인데 원래 '보발'이 아니고 '법월'이래- '법월.' (조사자 1 : 버벌이요?) '법(法)'짜- '법 법'짜에 '달 월(月)'짜. (조사자 1 : 아, 법월!) 그랬는데 요걸 '보배리'라고 한 것이 에- 지금부터 하면 한 백 년? 한 백 년 되는데, 그 아까 얘기하던 원씨네 그 분들이 들어와가지고 '보발'로 갔다고 그러대. 그런 전설이 있어.

---

1) 탄(炭). 석탄.
2) 그렇지?
3) 아니냐.
4) 마을 이름이 그 때문에 생겼다는 말임.

(조사자 2 : 원씨가 힘이 막강했나 보죠?) 그— 양반이었던 모양이에요. 양반—. (청중 : 아, 세조 때부터 문패고— 아, 단종 내쫓고 새 조정 세운— 아, 그래가지고 무학인데도 정승에 들어앉았다 나온 그 양반들이지 뭐) 옛날 양반 시월5)에는 하다못해 진사라도 하나 해야 돼. (일동 웃음) 해야 꼴찜 주지 그거 못하면 안 돼. (조사자 1 : 이 동네에는 이씨 성 가진 분들이 많으신가 보죠?) 우리가 여게 와서 우리 일가들이 지금 몇 집 안 돼. 한 칠 팔 가구 사는데, 제일 먼저 여기 와서 개판6)을 했지. 아까 얘기한 그대로 피난을 왔다가— (조사자 2 : 피난 시절에 그러셨어요?) 응.

2) 박어사를 감탄시킨 어린아이의 슬기 1 ·······································

1988. 6. 3. 보발리 / 하영진, 남 · 65

*저녁식사 후에 이창섭 노인의 소개로 이야기꾼이라는 제보자를 동네 경로당에서 뵙고 이야기를 듣게 되었다. 이 분은 1년 전에 20여 년간 살았던 괴산을 떠나서 이곳에 와서 살게 되었다고 한다. 유관 자료인 충북 단양군 〔어상천면 자료 6〕을 참조할 것. 똥 이야기는 단양군 매포읍에서 채록한 〔매포읍 자료 55〕의 유척기 이야기에도 들어 있다.

박문수 박어사가 한번은 어느 지역에 갔어. 가가지고,
"너 어매7) 어디 갔냐? 너 아부지 어디 갔냐?"
이래 물으니까,
"도둑눔의 재끈8) 팔러 갔습니다."
이래거든. (조사자 : 뭘 팔러 가요?) 도둑눔의 재끈 팔러 갔대.

---

5) 세월. 시대.
6) 터를 열음. 터를 닦음.
7) 어머니.
8) 개 끈.

　"야, 이놈아, 도둑놈의 재끈이 뭐냐?"

이러니,

　"저런 양반이 도둑눔의 재끈도 모르고 뭐하러 댕기나?"

이르거든.9)

이래니까,

　"장보러 갔어. 장보러 갔어."

이르거든. (웃음)

　'아, 장보러 갔다는 걸 재끈 팔러 갔다 그러는구나!'

　"그래고 너 어머이는 어디 갔냐?"

하니께니,

　"물 묻은 깝데기 벳기러10) 갔다."

이래거든. (조사자 : 문둥이 껍데기요?) 물 묻은 깝데기— 물 묻은 깝데기
베끼러 갔다 이래거든.

　"물 묻은 깝데기?"

　"저런 양반, 그것도 모르고 뭐하러 걸어 댕기나?"

이기여.

　"하, 참 이거. 보리 벳기러 갔소."

　보리밭— 옛날에 보리를 물을 묻혀가지고 자꾸 찌서11) 인제 그 물 묻
은 깝데기 벳기러 갔단 얘기제. 어, 그래디마는 고마 저 아랫도리도 안
입었어. 아랫도리 벗고 웃도리만 입고 이런 기 그런 얘길— 그런 소릴 하
고 임마12) 드러누워 자. 그만 뻘기둥이13)가— 아랫도리는— (조사자 : 예?)
드러누워 잔다고. 자는데— 이 박어사가 말이여. 그 궁둥이 인제 밑에다

---

9) 이러거든.
10) 벗기러.
11) 찧어서.
12) 이놈의 아이가.
13) 빨가숭이. 옷을 모두 벗은 알몸뚱이. 혹은 빨가숭이의 아이.

똥을 쌌어, 일부러−. 어떡하나 볼라고 똥을 싸놓고− 아 이래가지고 있다이까14) 자기15) 아버지가 오거든. 자기 아버지가− 어 그래 인자 어사가 인제 자기 아버질 좀 만나보고 갈라고− 애가 그만침 똑똑하니께 말이여. 세상에 돌아다녀도 아랫도리를 안 입은 놈이 그런 소리 하는 거 처음 봤거든, 박문수 박어사도−. 그래서 있다 얼매 지내니깐 자기 아버지가 온다 이거여. 그래 오이까,

"손님, 방에 드갑시다."

들와16) 보니까 애는 자고 애 궁둥이에 똥이 이렇게 있다 이기여. 고만 그 아버지가 보고,

"이 새끼, 대낮에 자믄서 똥을 쌌다."

이기여. (모두 웃음) 똥 쌈17) 자서 궁둥이를 흔드니께로 눈을 쓱쓱 비비더니 일나드만18) 똥을 이래 보드니,

"이기 내 똥이 아니라."

이기여.

"야, 임마. 니 궁둥이 밑에 있는 게 니 똥이 아니면 그 누구 똥이냐?"

"내가 이래가지고 잤는데 똥끝이 저짝19)으로 갔는데 우찌20) 이기 내 똥이여? 그기 내 똥이 아니다."

이기여. 그래니께 그 박어사도 얼굴이 빨개질 거 아니여? (조사자 : 예) 애하고− 그 아버지가 볼 때 그 애하고 손님하고 둘 밖이 없었는데 이 애는 계속 지 똥이 아이라고21) 이래는데, 그 손님이− 그거 참 박어사도 얼굴

---

14) 있자니까. 있으니까.
15) 벌거숭이 아이를 가리킴.
16) 들어와.
17) 싸고. 싸면서.
18) 일어나더니만.
19) 저쪽.
20) 어째.
21) 아니라고.

이 벌기질22) 일이지. 이 앤 계속 지 똥이 아니라는겨. 그래서 그 박어사가 '참 이 애는 큰물이다!' 하고 인제- (청취 불능) 생각을 하고 있었어. 그 만날 인제 그 조선 팔도를 인제 이리 댕김 시찰하면서도 늘 그 애 크는 델 가본다 이기여. 늘 자주-. 그 크는데 가서 말을 시켜 보고 그래.

그래서 어 대국천자가 그 인제 인제 조선에 인제 방문하러 온다는겨. 그때 시절에는 대국천자가 조선 땅에 한번 나오면 조선 살림살이 반은 깨지는겨. 그 대접할라믄-. (조사자 : 네) 그른데 대국사신을 가야 되는데 그 최철규를 이 어사가 거기 와가지고 봇짐 싸가지고- (조사자 : 최철규요?) 응. 대국사신을 대신 보내는겨. 최철규를-. 쪼만한 게 아주 촌뜨기를 말이야. 어 대신 보냈어. 그래 대신 보냈는데 대국 가면 말이여. 그 사신을 가면 고개도 못 든대. 이래 꾸부려가지고 뭐 묻는 말이나 대답하고 그러는데 요만한 게 가가지고 대국천자를 보려고 고개를 땡기고 감히 쳐다봤다 이기여. 어, 쳐다보니께 대국천자가,

"어- 저늠 괘씸한 놈!"이라고, "내다 목 비라."

이래거든.

"예, 제가 목 끊는 거는 아깝지 않습니다. 한 마디 여쭈고 목을 끊어도 좋겠습니다."

"그래 뭐라고 하는지 한 마디 해라."

"대국- 저 조선서 대국사신을 뽑을 때 조선에 임금님이 저한테 하나 한 부탁이 있습니다."

"그 뭔 부탁이냐?"

"대국천자 용안23)이 얼매나 늙으신지 젊으신지 똑똑히 좀 바래보고 오라 해서 그리 지가 바라봤지, 지가 그래 부로24) 본 게 아입니다."25)

---

22) 벌개질. 벌겋게 될.
23) 용안(龍顔). 임금의 얼굴을 높여 이르는 말.
24) 일부러.
25) 아닙니다.

"아, 그놈. 참 기특하다. 아, 그놈 대우 잘해라."

이르거든. 그래서 그 참 천자가 앞에 갖다 놓고 그래 조선을 물응겨.

"그래 조선이 어티게[26] 되고- 그래 금강산을 내가 구경하러 갈 모양인데 금강산의 그 난간 다리가 어티게 돼 있냐?"

하고 물응께,

"그 다리가 거진 썩어서 떨어질라 하지요."

"에이, 그럼 내 거 못 가겠다. 그 다리가 떨어지면 내가 죽지 않겠느냐?"

"아, 그 그럴 염려도 있지요."

그래서 대국천자가 고마 안 나왔다능겨. (조사자 : 네) 그래서 이 사람[27] 나와가지고 그 양반이[28] 영의정 시켰어. 영의정을 시켰는데 간신으로 몰려가지고 고마 고향 나와[29] 있었어. 여[30] 단양에-. (조사자 : 단양으로요?) 단양 만월강에 나와서 이 뭐야? 만날[31] 삿갓 씨고 낚시 들고 고기 낚으며-

"여봐라, 월취내라."[32]

이르믄 가서 등어리를 대능겨. 업고 건네. (조사자 : 네) 업어 건네. 어떤 대신이 하나 업혀가[33] 물 가운데에 오면서,

"요새 최철규 니가 편하게 잘 있나?"

"편토[34] 못하네."

(청취 불능) 그런 역사가 있고, 이 단양에선 제일 양반이여. 그 양반이-.

---

26) 어떻게.
27) 최철규.
28) 그 사람을
29) '내려와'의 뜻.
30) 여기.
31) 늘, 매일, 항상.
32) 미상. '냇물을 건너게 해라.'라는 말인 듯함.
33) 업혀가지고. 업혀서.
34) 편하지도.

더 큰 양반은 없어.

3) 이완(李浣)대장과 이인(異人) 부인 ·····························

1988. 6. 3. 보발리 / 하영진, 남 · 65

그 저 효종대왕 시절에 말이야. (조사자 : 예) 이완[35]이란 양반이 대장을 해 먹었다고. 역사에 나오니 대강 알끼야. 근데 이완이란 양반이 나이 한 사십 이상 돼가지고 상철[36] 했어. 자기 부인이ㅡ 원 부인이 죽었단 말야. (조사자 : 예) 그런데 아들이 삼 형제여. 어 삼 형제가 나서 인제 참 조정에 출입을 하고 그러는데 그 저 경주를 갔거든. 경주 가 경주최씨들의 인제 집안에 참 있는데 그 친구들이,

"야, 니 장개 가그라."

"에이, 이 사람아. 이 늙은 사람이 장개 가서 뭐하나?"

"아녀. 늙어도 응, 효자 자식이 처[37]만 못하다고. 늙어도 늙을수록 처가 있어야지. 그래 안 된다 장개 가라."

고. 그래서 겉은 안 간다 하면서도 속으로는 좀 갈 생각이 있다 이기요. 그래 어떤가 하고 있다 이제 친구들이 참 중매를 해서 그래 인제 그 잔칫날을 받아서 초례청에 가 이래 섰단 말이여. 나이 참 반백이 된 양반이ㅡ. 그래 이제 섰다 딱 신부가 나오는데 쪽두리를 쓰고 나왔는데 보니 얼마나 인물이 못났는지 인물이 못나서 한 번 보고 두 번도 보기 싫다 이기야. (조사자 : 아하!) '에이, 저거 뭐 인물이 저렇게 못났으니께 저거 어떻게 하느냐?' 하고. 그래 지녁[38]에 인제 쪽두리를 써서 인물이 그리 못났

---

35) 이완(李浣, 1602~1674). 조선 중기의 무장(武將). 병조 판서와 우의정을 지냈으며, 효종 4년(1653)에 북벌 임무를 맡았으나 효종의 죽음으로 실현하지 못하였다.

36) 상처(喪妻)를.

37) 처(妻). 아내.

38) 저녁.

나? 쪽두리를 한번 벳기 놓고 보면 인물이 어떻게 좀 나을까 하고 가서 쪽두릴 벳기 놓고 보니 인물이 더 못났어. 아주 못났구마. (조사자 웃음) 한 번 보고 두 번도 못 봐.

　그래서 그만 그길로 나와 가지고 그 밤에 잠도 안 자고— 잠도 안 자고 고마 그질로39) 고마 내 집에 돌아왔단 말이여. 딴데서 밤을 새기고40) 집에를 들어와서 고마 장개 갔다는 얘기도 안 하고 아무 얘기도 없고 고마 그냥 그대로 가만히 있었단 말이여. 그래가지고 옛날에는 그래 무슨 해라고 일 년을 지내면 인제 신행41)을 시켜 주게 돼 있어. 본집을—. 암케나42) 와 예를 어겼으니 안 그려? (조사자 : 예) 신행을 시켜 줘야 되는데 한날은— 그 옛날엔 그— (조사자 : 예) 어 아예 편지를 체부43)가 가져 오질 않고 이 저게 (청중 : 술은 학생이 사왔나본데, 얘기 잘하면 술도 사주고 과자도 사주고—) 집에 하인도 옛날에 양반들이 하인이 있잖어? (조사자 : 종요?) 응, 종. 말하자면 그 종을 시켜서 인제 편지를 갖다 전하는 기여. 지금은 체부가 가져다— 댕기지만. 그 하인 이늠으로 걸어서 인제 편지를 전해 주는 기여.

　그래 편지가 왔는디 띠44) 보니까 '아무 날 아무 시에는 신행을 시키겠다.' 이래거든. (조사자 : 신생?) 신행. 응, 그래 인제 신부가 인제 자기 집에 오는 것을 가지고 신행을 온다는겨. 그래 자기가 예를 지내 놨이니 신행을 오는 걸 말릴 수가 없잖어? 오지 마라고 할 수 없잖아? 그래 예를 지냈으니까—. 그래 신행이 왔어. 그래 와가지고 이제 방을 하나 해서 줬어. 주고도 평생 가도 그 방에 가 보는 법도 없어. 이 이완이란 양반이—. 응, 저는 저고 나는 나고 이렇고, 그 아들 삼 형제도 조정에 출입을 해도

───────────────

39) 그길로.
40) 새고.
41) 신행(新行). 혼인할 때에, 신랑이 신부 집으로 가거나 신부가 신랑 집으로 감.
42) 아무렇게나.
43) 체부(遞夫). '우편집배원'의 전 용어.
44) 떼어.

간단 말도 없고, 갔다 왔으면 왔단 말도 없고 아무것도 없어. (조사자 : 어머니한테?) 응, 어머니한테 그래. 그 부인이 와서 살림도 메누리가 엉망으로 하는 걸 살림을 잡아가지고 아주 참 정리를 잘해나가고 이라는데도 그 아들네가 인사가 없어. 그래서 한날은 그 아들 삼 형제를 불렀어. 불러가지고 호령을 핸기여.

"그 인제 그 양반에 집안에 그래 조정에 출입을 하고 있으면서 그 어머이한테 그래 간단 말도 없고 왔단 말도 보고가 없느냐?"

해니께— 그래,

"종아리챌[45] 해 오라."

했어. 그래 그 둘채 싯채[46]는 들은 실적[47]도 안하고 맨 맏이가 가서 그 회초리 세 개를 해서 줬다 이기여. 그런께 그 어머니가 받아서,

"돌아[48] 종아리를 맞으라."

하니께 그 백씨가 돌아서서 종아리를 걷고 맞는다 이기여. 하나에 세 대쓱 세 개를 쥐고 세 대쓱씩 때리는데, 그 백씨가 맞는데 지차[49]는 안 맞을 수 없잖어? 어. 그래 세 대쓱 맞았단 말이여. 인제 그래 그 다음에는 가면 아침에 '가겠습니다.' 하고 인제 인사하고, 또 왔시믄 '갔다 왔십니다.' 하고 인살[50] 혀. (조사자 : 예) 그르[51] 인사를 하고 지내는데 한번에는 야밤에 이완이 양반이 인제 에 조정에 인제 왕림하시라고 주문을 나왔어. 그래 인제 이완이 양반이 인제 에 조정에 왕림하시라고 어 출근[52]을 났어. 그래 인제 이 이완이가— 양반이 인제 에— 금관조복[53]에다 인

---

45) 종아리채를. '종아리채'는 종아리를 때리는 데 쓰는 회초리.
46) 셋째.
47) 척. 시늉.
48) 뒤로 돌아서서.
49) 지차(之次). 맏이 이외의 자식들.
50) 인사를.
51) 그렇게.
52) 나오라는 명령.
53) 금관조복(金冠朝服). 벼슬아치들이 입던 '금관'과 '조복'을 아울러 이르는 말.

제 입고 인제 대궐에 인제 출입할려고 시작하거든. 그럴 때 종을 하나 불러가지고,

"음, 이완이 양반이 그 대궐에 출입을 하는데 오늘 저녁에 내 방에 왕림하셨다 가시라 해라."

이러거든. 그래 그 종이 가서 신골54)하니까,

"에엥, 급해 가는데 뭐 요망스리 어찌 그래느냐?"

바로 갈려 이러거든. 말을 안 듣는다 이기여. 그 평소에도 안 가는데 말을 안 들을 건 사실 아니여? 그래 그― 그대로 가서 고하니까,

"안 된다. 너들이 말야. 음, 오동채55)를 들어서라도 내 방에 갖다 놔야지, 만약에 안 그르믄 낼56) 아침에 전멸을 한다."

이러그든. '다 죽는다.' 이거여, 너들이. 그러니께 이 종들이― 종들도 답답하잖여? 신행을 해다 놓고 이완이 양반이 생전 그 방에 가보지도 안 하고 이래니께 종들도 보니께 안타깝잖어? 응. 새파란 청춘을 그래 갖다 놓고 들다보도57) 안 하고 그러니까. 그래 고마 이 연굴 한 기여. 종들이. 장― 장사지마는 그 출입복을 입고 이래 나선 때는 힘을 잘 못 쓰잖어? (조사자 : 예) 어― 어 그래 종들이 준비를 하고 탁 있다가 문 밖에 갈려고 인제 나서는 걸 종들이 요리 대들어 그만 오동채를 들어갖고 고마 그 방문을 열고 들여놔 줬어. 어, 그러니까 그 방을 와서 호령을 한 기여.

"응, 조정에 출입을 하는 남자를― (조사자 웃음) 왔다 가라 우째라58)."

한다고. 그러니께 아무 소리 안 하고 자기 농을 열고 철옷59)을 한 벌 내가지고 그 조복을 벗기고 속에다 입혀서 어 인제 다해가지고 인제 속에 투구― 투구 철갑60)까지 해서, '갔다 오실라믄 오시오.' 하고 보냈다 이

---

54) 신고(申告)를.
55) 오체(五體). 온몸. 몸체.
56) 내일.
57) 들여다보지도.
58) 어째라. 어떻게 해라.
59) 쇠로 된 옷.

기여. 입고 가며 생각해 보니까 이상한 감[61] 좀 드가.[62] 그래 국태민안[63] 하고 시화연풍[64]되자니까 그런 비상[65]도 모르고 아무것도 모르고 세월을 지내다가 어느 전쟁을 안 봤드니 비상이 뭔지 모르거든. 야밤[66]에 오라는 건 대단한ㅡ 야밤이면 비상이다 이기여.

그래 대궐문에 떡 들어서니 난데없는 화살이 한없이 들어와. 그 저 투구하고 철갑을 안 입었으면 그 살 한 대로 대번에 엎어져 죽어. 그게 살 한 대면 대번에ㅡ 궁정을ㅡ 수토없이[67] 막 세워놓고,

"막 들어오거든ㅡ 이완이 들어오거든 막 쏴라."

이렇게 명령했는데ㅡ 효종이 말이여. 까딱없이 들어오거든. 이 뭐 투구 철갑하고 응 철옷을 둘렀이니까. 그래 이 효종 앞에 떡 드가 섰다 이기여.

"어, 그 경[68]이 참 야밤에 이거 이래 뭣이 해서 참 미안합니다."

그래 인제 뭐 별 애기도 없고ㅡ

"어, 그 출입하느라 수고 많이 했다."

고 이뿐이여. 그래 효종이 왜 그랬나 하믄 효종대왕 삼 형제가 그 호국 가서 왜 벌초[69]로 붙잡혀 가지고 죽을 욕봤잖어? (조사자 : 예) 그니까 그 이완이 대장으로 있을 때 지혜를 보고 지혜가 있으면 그 호국을 들이칠 랴고 그 지기[70]를 한번 본 거여. 그날 저녁에. (조사자 : 효종이?) 응, 효 종이. 그래 지기를 봤는데, 야밤에 오라 했으믄 투구 철갑 안 했시믄 대 번 살 한 대면 죽는데, 투구 철갑을 하고 왔이니 이만하면 호국을 들이칠

---

60) 철갑(鐵甲). 쇠붙이를 겉에 붙여 지은 갑옷.
61) 느낌이.
62) 들어.
63) 국태민안(國泰民安). 나라가 태평하고 백성이 편안함.
64) 시화연풍(時和年豊). 나라가 태평하고 풍년이 듦.
65) 비상(非常). 뜻밖의 긴급한 사태.
66) 깊은 밤.
67) 수없이 셀 수 없이.
68) 경(卿). 임금이 이품 이상의 신하를 가리키던 이인칭 대명사.
69) 볼모. 인질.
70) 지기(志氣). 의지와 기개를 아울러 이르는 말.

수가 있다. 이런 인제 뭐를 염둘[71] 둔 기여.

　그래 인제 그 이튿날 또 주문 또 났어. 아들 삼 형제가 조정에 댕기니께, 인제 안전 베슬인데— 대장도. 그러나 그 이튿날 또 인제 주문 또 났어. 또 인제 가는 겨, 궁궐로. 가니께 아무 소리 없고,

　"경은 어젯밤에 에— 참 출근할려고 매우 수고를 많이 했소. 노령에—. 그니께 내가 상을 하나 줘야 돼."

　상을 하나 주는데는 붓자루 한 자루 줘. (조사자 : 붓이요?) 어, 쓰는 붓글 한 자루 줘. 그뿐이야. 아무것도 얘기도 없고—. 그래 이걸 한 자루 받았다고 좋다고 인제 도복 속에 여어[72] 갖고 온 기여. 그전에는 자기 방에 앉아서 자기 부인 방에 들다보도[73] 안 했는데 자기 부인 방에 가는 기여. 인제 부인이 아이면 죽었는데 부인 땜에 살았다 해서. 그때는 암만 못난 인물도 자꾸 인물이 인제 좋아지는 겨. (조사자 : 정이 들고—) 어, 정이 들고. 그 부인 아님 자긴 이미 죽었잖어. 그러니까 인제 정이 드는 거지. 그래 부인의 방에 가서 그 붓을 내가지고 자랑을 하는 겨.

　"어, 저거 내가 출근을 했드니 이 붓이 말야. 좋은 붓을 상에서 상금으로 상을 주더라."

고—. 그래 그 부인이 최씨 부인이,

　"그 붓을 좀 봅시다."

했어.

　그 볼라면 보라고 줬거든.

　"아무것이야?"[74]

하고 부르더니,

　"예."

---

71) 염두(念頭)를.
72) 넣어.
73) 들여다보지도.
74) 아무개야.

하니께,

"그 방석돌[75]하고 방망이하고 가져 온나."

이래거든.

그래 깜짝 놀래믄서,

"그 왜 때리 낄라고[76] 그러는 거 아니냐?"

그러니까,

"아이[77] ─"

라고. 그래 가져왔단 말여. 아, 때리 깬단 말야. (조사자 : 붓을?) 붓을.

"아니─ 그 상에서 상금 준 걸 왜 때리 깨느냐?"

"에이! 참 저른[78] 양반이 대장을 하고 있으니 참 우리나라가 참 낭패다."

이기여. 그래 그 깨고 나니께니 그 안에 똘똘 말린 종이가 들었어. (조사자 : 아!) 응. 인제 거기야 극진한 사연이 거기 들었어. 그걸 해가지고 그 안에다 녀서 그 붓을 상을 줬다 이기여. 그래니께네 에 그걸 해주면서도 이것을 피서[79] 보면은 자격이 있고, 이걸 못 보면 자격이 없다 그런 얘기여. 옛날에 임금들은 다 그래도 참 지혜가 있잖여? 그걸 본다면 지금 우리가 찍어서 대통령 맨든 대통령은 그런 지혜가 없고─. 옛날에 아태조─ 응? 이십팔 대 나온 양반들은 다 그르케 말이여. 어느 정도 참 지혜가 다 있어.

그래서 그걸 역사를─ 그 사연을 보고 그 이튿날 출근 또 나왔어. 응, 그래 이완이 양반이 또 드갔거든.

"그래 어제 그 경은 내가 그 선물을 붓을 한 자루 줬는데 그 붓이 쓸

---

75) 방춧돌. 다듬잇돌.
76) 때려서 깨려고.
77) 아니.
78) 저런.
79) 펴서.

만합디까?”

하고 물어봤거든.

“예, 그 안에 들어 있는 사연을 봤습니다.”

“뭘?”

이래고 깜짝 놀랜 기여. (조사자 웃음) 그렇게까지 지혜가 있단 거를 생각 못했단 기여. 평화시대에ㅡ. 응, 대장군이 그 지혜가 얼마나 있는지 시험을 안 해 봤거든. 인제 첨 시험해 보는 기여. 그래, ‘그 안에 사연은 잘 봤습니다.’ 하니께 그 효종이 깜짝 놀랜 기여. 그만치꺼정 지혜가 있다는 걸 생각 못했어. 야, 이만하믄 북진80)헐 만하다. 그래 북진을 갈라고 했는데, 그때 북진을 했으믄 당하질 못했어. 호국을ㅡ. 거글 이기질 못하는데 그 효종이 고마 병중에 들어서 효종대왕이 오래 살질 못했든 기야. (조사자 : 예) 어, 삼십 몇 세에 그만 승하했는데ㅡ 그래서 그 양반이 병중에 있어가지고 그만 시도도 못해 보고 말았다고. 역사에토 나올 낀데?

4) 정삼봉(鄭三峰)과 우역동(禹易東) 1 ·····················

1988. 6. 3. 보발리 / 하영진, 남·65

　*같은 자료가 단양군 〔가곡면 자료 21〕 및 〔매포읍 자료 30〕, 〔매포읍 자료 54〕로 채록된 바 있다.

　정삼봉81) 그 양반이 아태조ㅡ (청취 불능) 우역동82) 그 양반이 이제 단양에서 제일 참 나신 양반이고, 역동 선생 밑에 머리83) 가서 정삼봉이 나셨지. (조사자 : 정삼봉이요?) 정삼봉. 음, 그 양반이 아태조84) 개국공신

---

80) 북진(北進). 북벌(北伐). 북쪽으로 진출하거나 진격함.
81) 고려 말기·조선 전기의 문인·학자(1342~1398)인 정도전(鄭道傳). 그의 호가 ‘삼봉’임.
82) 우역동(禹易東). 고려 충선왕 때의 학자(1263~1342)인 우탁(禹倬). 그의 호가 ‘역동’임.
83) 멀리.

이여. 아태조- 정삼봉- 그런께 그 역동 선생이 세상을 버릴 때 그 아들한테 유언을 하기를 뭐라고 했느냐? 못난이가 있어. 종이 이름이 못난이여. (조사자 : 못난이요?) 어, 못난이.

"그 못난이가 열댓 살 되거든 종의 문서를 사뤄치우고85) 그 못난이를 내쫓아라."

이랬거든. '내쫓아라.' 그런데 역동 선생이 세상을 버린 뒤에 종의 문서를 안 사뤄치왔어. 그냥 뒀다고. 그냥 두고- 그 못난이는 내쫓지 않아도 열댓 살이 되니까 지대로86) 나갔어. 지대로 나가가지고 이래 댕기다가 그 몸에 정삼봉일 났어. 그 정삼봉일 낳다는 건 이 단양 천지가 다 알고 있다 이거여. 그 못난이한테 역동 선생 종 몸에 정삼봉일 낳다카는 건 단양 천지에 다 알고 있었다 이거여. (조사자 : 못난이가 여자군요?) 응. 여자지. 종인데 그 종 몸에서 그런 대신이 났다는 거지. (조사자 : 씨는 누구 씨?) 씨는 우리 정씨의 씨겠지. 그런께 정삼봉이 되겠지. 안 그려? 그런께 이 단양- 이제 삼봉 정기를 받아서 낳다는 기여. 도담 삼봉 정기를 받아서-. 어, 그런데 이- 그러면 인제 정삼봉이 개국정신87) 됐지.

그랬는데, 그 역동 선생 아랫대 가 조맨핸88) 벼슬을 핸 거여. 인제 가서 어- 그 대에 인제 그-그 자기 인제 그- 그 뭣이- 벼슬이 소원이다 해서 조그맨 벼슬을 해가지고 생겨 보니, 종의 자슥이 개국정신이 됐는데, 자기89)가 그 조그맨 벼슬을 하고 있어 보니 하늘과 땅 같그덩. 그래갖고 심술이 조금 났어. 그래가지고 이태조 앞에 가가지고,

"정삼봉은 우리의 종의 자슥입니다."

하고 바른 대로 댔어. '정삼봉은 인제 종의 자슥입니다.' 하고. 그러니께,

---

84) 아태조(我太祖). 조선조 태조, 곧 이성계(李成桂, 1335~1408).
85) 살라 버리고. 불태워 버리고.
86) 제 마음대로. 스스로.
87) '개국공신(開國功臣)'의 잘못임.
88) 조그마한.
89) 역동 선생의 후손.

“느그 종의 문서가 있나?”

그랬거든.

“네, 있습니다.”

이랬거든.

“그르믄 내일 아침 조회시에 너 그 종의 문서를 갖다가 좀 바쳐라.”

이랬거든. 그래 종의 문서를 바치게 해서, 문지기보고,

“저- 저기 우암개[90] 오거든 말이야. 조사를 해가지고 뭐든 있거든 뺏어 치와라.”

이랬거든. 그래 아무리 조사를 해 보아도 없어. 수중에 암것두 없거든. (조사자 : 문서가요?) 응. 그 문서- 문서들을 치워뿌라고[91] 했는데, 아무리 해 봐도 없어서 들여보냈다 이기여. 그래 그 아태조가,

“그래 경은 어제 내하고 약속한 것 어떻게 됐냐?”

한께,

“예.”

하고는 버선을 벗고 이 버선 바닥에서 빼올렸다고. 어- 그러니까- 그리 볼 때 정삼봉은 아태조 수족이 아니여? 하무[92] 개국정신이 됐는데- 그른 자격이 있고, 그만한 능력이 있는 사람을- 그리니, 그렇다 해서 종의 자식이 아니라 뭐라 문둥이 자식이래도 그 내버리고 저그시 받아들일 수 없다 이기여. 그래서 그만 도루 저짝[93]으루 그만 낮춘 기여. 그래서 역동 선생 미[94]까지도 ‘파 치우라.’ 그래 전멸했여- 그 사람들이. 그래갖고 그 역동 선생 미가- 이것도 역동 선생 미다 하면 파고 저것도 역동 선생 미다 하면 파고, 그 단양군 그 사정이 그렇게 된 거여. 아태조에서 나온

---

90) 우(禹) 아무개.
91) 버리라고.
92) 벌써.
93) 우탁의 집안을 말함.
94) 묘(墓).

거여.

 그런께 품달이여. 단양의 품달이라 그면95) 일품달을 치거든. 단양을 아주 왜 일품달을 치느냐 하면 거기서 사람이 살기 좋아서 일품달을 치는 것도 아니고, 거기에 그만 역동 선생이 나고, 정삼봉이 나고 했다고 해서 단양을 일품달을 치는 거여.

5) 청나라로 간 진목대사의 혼 ·······························

1988. 6. 3. 보발리 / 김종억, 남 · 61

 *제보자는 현재 단양의 증산교96) 책임자라고 한다. 하영진 할아버지와 동행하여 왔다가 이야기하기를 청하자 구연했다.

 진목이- (조사자 : 진목이요?) 진목대사가 전라도 금산사97)에서 그 도통을 해가지고 있는데 게 또 대원사98)라는 절이 있어. 김봉국이라는 사람이 유교를 도통한 사람이야. (조사자 : 유교요?) 응, 유교는 학문이야. 그 사람이 참- (청취 불능) 유교 책을 진목이 봤으면 좋겠거든. 근데 그 책이 김봉국한테 있단 말이야. 그래서 책을 빌어 왔어. 김봉국이가 저놈이99) 불교 도통을 했는데 유교까지 도통하면 당할 사람이 없거든. 야심이 났단 말이야. 그래 야심이 나가지고 '어떻게 해서 그늠의 책을 뺏어 와야겠다.' 그래 부하 시켜가지고,

 "진목이한테 가서- 금산사 가가지고 책을 달래 온나."100)

---

95) 그러면.
96) 증산교(甑山敎). 조선 고종 때 증산 강일순((姜一淳)이 전라북도 정읍에서 세운 종교.
97) 금산사(金山寺). 전라북도 김제시 금산면 금산리 소재.
98) 지리적으로 보아 전라북도 완주군 구이면 원기리에 있으며, 금산사의 말사인 대원사(大原寺, 혹은 大圓寺, 현 大院寺)를 말함인지 확실치 않다.
99) 진목대사를 가리킴.
100) 오너라.

　　오다101) 보니 질가에 이따마큼 상자 덮인 책을 길가에 버려 놨거든. 그래 마츰 그 책을 그냥 그 갖다 김봉국에게 줬단 말이여. 줬는데- 김봉국이는 시치밀 뚝 떼고 말야. 진목을 불러서,

　　"그 대사가 아무 때 나한테 책을 빌려 갔는데 그 책을 달라."

고.

　　"아, 근데102) 그 책을 길가에 내버렸는데?"

이래거든.

　　"그래 그 뭔 책이 그리 필요하냐?"

　　"아 필요하고말고. 큰일 날 짓이라."고, "그거 달라."

고 그러니까,

　　"그럼 받아쓰라."고, "뭐 그 봤으니까 말로 일러 줄 테니 받아쓰라."

　　아, 그놈을 다 받아쓴 뒤 그 사람이 놀라서- (청중 : 천재구만!) 천재 나마나 도통을 했으니까- 그리 총력이 좋은데- 이 사람- 이 진목대사는 세상이 어떻게 될지 짐작을 한단 말이야. 그래서 과학적으로 지배할 놈이 나올 줄 알고- 기계가 나올 줄 알고 이 기계화를 청국103)에 가서 배워가지고서 나와야 되는 겨. 그래서 진목이 청국을 가능 겨.104) 청국에 가는데 어떻게 가느냐 하믄- 가도 자기 신쳴105) 놔두고 자기 령106)만 가는 겨. 정신- 령이란 이 정신이여. 사람 정신- (조사자 : 네) 그래서 그 부하 시종들을 시켜,

　　"내 신체를 뒤에 갖다가 부처 있는 방에다 두고 문을 채우고 아무가 와서 찾아도 모른다고 하고 그 문을 열어 주지 말아라."

당부했단 말이여.

---

101) 금산사로 가다가.
102) 그런데.
103) 청(淸)나라.
104) 가는 것이야.
105) 신체(身體)를. 몸을.
106) 령(靈). 영혼. 신령.

"구 일만- 구 일만 그래면 될 테니까-"

그래 당부를 하고 자기 고만 령- 영이 되어서 고만 응 청국으로 떠난 겨. 떠났는데 김봉국이도 도통을 했으니까 그걸 안단 말이여. 그럼 당장 아는 겨. 하마 알기 때매 아, 기회를 봐서 살아나지 못하게 해치우려 했어. 그래가지고 부하를 데리고 와서- 뒤에 가서 (청취 불능) 문을 부수어 진목대사 신체를 들어내다가 태워 버렸어. 그래 진목대사는 령이 청국에 가서 한참 기계들을 익히고 기술을 배웠는데 아 보니까- 배우다 보니까 김봉국이 와서 자기 신체를 태워 버렸거든. 그래 진목이는 기술을 배워서 도양에다[107] 펼려고 하다가- 지금부터 이백 년 전이여.

그럼 싹 태우고 났으니 뭐 그이 들어가도 모 이- 이 그 저 쓰시- 그기 과학 기술을 다 배워가지고 와가지고선 그 조금에서 말이여 그리 그 어데 구젤 할 수가 없으니까 출굴[108]해서 나올 도리가 없는 겨. 그 인제 손특이 되선 손엔 금 (청취 불능) 재주가 있단 말이여. 그럼 (청중 : 도양 이 뭐에요?) 동양, 동양 삼국. 도양. 동양 삼국 이래- 동양 삼국 이래구 선 중국 한국과 왜국 일본과 그럼 이그란 말이여. 그래 이저 미국과 저도 소련 저기 서양이고. 그래서 그 김봉국이를 요거 하려믄 꿈중에서, '넌 김 봉국이 나한테 무신 큰 원한이 있어가지고 너 그 시방 그렇게 그 신죽도 하나 넘기고 뭐 칼날 하나 안넴기고 인자 할라고 그러냐? 니 자손은 어 평시에- 어 평시에 뭐 대도로 내려가믄 호미 자루를 면치 못하리라.' 이 래 욕을 하고서는 그래 그만 이 도양리에[109] 도통사를 전부 몰아가지고 이 서양으로 간 거야. 그래 서양에 이 과학 그 기술을 가가지고 서양서 이 과학이 그래 지금은 으 인제 서양 기술을 우리가 배우고 있잖아. 응?

---

107) 동양(東洋)에다.
108) 출구(出口)를. 문으로 해서. 문을.
109) 동양(東洋)에.

6) 신이 드는 이유 ··

1988. 6. 3. 보발리 / 김종억, 남 · 61

여러분들 중에서 옛날 고적에 얘기 한 마디만 하지, 잠깐만. 신이 왜 들리냐 하면 가만히 있어도 우연히 들리는 사람이 있어, 신이. 앓고 나서 신이 들린다는 아까 누가 그런 말씀하셨지? 신이 왜 들리냐 하면, 그 옛날에 조상에서 거 신을 위해가지구 산신의 도를 닦아가서 산신 명령을 받아서 자꾸 온다구 그랬지. 그런 신이 내 아들 내 손자 이래 대대로 내려가며 그걸 지켜봐요. 팔자가 닿냐 안 닿냐 그걸 지켜 본다구. 팔자에 그 사람이 인제 부처님을 모신다든지, 아니면 신을 모신다는 팔자가 나와요. 거 사주팔자에- 사주팔자에 보면 살110)이 십이 살이 있는데, 그거 나오면- 나오는데 그걸 기다리구 있다가서는 그거 인제 팔자가 닿으면 벼락같이 와요, 신이. 와가지구는- 그 사람한테 와가지구는 마음을 괴롭힙니다. 마음을- 마음을 이래도 보고 저래도 보고 괴롭혀 보고, 또 그 사람이 말을 안 들으면 이렇게 마음이 야물어가지구- 그러니까 마음이 야물어가지구 그 사람 말을 그러니까 신이 움직이는 대로 말을 안 들으면 아프게 해요. 아파 누워 앓게 한다구. 아주 많이-.

(조사자 : 말을 안 들으면요?) 네. 그래 원인이 무어냐? 우애서111) 그러냐 하면, 아뢰야- 누구에게 물어. 요새 사람들은 병원에 가지만, 병원에 안 가구 남한테 물어봐야 해요. 점쟁이한테-. 그러면 신이 드니까. 그거 왜 그러냐 하면 안 아픈데 가면 병인이 되고 몸이 아플 때까지라도 신이 왔는지 안 왔는지 본인이 아는지도 모르지. 그러니까 그 사람을 아프게 하든지 마음을 돌리게 해요. 왔다가 이상하게 되게 해서-. 그런 얘기야. 그러니까 누구에게 물어보고 '너 신이 들렸다.' 하면 자기 신을 가지고 산신 앞에 가서- 산에 가서 산신님 내 신을- 그러니까 나무기둥이라

---

110) 살(煞). 사람을 해치거나 물건을 깨뜨리는 모질고 독한 귀신의 기운.
111) 어째서.

하면은 아직 거기다가 네모 방정하게시리[112] 깎고 대패질을 해주시고 거기다가 신령을 다 파주쇼 하는 얘기지. 그랴면 그 재목은— 그 기둥은 어데 갖다 세워도 저 구석이나 이짝이나 갖다 세워도 써먹을 수 있다. 그래 '내 신을— 신을— 내 신을 잘 다듬어서 달라.' 이제 산에 가면 그 얘기야. 이 말은 어려운 얘기야. 어렵고 어려운 얘기야.

그러니까 어대— 내가 지둥[113]을 하나 어디 가서— 산에 가서 베든지 어디 사든지 해가지고 목수한테 가서 그걸 네모를 접고 대패질까지 해주고 거다가 구멍까지 다 파서 달라 이런 얘기여. 그러니까 인제 산신님한테 가서, '내 신— 신명[114]과 나 통화 좀 시켜 주시요.' 이 얘기여. 그래서 인제 바로 산에 가서 공부를 하고— 산신님은 그런 역할을 해주셔. (테이프 교환) 올려놓고 탑을 쌓고 가서 공부하고 그 이튿날 나갈 때 청소 쬐금하고—. 그래, 그래. 그건 나름대로 쌓는 사람도 있고 안 쌓는 사람도 있고 이래한대 명산에 가서 공부를 잘하면 괜찮은 신이 내 몸을 보할 수 있고—.

7) 신통 공부에 스승을 동반하는 이유 ·······································

1988. 6. 3. 보발리 / 김종억, 남 · 61

신을[115] 통할 적에 여러분들도— 여러분 중에서 누가 어느 선생— 그러니까 신을 능통한 선생을 데리고선— 산에 선생이 데려 가면은— 인제 데려가가지고— 여러분들이 그거 불경책에 그리고 보면 도통하는 도통구[116]가 있어요. 신통하는— 공부하는 신통구가 있는데, 그거를 인제—

---

112) 반듯하게.
113) 기둥.
114) 신명(神明). 천지(天地)의 신령.
115) 신(神)을. 신과.
116) '도를 통하는 도구, 즉 수단'을 뜻하는 듯함.

계속 그거를 인제 일주일이나 보름이나 뭐 한 달이고 그거만 계속 읽으면은 여러분들도 뭐가 통할 기요. 절대로 통해요. (조사자 : 관심을 가지면요?) 예? (조사자 : 관심을 가지면요?) 관심을 갖는 게 아니라, 그걸 가지고 공부를 하겠다고 가서- 산에 가서 산신님 앞에 제물을 차려 놓고 여러분들도 공부를 그러 마 하고- 같이 하면은- 열흘이고 신통될 때까지- 될 때까지 하는 거요. 그 선생은 뭐 하러 따러가느냐? 자기 혼자 공부하믄 잘못하면 미쳐요. 미치면은 그 잡신이 오면 미치기 때문에 잡신은 인제 선생이 떨어내주고 모두 그러니까 본신만 오게 그 자기한테 와야 할 신만 오게끔 선생은 그래 따라가는 거예요. 자기 혼자 공부하면 잘못하면 미쳐요.

요 큰 산에 여게 배골 여기서도 두 모자가 살았는데, 아들은 옛날 나이로서 아들은 어떻게 한 스물 미만에- 이십 미만에 장갤[117) 가야만 되는데, 장갤 못 가면은- 그 옛날엔 일찍 갔어요. 그 일찍 가고- 남자믄 열두 살만 되믄 장갤 가고, 여자는 뭐 열아홉이나 이 정도 되고 이런데, 그래 가는데, 남자가 삼십이 넘었는데, 그 산에 가서 공불[118) 해가지고 즈 그 어머니가 그러니까 맨날 그저 잠을 자나 뭐 꿈을 꾸나 뭐 뭐 아무 때라도 그 그 아들 장개 가가지고 손자 안는 것이 이게 소원이었는데, 그걸- 그 소원을 못 이루고 죽게 되- 죽게 되니까, 나이가 점점 많아져요. 그래 돼가니까 아들만 근심하고 있다가- 아들이 산에 가서 석 달 열흘 공불 하는데 그 공불하믄서도 그 어머니 노모니깐 그 얼매나 생각나겠어요? 공불하믄서도-.

그 생각을 하자니까 어머니가 산에 올라왔어요. 올라와가지고- 올라와가지고,

"너 내일 혼사가 들었는데 여자 나이가 몇 살이고 뭐 인물은 어떻게

---

117) 장가를.
118) 공부를.

생기고— 이런 여잘 하나 내 그 중매를 해 났는데 지금 빨리 나가 그 가자." 그러니까,

"어머니, 내가 공부하러 온 사람이 공부 끝을 마치고 가야지, 그르믄 되느냐?"

고 이러니까,

"아이, 이느무 새끼, 내가 너 하나만 키워가지고— 내가 과부로— 여재껏[119] 과부로 이렇게 너 하나만— 너 하나만— 널— 너만 보고 살다가 니가 내 말을 안 들으니까 아주 불효막심한 아주 나쁜 놈이라고— 그러믄 내가 여그서 못 떨어지고 여그서 떨어져 죽겠다."

는— '여기서 죽는다.'고 치마를 집어쓰구서는 낭떠러지 떨어질라 그러는데,

"하, 어머니!"

그늠이 잡으니까, 자기 어머니도 간 곳이 없고, 싸리— 싸리 아세요? 싸리나무. (조사자 : 예) 싸리 포기를 하나 이래 줬드란[120] 거예요. 거 이게 뭐냐 하믄은— 그래 이 미치는 겨, 거기서. 그래서 왜 스승이 따라가느냐면 그런 거 방지해 줄라고 따라 간 거예요.

8) 산삼(山蔘)

1988. 6. 3. 보발리 / 성명 미상, 남 · ?

*제보자가 위의 이야기에 이어 구연하였다.

이 여기 반월산[121]이 있는데— (조사자 : 강월산?) 반월산. (조사자 : 아,

---

119) 여태껏. 여태까지. 지금까지.
120) 쥐었더라는. 잡고 있더라는.
121) 충북 제천군 청풍면에 있는 망월산(望月山)을 가리키는지 확실치 않음.

반월산이요) 근데 거근 인제 산삼이 있다는 전설이 나왔는데. 그 에- 인제 그- 그거 시군에 누가 아느냐면은 김씨댁이라는 양반에 안노인이 잠을 자는데 꿈에 그 도라지가- 도라지밭이 있더라는 겨, 꿈에. 그래서 인제 생시에- 잠을 깨가지고 도라지를 캐러 올라가리라고 갔는데 도라지밭이 아니고 꿈에 보던 그 자리가 산삼밭이라는 겨. 산삼밭이 하이간[122] 뭐 몇 평 되게 그기 있던 모양이지. 근데 그 복판에 이거 참 오야지[123]가 하나 있드래. (조사자 : 오야지요?) 어 큰- 이제 큰 (청중 : 왜 오야지 있지?) 제일 큰 놈. (청중 : 제일 큰 거를 오야지라 그러- 그래) 산삼에서 제일 큰- (조사자 : 예, 예) 그래가지고 이 양반이 아주 성질이 급하고 됐어.[124] 이거를- 그런 걸 알았이면 참 뫼양[125]을 보고 반다시 그 반복을 해야 된다 그거야. 근데 산삼이라고 안 그래고 저 심[126]을- 심- (조사자 : 신?) 심- 그래 '심봤다.' 소리쳐야 되는데- 그래야만 그게 변동을 안 한다는 거야. 그 소리도 할 주 모르니까, 게 동네 쫓아가서 동네 사람 구경을 시킬라고 그러다 돌오온데[127] 고만 잊어뿌렀어. 하 기냥 뭐- (청취 불능) 그래가자고서는 이리 와 보니까 거 산삼은 없고- 정신을 차려가지고 다시 올라가니까 그 인제 어딘지 알지 못하겠더라 이그야.

---

122) 하여간(何如間). 어찌하든지 간에.
123) 원래는 '아버지'를 뜻하는 일본어. 우리나라에서는 흔히 '두목', '우두머리'의 뜻으로 쓰인다. 여기서는 '제일 큰 것'을 가리킴.
124) '되다'는 '매우 심한 상태'를 가리키는 말임.
125) 모양.
126) '인삼'의 옛말.
127) 돌아왔는데.

9) 송장 치고 살인 맞은 부자 ···

1988. 6. 3. 보발리 / 성명 미상, 남·?

우리 조상들이 한 오륙 대 할아버지들이 바로 이 터— 이 집자리에서 거 부자로 살았드래. 옛날에 한 이백 석 했다믄 부자라고. 그런데 이백 석을 하자므는 괘니[128] 밥 먹을 사람도 많이 오고 손님도 많이 오게 매련이요. 밥 먹고 나면 밥 먹을 사람이 온다고, 핸[129] 명씩. 아, 그런데 놋그륵[130]이— 시방 하얀 놋그륵은 없지만— 좀 그래도 노란 놋그륵이 (조사자 : 아, 놋그릇이요? 놋그릇) 놋그릇 그게 하여간 서너 벌 있었다는 거야. 부자니까—. 아, 그런데 하룻밤 자고 나니까 그게 한 개도 없이 다 없어졌더라는 거여.

야 이거 이 그걸 도둑 맞으믄 어떻게 했냐믄 신장대[131]라고 있어, 신장대. 흔드는 거— 구신[132]을 내려가지고 흔드는 대— 대를 잡으니까— 이거 못 봤제?[133] 저로[134]— 배깥으로 나가가면 인제 게 멀리 간다고 신홀[135] 했든 모앵[136]이지. 그러니까 짚단 소까지[137] 뭐 여따가서 불을 붙여가지고 뒤에 한 칠 팔 명이 따랐단 말여. 앞에 한 사람이 들고 나가고—. 그래가지고 금산[138]을 지내서 남철리[139]라는 동네로 접어들어 그냥 그 향[140]을 따라가니까 그 대가 딱 서서 이 집에 있다 이러는 거야. 그러니

---

128) 괜히. 공연히.
129) 한.
130) 놋그릇.
131) 무당이 신장(神將)을 내릴 때에 쓰는 막대기나 나뭇가지.
132) 귀신.
133) 제보자가 조사자에게 물은 말임.
134) 저기로.
135) 신호(信號)를.
136) 모양.
137) 솔가지. 소나무 가지.
138) 금산(金山). 어상천면 금산리.
139) 남천리(南天里). 영춘면(永春面) 남천리.
140) 향(向). 방향.

까 있다고 하는 쥐을 찾아가지고- 뭐 이래야 했어야 해는데, 무조건 있다 하니까 사랑방에 들어가서 한 사람이 자는 걸 그 쥐이지 하고 한 발로 찼다는 겨. (청중 웃음) 송장을 찼어. 송장을 찼단 말여.

수수무세미141)란 떡 있지? 수수무세미떡을 먹고 체해 삼년을 앓다 죽은 사람을 건드려가지고 살인죄로 몰렸어. (조사자 : 체한 사람을요?) 응. 음식을 먹고 아들142)에 든다 하지? (조사자 : 네, 네) 그래가지고 삼년을 앓다 죽은 사람을 그만 집어찼단 말야. 그 집 일꾼이 앓다 죽었는데- (조사자 : 수수무세미떡이요?) 아들143) 돌 때 해 먹는 것 있지? 수수가루 빠가지고- (청중 : 거기다가 팥고물 묻혀갖고-) 그래. 그것 먹고 체해서 삼년 앓다 죽은 사람을 때려가지고-. 시방이나 그때나 살인 아녀? 그지?144) (조사자 : 그렇죠) 그래 '여145) 아무개가 살인쳤다.' 소문이 난 거여. 그래가지고 이백 석 하던 이 살림살이가 그 끝에서 망해 뿌렸어. 그런 역사가 있다고. 그래 인저 그 집이 그랬거든. 그놈은 잡히고 집구석은 망하고 그른 일이 있어. 이 집짝에서 살던 선조 할아버지가 그랬대. 그런 이야기가 있어.

그 무시 못 하잖아? 우떻게 알고 신통하게 그 집을 찾아갔난 말야. 현물은 거기에 있고- (조사자 : 예. 그러면 여기서 찾아가서 이백 석지기 있는 집을 가 치고 망했다는 거죠?) 그렇지. 여기서 이백 석 한 집이-. (청중 : 여기가 이백 섬을 하는데-) (조사자 : 예) (청중 : 그러니까 이백 석을 해기 때문에 그릇이 많단 말여) 밥그릇이 많았거든. (청중 : 그릇을 - 비싼 그릇을 그냥 잃고 가만 있을려니 안 되겠단 말여. 그것을 찾느라고 신장댈 잡고서는 그것을 찾아갔다-) (조사자 : 훔쳐갔단 말이군요) 밤

---

141) 수수떡. 수수팥떡.
142) 미상.
143) 아이들.
144) 그렇지?
145) 여기.

에 훔쳐 갔어. 훔쳐가 버렸어. 찾아가서— 집구석이 맹할려면[146] 그래 어떻게 해댔으면[147] 주인을 챛어가지고,

"당신이 집에 이상한 것이 온 거 같으니 챛어 보자."

이래야 하는데, 그냥 사랑짝[148]에 가서 이불 속에 자는 걸 말야. '주인놈이지.' 하고— '주인이지.' 말야— 하고 '이놈이 훔쳐 갔구나!' 하고 집어 찼단 말야. 차고 보니 송장을 찼어. 그 다음에 살인죄로 몰렸었다고. 그래 가지고 불시에 집이 망했지. 지금도 사람을 때려쥑였다 해봐. 그냥 두겠어? 그지? 옛날 법에 죄인이니까— (조사자 1 : 두 번 죽인 꼴이 되지) (조사자 2 : 그런 게 저거지. 죽어 있었는데 차니까 그 사람이 찬 걸로 죽인 걸로 아는 거야) 그렇지. (조사자 2 : 그렇게 돼서 살인이 되는 거야) (청중 : 송장 치고 살인 맞는다는 말이—) 한 백 년— 백 년밖에 안 됐어. (조사자 2 : 송장 치고 사람— 살인 맞는다) 그렇지. (청중 : 속담 보면 그런 얘기가 있어 송장을— 죽은 걸 찼는데 살인을 왜 맞나) 그 얘기야. 그럼 그럼.

10) 도깨비 1

1988. 6. 3. 보발리 / 성명 미상, 남 · ?

여기는 지금 마 땅이 말이죠. 진흙땅이니까 그런께 여긴 뭐 또 그렇게 못 느끼지만, 전 고향이 저 경북 안동입니다. 거긴 마 땅이 여기하고 틀려갖고 마삭질[149]이라고 할까요. 흙이 진흙땅이 아니고 보드라운 땅인데, 저희 집이 또 안동 소몰된[150] 산간벽지— 가끔 가다 일 년에— 지금도

---

146) 망하려면.
147) 하였으면.
148) 사랑방이 있는 쪽. 사랑방.
149) 마사질(磨砂質). 땅의 성질이 점성(粘性)이 없는 백토(白土)로 되어 있음.
150) '수몰(水沒)된'을 잘못 말한 것임.

가고 싶으면 가는데, 가서 산길을 밤을 일컫는데,[151] 인제 그 마을이 산집[152]을 하게 돼서 마 따로따로 떨어져 있는데, 그 마을의 친구들이나 뭐 일가친척 같은 데 갈려면, 밤에 혼자 가면— 사람이 가면 뭐가 자꾸 스륵스륵 뭔가 흙이 내려온다 이기여.

그래서 인자 도깨비다, 아니면 옛날 어른들이 말하는 개걸가린[153]가 뭐라든가요? 그래 있나 싶어서 탁 좀 하다가 라이타를 호주머니에서 싹 꺼내가지고 켤려고 하면, 또 소리가 안 난다고. 또 한참 가면 주룩주룩 내려온단 말이야. 다음엔 성냥 한번 그으대면 아무것도 없어요. 조용하다고. 그래 또 사람이 가면 사람 따라서 간다고.

11) 바닷물이 짠 이유 ┄┄┄┄┄┄┄┄┄┄┄┄┄┄┄┄┄┄┄┄┄┄┄┄

1988. 6. 3. 보발리 / 성명 미상, 남·?

애기 한 마디 내 하겠어. 문제가 뭐이냐 하믄 거 우애가 좋아야 된다 이렇게 나와 있지 않겠어요? 인날[154]에도 형제간에도 우애가 좋지 못한 사람이 있었다 이그야. 이래가지고 두 형제가 사는 가운데 동생은 밥을 잘 먹고 사는데 형이 가난했다 이 말이여. 그래도 형은 참 맘이 좋고 모두 이래가지고 항상 애기들이 많이 있고 가난하게 살았어요. '한번 우리가 구제를 요청하믄 주리라.'고 말하지 않겠어요? (청중 : 예) 그 당시에 '아, 삼촌네가 잘사니 좋다.'고 '쌀이래도 좀 얻어 오시오.' 하고 한 삼십 리 길을 걸어갔다 이 말이야. 어— 한 삼십 리 길을 걸어가가지고— 참 갔었는데, 동생이 어디 갔다 오드이,

"형님, 왜 왔소?"

---

151) 청취 불량. '이렇게 걷는데'(?).
152) 산지사방(散之四方), 즉 '사방으로 흩어짐'의 뜻인 '산지'를 말한 듯함.
153) 청취 불량.
154) 옛날.

"아, 그 뭐 왔네."

그리니 그 지수[155] 되는 분이 그래가지고 저녁진지를 해서 밥을 이렇게 또 주면, 또 '밥 먹으믄 안 되겠다.'[156] 그걸— 형이 배가 고파 죽겠는데도 글[157] 내다 '죽을 낄여 오라.'[158] 이거야. 그래니 형이 너무 억울한 사정 아니겠어요? 그래 저녁을 못 먹었어. 자, 동상한데 쌀을 얻으로 갔다가 그른 챙필 당하고 이케 있는데— 이 동생놈이 그렇게 못 돼. 아주 못 됐다고. 어째 형이 왔으믄 그래 진질[159] 차려— 해야 될 낀데, 안 하고 밥 갖다 채리주믄 '안 된다.'고 '죽을 끓이라.'고— '이 죽 묵던 사람 밥 묵어 안 된다.'고 그를 수가 어디 있겠느냐 말이야. 이게— 넘 억울한 얘기예요. 지순[160] 그래도 착했던 게요. 어떻게 됐던지 참 인물 더 훤히 뭐 그랴.

저녁을 안 먹어서. 진종일 굶멨지. 이튿날,

"나 간다."

"가시오."

이런다. 지수 양반이 문을 댕기믄서 쌀을— 밑동 안에 쪼끔쪼끔 해가지고 어 쌀말이나 준비해— 저 쌀말을 내야 준빌 해 놔가지고 어 시아버이가 간다이 따라나와— 시아버이 따라가 쌀을 그걸 가주가라고 줬어. 시아비— 시아버지가 아니지. 시숙을 애들하고 밥이나 한판 뭐 해 멕이라고—. 아침부터 그날 굶어 그놈을 가지고 돌아가. 하메[161] 이틀 굶었어. 그놈을 가즈고 참 중간에 오다 하도 기진하고 해가지고 고만 고 잤어. 참 자다 깨이 요 날이 저물었어. 인자 가긴 가야 되고— 그날이 보름날이에요 섣달 그믐날이여. 그래— (조사자 : 섣달 그믐날이요?) 응. 그래 쌀을— 중간

---

155) 제수(弟嫂). 남자 형제 사이에서 동생의 아내를 이르는 말.
156) 아우가 한 말임.
157) 그것을. 그걸.
158) 역시 아우가 제 아내에게 한 말임.
159) 진지를.
160) 제수는.
161) 벌써.

에 그놈을 지고 터덜터덜 오다 보니 어느 친구 하나를 만냈어. 그그래 같이 오다 얘길 하는 거야. 얘길 하는데 (조사자 : 원통스런 얘기요?) 어. 얘길 하다 보니,

"응, 나도 억울하우."

그 냥반도,

"나도 오늘 지녁에 섣달 어 그믐날 집에 가야 되는데 자식 오늘 저녁에 쌀이 하나토 없소."

이른 얘길 하는 그 사람이 어 뭐 자기보다 우선 더 사정이 급하다 그 말이여.

"게 당신은 뭘 하냐?"

"난 맷돌 짜 주며 맷돌 지고 다닌다. 저기 짜 주믄 이게 한 삼일 가, 이게. 맷돌 한 근 돌 지고 댕긴다."

그렇게 일하는 사람이여. (청중 : 맷돌 파는 사람이요?) 어. 그래서 이 사램이 참 마음이 착해가지고 가족을 고마 생각 안 하고 그 쌀을 그 사람 줬어. 그르니까 참 고맙다 카믄서,

"쌀 주고 맷돌을 가지 가소."

맷돌을 주드라 이 말이야. 그래가— 맷돌은 알겠지? 이리 가는 거— (조사자 : 예. 아이, 뭐—) 맷돌을 줘가지고 집에 가 앉아 붙어 있으니, 부인은 쌀 얻으로 가서 쌀은 안 가지고 오고 맷돌만 하나—. (청취 불능) 하도 속상해가지고— 애들은 고만 기진맥진해가 다 고마 잔다 이 말이에요. 이렇게 자고 있는데 하 뭐 맷돌도 거 가난해 없었단 말야. 부인이 맷돌 놓고, (청취 불능) 근데 응, 이 큰 보물이야. 그— 그 다 나와. 그 보물이야. (청중 : 돌리면 아무 거나 다 나와요?) 아. 맷돌 자루를 돌리믄 말만 하면 옷 나와. 옷 나오고 밥 나오— 밥 나오고, 이케 다 나와. (조사자 : 금 나와라 뚝딱처럼요?) 그르제.162) 돈 나오믄 돈 나오고 쌀 나오믄 쌀 나오

---

162) 그렇지.

고 그른 맷돌이야.

그래 부인이 하도 이상해 자기 본— 된 대로 지사[163] 장거리를 거서
다 뺏어. 전부 다 빼가지고— 뭐 말함 다 나오는 거 뭐. 애들 옷도 다 하
고. 자 그래 놓고는 응 남편을 기냥 깨웠어. 깨와 사실 이렇게 얘길했지.
아침에 지살 잘 지내고 동네 사람을 청했어.

"자, 우리 집 와 술을 한 잔씩 드시오."
하고 애들 시켜가지고— 애들 옷도 좋게 다 빼입고— 응 이래가지고는
그놈을 가주고 응— 동네 사람 한 잔 잘 먹여. 아, 이 사람 참 동상네서
뭐 잘 읃어 가 온 것처럼 딱 이래가지고 동네사람 한잔 다 믹여 놓고—
부자지 뭐여. 말만 하믄 다 있으니까. 무어든 내줘서 큰 부자가 되었어.
(조사자 : 동생이 또 시길 하겠어요) 시길해가지고 와가 시길 해가 와가지
고,

"아— 형님, 아 부자 어떻게 그릏게 됐소?"
"그래 그래 나 부자니 인저 너 가주 가."
이눔에 자슥을— 맷돌 또 동생을 줬어. 그 인자— (제보자 : 형이 되게
착하군요) 엉, 착하고 말구. 동생을 이걸 줬는데 이눔이 가주 가 당장 앉
아서 술이 먹구 싶어.

"술 나오라."
카며 맷돌 돌리.[164] 고만 마구 뭐 술이 터져가지고 술이 (제보자 웃음) 집
구석을 다 떠나갔어. 아고! 고만 동생이 뛰나와가지고 형네 집에 가가지
고 (청취 불능)[165] 형이 맷돌을 잡은게[166] 맷돌 자루가 그만했어.[167] '당
장 가지 가라' 해 형이 고마 집에 갖다 났단 말이야. 그래서 그 소문 이

---

163) 제사.
164) 돌려.
165) 문맥상으로 보면 형이 아우의 말을 듣고 함께 아우의 집으로 갔다는 내용일 듯함.
166) 잡으니까.
167) 맷돌자루 돌아가는 것이 멈추었다는 말.

리 나고 저리 나고—

그때 옛날에는 바닷물을 가둬 소금 해 먹을 줄 몰렀다 이 말이여. 바닷물 갖다 좀 우려—끓여 그래가 소금 해 먹었는데, 소금 장사 가마이 생각해 보이, '조놈 맷돌 가져 갔으믄[168] 소금 무지 장사하겠다.' 그래서 그 집에 가서

"이거 보물 좀 구경 좀 해봅세."

그래 소금이 나오는데— (청취 불능) 그걸 일을 못하면 안 되어[169] 그날 밤 그냥 자고—자다가 소금 장사가 훔쳐 갔어. 예기, 배 안에— 그래 바다에 배 안에다가 그놈 맷돌을 배 안에 싣고 소금 빼먹을려고 바다 안에 들어갔어. 바다에 들어가지고는 거 맷돌을 돌려. 막 돌아믄 소금을 감당 못해. 멈추는 도리가 없잖아? 이 사람 엄벙덤벙 대다가 배도 가라앉고 맷돌도 가라앉았어. 이래가지고 바다 안에 지금도 거 맷돌 돌아가서 소금 나오고 있어. (일동 웃음)

12) 장인을 골탕 먹인 오성

1988. 6. 3. 보발리 / 성명 미상, 남·?

예전에 오성[170] 대감이 말이여. 아주 짓궂게 됐는데, 그 얼매나 짓꾼지— 뭐 한음[171] 저— (청취 불능) 과거에 짓궂은 짓을 했다고 그 오성 장인이— 권률이 인제 오성 장인이요. 근데 에— 어— 권률[172]이 오성 장인인데, 한날은 그 장인한테서 말이여. 이 조선에는 가믄 그 참 장인도 인제 그 사우가 예의적으로 그 장인을 그 예한 시대니까 그 사우보고도 존중을

---

168) 가져가면.
169) 소금을 멈추게 해서는 안 되겠다는 말.
170) 오성(鰲城). 조선 중기의 문신·학자인 이항복(李恒福, 1556~1618)의 봉호(封號).
171) 한음(漢陰). 조선 중기의 문신인 이덕형(李德馨, 1561~1613)의 호.
172) 조선 중기의 명장(1537~1599).

해야 된다고, 근데 그 공석[173]에 오믄 인제 장인 뭣을 하고— 인제 조정
에 가믄 인제 또한 뭣을 한다고. 글게[174] 아니여? 장인보다 사우가 계급
이 더 높으니까. 오성은 영의정이고 그 권률은 영의정이 못 된 거야.

긴데[175] 한날은 그때 권률이 있었던 모양이제. 그 권률보고,

"산에 구경을 하러 가자."

이거여.

"그래 가자."

그러곤 한참 댕기다가 그 도구부채란 풀이 있어. 도구부채라는— 도구
부채라는 풀— (청중 : 범부채) 엉? 범부채— 범부채라는 풀이 있는데,

"아이, 이게 뭔 풀이요?"

하고 물으이게, 이 사람은,

"이게 범부채라는 풀일세."

"뭐요?"

그만 내던지곤 산실 끝에 고[176]까지 이 손목을 막 내리 끌거든.

"아 이눔 미쳤나? 이래— 왜 이루— 놔라. 놔라."

이르. 요케는 왜 와. 이런데 고마 (청취 불능)

"임마, 이거 미쳤나?"

이래. '저눔 양반 뭐 이래 범이 오면 (청취 불능) 조금 있으믄 말이여. 자
기는 범한테 물릴긴데 여건 인간들은 여런 소리한다.' 이르그든.

"에, 그눔 고얀 눔."

이루구서 그래 한번 혼이 났다. 아 그래 이 오성이 의관 조복을 하고 아,
이래고 가서 조정에 드가 앉았으니— (청취 불능)

"장인요, 장인?"

---

173) 공석(公席). 공적인 업무를 맡아보는 직위.
174) 그럴 게.
175) 그런데.
176) 거기.

“왜 그르는고?”

“장인, 그거 속에 옷 입고 의관 조복하고 하니 매우 덥지요?”

“아ー 이 사람아, 더와 죽을 지경이네.”

“에이! 그 머하러 속에 옷을 입고 그 의관 조복합니까?”

“그믄 으떻게 하는가?

“속에 옷을 삭 벗어뿔고 조복만 입고 행자[177]만 당치고 앉았시믄 참 시원하요.”

인제ー. (웃음) 아, 뭐 그 이튿날 참말 속에 다 삭 벗어뿔고 행자만 탁 치고 그러고 난 뒤 조회에 딱 갔단 말이여. 갔다이까[178] 아이, 옷을 뭐라 했냐 하믄ー 그 저 선조대왕 시절인데, 선조대왕이 옷을 한 마디로ー 뭐 그대로 그건 뭐 시행되는 겨. 선조대왕이ー (청취 불능) 아, 그래 조정에서 정사[179]를 끝마치고,

“아, 저 우리 저 오늘은 좀 일찍 끝마치고 저게 저 도랑 밑에 가서 좀 노다 가십시다.”

이러거든, 오성이.

“아, 금 그리 하자.”

고. 그래 느티나무 밑엘 갔단 말이여. 가서 옷을 뭘 입었나 하믄ー

“아, 우리가 조정에선 말이야. 이 저 조복을 벗고 하기가 참 미안하지마는 (웃음) 우리 이런데 와서는 이 조복을 좀 벗어서 (웃음) 우리 좀더 시원하게 지냅시다.”

이러거든.

“아, 그리하라.”

고. 그 선조대왕이 허락을 했단 말이요. 그래 벗어가니 (청취 불능) 착 착 겔고[180] 오성도 벗어서 착 걸고 이런데, 다 벗는데 권률은 안 벗고 거 꽁

---

177) 행전(行纏). 바지나 고의를 입을 때 정강이에 감아 무릎 아래 매는 물건.
178) 갔더니.
179) 정사(政事).

하니 섰거든.

　"자 이거 벗지. 이거—"

　(웃음) (청취 불능) 선조대왕 거 오성 장난인 줄 알고,

　"에, 고만 저 조복 입으라."

고. 그리니까 할 수 없이 고마 조복을 모두 입고 이래 이랬단 말이여. 그이 고마 권율이 생각해 보이 분해 죽겠거든. '이놈 어디—' 그래 문지[181] 한테 가가지고,

　"내일 아침 여 오성 들어오거든 대번하고[182] 귓방맹일[183] 치라."

　(웃음) 그래. 이 사람[184]이,

　"거 죽을라고 이 영의정 귀 때리냐?"

고.

　"요눔의 자슥, 안 때리믄 니 내한테 죽는다."

이래. 그 문지가 가만 생각해 보이 그 때리도 쥑고 안 때리도 죽고 그 때리 볼 수밖에 없다고. 오성이 제일 첫 번에 들어오거든. 언제라도. 그 영의정이니까. 그 사람이 뭐 귓방맹일[185] 한 대 후벴단[186] 말이여. 근데 슬금슬금 하니 아무 소리도 안해. 문지기 보고. 그리고 '아!' 소리도 안 하고 가만 두고 섰더니, 뒤에 오니까[187] 고마 뒤엣놈을 뭐 고마 후베고는,

　"빈대득[188]이 나신다."

하고 들어가버려. (조사자 : 예?) '빈대득이 났다.' 이거여. 그래니까 맞은 사람은 또 바로 거따[189] 뒤에 오는 또 그거 대신이 오믄 한 대 때리부린

---

180) 걸고.

181) 문지기.

182) 대번에. 다짜고짜로. 서슴지 않고 단숨에. 또는 그 자리에서 당장.

183) 귓방망이를. '귓방망이'는 귀 뒤쪽 머리.

184) 문지기를 가리킴.

185) 귓방망이를. '귓방망이'는 '뺨'.

186) 후려쳤단.

187) 다른 신하가 뒤에 들어왔다는 말임.

188) 미상. 돌림뺨?

거야. 빈대들이 났다 이래. (웃음) 그래니까 인제 권률이 부애[190]가 나니께 인제 글[191] 시키났으니 인제 때리지. 맨 마즈막으로 들어왔거든.[192] (웃음) 맨 마즈막에 때릴라믄 때릴 수 있어? (웃음) 그르 고마 권률만큼 맞었제. (웃음)

13) 거짓말한 오성에게 똥 먹인 한음 부인 ⋯⋯⋯⋯⋯⋯⋯⋯⋯⋯

1988. 6. 3. 보발리. / 성명 미상, 남·?

*제보자가 위의 이야기에 이어 구연하였다.

오성하고 인제 한음하고 같이— 인제 아직 클 때 말고 중간에 인제 서로 장개 가가지고 얘기라. 이 오성 얘긴 한이 없다고. 만날 인제 '그 저 색시나—' (제보자 : 내가 이런 얘길 하긴 곤란힌데—) 오성이 한음만 만내믄,

"너 마누랠 날 하루 좀 달라."

고. (청중 : 마누라를요?) 저 '마누랠 하룻적[193] 달라.'고. '그래 해라— 그 하룻적 바꽈 살자.' 이러거든. '하룻적 달라.'기도 하고 이랬는데— 어, '바꽈 살자.'기도 하고, 뭐 '하룻적 달라.'기— '빌리 달라.'기도 하고 뭐— (모두 웃음) 이래. 그 짓궂이 하니께로— 그래 한음은 그렇게 좀 인제 좀 덜하고 오성이 그래 짓궂게 그랬다고.

그 인제 한음이 한번 어데 가— 어데 가는데 오성보고, '우리 집 좀 잘 지켜 달라.' 이러거든. 그리 하룻적에 (청취 불능) 말로만 그러지 실제론

---

189) 거기 있다가.
190) 부아. 노엽거나 분한 마음.
191) 그것을.
192) 영의정인 오성이 들어왔다는 말임.
193) 하룻저녁. 하루의 저녁 동안.

안 그래. 참말로— 응 말로만 그러지. 이래 집 싹 이게 돌고 잤는데, 한 적194)에 서너 번 집에 싸게195) 돌고 근 초저녁에 한번 돌고 밤 열두시 돼 한번 돌고, 이 새벽에 한 번 돌고 이랬는데, 한날 적은 어떻게 밤 열두시 경에 가서 인제 도는데, 한음 부인 방에 불이 있단 말이여. 거거 손가락 을 뚫고 보이 옛날에 홀치매196)라 그믄 아무도 없이 빤스도 없고 고마 홀치마 하나 다지요. 그르 그 벗어서 고기다 놓고 마— 이 참 하마197) 하 체가 다 나타난기요. 고다 보니 말이여. 고 홀치맬 입고 이러고다 잠이 드니— 불도 안 끄도 고마 잠이 들었는데— 이 하체를 다 내놓고 잤단 말이요. 그 한음 부인 배꼽 밑에 거 홍사마구 점이 하나 있었대. 홍사마 구가— 이런 사마구가 하나 있었는데 그거 봤거든. 오성이 걸 봤어. '옳 다, 이 됐다. 거 가 틀림없이 한음이 오믄 이 됐다.' (모두 웃음)

그래 그날 참 한음이 왔거든.

"야, 내 너 마누랠 밭에 갔다 봤다."

"에이, 이 친구. 제기 또 시작하네."

"아니다. 너 마누랠 벳기니까 사마구 저 있드라."

한음— 그런 대신들도 그런께 고마 시방하드래.198) 참말 갔다 온 줄 알고. 시방하드래. (청중 : 시방이요?) 시방해. 고마 이 대조199)한다 이기 여. 아 그래 그 한음이 집에 와서 자기 부인한테 그래.

"응, 친구 입장에 그래 말로는 아무리 우스갯소리를 할망정 그 진짜로 그 그렇게 할 수 있느냐?"

이랬거든. 아이 그 한음 부인이 들도 보도 못한 얘길 한단 말이여.

"아— 그 여보, 그 뭔 소리요?"

---

194) 저녁.
195) 빨리.
196) 홑치마.
197) 어쩌면. 거의.
198) 비방하더래. '비방'은 남을 비웃고 헐뜯어서 말함.
199) 대조(大嘲). 크게 조롱함.

"뭐 뭔 소리여? 그 상관이 됐드라고—"

"아, 그 상관이 햇게 뭐요."

"그 뭐 상관이 핸 거지. 그 배꼽 밑에 홍사마— 근200) 내뱍에 모르는데 그 오성 어찌 아느냐?"

이기요. 참 한음 부인이 생각해 보니 그 기막히그든. 참 땅 팔 일201)이단 말이여. 게 가마이 생각을 해보니, '하날 저녁에 홀치맬 입고 잠을 언제 자다가 깨보이 그건 죄 있고 이 하체가— 치매가 위로 올라갔다이202) 하 그런 때 이 짓궂이—.' 그럼 문을 조사해 본께 구멍이 됐드라는 겨.203) '그 전에 문도 안 봤는데 그게 틀림없이 또 글204) 드다 봤다.'는 겨. 그리 니까,

"이기 이룧게 됐으니 그 뱍에는 한 일이 없소."

이래.

"아, 그러냐? 그르믄 그룷지. 그럴 리가 있냐?"

인제. 그 한음 문지기 얘길 듣고 나서는 인자 맘이 풀어졌다 이기여.

"금205)— 금 오늘 지녁에 오성을 데려오라."

고 그래. 그래,

"알았다."

믄서—.

게 이 한음 부인이 떡을 했는데 똥떡을 했어. 거 똥을 넣어. (웃음) 똥 떡을 이 맨들어가지고 한음 앞에다가 똥떡을 옇어. 이릏게 담았어. 오성 앞에— 참말 담고. 그래 상을 이래 갖다 놨단 말이여.

"이 새끼, 니가 많이 먹어, 내가 많이 먹어야지."

---

200) 그것은.
201) '죽을 일'이란 뜻.
202) 올라갔더니.
203) 구멍이 뚫어져 있더라는 것이여.
204) 그곳으로.
205) 그럼.

이래믄서 하 고마 떡을 바꿔 먹는다 이기여. 어 어 한음 앞에다 참 똥떡을 해서 이렸게 놓고 오성 앞에는 떡을 해서 참만 놨거든. '이 새끼 니가 많이 먹어? 내가 많이 먹어-.' 이래믄서 고마 떡그릇 바꿀 줄은 알았어. 그래 바꽈 놓고는 인제 일케206) 많은 걸 지가 먹는다 이기여. 오성이. 이래 먹다 보이 아 마 혀커리207) 까 보이 고마 똥이야. (웃음) '아하!' 하고 달리제.208) 그래 고 한음 부인이 들러 보고 있다가,

 "거짓뿔209) 하는 양반 입엔 똥을 퍼야 된다."
고. 그래 한음 입에다 똥을 퍼엏다는겨. 오성- 오성 입에다가.

14) 금돼지 아들 최치원(崔致遠) 1 ···

1988. 6. 4. 사평리(沙坪里) / 이만종, 남·66

 *이본인 충북 영동군 〔심천면 자료 7〕 참조할 것.

 최치원 선상 몰라? (조사자 : 최치원 선생이요?) 응. 근데 그분이 처음에 근 저 내가 인자 말하자면 그이가 돼지 낳아서 나왔단 말이여, 돼지-돼지가 영감이란- 아니 저 돼지가 아바이란 말이여. 그 인저 그 부인이- 그 아바이가- 친아바이 이름이 인자 최씬데, 저 평안북도 뭐야? 거 무슨 현이여. 현감으로 갔는데, 거기 가면- 그 현감으로만 가면- 그 마을에 가면 그 마누랠 뺐지. 그만 현감 뭐- 그만 훔치 가. ○○210)가 훔치 간단 말이여. 거기 감 현감은 뺏게.211) 마누라를 뺏게. 거기 감-.

---

206) 이렇게.
207) 혀끝으로?
208) 도망가지.
209) 거짓부리. 거짓말.
210) 경운기 지나가는 소리 때문에 청취 불능. 아마 '돼지'일 듯함.
211) 빼앗겨. 부인을 빼앗긴다는 말임.

그래서 그때 인저 그 치원이 아버이가 현감으로 가는데— 거 현감으로 나라에서 가라니 안 갈 수도 없고, 가자니 서로가 참— 이별하자니 그 참 서로가 뺏기는 것만은 환하니깐. 그래 고생을 하느니 아주 뺏길 예상을 하구 명주실을 아주 크게 장만을 했단 말이야. 많이— 아주 그냥 이만큼 — (조사자 : 현감으로 가시면서요?) 응? (조사자 : 현감으로 가시면서요?) 잉, 아주 많이— 아주. 명주실을 인자— 명주실을 큰 몇 커리²¹²⁾ 장만을 했어. 가가지고 그 부인 손목에다 매놓고 이래 있는데— 가는 마침 그날 뭐 그 부인을 뭐야 홀키²¹³⁾갔단 말이야. 그래서 그 현감이 가만 생각해 보니깐 어디로 갔는지 알 수가 있어야지. 아 큰일 났어. 그래서 나졸들 데리고 그 이튿날 딱 인자 명주실 끈만 한참 찾아가니깐 그 어느 아주 깊은 곳에까지 가 보니 큰 동굴이 있단 말이여. 그 동굴 속에 인자 열고 들어가니 그 안에 큰 돼지야. 금돼지야, 금돼지— 이주 누런 금돼지가 아니 뭐 현감으로 온 부인 여자들을 다 붙들어 놨으니까 여자들이 엄청나지 뭐. 아주 그냥 꽃밭에다 있는데, 그날 밤에 과연 자기 부인— 금방 왔으니깐 피곤도 하고 해서— 금돼지한테 잡혀 들어가서—. 그래가지고 부인하고 그 전날에 얘기할 때,

"당신이 잡혀 들어가면 향 있지, 향? 그걸 가지고 가서 피우면 내가 인자 당신이 온 줄 안다."

하고 인자 서로 연락했었는데 게 가 보니 게 참 그 모양이야. (청취 불능) 저걸 어떡하나 한참 생각하다가 인자 향을 피웠어. 향을 피우니깐— 냄새가 나니깐 그 돼지가 냄새를 맡곤,

"이거 뭔 냄새야— 뭔 냄새야?"

이럴 꺼 아니여? 흐흠— (제보자 : 웃으면서) "말도 다 허던 모양이여, 돼지가—"

---

212) '꾸리'를 말하는 듯함.
213) 빼앗아. 약탈하여.

그래가지고 그 부인이,

"아휴- 이기 뭔 냄새긴 뭔 냄새냐?"

구,

"인가에서 새로 들어 왔으니까 내214)가 나겠지. 거 뭔 냄새냐?"

구, 이렇게 핑계를 댔던 모양이여.

"그러냐?"

구, 이러구 이놈이 자빠져 자거든. 근데 자빠- 자기보담 그 부인이 물었어, 이 돼지한테-.

"거 당신 그 도대체 인간헌테 제일 미서워215)하는 게 뭐냐?"

구 그래니깐, 그러니까 '미서워하는 게 녹피216)- 사심217) 껍데기 그걸 미서워한다.' 이거야. 에-

"그럼 그걸 왜 미숩냐?"218)

그러니깐, 그걸 뭐야? 자기 모가지에 붙이면 지가 기 자리에 죽는다네.

"기래 무습다."

그러드래. 그래 그 현감 부인이 가만 생각해 보니 자기가 열쇠고리 찬 게 사스미219) 녹피란 말이야. 그래서 인자 '니 놈 나 손에 죽었다.' 하고 (모두 웃음) 그래가지고 이놈- 자빠져 자는 놈을 자기가 인자 열쇠고릴 억지로 풀어가지고 씹었지. 질근질근 씹으니깐 물에 통통 불거질 거 아니야? 침에 불으니깐-. 메가지220) 붙이니깐 이- 이- 이놈은 자빠져 자거든. 아주 잔다 말이여, 모르고-. (제보자 웃음) 뭐 이리- 그래가 있다가 나오니- 자기 남편이 참 향을 피워가면서 뭐 그래갖고- 게 그놈은

____

214) 냄새.
215) 무서워.
216) 녹비[鹿皮].
217) 사슴.
218) 무서우냐.
219) 사슴의.
220) 모가지. 목.

죽었구─ 잡아 놓고는 게 그 방에 전부─ 과거에 왔던 현감 부인들이 전부 전 자기 선배들 부인들이 전부─

"아유! 같이 가자."

구, 그래가지고는 수십 명을 데리고 거길 빠져 나왔단 말이여. 나와 가지고는─ 구해 놨으니까 그 고을에 와도 무사할 거 아니여? 잡아 놨으니깐─. 근데 아 이 자기 부인이 얼라[221]를 낳았어. 낳았는데 거 갔다온─ 거 사스미─ 돼지굴에 갔다온 이후로 아[222]를 가져 낳단 말이여. 열 달 만에 낳거든. 게니까 그 현감이 생각해 보니깐 자기 부인은 자기가 난 아들이 아니고 그 부인이 난 거 참 돼지 아들이다 생각할 거 아니여? 세상 사람들도 다 그렇게 생각하고.

그때는 현감이라는 기 지금의 군수랑 똑같잖여? 군수와 똑같으니께 인제 그땐 그 현감헌테 수사권이 다 있어. 군대 동원권까지 다 있고. 그땐 뭐 사람 쥑일려면 쥑이고─ 지금은 판사가 죽이고 검사가 뭐 이렇게 하지만서도. 그땐 저 저 이 현감한테 이런 권리가 다 있었다구. 군대도 동원─ 뭐 동원시킬라면 동원시키고 그니깐 이 가만 생각해 보니 이 참 희한하단 말─. 그 열 달 만에 낳았으니깐 거 누구라도 그 돼지 아들이라 그르지, 그 금돼지─ 금돼지 아들이지. 금돼지 아들. 기 지─ 사방도─ 지금도 최서방네를 금돼지 새끼라구 그런다구. 게 손[223]이 금돼지 손이야. 지금도 떠들긴 떠드는데 그기 실제로는 그게 아니라는 거지. 긍께 이기 참 세상에 여론도 있구 그러니께 아를 집안에서 키울 수가 없고 아를 갖다 내비리라고 두 내외가 짰단 말이야. 아를 갖다 인저 말하자면 이 강가에 인저 먼 데다 내비렸어. 쪼그마한 집을 하나 인자 지어갖고 그 안에다 넣고 쪼그만한 걸 내비렸단 말이여. 내비니까 그거 사람이 큰사람이니까 그렇지. 우리네 같으면 그런 새끼를 내비렸다면 과연 그냥 죽어도─

---

221) 어린애.
222) 아이.
223) 자손.

죽게 되겠지. 안 기래? 게 갖다 내비렸는데 아, 밤이 오면 짐승이 와서 나랠224) 덮어주고 먹을 걸 갖다 미기225) 주고 이런단 말이야.

기거 최치원 일곱 살 되던 해에— 그게 아니고 가만이— 부인이 가만 생각해보니깐 나이는 한 너덧 살쯤 되어 가는데— 게다가 새끼 아니여? 이 자기는 누가 뭐래도— 지 영감 자석인지 돼지 자석인지 잘 모르지만 사실 자기는 낳은 자식이거든. 기니까 거 이렇게 무당하고 짰어. 짰단 말이여. 무당하고 짜가지고는 아 이제 방에 가가지고 아프단 말을 하고서는 무당이 아는 체하고 인자— 그 무당이 얘기하기를,

"그 아일 안 테리고 오믄— 집으로 안 테리오믄 그냥 죽는다."

인자 이런 말을 했단 말이여. 그래선 참 마누라가 아프다 이러니께, 이 현감이 그래도 영감 아니여? 그래 인제 현감이니깐 권리가 있는 사람 아니여? 그러니깐 인저 무당— 신당께 물어봤어. 물어보니깐,

"그 아를 데려와야 살지, 그 알 안 데려오믄 죽는다."

이거여. 게 인제—

"그럼 데리오두룩 하자."

구 그러니께 인자 내 새끼 아니라꼬 내버릴 젠 언제구 또 데려 오자 하니께— (제보자 웃음) 그럴 거 아니여?

"아, 사실 그게 아니고 뭐 사또 자제가— 사또님 자제가 분명하니깐 건 데리와도 괜찮다."

고 뭐 그런 모양이제. 사람이 또 그러니까— 그 사람도 또 거 고을을 아주 잘 다스렸던 모양이야. 그 고을서 인심도 얻고. 인자 백성들도 다 그리— (제보자 너털웃음을 지으며) 이해를 하곤 숭226)을 안 보지. 게 인자 그러니까 디리고 오는 날 아가 그때 그 뭐 한 여섯 살 된 모양이라. 아가 안 올라 해. (조사자 : 집엘 안 가려 한다구요?) 집에 안 간다는겨.227) 응.

---

224) 날개를.
225) 먹여.
226) 흉.

인자는 있겠다 이거여.

그래 인자 글도 안 갈칫는데 갤치자마자228) 백사장에다 지가 지팽이 막대를 가지고 글씨를 쓰는디 아주 뭐 잘 쓴단 말이여. 천상 아주 뭐든지 잘한단 말이여. 응, 그러니께 '아, 그거 참 희한하다!' 하고—

아 근디 뭐 안 온다는 걸 뭐 뭐 억지로 데려오지도 못하고 인자 기양 또 집에 와뿌렸는데, 이런—

"아유, 그러냐?"

구 그러구 가서 집을 좀 근사하게 하나 하나 지어주구, 응—

"그 안에 가서 좀 있게 해라."

그랬단 말이여. 그런데 가 그 아가 크더니 좀— 일곱 살인가 됐는데, 저 중국서 한 사신이 나오다가 깜짝 놀래 들어갔어. 아니 와 보니께 쪼매 난229) 아가 하나 냇가에 앉아— 강가에 앉아 놀거든. 긴,230)

"너 어디 사냐?"

구 그러니까.

"아, 난 저 밑에 산다. 난 부모님— 난 부모도 없다."

기,231)

"아, 그럼 너 글씰 좀 쓸 줄 아나?"

"난 글씬— 내가 뭐 혼자 있는데 배워도232) 못하구 아 못 쓴다."

구— 그런께 뭐 사실이— 사실이 그렇거든. 그래 자기가 하나— 한 자를 써놓고는,

"이 뭔 줄 아나?"

하니,

---

227) 이하 시간적 순서가 다소 착종되어 있음.
228) 가르치자마자.
229) 조금마한. 조그만.
230) 그래.
231) 그래.
232) 배우지도.

“아유, 나두 뭐 그까짓 글씬 안다.”

구. (제보자 웃음) 이 아가 말이야. 그래가지고 ‘글씨 안다.’구 그러니깐,

“그럼 뭐냐?”

아, 이 사람이 갖다 조매하케233) 쓰는데- (청취 불능) 사신이 보니 아, 어찌 내가 이 글씨를 보니- 이렇게 조선 아이- (청취 불능) 조선 저 촌 동- 아이 이 강가에 노는 게 이런데 안에 들어든 거 조선에서 글 따라- 배운 사람한테 가면 아무 말도 못한다 하고 쪽 들어가 부렀단 말이여. 아, 그래 쪽 들어갔어.234)

게 그 아가 인제 커가지고- 그- 그 다 그 운명이여. 부모를 싹 잃어 버린게 자기가 혼자 인제 살게 됐는데, 응 열두 살인가 되- 되던 해에- 근까235) 뭐 참 그때가 경주가 서울이던 모양이여. 신라시대거든. 그때 뭐 야, 그 치원이가 신라 사람이지? (조사자 : 예, 예) 그래 가만- 쪼만한236) 나라니까 우린 참 얻어 먹히고 그랬단 말이야.

얻어먹는 것두 그 나237)- 말하면 정승인디, 지금으로 말하자면 국무 총리 같은 댁에나 뭣이란 사람인디, 근디 그 나강노238)래든가- 나강노- 잉? 근데 그 사람의 딸이 참 이뻤어. 천하의 미인이거든. 정말- 그래서 다들 흠모한단 말이여. 아유- 저기 얻어먹을 바에 그 집 앞에 있다가 그 천하의 미인을 꼭 얻어야겠단 말이야. (일동 웃음) 근데 지가 얻어먹는 처 지에 어떻게 그 가서 해볼 수도 없는기고 저걸 어떻게 하면 될까 연구해 가지고 이놈이 색경239)을- 거울 있잖아? 거울- (조사자 : 예) 거울 닦는

---

233) 조그마하게.
234) 문맥상으로 미루어, 중국 사신이 아이의 글재주에 감탄하여 그냥 돌아가 버렸다는 뜻으로 보임.
235) 그러니까.
236) 조그마한. 조그만. 작은.
237) 정승의 성이 ‘나(羅)’씨임을 가리킨 것임.
238) 나각로(羅閣老). ‘각로(閣老)’는 중국 명나라 때에, ‘재상’(宰相)을 이르던 말.
239) 거울.

다 이래면— 인저 '거울 닦아라. 거울 닦아라.' 이래면서 댕겼단 말이야.

그런데 그 나대감이 가만히 생각해 보니까 자기 거울이 좀 희미했던 모양이여. 그래 그걸 좀 닦아 달라고 그래 그걸 닦는데 (청취 불능) 퍼뜩 깨부렀단 말이야. 퍼득 깨부니, 아 그 참 대감집으 귀중한 거울을 아 지가 깨 놨으니 어떡할 기야? 아, 대감님이 잡아다,

"저놈 갖다 죽이라."

이 뭐 즉살나지. 게240)—

"헤 저 같은 거 죽이면 뭐합니까? 어, 거울 깬 죄로 지가 이 집에 저 종살이를 하겠습니다."

이거 가만 생각하니 대감도 그렇거든. 그니 거울 하나 깬 걸 갖고 사람 하나 죽이라는 것도 그렇고— 허험 (제보자 기침) 그래,

"거 뭐 종살이를 해라."

그래 이 파경노241)라 그리 이름을 불렀어. 거울 깨쳤다고 잉? 인자 거울 깨질 파(破)짜에다 경(鏡)이— 거울. 그래 파경노라 그리 이름을 불렀어. 그 집에서 인저 화초밭에 물을 주는 일이나— 처음이라 가서 말먹이나 좀 믹이고 뭐 좀 이래. 말 같은 거 이래 좀 믹이고 그러니깐 이놈이 잘해. 가만 보니까— 대감이 보니까 참 괜찮애. 그 계급을 한 계급을 올려줘서 화초밭에 물이나 주고 이래는 거야. 이제 화초밭에 물이나 주고 이래 지내는데— 다 화초밭에 물만 주고 이래 지내는데, 그때 인자 말 먹이고 이러는 거보다 편한 거 아니여? 아무래도 그놈은 참 그 처녀가 정말— 그 집 말이여. 그 집 딸이 저 어떻게 꼭 상대하긴 해야 되는데 그리 왔으니 새삼 어떻게 하나 연구를 하는 거야.

그 인제 가만히 처녀가 그놈이 와서 꽃밭에 물을 주고 그러는 걸 보니 아 고만 꽃밭에 향기가 지절로 나서 나비가 와서 기양242) 막 춤을 추고

---

240) 그래.
241) 파경노(破鏡奴). '거울을 깬 종'이란 뜻.
242) 그냥.

희한하단 말이야. 그 처녀가 가만 생각해 보니, '야, 이 참 묘한 일이 아니냐?' 가만 생각해 보니까—. 그래, '저 참 도대체 어떻게 된 놈이 저 저 밤에만 저렇게 참 와서 꽃밭에 물 좀 받아 준 것밖에 없는데— 이 뭐 어떤 놈인가?' 이래 생각하고— 거 여자도 생각이 깊지. 인저 그 생각해 보니까—.

근데 어느 날은 이 밤중에 인자 그 꽃밭에— 하두243) 그 꽃밭에 단장을 잘해 났으니 밤에 가서— 달밤에 가서 꽃구경을 좀 한다고 인저 여자가 나왔어. 처녀가 나왔는디 인제 어, 이놈이 기양 손목을 딱 잡았네. 헤, 잡아보니까.

"아, 왜 이렇게 하나?"

고.

"안 된다."

고.

"인자 나 진짜 안 된다."

고.

"아, 그게 아니고 사실은 뭐 당신이나 내나 뭐 오늘 되다 보니 이렇게 됐는데— 뭐 상황이 인자 이렇게 됐는데 뭐 상관있나?"

거 옛날에는 거 참 남자한테 손목 한번 잡히면 큰일이란 말이여. 지금은 뭐 까짓 보통이지마는— 으흐, 지금은 참 서로 악수도 하고 그러지마는 그땐 아니라구.

"아이, 그럼 이렇게 됐으니 당신하고 나하고 서로 연분을 맺어 보자." 이래갖고— 이래가지고는 서로 좀 좋아져 있는데— 그 어른들은 모르지.

그 저 대국서 보면— 옛날에는 대국서 조선이 쪼맨하다고244) 말이 희한한 대로 다 내보내고—

---

243) 하도. 하. 아주. 몹시.
244) 조그마하다고. 작다고.

"이리 좀 와서- 보내라."

뭐 좀 그래 했단 말이여.245) 그래 하- 뭐 이래 봉해가지고,

"이걸 아무한테나 알아 보내야지. 이걸 안 알아 보내면 뭐 안 된다."

이래가지고, 그리 해야 했단 말이여. 가만히 생각해 보니- 조정에서 생각해 보니, 이걸 세상에 돌 같은 걸 싸서 보내고 뭐 이랬는데 그게 (청취 불능) 그걸 도무지 알지 못하겠단 말이여.

"아, 이걸 어떻게 하느냐?"

해갖고 조정에서 다 모여가지고 어떻게 해볼라니까는 안 돼. 그래가지고는 나정승이- 말하자면 정승이지. 강노라 하는데 뭐 그냥 정승이지. 이걸 임금이,

"거 경이 어떻게 해결해 보라."

아구- 뭐 그 사람이 비슬246)만 높았지, 그런 걸 뭐 해본 적이 있어? 그래 그걸 모르는데- 돌 안에 든 기 뭔지 걸 어떻게 알어?

그래가지고는 집에 와서,

"아무나 이걸 알아들어야247) 된다."

그랬단 말이야. 이거 큰 일거리란 말이여. 그래 집에 와서 근심을 이래 하고 있는데 딸이 그래.

"저 아버님, 뭘 그래 걱정합니까?"

그래 그런 사정 이야기를 얘기하니까-

"그래 내 가만히 보니까 (청취 불능) 내 뭘 어찌해야 되는지 모르겠다."

그러니까 딸이 그래.

"내 방에 가- 파경이가 아무래도 뭘 좀 아는 것 같으니 가248)한테 가

---

245) 문맥이 좀 이상하나, 중국에서 조선에다 풀기 어려운 문제를 내어 봉해 보냈다는 뜻으로 생각됨.
246) 벼슬.
247) '알아내야 한다'의 뜻.
248) 개. 그 아이.

좀 물어봅시다.”

　(조사자 : 딸이요?) 응. 딸이-. ‘그 파경이한테 물으면 지까짓게 뭘 아나?’ 말이여.

　“조정에서 만주백관249)이도 모르는데 지까짓게 그게 뭐 그지250)가 뭘 아느냐?”

구 그러니께,

　“아유, 그래두 한번 가 물어보자.”

구. 그 대감이 물었어.

　“이래이래 이런 일이 있으니께 네가 좀 알 수 있느냐?”

구.

　“아, 근데 그게 알긴 아는데, 내가 그양 가르쳐 줄 순 없지 않냐?”구,

　“나하구 뭐 조건- 조건부로 하자.”

구 그래.

　“그래? 그럼 뭔 조건으로 하느냐?”

구 그랬어.

　“내가 모르며는- 내가 모르면 당신한테 내 목을 바칠 기고, 내가 저걸 알으면 당신의 딸을 나와 결혼시키라.”

구. 하유, 그러니까 인저 대감은 급한 일이고 하니깐, 콱 닫고 모른다카면 어쩔 거란 말이여? 그래서,

　“아, 그렇게 하자.”

　그래도 처음에는 양반 체면에 종놈한테 딸을 줄 수는 없어,

　“음- 그렇게는 못한다.”

고 그러니까, 딸이 옆에 있다가,

　“아- 아버님, 뭐 못할 게 뭐 있냐?”고, “하실 대로 다 하쇼.”

------

249) 만조백관(滿朝百官). 조정의 모든 벼슬아치. 문무백관(文武百官).
250) 거지.

그래.

"그럼 그렇게 한번 해보자."

하고 그렇게 하기로 했단 말이여. 그래 이놈이, 아- 이걸 내일까지 알아가야 할 텐데, 오늘까장도 이눔이 잠만 자고 있단 말이야. 그래 색시가 가만히 생각해 보니까 큰일이여. 그래 아주 그땐 또 그랬어.

"내가 만일 예를 안 치뤄 놓고 그걸 알면 그땐 내쫓으면 안 되지 않느냐?[251] 그래서 예를 이뤄 놓고 자그가 해야 된다."

그려서 예를 이뤄 놓고- 정식 부부를 만들어 놨단 말이야. 근데 그 내일까지 알아야 되는데 오늘까징도 안 하고 잠만 자는 기야, 이눔이-. 그래서 색시가 그렸어.

"아이 여보, 그러지 말고- 우떻게 할려고 그러나? 그러지 말라."

구, 그 자는데 거 그 비루[252]- 저 비루 썼던 먹을 아주 갈아서 놓고는 발꾸락 뜩 찍어놓으문[253] 잔단 말이여. 아 자는데 아 발꾸락으로 썬 놈 글씨가 아주 막 써 놨어. 썼는 걸 본께- 인제 말하자면 옛날 말로-뭐 지금 말루 풀이하자면, '둥글고 둥근 돌함에 거 돌함에-' 인제 그 뭐야? '반은 백이고 반은 황금이라. 그러니까- 근데 인저 이게 시시로 때를 맞춰 우는 샌데[254] 암만 있어도 울음을 토하지 못한다.' 아 이렇게 턱 써 놨단 말이여. 아, 그래 그 글을 가지고서는 중국서 나온 놈한테 가서 막 뜩 들이미니까 보니 틀림없는 건데, 뭐 '둥글고 둥근 돌함에 반은 백이고 반은 황금이라.' 그건 틀림없는데- 그거 말하자믄 그기 인자 돌함에다 중국서 달걀을 너가지고 왔단 말이야. 달걀을- 달걀을 넣었는데 이래 싸가지고 가만 넣으니깐 이- 그 돌함에 그 백이고 반은 황 아니야? 그러니

---

251) '혼례를 치루지 않고서, 문제만 알려주고 난 뒤 쫓겨나면 안 되지 않겠는가?'라는 뜻임.

252) 벼루.

253) 써 놓으면서.

254) 새[鳥]인데.

깐 이근 틀림없이 맞거든. 근데 '시시로 때를 맞춰 우는 샌데 암만 있어도 울음을 토하지 못한다.' 아, 이랬단 말이여. 아, 이눔이 병아리가 다 됐어. 병아리가 다 됐으니 틀림없는 일이야. 아 요 참 말할 수 없이 명인이라고. 그래가지고 중국에서 온 놈은 손바닥을 들구 갔는데[255] ― 아 이래 한 가지[256]만 하라니 이만 끝내지 뭐. (일동 웃음)

15) 거짓말 세 마디로 정승사위 ·······································

1988. 6. 4. 사평리 / 이영주, 남 · 69

*고향은 경북 봉화로, 어려서 서당에 다녔고, 43세에 이곳에 와 농사를 짓고 있다. 이야기를 비교적 정확하게 하였고 많은 이야기를 알고 있는 듯했다. '이야기 첫머리에 '옛날옛날'이라는 말이 있으면 대부분이 거짓말이다.'라고 전제를 한 다음 이야기를 시작하였다.

옛날에 그런 이야기가 있어. 옛날에― 시방도 말하자면― 옛날에 뭐 삼정승 육판서니 대감이니 인제 이런데, 대감님 한 분이 옛날에 나이 많해서 노퇴[257]를 해가지고 떡 나와 있는데, 막냉이[258]로 딸이 하나 있는데 근력이 없어가지고 어디 댕기면설랑 구경할라고 해도 구경할 근력도 없고― 뭐 돈이 없어 그런 것도 아니고 그래 집에 앉아서 광고를 내었어. '거짓말 세 자리만 잘하는 사람이 있으면 사위를 보겠다.' 이래. 끝에 딸을 놓아두고―. 그래 광고를 보고 영남― 인제 이 아래 영남인데― 사는 사람이 그 한 분이 가만히 생각해 보니,

"예이, 까짓 거 여 뭐 여서[259] 말야. 품팔이하고 만날[260] 지게 젊어지

<hr>

255) 항복을 하고 돌아갔다는 말임.
256) '이야기 하나'를 뜻함.
257) 노퇴(老退) : 늙어 스스로 관직에서 물러남.
258) 막내. 막내아이.

고 농사짓고 이래 봐야 필요 없으니끼네 서울 대감댁에 가서 밥이나 한 상 얻어먹고 죽겠다.”

고 말이여. 그 '거짓말 이야기한다.'고 하고, 그래 인제 떡 서울을 갔단 말이여. 서울 가가지고 문 밖에 가 떠억―,

“이 집이 대감댁입니까?”

“어, 그러네. 그래 어찌 왔는가?”

“여 좀 광고를 보니께네 거짓말 이야기 세 자리만 잘 하며는 대감댁에 사울261) 본다 그래서 왔십니다.”

그리 사람이 무지무지하게262) 이제 왔다 갔다 하는데 암만 거짓말 얘길 해도 참말이라고 하믄 고만이거든. 그래 이 사람이 떠억 들어갔단 말이야. 들어가서,

“그래 뭐 거짓말 이야기를 잘할 주로263) 아는가?”

“예, 뭐 벨로 뭐 할 줄은 모릅니다. 그래 그 대감댁은 대관절 그르믄 매일 소고기를 얼마쓱 자십니까?”264)

“내가 배가 불러서 못 먹제. 소고기야 뭐 없어서 못 먹는 것도 아니고 소고기 그저 매일 그지 나는 한 근쓱은 치우네.”

“고래265) 살기는 어느 정도로 삽니까?”

“살기는 남이 뭐 부자로 소리하네.”

“아, 그러세요? 그럼 저만 못합니다. 저는 소고기를 하루 매일 넉 근 닷 근이라는 건 문제도 아닙니다. 때마다 소고기를 물박266) 덩어리 같은 걸

---

259) 여기서.
260) 늘. 항상.
261) 사위를.
262) 몹시 놀랄 만큼 대단히.
263) 줄.
264) 잡수십니까?
265) 그래.
266) 수박.

썰어가지고 집에 식구도 먹고 모지래믄[267] 이웃에 전부 노내줍니다.”[268]

　“그 어찌 자네가 그렇게 잘사는가?”

　“글키 잘사도[269] 못합니다.”

　“그래? 그럼 어째서 그리 소고길 먹는가?”

　“예 그런 게 아니올시다. 지금 뭐 남의 집 머슴을 살아가지고 돈푼이나 모아가지고 집에 송아질 한 마리 샀습니다. 사가지골랑 이래 집을 짓는데 이 송판을 가지고 빈질[270] 써서 이 송아지가 들어감 마치맞도록[271] 지어가지고 대구바리[272]만 앞으로 나오거로[273] 하고 앞에다 죽통을 걸어놓고 죽을 주는데, 이놈의 송아지가 살이 얼마나 쪘는지 살이 나갈 데가 없습니다. 빈지를 가지고 그렇게 해 놨으니— 그래가지고 빈지 틈을 칼로 이래 구녕[274]을 내서 그리 살이 구녕으로 튀져나와가지고 물박 덩어리 같인 게 이래 혹이 됩니다. (모두 웃음) 그것을 쏘옥 끊어다갈랑 찌지고 볶어 먹고 이래 이웃에 주고.—”

　그래 이 대감이 가만히 세상에 거짓말해도 그런 거짓말하는 놈이 없어.

　“에이, 이 사람. 세상 거짓말해도 그리 거것말하나?”

　“아이, 참말입니다.”

　이건 또 자꾸 참말이라네.

　“하이, 거짓말— 그래 거짓말 한 마디 됐습니까?”

　“응, 한 마딘 됐네.”

　그래 또 한 마딜 하는데,

---

267) ‘남으면’의 잘못일 듯함.
268) 나눠줍니다.
269) 살지도.
270) 빈지를. ‘빈지’는 널빈지. 한 짝씩 끼웠다 떼었다 할 수 있게 만든 문.
271) 꼭 맞도록.
272) 대가리. 머리를 속되게 이르는 말.
273) 나오게끔.
274) 구멍.

"대감댁에 저 앵두남개[275] 있습니까?"

앵두남개― 앵두 여는 앵두남개 있잖아?

"앵두남개 있지예? 그래 앵두남구 종자가 어떱니까?"

"종자가 그 사방 그래도 외국에서도 더러 뭐 이 종자를 구해한 걸. 하니께 종자 굵은 게 엄청― 이 요 대추만하게 이렇게 여는 종자가 있네."

"에이, 그 종자 못씁니다. 아니 그럴 줄 알았씸 지가 올라올 때 그 종자를 하나 캐가지고 오는 긴데 못했씸니다."

"그래 집에는 종자가 어떤 게 있나?"

"앵두남개가 한 개 있는데, 할튼[276] 앵두가 열 때 보면 처음에는 얼마 안 됩니다. 고루하니[277] 여는데 많이 열믄 안 돼요. 다 따뿌리고 그저 한 대에 두 개 세 개 놔둡니다. 이눔의 앵두가 얼마난 굵은지 자꾸 굵어가지고는 낸중에[278] 하여간 암만[279] 잔 거라도 지지 못할 그 보리 봉채기[280] 같은 앵두가 달립니다."

"에이, 이 사람아. 세상에 거것말해도 앵두가 그렇게 굵은 게 어디 있는가?"

"아이 그거는 참 거짓말이고요. 하여간 서 말 드는 봉채기 정도는 됩니다. 이런 게 엽니다. 한 개만 따개 놈[281] 온 동네 사람이 포식를 합니다."

"이리 세상 거것말을―. 에이, 이 사람. 세상 거짓말을―. 앵두가 암만 굵어도 요 그 저 대추나무만한 것밖에 없는데―. 그렇키― 그거― 거짓말을 하니 그거는 본대 거짓말이라고."

"예, 거짓말이 한 마디 됐씸니까?"

---

275) 앵두나무.
276) 하여튼.
277) 고르게.
278) 나중에.
279) 아무리.
280) 소쿠리. 대나 싸리로 엮어 테가 있게 만든 그릇.
281) 짜개서 놓으면.

"거짓말 두 마딘 됐네."

"그르믄 한 마디만 더하믄 사위를 볼 수 있을까요?"

이러니. 그래서,

"응, 한 마디만 더하게."

이 사람이 가만히 생각해 보니께네 아무리해도 사위를 보고 싶으믄 '됐네.' 그제마는,282) 그러 아니믄 '내가 순복통283)을 채워야 하겠다.'는 사심이 있었어. 그래서 인제 한날은 이리 가만 앉아 생각했제. 헌데 거 생각하고 궁리가 있는 사람이지마는ㅡ.

"한 제284)ㅡ 언제ㅡ 십 년 전에 디게285) 날이 가물었제요?"

그래 대감이 손갑286)을 꼽아본께 시방으로 말ㅡ 시방은 뭐 칠년 더위 팔년 더위 뭐 글지만,287) 그때는 갑자을축을 집어가지고 인제 이랬대.

"그 어느 해에 많이 가물었제요?"

그래서,

"어, 그때 굉장히 가물었네."

"그때 참 지가 돈을 버는데 참 재미가 있었어요."

이래.

"그럼 뭐가 어째서 돈을 그리케 버는 게 재미가 있었는가?"

"예, 그런 게 아니올시다. 그때 지 그 돈푼이나 있는 걸 가주고 하여튼 저 우리 사는 데 영남이란 데 가믄 저 삼척 저리 인제 저 울진 삼척 저리 가면 옛날에 삼베ㅡ 베를288) 많이 났습니다. 그래 그 베를 가서 한 짐 사 가지고 와가지고 집에 와가지골랑 그 잘글289) 맨들었습니다. 닷 말 드는

---

282) 그러지만.
283) 배. 욕심.
284) 한 때. 어느 때.
285) 되게. 아주 몹시.
286) 손가락을.
287) 그러지만.
288) 베가.

잘기하고 열 말 드는 잘기하고 잘글 맨들었는데 거기다갈랑 시방으로 말하면 아들[290] 말마따나 공알[291]에 바람 옇는[292] 식으로 바람을 가뜩 옇십니다. 여가지골랑 짊어지고 저 전라도 한편[293] 거 저 충청도 어디로 한편 댕기믄서 열 말 드는 잘근 천 냥쓱 받고 닷 말 드는 잘긴 오백 냥쓱 받고— 그 어째서 그러냐 하믄 그걸 다 사가지고 달아 놓으믄 바람이 지대로[294] 술술 나오는 게 세상 더우[295]가 없고, 어허, 시방에 누구 말메따나[296] 선풍기 이상으로 이렇게 됐는디, 그래서 팔아먹고 해서 참 이 그래 마지막에 서울로 안 왔습니까? 한 짐 짊어지고 서울로 올라와가지고 사방 장안 밖에 다 댕기며 팔골랑 잘기 열 말짜리 세 개가 남아서 요 대감댁에 왔습니다. 대감님댁에 오이 그 참 사기는 꼭 사야 되는데 돈이 없다 그래요. 그래서 그때 세 개를— 천 냥짜리 세 개를 외상으로 드렸지 않습니까?" (모두 웃음)

고래 가만히 대감님이 생각해 보니께네 부득한[297] 사정이란 말여. 참말이라 그믄[298] 사우는 안 보게 되는데, 돈을 삼천 냥 물어 주어야 돼. 삼천 냥 물어주면 그때 재산이란 그 집 재산 다 들어가도 안 된다 이거여. 옛날엔 천 냥 재산만 되어도 아주 부자라 그래. 그래가지골랑 무르박[299]을 탁 치며,

"오냐. 하여간— 니가 하여간 거짓말이믄 유명한 놈이다. 내 사우 보마."

---

289) 자루를.
290) 아이들.
291) 공.
292) 넣는.
293) 한쪽.
294) 저절로.
295) 더위.
296) 말마따나. 말한 대로. 말한 바와 같이.
297) 부득이한. 어쩔 수 없는.
298) 그러면.
299) 무르팍.

그래 그 집 사우가 돼가지고 그래도 뭐 낸중에 거기서 글짜이나 배워 가지고 뭐 벼슬 한 장 해가지고, 그리 거짓말로 온천간[300] 잘해니께네─ (모두 웃음) 그래 잘되고 살드라구만. 그른 인제 거짓말 얘기 있는데─.

16) 아들은 임금, 아버지는 염라대왕 된 명당 ....

1988. 6. 4. 사평리 / 이영주, 남 · 69

*이본으로 충북 괴산군 〔청천면 자료 6〕과 영동군 〔영동읍 자료 7〕이 있다.

옛날에 어떤 양반이 살기도 잘사는데 아들 삼 형젤 두었어. 에─ 아들 삼 형젤 두었어. 아들 삼 형제를 두었는데, 아들─ 끝에 아들은 하여간 건달이고 막내이[301] 짓을 한다더니 막내이 짓을 하고 돌아댕기고 말이야. 우로 형제는 참 살림을 하고 집들도 좋은 집들로 사는데. 그래 한날은 아부지 되는 분이 나이 많애가지골랑 맏아들 형 불러들여가지골랑,

"내가 인제 며칠 안 있으믄 죽을 챔[302]이니, 내가 죽고들랑 내 죽은 후에 내 유언대로 네가 해 주겠느냐?"

물었어. 물으니께네,

"예. 아버님 원대로 해 드리지요."

"그래? 그러면은 내가 죽고들랑 어떻게 어떻게 해라."

이런 이야기를 했다 이거여. 그러니께네,

"아고! 못하겠십니다."

"그르믄 닌 나가그라. 니 내 자슥이 아니다. 그른 말씀을 하고 둘째 아들을 또 불러 들였어. 불러 들여가지골랑 또 그런 얘길 했다.

---

300) 원체. 원래. 워낙.
301) 망나니. 언동이 몹시 막된 사람을 비난조로 이르는 말.
302) 무엇을 하는 경우나 때.

"내가 며칠 안 있으믄 죽을 챔인데 죽은 뒤에는 어떻게 해라― 목을 끊어가지고 어떻게 해라."

이런 얘기를 했어요. 그러니까,

"아고! 부모 목을 우에303) 끊고― 못하겠습니다."

"금304) 넨305) 또 나가거라."

그 막내이 짓하고 건달 짓하고 술이나 먹고 하고 사방 돌아다니는 이 사람은 장개도 가질 않앴어. 장가도 안 갔는데, 그래 불러들였단 말야. 그래,

"내가 며칠 안 있으민 죽을 챔인데 내 죽은 뒤에 그냥 몸뗑이는 갖다 장사를 지내드라도 그 목은 끊어가지고 니가 갖다가 내가 이기 유언한 이거 글을 내가 줄팅게 그대로 하라."

이래.

"예, 하겠습니다. 부모의 뭐 유언이라면 수화지중306)이라도 하겠십니다. 그리고 또 물갓307)이고 불갓308)이고 새 가리지 않고 하겠습니다."

그래. 그래 참 자기가 적어 논 이 조우309)를―조우 두루마리를 아들 줬어. 끝에 아들 준 뒤에는 그리 참 한 사나흘 있다가 죽어. 죽은 뒤에 장사를 지낼려면 사방― 살기도 잘사고 아들네들도 잘살고, 뭐― 뭐―뭐지? 풍수를 데려오고 읽고 떡살 되나310) 그래 풍수를 데려다가― 풍수를 데리골랑 한날은 한 마디로 형제가 풍수를 데리고 이제 멀리 가면은 그날 못 돌오게 되었단 말야. 한 이틀 후 이래서 인제 미털311) 잡아놓고 돌아올 챔인데 거리가 멀어서― 그래 간 뒤에는― 그래 그 며친날은 '내일 떠

---

303) 어찌.
304) 그럼.
305) 너는.
306) 수화지중(水火之中). 물이나 불 속이라도.
307) 물가. 물 옆.
308) 불가. 불 옆.
309) 종이.
310) 떡살 됫박이나(퍼 주고)?
311) 묘 터를.

난다.'고 해. 그래,

"넌 집에 여312) 지키고 있거라."

동상보고 '지키보그라.' 그래.

그래니께네 그 형들 가 분313) 뒤에 그래 이 사람은 하마314)— 벌써 준비를 했어. 칼 새파렇게 이런 걸 갈아가지고 싹 갈아 가지골람 준비를 탁해서 놔두고. 그리 있다간 그리 그날 밤이 떡 됐다. 마— 가 분 뒤에 그리 형수네들이 와서 언나 데리고 와서 그 방 와서 신체 방 와서 앉아 있으니께네, 뭐 며칠 되이— 하마 날이 한 며칠 하마 되이, 이 잘 자는 이도 있고 뭐 이리 고단하거든.

"아이, 형수들. 오늘 저녁엔 저 집에 모두 드가315) 자요, 내 혼자 여 있을 테니까—."

그때 적에는 인제 부래는316) 종이 있어. 옛날에 종— 종을 불러들였어. 이 종이 우로 형제는317) 말 잘 안 들어도 이 사람 말이라 그러믄 참 잘 들어. 그래 불러들여가지골랑 술을 한 잔 권하고,

"여318) 둘러 자거라. 옆에—"

그래 옆에 둘러 자지. 그래 을마만치 둘러 자니까 그리 이 사람이 그 종 배 우에 말야. 걸터타고 앉았단 말야. 걸터타고 앉아가지골랑,

"이마 이놈아 일나거라."

눈을 떠보니께 배 우에 떡 걸터앉아가지고—

"아유, 왜 이러십니까?"

그 시퍼런 칼을 해 들고 말야.

---

312) 여기.
313) 버린.
314) 벌써.
315) 들어가.
316) 부리는.
317) '형들의 말은'의 뜻임.
318) 여기.

"니 오늘 저녁에 내 말 들을래 안 들을래?"

"하이고, 듣겠십니다. 안 들을 리가 있십니까? 안 그르믄— 언제 말을 안 들었십니까?"

"그래 일나거라. 술 한 잔 더 가져 오나."

그래 술을 한 잔 쥐가지골랑,

"그 저 평풍 걷어라."

어 평풍 떡 걷어.

"그래, 은짝319) 띠라."320)

그놈 은짝 딱 띤께네,321)

그래 목알322)— 그 칼을 주니까니, 목알 비라323) 그래. 그 목을 비 주니께 목을 비주는 거 달랑 싸가지골랑

"목알 비라."

그래.

목을 비 준게— 목을 비 준 거 달랑 싸가지골랑 명지수건324)에 타악 싸가지골랑 밀봉지325)해가지고 자기가 딱 옇고,326) 그래 그 즉시 널을 그대로 딱 닫아서 은짝을 걸었제. 그 뭐 그래 그날 밤에 즉시 도망을 해부렀어. 그래 종문서 내가지고 막 불에 쳐대뿔고327)—,

"니 집에 있어 봐야— 우리 집에 있어 봐야 종질밲에 못혀."

"아 좋을 거까짓 없죠."

아, 그 말에328) 그 구이짝329)을 마 뭐 열대330) 없으니께 그냥 마 칼로

---

319) 관의 뚜껑.
320) 떼어라.
321) 떼니까.
322) 목을. 죽은 아버지의 목을 가리킴.
323) 베라고.
324) 명주수건.
325) 밀봉(密封).
326) 넣고.
327) 처넣고.

찍어가지고 마 구이짝을 빼제끼니 그 돈- 그 좋은 놈의 돈 수북이 둔 놈들331)이 실컷 고마 갈라가지고 말이야. 그르 도망을 가는 기여. 도망을 가는데 날이 부유하니 샐라 그니끼니332) 이 사람이 자기 짊어진 돈을 종을 싹 주부렀어.333)

"이것만하믄 닌334) 일평생 잘 묵고 살지니 닌 부지없이335) 가그라."

자기는 두건 하나만 딱 짊이지골랑 떡336) 갔다. 그 장소를 찾아갔어. 찾아가니께네 폭포가 내리지르는데- 물이 무지무지하게 폭포가 내리지는 장벽이- 그래 거 가가지골랑 그 두루말이 책을 떡 이리 내보니께네 '어떻게 하라.' 그래. 그래 그기서 몇 마디 얘길하고 하늘님을 읍을 하니께 물이 한 개도337) 안 내려와. 딱 그쳐. 그래 들따보니께338) 굴이 있어. 사람 드가는- 그 옆으로 요래 들어가는 굴이 있단-. 굴을 따라 드가니께네 그 안에 가니께네 널찍하니 이런 방 같은데 모래사장이- 뽀한339) 모래사장- 그래 복판을340) 가 슬슬 이래 (제보자 : 손으로 방을 쓰는 모양을 하여 보이며) 헤치니께- 한참 헤치니께네 돌함이 딱 나선다.341) 그래 돌함을 딱 들세고는342) 그걸 두고- 그래 거 여343) 놓곤 딱 덮어 놓고는

---

328) 마루에.

329) 궤짝.

330) 열쇠.

331) 막내아들과 종을 말함.

332) 그러니까.

333) 주어 버렸어.

334) 너는.

335) 멀리.

336) 턱. 무슨 행동을 아주 의젓하거나 태연스럽게 하는 모양.

337) '한 개도'는 '조금도'의 뜻으로 사용된 것임.

338) 들여다보니까.

339) 뽀얀. 하얀.

340) 복판에.

341) 나타났다.

342) (뚜껑을) 들고는. 열고는.

343) 넣어. 아버지의 머리를 넣었다는 것임.

그 즉세는344) 고마 이래 떡 모래 덮어 놓고 나와가지고 고래 뭐라뭐라 하니 업345)을 하니께네 물이 여전 이래—346)

세상도— 거는347) 인간도 아지도 못하는 곳이라 이래. 그래 놓고는 이제 이 사람 어디로 가는가? 서울로 가부렀어. 서울 가가지고 사방 이래— 미아리고개를 떡 넘어가더니— 서울 미아리고개를 넘어 가다니께네 해가 저물어 만구348)에 갈 덴 없고 그 뭐 돈도 한 푼 없고 그래서 그 미아리고개 딱 보니께네 비를 새로 써 났는데 이 담장— 담을 말야. 뺑 돌려 쳐서 이래 써 놓고, 요리케349) 가— 요리 들어가서— 요리 들어가니께네— 그 미 안이350) 드가. 그래— 뭐 그래도 뭐 난장351)보단 좀 낫거든. 그 미 그 옆에 기 가 눌러352) 잤다. 자다니께네 밤 이식한데353) 그 미 안에서 처녀가— 일등 처녀가 말이야. 참 나오디마는 그—

"이 편지를 하나 갖다가 저354) 집에 전해 주세요."
이랴.

그 꿈에 그래다 그래 꿈을 갖다 깨보니께네 뭐 처녀도 없고 아무것도 없는데, 이래 보니께 달밤에 달은 훤한데 보니께네 옆에 편지가 한 장 놓여 있드라 이거여. 그래 편지를 이래 뜯어 보니께네 '아무 김대감댁'이라 떡 써 났다 이거야. '그런가보다!' 이 뜯어 볼 수도 없고 그래 그 편지— 날이 샜단 말야. 샌 뒤에 그 장안에 들어가갖고 김대감댁을 찾았다 이그야. 찾으니까 역시 참 그 집이 맞아. 그래 그 편지 요 이름을 떡 보니께—

---

344) 즉시는.
345) 염(念). 주문.
346) 물이 이전처럼 다시 쏟아져 내렸다는 뜻임.
347) 거기는.
348) 만고(萬古). 세상에 비길 데가 없음.
349) 요렇게. 이렇게.
350) 묘(墓) 안에.
351) '한데. 바깥'의 뜻일 듯함.
352) 참고. 혹은 머물러.
353) 이슥한데. 밤이 꽤 깊은데.
354) 저의. 저희.

주솔355) 쓴 거 보이 그 김대감 딸의 이름이라 이기여. 그래 김대감이 가만히 받아고 '어디 세상에 이럴 수가?' 그래 속에 내용은 어떻게 썼느냐 하면은, '이 사람을—' (조사자 : 테이프 바꿀게요) 응 그 편지가 있는 거를 찾아 들어가지고 그래 전하고 하니께 그 대감이 보니 자기 딸의 이름이라 이기야. 그래 내용을 뜯어보니께네, '이 사람을 날과 같이 여기고 그 내 거처하던 별당에 거처하도록 하라.' 이래. 세상에! 죽은 딸이 편지를 이래 할 도리가 있나? 그래, 그 내역356)을 물었어.

"그 어째서 이 편지를 가져 왔느냐?"

물은게, 그래,

"오다오다 보니께 어디 그 미아리고개 그 묘가 있는데 그 묘에서 자다가 꿈에 현몽을 하고 편지를 전하라 그래 가져 왔습니다."

"아, 그러냐?"

그래,

"거 자라."

자기 딸 거처하던 별당에 떡 거칠357) 하게—. 그래 그날부텀 저녁부텀 그 처녀가 살아 와. 별당으로 살아 와가지고 밤이 이식하도록 같이 내외— 참 내외가 아니라— 인제 서로 화답을 하고 얘기를 하다가 밤이 열두 시가 되락말락하면 가고— (조사자 : 부모님 모르게요?) 어잉, 모르제. 부모가 알 텍이 있는가? 밤으로 그래 왔다가 또 그 이튿날 밤이면 역시 가. 매358) 왔다 갔다 해.

거기에 냉중에 누가 알았느냐 할 것트면359) 그 종이 말이야. 밥 갖다 주는 사람이 아무리 봐도 인적이 나는 것 같고 다르다 이게요. 그래가지

---

355) 주소를.
356) 자초지종(自初至終). 사정.
357) 거처(居處)를.
358) 늘. 매일.
359) 것 같으면.

골랑 그르케 슥 달이 거진 다 돼 가는데 그 이 사람이 봤다 이게요. 그 보골랑360) 뭐 주깨는361) 소리 나가지골랑 그래 이 문구녕을 이래 뚫고─ 손으로 아래 뚫골랑 들다보니까는 자기 데리고 있던 색시가 거 살아와서. 그 남자고362) 같이 밤이 노─ 논다 이거야. 그래 딱 열두 시 되면 간다 이게요. 그래 '그것 참 희한하다!' 그래 이 얘기를 대감한테 가 얘기했어. '사말363)이 여사여사364)하고 이렇다.'

그래 이 대감이 그것도 보니께 희한한 조화거든 그래 그 이튿날 저녁 같이 인자 가서 엿이나 보니365) 역시나 맹366) 뭐 틀림없다 이게요. '그기 희한하다!' 그래 그 이튿날 저녁엔 와서 뭐라구나367) 이래. '내가 내일 모래 사흘만 후이면 인간으로 새로 환산368)이 돼서 이 세상에 나올 챔인데 타인이 봐가지고 몬또고369) 또 석 달 열흘 고생을 하야370) 온다.' 이른 얘기를 한다 이게야. '그 석 달 열흘은─ 석 달 열흘 또 저승에서 꽃밭에 물을 여붓고371) 오372) 노력을 하다 내려온다.' 이런 얘기야. '하, 그거 희한하구나!' 그나373) 역시나 뭐 하는 수 없지. 그래 또 석 달 열흘 지냈어. 석 달 열흘 지내고 나니께 완전하게 거 처녀가 고대로 살아왔다 이게요. 그 대감도 보이 그 대감 딸이 뭐 그 틀림없고─ 대감 딸이고, 아 이웃에 사람이 봐도 그렇고─ 그래 부득한 사정으로 그 사람하고 결혼했어. 뭐

---

360) 보고서는.
361) '주깨다'는 '지껄이다'의 경상도 사투리.
362) 남자하고. 남자와.
363) '일의 전말'이라는 뜻일 듯함.
364) 여사여사(如斯如斯). 이러이러함.
365) 엿보니.
366) 맨. 다른 것은 섞이지 아니하고 온통.
367) 뭐라고 하느냐 하면.
368) 환생(還生).
369) 못 오고.
370) 하여야.
371) 넣어 붓고. '물을 주다'의 뜻임.
372) '온갖'의 뜻일 듯함.
373) 그러나.

딴 데 어데 결혼할 데도 없고 말이야.

그 사람하고, 결혼을 떡 한 뒤에 그— 이 사람이 그래 그러다 보니께네—옛날에 왕이 아들 삼 형제를 두었는데, 아들 하나하나— 오늘 아침 딱 날이 새면 아들 하나 죽고, 내일 아침이면 또 아들 하나 죽고, 모레 아침 아들— 사흘 아직374)에— 사흘— 삼 형제가 다 죽었다 이기여. 임금이 암만 생각해 보니께 이 세상에 이럴 수가 있느냐? 그래 육조 제천375)들을 모아놓고,

"이 인간의 세상을— 에, 사람을 누가 잡아느냐?"376)

물었어.

"그 인간 세상의 사람은 저승의 왕이 잡아 간답니다."

이래.

"그 저승 왕은 어떻길래 인간 왕만— 왕을 잡아 가는 수가 있느냐? 저승왕은 잡아 올 수 없느냐?"

이래. 그런 애길 하니까, 그래 육조377) 제신이 앉아서,

"그른 말씀은 하시지 마십시오."

그래.

그래, 저 끝에 앉았던 대신 한 분이 뭐라 그런고 하니,

"여게378) 한 일 년 전에 그 노태에379) 나가 계시는 아무 그 대감님이 죽은 딸을 살려다가 사우를 본 일이 있잖습니까? 그— 그 양반을 불러다 물어 보십시오."

그래 그냥 떡 불러 왔다 이거야. 그래께네 거 들어와가지고 조정에 들어와가지고,

---

374) 아침.
375) 제신(諸臣).의 잘못.
376) 잡느냐? 잡아 가느냐?
377) 육조(六曹). 국가의 정무(政務)를 나누어 맡아보던 여섯 관부(官府).
378) 여기에.
379) 노퇴(老退)해. 늙어서 스스로 관직에서 물러나.

"어째 저를 찾았습니까?"

그래,

"경은 죽은 딸을 살려다가 사우를 봤다는데 나는 동군380) 삼 형제를 사흘 아직에 거듭혀 다 잃어 버렸으니 그 내 아들은 좀 살려 줄 수 없습니까?"

이 참 딱한 노릇이란 말이제. 자기 딸을 자기가 살려온 것도 아니고, 천상381) 살아가지고 사울 봤는데, 아 이 임금이 '아들 살리 달라.'고 — 이 그 딱하고 기막힌 노릇이야. 못할다382) 하믄 역적이요, 하 한다 하이 하지도 못할 일 한다고 그럴 수도 없고 —. 그래서,

"예, 그리시지요."

그래 인제 집에 왔다 이그야. '그렇지 않으면 — 아들을 삼 형제를 안 살려 오게 되면 못 살려 오거들랑383) 저승의 왕을 누 말따나384) 붙들어 오든지 두 가지 중 한 가지를 하라.'385) 이런 얘기여. 그래 집에 왔다. 뭐 우에386) 볼 때 대답도 하덜387) 못하고 집에 떡 와설랑 고마388) 문을 달어 걸고 그날부터 고마 식음을 전폐하고 '에라! 내가 이거 오래 산 것이 죄고. 이 딸을 — 딸이 우연히 살아와서 사울 봐가지고 이것도 죄고, 내가 죽으믄 될 테다.' 그래 죽을라고 작정을 하고 문 닫아 걸어. 그 이 딸이 가만 생각해 보니간 무슨 연윤지389) 아지도 못하고 이 자슥으로서 — 물론 아들도 있고 자부390) 있지마는, 그래 인저 드갔단 말이여. '문을 열러

---

380) '동궁(東宮)'의 잘못. '동궁'은 왕세자.
381) 천생(天生). 자연적으로. 저절로.
382) 못한다. 못하겠다.
383) 오게 되면.
384) 말마따나. 말처럼.
385) 이야기의 순서상 인용부호 안의 말은 제보자가 임금의 명령을 빠뜨렸다가 뒤늦게 구연한 것으로 생각됨.
386) 위에.
387) 하지를.
388) 그만.
389) 연유(緣由)인지. 까닭인지.

달라.'고. (청취 불능)

"그 병중에는— 하여튼 뭔 일인지 지가 해결할 일이믄 해결하고 해결 못할 일이믄 역시나 아버지가 참 뜻하신 대로 하시믄 되이까 문 좀 열어 주십시오."

하도 간청을 하니께니, 그 막내이[391] 딸이고 그 애그튼[392] 딸이고 하니께네 그래 문을 열어 줬어. 열어 주니께네,

"그래 어쩐 이유로 그렇습니까?"

물으니까, 그리 사말이 여사여사하고,

"아들 삼 형제 살려 주든지 염라대왕을 잡아 대령하라고 그니[393] 내가 무신 재주로 염라대왕을 잡아 대령하든 아들 살려 오느냐?"

"네, 그릏습니까? 그러면은 그 내일 아침에는 조회 드가가지고 석 달 열흘 말미만 달라고시오.[394] 석 달 열흘 후이면 염라대왕을 잡아 대령하든가 아들 삼 형젤 살려 주든가 두 가지 중 한 가지 구체[395]가 날 테니 하십시오."

"그래 알아야."[396]

그래 그날 드가가지고 그런 상소를 했어.

"석 달만 말미를 주면 염라대왕을 잡아 대령하든가 동군 삼 형젤 살려 오든가 두 가지 중에 하겠습니다."

인자 그래,

"아 살려오고 잡아온다믄 석 달 아니라 넉 달이라도 말미를 줄 테니 그리 하라."

---

390) 자부(子婦). 며느리.
391) 막내.
392) 아이 같은.
393) 그러니.
394) 달라고 하시오.
395) '구제(救濟)'의 잘못이거나, '구체적인 결과'라는 뜻일 듯함.
396) 알았다.

그래 허락을 받고 집에 와가지골랑 그 즉세는,[397]

"진지를 드시지오."[398]

그래 이 별당에 와 있는 그 대감 사우가 하여간 유명하기를— 유명하고 뭘 그 꽃에 나무 하는 것 보믄 유명한데 그래 거 갔어.

"하여간 이러한 일이 있은께 이거 어떻게 해야 되겠느냐?"
말야. 그땐 내외간이니까 내외 이논[399]한다 이기야. 거 이 사람도 역시도 반거는[400] 뭐하나, 자기가 죽은 사람을[401] 살려다가 한 것도 아니고, 우연히 그 집에 가가지고 있으믄서 그 처녀가 살아와가지고 그래 참 내외가 된 거제. 자기 말따나 뭐 꿈에도 생각지도 안 히고[402] 세상 아무것도 모르는 일이라 이거야.

"그래 이른 일이 있시니 이 어떻게 해야 되나? 이제는 다 됐다. 우리 집안이 말야. 이 처가 집안이 곧 내 집안이고 이 집안은 다 된 집안이니 하는 수 없네. 그럼 석 달 열흘 내가 그러믄 저 공불[403]할 테니 보자."

그 방에다 자기 부인은 못 오게 하고 말야. 석 달 열흘 그러면 혼자 들어앉아서 밥만 갖다 주면 먹고 그 정성을 들였어. 그 정성을 들였는데, 누구한테 들였는고 하니 자기 부친한테 들였어. '아버님, 이러이러한 일이 있으니 이 어떻게 해야 되겠습니까?' 그래. 그래 석 달 열흘째— 그래 이 구십 한 칠일 경 떡 됐다 이기야. 구십칠 일이 되니까 그래 그 자기 아버지가 꿈에 현몽을 해. 현몽을 하는데, '니가 나를 찾아올라면은 이 저 서울 뒤에 삼각산 중턱에 올라가믄 제사 지내는 장소가 있으니까, 니 장인— 니 장인이 되는 이는 그 제삿짐을 지케고,[404] 니 처는 향롯불을 들

---

397) 즉시는.
398) 딸이 한 말로 여겨짐.
399) 의논(議論).
400) 반갑기는.
401) 사람과.
402) 아니 하고.
403) 공불(供佛). 불공(佛供). 부처에게 공양함.

레고405) 니는 축을 들고 그래서 거 올라가가지고 그 제사를 지내라. 그래
면은 알 일이 있이리라.'

그래 참 제사— 시케는 대로 자기가 짊어지고 가야 될 사정인데 부득
한 사정으로 시키는 대로 안 할 수가 없다 이거여. 그래 누406) 말마따나
그기는 현 자기 장인은 이제 제삿짐을 지케고 자기 부인은 이제 향롯불
을 들레고 자기는 이제 축을 떠억— 떡 들골랑 올라갔다 이게요. 올라가
니 펀펀한 데다 그리 참 제사를 다 지냈다 이거야. 지낸 뒤에 딱 돌아서
니까 희희한407) 노인이 죽장을 떠억 짚고 그 옆이408) 와 섰다 이게요. 그
래 그 즉세는 자기 부인과 자기 참 저 장인 되는 분은 집으로 내라409) 보
냈어. 내라 보냈고 그분한테 가서 인사를 턱 하여.

"응, 니가 정성이 지극하구나. 그르믄 오늘 저녁에 그르믄 염라국을 내
하고 같이 가자. 그래 내 가는 데는 내 허리춤을 바짝 붙으고 눈을 깜고
그래 따라 오너라."

이래. 그래서 그 실제로 바짝 붙들고 눈 바짝 감고는 인자 가. 아, 눈에는
바람이 막— 그래 얼마나 막 자동차 가는 이상이여. 바람이 쌩쌩쌩쌩 나
는데 그르고 마 어느 쪽으로 갔다 이그여. 가니께네 떡 서믄서,

"요 눈을 떠라."

이래. 눈을 떡 떴다 이그야. 눈을 뜨니께네 허! 그 어떤 밤중인데 말이야.
누구 말따나 어 하늘이 청청하고 말이야. 막 세상이 환하고 이렇다 이게
야. 올 땐 거기서 밤에 왔는데—, 그래 큰 궁궐이 있는데 저 떡 들다보믄
서,

"저게 들가거라. 저게 드가면 염라대왕을 만날 수 있느니라."

---

404) 지키고.
405) 들게 하고. 들리고.
406) 누구.
407) 하얀.
408) 옆에.
409) 내려.

그래 뭐 열두 대문— 열두 중문이라지. 문을 떡 열고 드가니께니 양쪽에 막 참 사무를 보고 앉았는데, 이리 가 저 한 대문 열고 한 대문 떡 들어가 저 마지막에 떡 드가니께네 눈을 뜨지 못해. 그 용상을 쳐다보니—그래 거 가서 아래 엎드렸지. 그래니께네 저승왕이,

"니 어째 왔느냐?"

물어.

"니 눈을 띄고 나를 쳐다봐라."

쳐다보니 자기 아버지라. 자그 아버지가 그 터에 가 그 저승에 왕이 됐어. 그래 떡 앉아,

"그래 네가 올 줄 알았다. 그래— 그라면은 니가 나가가지고— 내일 모레가 백일 만이 아니냐? 내일 모레는 염라대왕을 잡아 대령한다고 가서 니— 너 장인한테 시케가지고 상솔410) 하라. 내가 내일 모레는 틀림없이 갈 터니까 집으로 돌아가거라. 내가 그날은— 내일 모레는 틀림없이 갈 터니까 집으로 돌아가거라."

떡 나온다. 막 나오다 보이까 자기 백씨411)가 말이야. 큰형이 붙들고 막니,412)

"그 어째 왔다 가느냐? 나는 부모 명령을 거역해가지고, 저승에 붙들려 오지도 않을 걸 붙들려 와가지고 시방 이 고상413)을 하고 있는데 우에414) 좀 같이 데려나갈 수 없느냐?"

고 말이야. 이— 그 가만 생각해 보이 자기 동기간이요 백씨요 형인데— 그래 드갔어. 드가가지고 자기 아버지한테 그런 얘길 했어. 그래 그런 얘기하니—

---

410) 상소(上疏)를.
411) 백씨(伯氏). 형님.
412) 막으면서.
413) 고생.
414) 어찌. 어떻게.

"몰다.415) 그르믄 니 마음대로 하라."

'마음대로 하라.'하는 건 허락한 게라 말야. 그 와가지고는 그나풀이416) 매달려 있는 거 풀어만417) 있으믄 눈에 띄도 않고 어디로 가분418) 없단 말이야. 그래고 나면 사람은 하마419) 이 이승에 온 게야. 그 또 오다니까 둘째형이 그래가지고 있어. 또 드가 그런 얘길 하니께,

"금420) 니 데리고 가든지 말든지 니 맘대로 하라."

그 또 풀어놔 보니 어데로 갔노? 암데두421) 없어. '그것 참 희한하다!' 그래 앞문에 나오다 보니께네 자기 참 친한 친구― 허버리같이422) 끌고 댕기고 건달이겉이 끌고 댕길 젝에 친한 친구가 하나 있었어. 그 친구를 만냈어.

"야, 니가 어째 여그 저승 왔다 나가는 길이냐? 나는 여 와서 이래 매달려 참 고상을 한다. 그 좀― 날 좀 이 저 같이 갈 수 없느냐?"

그래 허물없는 친구고 하니께네 가만 생각해본께 하는 수 없어. 이거 부득한 사정을 자기 부친한테 갔어. 왕한테 가서― 그 염라대왕한테 가니까 그런 얘길 했어. 그런 얘길 하니―

"글쎄 니 형이는 내가 죽을 명도 아인423) 걸 마 내 말을 안 들었기 때문에 내가 잡아 온 것이고, 그 사람은 내가 살려 보내도 좋으나, 그 명이 모지래.424) 그래서 이 잡아 온 게인데 안 된다."

응, 그래 떡 나왔단 말야. 그 나오니께 희희한 노인이 죽장을 짚고

---

415) 모른다.
416) 끄나풀에. 길지 아니한 끈의 나부랭이에.
417) 풀려서만.
418) 가 버리고.
419) 벌써.
420) 그럼.
421) 아무 데에도.
422) 실속이 없고 우유부단하거나 계획성이 없는 사람을 가리키는 말.
423) 아닌.
424) 모자란다.

맹425) 거 섰어. 그래 그 노인이 와가지고 한 가지로426) 눈을 감골랑 죽은 마냥427)처럼 바짝 붙으고 하니께네 뭐 쌩쌩쌩쌩 하드니 딱 그 치성 올리던 그 자리에 갖다 놔 줬어. 그래 거그는 서울 삼각산 신령이여. 그래서 집을 내려왔다 이기야. 내려오니 사흘 만이니까 떡 염라대왕이 왔다 이기야. 기래 염라대왕이 떡 와가지골랑 자기 사돈 인제— 그래 사돈이지 뭐. 사위— 아들이여 사돈에 집에 드가가지고 거 사돈 처음 인자 생면428)하고,

"이 너무 늦어 안됐습니다."

"그렇십니다."

그래서 그 이튿날 거그서 그날 밤을 자고 그 이튿날 아침에 떡 사돈 되는 분하고 자기하고 또 자기 아들하고 그래 서이 인제 궁궐에 떡 드갔어. 궁궐에 드가가지골랑 그래 왕을 떡 보고 그래.

"염라대왕 잡아 대령했십니다."

왕한테— 이자 왕한테 그래 얘기하니께, 그래 인자 왕이 말하기를,

"그래. 염라대왕은 그래— 그러면 저 아들을 동군 삼 형제를 잃어버리시니께네 대왕님께서 동군 삼 형제를 살려 줄 수 없십니까?"

"그러믄 동군 삼 형제를 살려주면 어떻게 할 꺼요?"

"동군 삼 형제만 살려주믄면 아무 여한도 없고 임금도 뭐 필요 없고 아들 삼 형제만 제발 살려 주믄 지는 한이 없겠습니다."

이래.

"그래? 그러믄 눈을 뜨고 보라."

아 눈을— 그 대왕이 말야. 그 저 저승왕이 오면은 이승왕은 눈을 뜨고 저승왕을 보지 못한다야.

"그래 눈을 뜨고 보라."

---

425) 맨. 그냥. 그대로.
426) 똑같이. 올 때처럼.
427) 모양.
428) 상면(相面). 서로 만나서 얼굴을 마주 봄.

이래.

눈을 뜨고 왕도 보지도 못하고 이 옆을 딱 보니께 아들 삼 형제가 거 딱 살아왔어. 거 서 있이니까 그래 고마 용상을 뛰내려 가가지고 그 아들 삼 형제를 붙들고 운다. 그 우는 순간에 이 저승왕의 아들— 그 김대감 사울 말야. 그 용상에 올려놔 버렸어. (모두 웃음) 그러니께네 하, 아버지는 죽어가지고 저승에 왕이 되고 아들은 이승에 왕이 돼. 그래 이 조작은 누가 꾸몄느냐 하면은 전부 그 저승왕이 그 와서 문서를 그 저승에 들고 보니까 자기 메느리 될 감이 그 김대감 딸 하나뿐이더라 이그야. 근데 그냥 놔 두믄 혼인을 지내가 딴데 시집을 곧 금방 가게 돼 있다네. 그래서 잡아 간 게야. 잡아다가 저승에 갖다 잠깐 됐다가 내보낸 게야. 그래가지고 잘살았고마. 끝이야. (모두 웃음)

17) 배짱으로 출세한 사람 ··

1988. 6. 4. 사평리 / 이영주, 남 · 69

그전에 어떤 사람이 이 영남 사는데, 하도 살아 보니 그 뭐 벨[429] 재미도 없고, 이왕이면 까짓거 뭐 죽으면— 죽어도 옛날에 말하자면 뭐 '기상'[430] 울타리 밑에 가 죽는 게 옳다.' 이런 말과 한가지로, '같은 값에[431] 서울 가서 좀 사다 죽어 본다.' 하고는 서울을 떡 올라갔지.

서울 올라가 사방 돌아 댕기다 보이 망구[432] 갈 데도 없고, 가을에 찬 바람은 부는데 한 군데— 저 서울 장안 밖에 저 한 군데 어딜 떡 나가니 큰 참 기와집이 있고 너른 기와집이 있는데 아주— (청취 불능) 기와집이 있는데, 그 기와집 밖에 떡 가서 한 군데 이래 보이까 우물이 있어. 샘이

---

429) 별(別).
430) 기생(妓生).
431) 값이면.
432) 만고(萬古)에.

있는데 샘에 물을 길러 나갔는데 이래 보이께네 어떠한 처녀가 물을 길러 나왔는데 보이께네 아주 뭐 일류 참 처녀고 선녀 겉은 처녀가 거 물을 떡 길러 나왔단 말이라. 그래 이 사람이 가만 생각해 보이께네 서울 그렇게 댕기메 구경을 해 봐도 인물이 그만한 사람은 잘 보지 못했다 이그야. 그래서 이 사람이 물을 이고 가는데 뒤에 덜렁덜렁 따라 드간다. 큰 대문 − 그래 큰 대문에 떡 드가니,

"이리 못 들어옵니다."

"거 왜 그르냐?"

"저를 보고 만날래면은 오늘 저녁에 저짝 후면으로 오면은 만낼 수가 있습니다."

인자 그런 얘기를 해. 그렇구는 인제 그때 해가 제대로 있었단 말이라. 그래 어두컴컴해진 후에 후면에 떡 갔어. 가이까 그 처녀가 메[433] 이 참 나타나− 나타나디만은

"이리 들어오라."

이러거들랑. 그래 거 물이− 하수도 물이 말이야. 담 밑으로 떡 나가는 데가 있어. 거게 이래 돌기[434] 안에 막 이래 난 게 있는데 제키[435] 놓디만은,

"이리 들어오려면 마 옷을 벗어가지고 주고 들어오라."

그 옷을 말이야. 옷, 갓을 모두 벗어가주골랑 인제 거 주골랑 그 구녕으로 들이주니께 그 처녀가 받드라 이기야. 받아가지고는 이래 안고− 그래 '다 벗어 주고 드가라.' 그이[436] 구만[437] 돌을 그만 냅다 거다 디려[438] 박고[439] 그만 못 드갔다. (청중 웃음) 그리께네 옷을 싹 다 벗어 벌거벗고

---

433) 뭐.
434) 돌이.
435) 제쳐.
436) 그러니.
437) 그만.
438) 들여.

는 이르440) 뜩 가만 생각해 보니 기가 맥힐 노릇이야. 이런 꼬라지가 어디 있나? 거 드갈라고 옷을 벗어 주뿌고 맨-몸땡이441) 됐으니 그 세상 오도 가도 못하고, 남사스럽기도442) 하고 예기443)- (청취 불능)

거 무구밭444)이 마 갈게445) 무수가 이만큼하게 (제보자 : 팔뚝을 내 보이며) 좋았는데 무구밭 골에 거기 가 고만 들446) 눠 있다- 들 누워 있으니끼니 그 밤이 조금 이식하더니마는 그 시방은 순경- 인제 순경들이 뭐 뭐 인저 돌가잖아?447) 옛날엔 그 인제 '술레꾼'448)이라 했어. 그 술레꾼이 댕기믄서는 인제 그 뭣을 도는데 그 술레꾼이 떡 들렀단 말야. 이 초가을기449) 말이야. 그 춥지도 않은데 웬 사람이 홀락 벗고 거 무구밭에 얼어 죽었다 이게여. 그 가만 생긱해 보이 그 참 희한한 조화다. 이거. 음, 꼼짱도 안 하고 들눠 있으니까. 그래 그 즉세450) 그 사람들이 머라451) 그런고 하니,

"야, 저 무- 무수밭 속에 얼어 죽은 사람 그 말이야 불알이 약이라드라. 죽은 사람도 고친다그는452) 약이라드라."

이래.

"야, 불알 끊어가지고 가자."

---

439) 막아.
440) 이래서. 이런.
441) 몸뚱이
442) '남사스럽다'는 '남우세스럽다'의 잘못. '남에게 놀림과 비웃음을 받을 듯하다.'의 뜻.
443) 제기. 언짢을 때에 불평스러워 욕으로 하는 말.
444) 무밭.
445) 가을에.
446) 들어가.
447) 순찰하잖아.
448) 순라군(巡邏軍). 도둑·화재 따위를 경계하기 위하여 밤에 궁중과 장안 안팎을 순찰하던 군졸.
449) 초가을에.
450) 즉시.
451) 뭐라.
452) 고친다고 하는.

　(청중 웃음) 그래 이제 아 칼을 내고 마 한 놈이 오디마[453] 이 끊을라 그래. 그만 바짝 대주가지[454] 메가지[455]를 바짝 붙어,

　"이ー 이놈들, 죽일 놈들. 내가 죽어서 여 자빠져 있는 줄 아나? 내가 너희들 붙들라고 자빠져 있지. (청중 웃음) 작년에 우리 형님이 여 올라와 가지골랑 불알 끊겨불고 죽었어. (청중 웃음) 너들 끊어 갔고나! 그놈들, 고얀[456] 놈들 같으니. 이놈들 원수를 가린다[457]."

　아, 이 둘이 바짝 붙들려가지고ー 장사여. 힘이 얼마나 세 났든지 요동을 할 수가 없다 이기여.

　"그저 살려 주십시오. 그 저 뭐 그른 일은 없었는데 오늘 저녁 우예 해다 보이 이런 얘길 해서ー 이래 했는데 살려주십시오."

　"그래 살려주면 어떻게 할래?"

　"그러믄 하나만 여 붙들고 하난 나주면[458] 그저 옷을 가서 한 벌 해 가지고 와서 어떤지[459] 할 테니께는ー 어쩐지 해 가지고ー"

　"그래? 글믄[460]ー"

　그래 하나이 가더이마는 이르 참 일등 옷을 말이야. 옷갓을 해서ー 잘 해가지고ー 한 벌 해가지고 왔어. 그래 떡 갈아입었어. 그래 갈아입고는,

　"가거라. 너 앞으로 다시 한 번 더 그른 일 하믄 큰일 나."

　그래 옷을 잘해서 얻어 입었단 말이야. 가만 생각해 보니ー 예기 이러믄 또 한 번 갈 수밖에 없다. 또 그루[461] 갔어. 담 밑에 가서 기침을 한다. 그 처녀가 또 나서. 나서디,[462]

―――――――――

453) 오더니마는.
454) 대고서.
455) 멱살. 모가지.
456) 성미나 언행이 도리에 벗어나는.
457) 갚으련다.
458) 놓아 주면.
459) 어떻게든.
460) 그러면.
461) 그곳으로.

"아이고! 우째 또 와셨냐?"

"아 글쎄 뭐 갔다 생각하이께네 뭐 오고 숲어 또 왔다."

이랬거든. 그래니께네,

"아, 들어오라."고, "옷 벗어 주라."케. 또 까잇[463] 서심없이[464] 또 옷을 췄어. 또 벗어 주고나이까 '들어오라.' 이기야, 그래 거 드갔어. 그래 드가가지골랑 큰 목욕을 하고 옷을 뭐 그 맨구멍으로 드갔으니 목욕을 하고 난 뒤에 옷을 뜩 갈아입고 나이― 옷을 갈아입는데 그 옷이 자기 또 입고 간 옷보다 멧 배를 좋은 놈 옷으로 한 벌 해 주니 떡 입었다 말이야.

"그래 어째서 이런 일을 하느냐?"

이래 하니까 그래 그런 얘길 해.

"그 사람은―나는 참 처녀로서 안즉 시집도 안 갔고, 아무 저 대감 딸인데 아부진[465] 연세가 많애서 노퇴해 집에 나와 있고 그래 오빠네도 없고 엄마도 죽고 없고, 종들은 많으나 그 뭐 다 지 맘대로 보내뿌리고 그내 혼자 아버지를 뫼시고 있다."

이래.

"아, 그르냐?"

그래서 이 사람에 간담[466]을 보기 위해서― 이 문을 참 여니 뒷방이 하나 있는데 옷하고 갓하고 벗겨 놓은 것이 한 방 꼭야.[467] 한번 벗어 주고는 두 번째 오는 님이 없드라 이그야.

"그래 당신은 두 번째 와 가지고도 서심없이 벗어주이께네 하여간 간덩이[468] 두껍고 씰 만한 양반이다."

---

462) 나서드니.
463) 까짓것.
464) 서슴지 않고.
465) 아버지는.
466) 원래는 '간(肝)과 담(膽)'을 뜻하지만, 여기서는 '담력(膽力)' 즉 '겁이 없고 용감한 기운'을 뜻하는 것임.
467) 꼭이야. '꼭 차 있다'는 뜻.

그래. 그 저 방을 드갔다. 거 가서─ 거 가서 뭐 그럭저럭 며칠 지내 한 달 지내 이러다 보이까 그래 참 친하게 이케[469) 지내는데─ 그래 아 버진 연세가 많으서 저짝 방에 있으니 뭐 딸이 뭔 짓을 하는지 뭐 알도 못하고 그래 떡 있는데, 한 날은 나라서 그 인제 기별이 나오기를─ 그 대감한테 기별이 딱 나왔다. 이게 그─ 그 대감이 그전에─ 시방으로 말 하믄 무신[470) 뭐 시합─ 무신 뭐 하는 식으로 갔는지, 그 인제 대국서 책 자[471)가 나오는데 옛날 고적[472)을 비교하는─ 인제 그 말하자믄 수지저 끔[473)하는 거와 마찬가지로, 옛날 아들이[474)─ 우리도 그렇게 해 봤는데, 그때 풀싸움[475)하는 것처럼 인제 싸움을 해 가지고 두 번 세 번 지믄 인 제 하는 식으로 하고, 고적을─ 옛날 고물을 가주고 비교를 하든가, 좋은 물건을 비교하는데, 이래 '압록강에 서로 모여가지고 하기로 하자.' 이래 떡 나왔단 말이야. 그 대감이─ 참 저 나라서 가만 생각해 보이께네 아무 래도 그런 준비하는 거는 그 대감백에는 훌륭하게 할 이가 없어. 그래 이 대감을 불러들였단 말이라. 불러들여가지고는,

"사말이 여사여사하고 이런 일이 있으니 이걸 좀 준비를 해 주십시오."
그래.

"아이구! 내가 인제 나이도 많고 그 준비를 어떻게 거 할 순 없고 그 어떻게 하느냐?"
말이야. 그래,

"전부 준비를 하고─ 대강 준비는 우리가 하되, 대감님께서는 좀 중요

---

468) '간'을 속되게 이르는 말.
469) 이렇게.
470) 무슨.
471) '책사(策士)'를 뜻함. 꾀를 써서 일이 잘 이루어지게 하는 사람. 모사(謀士).
472) 남아 있는 옛날 건물이나 물건. 여기서는 '고물'의 뜻으로 쓰였음.
473) 수수께끼.
474) 아이들이.
475) 아이들 놀이의 하나. 여러 가지 풀을 많이 뜯어 온 아이가 이긴다.

한 걸 생각해서 좀 해 주십시오.”

이런단 말이야. 그래 뭐 안 한다고 글[476] 수도 없고, 그 나왔지. 나와가지 골랑 그래 그 즉세는 가만 앉았다 그런 얘기를 죽 했단 말이야. 하이[477] 그래 인제 그 딸이 하는 말이 뭐라 하는가 하면,

“예, 그르믄 그른 거는 저 저 거릿방[478]에 와 있는 그 한 분이 있으니까 그 분한테 물어 보십시오.”

“그래 그 사람 뭐 하는 사람이냐?”

“그 우리 집에 와서 며칠 그 거릿방에 와서 있는 사람이 있습니다.”

그래 그 그 사람을 또 불러들였단 말이야. 불러들여서 그래 ‘사말이 여사여사해서 대국서 이런 인자 이 책자가 나왔는데 이걸 준비를 좀 할 수 있느냐?’ 물으니까,

“예, 준비할 수 있지요. 그 뭐 어렵습니까? 아무 어려울 거 없습니다.”

아, 이렇게 떡 대답을 한다 말이야.

“그래? 그러면 준빌 즘 해줘.”

하이까,

“예, 준비를 하지만 준비를 하는 무신 대가가 있어야 할 거 아닙니까?”

“그 준비에 무신 댓가가 있는가?”

“전 안즉[479] 저 시골서 살다 안즉 장개[480]도 안 가고 나이 아직 한 삼십 살이 거진 돼 가는데 장가도 안 갔는데 어데 뭐 혼처를 구해가지고 뭐 장갤 좀 보내준다든가— 뭐 아이 대감님댁 겉은 데야 뭔 못하겠어요?”

“아, 그래? 그거 뭐 에렵진 안해.[481] 그래 인저 준비 좀 하라.”

이래.

---

476) 그럴.
477) 하니.
478) 사랑방? 혹은 건넌방?
479) 아직.
480) 장가.
481) 어렵지는 않아.

"해보지만 그른 대감님이 사우를 보시믄 고마 지가 뭐 아무 뭐 한이
없겠습니다."

"그래. 참 그럼 사울 보자. 그 준비만 다해서 되믄—."

그래 참— 그 즉세 그럭저럭 가다보이께네 인제 한 달쯤 남았다 이거
야. 날짜가 한 달쯤 남았는데, 그 가만 딸 된 분이 가만 보니— 대감 딸
된 분이 가만이 봐도 뭐 꿈쩍 요동도 안 해.

"그 왜 그리 밥만 먹고 방에 들어앉아서 그런 요동도 안 하고—" 말이
야. "준비를 해야 되는데 왜 준비를 안 하느냐?"

그런 얘기를 하이께네,

"아, 그까짓 거 준비할 게 뭐 그렇게 있느냐?"

그랬디니만은, 한날은 나가. 나가디마는[482] 뭐 꾸불꾸불한 작대기 한 짝
이 시커먼 걸— 이른 걸 떡 가져 와. 가져오디마는 대고[483] 인제 밀빌봉
지[484]로 싸가지고는 인제 그 중에 인제 금봉이라고 딱 쓱 써가지고는 이
래 나둬.[485] 그래 '그런가보다.' 그리 또 한날은 나가디만 힐리비쭉한[486]
인제 그 뚝가리[487]— 여 지리뚝가리[488] 몰라? 구경했는지 모리지마는 오
동구도 있고 지리뚝가리도 있고 인제 이른 지리뚝가리가 인제 힐리비쭉
한 게 그 한 짝을 삐뚜러진 거 가져 와. (청중 : 뚝가리는 뚝배기— 뚝배
기) 인제 뚝배기는 남글 가지고 판 걸 뚝배기라 그래. 뚝배기라 그래고
뚝가리 인제 그런디— 응 그라디마는 또 인자 싸가지고 인제 또 밀빌봉
지해 떡 싸가지고 그 뭐야 또 싸 놓고—. 그래 한날은 또 가디만은 무신
자리때기[489]가 요만하게 있는데 거근[490] 뭐 얼룩덜룩한 게 피도 묻은 거

---

482) 나가더니마는.
483) 대고. 무리하게 자꾸. 또는 계속하여 자꾸.
484) '밀봉(密封)'을 뜻하는 말인 듯함.
485) 놓아 둬.
486) 희비쭉한. 혹은 거무틱틱하고 길다란.
487) 뚝배기. 혹은 뚜껑.
488) 질뚝배기. 질흙으로 빚어서 구워 만든 뚝배기.

같고 이런 걸 말이야. 한 짝이 떨어지기도 하고- 같은 거를 떡 가져 와 똘똘 말아가지고 또 이 떡 싸가지고는 매놔 뒀다. 그래 놓고 앉어 보이께 네 며칠 안 남았다 이게야. 그래 아무 준비도 안 핸 것 같고 이래 노니 세상 고만 갑갑하고 그녀느[491] 셋 가지고 뭐 하느냐 이게요. 생각해 보이 그래.

"준비가 다 됐으니께네 가자."
이래.

그래 그날 떡 돼가지골랑 저짝 중국에서는 저짝으로 오고 이짝에선 이리 가고 인제 압록강에 강을 상간[492]에 두고 마주 떡 보이 이 짝도 뭐 보물- 모두 옛날 물견[493] 뭐 시방 많이 비단 싣고 가고 저쪽도 뭐 비단과- 중국은 옛날이[494] 비단이 최고인데- 그 좋은데 비단 뭐 싣고 인제 막 마차에 싣고 이래 쭈욱 양짝에 갖다 놓고 비끌 한다.

그 즉세는 그래 쭉 비교해. 그래 그쪽에 미리 내노니 옛날 고적[495]을 인제 얘기하거든. '그쪽에 미리 내놓아라.' '이쪽에 미리 내놓아라.' 시방 그때쯤에 뭐 고마 비교할 것도 없이 뭐 진 게라. 그래 내놔. 그래 그드니[496] 중국서 말야. 큰 나라서 말야.

"그쪽을 미리 내놔라."
카니 부득이 이쪽 적은 나라서 이쪽에서 미리 떡 하니 내놓아. 그 이 사람이 거기 떡 앉아 있어. 그래 인제 하나 떡 비쭉하니 뭐 시커먼 거 뭐 한 짝은 불에 탄 놈 이른[497] 꼬쟁이[498] 하나 떡 내놔.

---

489) 자리. 앉거나 누울 수 있도록 바닥에 까는 물건.
490) 거기에는.
491) 그까짓.
492) 상간(相間). 서로 사이에.
493) 물건.
494) 옛날에.
495) 고적(古跡). 사물에 얽혀져 있는 옛날이야기.
496) 그러드니.
497) 이런.

"그래 이것은 무엇이냐?"

물으이,

"예, 이거는 다른 게 아니고 옛날에 이목위소499)하고 식목실500)할 때에― 나무 파고 열매 따 먹고 살 적에 말야. 그―그 태후501) 복희씨502) 염제503) 실롱씨504) 그 시대에― 염제 실롱씨가 화식505)을 시킬 때에 첫번에 불 여튼506) 부지께507) 올시다. (청중 웃음) 불 늫던 부지깽이 올시다."

세싱에! 중국서는 말이야. 그거 바로 중국 땅에서 모두 발생한 긴데 그런 거는 구경도 못했다 이기야. 그리 뭐 어디 갖다 뭐 얘기할 수도 없고―.

"그래? 그러믄 또 하나 내놔라."

또 하나를 내놔. 이 뚝가릴 떠억 내놔. 그래 인자 순임금이 독장사508) 했다는 말 있거덩.

"이 순임금이 독장사할 때 첫솜씨로 맨든 뚝가리 올시다"

(청중 웃음) 이 세상 이것보다 더 오랜 건 없다 말이야.

"그래? 글믄509) 또 한 가지 내."

그래 이번엔 그 뭐 자리때길 떡 내놔.

"그래 또 이건 뭐이냐?"

---

498) 꼬챙이.
499) 이목위소(以木爲巢). 나무를 집으로 삼음.
500) 식목실(食木實). 나무 열매를 먹음.
501) '태호(太昊)'의 잘못. 중국 전설상의 제왕.
502) 복희씨(伏羲氏). 중국 고대 전설상의 제왕. 삼황(三皇)의 한 사람으로, 팔괘를 처음으로 만들고, 그물을 발명하여 고기잡이의 방법을 가르쳤다고 함.
503) 염제(炎帝). 아래의 주 참조.
504) 신농씨(神農氏). 중국 고대 전설상의 제왕. 염제(炎帝)라고도 함.
505) 화식(火食). 불에 익힌 음식을 먹음.
506) 넣던.
507) 부지깽이.
508) 독을 파는 장사꾼.
509) 그러면.

"예, 공자 태석510)이라예."

공자가 날 때 이 자릴 깔고 난 그 자리라. 여 피 묻고 이래. 세상에 거짓말도 물론 뭐 말할 수 없지. (청중 웃음) 그르나 어예볼511) 도리 없다 이게여. 그런 물건을 자기네 나라에선 구경하지 못했다 이게여. 그래 그거보다 더 오랜 물건을 내놓을라니 내놓을 걸 구하지도 않앴고 그렇게 또 변명해가지고 거짓말이라도 할 늼이 없었다 이거여. 그래가지고 그거 져부렸어. 지고는 그 중국서 그 좋은 물건 많이 싣고 나온 거는 전부 우리나라 싹 싣고 왔다 이게여. 그래서 그렇기 궁리가 있고 거짓말도 잘하는 놈도 있더라 이게요.

18) 적선하여 얻은 명당 ···

1988. 6. 4. 사평리 / 이영주, 남 · 69

이름은 몰라. 그 김도령이 옛날에는 무주라는 데 살았어. (조사자 : 무주요?) 무주란 데 살진 안 하고 무주라는 데를 그 인제 그 술장사하러 갔어. 부모넨 놔 두고- 없고- (조사자 : 예, 혼자서요?) 어. 혼자서 술장사라는데 기 말하자면 불알 술장사여. 옛날 말대로. 남자가 술장사를 하니께 안 그래? (조사자 : 아, 예) 아, 그래 불알 술장사라 그러지. (청취 불능) 그래 인제 돼지를 사다가 삶아가지고- 산판512)이 심했든가, 옛날에 그 산판공들이 인제 오믄- 인제 그 색시집에 가는 그보다 싸가513)- 인제 마 돼지고기를 시키는데. 그래 인제 파는데, 참 손님들이- 거 뭐 산판하는 손님이 많이 게 들고- 드나들고 이랬는데-

그 무주 구천동에 뭔 성이 많이 살았냐 하믄 구가 천가가 많이 살았다

---

510) 태석(胎席). 아이를 낳을 때 까는 자리.
511) 어떻게 하여 볼.
512) 벌목 또는 그러한 일을 하는 곳.
513) 싸가지고. 싸서.

고. (조사자 : 구?) 구가- 응, 구가. 천가. (조사자 : 예) 그 많이 사는데-
(조사자 : 구가하고 천가?) 응, 구가 천가 사는 집안에서 어디 가서 풍수를
한 분 모셔 왔어. 근데- (조사자 : 뭐하는 사람이요?) 엉, 풍수지리- 묘
자리 잡는 사람- (조사자 : 아, 풍수요) 응, 모셔 왔는데 자기네가 양반이
라고만 이리키 하고 풍수 대접을 그렇게 안 해조.[514] 그러니 그 터를 잡
아 놓고도 안 잡아도.[515] 그 대접을 잘 못한다고, 풍수가. 근데 그 한번은
그 풍수가 그 김도령 집 앞을 지나다니까,[516]

"아, 이거 들어오시라."

그래가지고 그 돼지고기에 하 이리 참 대접을 잘 하고 이래서- 그 이
명절이 다 왔는데 구씨네 천씨네가 자기네끼리만 댕기면서 술 먹고 이래
놀고 이래고 풍수는 데리고 다니질 않어. 양반 자랑 하니께 이 풍수는 많
이 배우고 이랬으니까 바른 말을 한다 이기여.

"너희가 뭐 양반이 될 게 있느냐?"

그래 인제 바른말을 하니께 이 풍수를 안 데리고 댕겨. (조사자 : 예)
응, 그만 내삐리고 자기네끼리만 댕기거든. 그래서 인제 갈 곳이 없어. 그
래서 이 촌놈의 집에 간 기여.

"아, 이거 이리 들어오시라."

고. 그래 마 돼지- 그때만 해도 돼지고기가 귀하잖어? (조사자 : 예) 그
런 돼지고기를 석쇠 위에 놓고 굽고 뭐 볶고 지지고 해서,

"양대로 잡수시라."

고 이래거든. 술하고-. 그래 '술맛도 아름답고 안주도 찬란하다.' 이래
지? (조사자 : 예) 응. (제보자 웃음) 어 그래 인제 잘 얻어 자셨거든. 그래
보니깐 머리에 흰 댕기[517]가 있어.

---

514) 하여 주어.
515) 잡아 줘.
516) 지내가려니까.
517) 상중임을 표시하는 표식.

"게 부모네가 있느냐?"

물으니까,

"부모네가 없다."

이기여. "다 세상을 떠나고 없다."고. (조사자 : 예)

"그럼 그 터를 좋은 델 잡아서 안장518)을 했느냐?"

고 물으니까,

"에이, 뭐 없는 사람이 어떻게 그렇게 할 수 있느냐? 그래 터를 못 잡
았다."

이기여. 그래서,

"내가 어디에 터를 좋은 걸 하나 잡아 놨는데 그 김도령이 쓸 수 있느
냐?"

하는 게요.

"하, 이 터만 좋은 데 있으면 쓴다."

고. 그래 그-그 구가 천가가 이래제 사는 동네 서낭 뒤에- 이 서낭 뒤
에 그 자리 거케519) 가거든. 인제 이거 묘집을 가리켜 해 주그던. '아무
날 아무 시에 파고 하관을 하면은 아주 그 당대발복520)이 날기라.'고. 그
래서 그 다 해 준 걸 이 사람이 가서- 고향에 가서 상521)을 돌아다가 그
시에 갖다가 인제 파는데 한참 파고 올라오다가 돼지 뼉다구를 모아가지
고 칠성판에 이래 해가지고선 그 여522) 놓고 묘를 썼다고. 그래 써놓고-
인자 그렇게 대강 해 놓고 써 노니까, 이 사람들이 서낭523) 뒤에 미524)

---

518) 안장(安葬). 편안하게 장사 지냄.
519) 거기에.
520) 당대발복(當代發福). 풍수지리에서, 부모를 좋은 묏자리에 장사 지낸 덕으로 그 아
    들 대에서 부귀를 누리게 됨.
521) 분상(墳床). 무덤. 묘
522) 넣어.
523) 서낭신이 붙어 있다는 나무. 또는 서낭신.
524) 묘(墓).

썼다고, '이걸 인제 어느 사람이든지 미를 파는 사람 있으면 돈을 백 냥 주겠다.' 이기여 (조사자 : 미?) 묘- 묘를 써 논 걸 파면 자기낸 겁이 나 못 파고, 서낭 뒤에 썼으니까- 그래 이 총각이 갔어. 그래 그 술장사 첨525) 들어갔으니- 동네라고 첨 들어갔으니, 이 암만 양반이 좋대도526) - (청취 불능) 그 거 가서 양반 행세 못하잖어? 혼자 독불장군 없다고. (조사자 : 예)

"그 샌님들- 그 샌님들, 묏이527) 그 파면 돈 백 냥 준단 말이 여 옳십니까?"

"아 그건 그- 그 파면 돈 백 냥 준다."

이래.

"그러믄 언제 팔까요?"

"아 그 총각 맘대로 아무 때나 파라."

고.

"거 내일 파지요. 까짓거 뭐 맘 내킨 김에-"

"아, 그럼 내일 파라."

고.

"그럼 내가 팔 테니까, 샌님들 나와 구경하시오."

"아, 그 구경한다."

이기여. 그래 그 이튿날 구경하러 죽 와서 섰는데, 아 이놈이 지528) 해 논 거 뭐 그까짓 거 한참 파니까 돼지 뼉다구 나올 거 아니여? (조사자 : 그렇죠) 돼지 뼉다구 밑에는 자기 인제 아버지 신체가 들었는데- (조사자 : 예) 그래 인제 산 사람은 '춘부장'529)이라 그러고, 죽은 후에 사람은

---

525) 처음.
526) '김도령이 구가 천가들보다 더 나은 양반이라 해도'의 뜻임.
527) 묘.
528) 제가.
529) 춘부장(椿府丈). 남의 아버지를 높여 이르는 말.

선고장530)이라 그러잖어? (조사자 : 예) 자기 선고장이 그 밑에 들고 그 위에 돼지 뼉다구를 해서 여 났어. (조사자 : 예) 그래 인제 좀 파니 그게 나오니까,

"아, 이 나무 밑 서낭 뒤에다 미 썼다."

고 그리해서, '이상하다. 아무래도 미 터가 좋은가보다!'고, '그걸 보라.'고 그걸 파내고 이걸 남이 보면 이거 돼지 뼉다구 표가 나면 안 되잖어? (조사자 : 그렇죠) 그래 거 저기 한짝531)에 가서− 그래 거 딴 사람 겁이 나서 못 들어오게−) 어 이 사람이 전부 다해. 남 안 보는데 고마 흙 채워 치웠어. 이래 노믄 백골도 못 찾아간다야 이래고−그르구선 '여기 아무래도 미 터가 좋아서 이랬으니까 여기다 덩그렇게 묘 완봉532)을 짓자.'고, '그러면 거 뭐 딴 사람이 와가지고 미 벌써 썼으니까 고마 필요없다.'고. (조사자 : 그렇죠) '안 쓸 거 아니냐?' 이기여. (조사자 : 예)

"아, 그 총각 말이 옳다."고 "그래 하라."

고 이르거든. '그래 하라.'고 그러기에 동글게 그래 인제 완봉을 아주 지. 그래 인제 완봉을 지 놓고, 에이, 술장사 그냥 뭐 다 때려치우고 서울로 갔어. 서울로 가 가게 하지, 이까짓거 뭐 요새매로533) 이 요 그 인제 뭐 어디 뭐 (청취 불능) 매로534) 서울로 간 기여. 서울 가서 빌빌 돌아 댕기다 보니 그 이제 장희빈535)이− (청취 불능) 난데 민비536)가 떨려나는 판이여. (조사자 : 예) 이를 때 그 담장을 뛰 넘어가서− 어 쫓겨났응께 '소인보러537) 업해라.'538)고, '소인이 해치지 않는다.'고 그래서 업했어. 급하

---

530) 선고장(先考丈). 돌아가신 남의 아버지를 높여 이르는 말.
531) 한쪽.
532) 완전한 봉분(封墳). '봉분'은 흙을 둥글게 쌓아 올려서 무덤을 만듦. 또는 그 무덤.
533) 요새처럼. 요즈음처럼.
534) 처럼.
535) 조선 숙종의 빈(?~1701)이자 경종의 어머니이다. 숙원(淑媛)으로 있다가 자신이 낳은 왕자가 원자(元子)로 책봉되자 희빈으로 올랐다.
536) 조선 숙종의 계비인 인현왕후(仁顯王后, 1667~1701) 민씨.
537) 소인에게.

니 뭐 우트케? 급해 죽을 판잉게 업히니께 그 장사여. 그 담장을 뛰넘고 업고ー 담장을 뛰넘어서 자기539) 본가에ー 친정에 데리다 줬다고. (조사자 : 예) 그리 델다주고 이르저르 서울 시내를 다니다가 그 이 장희빈이가 인제 그 언540) 대신이 인제 그ー그 왜 대국 사신 댕겨오다가 그 인자 그 금진541) 걸 지가지고 이542) 오다 주굿다543) 이르믄서 줬거든. 그래 그 숙종이 그걸 보고 깨달아서 장희빈이 인제 그리 된 게야. 내쳐서 잡았다고. 잡고나이께 인제 그 본부인 생각이 나서 그 윤씨544)를 집이다 연락을 했다고. 그 본가 가 가 있거든. 그래 가서 모셔 왔다고. 그래,

"그래 어떻게 해서 그 본가 갔느냐?"

하고 물으니까, 그래 그 이름도 안 갈체고545) 기냥 '김도령'이라고만 하네. 김도령ー. '아무 때고 김도령을 찾으믄 나타난다.'고. 어 그래 그 김도령이라는 거만 알고 있거든. 그래 서울에다 방을 내붙였어. '그게 김도령이 누구든지 들어와라.' 이렇게. 그래 김도령이 들어갔어. '김도령'이라고 그래. 돌아댕기다가ー. 그래,

"그래 그 뭐 어떻게 해서 그렇게 했냐?"

하니께,

"그런 그 급한 경우가 돼서 그래 소인이 업어서ー (조사자 : 민씨를요?) (제보자 : 응) 모셨다."

고. (조사자 : 민씨를요?) 어, 윤비546)를. 그래 윤비가 그 주ー 중전이 아니여, 그때? (조사자 : 예) 어, 그래서 그렇게 불러들였어. 숙종이 불러들

---

538) 업히라.
539) 민비를 가리킴.
540) 어느.
541) 값진.
542) 여기.
543) 주겠다.
544) '민씨'의 잘못임.
545) 가르치고. 알려주고.
546) 역시 제보자의 잘못임. '민씨'가 옳음.

이가지고,

"그래 너 소원이 뭐이냐?"

하니께로,

"소인은 글도 일자도 모르고, 그 뭐 조실부모하고 했— 한 자도 글도
모르고 힘은 장사다."

이기여.

"대장은 좀 하겠다."

고. 그래 그 숙종대왕 시절에 김도령이 대장한 기여. 일자도 모르는 판무
식547)이—. 하하하. 그 역사에도 그게 훤이 나오는 일이지.

19) 말 잘하여 평양감사 된 김한량 ·····················

1988. 6. 4. 사평리 / 이영주, 남·69

*제보자는 이 이야기를 판소리처럼 가락을 넣어 가며 구연했다.

아산 사는 김한량이가 소년 당시에 글자나 배웠던가 활짱548)이나 쏘았
던가 무과장549)이나 하였던가, 깨알 같은 탕건을 뒤꼭지에 딱 붙이고 서
울 공조판서 대감님께 서신문550) 참배하러 가는 길이었다. 때는 어느 때
인고 하니 섣달은 그믐이고 명월은 초승551)인데 한 대문 떡 들어서니 입
춘은 대길552)이오 건양은 다경553)이라. 또 한 대문 떡 들어서니 개문하니

---

547) 판무식(判無識). 아주 무식함.
548) 활의 몸체. 활.
549) '무과 시험을 보는 장소'나 '무과' 자체를 말함인 듯.
550) 청취 불량.
551) 초승[初生]. 음력으로 그달 초하루부터 처음 며칠 동안.
552) 입춘(立春) 대길(大吉). 입춘대길. 입춘을 맞이하여 길운을 기원(祈願)하며 벽이나 문
　　 짝 따위에 써 붙이는 글귀.
553) 건양(建陽)은 다경(多慶). 건양다경. 입춘(立春)을 맞이하여 길운(吉運)을 기원하며 벽

만복래554)요 소지하니 황금출555)이라. 또 한 대문 들어서니 요지일월556)이요 순지건곤557)이라. 또 한 대문 떡 들어서니 앵무 같은 종년이 촉단558) 저고리에 앙등치마559)에다 수금에 낭자머리560) 느즈막이 하고 몽두랑팔561)을 훼훼 젓고 나오거늘,

"여봐라, 대감께 삼남562)서 손님 오셨다고 여쭈어라."

"예. 삼남서 손님 오셨습니다."

"오! 이리 들어옵시라 하여라."

대감님 전에 떡 들어서면서,

"대감님 그동안 편하셨습니까?"

"오, 편해—"

"편인지 떡인지 봉물563) 한 장 없이 빈손으로 왔습니다."

"근나저나564) 어찌 왔는가?"

"대감님 전에 미관565) 한 장 얻으려고 슬하에 있던 재물 십년 구사566)에 다 팔아 올려도 미관 하나 안 주시옵고 차일피일 하옵기로 홰골567)이 잔뜩 나 집에 되내려가 제찬논568) 닷마지기 지머리 재고569) 오십 냥 받

　　이나 문짝 따위에 써 붙이는 글귀.
554) 개문(開門)하니 만복래(萬福來). 문을 열면 온갖 복이 쏟아져 들어옴.
555) 소지(掃地)하니 황금출(黃金出). 땅을 쓸면 황금이 나옴.
556) 요지일월(堯之日月). 요임금 시대의 세월. '일월(日月)'은 '날과 달'의 뜻으로, '세월'을 이르는 말.
557) 순지건곤(舜之乾坤). 순임금 시대의 세상. '건곤(乾坤)'은 '세상', '우주', '세계'의 뜻으로 이르는 말.
558) 초단(綃緞). 명주실로 짠 비단.
559) 청취 불량. 혹 '깡뚱치마' 즉 '속이 드러날 정도로 짧은 치마'를 말함인가?
560) 쪽 찐 머리.
561) 사고나 병으로 팔의 일부가 잘려 나간 팔.
562) 삼남(三南). 충청도, 전라도, 경상도 세 지방을 통틀어 이르는 말.
563) 봉물(封物). 예전에, 시골에서 서울 벼슬아치에게 선사하던 물건.
564) 그러나 저러나.
565) 미관(微官). 지위가 낮은 관리.
566) 구사(求仕). 벼슬을 구함.
567) 화가 나고 골이 남.

아 짊어지고 서울 종로 네거리에 와서 술 고기 배아지570) 툭 터지게 먹고 공조판서 대감님께 서신 문참571)하러 왔습니다.”

“아따! 그 녀석, 말 잘한다.”

“없소.572) 생이 무슨 밀을 잘합니까? 옛날에 당당 대설573)로 패육구사인574)하야 행관하장이다가 그 기치 중하여 이왕제575)라 하시던 이 소진 장의576)라는 양반이 말 잘했지 생이 무슨 말을 잘합니까?”

“앗따, 고녀석 문장이로고!”

“없소. 생이 무슨 문장이옵니까? 옛날에 소동파577) 두자미578) 같은 양반은 온후한 재상으로 계시고, 일일수경 삼백배579) 함함사지 중천580)에 오르던 이태백581)이란 분이 문장이지 소인이 어찌 문장이옵니까?”

“앗따, 고녀석 용하구려!”

“없소. 생이 무슨 용해? 옛날에 진시황 만리장성 담을 쌓고 십만 장졸 옹위하고 삼천궁녀 시기582)하고 동남동녀583) 오백 인 삼신산584) 불사약

---

568) ‘제위답(祭位畓)’(?). 추수한 것을 조상의 제사 비용으로 쓰기 위하여 마련한 논.
569) 청취 불량.
570) ‘배’를 뜻하는 사투리.
571) 문참(問參). 문안(問安).
572) ‘아니오’의 뜻으로 쓴 말일 듯. 혹은 ‘어렵쇼’ 즉 ‘어어’를 속되게 이르는 말?
573) 대설(大說). 큰말.
574) ‘패육국상인(佩六國相印)’ 즉 ‘연(燕)·한(韓)·월(越)·위(魏)·제(齊)·초(楚) 여섯 나라의 정승의 도장을 허리에 참’일 듯.
575) 이상 청취 불량.
576) 소진·장의(蘇秦張儀). 중국 전국시대 때의 유세가(遊說家)였던 소진과 장의.
577) 소동파(蘇東坡). 중국 송나라 때의 문인인 소식(蘇軾). ‘동파’는 소식의 별호임.
578) 두자미(杜子美). 중국 당나라 때의 시인 두보(杜甫). ‘자미’는 두보의 자(字)임.
579) 일일수경(日日須傾) 삼백배(三百盃). 날마다 모름지기 삼백 잔을 기울임. 즉 날마다 많은 술을 마셨다는 뜻임.
580) 중천(中天). 하늘의 한가운데.
581) 중국 당나라 때의 시인 이백(李白). ‘태백’은 이백의 자임.
582) ‘시위(侍衛)’의 잘못일 듯.
583) 남자아이와 여자아이를 아울러 이르는 말.
584) 삼신산(三神山). 중국 전설에 나오는 봉래산(蓬萊山), 방장산(方丈山), 영주산(瀛洲山)을 통틀어 이르는 말. 진시황과 한무제가 불로불사약을 구하기 위하여 동남동녀

캐러 보낸 그 양반이 용해지, 생이 무슨 용해?"

그때야 공조판서 대감님께서,

"앗따, 이녀석 딴 데로 가라."

어사 겸 평양 고을을 제수하시니, 그때야 김한량 좋아라고 이 초[585] 저 초, 진안초[586] 서산[587] 광이초[588] 대가죽 쌈지에다 비비적 비비적 한 쌈 지 비벼 넣고 꼬부랑 담붓대[589]를 들고 시방 평양 고을을 가는 길에, 김 한량이 평양을 당도하기만 하면 김×× 모가지는 연락부절 없이 뚝 떨어 지고 말 것이여. (일동 웃음)

20) 배짱이 부른 행운 ....

1988. 6. 4. 사평리 / 성명 미상, 남 · ?

*유관 자료인 강원도 명주군 〔사천면 자료 3〕, 단양군 〔매포읍 자료 8〕, 동 〔매포읍 자료 22〕, 동 〔매포읍 자료 23〕을 참조할 수 있다.

군대 가서 친구한테 들은 얘긴데, 옛날에 두 내우가 사는데, 아내는 참 알뜰하고 저거한데, 그 남자는 참 지금으로 말하면 인제 그 깡패 한가지 지. 인제 건달 - 술이나 먹고 남이나 뚜드려 패고 그러지 않으면 인제 놀 음판에 가서 개평[590]이나 뜯고. 이래가지고 인제 시를 지내고. 살림살이 는 하나도 관심이 없는 사람이지. 그래 인자 밤에는 참 알뜰이 남의 삯빨 래도 하고 바느질도 하고 이래가지고 먹고 사는데 - 하루 인제 이 사람

　　　수천 명을 보냈다고 함.
585) 초(草). 담배.
586) 전북 진안에서 생산되는 담배.
587) 서산초(西山草). 서초(西草). 평안도에서 나는 질 좋은 담배.
588) 미상.
589) 담뱃대.
590) 노름이나 내기 따위에서 남이 가지게 된 몫에서 조금 얻어 가지는 공것.

이 우트케 하냐 하면은 노름방에서 노름 구경을 하는데, 구경을 하다가 개평 몇 푼을 뜯어가지고 우째591) 갑작스리 집엘 가고 싶드라는겨. 그래 가지고 문 앞엘 나섰는데 웬 여자 하나가 등불을 들고 부지런히 가도 그만치 가고 또 천천히 가도 그만치 가고 게 이상하더라. 그러더니 이 여자가 자기 앞엘 가더니 고 옆에— 한 십 리쯤 따라 갔는데 고 옆에 고 오막살이집이 있는데, 그 집으로 들어가더라. 그래가지고, '내가 여태까지 이 밤중엘 이리 댕겨도 저런 참 여자가— 색시가 이래 가는 걸 첨 봤으니 무슨 곡절이 있겠다.'고. 그래 그 집을 들어갔는데, 들어가니까 아 안노인592)하고 바깥노인593)하고 호호한594) 노인이 둘인데 그 노인이 한다는 소리가,

"하, 아주 잘 왔다."

고 말이여.

"우리 딸내미가 언595) 정성596)에 그 몸종인데 아침에 일찍 나가가지고 밤늦게까지 일 돌보고 오느라고 자꾸 이래 늦는다."

고. 그래,

"오늘 저녁에 다행히 이 청년이 이렇게 바래다주고 그래서 고맙다."

고.

"그런데 그 여자가 어디 있느냐?"

고. 그래서 난,

"이 밖에 아무 데 있다."

고. 그래서—

"여태까지 우리가— 참 사람이라는 것이 저 옷깃만 스쳐도 인연이라는

---

591) 어찌하여. 웬일인지.
592) 한 집안의 여자 노인.
593) 한 집안의 남자 노인.
594) 호호(晧晧)한. 깨끗하고 흰. 머리가 하얗게 센.
595) 아무. 어느.
596) 정승(政丞).

데 우리 딸내미를 십리 길을 바래다 줬으니 참 인연이라.”

고. 그래서 이런 애기 저런 애기 하다가,

　“장개를 갔느냐?”

고 묻드래요. 그래서 이 남자라는 기 장개를 갔어도,

　“아니— 나 장개 안 갔다.”고, “총각이라.”

고.

　“그럼 아 잘 됐다.”고, “여태까지 우리 딸이 지금 과년이 찼는데 참 신
랑감도 마땅한 사람이 없구 그래서 예를 못 이루고 있는데 우트케 됐는
지 우리 영감 할멈은 인제 세상도 다 됐다 그러니까 짝을 지어 줘야 할
텐데 우트케 우리 사우 노릇을 하라.”

고. 그래 이 사람이 인제 건달이고 그러니까 배짱도 있고 그러니까,

　“아, 사우 노릇 한다.”

고. 그래서 인제,

　“그러믄 시간도 오래 됐고 그러니까 주무시고 내일 저녁에 내 또 오겠
다.”

고 말이여. 그래서 인제 집엘— 그 질로 나와 가지고 집엘 와서 자고 암
말도 안하고 그 이튿날 낮에 가 영감을 만나 볼려고 낮에 가니까, 아—
우트케 된 게 자기 들어갔다 나온 발자욱밖에 없단 말이여. ‘야, 이게 참
뭐 이상하다!’고. 그래서 방문을 열어 보니까 납골[597]된 송장만 말이여.
뼈가 하두 오래돼갖고 살은 하나두 없구 이 납골만 세 개 이래 뼈다구만
있드란 말이여. 그래서 그 참 겁도 나지만 배짱식으로 하니까, ‘야, 이 양
반들이 죽어서 귀신인데 내 홀렸구나!’ 이래가지고— 그때 인제 눈은 왔
지만 그 양지짝에— 인제 사래[598] 밖에 이래 돼 있는데 혼자 그 시신을
따로따로 말캉[599] 묶어가지고 참 그 흙— 양달에다 묻어줬다는 거래요.

---

597) 납골(納骨). 시신을 화장하여 그 유골을 그릇이나 봉안당에 모심. 여기서는 단지
　　‘뼈, 백골(白骨)’ 정도의 뜻으로 쓰인 것임.
598) 이랑. 두둑.

묻어주고 집에 와서 가마이 자는데, 아 그 노인하고— 그날 저녁에 보든 노인하고 색시하고 와가지고, 색시는 남편이라 그러고 노인은 사우라 그러고,

"아 우리 사우가 참 나 백년 집을 지 줬으니 얼마나 고맙냐?"

그 말이여.

"난 인제 앞으로 참 이런 저거 했는데, 우리 사우를 잘 둬가지고 집을 이래 짓고 편안하게 살게 됐다."고, "고맙다."고, "그러는데 사우 은공을 꼭 하나 갚아 줘야 할 텐데 갚을 길은 없고 내가 꼭 얘기할 테니 내 말대로 들으라."

고 말이여.

"지금 여서 동구 밖으로 나가면은 큰 그 지금으로 같으면 몇 키로 나가면은 어느 산을 돌아가지고 큰집이 하나 있는데 그 지금 빈집이다. 이런데 그기 자네 집일세. 사우 자네 집이니 그 집에 가 지키게. 그러믄 자네 잘살 수 있네. 지키게."

그러더래. 그래 이 양반이 그 소리를 꿈에 들었지마는 그까이꺼600) 꿈이거니 생각하구서는 생각도 안 하고 있는데, 아 그 이튿날 꿈에 또 나타나드라는 거여. 또 그런 얘기를 하드라는 거여. '에이 한번 가 볼 끼라.'고. 그 이튿날은 밥을 일찍 해 먹고 참 그 노인이 씨기601) 주는 대로 그 산모퉁이를 돌아가서 어디를 가니까 아주 큰 대궐이— 집두 큰 대궐인데 참 그야말로 바람은 씨렁씨렁602) 불고 그 집은 잘 진 집이지만 하두 사람이 오래 거치질 않아가지고 수십 년을 건질603) 않아가지고 문이 다 떨어지고 뭐 그랬드래요. 그래서 '이게 까짓 우리 집이라니까 내가 이제 여 살

---

599) 모두.
600) 그까짓 거.
601) 시켜.
602) 썰렁썰렁. 씽씽.
603) 거두지를.

수밖에 없다.'고. 그래서 인제 그 안채는 들어가 보도 안 허고 집이 워낙 크니까 인제 행랑채에 방이 한 칸 있는데 방을 인제 문두 바르고 인제 이렇게 하고 해 놓고서 그 이튿날에 집에 가가지고 각시보고,

"이 사람아, 인제는 우리 집을 하나 좋을 걸 장만해 놨으니 그리 이사를 가자."

고. 그래 인제 이 사람은 그런 애길 하니까, 인제 뭐 살림살이라야 뭐 지금은 살림살이가 많지만 옛날엔 살림두 언간한604) 살림살이래도 그저 뭐 우마차로 한두 개 실으면 아주 그 살림살이 많은 거라고. 언간하면은 어 여자가 이고 남자가 짊어지고 갈 정도로 요렇게— 인제 살림살인데. 그래 인제 그 이튿날 날이 새면서 이제 여자는 솥잔등이 끌어타고605) 이고 남자는 이 농고리606) 짊어지고 참 그 집을 찾아가지고, 그래 인제 그 돌아 댕기며 문짝 떨어진 거 뭐 이런 거 뚜디리 패가지고 방이 오래 빈방이 됐으니까 불을 때고, 인제 그 방은 연기를 안 나게 흙을 좀 바르고 그래 인제 그래 해 놓구서 인제 그날 첨 저걸 했는데, 거 같이— 남편은 여자하고 같이 하룻밤을 잤으면 좋겠는데, 이 남자는 그 동안에 그만 궁금해가지고 술 생각이 나가지고 각시를 인제 그— 그 방에 그냥 놔두고 자기는 인제 또 술 먹으러 간겨.

근데 이 여자는 그날 마침 이사를 오느라고 남의 밤일거리를 맡았는데 걸 인제 바느질을 꼬매고607)— 옛날에는 풀로 붙여가지고 꼬매고 그랬는데, 인저 화루에다 인두를 꽂아놓고 그랬는데, 한밤중은 지냈는데 바람두 뭐 덜겅덜겅 부는 게 겁이 나고 그래가지고 거 잔뜩 무슨 생각이 들어갔는데, 안에서 뭐가 덜그덕 덜그덕 소리가 나드라는 거야. '야, 이게 대체

---

604) 웬만한. 어지간한. 수준이 보통에 가깝거나 그보다 약간 더 한.
605) 소등을 끌어당겨 타고. 그러나 뒤에 '이고'란 말이 있은 것으로 보아 '솥단지'로 봄이 좋을 듯하다.
606) 동고리. 키버들로 동글납작하게 만든 작은 고리. '고리'는 키버들의 가지나 대오리 따위로 엮어서 상자같이 만든 물건.
607) 꿰매고.

뭔 소린가?' 하구서 아주 이 양반이 인제 숨을 죽이고서 가만 들으니까 사람 발자국 소리드라 이거야. 덜컥덜컥 하는 게 가마이 들으니까 자꾸 가까지 들리거덩. '야, 틀림없이 들어오는구나!' 하구선 겁이― 잔뜩 긴장 돼 있는데 아, 방문 앞에까지 들어오는 소리가 덜컹 나더니 문을 부시시 열드라는겨. 그래 이 여자는 보지도 안하고 독만 쓰고 가마이 있는데, 가마이 보니까― 옆으로 보니까 상옷608)을 말이래. 아루우에609) 하얗게 입고 이 감투를 쓰고 이런 귀신이 나타나드니― 이짝 아랫묵에 인자 거서 하는데, 거 저 웃묵에 문으로 들어와가지고 덜컹덜컹 들어오드니 암 말도 안하고 곁에 섰드래. 섰드니 아, 여자 바느질하는 여자 손목을 암 말도 안하고 덜컥 쥐니께 이느무 여자가 얼마나 놀랠 거여? 그래가지고 그만 갑작시리 놀래가지고, '어디 이런 법이 있느냐?'고 인두를 끄내가지고서 그만 이래 지지니까 얼굴이 딱 지짓다는610) 거여. 사람― 인자 그 사람 얼굴을. 그래가지고 인자 그 질로 딱 지지니까 그 인자 그 귀신인지 사람 인진 몰라도 '뜨급다.' 소리도 안 하고 손을 놓고서 또 뒤돌아서더니 덜 그럭 덜그럭 하더니 그만해서 안으로 들어가는 소리가 나더라 이거여. 그 러더니 기척 없드래.

그래 밤새도록 겁이 나서 잠도 안 자고 인젠 샌 눈으로 인제 있다니까, 낮― 지금으로부터 한 열 시쯤 해가 인자 확 퍼져서 인자 아침때가 되니 까, 신랑 와서― 술을 잔뜩 먹고 인자 콧노래를 부르면서 인자 들어오드 라는 거여. 그래서 인자 아무 소리 안하고 아침을 해주고 인제 그 각시가 한다는 소리가,

"어저녁611)에 하도 이상한 저기 있으니까, 오늘 저녁에 이기 우리 집이 라 그러니까 우리 안에 가서 구경을 좀 하자."

---

608) 상복(喪服). 상중에 있는 상제나 복인이 입는 예복.
609) 아래 위에.
610) 지져졌다는.
611) 엊저녁.

고 말이여. 그래가지고 참 거 집을 가 보니까 집이 참 그래 큰데 그 뭐 방이 그저 이짝도 있구 저짝도 있는데 한 군데 큰 방을 열으니까, 그 주름이라고- 그 저기 상청612)을 모시면은 치는 이 포장이 있다고. 그 이 친 게 하두 오래 돼가고 낡아가지고 말이여. 명주로 했는데 그기 하마 오래 돼가지고 이 떨어지고 그런 게 있는데, 그래서 그걸 해치니까 관이 말이여. 누리613) 이리 큰 게 있는데, 아 거기 인두 자구614)가 바짝 났드래. '아, 이기 엊저녁에 왔구나!' 응, 인자 사람 자는 관인데- 그래 '야, 이상하다!' 그래가지고 그때서 인자 여자가 말이여. 엊저녁에 이기 나한테 들와가지고 말이여 그런 얘기를 하니까,

"그러냐?"

고 말이여.

"뭐 이런 게 있느냐?"

고, 남자는 그래도 겁도 안 허고 대답하니까, 뚜껑을 활짝 여니까 금화하구 말이여 은화하구 아주 꼭615) 들었드래, 그 안에. 옛날엔 부잣집이 인제 그 돈이 많구 이러면 그 양반들이 자꾸 두주래616) 가니까 말이여. 이걸 안 뺏길라고 거다 인제 그 비밀로 인제 그 널을 만들어 가지고 거다가 인제 그 금화은화하고 비밀로 감춰 놨는데, 이걸 그만 노인이 죽을 때 그만 자숙헌테 얘기를 안 해가지고 이기 그만 사617)가 돼가지고 저녁마다 나와서 귀신이 그래 돌아대니니, 그 큰 집을 그 지킬 수가 있어? 고만 집안들이 그만 무섭다고- 아무나 가도 귀신이 나타나니까- 그러니까 도망가고 도망가고 그래가지고-. 이 사람은 고만 대담한 탓으로 말이래요. 결국은 거 금하고 은하고 팔아가지고 부자가 되고, 그 집을 지키고 아주

---

612) 상청(喪廳). 궤연(几筵). 죽은 사람의 영궤(靈几)와 그에 딸린 모든 것을 차려 놓는 곳.
613) 널. 시체를 넣는 관이나 곽 따위를 통틀어 이르는 말.
614) 자국.
615) 꽉.
616) 미상. 빼앗아?
617) 사(邪). 요사스러운 것. 사기(邪氣).

잘살았다고 그런 얘기를 하더라고.

그러니까 금하고 은이 사가 돼가지고 그만 귀신이 됐지. 귀신이 됐는데 그 금하고 은하고 그만 다 팔으니께 귀신이 없으니께- 인제 그만 그 팔아가지고 재산도 더 늘구갖고[618] 집도 수리하고 이래가지고 그 집을 지키고 인제 잘살았다구. 자식한테 유언을 안 하고 그냥 나둬서 그기 사가 돼가지고- 그래 저게 돼가지고-. 배짱이 그만치 있으니까 재산을 지키는 겨. 배짱이 있으니까 배짱이 약이지. 그 사람이 대담하고 배짱이 없었으믄 그 이튿날 여자한테 이래 갔을 때 자기 나온 발자국밖에 없을 땐 디다보고[619] 송장이 이리 줄루리[620] 서 있는데 문 열다 그만 자빠졌거나 고만 다시는 안 가겠지만, 그 사람을 묻어주고 이러는 바람에 거서 이 영감이, '너는- 사우는 말이여. 나한테 은혜를 이리 했으니까 자네 집이 거 있으니까 집을 찾아가라.'고 그래, 그 노인이 얘기하는 바람에 거 가가지고 거 참 거 큰 집두 차지하고 큰 관에 금이 가득 들었으니 돈이 얼마나 말이여? 그러니까 지끔 그걸 팔아가지고 큰 부자가 돼가지고 잘살았지. 그러니까 '배짱이 있으면 인제 재산이 있다.' 그거지. 배짱이 재산이지.

21) 정삼봉과 우역동 2 ···

1988. 6. 4. 사평리 / 성명 미상, 남·?

　*같은 자료가 단양군〔가곡면 자료 4〕, 동〔매포읍 자료 32〕, 〔매포읍 자료 54〕로 채록된 바 있다.

　원래 우씨라고 그러면 말캉[621] 단양우씨라고- 거 단양우씨 한 분[622]

---

618) 늘려가지고. 늘려서.
619) 들여다보고.
620) 줄줄이.
621) 조금도 남김없이 모두 다.

인데, 그기 인자 우트케 된 거 같으면, 정삼봉- 정삼봉이가 호는 '삼봉'
이고, 정 머623)씨지, 그기? 삼봉이. 정삼봉이가 (제보자 : 잠시 기억을 더
듬다가) 정도전이- 정도전이지. 정도전이, -정도전, 거 학자 아녀? 이름
이 정도전 선생이라 그러잖어? 그 유랜데 확실한 몰라도 우씨들이 얘기
를 하더라고. 정도전 아부지가 인제 그 삼봉이라고, 여 지금 도담삼봉624)
거 별곡 옛날에 벼루질이 있었다고. 거 인제 삼봉을 이래 별곡리를 가니
까 거 인제 소낙비가 쫘르르 따르는데 그때 그 우씨네 종 하나가 그 막을
쳐 놓고서 거서 새를 막드라 이기야.625) 그래서 그 들어가다 보니까 거
참 원두막에- 새 막엘 들어갔는데- 소낙비는 쭈르르 오는데. 오조626)밭
에 새를 봤지, 여자가. 옛날에는 인제 그 '오조'라고 일찍한- 응 조밭-
응 수수 조 고걸 인제 지키기 위해서- 그 때는 뭐냐? 옛날에는 새가 많
아가지고 거 일찍 되면 새 때가 막 오기 때문에 조밭에 새를 보느라고 그
막을 치고 있는데. 정도전 아부지가 비가 와 가지고 걸 들어가니까 거 참
여자가 있는데- 그 여자가 바로 우씨네 종이라고. 종이 인제 그 저걸 보
는데 그래 인자 낮에 거 우트케 관계가 있어 가지고 임신이 된 기 정도전
이를 가졌단 말이여.

그래 인자 그 정도전이가 참 재주가 유명하고 저거한데 이거 참 우서
방네 몸종에 난 저기라고 벼슬을 못하잖어? 그래가지고 그걸 없애기 위
해서 거 참 우씨네를 단양 거 우씨네를 말이여. 모조리 싹 그만- 단양에
우씨네가 많이 살았는데 좌우간 우씨라고 성 가진 사람은 싹 죽이라 그
래가지고 이 사람들 그만 경상도로 넘어가면서 겁이 나가지고 뭐 김씨도

---

622) 본(本)의 잘못일 듯. 본관이 하나밖에 없다는 뜻.
623) 모(某). 아무개.
624) 도담삼봉(道潭三峰). 단양팔경의 하나로, 남한강 상류 한가운데에 3개의 기암으로
    이루어진 섬.
625) 이야기가 끝난 후 조사자가 '새를 막은 것'에 대하여 여쭙자, 제보자는 '오조밭에
    새를 본 것'이라고 대답했음.
626) 일찍 익는 조.

되고 박씨고 되고- 그래가지고 지금 박씨 김씨 중에도 우씨가 있다 그 거여. 죽을까봐 자기 성을 감추느라고. 그래고서 인제 거 그 사람들이 지금도 남아 있는데, 여기 여 우역동 산소가 여 있다 그래어. 그래가지고 그 사람들 여 아직 재실627)도 짓고 그래가지고 여 단양에 단양우씨들은 우씨들은 단양 한 분628)이니까. 그 사람들이 여 시양629) 지내로 시월 달에 많이 온다고. 지금도 단양에 많이는 안 살지만 내 알기로는 그저 단양군 전체로 봐서는 한 오륙십 집 될 거여. 이 동네도 우씨가 한 넉집.

도망간 사람들- 그 사람들은 인제 경상도 말캉 가 가지고 우씨라고 성을 인제 가졌지. 남아 있는 사람들은 다 도망을 가가지고 우씨라고 다 도망을 가면서도 여서 왜 말을 들으면은 경상도 소백산을 넘어가면서도 그 넘에 가서 아구 나는 우- 인제 우 뭐씨고- 무고630) 김 뭐씨라고 속이가지고 생활을 했다고. 그땐 뭐 족보도 없구 그러니까. 그런 얘길 하더라고. 살아나기 위해서 자기 성을 속이는 기여. 거도 유명한 얘기가 우씨라는 첩자가 있고 인제 죽이라고 그러니까, 거 또 인제 정도전이 선생 저기 있고 그러니까 고만 막 고만 죽이고 그러니까 자기 살기 위해서 그만 성을 다 갈아버리지- 김씨로. 그래가지고 영원히 그만 그만 아들네한테도 얘기도 못하니 그만 아들도 김씬 줄 알고 말이여. 자기는- 자기 성을 김씨로 속였지만, 그 아들네는 아부지가 김씨니까 나도 김씨다 이래가지고 김씨가 되고 뭐 그랬다는 얘기가 있어.

---

627) 재실(齋室). 무덤이나 사당 옆에 제사를 지내기 위하여 지은 집.
628) 한 본(本). 본관(本貫)이 하나임.
629) 시향(時享). 음력 10월에 5대 이상의 조상 무덤에 지내는 제사.
630) 무엇이고.

22) 도깨비에 홀린 어머니 1 ···

1988. 6. 4. 사평리 / 성명 미상, 남·?

그전에 이 동네 배씨네가 있었고, 배진사 그 양반이 도깨비에게 쫓겨 갔어요. 배진사가 시방 여기 굴 앞에 비가 있잖아요? 아, 그래 그이네가 단양으로 이살[631] 가고 이놈의 도깨비가 우리 집엘 붙었다고요. 그런데 아침에 나가면 지녁[632]에 들살대도[633] 가만히 자는겨. 하마 처음엔 인제 도깨비가 오니까 들살대니까 이웃에서 쭉 모이요. 그래 쭉 모이니까 싱거운 사람도 있고 우스갯소리 하는 사람도 있고 하고 그런데, '도깨비 터 나면 부자 된다는데 돈을 좀 던져 주지.' (청취 불능) 진흙을 돌돌 뭉쳐가지고 방안에 던지고— 저 옛날에 노인들 머리 깎아가지고 다리[634] 맨들던 거 있잖아요? 다리— 그기 막 펄펄 날아 들어오고—. 그래 인제 여럿이 모여가지고 도깨비 더 나면 부자 된다는데 돈을 좀 던져 주지. 또 돈도 귀 떨어진 동전 난데없이 날라드는 기여. 동전이 날라 들어오고—. 아 인제 질이 됐으니까, 그만 이웃 사람들 하루 이틀이지 만날 올 수가 있나요?

근데 이눔의 도깨비가 우리 집에 들살대는데— 옛날에 노인들 왜 신 삼다가 요 저기 요만치 남은 거 묶어가지고 봉당[635] 구석에 세워 놓잖아요? 숯불이 이글이글 구석에 이글대는 거여. 아 인제 숯불이 그 속에 숯 덩어리가 짚단 속에 난데없이 그래 벌겋단 말이여. 또 가마이 있으면 이 문 발른 게 후르르 타올라가고 그 인제 우리 어머이가 그만 도깨비한테 홀린 기여. 우리 아부지하고 말캉 다. 고만 낸중에 하마 질이 돼가지고[636]

---

631) 이사(移徙)를.

632) 저녁.

633) 들어와 살아도. 혹은 '등쌀을 대어도'. '등쌀을 대다'는 '남을 지겹도록 몹시 귀찮게 하다.'의 뜻.

634) 예전에, 여자들의 머리숱이 많아 보이라고 덧넣었던 딴머리.

635) 봉당(封堂). 안방과 건넌방 사이의 마루를 놓을 자리에 마루를 놓지 아니하고 흙바닥 그대로 둔 곳.

636) 길이 들어서. 익숙해져.

이웃사람도 안 오네. 들살대도 가마이 자는 거여 아침에 나가면 소두방[637]
을 이래 우로 덮는 소두방을 솥안에 다 까꿀로[638] 쑥 집어넣어 놨어.

그눔의 도깨비가 그렇게 들살대는데. 도깨비가 인제 뭐 우트케 됐는지
모르지. 그 도깨비가 뭐냐 하면 옛날에는 도깨비가 막 기맥혔어요. 이 여
는[639] 시방은 도로 포장이 돼서 그렇지. 옛날에는 여 오자면 도랑을 몇
번을 건너야 돼요. 옛날에는 도깨비가 사방 다 있었지요. 근게 도깨비가
뭐이냐 하면 왜 인자 빗자루 요기 모지랑비[640]가 되며는 거 인자 사람
피만 묻으면 그기 도깨비가 되는 거여. 그리고 또 방아 찧는 방아 살갱
이[641] 그눔도 어디 떠내려가 썩어서 사람 피만 묻으면 도깨비가 되는 거
여. 도깨비가 그래 생긴다고.

23) 도깨비에 홀린 어머니 2 ···

1988. 6. 4. 사평리 / 성명 미상, 남 · ?

우리 어머이가 도깨비한테 홀렸는데. 우리 어머이가 무조건 도깨비 장
관이 연락병을 — 시방으로 말하면 쫄병을 시켜서 우리 어머이를 오라는
겨. 분명히 우리 어머이는 말소리를 듣는다 이거여. 가믄 말캉[642] 이 탄
관[643]을 쓰고, 뭐여? 시방으로 말하면 대통령 복판에 앉고 양짝으로 죽
앉았어. 그래가지고 딴사람은 못 봐도 우리 어머이는 도깨비를 보니까,
그 뭐 불려 갔으니까, 그 뭐 엎드려 비는 기라, 우리 어머이가. 우리 어머

---

637) 솥뚜껑.
638) 거꾸로.
639) 여기는.
640) 모지랑비. 끝이 다 닳아서 무디어진 비.
641) 방아공이.
642) 말끔. 조금도 남김없이 모두 다.
643) 탕건(宕巾). 벼슬아치가 갓 아래 받쳐 쓰던 관(冠)의 하나. 말총을 잘게 세워서 앞쪽
    은 낮고 뒤쪽은 높게 턱이 지도록 뜸.

이는 다 보는 겨. 탄관을 쓰고 떡 앉았으니까 겁이 나가지고. 그리 인자 엎드려가지고 뭐 빌고 그러니께로, 딴 사람은 볼 적에는 실성이 됐다는 거여. 이웃 사람은 또 인제 뭐 이리 해라 저리 해라 다 씨기고.644) 그러믄 '예.'- 우리 어머이는 무조건 '예, 예.'- 옳은 말만 씨기니까 '예, 예.' 하고. 딴 사람 볼 적에는 미친 사람밖에 더 돼?

  거 인제 도깨비는 은근슬쩍 우리 어머이가 도깨비하고 친했다고. (조사자 : 친하면 부자 돼요?) 글쎄, 부자도 안 되고 도깨비에 그만- 원칙은 도깨비를 사귀자면 개를 잡고, 도깨비는 개고기가 제일 좋다 이거여. (조사자 : 남자 도깨비만 있어요?) 우리 어머이가 얘기하는데 여자는 없고 남자가 아주 탄관을 쓰고 뭐 저기 시방 국회이사장645)- 대통령 복판에 앉고 죽 앉은 거 매로 갓을- 탄관을 쓰고 죽 앉아가지고 뭐-. 아이 양반이라야 그걸 써요. (조사자 : 도깨비가 유식하나요?) 유식하고 말고요. 도깨비가 맨646) 사람 죽은 귀신 마냥 그기 도깨비가 되는 거여.

24) 도깨비에 홀린 할아버지 ···

1988. 6. 4. 사평리 / 성명 미상, 남·?

  이장 할아버지가 저 매포 장에 그 전에 저 도랑을 막 건너 댕기는데. 이 양반이 술을 한잔 잡숫고 밤에 올러 오시다가 도깨비한테 홀린 거야. 홀려 가지구 이제 어디- 여 댓골 거 그 아무 데 이 쑥밭에 골짜기로 오신다니께로-오신께로, 거 이 노인이 논뚝에 앉아가지구 소리소릴 지르는 거야. 근데 이 노인은 댓골인지는 모르고 저 큰골 성상터 큰 소나무가 있어. 큰 소나무 밑에 가서 큰 소나무 밑인 줄 알고 그 바로 고 밑에 있

---

644) 시키고.
645) 국회의사당(國會議事堂).
646) 다른 것은 섞이지 아니하고 온통.

어요. 멀리 인제 조씨가— 조두해라는 분이 살았고 또 권명삼이— 만분이
란 분이 살았는데, 그 전에 그래두 그 양반이 그래두 뭐 천 석하던 자손
이니께로 양반이거든. 저 쑥밭엘 가가지고 거긴 줄 알고 ‘만분이!’ 그래
부르는데, 나도 들었어요. 쪼만할647) 적에. 그리 저 시방648) 조장일 집 앞
행랑채 거 살았는데, 소리가 막 들기는 거여. 그래가지고 우리네들을 젠
이제 댓골인데, 자기는— 그 양반 마음에는 저기 큰 소나무 밑인 줄 알고
‘만분이!’ 부른다구.

　모두 횃대불649)을— 초롱불을 켜 가지고 댓골에 가 소리 나는 데를 찾
아가니까, 하 머650) 노인이 도깨비한테 홀려가지고 눈안창651)이 하마652)
허애졌어요. 그래 도깨비한테 홀린 사람은 아버이라도 할아버이라도 왼뺨
을 (조사자 : 왼뺨요?) 야. 때려야지. 왼뺨을 때려야 된다구. 왼뺨을 때려
야 안 죽지, 바른손으로 때리면 죽는대요. (조사자 : 아니? 왼뺨으로 도깨
비를 때린단 말이예요?) 말하자면 이제 사람이 아버이를— 아버이를 때리
는 게 아니라, 도깨비를 왼손으로 때려야—. 왼 주먹을 도깨비는 겁을 낸
다구. (조사자 : 도깨비가 맞아요? 때리면—) 도깨비가 그 인제 인제 사람
한테 홀렸으니까 사람이 맞는데 그늠이 쫓기가는 거지. 도깨비는 왼주먹
으로 때려야지. 그래 인제 이 양반이 뭐뭐뭐 눈이 허연 게 하마 뭐뭐 검
은 자653)가 없어지고 그래 그 아들네미654)하고 이웃 노인들하고 가서 모
시구 왔는데 업구 왔지 뭐 걸어올 근력이 있나?

---

647) 자그마했을 때에. 어렸을 때에.
648) 지금.
649) 횃불.
650) 뭐.
651) 눈자위.
652) 벌써.
653) 자위.
654) 아들’을 귀엽게 이르는 말.

25) 벼락바위

1988. 6. 4. 사평리 / 성명 미상, 남·?

또 저 여 요 밑에 올라오자믄 신작로 가에 돌멩이 큰 게 무너진 게 있어요. (조사자 : 비락바우요?) 예. 거가 비락바운데[655]- 옛날에 중이 걸어가다가 소내길[656] 만나가지고 바우 밑에 가서- 바우 밑에 비 피할래다 그만 그 돌멩이가 떨어져가지구 거 중이 하나 시방 묻히[657] 죽었대요. 그 큰 바우 밑에. (조사자 : 그러구나서 뭐 딴 일은 없었어요? 중이 죽고 나서 마을에 뭐-) 그리군 뭐- 그런 전설만 있어요.

26) 천자문만 읽고 장가간 총각

1988. 6. 4. 사평리 / 성명 미상, 남·?

옛날에 어느 양반이- 부자 양반이 딸을 참 좋은 걸 두었단 말여. 헌데 언[658] 놈이든 와서 글을 잘하는 놈이 있으면 내가 사위를 삼는다 이랬는데, 아무리 와서 말여. 아무 놈이 와서- 그 대감깨나[659] 지낸 분인데 그 정승 판서 지낸 사람- 영감인데, 그 누가 와서 아무나 뭐 자기 눈에 드는 게 벨루 없거든. 근디[660] 어느 시골에서 천자 한 권빼끼는[661] 딴것도 안 배우고 천자만 꼭 한 권 배웠다고. 천자 한 권 배워가지고 그 집엘 떠억하니 갔네. 거 글렇게 한다게[662] '에이 그거 나두 가서 해 본다.'구 가니,

---

655) '벼락바위'인데.
656) 소나기를.
657) 묻혀.
658) 어느.
659) '-깨나'는 어느 정도 이상의 뜻을 나타내는 보조사임.
660) 그런데.
661) 권밖에는.
662) 한가고 하니.

거 이 영감이 평풍을 따악 쳐 놓고는,

"저 평풍을 두고 니 글 한 수 지663) 봐라."

이래. 그— 이놈이 천자 한 권 못 배운— 천자 한 권밖에 안 배운 놈이 평풍을 두고 지어— 글 지라니 거 어떻게 할 거여? 그 뭐 짐성664) 뭐이니— 뭐 짐성 꽁665) 거튼 거 뭐 별거 다 그리 나666) 있지. 뭐 병풍이니까—. 가만히 생각해 보니까, '도사검수667)로고!' 이랬다고. 아— '도사검수로고!' 아이 이렇게 '도사검수'— 응. 그림 도, 베낄 사, 새 금, 짐성 수— 잉, '도사검수'라꼬 이랬거든. 하, 이놈이668) 정성669)이 가만 생각해보이— 대감이 생각해보이 하! 듣도 보도 못한 '도사검수'라 허니,

"아이, 가—가라."

내쫓아뿌렀어. 내쫓아버리니깐 이놈이 막 쫓기 나오다 보니까 막 쏘내이670)가— 비가 오는데 어떡할 기야? 저— 저 천둥 하고 소내이가 오는데. 담 밑에 아 요리 앉았어. 가만아 이놈이671) 글을 잘못 짓단672) 말이야. '화채설령'673) 했더라믄 됐는데. '도사검수'라고 했단 말여. '화채설령' 할 걸 '도사검수' 했다가 '운등치우'674)한 날에 '속리원장'675) 했다 이거여. 그—그 전부 천자676)에 있는 거 아녀? (청중 : 아무렴요) 그 '화채설령'은 그림 '화', 채색 '채', 잉? 신선 '선', 신령 '령'이 '화채설령' 하였으

---

663) 지어.
664) 짐승.
665) 꿩.
666) 그려 놓아.
667) 도사금수(圖寫禽獸). 『천자문(千字文)』의 한 구절. 새와 짐승을 그렸다는 뜻임.
668) 이놈의.
669) 정승.
670) 소나기.
671) '가만히 이놈이 생각하니'의 뜻임.
672) 지었단.
673) 화채설령(畫綵仙靈). 『천자문』의 한 구절. 신선과 신령을 그려 채색했다는 뜻임.
674) 운등치우(雲騰致雨). 구름(수증기)이 올라 (증발하여) 비가 됨.
675) 속리원장(屬耳垣牆). 담장에도 귀가 있다는 말임.
676) '천자문'을 말함.

면 되는 걸 가지고 그 '도사검수' 했다 이거여. 이래 거 '운등치우'— '구름 운'— '운등치우'한 날에 '속리원장'— 담 밑에 귀를 기울이고 가만 앉았다 이 말여. 이 참이[677] 그 대감이 그놈을 쫓아내뿌리고 비가 오는데,

"저놈이 갔나 안 갔나 알아봐라."

말여.

에— 가 들어 보이— 나가 들어 보니 그놈이 뭐 담 밑에 중얼중얼하고 있어. 뭣일까 들어보니께 그놈 아직 있거든.

"예, 이놈이 아직 안 가고 있습니다."

"들어오라."

그래. 그 드갔다[678] 이 말여.

"너—니 뭐라 그랬어?"

"'화채설령'하올 걸 '도사검수' 하였다가 '운등치우'한 날에 '속리원장' 하였다."

이거여.

"거 '도사검수' 안 하고 '화채설령' 하였으면 될 걸, 기냥 어떵게든지— 근데 '도사금수' 했으니까, 지가 쫓겨 나왔다."

이 말여. 기래[679] '운등치우'— 구름 운— 이런 비 오는 날에 응— '속리원장', 저— '담 밑에 귀를 기울이고 이—이리[680] 있다.' 이런 얘긴데— 그래 이—이놈이 거 그러다 보니까 뭐 안에서 좌악 소리가 나와. 흐! 그 집 아마 대부인이 아마 그 안에— 고— 그거 평풍 안에 가만 있드니 (제보자 웃음) 오줌을 갖다 막 누는 소리가— (웃으며) 흐흐흐 났어. 그러니까 응 '공공천성'[681]하고 난리지. 거 대감이 생각할 때 그놈이 참 천하 큰

---

677) 때에.
678) 들어갔다.
679) 그래.
680) 이렇게.
681) 미상. 『천자문』에 있는 '공곡전성(空谷傳聲)'(산골짜기에서 크게 소리치면 그대로 전한다)을 조사자가 잘못 알아들었을 듯함.

문장이야. 그래가지고 사울[682] 봤다 말이지. 사울 봤다 그런 얘기-. 이 옛날에 그른[683] 전설이- 그 전해지는 전설- 순전히 머시[684] 아니고-.

27) 김삿갓과 신령의 대구(對句) ·······························

1988. 6. 4. 사평리 / 성명 미상, 남·?

　*앞부분은 녹음기 조작 실수로 녹음이 지워졌다.

　-그러면 글을 한번 부를 것이니 대를 맞추시오.
이래.
　"금[685] 그렇게 하라."
　초록동이[686] 있다 허길,
　"유록동춘색-"
이러거든. '버들은 푸리고[687] 복사꽃은 붉은데, 그 두 가지 봄일래라.' 왜 봄은 봄인데 왜 두 가지 봄이라 이러냐? 인제 이래, 말하자믄-. 근데 거 다 대를 맞출라니 이쪽 김삿갓이가 구만 입이 안 떨어져. 뭘 해야 댈[688] 맞출지 알 수가 없어서가지고 이쪽 김삿갓이가 거기서 헤졌어. 그만하고 헤져가지고 간다. 가므설랑 '유록동춘색 유록동춘색' 자꾸 인제 이래 부르고 내리가거든. 그 밑에 내려가다 보니께네 거렁[689]이 하나 있는데 거렁을 건너면설랑맨 그런 소리를 입안에 여[690] 놓구. 그 시방 궁리하는 바

---

682) 사위를.
683) 그런.
684) 뭣이.
685) 그럼.
686) '초립둥이'의 잘못.
687) 푸르고.
688) 대(對)를.
689) 시내보다 크고, 강보다 작은 내를 일컫는 경상도 사투리.
690) 넣어.

이제. 대를 맞출라고―. 그다691) 보이께네 거 빨래 씻는 색시가 하나 있
어. 빨랠 씻다,

"얼라,692) 여보 당신이 길을 가믄서 뭘 그리키 뭐 중얼거립니까?"
이래.

"아이, 그런 게 아니라 내가 이 암디693) 오다이까694) 초록동이가 하나―
한 분 앉았는데 그래 글을 부르믄설랑 대를 맞추라 그러는데, 그래 그 대
를 못 맞차가지고 그래 부르고 간다."
고.

"그 모라꼬 부르는데 그냐?"695)
말여.

"'유록동춘색' 하드라."
그래.

"에이, 그까짓 대 맞추기는 건696) 숩습니다.697) '청천수백 양월명'이라―
(제보자 : '하늘은 맑고 물은 흰데 두 달이 밝았다.' 이 말여) 그게 댑698)
니다."

(청중 : 맞습니다) 그 이 감삿갓이가 그양699) 되700) 올라갔어. 그리 실
금실금 그 촌동 있는 데로 올라가니깐 촌동이 맨 거 앉았어.

"그래 어째 또 오느냐?"
물으니까,

---

691) 그러다.
692) 어. 놀라거나, 당황하거나, 초조하거나, 다급할 때 나오는 소리.
693) 아무데.
694) 오니까.
695) 그러냐. 그러느냐.
696) 그것은.
697) 쉽습니다.
698) 대(對)입니다.
699) 그냥.
700) 도로. 다시.

"아! 그 내가 가달랑[701] 글을 한 귀 생각했는데 그 대가 되는지 안 되
는지 그래 올랐슴다."

"그 뭐라꼬—?"

"'청천수백 월양명'이 옳슴다." (제보자 웃음)

"당신이 그 지은 글이 아니오."

초록동이 미리 알아.

"왜 그리 아시오?"

그래고 묻고 헤졌제.

그래 초록동이가 그 하도— 그 김삿갓이가 글을 그래고 댕긴께 산신령
이 거 초록동이가 되갖고 거 앉았어. 그를 불렀다 이그야. 그 부를 대를
못 맞추니께네 그리 간 뒤에 그 또 변장을 해가지고 그 색시가 됐어.
거[702] 가 빨래를 하고 있다갈랑 그리 대를 맞차준 게야. 그래 그거는 신
선의 글이다 이러거든. (청중 : 김삿갓이가 영월군 아동여)

28) 원님을 꾸중한 어린아이 채번암(蔡樊巖)[703] ·······················

1988. 6. 4. 사평리 / 성명 미상, 남·?

그건 또 그런데— 그 전에 강원도 원주 고을 원을 떠억 해가지고 내려
오는데— (조사자 : 김삿갓이가요?) 아니 원이—. 내려오는데 한 군데에라
내라온께 전부 길이 갈라지고 양쪽에 언덕 밑에 사람들이 인자 내리서고
이래는데 한 아해 하나이[704] 말이야. 떠억 책을 찌고 오는데 길을 안 비
켜. 아, 이거 길을 안 비켜서 앞에 군로사령[705]들이,

---

701) 가다가.
702) 거기.
703) 조선 후기의 문신인 채제공(蔡濟恭, 1720~1799). '번암'은 그의 호.
704) 하나가.
705) 군뢰(軍牢)와 사령(使令). '군뢰'는 군대에서 죄인을 다루는 일을 맡아보던 병졸. '사

“요놈 당돌하게 말이야. 조그맨한 놈이 아 이 저 원님 도임하시는데 아 이거 길을 안 비켄다.”

이러거든. 그래 아 참 이 아해가 가만있다 들어보니 참 너무―.

“그래, 너들은 뭐 어째서 세도가 당당하냐?”

딱 이렇게 묻는다 말야. 그른께네 그 모더706) 군로 사령들이,

“마, 너들이라니? 우린 대저707) 원님을 뫼시고 가니께네 세도다708).”

“원님을 뫼시고 가는데 세도가 그렇키 당당하므는 너들이 바켜라. 나는 공맹자709)를 뫼시고 가니께 너그가 비켜야 될 것 아니냐?”

그리께네 그 맹자710)를 글711) 때 옆에 끼고 글 때 글 배우러 가는 길이라 이거요. 그래 원이 가만 들어보니께네, ‘참, 아이가 나이 멧 살 안 돼 뵈는데 세상 그리키도 누구 말따라712) 간도 굵게 그런 얘길 할 수 있느냐?’

그래서 인자,

“여봐라 가매713) 여 놔라.”

사령 게 거 딱 놨다. 놓고는,

“그 아714) 이리 보내라.”

그르고 아가 옆에 떡 왔단 말이여. 오니,

“니 나이 멧 살이나 먹었느냐?”

“예, 여덟 살 먹었습니다.”

“그래? 그리면은 니가 글을 질 줄 아느냐?”

령’은 각 관아에서 심부름하던 사람.

706) 모두. 모든.

707) 대저(大抵). 대체로 보아서.

708) 세다. ‘―도다’는 해라할 자리에 쓰여, 감탄을 나타내는 종결 어미. 장중한 어조를 띤다.

709) 공맹자(孔孟子). 공자와 맹자.

710) 유교 경전인 사서(四書)의 하나. 맹자와 그 제자들의 대화 따위를 기술한 책.

711) 그.

712) 말마따나.

713) 가마.

714) 아이.

"아, 글을 뭘 질 줄을— 뭐 여덟 살 먹은 게 무신 글을 질 줄 압니까? 그저 제가 자모듬715)이나 할 줄 압니다."

"그래? 그리면은 오늘 이 환경에 따라서 글을 니가 한 개 지어 봐라."

"예. 그르죠. 이 '춘난추국개유시'716)라. 봄 난초 가을 국화는 때가 있단 말이야. '군하선달아하지'717)— 군은 어예718) 미리 달해가지고 원을 했던고! '아하지'— 나 어째 안직 나이 어려 늦었던고! 그래 '막과선절월중계'719)하라. 달 가운데 계수남글 꺾어 잡고 자랑하지 마라. '기절지상유고지'720)라. '거 꺾은 가지 위에도 더 높은 가지가 있다.' 이렇게. 그 베실721)이 원 했다고722) 그렇키 세도를 부리지 마라 말야. 원보다 더 높은 또 베실이 있다 이게야.

근데 그 사람은 누기날723) 거 같으믄 채번암이래요. 채번암이가 저게724) 그 아산 거게 있을 때, 인제 그 원이 원 내려올 때, 그때 글 배우러 댕겼다 이 말야, 그 채번암이가 커가지고 그래 십년 독경설725) 했잖에? 그 채번암이 글이라 이게야. 그게— (조사자 : 그 그 그 분이 저 상산, 상산리든가요?) 응. 그 저—저 아산 어데 거기제. 거 인제 그 원이 그래 그 아 글을 두 개 짓는 거 그걸 보고 그래 거 가가지고는 말야 굉장히 선칠726) 했어. 아 선칠하고 잘했다는 그런 인제 글이 있는데 그것도 사람이

---

715) 예전에, 아이들이 한시(漢詩) 짓기를 익히기 위하여 한자를 되는대로 모아서 말을 만들던 일.
716) 춘란추국개유시(春蘭秋菊皆有時). 봄 난초와 가을 국화는 모두 때가 있도다.
717) 군하선달아하지(君何先達我何遲). 그대는 어찌 먼저 달하며, 나는 어찌 늦은고.
718) 어찌.
719) 막과선절월중계(莫誇선折月中桂).
720) 기절지상유고지(其切枝上有高枝).
721) 벼슬.
722) 원(員)을 했다고. 원님이 되었다고.
723) 누구냐 하면은.
724) 저기에.
725) 독경(讀經)을. '독경'은 경서(經書)를 읽음.
726) 선치(善治)를. '선치'는 '백성을 잘 다스림.'

그 저 큰 사람과 적은 사람과-.

29) 김삿갓

1988. 6. 4. 사평리 / 성명 미상, 남·?

김삿갓이 어데 가서- 한 군데 떡 지내다가,

"하룻밤 자고 갑시다."

주막에 떡 드니까,

"하이고, 글을 쫌 합니까?"

"하, 뭐 글은 뭐 대강 그저 입내 낸다."

이래.

"예, 그르믄 이 안727)에 큰 집에 드가십시요. 이 안에 드가면 마실728)

이 큰데 그 큰 기와집이 있는데 거 가믄 글만 잘하면은 그 그양729) 공

식730)하고 잘 대접받고 자고 갈 수 있습니다."

이래.

"아, 그럼 거게 가보지예."

그래 거 떡 찾아갔단 말야. 큰 동네에 가니께 큰 기와집이 있는데 주인

이 떠억 사랑에 앉아- 이 봄철이 따뜻한데, 이 문을 열어놓고 이제 떡

앉았는데, 저녁 때 해거림731)이 떡 됐는데, 걸 들어가서 주인을 찾으니

주인이 방안에서 떠억 앉았다. 그 방문 밖에 나온 법도 없고 그래.

"어째 왔습니까?"

물어. 그래,

---

727) 마을 안.
728) 마을.
729) 그냥.
730) 공식(空食). 노력하지 않고 재물을 얻거나 음식을 거저 얻어먹음.
731) 해거름. 해가 서쪽으로 넘어가는 일. 또는 그런 때.

"여 우에732) 하룻밤 우에 시733) 갈라꼬 왔습니다."

"아, 그렇습니까? 그래 글을 쫌 할 줄 압니까?

"그 뭐 부모 덕택에 글장734)이나 배웠습니다."

"아 그래 그르믄―"

그― 그 집 주인이 촌에 일류 선비랬어.735) 그른데 손님이 하도 많이 들고 밥을 해내고 세상 베껠736) 수가 없어가지고 그래 그 글을 짓기로 맨들었어. 글을 지서 잘 지믄 인제 하룻밤 재 보내고 그래 아니믄 퇴짜 맞는 게요. 거게 말하자믄 인제 시험 치는데 안 걸리는 셈으로. 그래 인제,

"한데 그래 당신이 '떡더구덩'짜를 압니까?"

이래거든. 그 생전에 그 김삿갓이가 글을 그렇게 알고 그렇게 입만 번뜩하믄 글인데, '떡더구덩'짜'는 생전에 들어보들 못했다 이그야. 그리―

"근나전나737) '떡더구덩'짜를 씌기를 어떻게 씨웁니까."

그르니까 그 주인이 있다 베루빡738)에 떡 씬단 말이여. 씨는데 이 '초도'739)를 하고 초도 밑에 '오를 등'740)을 떡 하고 오를 등 밑에 '마음 심'741)을 떡 해놓고 이게 '떡더구덩'짜요. 이 그참 그래여.

"여그 '떡더구 등'짜 밑에 운자를 달아가지고 글을 지시오."

그래 처음에 주인이 앉아 '떡더구 등' 금시초문이거등. 듣기도 처음이요, 나타나기도 처음이여. 그 '떡더구 등'짜란 말여. 그래 또 '떡더구덩' 그니께 말이여. '주인성명필시등'742)― 주인이 이름에 필시― 반드시 이

---

732) 어떻게. 어찌.

733) 쉬어.

734) 글. 글자.

735) 선비더랬어. 선비였어.

736) 배길. 참을. 견딜.

737) 그러나저러나.

738) 바람벽. 방이나 칸살의 옆을 둘러막은 둘레의 벽.

739) 초두(草頭). 한자의 부수(部首) 중에 '卄.'를 말함.

740) 오를 등(登).

741) 마음 심(心).

742) 주인성명필시등(主人姓名必是䆴). '주인의 이름은 틀림없이 등이로다.'라는 뜻임.

'떡더구 등'짜인 게라구 말이여. 또 '떡더구덩' 그래. '일등난유사회등'[743)]
이여 (제보자 혀를 참) 참 어허 또 '떡더구덩' 이니께네 '일야숙식은 계어
등'[744) -] 하룻밤 밥 먹고 자는 기 이- 이 '떡더구 등'에가 달렸다. 그래
또 '떡더구 등' 그러니께 '일등난유 사회등'이여.- 이 떡더구도 에려운
데[745)] 니 떡더구도 나타나기 얼마나 에려우냐? 이 말이여.

그래 그 즉세 주인이 말여. 버선발로 쫓아 나오디만 두 손으로 이 영접
해 들이가서 대접 잘해 보내고 그 이튿날 여비까지 주드라고. 그니까 (제
보자 웃음) 그래- 참 옛날 분들은 삐뚝하믄 글이고, 그저 들으면은- 듣
고 나면 글 좀 한 분들은요. 듣고 나면 허허 그 뭐 별것도 아니란 말이여,
글이. 그린데도 참 어려와- 어려와요.

30) 호랑이에게 자식 던져주고 시아버지 구한 효부 2 ···············

1988. 6. 4. 사평리 / 성명 미상, 남·?

　*이본으로 강원도 명주군 〔성산면 자료 2〕와 충북 영동군 〔심천면 자료 15〕
참조할 것.

　(조사자 : 앞의 이야기가 약간 망실되었음) 집에 있는데 기다리고 있는
데 그 아무리 기다려도 안 와. 그래 인저 저 거리에다 떡 인제 마중을 나
갔지. 마중을 나갔- 이제 자기 시어른 된 이가, 시부가 시모는 없고. 사
부가 먹골랑[746)] 떨어져버렀는데 호랭이가 그 옆에 떡 바랐고 앉았더라
이그야. 그래 그 이 부인이 거 가가지고 그리 호랭이한트르[747)] 그래.

---

743) 미상. '한 번의 등자도 어렵거든(一登猶難) 거듭 등자가 나타남이랴.'의 뜻으로 생각됨.
744) 일야숙식계어등(一夜宿食繫於登). '하룻밤 숙식이 등씨에게 달렸다.'는 뜻임.
745) 어려운데.
746) 술을 먹고서는.
747) 호랑이에게.

"니가 왜 여리 바래고748) 앉았느냐. 이 분은 우리 시아바이님인데 시아
바님을 니가 잡아 묵을라꼬 여 앉았느냐 왜 여 앉았느냐. 그래면은 시아
바님을 잡아먹게 잡아먹을라꼬 여그 앉았으믄 내 대신에 이 아를 줄 것
이니 니가 데리고 가겠느냐?"

물어. 고개를 끄덕끄덕. 그래 머심알749) 그 내려가지골랑 호랭일 줬어. 호
랭일 주니깐 호랭이 그만 놓고 받아가지골랑 가부렀다 이기야. 가분 뒤에
는 그 부인이 자기 시아바지를 등따리750) 업구 왔어. 업구 집에 와서는
떡 있네. 그 술에 취해가지고 정신없이 들누751)- 그래다 보니께 자기 남
편이 또 어디 갔다 왔어. 그래,

"아, 어디 갔다 인제 늦어 인제 오느냐?"

이래. 그래,

"어디 갔다 보니 늦어 인제 왔다."

이래. 그래 물론 뭐- '이렇게 아부지 미고- 이렇게 어디 술이 취했나
그래 사말752)이 어떠하고, 술이 취해 그렇지 지금 저 업어다가 시방 주무
시는 방에 있다.' 이래. 그래- 그래 그 얘길 했어.

"사말이 여사여사753)해가지고 호랭이가 그래 바래고 앉았기 때문에 그
래 그 아를 대신 주고 그 시어른 업구 왔다."

이래. 그래 이 저 말해. 자기 남편도-. 그 효자 효부가 될라이 그런지 뭐
자기 부인을 나무래는 것도 없고,

"하이고, 잘 했다."

고 말이지.

"자식은 또 앞으로 우리 젊으니까 낳으면 되는데 부모를 살리고 잘했

---

748) 가는 사람을 일정한 곳까지 배웅하거나 바라보며. 또는 기다리며.
749) 사내아이를.
750) 등에다.
751) 드러누워.
752) 사말(事末). 일의 전말.
753) 여사여사(如斯如斯). 이러이러함.

다.”

고 자꾸 자기 부인한테 칭찬하고 이랬어. 그래는 바인데- 그래 인제 자기 어른- 시간이 흐르고 하니께 자기 어른이 인제 어- 술이 깼다 이그야.754) 술이 깨가지고 나 보이 자기 그 저 참 방에다 갖다 두고 누패755) 놨는데, ‘그 하여튼 내가 요 어디 갔다 왔는데 집에 우에 내 발로 걸어왔나, 요 어찌 왔노?’ 그래 인제 저 그래 둘 내외가 저 앉았지. 그 대본756) 술이 깨고 나니깐 눈에 띄는 건 인자 손자가 눈에 띈다 이거야.757) 손자가 눈에 안 띄어. 없거든. 그래,

“암것이야,758) 울759) 손자는 우엤노?”760)

“아 저 저 딴 데 있어요. 저 방에 있어요.”

이제 ‘예, 저 방에 있다. 저 방에 있다.’고-

“가 데리고 온나. 보고 숩다.”

술은 깼고 그래.

“예, 데려오지요.”

이제는 밤인데 마루가 덜컥 소리가 나드라 이게요. 그래 마루문에 덜컥 소리가 난데 문을 열고 보니까 호랭이가 아를 그 데리고 앞에 갖다 놨드라 이게요. 그 호랭이가 아를 떡 갖다- 데리고 왔다 이게요. 그 보니께 네 언나761) 두레762) 입혔든 것 고대로 가져왔는데 아가 자고 있- 있드라 이게요. 그 그 자고 있드라 이게요. 그래 아를 그래 찾구서-

그래 그 천지763) 효자라. ‘하늘이 낸 효자 효부라는 건 인제 그 내외

---

754) 이거야. 이것이야.
755) 눕혀.
756) 대번에. 서슴지 않고 단숨에.
757) 전에는 그랬었다는 말임.
758) 아무개야.
759) 우리.
760) 어찌 했노. 어떻게 했느냐.
761) 어린애.
762) 두렁이. 어린아이의 배와 아랫도리를 둘러서 가리는 치마같이 만든 옷.

다.' 인제 그- 그렇게 나온 그런 애기도 있고- 애기라는 게 악하지 않는 사람도 있고 선하지 않는 사람도 있는데. 다 남의 딸이 되고 남의 며느리 돼 있는 거 똑같은데, 부인들- 여자들은- 그 여자들은 특히나 무엇을 해고- 남의 집에 가서 인제 해야 되느냐. 난 일상 아들한테도 이런 싱겁은764) 소리를 하는데 삼종지도765)를 알아야 돼. 삼종지돌- 여자는 여자는 삼종지도만 알므는 아무 집에 가서 살 수 있다 이게요.

31) 친자식보다 나은 양아들 2 ·······························

1988. 6. 4. 사평리 / 성명 미상, 남 · ?

*유관 자료인 충북 괴산군 〔청천면 자료 35〕, 동 단양군 〔대강면 자료 9〕, 동 영동군 〔용산면 자료 31〕 참조할 것.

(앞 부분의 이야기가 약간 잘렸음) 근데 아들이 없어. 그래 사우를 전부 다 삼 형제 시집을 보내 사우를 봤는데. 그래 성만 같은 성에다 불계촌766)- 촌수도 없는데 양자를 해 왔다 이게야. 양자를 해 와서 메느리를 봐서 살림을 하는데 허 효성이 깊고 말이야 그 내외가 다 지극해. 그래 잘사는데 딸들이 늘 와가지고- 참 삼 형제가 오므는,

"어찌든지 우리가 모실 챔이니까 해양767)를 하고-" 말이야 "메- 메느리하고 아들하고 쫓으라."

이그야. 이거 사람이 견딜 수가 있나 이그야. 그리768) 부부기 구체없

---

763) 천지(天知). 혹은 천생(天生).

764) 싱거운.

765) 삼종지도(三從之道). 예전에, 여자가 따라야 할 세 가지 도리를 이르던 말. 어려서는 아버지를, 결혼해서는 남편을, 남편이 죽은 후에는 자식을 따라야 하였다.

766) 불계촌수(不計寸數). 친척이긴 하지만 촌수를 따질 수 없을 만큼 멀다는 뜻임.

767) 해양(解養). 파양(罷養). 양자 관계의 인연을 끊음.

768) 그래.

어769) 아들과 메느리는 보내부렸다 이그야. 보내고 나니께네, 아 사우 서이 딸 서이 모여 가지꼬 그 재산을 분배를 한다 이그에요. 나이도 어느 정도 좀 많고 하니께 분배를 해가지고— 그래 분배를 해가지고는 딱 가지고 말이야. 첫 번에 인자 한 달은 큰딸이 인자 한 달 인제 대접을 하고, 또 한 달은 인제 둘째딸이 대접하고. 또 한 달은 셋째딸이 대접을 하고 이릏게 돼 있었다 이그야. 그리 돼 있는데, 그르770) 뭐 가부렸다 이그야. 그린게 며느리하고 아들하고는 그 가부렀고. 그리 부득이 인제는 살림을 다 그렇게 갈라줬뿌렸으니께네 구체없이 그 딸네 집에 얻어먹는다 이그야. 한 달 얻어먹고 나믄 그마 하루만 지내도 말이야.

"아고! 오늘 하믄 하루가 지냈으니께네 그 동상들 집으로 가라."
이그야. 하 이른 놈이 이렇게 박할771) 수가 있느냐 말야. 그래 또 거가서 한 달 있으믄— 한 달 되믄 또 '동상한테 가라.' 그래. 그렇게 석 달이 뜩 되믄 한 바꾸 돌았다 이그야. 그래 거 가서 하루만 넘으믄 '아이, 형님네 집으로 가라.' 이래. 그래다 보니께네 할마니는 죽었다 이그야. 죽은 뒤에 영감이 혼자 가만 생각해 보니, '내가 이래 돌아 댕기믄 얻어먹고 살믄 뭣을 하느냐? 차라리 죽는 게 낫지 않느냐?' 그래서 고만에 마 부지정처772) 없이 딸도 고마 모르게 말야. 고마 그냥 과객으로 얻어 묵고 나서 부렀어. 나서서 가다 보니 어델 가나? 함경도 함흥을 갔어. 그래 있제 떡 갔단 말이여. 그 가니께네 그 가을인데— 초가을인데 하 모773) 얼음이 얼고 이를774) 때여. 얼음이 얼고 한데 이 물이 옛날— 시방이야 그 좋지마 난 옛날에는 돌글775) 이리 하나씩 주어 놓고 돌다리를 건넸댔제. 그런 거

---

769) 구처(區處) 없어. 할 수 없어. '구처'는 '변통하여 처리함. 또는 그런 방법.'
770) 그곳으로. 딸네집으로.
771) '박하다'는 마음 씀이나 태도가 너그럽지 못하고 쌀쌀하다.
772) 부지정처(不知定處). 정한 곳이 없음.
773) 뭐.
774) 이럴. 이러 할.
775) 돌을.

는─ 그런 땐데 거 떡 갔다께네[776] 아 돌기[777] 말야. 얼음이 물이 튀어 올라가지고 그 돌기 얼어서 말야. 번들번들하고 이를 시댄디 갈 길 난 무[778]하고 이럴 땐디─ 그래 그 거렁[779] 건넸어. 거렁을 건네서 딱 가다 보니께네 아 이 돌이 고만 미끄러워가지고 고마 거렁을 빠져 가지고 옷을 얼구 마 적셔 버래.[780] 그래는 종국에 그짝 건네 그 움물이 거렁가에 있는데, 물 길러 나왔던 부인이 하나 거 와서 그 노인을 붙드리고[781] 와 가지곤 데리고 들어간다 이게요. 그런데 보니 자기 메느리라 이게요. 메느리─ 메느리가,

"그래 아부님, 어쩐 일로 이쯤 오셨습니까? 그 먼 길을─"

그래서 일로 들어가 자기 집을 떡 들어갔다 뭐. 드가가지고 그 옷을 벳기고 자기 남편 옷을 입히고 그래가지고 뜨듯한 방 불 피 놓고 그래 그짝 옆에 가드니마는 음식을 술하고 마구 가져 와. 그래 그 사람이 남의 집 머심[782]을 살았던 거라. 그때에 남의 집 머심을 사고 자기는 오두막살이 집을 가지고 내외 거취[783]하고 그짝에 큰 집에 가가지고 머심을 살고 있었는데, 그날 사람을 해가지고[784] 남글 하는데─ 그래 거 인제 점심하고 밥하고 술하고 갖다 대접을 했어. 대접을 하니께 실컨 자시고 그래 언나[785]를 업고 댕겠어. 언나를─ 머시마를. 그 나가지고 한 한 살쯤 되는 걸. 첫 돌 지낸 걸 업고 저 그 심부름하게 돼. 그래 이 참 그리고 할아부지란 말여. 말하자믄. 그 언내 업고 (청취 불능) 나한테 내리놓고─ 끌어

---

776) 가니까.
777) 돌이.
778) '난망(難望)'일 듯.
779) 시내보다 크고, 강보다 작은 내.
780) 버려.
781) 붙들어.
782) 머슴.
783) 거처(居處).
784) 시켜가지고.
785) 어린애.

안는 그놈 노인이 뜨뜻한게 해줬다 이그야. 그리 데리고 앉아 노는데 이 노인이 술이 취해가지고 언나를 데리고 애가 들어눠 잠을 자비렸단 말이여. 잠을 자는데 고마 무릎팍을 고마 언나 입에 갖다 내리 눌리 놓고 자 부렸다 이기야.

그 인자 그 부인이[786] 똑 거그 심부름하고 술이나 한 잔 가지고 떡 와 보니께네 언나가 무릅팍 밑에 죽었드라 이게요. 죽었는 걸 고이 빼가지골람 뒤에- 뒤안[787]에 들어가가지고 짚똥집[788]을 푸고[789] 짚똥집 속에다 여가지고 딱 묶어서 그대로 쌓아놓고 그래 술을 인제 갖다 대접하고- 그런께 저녁때 해가 떡 꺼진 뒤 그리 이 노인이 술이 깼다 이그야. 그래 메느리가 또 왔거든.

"아유, 언난[790]?"

"언난 저 이우제 어떤 아한테 업혀 보냈어요."

"야, 추운데 업혀 보냄 되나. 여 바로 데려온나."

자기가 언날 갈구밍겨[791] 쥑인 줄 모르고. 술이 취해서 그리 놨지.

"데리온나. 추운데-."

"예, 괜찮에요. 이따 데리오지요."

그리 어찌 저녁상을 갖다 줌시 저녁을 먹는데- 자기 남편도 그 즉세[792] 남글 다 해가지고 와서 그리 떡 얘기가- 그 자기 남편 만내가지고, '사말이 여사여사하고 애 어른이 자와사[793] 무릅에 자빠진 걸 갖다 죽죽 내려 얘길 주욱 해서 하니께네, 그리 자기 남편도 '참 잘했다.'고 말

---

786) 며느리가.
787) 뒤꼍. 집 뒤에 있는 뜰이나 마당.
788) 짚동. 짚단을 모아 한 덩이로 만든 묶음.
789) 풀고. 끄르고.
790) 어린애는.
791) 깔아뭉개.
792) 즉시.
793) 재워서. 혹은 잠들어서.

야. 그리 이까정794) 둘이 다 얘기했단 말이야. 그래 인자 칭찬하고 저녁을 먹고는 일 벌써 다- 일꾼들 간 뒤에 그 언나를 갖다 내비리야 될 거 아니야? 묻어야 될 판이라고. 그래 내외 언나를 안고 그 뒷산에 올라갔어.

올라가가지고 묻으로795)- 그래 묻는데 파고 떠억 묻어 놓골람 한 몇 보- 한 오십 보쯤 내려 왔다 이그야. 내려 오다니께 갑자기 천동이 치드니마는 베락이 내리는데 그 아이를 묻어 놓은 데를 때리드라 이기야. 그래 때렸는데 그래 그 즉세 되올라가 봤어. 되올라가 보니께네 아는 고대로 들어서 요 밖에 내놨고 그래 알 이래 만져보니께네 아가 가심이 따뜻해. 그래 인제 따뜻하고- 해가지고 응 따뜻해가지골랑 그 즉세 인제 젖을 내가지고 젖을 물렸다. 이-이 따근따근- 그리 젖을 빨드라 이게요. 그리 빠드니만 언나 깨났어.

그래 언나 깨난 뒤 이그 무신 조환가- 어뜬 예신가796) 해서 그내 그 언나 묻었던 그 땅을 떡 봤단 마이야. 봐니께네 한 말은 되는 단지가 있는데 그 단지 안에 금은보화가 가득 들었드라 이게야. 고걸 가주 왔어. 짊어지고 와서는 그 동네 사람들이 모르게 전부 그대로 고다 갖다- 갖다 갈마797) 놓고는 이제 뭐 자기가 머슴 살아 부은 돈에다 좀 보태가주고 인제 토지를 사고 사고-. 한 삼년을 그래다 보니까 고마 부자돼뿌러. 그 집 머심 살던 집 그 집이 말이야 팔고 어디로 간디798) 그래. 그 집, 재산 싸악 사고 고마 몇 천석꾼이 됐어. 그 부모한테 그 효성을 받혀가지고 그 사람 재물을 그렇게 줬다 인제 그 얘기를 하는데. 그래 지성이믄 감천이라. 그래 얘기가 났는데. 그 효자라는 게 그래.

---

794) 여기까지.
795) 묻으러.
796) 예시(豫示)인가. '예시'는 미리 보이거나 알림.
797) 갊아. 갈무리해. 저장해.
798) 가는데.

32) 겨울에 잉어 구한 효자 ·······································

1988. 6. 4. 사평리 / 성명 미상, 남·?

　*유관 자료인 강원도 명주군 〔성산면 자료 5〕 및 충북 영동군 〔용산면 자료 21〕 참조할 것.

　단양 북하리799) 얘긴데, 효자 얘기여. 이―이름을 몰라. 에― 참 단양 북하리에 효자가 있었는데 어머니가 참 매우 편찮았어. 그래서 겨울인데 아 이―

　"노루가 먹구 싶다."

구 얘길 했어. 노루― 아, 노루를 잡을라구 이제 갈라구 마루 밑에 막대길 찾아 들구― 막대길 찾으니까 노루가 마루 밑에 한 마리 나와. 그래 그걸 잡아서 약을 하고, 그 담에는 또,

　"잉어가 먹구 싶다."

구 해서 단양 앞강에 잉어를 잡으러 갔어요. 갔는데 그 배 위에 잉어가― 크다만한 잉어가 배 위에 뛰어 올랐어. 그래서 인제 그 잉어를 잡아다 약을 써주고―.

　게 겨울에,

　"참, 복숭아가 먹구 싶다."

구 해. 복숭아가 먹구 싶다구 해서 아, 눈―눈이 쌓였는데 설산에 하얗게 ― 그 하얗게 됐는데, 아 복숭알 구하러 나갔단 말야. 그 뒷산에 올라가니까 눈에 복숭아 두 개 떨어져 있어요. 그래 한 개 다 넣고 한 개는 낭중에 효자각을 짓는데 효자각에다 쓰구―. 그래 그 효자각이 있는데, 한 번 그 강가 가니까 비가 물 위에 이렇게 (제보자 : 손바닥을 들어 보이며) 그 떴네. 그래 그 비를 옆에다 갖다 잘 세웠대요.

---

799) 단양읍 북하리(北下里).

33) 부모가 잘해야 효자 난다 ··

1988. 6. 4. 사평리 / 성명 미상, 여·?

부모가 온800) 효자해야 자식이 반 효자라구. 아 이 앞집 아들은 효자라구 자꾸 애길 하는데 뒷집 아들은 만날 불효자라구 혼나네. 그래 물어봤어.

"너 어떡하문 효자 노릇을 듣나?"

이러니께 이 사람도 그랜다 이거야. 가서 아버지 담밸 담어 주니 대꼬바리801)로 이마가 뚫어지도록 때리면서,

"요놈, 버릇없는 놈. 애비 담뱃대 피운다."

구 야단하지. (청중 웃음) 또 아버지 바질 입구 나가니께802) 그만 동네로 그만 쫓아다니면서,

"요놈이 지 애비 바지 입구 대닌다."

구 이래지. 이불 밑에 가서 아들이 손을─ (제보자 : 손을 들어 앞으로 내밀며) 이래 넣고,

"아버지, 춥지 않습니까?"

이러니까,

"요놈아, 방 식어."

하면서 가 뭐─ 뭐 등 긁는 거 그 수수생이─ 수수─ 옥수수장803)이 등어리 긁는 거루 낯짝804)을 디려 후베805) 놓지. (청중 웃음) 효자가 억지로 부모가 잘해야 효자가 나는 거지. 부모가 잘못하문 못 나요. 내가 이렇게 애긴 잘해도 아들 두 남매 저두 형제 딸 둘 사남매 둔 거 양심은 똑같은 여자라구요.

───────────

800) 전부의. 또는 모두의.
801) 담뱃대.
802) 아버지가 입기 전에 미리 따뜻하게 해 놓느라고 바지를 입은 것임.
803) 옥수수속을 말함. 예전에 옥수수속으로 잔등 따위를 긁는데 사용했음.
804) '낯' 즉 '얼굴'을 속되게 이르는 말.
805) 후벼.

34) 효자 손순과 동자삼 ···

1988. 6. 4. 사평리 / 성명 미상, 여·?

산골에 사는 손순[806]이라는 사람이 있는디 그 사람 어무이[807]가 대풍 챙[808]이 들었어. 대풍챙이는 용천배기[809]여. 그랬는디 아 다 이원[810]이 말허기를,

"이 양반은 사람을 먹어야 낫지, 사람 아니먼은 사람 동자나 하나 잡어 먹이먼은 낫는다."

그러거든. 생각헌게 넘[811]을 어찌게 잡으다 멕일 수도 없고, 저그[812] 내 외 상의를 했어.

"우리 아무개 그 아들 하나여. 꼭 하난디 개암사로 글을 읽으러 보냈 어. 거그서 개암사가 얼매 안 되야. 글을 읽으러 갔는디 그 애를 잡으다 가 멕이자. 어무이를 살리자. 나솨서[813] 생전으 모시자."

(조사자 : 효성이 지극하구만요) 응.

"우리는 애기를 또 한 번 나면 그만 아니냐? 애기 낳기 쉽드라."

날[814] 요량허고 그놈을 잡으라 가는디— 저녁밥 먹고는 '물을 끼리라.'[815] 허고 인자 마누래보고 '물을 끼리라' 허고 가면서— 참 갔다 이 말여. 간 게 아 그 아가 나와 그 저 마당으 나왔드란 말여. 절 마당으—.

"아, 어찌 니가 나왔냐?"

---

806) 『삼국유사』에 '손순(孫順)의 돌종[石鐘]' 이야기가 전하나, 이 이야기는 주인공 이름 만 같을 뿐 내용은 '동자삼' 이야기로 되어 있다.
807) 어머니.
808) 대풍창(大風瘡). 나병(癩病)을 한방에서 이르는 말.
809) 용천. 나병, 간질 따위의 몹쓸 병.
810) 의원(醫員).
811) 남.
812) 즈그. 저희.
813) 낫게 하여.
814) 낳을.
815) 끓이라.

헌게,

　"나왔다."

고.

　"오고자퍼816) 나왔는가?"

　"나왔다."

고.

　"그럼 집이를 가자. 집이 가서 볼일 있다."

　근게 야가 두말 안 허고 따러 나서드래여. 그 데리고 왔어. 데리고 와서 강817) 어찌게 갖다 놓고 인자 잡었거나 어쩟거나 거식허기는818) 허고 막 암말도 안 허고 걍 뽈깡819) 집어서 솥이다 폭 집어넣고 솥두방 뚜껑 덮어 바렸단 말여. 죽여버렸지. 아— 그러자 인자 그 애 물을 인자— 그 삶은 물을 인자 그 어무이를 주었어. 쪼까씩820)—. 아, 그놈을 묵고 차차차차 낫는다 그 말이여. 나서가지고 그냥 장 한— 저 참 활딱 벗어 버리고— 허물 벗어 버리고 장 나서가지고 잘 산다 그말이여.

　잘사는디 아 생각헌게 멧 달 지내서 생각헌게 자식이 나알821) 챔인디 자식이— 그 자식이 하나 있는 것을 죽여 버렸응게 어쩔 수가 없단 말이여. 그 내외 걱정을 혀. 자식을 나야 될 것인디 어쩌크나?822) 게 자식을 안 나. 근디 한 서너 달 지낸게 왔어. 그놈이—.

　"아! 어찌서 왔냐? 니가 사람이냐, 귀신이냐?"

그런게,

---

816) 오고 싶어.

817) 그냥.

818) 거시기 하기는. '거시기'는 이름이 얼른 생각나지 않거나 바로 말하기 곤란한 사람 또는 사물을 가리키는 대명사. 여기서는 '그렇게 했다'는 뜻임.

819) 얼른. 빨리. 온 힘을 다하여.

820) 조금씩.

821) 낳아야 할.

822) 어떡하나.

"내가 뭔 귀신이라오? 나 집이서 옷 입을라고 집이 왔소."
그려. 분명히 본게 저그 아들이여. 안 죽었어. 어찌 그렇게 됐냐 하면은 그것이 동삼― (청중 : 절이서 동삼이 나왔든개벼) 그 아들로 변명해가지고 됐다 그말여. 동삼을 먹었거든. 안 낫을 것이간디― 안 낫을 병이 없어. 동삼 먹으면―. (청중 : 효자라) 효자라 산신이 인자 변경히가지고― 아들로 변경해가지고 나샀단[823] 말여.

35) 명당

1988. 6. 4. 사평리 / 성명 미상, 남 · ?

서울에서 춘천 들어가는 데 소위 입구― 지금 춘천시의 바로 입구예요. 의암호[824] 알잖어? 의암호 댐― 바로 그 의암호가 이게 댐이 이렇게 맥혀 있는데, 거기 그 봉우리가 이렇게 죽 나와 있어요. 그래서 이쪽 강변에서 다리를 이렇게 딱 건네가지고 또 이쪽 비양[825]으로 쭉 돌아 춘천으로 들어오게 돼 있잖어? 의암댐이 이렇게 놓여 있는데 그 봉우리가 이렇게 저 멀리서부터 이렇게 내려와가지고 딱 이렇게 와서 봉우리가 끝난 거여.

그― 그 부근에 뭐 이름을 얘기하자면 '지주문'이라는 분이 있어요. 지금은 돌아가셨지. 지주문이라는 분이 있는데, 지주문이에― 그분의 할아버지가― 아버지인가? 아버지일께여. 부친 되는 분이 아주 못 살았어요. 그래가지고 남의 머슴살이를 죽 하고 살아왔는데, 머슴살이를 제대로 못해서― 옛날에 머슴살이라면 아주 사례나 보수가 마련 없었지. 그래서 뭐 옷 같은 거 말할 것도 없고, 겨우 이리 얻어먹고 일 년에 보수를 받아봐

823) 나왔단.
824) 의암호(衣岩湖). 강원 춘천시 서쪽을 둘러싼 인공 호수.
825) 벼랑. 낭떠러지의 험하고 가파른 언덕.

야 쌀 한 가마나 그런 정도밖에 안 되니까ㅡ 그래서 좀 억지로 억지로 살 아왔는데ㅡ 에, 이분이 어떻게 굶어 죽었던지 어떻게 죽었던지 간에 어느 해 겨울에 나이도 그렇게 많지 않은데 남의 집 머슴살이를 하니까 그래 도 좀 기력이 있었을 겐 틀림없단 말여.

근데 그 이웃이 그 사람이 죽은 날에, 거 도랑이 있는데ㅡ 산 모랑 이826)에 도랑이 있는데, 그걸 지나가다 보니, 겨울인데 그 머슴살이하던 그 지씨라는 사람이 길가에서 죽었단 말이여. 죽어 시체ㅡ 얼어 죽었지. 게 인제 지나가다 그걸 발견을 하고 남의 머슴살이고ㅡ 그때만 해도 양 반 상놈을 많이 가리던 때니까 거 뭐 천인이 죽었으니까 대소롭지827) 않 게 생각하고 그러니까 뭐 장사고 뭐고 간에 개 끌고 가듯이 질질 끌고 가 바로 옆대기 정당한 데828)ㅡ 산비탈에 눈이 좀 녹은 데랄지 아니면 양지 바른 데 눈 녹은 데 허우적허우적 파묻었다 이거여. 파묻고 있는데 그곳 이 명당자리여. 최고 명당자리.

그래서 그 사람은 죽은 게고 그 다음이 난 자슥들이 춘천에 일류 갑부 여. 그 분의 몇 대 손인가 남에 족보는 모르지마는 아, 학생들이 지금 기 억이 있을런지 없을런지 모르지마는 김정렬829) 장군이 있어. 김정렬ㅡ 김정렬이라고 지금ㅡ 해방 후에 육이오사변 때에 육군 소장인가 준장인 가 지냈어요. 그분이 그 집에 그러니까 그 지주문이라는 그분은 자기의 할아버진가 아버진가 그 머슴살이하던 그 산소 자리 하나 잘 쓰가지고 다음 대에 춘천에 갑부였어. 근데 지금은 이력저럭해서 갑부라는 얘긴 없 고ㅡ (청취 불능)

그러니까 우리의 강토라는 것이 참 정기나 기운이나 이런 걸로 보며는

---

826) 모롱이. 산모퉁이의 휘어 둘린 곳.
827) 대수롭지. 중요하게 여길 만하지.
828) 바른 곳에. 평평한 곳에.
829) 김정렬(金貞烈). 군인·정치인(1917~1992). 광복 후 항공부대 창설의 주역으로 활동
    하였으며, 초대 공군참모총장·주미대사·국회의원 등을 지냈다.

아직도 산세830)라는 게 중요하다는 것이 있는 거 같애.

36) 도깨비 2

1988. 6. 4. 사평리 / 성명 미상, 남·?

*제보자는 위의 이야기에 이어, 이 이야기가 실화라는 점을 강조한 후 구연했다.

어느 학교에- 그러니까 육이오사변 후니까, 아- 삼십 년 전이죠. 그때 내가 한 삼십 대 됐을 적인데, 에- 육이오사변이 났으니까 우리 강토는 다 초토화됐단 말이여. 불에 타고 해서 가옥이란 게 일체 없고 더군다나 관공서 이런 것은 말할 것도 없고, 사변을 치르고 나서 복귀를 했는데 - 복귀를 해서 우선 선착적으로 할 일이 집을 인제 세우고 학교를 세우고 관공서를 건축하고- 이전에- 그 당시만 해도 급작시리831) 하는 일이니까 전부 이제 뭐 인력으로다가 초담집832)으로 임시 가청사833)를 꾸리고 이럴 땐데, 에- 사월 달에 가가지고 첫교감으로 받았을 땐데, 에- 이맘때834)가 좀 넘었을 칠월 달이 됐는데, 아- 밤에 비가 굉장히 오드라고요.

소낙비하고- 오고 그런데 면소재진데 학교 건축한 옛터에다가 다시 건축을 하는데 고 뒤에 죽 논이 있어요. 논이 있고 중간 중간에 그 산골이니까, 돌담들이 이게 몇 군데 있어요. 근데 아닌 밤중에 놀래 깼는 게 아니라 자연적으로 깼는데, 볼일835)이 있어가지고 깼단 말이여. 하도 쏟

---

830) 산세(山勢). 산이 생긴 모양.
831) 급작스럽게. 급히.
832) 토담집. 토담만 쌓아 그 위에 지붕을 덮어 지은 집.
833) 가청사(假廳舍). 임시로 관청의 사무실로 쓰는 건물.
834) 이만큼 된 때.
835) '용변(用便)'을 완곡하게 이르는 말.

아져서— 쌍스러운 얘긴데 이게— 변소에 갈 수 없어서 뒷문을 딱 열고 이제 용변을 마치려고 생각을 하고 뒷문을 딱 여니까 앞에 불이 딱 나타나서— 그러니까 이젠 사람이 움찔하니까— 요 신836)이 움찔하니까 용변도 잊어버려서 그 바람에 문을 탁 닫으면서 문 새—틈으로 이렇게 내다보니까 한 오십 미터 전방에 돌담이 있는데, 비가 막 쏟아지는 아닌 밤중이니까 훤하게— 앞이 훤하게 비는데, 돌담 곁에서 바로 그 자리에서— 새파래요. 요만해. 불이 말이야. 요만한 새파란 불이 축구공보다 조금 작은 요만한 불이 말이야. 탁 이렇게 비쳤다가 몇 십 초 후에 그 자리에서 꺼져요. 조끔 있으며는 또 탁 이렇게 나타나요.

보통 이렇게 광선이 있을 텐데— 빛이라든지 전등불이라면. 근데 (청취불능) 가려도 광선이 안 나와요. 빛이 있을 텐데, 이것은 광선이 없더라고. 그 파란 것뿐이여. 파란 것— 새파란 게 불이란 말이여. 근데 타오르는 불이 아니라 파란 게 광선 없는 불이예요. 근데 동그란 게 탁 나타나. 그러니까 겁이 나고 머리카락이 쭉 비쳐가지고 그러니 인제 겁이 나고 그러니까 이렇게 이제 문구정837)으로 내다보니까 얼머 동안 그러더니 그 다음에는 인제 나타나지 않아. 그러니까 그것이 시간적으로 봐서 어림으로 삼십 분 정도 지났어요. 그래서 용변 잊어버리고 그냥 잤어요.

그래가지고 이튿날 아침에— 옛날 이 어른들이 얘기하기를 무슨 빗자루에 사람의 피가 묻으면 도깨비가 생긴다나 뭐 별 얘기 다 있지. 게 그런 얘기를 듣고 해서 진짜 그런가 하고 이튿날 아침에 비가 그친 다음에 그기를 가 봤으. 가설라무네 이튿날 아침에 일일이 돌멩이 새마다 다 들쳐봐야 이무것도 없어요. 물론 풀이라든지 나무깽이838)라든지 나무 쪼가리라든지 어떤 용의자839) 될 만한 대상은 하나도 없거든. 풀만 이렇게—

---

836) 이 신(身). 혹은 '이 몸[身]'?
837) 문구넝. 문구멍.
838) 부러진 나뭇가지의 짤막한 토막.
839) 용의자(容疑者). 의심이 될 만한 물건.

여름이라서 풀만 나서 자료를 찾아볼 것이 없어서 그냥 말았는데— 그래서, '도깨비란 게 이런 게구나!' 하고 넘어갔지.

2. 단양읍(丹陽邑)

1) 선생님 장가 들인 학동(學童)[1] 1 ·······································

1969. 5. 5. 대잠리(大岑里)[2] /·유정선, 남·?

*이본인 충북 단양군 〔매포읍 자료 62〕 참조할 것.

“……말라.”
하고, 그래 요 아이 떡을 해 놓아 주니,
“이거 친구하고 가서 노나[3] 먹는다.”
고 말야. 이놈을 걸머지고 딴 데 가지 않고 말야. 마실[4]로 다니며 말야.
걸머지고서ㅡ. 이 집에 가서 이제 한 개씩 드린다 말야.
“너 웬 떡이냐?”
하니께,

---

1) 이야기 앞부분을 망실하였으나, 다른 이야기를 참조하면 학동들이 동리 과부 집에 가
   서 “여기 우리 선생님 안 오셨어요?” 하고 연일 묻는 한편 과부가 성을 내어 쫓아 나
   온 사이에 선생을 과붓집 방으로 들어가 눕게 하고, 과부가 그 소문을 내지 말라고
   아이들에게 떡을 해 주는 내용일 것임을 알 수 있다.
2) 현재는 단성면(丹城面) 관할이지만 조사 당시에는 단양면 관할이었음.
3) 나눠.
4) 마을.

“아니요. 선생님이 오늘 장가가셨어요. 잔치떡이래요.”

“아, 그래? 그럼 받아먹지.”

또 저 집에 가서 말야.

“너 웬 떡을 돌리냐?”

“아니예요. 저 우리 선생님이 장가를 가셨어요. 잔치떡이래요.”

아, 이놈이 이— 저는 떡을 하나도 먹지 않고 다 돌려줬다 이 말야. 이러니 그 마을은 다 알았다 말야. 선생님이 장가가신 걸. 그래 떡[5] 이러구서 왔잖아?

“어떻게 됐냐?”

“떡 다 먹었어요.”

동네가 말야.

“아이구, 참! 우리 동네 오신 선생님 말야. 거 참 장가를 가시니 참 이렇게 떡까지 돌리고 말야. 아, 잘 먹었다.”

구 말야. 이거 죄다[6] 하거든. 애기가—. 이거 어떻게 뭐 과부가 시집 안 갈 도리가 없단 말야. 한번 자도 못하고 말야. 이래서 고만 시집을 가서 말야. 야, 그놈 학생 의사가 대단하구나. 헤 이래서 그 학생이 말야. 저 선생님 장가를 가게 해줬다는 애기요.

2) 삼대를 꺼뜨리지 않은 불씨

1969. 5. 4. 상방리(上坊里) / 최순기(崔順基), 남・70

*이 이야기는 어렸을 때 아버지께 들었던 이야기라고 한다. 제보자는 단양군 하방리 출생. 출생 이후 계속 현지에서 살고 있으며 생업은 농업이다.

---

5) 태도가 매우 여유 있고 의젓한 모양.
6) 남김없이 모조리.

옛날 어느 곳에 농사꾼이 있었는데 삼대를 화로에 불을 끄지 않고 밥을 해 먹었다고 한다. 그 집에는 나이 찬 아들이 있었는데 살림살이하는 것이 더욱 무섭다고 해서 혼처가 나서지 않았다. 그 동네 어느 집에 과년한 딸이 있었는데 그 집에 혼담을 걸었다. 그러나 처녀 아버지는 그 집 살림이 어렵다 하여 거절했다. 그러나 처녀는 그 집 살림이 알뜰한 것이라 하여 결혼하겠다고 했다. 이에 아버지도 혼담을 승낙했다.

혼사가 이루어져 처녀는 그 집 며느리로 들어갔다. 밥을 해 먹는 날 새벽 일어나 보니 화로에 불이 꺼졌다. 이튿날도 불을 잘 간수했지만 역시 꺼졌다. 삼일 째 되는 날 며느리는 잠을 자지 않고 지켰다. 한밤중에 웬 총각이 들어오더니 발로 화롯불을 끄고 나갔다. 며느리는 준비했던 명주실을 매듭을 놓아 총각 발에 딸려 가게 했다. 명주실은 다섯 타래가 풀려 나갔다. 이튿날 실을 따라가 보니 실은 산삼 허리에 매어 있었다. 그리고 그 주위에는 넓은 삼밭이 있었다. 부부는 목욕재계하고 찾아가 실이 매진 산삼은 캐지 않고 주위의 삼만 캐서 큰 부자가 되어 잘살았다.

3) 호랑이 축지법 ···

1969. 5. 4. 상방리 / 최순기, 남 · 70

논 열여섯 마지기 부치는데 삼 년째 논 갈러 가면 소만 와[7] 농사는 못 짓고 소만 오는데, 아 당체 농살 못 짓겠단 말야. 사람은 안 오고 사람은 죽고 누가 잡아갔는지도 모르고. 그 댁은 과년한 딸이 하나 있는데, '아무네 골짜기 논 열여섯 마지기 있는데 농사짓는 사람 사우 삼겠다.' 그래[8] 방을 붙였단 말야. 또 이태[9]는 방을 써 붙여가지고 그 사람이 들어와서

---

7) 소만 돌아와.
8) 그렇게.
9) 두 해.

그 사람이 봄에 농사 지려고 가면 또 안 와. 소만 와. 5년을 못 졌어. 육 년 만에 논 열여섯 마지기 농사 지면 사우 삼을 것 같애.

떠꺼머리[10] 총각 나이 서른 살 넘도록 장가를 못 갔는데, 봄에 가 보니까 논이 오 년이나 묵어 형편 있어? 그거 눈이 뭐 그렇게 쌓이고 논을 가는데―

"언제까지 논을 가느냐? 이랴! 이 소 빨리 가자."[11]

이 논 십오 마지기 가는데 호랑이가 쭈구리고 있거든. 이 총각은 모르는 체하면,

"이랴! 이 논 열다섯 마지기 가는데 삼천 오백 리 도정[12]한다. 이랴!"

호랑이가 가만히 생각하니 저는 밤낮 주야로 가도 천리밖에 못 가는데 저놈은 열다섯 마지기 가는데 삼천오백 리 도정한다니 기막힌 노릇이거든. 호랑이가 둔갑해가지고 중이 돼가지고 "여보게, 도령, 도령 나하고 좀 놀다 가세."

"괜히 나 바쁜데 이런다."고, "바빠 안 되겠네."

이 머리 저 머리 갔다가 앉고 자꾸 도니― 그래서,

"하, 도령님, 저는 어떻게 하면 그렇게 저 논 갈고 삼천오백 리를 도정합니까?"

"축지법을 배워야 해."

"하이― 축지법을 나 좀 가르쳐 달라."

고.

"축지법을 배울려면 죽을 고비를 넘겨야 되는 걸."

"아이, 죽을 고비 넘기겠다."

"그래 그 논 건너 큰 절벽 수천 길 되는 절벽이 있는데, 그 밑은 못이

---

10) 장가나 시집 갈 나이가 된 총각이나 처녀가 땋아 늘인 머리. 또는 그런 머리를 한
   사람.
11) 갈자.
12) 도정(道程). 어떤 장소나 상태에 이르기까지의 과정. 여기에서는 원뜻과는 달리 '길
   을 간다'는 뜻으로 쓰인 것 같음.

란 말야. 소13)야. 그 논 끝에 밝은 소남기14) 아름드리 있는데 저 나무 거꾸로 발을 붙들어 매고 세 시간을— 두 시간을 매달려 있어야 해. 그런 축지법을 배워야 돼.”

그래,

“그놈 가르쳐 달라.”

고.

“그럼, 그러마.”

하고 올라가서 뒷발목을 붙들어 매서 까꾸로 달아놨어. 거꾸로 달아놓고 논을 갈았어.

토끼란 놈이 깡충 뛰어가서 거기 가서 물어봤어.

“너 뭐하니?”

“축지법 배운다.”

거꾸로 매달려서 축지법을 배운다니 우찌나 희한해?

“어찌 해야 되느냐?”

“저 논 가는 총각이 가르쳐 줬다. 가 봐라.”

토끼가 뛰어가서,

“아이— 도령, 도령. 축지법을 배울려면 어떻게 배우노?”

“죽을 고비 넘겨야 한다.”

“어떻게 하느냐?”

“이, 저 바위 벼랑에 사람 매달렸잖아? 그래 너도 보이잖아? 눈에 띄나? 그런 축지법을 배웠다.”

이내 토끼는 가서,

“호랑이 난 축지법 배웠다.”

그러면서 그 높은데— 수천 길 되는데 펑덩 내리뛴단 말이여. 내리 뛰

---

13) 소(沼). 늪.
14) 소나무가.

니 못에 텀벙 빠질 것 아뇨? 이렇게 노는데 아 정히 죽겠거든. 아무리 매달려 거꾸로 매달려 흔드니 되나 말요? 고만 왔다 갔다 하드니 잡아맸던 매듭이 그냥 아리15) 물에 텀벙 빠져 죽었단 말요.

그래 그는 논 열다섯 마지기를 다 갈고 저녁 때 쟁기는 지가 짊어지고 호랑이는 짝거리 해서 두 바리 신고 그리고 집에 오더래. 그리해가지고는 장가들고 그래 논 열다섯 마지기 농사 잘되고 마 해마다 농사 잘 짓더래.

4) 이완 장군

1969. 5. 4. 하방리(下坊里) 경로당 / 강병은(康秉殷), 남, 64

*제보자는 한의(漢醫)로, 현지에서 태어나 64년간 계속 거주했다고 한다.

조선시대 애기야. 선조대왕 때 이완 장군이 중국을 치려고도 한 사람이야. 열아홉 살 때 팔을 베고 호랑이도 활로 잡은 사람인데, 삼, 사월쯤 해서 속리산에 갔어. 날이 저물어 한 초막에 갔어. 유람을 하다가 유숙 좀 하는 거지. 그런데 밤중에 어떤 영감이 찾아왔거든.

"이생원님, 이 밤에 웬일로?"

"집이 가난하여 소 한 마리를 믿고 살아 왔는데, 오늘 저녁 소를 잃어버려서 이렇게 찾아다니다 어두워 이리 왔소."

"이생원의 사춘 이진사 집이 건너이고 그 주인 환갑이 내일인데ー."

"삼 형제는 각골16) 수령이지만 나 같은 거 어디 알아줘? 이십 년 동안 한 번도 안 갔으니ー."

사랑에 들어가 이생원의 애기를 자세히 듣고 난 이완은,

"십 리도 못 돼 집이 있으니 지금 갑시다."

---

15) 아래.
16) 여러 고을.

"창피해 안 간다."

하구 자꾸 고집부리는 거야.

근데 열아홉 살 총각이 노인 손을 잡고 끌고 가니 할 수 없지. 고래등 같은 집이 휘황하게 불을 켜놓고 화려하거든.

"이 집의 고방[17]이 어디요?"

담 뒤의 후원에 돌아가 아르켜 주니까, 담 위로 올라가 고방 속에 들어갔어. 음식을 장만해 놓고 모두 일찍이 자는 게라. 고방 속에는 온갖 음식이 첩첩이 쌓였거든. 이완은 바가지로 술을 퍼 먹고 이생원은 가지각색 음식을 골고루 다 먹는 게야. 총각이 술을 너무 많이 먹어 타령이 나오잖아? 주인이 그 소리를 듣고 고방에 가 보니 웬 영감이 나와 있잖아?

"도적이야!"

소리를 치니까 하인들이 모두 깨 우루루 몰려들었어. 이완은 담을 뛰어넘었어. 하인들이 노인을 자루에 넣어 대추나무에 매달았어. 이완이 갑자기 담을 넘어가 생각하니 노인을 떼놓고 왔어. 또 들어갔어. 그래 부대에서 영감을 끄내고 보니 영감은,

"집에 갑시다."[18]

하고 독촉하는데, 이완은,

"이진사 방 아오? 그 방에 갑시다."

그래 방을 알고서 영감을 담 밖에 놓고 이진사 잠자는 델 가니 조용하거든. 살살 들어가 이진사를 부대에 넣고 대추나무에 매달아 놓고 이완은 담 넘어왔어. 영감은 담 밖에서도 여전히 부들부들 떨구 있잖아?

그 이튿날,

"영감은 여기 있소. 내 가서 음식 잔뜩 가져오겠소."

그리구 지게를 빌려가지고 이진사 집엘 갔어. 막 잔치판이 벌어져 마당

---

17) 고방(庫房). 세간이나 그 밖의 여러 가지 물건을 넣어 두는 곳.
18) 영감이 한 말임.

서도 웅성거리구 음식 냄새가 잔뜩 나는 게야. 이완이 수건으로 머리를 매고 주인을 찾았어. 주인은 그곳 수령이니까 아들이 대신 나오잖아?

"나는 포교청에서 왔는데 간밤에 고방에 들어간 도적을 잡으려 왔소."

아들에게 말하니, 아들은 딱 잡아떼는 거야. 그래도 이상하단 말야. '간밤에 도적은 우리 식구만 봤는데, 벌써 포교청에서 알고 오다니?' 그리구 그 도적은 바로 이진사니 곤란하단 말야. 옥신각신 끝에 아들이 술을 대접하고 돈 백 냥을 줬어. 이완은 적다고 더욱 떼를 쓰잖아? 그래서 삼백 냥을 울거내고 지게에다는 음식, 술을 잔뜩 실고 집에 오니까, 영감은 벌벌 떨고 있어. 그 집 아이들은 거지가 다 돼 배고파하거든. 가져온 음식을 주니까 아주 맛있게 먹구. 소를 잃어 찾다 이완을 만나 이런 운을 찾았으니 소가 아니라 논도 살 수 있잖아?

"잘사시오. 사촌 집에서 돈 뺏어다 드린 거니 걱정할 건 없소."

하고 이완이 떠났어.

5) 금대야 은대야의 꿈 1

1969. 5. 4. 하방리 경로당 / 강병은, 남, 64

*이본을 채록한 것으로 충북 영동군 [용산면 자료 34]가 있다.

옛날에 모자가 살았는데 그 아들은 혼자였고 술장사였어. 그런데 어느 날 아들이 꿈을 꿨거든. 그 다음날부터 아들은 일을 통하지 않아. 그 연유를 물으니, 아들은,

"내가 큰 꿈을 꾸었는데 그것만 이루어지면 어머니는 호강할 수 있어요."

"그래, 그 꿈이 무엇인가?"

물었으나, 아들은 꿈 얘기를 하지 않아. 이리하여 아들이 일을 하지 않자,

어머니는 심한 고생을 하게 되고, 드디어는 문전걸식을 할 정도가 되었어. 그 소문은 곧 퍼졌어. 원래 아들은 혼자였으니까. 어느 날 이장이 불러서 꿈 얘기 하라 했으나, 얘기는 하지 않고 면장이 알게 되어 아들을 호통 치나, 아들은 여전히,

"내가 큰 꿈을 꾸었는데 그것만 이루어지면 어머니는 호강할 수 있어요."

하는 것이여. 다시 소문이 군수 귀에 들어가 군수는 드디어 이 아들이 역적모의하는 것으로 생각했어. 그리하여 도지사가 알게 되고 드디어 임금이 알게 되었어. 아들은 임금 앞에서도 여전히,

"내가 큰 꿈을 꾸었는데 그것만 이루어지면 어머니는 용상에 앉을 수 있어요."

하는 것이었어. 임금은 용상 소리를 듣자 더욱 이상히 여겨 그 꿈을 물었으나 대답하지 않았거든. 한 달 기한을 두어 그때까지 그 꿈을 얘기하지 않으면 사형시키기로 했어. 드디어 한 달이 되어 물어도 그러나 아들은 그 꿈을 얘기할 수 없었거든. 아침나절이 되었는데도 옥리[19]가 아침을 가져오지 않아. 아들은 감옥을 두리번 살폈드니 벼름장[20] 밑에 쥐고리[21]가 있는데 골방쥐[22]가 빨랑빨랑[23] 돌기예 회초리로 코를 톡 때리니까 죽어 버렸어. 조금 있다간 큰 노란 쥐가 나와 보니깐 자기 새끼가 죽어 있으므로 다시 들어가 노란 의원 쥐를 데리고 나왔어. 나와서 그 죽은 쥐를 노란 쥐의 입에서 침이 나와 콕콕 찌르니까 다시 살아나거든. 아들은 쥐굴을 틀어막고 의원 쥐를 죽여서 그 침을 뺐었어. 드디어 옥리가 아침을 가지고 나왔어. 아들은,

---

19) 옥리(獄吏). 감옥에서 죄수를 감시하던 구실아치.
20) 바람벽.
21) 쥐구멍.
22) 골방이나 천장에서 사는 쥐.
23) 빨리빨리.

　"사람이 죽을 때 죽어도 밥은 제때 가져와야 하지 않느냐?"
하니, 옥리가,
　"나라에 큰일이 났는데 알지도 못하고 무슨 소리냐?"
하니, 아들이,
　"무슨 일이냐?"
물었드니 옥리가 말하기를,
　"나라 공주가 죽었다."
한다.
　아들은,
　"내가 공주를 살릴 수 있다."
고 했다. 그리하여 아들은 죽은 공주 주위에 아무도 못 보게 병풍을 두르게 한 뒤 그 침으로 꼭꼭 찔렀드니 공주가 살아났어. 임금은 그 꿈을 못 들었으나 우선 공주가 살아났으니 그까짓 꿈은 아무것도 아니여. 공주는 임금에게 고하기를,
　"제 나이도 과년하고 제 생명을 구해 주었으니 그 아들에게 시집을 가겠다."
고 하니 임금도 가만히 생각하니 그럴 듯하여 아들을 불렀어. 임금이,
　"네가 내 딸을 살렸으니 내가 너를 사우로 삼겠다."
　아들이 말하기를,
　"저는 싫습니다."
　"왜 그러느냐?"
하니,
　"임금님 사우가 되면 바람도 못 피고 술도 못 마시니까 그렇다."
고 했지. 그래서 임금은 사우가 돼도 바람도 피고 술도 마시게 했어. 그래서 사우가 됐어.
　어느 날 중국 천자의 칙서[24]가 왔는데, 천자 딸이 위독하니 조선의 명의를 보내 달라는 것이여. 임금은 사우를 시켜 중국에 가게 했어. 사우가

중국에 도착했을 때 마침 천자 딸은 죽은 후거든. 그래서 그 침으로 꼭꼭 찔렀드니 공주가 살아났어. 천자 딸은 살아난 후 천자에게 고하기를,

 "나이도 과년하니 제 생명의 은인이니 그에게 시집가겠다."

했어. 천자가 그 사우에게,

 "내가 너를 사우로 삼으려 한다."

하니, 사우는,

 "나는 조선 임금의 사우이고, 또 천자의 사우가 되면 술도 못 먹고 바람도 못 피니 싫다."

고 했어. 천자가,

 "다 허락할 테니 사우가 되라."

고 하니, 마침내 천자의 사우가 되었다. 그리하여 조선의 공주를 불러다가 같이 살았다.

 어느 날 사우가 잔뜩 술을 먹고 그만 변소에 빠져 버렸다. 이 사우는 조선 임금의 사우고, 천자의 사우이니 그 세도가 당당했지. 할 수 없이 사우는 천자 무릎을 베고 한 다리는 조선 공주가 은대야에 물을 떠 와 씻기고, 또 한 다리는 천자 딸이 금대야에 물을 떠와 씻겼어. 사우는 술이 약간 깨서 눈을 떠 보니, 자기가 천자 무릎을 베고 마치 두 부인은 선녀 같았어.

 사우는 벌떡 일어나,

 "꿈이 이루어졌다."

고 했지. 천자가,

 "무슨 소리냐?"

고 하니, 사우는,

 "사실 나는 어느 마을 술장사 아들인데, 이러이러해서 지금 천자의 사우가 되었지만 그 꿈은 다름 아니고 곤륜산을 베고 한 다리는 황하수에

---

24) 칙서(勅書). 임금이 특정인에게 훈계하거나 알릴 내용을 적은 글이나 문서.

담그고, 또 한 다리는 은하수에 담그고 두 선녀가 씻기는 꿈이었다."
고 했어. 이리하여 꿈이 이루어지고 아들은 어머니를 불러 용상에 앉히는
것 같이 떠받쳐졌지.

6) 이호와 숙종대왕

1969. 5. 4. 하방리 경로당 / 강병은, 남 · 64

이씨조선 이십팔 대왕 숙종 때였어. 단양 중방에 열아홉 살 총각 이호
가 살았어. 아버지가 일찍이 돌아가시고 어머님만 모시고 열두 살부터 나
무장사를 한 게야. 장터에 나와 부자 양반집에만 전문적으로 판 거야. 칠
년간이나 해오니 장가갈 나이가 됐단 말야. 거 부잣집 처녀가 하나 있었
는디 그 색시에 장가들었으면 좋겠단 말야. 그래 어머니에게 말해 중매해
달라고 졸라대는 거야. 어머니가 말하기를,
"그 집엔 양반 부자요. 너는 천하니 어림두 없다. 철없는 소리 마라."
"아! 일은 해봐야죠."
아들이 자꾸 떼써도 안 들어준단 말야. 그날부터 나무도 안 하고 앓고
드러누운 게야. 그래 할 수 없이 어머니가 간 게야. 그 부잣집에서 어서
오라고 하면 마중을 하고 잘 대접을 하니 어머니의 입이 안 떨어진단 말
야. 그래서 그냥 돌아오려 하는데 점심까지 대접하거든. 감히 그 얘기는
못하고 그냥 돌아왔어. 집에 오니 아들이 또 졸라대는 거야. 한 십 일 후
에 한 번 더 갔어. 근데 전번 같이 또 잘 대접하잖아. 그래 어머니는 두드
려 맞을 작정을 하고 얘기를 했어. 그러니까 주인 마나님이 성을 버럭 내
고 당장 가라고 막 소리치거든. 할 수 없이 쫓겨 오니 아들이 말하기를,
"철두철미25) 생각 못하고 그런다. 한번 다시 가 보세요."
또 졸라대는 거야. 일은 시작했으면 끝까지 해봐야지 저절로 될 대로

---

25) 철두철미(徹頭徹尾). 처음부터 끝까지 철저하게.

기다리면 안 된다. 그래 어머니가 다시 간 게야. 이번엔 뜻밖에도 대단히 영접하거든. 주인마님 얘기가,

"그날 밤에 딸이 묻기에 대답을 했지. '너한테 청혼하니 내가 부아가 난다. 글쎄 그 집하군 천양지판인데 감히 그런 말을 하니?' '그 사람 배짱이 보통이 아니니 나를 시집보내주.' 그 아버지도 자기 할대로 하라 하니, 아주머니 혼인 합시다."

어머니는 이 말을 듣고 기가 막혀,

"고맙다."

구만 말하고 집에 와서 애를 불러 날 택일하여 혼례를 한다. 방도 없고한 그 집은 뜯어 치우고 먹을 것을 잔뜩 싣고 시집을 갔어. 그런데 그 색시가 말하기를,

"나무장사 이제 그만하소."

"나무장사 하지 말라 하니 내가 뭘 먹고 사요?"

"내 친정이 천석꾼인데 글이나 배우소."

"안 돼."

"선생을 구해 글을 배우소."

그래 그날부터 글 배우기 시작하여 십 년이 지나 훌륭한 자격을 얻었어. 아내 덕에 잘살게 되고 글도 배우고 아들 딸 남매도 낳았어. 십 년 후에 선생에 물으니,

"세상에서 출세할 것이니 서울 가서 과거 보시오."

그래 영26)이 날 때까지 돈을 싸지고 서울까지 과거를 보러 가는 거야. 이월에 출발해서 경상도 사람이니 날도 모르지. 천천히 가는데 삼월이 되어 공주 백마강 가에 큰 마실27)이 있는데 날도 저물어 큰집을 찾아 자고 가려 한 거야. 젊은 아가씨가 나와 묻는 거야.

---

26) 령(令). 과거령(科擧令).
27) 마을.

"하루 유숙 좀 하게 해주소."

"사랑으로 들어오시오."

저녁을 잘 대접받고 밤에 자는데 영 잠이 안와. 저녁 무렵 송아지가 강가에서 울어. 그걸 보고 이호가 시를 읊은 게야.

"이가이월금삼월이라."28)

그러니 안에서 큰소리로 글소리가 나거든.

"손을 대한지 초경인데, 벌써 삼경이라."29)

"백마강두황독명."30)

"노인산하소년행."31)

점점 이상해서 또 한시를 읊는 거야.

"택리부용은 심불견이라."32)

안에서 또 "원중도리소무성."33)

"황혼가약무문처."34)

"소리봉전대월재."35)

달이 올라와 사창36)을 비치니 청년이 심심해 안에 들어가니 진수성찬

---

28) 이가이월금삼월(離家二月今三月). 2월에 집에서 떠나 지금 3월이라. 여기에서 인용되고 있는 한시는 김삿갓과 부여 기생 매향(梅香)이 주고받았다는 한시와 같은데, 원시는 '(笠)白馬江頭黃犢鳴 (梅)老人山下少年行 (笠)離家正初今三月 (梅)對客初更復三更 (笠)澤裡芙容深不見 (梅)園中桃李笑無聲 (笠)良宵可興比誰於 (梅)紫午山頭月正明'이다.

29) 김삿갓 일화의 해당 구절은 '대경초경부삼경(對客初更復三更)'이다.

30) 백마강두황독명(白馬江頭黃犢鳴). 백마강가에 송아지 울고.

31) 노인산하소년행(老人山下少年行). 노인산 아래 소년이 가네.

32) 택리부용심불견(澤裡芙容深不見). 연못 속의 부용화(연꽃)는 너무 깊숙하여 보이지 않고

33) 중도리소무성(園中桃李笑無聲). 뜨락에 도리화는 소리 없이 웃는도다.

34) 황혼가약무문처(黃昏佳約無問處). 황혼 무렵에 가약을 물을 곳 없네. 위에서 보듯 원시엔 '양소가흥비수어(良宵可興比誰於(좋은 밤에 이 흥겨움 누구에게 비할까?)'로 되어 있다.

35) 의미는 알 수 없으나 '소리봉전대월재(蘇利峰前帶月在, 소리봉 앞에 달빛을 띠고 있다네)' 정도일 듯하다. 위의 원시에는 '자오산두월정명(紫午山頭月正明, 자오산 머리의 달이 정녕 밝구나!)'로 되어 있다.

36) 사창(紗窓). 사붙이나 깁으로 바른 창.

을 차려 오는 거야. 술을 먹는 도중에 그 부인이 말하기를,

"우리 주인의 성명은 윤상태요. 우리 살림을 천여 석 부자요. 그 윤상태의 친구가 역적모의하는데 우리 주인도 잡혀갔소. 그 후 소식이 없어 기다리다가 결혼하려 하다가 그래도 십 년만 더 기다려 보자 하니 바로 지난날이 만 십 년이오. 이제 시집가려 했으니 오늘 당신이 우연히 찾아왔으니 나와 삽시다."

청년이 가만히 생각해 보니까 부자도 부자요, 모든 게 좋은데 옛 고생하던 생각, 아내 생각하니 이런 나쁜 일은 할 일이 안 된다 생각이 들어 대답하기를,

"잘 됐소. 당신 남편 생사를 모르니 내 지금 서울 가는데 영의정이 우리 외삼촌이오. 그에게 물어보리다. 살았으면 같이 찾아오고 죽었으면 당신과 삽시다."

"그럼 좋소."

서울로 올라가 과거 날은 모르지. 삼각산 밑에 자리를 정해 팥죽집을 했어. 몇 달 후에 도서관에 가 책 읽고 글도 썼어. 하루는 누가 문을 두드리거든. 한 점잖은 손님이 찾아와 묻는 게야.

"누구이신데 이 밤에 그렇게 열심히 글을 읽은 거요?"

그래 자기의 얘기를 모두 하고 백마강 가 얘기를 모두 했어. 아, 그러니 그 사람 말이,

"내일 모레 시험이오. 나도 과거 보러 왔소."

그러고 가니 그가 숙종대왕 임금이야, 야순[37]하다가 글을 읽는 걸 보고 별과[38]를 보게 하려고 하는 게야. 그 이튿날 창덕궁에 나가니 몇 안 모였거든. 별과니 말야. 글제가 '백마강두 일야경과지사'[39]라 하니, 다른

---

37) 야순(夜巡). 밤에 국왕이 평민복을 입고 궁 밖의 민심을 살피기 위하여 순행(巡行)하던 일.
38) 별과(別科). 본과(本科) 밖에 따로 설치한 과.
39) 백마강두(白馬江頭) 일야경과지사(一夜經過之事白馬江頭). '백마강 가를 어느 날 밤 지

사람은 못 쓰거든. 그는 자신 있게 써서 내니 장원급제지.

　임금 말하기를,

　"자네가 장래의 큰 신하가 될 기라."

　그래 서울서 서너 달 벼슬하다가 윤상태의 일을 물은 게야. 형조판서에 시켜 월전에 조사하니, '아직 살아 있다.' 하니, '잘 보살피오.' 그래 윤상태와 같이 금의환향40)이지. 닐니리 쿵덕쿵 풍악소리가 나고 가마를 타고 뒤에 따르는 사람이 많거든. 백마강에 들르니 너무 화려해져서 처음엔 몰라보거든. 거기서 둘은 남매지의41)를 맺었어.

　"내 재산 딱 반을 줄 테니 사시오."

　"나는 재산을 탐하는 게 아니오. 오직 신의와 의리로만 사오."

　그래 집에 와 어머니와 아내와 잘살다 엊그제 돌아갔어.

7) 저승에서 복 받아 돌아온 아들 ···

1969. 5. 4. 하방리 경로당 / 박상범(朴相凡), 남·60

　*제보자는 경기도 출생이지만 이 이야기는 단양에 와서 어떤 노인에게서 들은 것이라 한다.

　예전에 모자가 살았어. 단지 모자가 살았는데 어머니는 나이가 연만42) 하시고 아들은 한 삼십이 됐어. 재산은 없으니까 장가도 못 가고 그렁그렁 살다가 한 서너덧 마지기 땅을 가지고 생계를 유지하는데 생전 안 돼. 근데 그 아들이 그 어머니한테 매우 나쁘게 해. 부모에게 참 불효한단 말

나던 일'이란 뜻임.
40) 금의환향(錦衣還鄕). 비단옷을 입고 고향에 돌아온다는 뜻으로, 출세를 하여 고향에 돌아가거나 돌아옴을 비유적으로 이르는 말.
41) 남매지의(男妹之誼). 남매 사이의 정의(情誼). '정의'는 서로 사귀어 친하여진 정.
42) 연만(年晩). 나이가 아주 많음.

야. 생전 농사가 돼야지. 참 답답하다. 아, 하루는 할 일 다 치렀는데 문전에 와서 어느 중이 떡 동냥을 비는데, 이 총각이,

"여보 대사, 이백 냥을 당신 드릴 테니까 내 논이 한 너덧 마지기 되는데 남은 해마다 풍년이 드는데 내 논은 흉년이 드니 웬일이오?"

그랬거든.

"그래요? 내 좀 풍년지게 해 드리지요."

그런다.

"우떻게? 풍년만 지게 해주면 내가 한 바가지 듬뿍 퍼다 주지."

그랬다.

"그러고선 안 된다."

모제 지내는 가운데 양식을 듬뿍 갖다 줬어. 그렁게는[43] 그 대사 말이 뭐냐 하면,

"이러시지 말고 저 서천 서역국에 가서 부처님한테 불공을 잘 드리면 참 풍년 듭니다."

그러거든.

"아, 그럽니까?"

대사한테 그 얘기 듣고서 이제 갖다 준 것 도로 주고 대사는 하직하고 이 총각이 어머니한테 들어가서,

"나 어디 좀 갔다 와야겠소. 저 서천 서역국 좀 갔다 와야겠어요."

"그건 뭣 땜에 가니?"

"아니에요. 좀 갖다올 일이 있어요."

"뭣 땜에?"

"그저 어머니 잠잠히 계시고 그 옷이나 한 벌 주세요."

"그래 그럼 옷 한 벌 주지."

바지저고리를 한 벌 떡 갖다 주니까, 그 옷을 등짐에다 지고 나왔다.

---

43) 그러니까.

그때가 아마 요맘때44) 모양이야. 춘삼월 호시절이야. 어머니가 주신 옷을 갖다가 어깨에다 짊어지고 그냥 간다. 서천 서역국45)을 제 놈이 알기나 하오? 덮어놓고 그냥 간다. 한 하루 이틀이나— 한 열흘 간 다음에 녹음이 우거진 큰 정자나무 밑에 웬 노인들이 많이 있거든. 한 구석에 퍼주거니46) 앉았지. 다른 노인네들은 담배도 피고 환담도 하다가 하나 둘 집으로 가는 게야. 그런데 한 노인네가 꼭 앉아 있다. 수염이 좋으신 양반이야. 그런데 그 양반이 묻기를,

"총각은 어딜 가나?"

"전 서천 서역국엘 갑니다."

"뭣 땜에?"

"저 불공을 드리러 갑니다."

"그래, 가지 마라."

"왜요?"

"내가 지금 서천 서역국엘 댕겨오는 길이다. 가니깐 부처님이 안 계시다. 그러니 갈 것 없다. 그러니깐 아예 가지 말고 그저 거길 가서 '저 부처님 어딜 가셨느냐?'고 하니까 느 집에 가셨다고 하드라. 그러니까 곧 회정47)해서 거기 가지 말고 집으로 돌아가라."

하셨다. 하, 이런! 떡 들으니 갈 재미가 없네.

"야, 그러믄 안 되겠다. 곧 회정을 해야지."

한 여흘 갔다가 한 여흘 또 왔지. 집에 떡 오니까 문전이 냉락48)해. 아무도 없고 싸립작 문을 열고 들어가니까 어머니가 아주 반겨하신다.

"아니— 너 벌써 서천 서역국 갔다 오느냐?"

---

44) 요만큼 된 때.
45) 서천 서역국(西天西域國). 인도(印度)를 가리키는 말.
46) 퍼지르고. '퍼지르다'는 팔다리를 아무렇게나 편하게 뻗다.
47) 회정(回程). 돌아오는 길에 오름.
48) 냉락(冷落). 외롭고 쓸쓸하다.

"가지도 못했어요."

"그럼 너 어떻게 오냐?"

"그런 게 아니라 이래저래 가서 큰 정자나무 밑에서 한 십여 일 가다가 웬 노인네를 만나서 하필 부처가 우리 집에 오셨다 해서 다시 회정을 해서 오지요."

"안 오셨는 걸."

"오셨다고 그러셨는데 왜 안 오셨어요."

안팎을 다 찾아보니 있어? 부처님이. 아 이 총각이 가만히 생각하니 어머니가 참 자애롭게 대하시거든.

"야, 부처님이 다른 데 없고 우리 어머님이시다."

참 그때 효성이 났거든.

"아이고, 어머님! 부처님 나 안 찾아가겠소. 우리 어머니밖에 안 계시는데 그 노인께서 부처님이 우리 집에 오셨다드니 반드시 부처님이 어머니시야. 우리 어머니 부처님이시고 부처님이 우리 어머니시니깐 이제부터는 어머니한테 예전하던 불효를 다 내버리고 이제부턴 내 효성을 갖겠습니다." .

어머니한테 약속을 했거든. 좋지. 이 양반은 하도 아들한테 불효를 받기 땜에 그게 더 좋지.

"어떻게 맘을 먹었는지는 모르지마는 부처님이 어찌 내한테 오시겠느냐마는, 네 그렇게 얘기하니까는 정말이지 나두 너를 보내놓고는 내 초조히 너 잘 댕겨오기를 기다렸는지 모른다. 지금 이리 와서 날 이렇게 부처님이 이렇고— 어미를 찾으니— 이러니까 덕 많이 줬다."

아따! 그때부텀 확실한 효자일세. 그저 일분부시[49]하라. 어머니의 의사를 꺾지 않고 그저 어머니가 명령 한 마디만 하면 그대로 이행하고— 그해 봄이 되고 가을이 됐거든. 다른 사람 농사도 잘 짓겠지만, 이 사람도

---

49) 일분부시행(一吩咐施行). 한 번 시키면 곧 그대로 시행함.

잘 졌단 말야. 얼마나 잘 졌던지 땅이 꺼졌네. 아, 너덧 마지기 지는데 그전에 한 서너 섬으로 두 식구 빠듯이 살았는데, 이제 먹고도 남고 이 삼년 먹고 남을 것 지었네. 이런 제길 일이지. 참 기가 막히게 좋다. 근데 어머니가,

"너 부처님한테 가고 니가 참 착해졌구나! 그러면 나도 네게 훨씬 더 잘한다."

한 해 두 해 농사 질 적마다 잘 돼. 나중엔 얼마나 잘 되는지 삼, 사년 되다가 어머니가 노년에 들어서 병환이 짙어가고 세상을 뜨게 됐네. 이 아들 맘은 참 초조하단 말야. 예전엔 어머니가 계셨고 그랬드니, 이제 와서 얼마나 효성이 지극하던지 감탄하고 또 어머닐 붙들기 위했는데 웬걸 그래? 인명은 재천이라 갈 양반은 가니까 떡 갔네. 어머니가 돌아가시니까 아 호천망극[50]이라. 한없이 울고 한없이 울었네. 다시 도리가 있나.

상을 딱 치루고난 다음에 어머닐 구할 도리가 있어야지. 그렇잖소 말야. 효자 맘은 한뜩[51] 끊어지지 않소. 밥만 먹고 찾아드는 거라. 하도 얼마나 돌아다녔는지 산골짜기에 떡 올라가니까 그 노인네들이 많이 있는데 지금으로 치면 메밀이랄까 녹두랄까? 큰 맷돌을 가지고 참 간단 말야. 근데 가만히 보니까 그 속에 어머니가 계시단 말야.

아 그래,

"어머니 어떻게 여기 계십니까?"

그러니까, 맷돌을 딱 놓고서,

"하고! 네가 어떻게 여기 왔냐? 나는 기왕 죽긴 죽었는디 어떻게 들어왔어. 너를 내가 보고서 이 일을 지금 계속 할 수가 없어. 우리 아들이 왔으니 잠깐 만나봐야겠소."

하고 맷돌을 딱 놓고 나와서,

---

50) 호천망극(昊天罔極). 어버이의 은혜가 넓고 큰 하늘과 같이 다함이 없음을 이르는 말. 주로 부모의 제사에서 축문(祝文)에 쓰는 말이다.
51) 언뜩. 문득.

"네가 어떻게 나를 보러 여기 왔냐?"

하니까,

"네가 보는데 내가 지금 산 몸이 아니다. 실지 내가 등거리랄까 영혼이랄까. 사모칠혼52)이라. 이런 것인데 네가 어떻게 여기 왔냐. 내 죽기 전에 지금도 하도 네 정성이 대단해서 에미 찾아 여기 왔는데 그러면 지금 너 옥황상제께 말씀을 여쭙고 갖가지 말씀을 듣고 따라 하거라."

그리고 딱 문전에서 또 선녀 하나를 딱 불러줘.

"지금 내가 상제의 명을 받들어서 이런 그 일을 하는 가운데 전생의 우리 아들이 지금 여기 왔으니까, 그냥 보낼 수가 없어서ー"

하고서, 참 옥황상제께 여쭙는데,

"이야기를 곧 들어서 알겠소만 하루도 지루53)해서 안 됩니까? 그쪽을 그냥 도로 물리쳐야 옳겠습니까?"

하고 상제에게 하니,

"그거 안 된다. 처음부터 누가 이런 것들에게 그 효는 받아야 한다."

라고 명을 내리더래.

아 그래서,

"하루만 이 아들을 보고 맙니까? 또는 어떻게 하오리까?"

하니,

"한 이 년 그 아들의 효성을 받으라."

하고 그리고선 명을 내리고선 뻔한 일이지마는 같이 일하던 그분들한테,

"우리 아들이 여기 왔으니까 그냥 보낼 수 없어 상제께 여쭈니 적어도 이 년 같이54) 아들의 효성을 받으라고 해서 아들 따라 가오니 여러분 그렇게 양해하시고서 책임을 맡기시면 잘들 완수하시고 편히들 계시우."

---

52) '삼혼칠백(三魂七魄)'의 잘못일 듯. 삼혼과 칠백을 아울러 이르는 말. '삼혼'은 사람의 마음에 있는 세 가지 영혼. '칠백'은 사람의 몸에 있는 일곱 가지 넋.
53) 지류(遲留)? 오랫동안 머무름.
54) 2년 간 함께.

하고 모자는 왔어, 집엘. 집에 와서 극진히 대우를 해. 거 뭐 참 가를[55]
추천대요[56]라. 추천대요란— 효자에는 두 가지가 있지 않습니까? 양기양
체[57]라. 그러니 선조의 정신과 체질을 향상시켜 더욱 살지게 하는 그런
것도 있지만, 아주 두 가지 다 구비해서 양기양체를 구비해서 어머닐 이
제 기가 막히게 받든 거야. 늘그막해서 동네 색씨한테 장가들고 아들 낳
지, 손주 낳지, 그리구 잘살었어. 으홋홋홋.

8) 아내에게 절하는 남편을 만난 어사 1 ·······························

1969. 5. 4. 하방리 경로당 / 성명 미상, 남·70

　*유관 자료인 충북 괴산군 〔청천면 자료 56〕; 단양군 〔매포읍 자료 13〕; 영
동군 〔심천면 자료 26〕 참조할 것.

　박문수 박어사가 조선 한국 시대에 단양에 들어와서 삼, 사월경이야.
걸인 차림으로 가는데 들에 논 가는 농부가 있어. 길가에 앉아서 논 가는
것을 보고 앉았는데, 점심때가 지나 이 농부가 신이 나서 소를 막 두드리
고 욕을 하면서,
　"야, 이놈의 소야. 너도 배가 고프냐? 날도[58] 배가 고프다."
　가위[59] 점심때가 지내서 저녁 한참 때가 거운[60] 될 적에 가막골이라고
하는 그 아랫동네서 무슨 부인네가 쇠죽을 담고 그 위 바가지에 점심 식
사를 이구서는 부지런히 나와. 그러니께 그 농부가 소를 척 세워 놓구선
지게 작대기를 든단 말요. 부인을 쫓아가더니,

---

55) 그 애를.
56) 출천대효(出天大孝). 하늘이 낸 효자라는 뜻으로, 지극한 효자나 효성을 이르는 말.
57) 양기양체(養氣養體). 심신의 기력이나 원기를 기른 다음에 몸을 기름.
58) 나도.
59) 가위(可謂). 한마디의 말로 이르자면. 또는 그런 뜻에서 참으로.
60) 거의.

"으흠, 이 예편네가 남은 논 가는데 젓노리[61]도 해주는데 젓노린 못해
줄 망정 점심은 왜 이리 늦게 가져다주느냐?"
고 하면서 작대기로 보재기를 냅다 때려. 보재기는 깨져 조각이 나가 밥
바가지도 깨져 버렸지. 부인은 남편 작대기를 꽉 붙들면서,
"아이 제발 그러지 마소. 내 애기를 들어보오."
하며 사정사정 하면서 매달리니 농부가 잠깐 멈춰서 막대기를 세웠다.
부인이 말하기를,
"점심을 일찍 해가지고 올라고 웃방에 점심 쌀을 내려가서 문을 여니
께, 아! 시아버님은 저쪽 구석에 앉았고 시어머니는 이쪽 구석에 앉아 있
는데 땀을 곧이 흘리고 있지 않겠소. 노인네들이 대낮에 장난을 한 모양
이라요. 안 됐어서 닭을 얼른 하나 잡아 올리려고 하는데, 그놈의 닭이
잘 잡혀야지요. 그래서 그만―"
"아이구, 자네 그래 닭 잡아드렸어?"
"아, 잡아드렸지요. 그러니께 늦었다니깐."
"아이구! 우리 마누라, 참 고마우네. 참 고마워. 노인네 근력 없는데 참
고마우네."
하면서 사이좋게 땅에 흩어진 밥을 쓸어 모아 놓고 소죽을 소에 멕이고
하였지.
어사는 쭉 그걸 보고 앉아 있었는데, 농부가,
"흙 묻은 밥이나마 같이 자십시다. 아마도 지나가는 걸인 같은데―"
하였다. 부인은 물을 떠다 놓고 들어가면서 남편더러,
"일찍이 들어오소. 저녁은 일찌감치 할 테니―"
했다. 어사는 속으로 '이 부부 효자로구나. 아주 집으로 찾아가 사람들이
어떤가 보고 가야겠다.' 맘을 먹고, 기다리는데 농부가 소를 떼어가지고
들어가면서,

---

61) 곁두리. 농사꾼이나 일꾼들이 끼니 외에 참참이 먹는 음식.

"여보 여보, 당신 얻어 자시며 돌아다니는 분 같은데 우리 집에 가서 묵어갑시다."

어사가 그 집에 가서 가만히 보니께, 아닌 게 아니라 참으로 효자 효부였지.

이튿날 아침 어사는 농부의 아버지인 우첨지더러 아저씨가 돼 달라 하고선,

"오늘 늦게 읍에서 관노가 외삼춘한테 편지를 가져올 겝니다. 그때는 무조건 찢어버리시면서 지가 귀하게 됐기로 날 찾아와 보지. 날더러 들어오라구 하십쇼."

하고 신신당부를 해놓고 그 길로 단양에 들어와 어사출두[62]를 하였다.

어사가 높이 앉아 군수더러 묻기를,

"여기 적성면 가맛골 우생원님이라고 계시느냐?"

하였거든. 우첨지로 말할 것 같으면 냉구장사나 해먹고 지내던 영감인데 알 턱이 있어?

"하, 모르겠습니다."

별수 없이 관노를 불러 물으니께 관노 역시 냉구장사 우첨지는 있어도 우생원은 없거던. 해서 무조건하고,

"네, 우생원님이 기십니다."

하고 대답했지. 어사는 곧 관노에게 편지를 주어 우첨지에게 드리라고 시켰는데, 관노가 가만히 생각해 보니께 우첨지하고 어사하고 뭐가 되나 본데, 전에 괄세도 많이 했는데 큰일 났거던. 그런데다가 우첨지 편지를 받자마자 화를 벌컥 내며 편지를 북북 찢어버리지를 않겠나?

어사는 이때 이 골 죄인들을 몽땅 대청에 모아놓고 죄를 메기는데, 모조리 귀양 아니면 볼기 삼백 대씩이다. 죄인들의 부모들 혹은 형제들은

---

62) 어사(御使)출또. 조선 시대에, 암행어사가 지방 관아에 중요한 사건을 처리하기 위하여 좌기(坐起)를 벌이던 일.

그 길로 우첨지네 집으로 달려가 수없이 많은 뇌물을 들이밀고 살려 달
라고 애걸복걸하는데, 우첨지 알 턱이 있어? 무슨 일인지.

이튿날 군수 휘하 모두 데리고 박어사가 우첨지를 찾아가니, 우첨지는
땅에 코를 박고 일어날 줄을 모르는 게라. 어사가 말하기를,

"외삼춘, 우리 외삼촌 내외가 참으로 효자 효부라서 내 이렇게 한 겁니
다."

그래서 우첨지와 농부 내외는 오래오래 잘살았다 한다.

9) 남산(도화산)

1969. 5. 4. 하방리 경로당 / 남삼만(南三萬), 남 · 67

*제보자는 단양면 하방리 출생이다.

단양 시내 바로 앞에 보이는 산으로, 경사가 꽤 가파르다. 그 위에는
옛날 봉화대로 썼던 터가 남아 있다. 그의 전설을 보면 남산에는 산불이
자주 나서 나무를 몽땅 태우고 그랬는데, 하루는 어느 도승이 와서 말하
기를,

"산 위에 못을 파고 소금 항아리를 묻고 소금을 서 말 서 되 서 홉을
넣고 한강수도 서 말 서 되 서 홉을 넣으면 화재가 없어지리라."
그래.

그 후론 불이 없어지고 삼 년에 한 번씩 제사를 지내고 기우제도 꼭
거기서 지낸다. 개고기를 먹고 산에 가면 꼭 해로운 일이 일어나고 산이
아무리 험해도 산이 다스리기 때문에 굴러도 죽지 않는다. 그곳에 암자가
있는데 절대 고기를 먹게 못하는 게야.

10) 금산

1969. 5. 4. 하방리 경로당 / 남삼만, 남 · 67

제천군, 단양군을 한눈에 볼 수 있고 단양면, 적송면, 매포면을 뒤쓰고 있는 중요 산으로 신라의 시조 박혁거세가 이곳에서 태어났고, 장수가 난 자리라는 적송면 하진리의 '장군대좌'는 그 당시의 역적을 죽이고 자기의 사랑하는 말이 빠져 죽은 '용수물'이 있고, 말목산에는 그 말을 묶어 놓았던 말뚝이 아직도 그 빛을 잃지 않은 채 기울어져 박혀 있다. 이 금산에서는 삼정승이 났는데 주천자[63]의 선조 뫼가 금산 봉우리에 있고, 아직 남은 한 봉우리에서 어떤 영웅이 날 것이라고 기대하고 있다.

---

63) 주천자(朱天子). 명나라를 세운 주원장(朱元璋).

3. 대강면(大崗面)[1]

1) 서낭의 유래 1 ···

1969. 5. 7. 당동리(堂東里) / 윤상봉(尹上峰), 남·53

*이본인 충북 영동군 〔상촌면 자료 6〕을 참조할 수 있으며, 유화로는 충북 괴산군 〔청천면 자료 33〕을 참조할 수 있다.

마씨 부인은 강태공의 부인이었는데,[2] 그 남편 태공은 날마다 낚시질로 세월을 보내고 부인이 바느질로 품을 팔아 생계를 유지했다. 그러던 중 하루는 부인이 태공의 낚시질하는 것을 보니 곧은 낚시를 드리우고 있음을 발견하고 남편의 주변머리[3] 없음을 탄식하여 남편 태공에게 말하기를,

---

1) 대강면의 구비문학 자료 조사는 국민대학교 국어국문학과 현지조사의 일환으로 1988. 6. 3~6. 5에 걸쳐 석교리(제1조)와 임현리(제7조)에서 이루어졌다. 그러나 현재 남아 있는 채록 자료는 내용을 짐작할 수 없을 만큼 '청취 불능' 부분이 많고, 더욱이 원문을 확인할 녹음테이프도 현재 남아 있지 않은 까닭에, 유감스럽게도 10여 편을 폐기했음을 밝혀 둔다.
2) 이 이야기는 중국 주나라 때의 정치가였던 강태공 즉 여상(呂尚)의 이야기를 시간과 공간을 우리나라로 바꾸어 이야기하고 있다.
3) 일을 주선하거나 또는 변통함. 또는 그런 재주.

"내 당신 같은 주변머리 없는 남편을 믿고는 도저히 살 수 없으니 이
제 당신과 이혼하여 친정으로 돌아가리다."
고 말하니 그 남편은,
"그래도 혹 때가 오면 잘 될는지 누가 아느냐?"
고 달랬으나 듣지 않고 마씨 부인은 친정인 강원도로 가고 말았다.

때는 숙종대왕 시절인데, 숙종대왕은 점에 능하여 죄인을 가두는데 감
옥소를 쓰지 않고 강가에 땅을 깊지도 않게 파고 그 안에 넣어 두었다.
만약에 죄인이 도주하드래도 대왕이 점만 치면 그 도망한 곳을 이내 알
아내어 잡아오므로 도망갈 엄두도 못내는 시절이었다. 그때 한 죄인이 있
어 그 땅 파 놓은 곳에 갇힌 것을 강태공이 마침 보고 그 까닭을 물으니
대왕이 점을 잘 치므로 도주하지도 못한다고 말하므로, 태공이 한 계교를
일러주었다. 그것은 석 자 세 치나 되는 진 대롱에 물을 가득 넣어 배꼽
위에 올려놓고 누워 있으라는 것이었다. 이 말을 들은 죄인은 그곳을 도
망하여 태공이 시킨 대로 하였다.

숙종대왕이 죄인이 도망한 것을 보고 점을 쳐 보니 죄인은 누워 있고
그 위에 물이 석 자 세 치나 잠겨 있는 점괘가 나오므로 '죄인이 물에 빠
져 죽었구나!' 하고 일찍이 방면4)해 주지 못한 것을 후회하였다. 그런데
얼마 후 죽은 줄로만 알았던 죄인이 살아 있는 것을 우연히 발견하고 그
내력을 물으니 자초지종을 사실대로 말했다. 이에 대왕이 태공이 시켰단
말을 듣고 그가 더 유능한 사람이라고 생각하여 그를 불러 벼슬을 주니,
태공은 벼슬을 받고 지방으로 내려가게 되니, 친정에 가 있던 마씨 부인
이 태공이 가는 길을 막으며 죽기를 한사코 전 일을 뉘우치며 다시 받아
들여 주기를 간청하나 태공은 일언지하에 거절하였다. 그래도 한사코 매
달리므로 태공은,

"물 한 동이를 길어 오라."

---

4) 방면(放免). 가두어 두었던 사람을 놓아줌.

고 하여,

 "그 물을 쏟았다가 다시 동이에 담아 보라."

하니, 재빨리 동작을 취했으나 그렇게 하질 못했다. 태공이 이에,

 "보라. 사람이 한번 저지른 일이 이 같은 것이다."

하고 갈 길을 재촉하여 떠나려 하니 마씨 부인은 일이 부득이함을 깨달고 그 자리에서 자결했다. 태공은 그 고을 원을 불러 후장5)을 당부하고 길을 계속했다. 그 고을 원은 마씨 부인을 들에 장사하니 이게 오늘의 서낭이요, 이 서낭에 치성드리면 농사가 잘 된다고 한다.

2) 삼효교(三孝橋) ···

1969. 5. 6. 사인암리(舍人嵒里) 사인암천(川) / 전상준(全相俊), 남 · 65

 *제보자는 경북 예천군 용궁면 출생으로 약 20년 전 현지로 이주했다고 한다. 이하의 지명 전설들은 모두 예천에서 열 살 무렵에 동네 노인에게서 들었던 것이라 한다.

 경상도 낙동강 줄기에 경주 땅에 아들만 셋 낳고 아바이는 죽었어. 모친은 젊어 영감 생각도 나고 집에 있을 수만 없거든. 그래 자주 다니던 방앗간의 영감 생각이 들어 곧 친해져 저녁만 되면 개울 건너 영감을 찾아가거든. 아들들이 자다 보면 어머이가 없어.

 하룻밤은 맏놈이 잠을 안 자고 개울가에서 기다리니 어머니가 보선 벗고 개울을 건너가거든. 그 뒤를 살살 따라가 보니 영감한테 가거든. 옳다. 생각난 게 있어. 집에 와서 동생들을 깨워, '어머니가 건너가는데 보선 벗고 가는 게 안 됐으니 셋이 엎드려 다리를 만들자.' 하며 닭이 울 시간에 어머니를 기다려 엎드렸단 말야.

---

5) 후장(厚葬). 두터운 성의(誠意)로 장례를 지냄. 또는 그 장례.

어머니가 주저하고 안 건너. 아들이, '건너라.'고 재촉하니까 겨우 건넜거든. 그 담부터 저녁마다 갈 때 올 때 엎드리니 어머니도 어쩔 수 없었나부지. 영감 생각도 났지만 말야. 그래 그게 지금 다리 돼 있어.

3) 원통암(冤痛庵) ···

1969. 5. 6. 사인암리 사인암천 / 전상준, 남 · 65

*이본인 충북 단양군 〔어상천면 자료 11〕, 영동군 〔용산면 자료 30〕, 동 〔용산면 자료 43〕 참조할 것.

지금도 절이지만, 옛날에 이 절에 손님이 오면 손님이 오는 대로 국수가 나오거든. 그런 국수가 나오는 바위틈에 구멍이 있었어. 손님 수대로 꼭꼭 나오거든. 참 희한하단 말야. 하루는 어느 중이 국수 좀 많이 나오라고 욕심을 부려 그 국수 구멍을 나무 작대기로 쑤시고선 자기가 일부러 수십 명을 절로 불러왔거든. 근데 국수가 영 안 나와. 그 후론 계속 국수는 보이지는 않아. 그래 원통하다고 해서 그 절 이름이 '원통암'이라는 게야.

4) 장자늪 3 ···
─ 수은정(水銀亭)

1969. 5. 6. 사인암리 사인암천 / 전상준, 남 · 65.

*이본으로는 강원도 명주군 〔옥계면 자료 2〕, 충북 괴산군 〔청천면 자료 64〕, 동 영동군 〔심천면 자료 36〕, 동 〔심천면 자료 37〕, 동 〔용산면 자료 28〕 등이 있다.

유서애6) 대감의 정자로서 지금은 그 터만 남아 있고, 그 앞에 큰 못이 있으니 그 못의 전설은 이러하다. 조씨(趙氏) 문중에 백만장자가 있어. 집은 고래등 같고 기둥에서는 말간음이 흐르는 부자이다. 하루는 대사가 동냥차 와서 시주를 구하고 있었다. 그러자 주인은 시주는 않을망정 소거름을 쳐내면서, '오양7)을 쳐주라!'고 소리를 질렀다. 부엌에서 일하던 며느리가 그 말을 들으니 너무 안 돼— 며느리가 몰래 쌀을 떠서 대사에게 주니 대사가 돌아서며 나직이 하는 말이,

"이제 당신은 절대 뒤를 돌아보지 말고 나를 따라오시오. 절대 뒤는—"

영문도 모르고 대사를 따라나서서 얼마간 갔을까? 중이 앞서 가며 갑자기 도술을 피우더니만 시커먼 구름이 천지를 메우고 비가 억수같이 쏟아지지 않는가? 그때 등 뒤에서 무서운 괴성이 들리며 불꽃이 하늘에 솟아오르며 물과 불이 엉키어 집을 삼키는 것이니, 며느리는 놀라 뒤를 보았던 것이다. 아무리 약속을 했지만, 갑작스런 일에 무의식적으로 고개를 돌리는 순간 그는 그 자리에서 미륵으로 화하고 하늘은 다시 말갛게 구름이 걷히고 그 집터엔 큰 못이 생겼으니 대사는 간곳없이 자취를 감추었고— 뒤를 보지 않았던들 선녀가 됐을 텐데—. 그 미륵은 지금 못 한가운데 빠져 잠겨 있다.

5) 죽령 다자구 할머니 산신당 1 ···

1969. 5. 6. 용부원리(龍夫院里) / 안씨(安氏), 남 · 52

*이본을 채록한 것으로 충북 단양군 〔대강면 자료 6〕과 〔대강면 자료 16〕이 있다.

---

6) 유서애(柳西厓). 조선 선조 때의 재상인 유성룡(柳成龍, 1542~1607). 호가 서애(西厓)이다.
7) 외양간두엄. 외양간에서 나오는 거름. 마소의 똥오줌과 먹이 찌끼 따위가 섞여 썩은 것이다.

죽령 고개에 도적들이 성을 쌓고 굴에 은거하여 도적바위 위에 북을 매달아 행인이 지나면 금품을 약탈해서 피해가 컸었다. 이에 한 할머니가 군사 삼백 명만 주면 도적을 잡겠다고 나랏님께 고했다. 나랏님이 할머니에게 군사 삼백을 주니 할머니는 그 군사들을 매복시키고서 '드자구야?' 하면 그대로 숨어 있고, '다자구야!' 하면 나와서 치라고 약정하고 도적바위 앞을 지나며 '드자구야! 드자구야!' 하며 헤매니 도적이 괴이하게 여겨 연유를 물었다. 이에 할머니는,

"우리 맏아들 이름은 '드자구'이고 둘째놈 이름은 '다자구'인데 이 녀석들이 혹시 이쪽으로 오지 않았나 하고 찾아나와 부르는 것―"

이라고 대답하니, 도적들은 안심하고 잠이 들었다. 이때 할머니는 '다자구야!' 하고 소리치니 매복해 있던 군사들이 침낭 속에서 잠든 도적들을 모조리 잡아 도적은 소탕되었다. 나랏님이 그 할머니의 공을 높이 치하하여 소원을 물으니,

"사당을 지어 제를 지내게 해 달라."

는 것이었다. 그래서 사당 자리를 잡기 위해서 연을 띄우니 그 연이 당골(현 사당 터에서 3키로)에 내려앉았다가 마을 가운데이므로 깨끗지 못하다 하여 다시 그 연이 날아 지금 사당이 선 자리에 머무니, 그곳에 사당을 지어 '죽령산신당'이라 하고, 삼월 중순과 구월 중순에 춘추 시향[8]을 모시는데, 청풍·단양·영춘·제천 등지에서 참례하였다.

6) 죽령 다자구 할머니 산신당 2 ·······················

―도둑바위

1969. 5. 5. 장림리(長林里) / 조동렬, 남·69

*제보자는 고향이 경북 문경군 용궁면이라고 한다. 이 이야기의 이본은 충북

---

8) 시향(時享). 음력 2월, 5월, 8월, 11월에 가묘에 지내는 제사.

단양군 〔대강면 자료 5〕와 〔대강면 자료 16〕이 있다.

마을에서 한 십 리 가면 큰 편편한 바위가 있고, 그 바위 앞에는 물이 흐르고 바위 뒤는 홈이 파져 있다. 예전에 거기에 도둑이 어떻게 심한데 잡아낼 수가 없었다. 그래 그 도둑을 잡기만 하면 크게 대우해 주겠노라고 하였는데도 아무도 잡을 사람이 없었다. 그런데 어떤 노인이 하나 나와서 그 도둑을 잡겠다고 하였다. 그 노인은 술을 해 놓고- 아들 이름이 '다자구', '드자구'라는 두 아들이 있었다. 그 술을 가지고 그 도둑 있는 데 가서,

"난 자식이 도망가서 찾아 나섰다."

면서 엉엉 울며 아들 이름을 '다자고야? 드자고야?' 불렀다. 그러며 한편 가져간 술을 자꾸 도둑들에게 먹였다. 그런데 그 노인은 갈 때 지금의 경찰과 같은 사람과 짰다. 술이 취하니 자는 사람도 있고 안 자는 사람도 있더니, 차차 다 잠이 들어 버렸다. 그 도둑들이 다 자게 되자 '다자고'만 불렀다. 다 잔다는 뜻이다. 그래 경찰이 들어가 그 도둑들을 다 잡았다.

그 다음에 할머니가 없어졌다. 그래 그 할머니가 산신이라고 한다. 옛날에는 군수가 돼지 새끼를 가지고 가 춘추로 공·맹자님께 제사를 지냈다. 지금은 동네 아래 매바위에서 동네 사람들이 제사를 지낸다.

7) 괴평9)장씨(塊坪張氏) ·····························

1969. 5. 5. 장림리 / 조동렬, 남·69

도락산10) 끝엘 가면 장씨네 예전 묘가 있는데, 예전 묘 잡을 때 그 시조가 장 추바11) 있었는데 한참 어려웠단 말이야. 이웃도 없고 산전을 이

---

9) 괴평리(塊坪里). 충청북도 단양군 대강면에 있는 리(里).
10) 도락산(道樂山). 충청북도 단양군 단성면 가산리.

뭐 먹었는데, 그럴 때 웬 과객이 저물게 들어 왔지.

"하룻밤 자구 가자."

구. 안늙은이가 안에 들어가 저녁을 해 왔는데 반찬이 없어. 있는 대로 저녁을 차려 왔지. 밤에 자는데 안방에서 드륵드륵 소리가 나서 이상해서 들여다보니 맷돌을 갈고 있어. 아침에 물어보니,

"반찬이 없어 두부를 만들어 밥을 해 왔다."

구. 과객이 미안해 떠날려구 하니 안주인이,

"옷이 남루하니 빨래를 해주겠다."

구. 빨래를 할려면 이틀이 걸려 그동안 뭘 입어? 안주인이 옷을 찾으니 옷이 없어 어린애 옷을 벗겨 사타구니라도 가리라고 했어. 사흘 만에 옷을 빨아 주었는데, 그동안 때마다 두부를 해주었지. 과객이 고마워 인사를 하구,

"바깥주인이 언제 돌아가셨냐?"

구 하니,

"삼년 전에 돌아가셨는데 뫼벽을 못 만들고 그저 흙에 묻어 두었다."

구 했지. 그러니까,

"내 아는 건 없지만 묏자리를 봐줄 테니 아들을 데리고 부인이 날 따라오십시오."

따라갔더니 묘터를 잡아줬어. 그리고 시체를 메고 부인은 뒤를 따랐어. 연장을 가지고 터를 파 묘를 만들었지. 그 뒤부터 장씨네가 부자가 되고 자손이 수천이 되었지. 지금 괴평엔 자손이 수없이 살고 있어.

---

11) 추워?

8) 지명 유래 3

1969. 5. 5. 장림리 / 조동렬, 남 · 69

1. 무당바위

그 마을에서 시오 리쯤 가노라면 운선 구곡이 쭉 계속해서 있는데, 그
곳에 가면 바위가 있는데 그 바위 위에서 무당이 춤추다 빠져 죽었다. 그
여자 무덤이 지금도 거기에 있다 한다.

2. 굴바위

집 앞에 강을 끼고 있는 산이 있는데 그 산을 청벽이라 한다. 거기에
굴이 두 개 있는데, 그것 중에 우에 있는 굴을 말하는데 그 굴을 그냥 놔
두면 동네 색씨가 바람이 난다고 하여, 돌담을 쌓아 막기도 했고, 또 집
을 지을 때는 그 굴을 마주 대해 집을 짓지 않았다.

9) 친자식보다 나은 양아들 3

1969. 5. 5. 장림리 / 천문백(千文伯), 남 · 64

*제보자는 현지 출생이라고 한다. 유관 자료인 충북 괴산군 〔청천면 자료
35〕, 동 단양군 〔가곡면 자료 31〕, 동 영동군 〔용산면 자료 31〕 참조할 것.

경북 어느 군에 잘사는 사람이 있었다. 아들이 하나 있었는데 서울 가
서 살기를 항상 바라기에 돈을 주고 보내 서울에 살게 했다. 몇 해가 지
난 뒤 아들 사는 것이 궁금하여 아버지는 도중에 주막에서 자면서 며칠
을 걸어 점심 때 아들 집에 도착하니 반겨하며 점심을 내주는데 다만 반
찬이 간장 하나뿐이다. 기가 막힌 아버지는, '그래도 집에 있을 때 잘 먹
었는데 아들이 이렇게 못살다니?' 하면서 아들은 어떻게 먹나 보려고 문

구멍으로 들여다보니 저희 부부는 진수성찬이라. 화가 난 아버진 곧 ‘집으로 간다.’ 하니 아들 내외가 간곡하게 붙들려면서 하는 말이,

“그럼 할 수 있겠습니까? 오늘 내려가시되 돈 좀 주고 가십시요.”

아버지는 돈은 있으나 아들 하는 행동이 괘씸하여, ‘한 푼도 없다.’면서 그날로 떠나 집으로 왔다.

집에 온 노인은 그 많은 농토를 한 번에 팔 수 없자 싼값으로 집과 함께 팔았으나 워낙 많은 토지여서 돈은 많았다. 마누라한테 묻기를,

“나와 함께 가겠느냐? 어떻게 하겠느냐?”

해서 그래도 아들이라, ‘아들한테 간다.’기에 돈을 얼마간 주고 노인은 돈을 보따리에 싸서 등에 지고 팔도강산 구경이나 하자고 떠났다.

이렇게 하여 수년이 지난 뒤 의복이 허름한 채 다니다가 어떤 날 한 곳에 가니 아낙네들이 우물가에 물을 긷기에 목이 마른 노인은 물을 부탁하자 아낙네들이 히히덕거리며 도망가고 오직 한 여자가 바가지를 깨끗이 씻어 물을 담아 공손히 주니, 노인이 기특하고 훌륭한 사람이라 생각하여 뒤를 따라갔다. 부인이 들어가는 집을 보니 방 한 칸짜리 다 쓰러져가는 오두막집이라. 아낙네가 뒤를 보니 물 떠 준 노인이 있는지라,

“어떻게 오셨습니까?”

하고 물었다. 노인이 대답하기를,

“잘 곳이 없어 왔는데, 처마 끝이라도 좋으니 자고 갔으면 좋겠다.”

하니, 부인이 깜짝 놀래며,

“처마 끝에야 어떻게 자겠습니까? 집으로 들어오십시오.”

하여 방에 들어가 있는데, 조금 후에 나무를 한 짐 지고 남편이 들어와 마당에 내려놓으면서,

“웬 노인이냐?”

고 물으니,

“길 가는 노인이 돈이 없고 해서 저희 집에 주무시겠다고 합디다.”

하니, 남편이 신 벗고 들어와 절을 하면서 공손히 대하였다. 저녁때가 되

어 밥상을 들여왔는데 멀건 죽이다. 그것도 노인한테는 좀 밥알을 많이 넣어 들여왔기에 식사 후 노인과 이 이야기 저 이야기를 좀 하다가 노인이 돈을 주며 '쌀을 사오라.' 했다.

그 다음 날 쌀을 사고 반찬을 사왔다.

"후에 돈을 줄 테니 집을 구해 놓으라."

했다. 그동안 부부가 집을 구하는데, 동네에 부잣집이 서울로 이사 갈려고 집을 내놓긴 했으나 워낙 부부는 가난하고 그 집은 부자라 엄둘[12] 못 내고 있었다. 노인이 이것을 알고,

"그것을 사줄 테니 한번 흥정해 보라."

하여, 남편이 집주인을 찾아 집값을 물으니 집주인 생각에 동네서 제일 못살던 사람이 집값을 묻는지라, 아니꼽고 못 살 줄 알고,

"천 냥이지만 오백 냥이면 팔겠다."

했다. 남편이 돌아와 노인께 이야기하니, 그 이튿날 돈을 들고 동네 유지들을 불러,

"제가 큰 집을 살려는데 같이 보아 주십시오."

했다.

처음 그들은 미친놈이라 웃었으나 하도 가자니까 웃으며 따라갔다. 이래서 어쩔 수 없이 집주인은 오백 냥에 집을 내놓았다. 집을 산 부부는 감사하여 노인한테 와서,

"저희들은 아버지를 삼고 싶습니다."

하니, 노인도 '마침 아들이 없다.' 하여 서로 친부자처럼 재미있게 살았다.

몇 해 지난 뒤 이런 소문이 각 고을에 났다. 못사는 사람들이 이 마을에 많이 왔다. 하루는 노인한테 남녀 거지가 와서 구걸을 하기에 노인이 돈을 조금 주면서 가만히 보니 아들과 며느리였다. 아들과 며느리를 돌려보낸 뒤 지금 데리고 있는 양아들한테,

---

12) 엄두를.

　"거지 부부에게 먼저 살던 집을 주어 살게 하라."
하고,
　"그 부부와 상종을 말라."
면서 시켰다.
　얼마 후 양아들에게 시키기를,
　"저들 부부가 농토를 줄 테니 농사짓겠는지 물어보라."
하고, 거지 부부에게 땅을 주어 농사 지내게[13] 했다. 아들 부부는 어떤 노인이 농토와 집을 준 데 대하여 감사히 여겨 이사를 가겠다 하니 노인이 반대하여 못 갔다. 이렇게 한 뒤 그럭저럭 사는데, 노인이 하루는 양 부부에게,
　"심심하고 뭐하고 하니 안늙은이 하나 있으면 좋겠다."
하여 그 동네에 나이가 좀 든 식모 하나가 있는데 행동이 다른 식모와 다르고, 예전에 부잣집에 있었든 노인 같아 이 노인을 아버지께 드렸다. 노인이 가만히 보니 자기 마누라라, 둘이 붙잡고 기뻐하면서 부인께 그동안 일을 물으니,
　"서울서 살림하다가 못살게 되어 아들과 헤어진 뒤 자기는 내내 식모살이를 살았다."
하면서,
　"아들이 어떻게 됐는지 모르겠다."
면서 아들 걱정을 했다. 노인이 사실 이야기를 하고 친아들을 불러다가 양아들과 재산을 똑같이 나누어주고 그 노인 부부는 양아들과 함께 잘살았다.

---

13) 짓게.

10) 지네와 구렁이의 다툼 1 ···

1969. 5. 5. 장림리 / 천문백, 남 · 64

*이본인 충북 영동군 〔황간면 자료 8〕 참조할 것.

옛날 시골 사람이 상놈은 일 년에 백 석하고 양반은 하나도 없었다. 상놈이 양반 밑에 있기 싫다 하여 서울에 올라가 벼슬 하나 얻으랴고 땅 열 마지기 있는 것을 다 떨어 없앴다. 상놈이 서울에 가서 벼슬도 못하니까 아버지가 편지를 냈다. '네가 벼슬을 못하면 내려온나. 와서 같이 벌어먹자.' 아들은 내려올 수밖에 없었다. 집은 오두막이어서 기어들고 기나오는데 아들이,

"지가 왔습니다."

그의 아버지가 문을 걸고 안 열어 주면서,

"십분의 일이라도 돈을 가져와야지 문을 열어 주겠다. 그렇지 않으면 죽기로 결심했다."

아들이, '나도 죽겠다.'고 나오는데, '죽을 데가 어디가 좋은가?' 하고 강가에 와서 쉬는데, 고운 아주머니가 요만한 어린아이를 데리고 뜨끈뜨끈한 인절미를 한 보따리 들고 오다가 거기서 쉬었다. 보자기를 풀고 떡을 꺼내면서,

"떡 자시오. 왜 안 먹느냐?"

그러자 아들은 사실 이야기를 했다.

"실은 벼슬을 살려고 집에 있는 논을 다 팔아가지고 갔으나 벼슬을 못하고 내려오니 아버지가 문을 닫아걸고 십분의 일이라도 돈을 가져와야지만 문을 열어 주겠다, 그렇지 않으면 죽겠다고 합니다. 그래서 나도 죽을려고 나온 길입니다."

그때 여자가 신을 벗어 귀따귀를 한 서너 차례 후려갈기면서,

"사내자식이 이러냐? 당신 그러지 말라고. 정신 차리시오. 내가 돈을

줄 테니까 가져가서 부모에게 예금을 했다가 찾아왔다고 갖다 드리고 날 찾아 와라.”

하니, 여자한테 벌벌 떨게 아니야?

“어디로 갑니까?”

“내일 그리로 찾아온나. 그리고 나하고 며칠 있자.”

집에 가서,

“내가 돈을 다 쓴 게 아니고 예금했다가 지금 가져왔습니다.”

하고 쌀도 몇 섬 사 주고,

“며칠 있다 오겠습니다.”

하고 대영사 절을 넘어 쓱 가니 기와집은 넓은데 사람은 없는 거야. 거기가 어떤 곳이냐 하면 우환이 자꾸 나고, 못이 있는데 뱀이 나와 동네 사람을 자꾸 잡아먹으니 그 동네 사람이 전부 없다. 찾으니까 그 부인이 어린아이를 데리고 있는데 밥도 잘해 주고 대접을 잘해 주더라. 며칠 있더니 부인이,

“틀림없이 내게 응원을 해야 한다. 내 싸울 때 소리를 질러라.”

첫날 저녁에 싸우는데— 이 여자가 지네라. 하늘이 하도 뱀이 미워서 지네로 복색해서 싸우라고 보낸 것이다. 저녁 먹고 ‘쏴’ 하고 나가는데 지네와 계집애도 어린 지네라. 무서워서 들었더니 얼마 후에 금상화를 벗고 ‘휴!’ 하면서,

“여보, 대장부 쳐 놓고 그렇게 약하냐? 내일 저녁에 꼭 그렇게 하라. 그렇지 않으면 나 모두 죽는다.”

그 이튿날 할 수가 있어?

“오늘 저녁에 소리를 안 지르면 당신하고 나는 죽습니다.”

그날 저녁에 뱀의 꽁지에 지네 새끼가 죽었단 말야. 하여간 남자도 소리 질렀고, ‘이눔!’ 쳐서 잡았는데, 부인이 들어와서 아들더러 하는 말이,

“싸움은 이겼으나 딸이 죽었으니 결혼을 해야겠다.”

그래서 사 년 동안 살다가 아들 둘을 낳았다. 사 년 후 그 여자가 아들

둘을 데리고 하늘로 올라가고, 남자는 아버지와 잘살았다.

11) 드센 시어머니 버릇 고친 새며느리 2 ·······························

1969. 5. 5. 장림리 / 천문백, 남 · 64

*이 이야기의 이본은 충북 괴산군 〔청천면 자료 8〕을 참조할 수 있다.

옛날 어떤 곳에 시어머니가 어떻게 무서운지 며느리가 오면 쫓고 쫓고 해서 세 번을 쫓아냈다.

한 친구가 자기 친구에게 딸이 있다는 것을 알고 그 집에 딸 주기를 부탁하자, 동네가 다 알고 있는 시어머니라 펄쩍 뛰면서 화를 냈다. 가만히 듣고 있던 딸이 아버지께, '시집가겠다.'고 하니, '신세 망치려고 한다.'면서 반대했다. 그래도 딸이 자꾸 '가겠다.'고 하니 할 수 없이 그 집으로 시집을 보냈다.

시집간 딸은 아무리 잘해도 시어머니의 잔소리가 심하고 구박이 심한지라, 하루는 아무도 없는 새 시어머니 멱살을 잡고 방으로 끌고 들어가 깔구 앉고선 실컷 두드렸다. 기가 막힌 시어머니는 동네를 돌아다니며, '며느리년이 날 때렸다.'고 하나 동네에선 '그 착한 며느리가 그럴 리 없다.'면서 도리어 시어머니를 욕했다. '어쩐 일로 저렇게 착한 며느리를 욕하고 다니냐?'면서 동네 사람이 무당한테 가서 물으니까, '시어머니를 일주일 정을 길러야 한다.'면서 동네 사람보고 시어머니를 묶어 일주일간을 복상나무[14]로 때리니, 시어머니는 골병이 들 지경이었다. 며느리가 모셔다가 약을 지어 드리는 등 잘 모셨더니, 화가 난 시어머니는 또 며느리를 못살게 굴었다.

어떤 날 며느리는 또다시 시어머니 멱살을 잡고 방에 끌고 들어가 때

---

14) 복숭아나무.

리니, 시어머니는 할 수 없이 잘못했다고 빌은 뒤, 그 후로는 며느리와 시어머니가 그런 일 없이 잘살았다 한다.

12) 며느리의 지혜

1969. 5. 5. 장림리 / 천문백, 남 · 64

옛날 충주 용대[15]에 두 사촌 형제가 살았다. 사촌형은 천석을 하는 논 부자이고, 동생은 겨우 열 마지기인데 그것마저도 사촌 땅 복판에 있었다. 그래서 형은 언제나, '저 논이 내 논이 되어야 하는데—' 하고 생각했다. 동생은 이 적은 땅으로 농사를 지어도 살아가기 힘들자 생각다 못해 부인이 시아버지에게,

"살림을 저에게 맡겨 달라."

고 하자,

"너에게 살림을 주면 어떻겠느냐?"

"뭐든지 저에게 맡기고 그저 어머님과 사십쇼."

세 달쯤 환갑을 남기고 시아버지는 살림을 며느리에게 맡겼다. 그러고 나서 시아버지가 가만히 보자니까 일꾼을 두래도[16] 일꾼도 안 얻고 논을 갈 때가 되었는데도 꿈도 안 꾼다. 시아버지가 답답해서 며느리에게,

"너는 논 갈 때가 되었는데도 꿈도 안 꾸고 일꾼도 안 얻으니 어떻게 된 거냐?"

며느리는,

"남 주어서 먹는 게 더 낫습니다. 그 논을 팔아 주세요."

한다. 그리고 손님이 왔다면 고기하고 밥을 해서 잘 대접하니 시아버지가 걱정이 되어,

---

15) 충북 충주시 동량면(東良面) 용교리(龍橋里) 용대마을.
16) 두라고 하여도.

"억지로 사는데 이러다간 단 한 해가 가겠나?"

하면서 걱정하시니 며느리가,

"아무튼 아버지는 걱정 마시고 계십쇼. 아버지 대접은 해드릴 테니요."

논을 판다는 소문이 사촌형한테 들어가자, 사촌형은 시치미를 떼고 동생에게 찾아가,

"이놈아, 철모르는 부인에게 살림을 매껴[17] 땅을 팔게 하나?"

그러니 동생이,

"난 모르겠습니다. 한번 매꼈으니 어떡하겠습니까? 아버지 환갑이 5일 밖에 더 안 남았습니다. 환갑이나 차리고 보겠습니다."

하고 대답했다.

이에 형이,

"그렇다면 내가 사겠다."

하면서 값을 물으니, 며느리가 얼마 얼마라고 하자 형은 부르는 값보다 좀 더 주자, 며느리가 대답하기를,

"공[18]은 공이고 사[19]는 사지 더는 받지 않겠습니다. 우선 벼 열 섬만 주고 나머지는 돈을 달라."

하자 쌀 있고 종 있는 집이라 당장에 종들을 시켜 벼 열 섬을 보내 주었다. 그것으로 술 몇 가마니 짓고 돼지 사고 장배기 사서 그날 밥해서 먹을 쌀만 남기고 모조리 팔아 시아버지 환갑을 준비했다. 그러니까 홀시아버지가 얼마나 속이 타겠나? 며느리를 불러,

"야아, 생일 잘 먹고 그 이튿날 잘 굶으면 뭐하나?"

"아버지는 그냥 가만히 계십시오."

그러니 시아버지가,

"예이 — 모르겠다. 죽으면 죽고 살면 살겠지."

---

17) 맡겨.
18) 공(公). 공적인 일.
19) 사(私). 사적(私的)인 일.

내일쯤 생일을 치루고 큰집엘 갔단 말야. 그릇 같은 것이 필요했다. 큰집에서,

"야아— 내일 저녁에 보내주마."

하였다. 며느리는 모든 일이 끝나고 그날 열두 시쯤 싸고 누웠다. 남편이 약방에 가서 돌아왔을 때 부인이 말하기를,

"친정에서부터 이 병이 나면 큰 뱀을 잡아먹어야 살지, 그렇지 않으면 죽는다고 합니다. 그러니 초롱불이라고 들고 뱀을 잡아 오십쇼."

남편이 할 수 없이 초롱을 들고 날이 흐미한데 땅을 파는데 없었다. 여러 뱀구멍을 파다가 구렁이 한 마리를 잡아냈다. 그것을 부인에게 갖다 주자 부인이 볏섬에다 넣어 묶어 놓았다. 환갑 전날 종년들이 그릇을 들고 들어오는 것을 보고 구렁이 넣은 볏섬을 잘 모셔 놓고 옷을 잘 차려입고 창고문을 열어 둔 채 절을 자꾸 하였다. 종년들이 이상히 여겨 물으니 깜짝 놀라는 척하면서,

"아무에게도 이야기 하지 말고 너만 알아라. 큰집 업[20]이 우리 집에 왔구나. 부자가 되면 너 시집갈 때 옷도 많이 해주고 땅도 줄 테니 이야기 하지 마라."

하면서 다짐하니, 종년이 이르고 싶어서 부지런히 집으로 달려가,

"큰일 났다!"고, "우리 창고 업이 작은집에 갔다."

고 하니, 부인이 놀래어 남편에게 말하니, 남편은 걱정하는 빛도 없이,

"그저 모셔 오면 그만이지."

하자, 부인은,

"업을 모셔 올 때 땅 이십 마지기나 주고 모셔 오라."

고 하니, 남편은,

"쓸데없이 왜 이십 마지기를 주느냐? 걱정 말고 집에 있으라."

---

20) 업(業). 한 집안의 살림을 보호하거나 보살펴 준다고 하는 동물이나 사람. 이것이 나가면 집안이 망한다고 한다.

면서 동생 집으로 가서,

"아가야, 우리 업이 여기 왔다는데 날 도로 주게나."

하니, 며느리가,

"우리 집에 온 업을 어디로 모셔 간다는 말입니까. 그런 말씀 마십시오. 강제로 업을 모셔 가면 좋지 않답니다."

하며 딱 잡아떼자, 할 수 없이,

"백 석을 주겠으니 달라."

고.

"안 됩니다."

"그럼 이백 석 주마."

"아, 그렇게 업을 모셔갔다가 업이 탈나면 어떡하겠습니까? 정 그러시다면 내일 교환하고 저 시키는 대로 하셔야 됩니다. 제가 여러분을 모셔다가 술대접하고 있는 동안, '내 동생이 여태 살지 못해 진작이라도 다문 삼백 석 줄려고 했었는데, 오늘이 마침 환갑이라 삼백 석을 주기로 했다.' 고 하면서 문서를 저에게 주십시오."

이래가지고 논 삼백 석을 며느리 덕분에 얻게 되었다. 그런데 큰집은 업이 창고에 들어가자 썩어서 냄새가 났다. 그것을 알고 며느리가 찾아가,

"뭐라 합디까? 저한테 두었으면 큰집도 잘살고 업도 그냥 있을 것인데―."

하며 나무랐다.

그 부인은 삼백 석을 잘 구불려[21] 십 년간에 삼천 석으로 불렸다. 그동안 아들 삼 형제를 낳았는데 한 사람 앞에 일천 석씩 나누어주고 큰집에 삼백 석을 가지고 가서,

"이 삼백 석이 큰집에 있었어도 그대로 있었을 것을 그동안 이렇게 불려 저이도[22] 잘사게 되었습니다. 저는 잠시 큰집을 속였습니다."

---

21) 굴려. 운용하여.
22) 저희도.

면서 삼백 석을 내주었다. 물론 큰집도 여전히 잘살었다.

13) 개평꾼과 호랑이 ···

1969. 5. 5. 장림리 면장실 / 박준호(朴準浩), 남 · 52

  *제보자는 전대부터 단양군에서면 살았으며, 현재 대강면의 면장직을 맡고
있다.

  항상 노름꾼들이 끼여 개평23)을 뜯어먹고 사는 건달이 하나 있었다.
하루는 이 건달이 마을을 아무리 뒤져야 노름판을 찾을 수가 없었고, 노
름꾼들도 하나도 보이지가 않았다. 노름꾼들이 건달들을 피해 어디론가
사라져 버린 것이었다.
  하루 종일 마을을 뒤져본 건달은 속으로, '이거 오늘은 꼼짝없이 굶었
구나!' 하고서 낙심천만하여 산속으로 터벅터벅 걸어 들어갔다. 그런데
한참을 걸어 들어가고 있노라니, 어디서 사람들 소리가 들려왔다. 이런
산속에서 사람들 소리가 들려오니 무서웁기도 했지만 내심 반가워서 건
달은 그쪽으로 향해서 갔다. 쓰러져 가는 빈집이 하나 있었다. 그런데 문
구멍으로 가만히 들여다보니 온 동네의 노름꾼들이 다 모여서 한참 열을
올리고 있었다. 건달은 내심 무척 반가웠지만, 그들의 소행이 하도 괘씸
해서, '요놈들을 어떻게 혼내줄 수 없나?' 하고 방안을 이리저리 살피는
데 맞은편 문에서 반짝반짝 빛나는 두 눈을 발견했다.
  '누굴까?' 하고서 건달은 살금살금 그쪽으로 기어가 보니, 뜻밖에도 거
기엔 집채만 한 호랑이가 노름 구경에 정신을 몽땅 팔린 채 꼬리를 흔들
어대며 구경하고 있지 않은가? 호랑이는 너무나도 재미가 있던지, 한참
있더니 이제는 아주 고개를 쑥 들이밀고 구경을 하는데, 그래도 정신이

---

23) 노름이나 내기 따위에서 남이 가지게 된 몫에서 조금 얻어 가지는 공것.

나간 노름꾼들은 돈에 환장을 했는지 호랑이를 알아보지도 못한다. '옳다, 됐다. 맛좀 봐라.' 하고서 건달은, 부싯돌을 가만히 켜 호랑이 꼬리에 불을 붙였다. 그리고 호랑이 엉덩이를 툭 차니 정신없이 구경하던 호랑이는 질겁을 하며 방안으로 뛰어들었다. 이것을 보고 노름꾼들은 한참이나 넋을 잃더니 호랑이가 이리 뛰고 저리 뛰는 모습을 보자 '걸음아 나 살려라.' 하고 돈을 주워담을 생각도 못하고 동네로 삼십육계를 치고, 호랑이도 그 뒤를 따라 도망가 버렸다.

건달이 점잖게 방안엘 들어가 보니, 돈이 수없이 널려 있는지라 다 주워담으니 한 전대가 족히 되었다. 건달은 이 돈을 가지고 평생 남의 곁에서 개평을 뜯지도 않고 살 수 있었다 한다.

14) 조선조(朝鮮朝) 건립담(建立談) ·······················

1969. 5. 5. 장림리 면장실 / 노병수(盧炳秀), 남 · 54

*제보자는 할아버지 때부터 이곳에서 살아온 토박이라고 한다. 전 부면장을 지냈다.

고려 말 이조 초 이성계가 태백산에서 북두칠성을 향하여 거사를 성공하게 해 달라고 백일기도를 하고 있을 그 무렵, 때마침 과거를 보러 송도[24]를 향해 가는 선비가 하나 있었다. 죽령[25]을 지나게 되어 고갯머리쯤이나 다다랐을 때 커다란 바위 위에 여우가 한 마리 올라서서 선비더러,

"네가 과거를 보러가? 과거 봐야 떨어지고 말지."

하지 않겠는가? 선비가 화가 나서 돌멩이를 집어 던지니, 여우는 간데없고 바위 아래 웬 흰 옷을 입은 노인이 의연히 서 있을 뿐이다. 선비는 속

---

24) 개성(開城). 경기도 서북부에 있는 시.
25) 죽령(竹嶺). 경상북도 영주시 풍기읍과 충청북도 단양군 대강면 사이에 있는 고개.

으로 고이하게 여겼지만 그냥 갈 길을 재촉하는데, 다시 여우가 나타나,

"네가 과거를 보러가? 과거 봐야 떨어지고 말지."

했다. 선비가 다시 돌을 던지며,

"너는 도대체 누구이길래, 남의 갈 길을 막느냐?"

하고 물으니, 여우가 말하기를,

"나는 천년 묵은 여우다. 과거는 봐야 소용없는 일이니 내 말을 쫓아 서울에 가거든 한약방을 차려라. 네가 처방은 모르더라도 글을 배웠을 테니 약 이름이야 알 테지? 처방일랑 걱정 말고 한약방만 차려라."

하더니, 미처 선비가 무어라 말하기도 전에 사라지는데— 흰옷 입은 백발 노인의 모습이었다.

선비가 송도에 이르러서 과거를 보았으나, 당시는 나라가 국내외로 소란스럽던 공민왕 시절이었기 때문에 관직의 매관매직[26]이 성행하여 과거는 이름뿐이지, 돈이 없는 자는 얼씬도 할 수 없었다. 과거에 떨어진 선비는 낙심하여 고향에 내려가려고 하다가, 문득 죽령에서 만난 여우의 말이 생각이 나서 이판사판[27] 남은 노자 다 털어 한약방을 하나 성문 앞에 차리기로 했다. 그런데 때마침 공민왕의 딸이 중병을 얻어 전국의 명의를 다 불러들이고 명약이란 명약을 다 써보았으나 소용이 없어 죽을 날만 기다리고 있든 참이었다.

하루는 꿈속에 전일의 여우가 나타나더니,

"내일 아침이 되거든 약방 앞에 방을 붙이는데, '한 첩에 만 냥이라'고 써 붙여라."

하고는 사라졌다. 이튿날 한 신하가 방을 보고 왕께 아뢰어,

"한 첩에 만 냥짜리 약이 있다 하옵니다. 만병통치라 하오니, 한번 사용하여 보심이 어떠하올는지?"

---

26) 돈이나 재물을 받고 벼슬을 시킴.
27) 막다른 데 이르러 어찌할 수 없게 된 지경.

왕은 곧 신하를 시켜 약을 공주에게 먹여보도록 하니, 한 첩을 먹고 그냥 나아버려 소문이 전국에 나게 되었다. 다음 날부터 전국에서 만 냥을 낼 만한 사람의 아들, 딸들이 모조리 다 그 이상한 병을 얻어 만 냥을 내고 약을 사가는 사람이 쇄도하였다.

어느 날 꿈속에 여우가 다시 나타나,

"그 돈은 모두 박연폭포에 넣어라. 그리고 이번에는 오천 냥짜리 방을 붙여라."

하였다.

이튿날 다시 방을 붙이니 이번엔 오천 냥을 낼 수 있는 사람들 집에서는 모두 그 이상한 병에 걸렸다. 이런 식으로 하여, 다음은 이천오백 냥, 또 다음은 이천 냥– 오백 냥– 백 냥– 하여, 박연폭포에는 나날이 전국에서 긁어모은 돈이 쌓여 가기 시작했다. 그리하여 박연폭포에는 한 자만 들어가면 모두 돈으로 차 있을 정도가 되었다.

그러던 어느 날 꿈에 다시 전일의 여우가 나타나서,

"이제 돈도 많이 모았으니, 여비 얼마간 가지고서 금강산 구경을 가라. 돈은 조금만 가지고 가되, 돈이 떨어질 때쯤 되면 어디선가 떡 치는 소리가 들려올 것이다. 남은 돈으로 그 인절미를 모두 사서 그걸 먹으며 구경하다가 떡을 다 먹고 나면 금강산 일만 이천 봉 꼭대기에 올라가 잠을 자거라."

하고는 사라졌다.

그리하여 다음 날 선비는 여우가 시키는 대로 금강산 구경을 떠났다. 철원을 지나 노자가 거의 떨어져 가는데, 아닌 게 아니라 어디선가 떡 치는 소리가 들려왔다. 선비는 인절미 석 되를 몽땅 사서 떡을 먹으며 금강산을 주유하다가 떡이 한 개 남았을 때 금강산 꼭대기에서 개나리봇짐[28]을 벼게 삼아 잠이 들었다.

---

28) 괴나리봇짐. 걸어서 먼 길을 떠날 때에 보자기에 싸서 어깨에 메는 작은 짐.

그때 어디선가 신선 두 사람이 내려와 바둑을 두더니, 일곱 사람이 다 모여들었다. 그 중 한 사람은 죽령에서 본 여우로 변한 노인이었다. 한 신선이 말하기를,

"일곱이 다 모였으니 태백산으로 가자. 오늘이 이성계의 기도가 끝나는 날이니 참석해야지."

하였다. 이 신선 일곱은 북두칠성이었다. 그러자 한 신선이,

"우리 집에 손이 하나 있는데 데리고 같이 가세."

하며 선비를 깨웠다. 그들은 선비를 데리고 모두 학을 타고 가는데, 어느 천막 안으로 들어가니 상이 일곱 차려 있었다. 신선은 데리고 간 선비를 자기 상머리에 앉혀놓고 먹기 시작하였다. 신선들은 한참 먹고 나서,

"우리들이 여기 다녀간 표적으로 대추 한 개씩만 가져가세."

하더니, 약장사 선비에게는,

"먹고 싶은 대로 먹으시오. 우리는 갑니다."

하고는 사라져 버렸다.

이성계가 북두칠성에 기도한 지 백 일 만에 무장을 하고서 천막 안으로 들어와 보니 웬 사람이 편안히 누워 잠을 자고 있지 않은가? 이성계가 성이 나가지고,

"너는 웬 놈이기에 남의 대사를 그르치려 하느냐?"

하고 위협해 물으니, 선비는 깜짝 놀라 일어나 앉아 자초지종 사실 얘기를 늘어놓았다. 이성계는 미덥지가 않아 군졸을 시켜 박연폭포에 가 보라고 하니 군졸이 다녀와서 하는 말이,

"박연폭포에는 한 자만 들여놓으면 온통 돈이옵니다."

이성계는 회심의 미소를 지으며 선비에게,

"당신을 살려두고 싶으나, 당신을 살려두면 천기29)를 누설, 대사를 그르칠 우려가 있소. 자녀들은 잘 보살피겠소. 당신 덕택에 마련된 군자금

---

29) 중대한 기밀.

은 고맙게 쓰겠소.”

하고는 선비의 부모와 처자녀의 성명을 기록하더니 그의 목을 베었다.

15) 죽령(竹嶺)

1969. 5. 5. 장림리 면장실 / 노병수, 남 · 54

신라의 유명한 죽지[30] 장군은 이곳에서 태어났다. 그 후 백제군이 이곳을 대군을 거느리고서 침공해 들어왔는데, 당시 감관 벼슬의 무장이었던 죽지 장군은 이 싸움에서 목숨을 잃고 말았다. 사람들은 ‘죽지랑’의 ‘죽(竹)’자를 본따서 싸움터였던 이 고개를 ‘죽령’이라고 부르기 시작하였다 한다.

16) 죽령 다자구 할머니 산신당 3

1969. 5. 5. 장림리 면장실 / 노병수, 남 · 54

*이본을 채록한 것으로 충북 단양군 〔대강면 자료 5〕와 〔대강면 자료 6〕이 있다.

신라 때 반란군이 쫓겨 단양으로 들어와 이곳을 마지막 보루[31]로 삼고 완강히 저항하였다. 그들은 노략질을 일삼고 연약한 아녀자를 괴롭히고 방화와 살인을 자행하였다. 대사군,[32] 제천군, 청풍군 등 네 개 군 관군이 반란군을 토벌하기 위해 단양을 포위하였으나, 수개월이 지나도록 함락을 시키질 못하였다.

그러던 어느 날 노인 한 분이 할머니로 변장하고, 관군의 진영엘 찾아와,

---

30) 죽지(竹之). 신라 화랑 출신의 명장(名將)(?~?). 일명 죽지랑(竹旨郎).
31) 보루(堡壘). 적의 침입을 막기 위하여 돌이나 콘크리트 따위로 튼튼하게 쌓은 구축물.
32) 충북 ‘괴산군’의 잘못인가, 아니면 충남 대산(大山, 현 부여의 옛 이름)인가 미상임.

"내가 성내로 잠입하여 들어가 성내의 상황을 염탐하여 '다 자고야' 하고 소리치면 일제히 성을 공격하라."

고 말하고는 사라졌다.

할머니로 분장한 노인은 성내로 들어가 아들을 찾으러 다닌다고 하면서, 잠복한 요소[33] 요소를 샅샅이 뒤지며,

"더 자고야? 더 자고야?"

하고 소리치며 다녔다.

깊은 밤이 되어 성내의 반란군이 잠깐 잠드는 시각이 되자, 할머니는 '다 자고야!' 하고 소리쳤다. 때를 기다리고 있던 관군은 일제히 성을 들이쳐 허둥지둥하는 반란군을 모조리 섬멸하고 말았다.

싸움이 끝나고 논공행상[34]이 벌어지자, 제일 공은 당연히 할머니에게 돌아가게 되었다. 그러나 할머니는 사양하면서,

"나는 인간이 아니라 죽령을 지키는 산신이오. 내가 연을 하나 띄웠는데 그 연이 떨어진 곳에 사당을 하나 지어주면 고맙겠소."

하더니 홀연 사라져 버렸다.

지금도 죽령에 가면 이 사당이 남아 있다 하는데, 사람들은 '다자고 할머니의 묘'라고도 하고, '죽령 산신당'이라고도 한다.

17) 대흥사(大興寺) ··

1969. 5. 5. 장림리 면장실 / 노병수, 남·54

신라의 박혁거세왕이 창건했다는 대흥사[35]는 아두신[36]이 불교를 신라에 전개하여 융성할 무렵에는 승려가 삼천이나 되었다. 대흥사는 구한말

---

33) 요소(要所). 중요한 장소나 지점.
34) 논공행상(論功行賞). 공적의 크고 작음 따위를 논의하여 그에 알맞은 상을 줌.
35) 충청북도 단양군 대강면 도락산 회령(檜嶺) 기슭에 있던 사찰.
36) '아도(阿道)'일 듯. 신라에 불교를 처음 전한 고구려의 승려.

까지 존속되어 내려왔는데, 일제의 한일합방조약이 맺어질 무렵, 의병의 일파가 장회[37]에서 패전하여 대흥사에 남은 군사들이 집결하였다. 이곳에서 의병들은 부대를 재편성, 의병을 소집하는 도중 일병에 발각, 포위되어 싸우다 경북 쪽으로 도주하고 말았다. 일병들은 대흥사를 소각해 버렸는데, 불상만은 남겨 두었다. 이 불상이 지금 청련암,[38] 원통암[39] 두 암자에 봉안되어 있다.

18) 박혁거세와 금수산

1969. 5. 5. 장림리 면장실 / 노병수, 남 · 54

박혁거세왕이 지금의 적성 현곡리인 금수산[40](진한의 소재지)에 도읍을 정하고 제천 금성면에 금성을 건축했다 한다. (금수강산의 유래는 이 금수산에서 나온 말이라고 주장함)

후에 '가도'라는 분이 축성을 하여 석탈해에서부터 미추왕[41]까지 이백여 년을 존속하여 내려왔으나, 고구려에 밀려 경주로 쫓겨 가고 말았는데, 지금도 금수산 봉에 혁거세왕의 묘가 잔존하고 있고, 금성이 지금 제천 쪽 초경동 중경동에 남아 있다고 한다.

---

37) 단양군 단성면(丹城面) 장회리(長淮里).
38) 원통암(圓通庵). 대강면(大岡面) 사인암리(舍人嵓里) 소재의 암자.
39) 청련암(靑蓮庵). 대강면 황정리(黃庭里) 소재의 암자.
40) 금수산(錦繡山). 충청북도 단양군 적성면 현곡리. 단양군 적성면과 제천시 수산면에 걸쳐 있는 산.
41) 신라의 제13대 왕(?~284).

19) 광산김씨(光山金氏)

1969. 5. 5. 장림리 면장실 / 조동수(趙東秀), 남·62

경상도 청도에 운문사[42](제보자 : 종이를 제조했다)가 있었다. 이 고을에서는 광산김씨가 세도가 당당하여 종이는 항상 가져다 쓰면서 돈을 갚는 일이 없었다. 군수에게 소지를 올려도 군수도 어쩔 수 없이 방관할 수밖에는 없는 정도였다.

그러던 어느 날 젊은 신임군수가 부임해 왔다. 그는 머리가 좋고 재치가 있는 사람이었다. 운문사의 중들이 다시 소지를 올리니, 신임군수는 즉각 이방을 불러 편지를 써주며 광산김씨네에게 가져다주라고 하였다. 내용을 본즉 아래와 같았다.

운문사제승지조지(雲門寺諸僧之造紙) 개입어광산김문씨보지(皆入於光山金門氏譜紙) 약불보지광산김문지대보지(若不報之 光山金門之大譜紙) 즉각참래(則刻參來)[43]

광산김씨 집에서 받아 편지를 읽어보니, 내용은 당연한데 음으로 새기니 모두 욕이라. 즉시 부끄러움을 느끼고 다음날 돈을 갚았다 한다.

20) 고슴도치를 삼킨 호랑이

1969. 5. 6. 장림리 / 조정환, 남·81

숙종대왕 지구[44] 초에 새와연풍[45]한 일대[46]에 어느 한량이 한가해서

---

42) 운문사(雲門寺). 경북 청도군 운문면 신원리 소재.
43) 운문사 중들이 만든 종이는 모두 광산김씨네 족보를 만드는 데 들어간다. 만약 그 값을 갚지 않으면 광산김씨네 족보를 모두 가져 오라.
44) 즉위(卽位).
45) 시화연풍(時和年豐). 나라가 태평하고 풍년이 듦.

사냥을 갔습니다. 그러니 범을 잡자면 높은데 올라 앉아 봐야 합니다. 그러므로 산꼭대기에 앉아서 사방을 살폈습니다. 그러자 어떤 범이 산등[47] 같은데 산을 엉금엉금 내려왔습니다. 내려오는 데는 어딘고 하면 밤숲인 것 같았어요.

그 범이 왜 왔는가 하면, 삼동[48]으로 굶었다가 날이 따뜻하고 눈이 녹으니 그 밤숲으로 와 봤습니다. 와 보니 오는 중도에 고슴도치가 한 마리 있었든가 봅니다. 요놈이 앞에서 꼬불랑꼬불랑하니 배는 고프고 하여 고슴도치를 널름 먹었습니다. 넘가[49] 노니 창자가 아팠습니다. 할 수 없이 밤나무숲까지 못 가고 집으로 돌아갔어요. 그날 밤에 얼마나 설사를 했노 밤새도록 했습니다. 그러나 가뜩이나 굶었는데 그 이튿날도 먹어야 살겠기로 밤숲으로 내려왔지요. 가니 밤송이가 바람에 꼬불랑거렸습니다. '요놈이 그놈이구나!' 싶어 꿇어 앉아 빌었어요.

"여보, 고슴도치─ 내 말 들어보시오. 내가 기한[50]을 면치 못해서 여기 왔는데 당신을 먹고 싶은데 네가 고슴도치가 아니냐?"

대답을 안 합니다. 포수가 보니 범이 꿇어 앉아 있습니다. 활을 탁 쏘았습니다. 그래서 범을 잡았지요.

21) 도깨비로 변한 서낭신의 음조(陰助) ┄┄┄┄┄┄┄┄┄┄┄┄┄┄

1969. 5. 6. 장림리 / 조정환, 남 · 81

*유관 자료로 충북 괴산군 〔청천면 자료 72〕와 동 영동군 〔영동읍 자료 17〕 및 동 〔심천면 자료 11-3〕 참조할 것.

---

46) 일대(一代). 한 시대나 한 세대 전체.
47) 산등성이. 여기서는 '무척 크다'는 뜻으로 쓰인 것이다.
48) 삼동(三冬). 겨울의 석 달.
49) 넘겨.
50) 기한(飢寒). 굶주리고 헐벗어 배고프고 추움.

봉두난발51)한 사람이 문간에 서서,

"김아무개 있느냐?"

그 아내가 미인이었던 모양이다.

"네가 어느 시장의 장똘베기52)인데 내 주인을 잘 알아 왔소. 노비가 떨어져서 주인영감을 찾아왔는데, 엽전 석 냥 반이 필요하다."

부인이 밥 대접하고 ?을 팔아 돈을 준비했다. 그게 사람이 아니라 도깨비였다. 그날 후부터 돈이 매일 석 냥 반씩 모였다. 주인이 들어와 보니 부인 안색이 이상했다. 돈도 들어오고 도깨비 귀신이 들어온 거다. 누구 말이 말가죽을 대문간에다 붙이면 도깨비가 떨어진다 하여 그렇게 했다. 그 후부터 그 돈이 다 나갔다.

그 이튿날,53)

"손님은 어떻게 할 거요. 영감하라는 대로 따라 하겠소."54)

"그럼 나와 동행합시다."

떠나서 여전히 자가와 영감은 마부와는 별도로 비싼 밥을 먹었다.55) 또 날이 저물어 동네에 이르러,

"내56) 가는 대로 따라갑시다."

큰 집이 즐비한 마을에 들어가서 오두막집에 들었다.

"하루 잡시다."

"내 집에 오는 손님이니 자고 가시오."

(그러나) 먹일 게 있어야지. 그래 기가 맥혔단 말이야. 굶겨 재울 순 없

---

51) 봉두난발(蓬頭亂髮). 머리털이 쑥대강이같이 헙수룩하게 마구 흐트러짐. 또는 그 머리털.
52) 장돌뱅이. 여러 장으로 돌아다니면서 물건을 파는 장수를 낮잡아 이르는 말.
53) 문맥상으로 보면 '그 이튿날'이 아니라 며칠 후일 듯하다.
54) 말하는 주체자는 '주인' 또는 '자기(나)'이고, '손님' 또는 '영감'은 도깨비 즉 신령을 가리킨다.
55) 도깨비가 그래서 수중의 돈을 다 쓰게 했다는 뜻인 듯하다.
56) 도깨비의 말이다.

고 이웃집이 넉넉하니 거기 가서,

　"미안하오나 손님이 우리 집에 왔으니 한 되 꿔 주소."

　이렇게 해서 저녁 대접을 했다.

　"주인, 보아하니 상중인 것 같소. 사실이오?"

　"네 과연 그렇소. 부모 돌아갔으나 장례 지낼 처지가 아니오."

　"그럼 내일 갑시다. 우리 셋이면 충분하오."

　할 수 없이 부잣집에서 또 쌀 꿔 와서 장사를 잘 지냈다.

　"삼 년 후에는 이장하시오."

라며 자리도 정해 줬다. 또— 장례 후 또 오니 더 걱정이었다.

　"술 내라."

　기맥힌 일이다. 또 부잣집이나 청춘 과부집에서 꿨다.

　"염려 마라. 내 하인 시켜 보내리라."

　술, 안주를 얻어먹고 또 안 나가네. 자고 또 아침을 먹으니,

　"내가 왜 가노? 금시발복57)인데 수수료를 다구."

　"그럼 얼마면 되겠소?"

　"이천 냥 다오."

　기맥힌 일이다. 그 과부집에 또 갔다.

　"낸들 도리 있소. 이천 냥만 대 주소."

하고 갔다 오니,

　"내 돈 필요 없다. 어음을 다구."

　어음을 해 줬다. 그래서 떠났다. 영감은 말 타고 자기는 걸었다. 날 저
물어 따라 가려니, 말 세우며,

　"나 이리 가겠소. 당신 갈대로 가시오."

　자, 저 영감 떨어지면 굶겠단 말이야. 영감 뒤를 따라갔으나 금방 형적
이 없어졌다. 조금 후 서낭당이 있는데 촛불과 떡을 놓고 젊은 여자가 기

---

57) 금시발복(今時發福). 어떤 일을 한 뒤에 이내 복이 돌아와 부귀를 누리게 됨.

도를 드리고 있었다.

"그래 뭣 땜에 기도하오?"

"그게 아니라 내 남편이 무고한 살인죄로 형[58]에 있다. 돈 이천 냥을 바쳐야 되어 원통해서 기도하오."

그 영감이 수상하고[59] — 그 필유곡절[60]이라. 서낭당 제단 위에 이천 냥 어음이 딱 있다. 그래 그 어음을 줬다. 그 여자가 열녀였다. 서낭이 도깨비로 둔갑해 그를 데리고 다녔다.

22) 풍수의 오풍수(誤風水)

1969. 5. 6. 장림리 / 조정환, 남 · 81

한 풍수가 길을 가다가 한 아이가 시체를 잡고 있는 것을 보았다. 그 애는 아버지가 객사를 했는데 친척도 고향도 모른다. 그래 너무 안돼 보여서,

"금시에 잘될 자리 잡아 주마."

하고 이장을 찾아가 부역[61]을 청했다. 시체를 가지고 산에 가서 부자가 될 자리를 잡아줬다. 그리고,

"그곳에 산소를 쓰고 십 년 후 다시 이곳에서 만나자. 그땐 네가 부자가 될 테니—"

하면서 이별했다.

십 년 후 가 보니 그 자리가 쑥대밭이 되어 있었다. '하! 이거 웬일일까? 오늘날 잡초가 우거진 걸 보니 급살[62] 자리를 잡아 줬으니 내 잘못이

---

58) 형(刑).
59) 갑자기 사라진 이유가 이상하다는 뜻임.
60) 필유곡절(必有曲折). 반드시 무슨 까닭이 있음.
61) 부역(赴役). 사사로이 서로의 일을 도와줌.
62) 급사(急死)할.

로구나! 내 다시는 지관 노릇을 못하겠다.' 하며 돌 위에 지남철[63]을 놓고 깨려 하니 지남철이 도망했다. 낙락장송 벌[64]에 그 지남철이 멈췄다. 그때 백발노인이 나타나서 엄중한 명령을 내리기를,

"네가 보긴 바로 봤다. 난 산신인데 죽은 사람은 살인강도만 했어. 이걸 내가 사는 산에 죽이니 내가 잠깐 속인 거야. 네가 그 자리에서 세 발자국 내려 다시 봐라."

그래 세 발자국에서 다시 보니 과연 명당터였다. 아무리 지관이 좋다고 한 자리라도, 죽은 사람이 평생 좋은 일을 했어야지.

23) 동물의 말을 알아듣는 형제

1988. 6. 3. 장정리(長亭里) / 이원식, 남 · 77

*이 이야기의 채록시에는 주변이 너무 시끄러운데다가 녹음기 성능도 좋지 않았다. 때문에 이 자료에는 전반적으로 '청취 불량' 부분이 많다. 하지만 전체적인 줄거리를 이해하는 데에는 별 무리가 없을 것으로 판단하여 수록하였다.

내 의상사의 거 저- 저 짐승소리 듣는 얘기 한번 하까? 의상사에- (조사자 : 예) 예전에 똑똑히 들어. 해평윤씨네. 윤월정이란 분이 윤월정- (제보자 : '오'를 길게 빼며) (조사자 : 오멀정) 윤월정, 윤월정이 해평윤씬데 여- 여- 여 만 윤짜- 윤씬데 윤월정이 두 형제 이제 글을 배우다가- 이 부인네들이 좀 있어 미안하지만 도리 없지. 아, 글을 이리 배우다 참, 글이 그야말로 철하게 되었는데- 도통[65]이 넘게쯤 됐는데- 인제 그 동상[66]이하고 두 형젠데- 지끔 말하자면 저어 여 야영회[67]를 가

---

63) 지관(地官)들이 터를 잡기 위해 가지고 다니는 자침(磁針).
64) 버렁. 물건이 차지한 둘레.
65) 도통(道通). 패철(佩鐵). 사물의 이치를 깨달아 통함.
66) 동생. 아우.

잖아? 한 군데 가자니까 까마구가 자꾸 지서.[68] 그래 형이 있다,

"저 까마구 뭐라고 그러는가?"

하니까,

"아, 그 까마구 '임중에 다육[69] ― 임중에 다육' 이랩니다요."

이― 이 '임중에 다육' ― '수풀 가운데 고기가 있다'는 얘기여.

"에, 그럼 거기 좀 한번 가보세."

두 형제가 갔다, 이제. 어떤 사람이 사람을 이래 죽였는데 총 미고[70] 앉았어.

"느가― 느가 우리 형님 죽인 사람 아니냐?"

살인 범죄에 걸렸다, 이 두 형제가. 어― 거 산 꼭대기 가서― 거 올라 가이까― 올라가니까는, 총 쥐고 앉아서,

"여[71] 사람이 안 온 딘디,[72] 느가 우리 형님 죽인 게 아니냐."

고 어 또― (청취 불능)

"그게 아니고 워낙 짐승의 소리 듣고 왔다."

이겨.

"이거 뭔 얘기냐?"

이겨.

그 짐승[73] 말 안 되지? (조사자 : 예) 말이 안 되니까 짐승[74]을 불러 '뭔 얘기냐?'고. 아 거거거 뭐― (청취 불능) 문 앞에 딱 갖다 줘.[75]

---

67) '야유회(野遊會)'의 잘못.
68) 짖어. 울어.
69) 임중(林中)에 다육(多肉). '숲속에 고기가 많다.'는 뜻.
70) 메고.
71) 여기.
72) 데인데. 곳인데.
73) 짐승과.
74) 짐승.
75) '청취 불능' 부분의 이야기는 확실치는 않으나, 문맥상으로 보면 형제를 살인죄로 잡아다 원님 앞에 세웠다는 것일 듯함.

개[76] 원님이 뭔 얘길 하냐믄— (청취 불능)[77]

"그런 게 아니고 짐승의 소리를 듣기 땜에 '임중에 다육' 해서 물어왔습니다."

그 이 보통이 아냐. 사월달인데 대정청[78] 마루 끝에다 지비[79]가 새끼를— 알도 낳고 새끼도 깠는데, 자기는 통 준빌 하고—

"거— 저 그럼 저 지비가 뭐라고 합니까?"

이제 물었다 이겨. 지비가 뭐라면, '오자[80]는 육부식 피불용[81]하오니 유제방노[82]하소서. 난제수[83] 난제수'

얘기하거든. '내 자식은 고기도 몬[84] 먹고 가죽도 몬 쓰고, 알 하나는 소매 속에 들었이니까— 난재수' 응, 그 원이고 도포 소매 속에다 (제보자 웃으며) 알 하나를 두었다 이그야. '난 제수해— 난제수해—'— '난제수' 알이 거기 있단 얘기란 말이지.

그래 그 다음에는 점심때가 되었이니까 거 저 이방 그릇하고 (청취 불능) 한 달 열흘 배가 고팠는데— 아무것도 안 자시고 말여. 거 참 그야말로 지금 선생들 저—저—저 뭐여? 고양진미[85]— 어 이 귀치않게 바다 해물 해 줄 거 아녀?[86] (조사자 : 예) 원이 생각해 볼 때, '아, 저분들 그야말로 참 지귀[87]한— (청취 불능) 먹지 않고 배가 고픈데 그냥 가시니 이

---

76) 그래.

77) 자초지종을 물어 보았다는 내용일 듯함.

78) 대정청(大政廳). '정청'은 정무(政務)를 보는 관청.

79) 제비.

80) 오자(吾子). 내 자식.

81) 육부식 피부용(肉不食皮不用). 고기는 먹지 못하고 가죽은 쓰지 못한다.

82) 청취 불량이나, 문면의 내용으로 보아 그 뜻은 '유제방노(留在放虜)', 즉 '머물러 두지 말고 놓아 달라.'는 뜻으로 보임.

83) 난재수(卵在袖). 소매 속에 들어 있는 알.

84) 못.

85) 고량진미(膏粱珍味). 기름진 고기와 좋은 곡식으로 만든 맛있는 음식.

86) 원님이 이방을 시켜 성찬(盛饌)을 가져다주었다는 내용으로 생각됨.

87) 지귀(至貴). 지극히 귀함. 혹은 진귀(珍貴)로 볼 수도 있겠음.

거 이상하다!'88) 아, 그 소매 속에다 그놈의 지비 새끼하고 맞치울 때는 그 뭐 보통 어른 아니잖아? 원만 해도 엄청난 얘기지. 죄 뭐 맞어. '오자는 육부식 피불용'- 고기도 못 먹지, 껍데기도 못 쓰고- '육부식 피불용'이고, 알은 소매 속에 들어서 '난제수- 난제수' 하니까-

그래 그 다음에 이제 이 사람 둘이 가다- 두 형제 가다가 동상이 있다가,

"형님, 우리 점심이나 한 그릇 먹고 갑시다."

원이 보통이 아녀. 그때 통인89)을 하나 딸려 보냈어. 보통 통인- 통인을 통하는- 지금 말하면 대서- 비서지. 거 국회의원도 밑에 비서 있잖어? (조사자 : 아, 예) (청취 불능) 가다 그분이 한데 모여 앉았다가 그래 뭔 얘기를 했냐면,

"저 자네-"

그 저- 저 형이 동상더러,

"자네 그 고기를 왜 안 먹었나?"

그래.

"그 소고기가 아니라 사람의 고기- 인육입니다."

(조사자 : 인육?)

"아, 그래. 자네도 그리 말을 하네."

"아, 그럼 술은?"

"애청줍니다."90)

애청- 애청- 사람 갖다 파묻은- 언나91) 갖다 파묻은 게 애청- 애청 있잖애? '애청줍니다.'

"으- 그 대추는?"

---

88) 이로 미루어 형제가 원님이 차려준 성찬을 먹지 않고 그냥 갔음을 알 수 있다.
89) 통인(通引). 수령(守令)의 잔심부름을 하던 구실아치.
90) 애총주(酒)입니다. '애총'은 어린아이의 무덤.
91) 어린애.

"대추는 지사를 지내 두 번 세 번 지낸―"

"그 다음에 원은?"

"원은 중의 자식이랍디다."

(청중 웃음) 아, 거 농생이― (청취 불능)

"자네도 그리 말을 하나?"

오우멀정― 오우멀정― 해평윤씨, 그 양반들이 그렇게 철학의 박사여. 그 양반이 어디에 가 접필했냐면 토계 신생님에게 가 접필했어. 거 얘기 하는 대로 얘기할 테니까― 아, 그래서― (청취 불능)92)

"아 그 원님이 오시랍니다."

그 분을 앉혀놓고는 원이,

"고기는 어디에서 샀냐?"93)

하니까, 도탁이― 백정이― 백정을 예전엔 도탁이라고 했지.

"그게 아니라 아무에게서 사왔소."

"소먹이94) 불러 와라."

"너 이 쇠고기 팔았지?"

"집구석이 하도 머시기95)해서 한 달에― (청취 불능)"

사람은 그야말로― 소는 말이죠. (청취 불능) 여자 젖이 뿌르니까96) 그 야말로 소가 원캇97) 영리하니까 젖은― (청취 불능) 짜가시고서 소를 먹 여서 판 죄밖에 없습니다. 사람 젖을 소를 먹여서―. 지금은 소젖 사람이 먹고 사잖아? 양젖도 먹는데―. (청취 불능) 이유는 비슷하게 맞는 얘기거

---

92) 채록하지 못한 내용은 아마도 통인의 보고를 듣고 난 원님이 형제를 다시 불러들이 게 했다는 이야기일 듯함.

93) 이하, 원님이 통인 혹은 백정이나 아전들에게 물은 것임.

94) 백정에게 소를 판 원래의 소 임자.

95) 거시기와 비슷한 말로서, 말을 할 때 얼른 생각이 나지 아니할 때, 듣는 사람도 다 아는 대상을 암시하거나 가리키는 것을 뜻하는 말.

96) 불으니까. 불어나니까.

97) 워낙.

든. 맞는 얘긴데-

"술은 어디서 사왔느냐?"

고 하니까 술은 아무도 없는데-

"누룩은 어디서 구해 왔느냐?"[98]

니께,

"아무 시장 가서 사왔는데, 이제는 남의 땅을 이래 붙이다가다 다 떨어지고, 남산에 한 고개에 밭이 있는데 그놈을 (청취 불능)[99] 애청이 하도 많아가지고 거다[100] 밀을 갈아가지고 이놈을 국시[101]도 못해고 판 죄밖에 없다."

아 거 애청- 애청- 사람 썩은 데에 곡식이 됐으니까 밀을 거 뭐시기 해서 팔았더니,[102] 애청으로 만든 거여.[103]

지금 현재 약을 곡석에 많이 치는 거요. 그거 위생에 좋지 않어. 그 약 기운이 뭔가 중풍 관계 말이 있는 게- 이 스뎅그릇[104] 이것 전부- (청취 불능) 이 저 무쇠솥에 뭐하면- (청취 불능) 대추 장사를 뭐 하려니까, 하두 해서- (청취 불능)[105]

이조는 이십사 가마[106]가 되야 다른 데로 전근을 가잖아? 스물녁 달을 모두 살곤 해야 가. 지금도 왜 몇 해 가 몸이 딴 데로 전근되잖아? 하 그 전에- 그 다음에는 그 못한 얘기로 허께.

"지가 그런 얘기를 하면 모가지가 당게납니다."[107]

---

98) 술을 파는 곳이 없는데, 술을 만들기 위한 누룩은 어디서 사 왔느냐는 뜻임.
99) '갈다 보니' 정도의 말이었을 것으로 여겨짐.
100) 거기에다.
101) 국수.
102) 팔았으니까.
103) 그래서 '애총주'라고도 할 수 있다는 것임.
104) 보통은 '스텐 그릇'이라고 하지만, 정확하게 말한다면 '스테인리스(stainless) 그릇' 이다. 즉 '녹이 슬지 않는 강철 제품의 그릇'이라는 뜻이다.
105) 문맥상으로 보면, 제사를 두 번, 세 번 지낸 대추로 대접을 하여 먹지 않았다는 이 야기가 있어야 하는데 누락되었다.
106) 개월?

이 얘기를 하는데, 따로 별실에 갖다 놓고,

"한번 해 봐라."

하니까,

"아, 선생님이 중의 자식이라고 합디다."

'중의 자식'이라고— 아 우째 그야말로 오물정이 아버지가 누군지 알 수 있겠어? 오메108)한테 물어봐야 알지 않는가? 직접 아버지하고— (청중 웃음) 그 이게 재미있단 말야. 오해 말어. (청중 웃음) 게109) 칠순 노모가 계시는데— (청취 불능)

"어머니가 일평생 겪은 대로 얘기 안하면 지가 이 칼로 죽겠다."

그러니 그럼 못나는 부인이 보통 부인인가? 보통 여자가 아니지.

"야, 그거 니 아버지가 어데 고을에 가신 뒤에 칠월 달에— (청취 불능) 중이 동냥을 달라고 하는데 안 줄 수가 있나?"

아, 중은 동냥 안 줄 수 없단 얘기지. (청취 불능) 아무 말 않고 뒷방으로 들어가니까 이 중이— (청취 불능)110)

"아, 그 뒤에 한 사흘 지낸 뒤에 느 아버지가 왔다간 일이 있다."

이거여. (청취 불능) 근데, 이것은 절대적인 음양에 대한 문제는 그야말로 판명할 수 없고 또 여러 분이 지켜보고 있지만, 정충111)이 말이죠. 여자의— (청취 불능) 호르몬에— (청취 불능) 동시에 지금 현재는 얘기 안 하겠어.

---

107) 남이 듣는 데서 원님이 중의 아들인 까닭을 밝히면 자신은 목숨을 유지할 수 없을 것이라는 말임.

108) 어머니.

109) 그래.

110) 뒤쫓아 들어와 겁탈했다는 내용으로 생각됨.

111) 정자(精子).

24) 아버지와 아들

1988. 6. 3. 장정리 / 제보자 미상

그래 인제 참 아들을 하나 났는데, 참 그 없는 사람은 귀하게 키워가지고 공부를 시켜서-그 왜정 때 한창 마 경상 부락이니 뭘 부락이니 해가지고 뭐 뭐 참 쉬고 그럴 땐데, 그래 이 사람이 손자를 하나 낳았어. 손자를 하나 났는데, 이 사람[112]이 면에 갔다 오더니 지 아버지가 몸이 아파 좀 들누벘는데[113] 사랑에- 사랑에 들눴는데,

"아버지 왜 누웠느냐?"고, "이 언[114] 때라고 들누냐?"고 말여.

그래 늙어 났으니 뭐 이래도 못하고 저래도 못하는 판이여. 그래 그 다음 번에 또 인제 그러드라는 기여. 그 다음 번에 그래 이걸 이기지- 아들을 이기지 못하고 그만 나가서 인제 기어 나가서- 그전 마당가에 인제 저 숫돌을-이라는게 있었는데, 낫 가는 걸- 그 숫돌을 인제 갈다니까,[115] 이놈[116]이 우아기[117]를 가 벗어놓고는 손자를 안고 나와 돌이찍더라[118]는 이 말이여. 좋다고 인제 말이지. 그러니까 저한텐 아들이고 영감한텐 손자란 얘기지. 그래 이 지 아버지가 쳐다보니까 하 같잖커든.[119] 내가 절 키울 때 저렇게 귀하게 키웠는데, 저놈이 나한테- 그래 쳐다보고 웃었어요. 지 아버지가 씩[120] 쳐다보고는 한번 슬쩍 웃은 거여.

그래 지 아버지를 이리 보더니 이 사람이 고개를 찌불랑찌불랑하더니

---

112) 아들을 가리킴.
113) 드러누웠는데.
114) 어느.
115) 갈자니까.
116) 아들.
117) '윗도리'를 뜻하는 일본어.
118) 확실치는 않으나 '도리질을 시키다'의 뜻인 듯함.
119) '같잖다'는 하는 짓이나 꼴이 제격에 맞지 않고 눈꼴사납다.
120) 쓱.

들어가더라 이 말여. 들어가더니− 그만 그 언날[121] 갖다 방에다 놓고는 나오더니,

"아버지, 저 숫돌을 내가 갈아요. 들어가시라."
고 말여.

그걸로는[122] 아버지 일 안 시키고 고냥 참 앉혀 놓고서 잘 대접하드라 그 말이여. 그때 인자 저 아버지가 절 쳐다보고 웃을 때, '우리 아버지도 날 키울 때 이렇게 귀하게 키워 보냈는데 우리가− (청취 불능)'

날 키울 때 이렇게 귀하게 키운 걸 인제 깨닫고서는 그만 저− 저 그만 저 아들 갖다 놓고, 아버지를 들어가시라고 말여. 그 질로는 일 못하시게 하고 앉혀 놓고 참 반찬 대접 잘하고, 음− 잘 공경− 잘 모시드라는 기여.

근데 그 사람이 몰러서 그런 거지, 알고 그런 건 아니라는 기여. 남의 덕을 바라지 말라는 거여. 내가− 이 내가 벌어서 부모를 공경하고, 형제고 동기고 남이고 내가 살리련 마음을 먹고 살라는 기여. 남 의지를 바라지 말고 그러면 동기간에 의 상할 일도 없고, 어 이 저 저 아버지− 아버지가 돈 많고 난 나가서 고생하니까 아버지가 돈 좀 달라고 말여. 아버지가 돈을 잘 주면 괜찮지만, 아버지가 돈도 잘 안 주면 이 내가 벌어가지고 아버지를 갖다가 공경해야 아버지도 좋아하시고, 내 맘도 좋고 말여. 안 그래?

---

121) 어린애를.
122) 그 후로는.

4. 매포읍(梅浦邑)

1) 효자와 동자삼

1969. 5. 4. 도담리(島潭里) / 김동범(金東範), 여·63

*제보자는 현지에서 출생하여 잠시 단양읍에 시집가 살던 일이 있으나, 그 이외에는 계속 현지에서 살고 있다고 한다. 교회에서 권사 일을 맡고 있다. 유관 자료인 충북 괴산군 〔청천면 자료 4〕, 동 단양군 〔가곡면 자료 34〕와 그 밖에 충북 괴산군 〔청천면 자료 3〕도 참조할 수 있다.

아버지가 아주 병이 들어서 위급한데 누웠어요. 중이 와서 동냥을 좀 달라구 그래요. 그러니까,

"우리는 동냥이구 뭐구 아버지가 병환이 대단하셔서 큰일 났다."
고 해면서,

"아버님 병환을 무얼로 고치겠냐?"
고 물으니까, 그 중이 하는 말이―그 중은 보통 중이 아니래요. 아주 도사래요― 그래서 인제 와 가지고는 뭐라고 하는고 하니,

"당신 외아들― 절간에서 공부하는 아들이 있지 않소?"

"있습니다."

"그러면 그 아들을 갖다가서 가마에다 물을 가뜩 붓고 아이를 푹 삶아 가지고 그 물을 할아버지를 먹이면 병이 낫는다."

고 그렇게 얘기했어요. 그러니까 효자가 아니고서야 자식을 죽일 수가 있습니까?

그래 인제 부인에게 얘기를 했다구.

"아버님의 병환이 날라면 우리 절에 가 있는 독자 아들을 그걸 과가주1) 아버지를 드리면 낫는다고 하는데 우리가 그걸 어떻게 할 수가 있는가?"

그러니까, 부인두 아주 착한 부인예요.

"자식은 나면 또 자식인데, 아버지는 돌아가시면 안 되니까 단박 가서 자기가 가서 아이를 데리구 오라."구, "나는 솥에다 물을 붓고 장작을 지펴갖고 땔 테니까— 가서 아이를 데리구 오라."

구. 그래 인제 그만 아버지는 이때 껌껌할 적에— 그 절이 아마 멀던가 봐요. 쫓아갔어요. 허둥지둥 산모퉁이를 돌아 정신없이 가는데, 가 보니까 아이가— 그 집 아이가 한 열서너 살 먹었는데— 나오면서,

"아버지 안녕하십니까?" 인제 오시냐구 인사를 한바탕 해요. 그래 그만 이 아버지는 인사고 말고 고만 저구리2)에다 푹 쎠갖고3) 아이를 고만 업구 쫓아왔어요. 집에 와선 부인이 솥에다가 준비를 해 논 물이 설설 끓는데 집어넣고 큰 쇠소당4)을 콱 닫아 버렸어요. 달였습니다. 아이가 푹푹 달아서5) 밤이 늦두룩 달여가지구 한 몇 사발 남게6) 돼서 밤중에 그걸 가주와서,

"아버지, 오늘 좋은 약을 해 왔으니 이걸 잡수시라."

———————

1) 고아가지고. 고아서.
2) 저고리.
3) 씌워가지고.
4) 쇠솥. 쇠로 만든 솥.
5) 달여서.
6) 남짓.

구 하니, 인제 그 아버지가 약을 잡수셨어요.

그래 한 사발을 먹더니,

"애, 그거 무슨 물인지 참 맛두 좋다. 좀 먹고 나니 속이 시원하다. 좀 더 가져오너라."

그래서 또 퍼다 드렸습니다. 그래서 날이 새기 전에 그 약을 다 퍼다 잡쉈는데—그 할아버지는 무슨 병인지 문둥병이 걸렸다구— 그래서 갖다가 퍼다가 다 먹구서는 인제,

"잠을 좀 자겠다."구, "넌 자라."

구 그래서 인제 갖다 드리구서는 인제 아침에 자구서는 와 보니까 아버지 자는 방에서 버러지[7]가 아주 그냥 우굴우굴하게 나왔어요. 그래 그만 그 할아버지 병은 아주 완전하게 나았어요.

그래 인제 아버지— 노인 병이 나시구 그러니까 이, 삼월이 봄이 되니까루 아, 참 아들 생각이 나서 절에를 갔습니다. 절에를 가서 '이놈 공부하던 책상에라두 좀[8] 가서 볼 것이다.' 하구서 가서 보니께루 아! 이 아이가 죽지 않았어요.

그런데 그 하두 부모한테 효성이 지극하니까 하늘에서 아주 그 동자삼을 내려 보냈습니다. '그 아이를 죽이지 말고 이 삼을 보내서 그 할아버지 병을 낫게 해준다.' 삼이— 삼이 변장을 해가지고 그 아버지 앞에 나왔어. 그래가지구 그 할아버지 병두 낫구— 아이는 절에를 찾아가니까 공부를 하고— 들어앉아서, '아버지!' 하면서 인사를 해서 이게 꿈인가 생신가 하구 보니까, 자기 아들이 분명해요. 그래서 그 아이두 잘살구요. 할아버지 병두 잘 낫구. 부모에게 효성을 돼 갖고 그렇게 좋은 일을 했다구 그런 얘길 들었어요. 어디서 들었냐구요? 우리 아버지한테 들었어요.

---

7) 벌레.
8) 좀.

2) 아기장사와 용마 1 ···

―하진 투구봉과 말굽바위

1969. 5. 4. 도담리 / 김동범, 여·63

*이본으로 충북 단양군 〔매포읍 자료 29〕, 동 〔어상천면 자료 1〕 참조할 것.

단양― 뭐야? 그 하진9)이란 데가 있습니다. 저 단양읍에를 가면 그 앞산에는 투구봉이 있어요. 그래 그 옛날에 장사가 거기서 났다는― 시방두 그 봉이 투구같이 생겨가주 있습니다. 그래구 또 그 가운데는 용수꾸미라는 그 소10)가 하나 큰 게 있어요. 시방두 있다구요. 현재 그래구 고 또 어 단양에서 충주로 나가는 길이 있는데 거기는 큰 바위가 하나 있어요.

인제 하진장씨네 집안에서 옛날에 장사가 났대요. 근데 정말인지 거짓말인지 몰라두 장사가 났는데― 옛날에는 장사가 나며는 그 집안에 고만 육족을 죽인답니다. 외가, 처가, 친정 그런― 인제 장사가 나면 다 구만 가족들을 멸살11)시키기 때문에, 나며는 집안에서 그만 처리를 해야 됩니다.

그래 애기를 나아 노니까 애기 어머니가 애기를 나아 노니까, 사흘이 됐는데 아이가 선반에 올라가가지구― 올라가가지구서는―(청중 : 하루잖아?) 사흘 만야. 사흘 만에 올라가가지구선 칼을 들고 앉아서는 칼을 쓰는 법을 연습하구 앉아 있어. 그래 장사니까 인제 전장에 나갈 칼을 가주구 연습을 하구 앉아 있어. 할아버지한테 얘길 하니까,

"아, 큰일 났다. 이 아이가 났다는 소리를 들으면 멸족을 당할 테니까―"

마당에다 그만 내다놓구서, 큰 옛날에는 시골에는 찰떡 치는 암반12)이 있습니다. 남구로 네모 번듯하게 깎은 거― 그걸 갖다가 인제 놓구 맷돌짝을 올려 노니까루 인제 아주 아이가 죽느라구 뻐들껑뻐들껑하면서 그

---

9) 적성면(赤城面) 하진리(下津里).
10) 소(沼).
11) 멸살(滅殺). 씨도 없이 다 죽이거나 없애 버림.
12) 안반. 떡을 칠 때에 쓰는 두껍고 넓은 나무판.

맷돌이 덜렁덜렁 흔들리드래요. 그래서 얼마를 있다가서는 그 아이가 그만 죽었대요.

그래 죽었는데 그날 밤에 꿈을 꾸니까, 그 어머니한테 선몽13)하기를,

"이 아이가 죽거든 갖다가서 묻을 적에 강으루다가 이 머리를 두구 까꾸루 파묻어라."

이러드래요. 또 다시 장사가 되게 할라구. 그래 그만 인제 그 할아버지가 그 말을 안 듣고는 바로 갖다가 이제 그 투구봉 밑에다가 갖다 묻어 버렸어요. 묻었는데, 그 아이 죽고 사흘 만에 용수꾸미에서요. 용마가 나와가지고는 고만 어홍어홍 울면서 그 강을 껑충껑충 건너뛰면서 울더니만 그 투구봉으로 올라가더라구요. 올라가디 — 투구봉으로 올라가서 그 말이 발톱으로 그 산을 — 그 투구봉 꼭대길 고만 가서 파니까로 그 속에선 이렇게 돌함이 덜컥 후벼 자빠지더래요. 그래 자빠지는데 들여다보니깐 거기서 뭐야? 거 — 장사 입을 투구 갑옷이 나오더랍니다. 칼꺼지 거기서 나오더랍니다.

그러니까 뭐 장사 없는 칼, 투구가 무슨 필요가 있어요? 그러니까 그만 그 말이 그만 자기 입으로 물어뜯고 발로 찢더니 디굴디굴 굴면서 어홍어홍 울면서 내리와갖구선 그 용수꾸미에 와서 빠져 죽었대요. 근데 인제 거기서 건너뛰었다는 자욱이 시방두 형체가 있다구 어른들이 단양에서 그렇게 말해요. 내가 단양으로 시집을 갔습니다. 여기서 커갖고 — (청중이 끼어들자) 아니, 그거는 우리가 학교 댕길 적에 원족14)에 가서 그 산을 다 봤거덩. 거기 가니께 이짝에 그 봉 위 하주 산바위에 말야, 발이 — 말이 이렇게 네 굽을 디디고 말야. 네 굽을 디디고 강을 건너 뛰어 저 건너 장에 — 그 저 — 저 구구미 그 근너 산에 가서 내려 뛴 자국이 있거던. 사람이 그렇게 맨들어 놨는지 좌우간 발자국이 아주 돌멩이에 그렇게 백혀 있어요.

---

13) 현몽(現夢). 죽은 사람이나 신령 따위가 꿈에 나타남. 또는 그 꿈.
14) 원족(遠足). 우리 말 '소풍'의 일본식 낱말.

3) 고려장 2

1969. 5. 4. 도담리 / 김동범, 여 · 63

저 고려장을 했습니다. 노인들이 늙으며는 갖다가서 에— 산에다가 그만 갖다가— 업어다가서는 굴을 파구서 그 속에다 노인 먹을 걸 해다가 놔두군 하지. 옛날엔 죽을 날을 알기 때문에 자식들을 못살게 해요. 밥 줌 달라구, 자꾸 맛있는 걸 해 달라구 야단을 처싸서, 고만 죽는 날 때쯤은 갖다가선 그만 구덩이를 깊게 파구서 그 속에다 집어넣어 가지구선 갖다가 고만 가둬버리는데— 인제 그 할머니가 그래서 그만 아들이 지게에다 그 할머니를 지고서 갔습니다. 산으루 묻으러. 이제 가니께— 그 집에 일곱 살 먹은 아이가 요런 게 하나 있어요. 그래 인제 가면서두 부모는 죽으러 가면서도 자식에게 착한 일을 하느라고, '야, 이렇게 짚은 산중으로 우리 아들이 나를 업구 갔다가 올 때는 질을 못 찾을 끼다.' 하구서, 할머니가 그 지게에 올라앉으니, 가면서도 그 소낭구에15) 아주 잔뜩 쌓인 그 양짝으로 나눠서 올 때 아들을 찾아오라고— 이래 업혀서 소낭구를 양짝으로 끊어 놓은 것 같습니다. '올 적에 네가 이걸 향배16)를 해가지구선 집으로 돌아오라.'구, 그래 올라앉아서—. 갖다놓구선— 이제 산에 가 갖다가 고려장에다 집어넣구선 이젠 고만 집으로 왔어요. 돌아오니까 그 집에 일곱 살 먹은 아이가 이런 게 하나 있는데 지게를 갖다 내버릴라구 그러니까,

"아이, 아버지 그 지게 좀 가만 놔두세요."

"그건 뭘 할라구 그러느냐?"

"아버지 늙으면 내가 또 갖다 짊어 갖다 내버려야지요."

그래 그 소릴 들으니까, 그 아버지가 깜짝 놀랐어요. '할머닐 가 도루 모셔 와야 되겠구나! 나도 조금 있으믄, 늙으믄 쟤가 나를 업어다가는 갖

---

15) 소나무에.
16) 향방(向方).

다 내버릴테니께— 할머닐 가 내가 도루 모셔와야겠구나!' 하면서 쫓아가서 그 어머니를 도루 집으로 모셔 왔답니다. 그 아이가 그만 그러는 바람에, '나도 늙으면 쟤한테 업혀갈 테니까—.' 그때부터 그 고려장 하는 법이 그만 일곱 살 먹은 아이 땜에 없어졌어요. 그래 요게 끝입니다.

4) 부잣집 딸을 훔쳐온 막내아들 ·······································

1969. 5. 4. 도담리 / 김동범, 여 · 63

옛날에 한 사람이 있었는데— 과부가요. 아들 삼 형제를 두었어요. 그런데 그 아들들이 아주 셋 다 바보래요. 근데 아룻묵[17]에서 밥 묵고 웃목에서 변소 보고— 아랫묵에서 밥 묵고 웃목에 가 변소를 봐요. 그래 어머니가 방애서[18]— 옛날엔 이런 기계 방애가 없으니께, 디딜방애 품을 팔아 먹고 살아요. 그래서 하루는 어머니가 같이 밥 먹는데,

"애, 느들은[19]— 느들 동무들은 다 돈들도 벌어 오고 그래는데 느들은 어쨀라고 먹고 새며는 놀기만 하느냐?"

그러니께, 그만 하루는,

"우리도 이제 돈 벌러 가자."

고 삼 형제가 다 나갔어요. 나가서 어디로 인제 삼 형제가 가자니께, 이렇게 질[20]이 세 갈래로 갈라졌어요. 그러니께 맏형이 말하기를,

"우리가 성공하러 가는 놈이 한테로[21] 가면 안 되고 이 질에서 서로 갈라서자."

그래 인제 맏형은 맨 위엣 길로 가고 가운데는 가운데로 가고, 또 끄트

---

17) 아랫목. 온돌방에서 아궁이 가까운 쪽의 방바닥.
18) 방아에서.
19) 너희들은.
20) 길.
21) 함께.

매기는 맨 끝에 질로 가고 그래―

"이제 우리가 오 년 후에 요 질 요 복판에서 셋이 똑같이 어느 시간에 만나자."

이래서 헤어졌어요.

그래구서 헤어져서 가가지고는 인제 형님, 동생들이 삼 형제가 헤어져서 사방에 돌아다니면서― 그 무식한 집이니께 맏아들은 가서 글을 배웠습니다. 옛날 한학22)을 배워가지구선― 인제 글을 배워가지고 왔습니다. 또 둘째아들은 나가서 대목질23)을 배웠어요. 인제 집두 짓구 뭐 이렇게 하구― 인제 셋째아들은 뭐 어룸트름24)하고 돌아댕기다 할 일을 못하구서 도둑질을 배웠습니다.

그래 인제 이 년이 지나고 딱 집으로 돌아올 판인데, 인제 다 가지구선 인제 거기서 만나게 됐는데, 맏아들이 와가지구서 보니께 으째 둘째가 안 오고― 쪼끔 있다가 둘째가 들어오고, 조금 있다가 셋째가 들어왔어요. 이래 삼 형제가 만나가지고,

"너는 무엇으로 성공을 했나?"

물으니께, 인제 형님 먼저,

"우리 집안에 옛날부텀 축25)도 못 읽고 그래서 글을 배워가지고 왔다." 고 그래. 그래,

"형님, 잘하셨습니다."

그리구 또 둘째는 물으니께,

"집안도 너무도 가난하구 그래서 나는 대목질26)을 배워가지고 왔습니다."

---

22) 한학(漢學). 한문학(漢文學). 한문 및 중국어에 관한 학문.
23) 목수의 일. '대목'은 큰 건축물을 잘 짓는 목수.
24) 얼렁뚱땅.
25) 축문(祝文). 제사 때에 읽어 신명(神明)께 고하는 글.
26) '대목'은 목수, '질'은 '그 도구를 가지고 하는 일'의 뜻을 더하는 접미사.

“셋째, 너는 무월 배워가지구 왔느냐?”

물으니께, 아무것두 대답두 안 하구ㅡ ‘뭐 호미질이냐?’ ‘괭이질이냐?’ ‘낫질이냐?’ 다 안 하구 조금 있더니,

“도둑질이냐?”

하니께,

“예, 그래요.”

그 동생이 도둑질을 배워 왔으니 큰일 났잖아요? 글쎄ㅡ

“이러나저러나 너 배운 대로 집으로 가자.”

그러구선 집으로 들어갔어요. 들어가니께, 그 엄마가 기다리고 있던 삼형제가 들어오니까 엄마가 그때 이렇키 저녁때가 됐던가 봐요. 그래 아들들을 만내가지구 오손도손27) 얘길 하니까,

“아니 너는 뭐를 그렇게 성공을 하고 이 년 동안에 돌아왔느냐?”

큰아들이,

“아이, 난 어머니, 글을 배워가지고 왔습니다. ㅡ 어머니, 우리 집은 너무도 무식한 집안이래서 글을 배워가지구 왔습니다.”

둘째는,

“우리 집이 가난하여설랑 대목질을 배워가지고 왔습니다.”

셋째는,

“질28)을 배워가지구 왔습니다.”

그래 어머니가,

“무슨 질을 배워가지구 왔느냐?”

그러니께ㅡ 아, 대답을 안 하니ㅡ

“도둑질을 배웠냐?”

니까,

---

27) 오손도순. 정답게 이야기하거나 의좋게 지내는 모양.
28) 직업이나 직책에 비하하는 뜻을 더하는 접미사.

“예.”

한다. 그래 인제 그 소리를— 이 뒷집에는 큰 부잣집이 하나 있었습니다. 아주 장잣집29)인데— 뒷집 영감님이 잠도 안 오고 가만히 이래 귀를 기울이고 들으니께 이놈들이 뭐— 없는 놈들이 뭘 도신도신30) 지껄이니까 들어보니까 아니 뭐 ‘도둑질을 배웠다’고 그러니께 그만— 그만 그 할아버지가 깜짝 놀랬어요. ‘우리 집 재산 저눔들이 다 훔쳐 가겠구나! 앞집에서 도둑놈이 도둑질을 배워가지고 왔으니 우리 집은 망할 거다.’고 해서 아침에 자구나가지구 그 삼 형제를 불렀습니다.

“아무것이야? 이리 오너라.”

“예—”

하면— 옛날엔 양반집엔 ‘예’ 해야 꼭 들어갑니다. 들어가니께— 그래 참 밤에 들은 대로 그 할아버지도 맏아들더러,

“너는 무엇으로 성공해가지고 돌아왔느냐?”

고 그러니께,

“아, 저는 글을 배워가지구 돌아왔습니다.”

하니께,

“아, 잘했다.”

하니께,

“둘째는 무엇을 배워가지구 돌아왔느냐?”

하니까,

“아, 나는 대목질을 배워가지구 왔습니다.”

그래요.

“셋째는 무엇을 배워가지고 왔느냐?”

고 물으니께,

---

29) 장자(長者) 집. ‘장자’는 큰 부자를 점잖게 이르는 말.
30) 도란도란. 여럿이 나직한 목소리로 서로 정답게 이야기하는 소리. 또는 그 모양.

"도둑질을 배웠습니다."
하니께 깜짝 놀래요, 그 할아버지가.
"그럴 것이 아니라 그럼 네가 도둑질을 배워 왔으니께 우리 집에 망내
둥이 딸이 있으니까 오늘 밤 훔쳐 가거라."
그 할아버지는 도둑놈 잡을려고 하니,
"예."
하고 대답을 하구 집으로 돌아왔습니다. 이늠이 집에 와서 도둑 연구를
했어요. '그 망내둥이 딸을 훔치면 제 마누라로 준다.'고 그랬으니까— 할
아버지가 약속을 했으니까— 이눔이 인제,
"오늘 밤에 너 꼭 오지?"
"예, 가겠습니다."
이늠이 안 가고선— 그날 밤에 안 갔습니다.
"이눔, 왜 엊저녁에 우리 딸 훔치러 온다더니 안 왔느냐?"
그러니께,
"아, 우리 어머니가 밤에 병이 나가지구 밤새두룩 약 지다 보니까 못
갔습니다."
"그래 오늘 밤 너 꼭 오지?"
"네 오늘 밤 꼭 가겠습니다."
인제 영감이 만반의 준비를 해가지구 도둑눔을 잡을려구— 요 부잣집
이구 하니까 돈은 얼마든지 있으니까 도둑눔만 잡으려구만 하는데 아, 이
늠이 또 이날 밤 안 갔습니다. 안 가구 아침에,
"너 왜 엊저녁 안 왔느냐?"
"아, 형님이 급작스리 병이 나가지구 못 갔습니다."
"그럼 너 이놈, 오늘 밤은 꼭 오지?"
"예, 오늘 밤은 꼭 가겠습니다."
그래고 그날 밤에도 또 안 갔습니다. 그래 아침에 불러가지고,
"너 왜 안 왔느냐?"

하니까,

"둘째형이 또 아퍼가지구 뭐 밤새두룩 애를 써가지구 못 갔습니다. 오늘 저녁엔 꼭 가겠습니다."

이눔이 연구가 많아요. 나흘 밤이나 잠 못 잤으니 대문간에 지키는 사람들이 다 정신없이 잘 게 아닙니까? 하룻밤 못 자두 죽겠는데, 첫날밤 가면 대번 맞어 죽겠는데— 맞아 죽을 테니 가겠어요?

그런데 그날 밤은 갔어요. 가니까 첫 번 대문엘 들어가니께로 다 아주 날나리31) 말을 둘이를32) 해서— 옛날엔 도둑방맹이란 게 있습니다. 이만큼하게 낭구로 깎어갖고 자루는 이렇게 쥐고— 대가리는 이만큼 하게 해서 — 옛날엔 그걸— 우리 어릴 적엔 우리 아버지도 대문간에다 걸어 놨어요. 그래 인제 그 집에도 말을 제끼구서는 그래 그 방맹이를 이래 들구서 대문간에 둘이 섰어요. 그래 나흘을 못 잤으니께 이눔들이 자느라고 뭐 끄떡끄떡하구서 그래갖구 자는데 그만 이것들을 말끔 그 도둑눔이 살짝살짝 들어다가선 담 위에다 올려놨어요. 말은 갖다 내버렸어요. 담에다가 올려놨으니 그 뭐 자느라고 정신없어요, 잠에. 그놈들 다 담에다가 올려놓구서는— 도둑방맹이를 다 치우구선 이제 올려놔 됐는데—

또 중간 대문을 들어가니께 아주 뭐야? 에— 또 이마때기를 이러구 앉아서 몽둥이를 다 들구 자요. 그래서 이눔들 둘씩을 마주 갖다 대고— 옛날엔 상투가 있잖아요? 상투끈을 한데다 챙챙 홀켜 매도 아— 이래 자느라고 정신이 하나도 없어요. 그래서 그만 갖다 놓고 또 쪼끔 있다 들어가니까 저 지붕 위에 들어오며는 돌루다 내다 칠려고 지붕에 돌을 이렇게 산데미같이 쌓아 놓구서 사람들이 모두 요래 앉아서 있어요. 게 거기는 올라가서 어떻게 했나 하면— 그 집 부잣집이니께 소죽 끓이는 가매33)가 여럿이 있어요. 그놈들을 뚝뚝 떼다가선 세 눔씩 한데 모아가지고 덮구서

______

31) 나란히.
32) 둘을.
33) 가마. 가마솥.

씌워 놨어요. 전부 다 그렇게 깜깜하게 덮어서 씌워 놓구,

또 쪼끔 있다 한 대문을 들어서니까 이 종년이- 옛날엔 성냥이 없습니다. 화약에다가서 솔가지에다가 화약을 칠해가지구 화루34)에 하나씩 들구 이래구 앉아 도둑눔이 들어오면 불을 켜서 들라구 이러구 앉아서 정신없이 자요. 아, 그래 다 뺏어 버리구 꼬쟁일35) 하나씩 들려 놨어요. 들려 놓구- 그래 놓구선 인제 사랑방을 지나 안방을- 그 대청을 들어가니께, 오빠가 아홉예요. 근데 옛날에는 그렇게 다 도포36)를 입어요. 이만큼한 옷을 입습니다. 그래서 아마 학생들은 이 도포를 못 봤을 꺼야. 제사 지낼 때 입는 집이 더러 있는지 몰라두- 그래 놓구 오빠들이 지키느라구 다 이래가지구 흔들고 있는데 돌멩이를 갖다가 여기다 (제보자 : 소매 속을 가리키며) 잔뜩 채워 넣었더니 엎드러져 정신없이 자는 데다 돌멩이를 갖다가 여기다가 잔뜩 채워 넣었더니 아홉들이 코를 잡고 잡니다.

그래서- 그래 놓구는 영감 주무시는 사랑방엘 들어갔어요. 들어가니께 영감이 아주 준비 잘해놨다구 코를 골구 눠서 이렇게 자는데, 화약을 가지구 가서 영감 쉬염이 이렇게 난데를 싹싹싹싹 비벼서 놓구선 나왔어요. 그래 인제 또 대청 그 마님 주무시는 방엘 들어가니께루 늙은 마님 자는 데는 그만 요새 약장수 북 같은 걸 갖다 짊어지켜37) 놨어요. 발에다 처매구 등에다 지키구 그래 놓구서는 나왔어요.

그래 뒷방 골방에를 들어가니께루 그 집 예쁜 딸이 비단이불을 덮구 콜콜 자는 놈을 뚜루루 말아서 업구서는 고만 나와서요. 나와서,

"이 부잣집에 딸 훔쳐 가는데 왜 이렇게 안 지키느냐?"

구 소리를 고래고래 지르니께 그때서 다 깼어요. 다 깨가지구 대문간에

---

34) 화로(火爐).
35) 꼬챙이를.
36) 도포(道袍). 예전에, 통상 예복으로 입던 남자의 겉옷. 소매가 넓고 등 뒤에는 딴 폭을 댄다.
37) 짊어져. 짊어지게 해.

첫 번 말 탄 놈들은 담에 올라앉아서,

"이놈에 말아, 어서 가자."

하니까 말이 가요? 담에 올라앉았으니―. 그래 또 대문 안에 들어오니까,

"임마, 와라."

하며 때리고 서로 즈덜38)끼리 때리며,

"이눔아, 놔."

아, 저 넘이 때리고―

"이눔아, 놔."

서루 때려. 즈덜이 상투를 매― 그 사람이 매 줬는데―.

그래 그래가지구 또 지붕에서는 돌로― 도둑놈 잡으라고 놔뒀더니 '하늘 무너졌다.'고 웅영― 으엉 울고 야단났어요. 그래서 또 '불을 얼릉 키라.'구 소릴 지르니께 부엌에서는 불 킨다는 게 꼬쟁이로 암만 해야 불이 납니까? 근데 영감이 사랑에서 쫓아 나오면서,

"이것들아, 빨리!"

소릴 질러요. 자기가 성냥불을 확 키니까 쉬염39)을 화르르 태워 버렸어요. 그― 저 화약을 발라 놨으니까 다 타 버렸어요.

그 담에 마루에 대청 오빠들이, '아이구, 죽겠네!' 하면서 축 자빠지고 돌이 무거워 일어나지 못해요. 이리 픽 자빠지며, '아이구! 죽겠네.' 하면 저리 자빠지고― 오빠 아홉이 이리 딩굴어지고 저리 딩굴어지고―.

그래 인제 아― 이 바쁜 중에 딸은 훔쳐 가는데, 이 대부인은 나오더니 북을 둥당 둥당 둥당 둥당 치니 이런 변이 있어요? 딸은 하마40) 잃어버렸는데― 앗다! 그만 짊어지고 두당당거리고 뛰어나오고― 아, 딸을 잃어버렸습니다.

떡 갖다 놓구선 약속을― 영감이 훔쳐 가면 사위 삼는다고 했으니께

---

38) 저희들.
39) 수염.
40) 벌써. 이미.

어떻게 할 수 없어서- 그 도둑질도 의견스럽게 해서 사위를 삼고, 그 영
감님이 자기 재산을 반을 갈라 주구선,

"너 다시는 도둑질 말라."

구- 그래가지고는 잘살다 죽었어요. 오늘 얘기 보따리 다 끄내네. (모두
웃음)

5) 호랑이 뱃속에서 살아 나온 포수 ···

1969. 5. 4. 도담리 / 김동범, 여 · 63

*호랑이 뱃속에서 살아난 사람의 이야기로는 충북 괴산군 〔청천면 자료 38〕
을 참조할 수 있다.

옛날에 삼 형제가 살았습니다. 옛날에는 아마 삼 형제만 있었든가 봐
요. 삼 형제가 있는데 그 집은 다 포수질을 나갔어요. 이제 총을 메구 사
냥을 하러 산으루 갔는데 한 동네를 들어가니께루,

"여기 호랭이 많은 곳이 어데요?"

하고 물으니께,

"아, 이 저- 저 골에는 들어가면 호랭이가 하두 많애가지구 아무도 포
수가 들어가지를 못한 데가 있다."

구- 동네 노인들이 그렇게 말했어요.

"아니 우리 삼 형제가 왔는데 그걸 못 잡을까?"

그래면서 골에 들어갔어요. 그래 들어가가지구 이제 형이- 노인 맏형이
제일 포수질을 잘하든가 봐요. 바위에 가서 총을 이렇게 꼬나가지구[41]-
옛날 총을 이래 꼬나가지구 올라앉아서,

"내가 잡을 테니께루 너희들은 다 저 남구에 올라가 있거라."

---

41) '꼬누다'는 '겨누다'의 뜻임.

그래, 동생들보고.

그 할아버지 맏형님이 바위에 가서 떡 올라앉아 있으니까 아이구! 호랑이가 어떻게 많이 들어오는지— 막 뭐 호랑이가 수백 마리가 그만 응형! 응형 하면서 오니까 그만 노인이 질려가지고 바위에서 총두 못 놓구 이래구 앉아 있어요.

근데 호랑이들이 모이드니깐[42] 회를 해요.

"야야야야 얘들아, 젊은 놈들은 앞으로 고기가 많이 생길 거고 나도 노인이 됐으니께 이거 어떻게 이런 마른 저런 바위에 올라앉은 영감은 내가 먹어야겠다."

할머니 호랑이가 이렇게 얘기를 해요. 그래서 바위에 올라앉은 할아버지를 먹겠다고 의논하니께, 그 포수도 기가 맥히지 않아요? 총질도 못하구 죽은 듯하구 올라앉았는데, 동생들은 둘이 저 나무 끝에 올라앉아 내려다보니 형님은 꼭 돌아가신 형님— 뭐 해볼 도리가 없어. 수백 마리에 뭐 총을 놓을 수도 없고— 그래서 인제 올라앉아 있자니까, 아주 제일 할머니 호랑이가 바위에 와서 입을 이렇게 벌리고 콱 들여마셨어요. 콱 들어마시니까 그만 노인이 통채로 넘어가 버렸어. 호랭이 뱃속으로.

그래 넘어갔는데— 넘어가가지구선 있는데, 그 포수는 언제나 요 짜개 칼[43]하구 소금하구 꼬춧가루하구 깨소금을 호주머니에 넣어가지구 다니요. 짐승을 잡으면 그걸 인제 비가주[44] 먹을라구. 그래서 인제 통새미로[45] 들어갔으니께 뭐 죽진 않았어요. 그 속에 들어앉아가지구 인제 포수 할아버지가 연구를 하는데— 칼을 꺼내가지구 속에서 호랭이 간을 쪼끔 비서[46] 먹고 먹고 앉았으니까 이눔이 배가 얼마나 아픕니까? 에— 늙은

---

42) 모여들어.
43) 자깨칼. 주머니칼. 주머니에 넣고 다니며 쓰는 작은 칼.
44) 베어가지고. 베어서.
45) 통째로.
46) 베어서.

호랑이가 배가 아퍼갖구 때굴때굴 구르면서,

"이눔덜, 못 먹을 거를 나를 멕여서 배가 아퍼 죽겠다."

고 '어흥, 어흥!' 하면서 그만 젊은 호랑이를 다 물어 죽여 쭉 놔ー 잡아 눕혀 놨습니다. 그래 노니까 이 할아버진 속에서 자꾸 다 비 먹구서는ー 배를 딱 갈라 놓구서는 피가 주르르 묻은 할아버지가 나와서 바위에 도루 올라앉아서,

"얘들아, 동생들은 이리 와. 내가 호랭이 다 잡아 놨어."

그래 인제 바위에 나와 앉으니께, 동생들이 그때 인제 내려왔습니다. 내려와,

"형님 돌아가시는 줄 알았더니 용감하게도 배를 그렇게 갈라가지구 나오시니 얼마나 고마우냐?"

고ー.

"이놈들 내 재주가 어떻게나 좋은 줄 알고 느가 나 죽을 줄 아니?"

이러면서 나와서 삼 형제가 호랭이를 다 잡아가지구선 이제 껍질을 벗겨 가지구서 서울에 가서 팔았대요. 팔아가지구 그 산촌ー 살았는 데ー 호랭이 껍데기를 벗겨 팔아가지구서 아주 큰 부자가 돼가지구서 삼 형제가 서울 가 잘살았답니다.

6) 소금장수와 호랑이와 여우

1969. 5. 4. 도담리 / 김동범, 여 · 63

옛날엔 이 소금이ー 기차도 없고 자동차도 없었는데 소금을 바다에서 짊어지고 쪽지게에다 지구 다니면서 에ー 갖다 먹었습니다. 아주 옛날에 우리 어렸을 적에두 그랬어요. 그래ー 그랬는데ー 이 소금장사가 소금을 해 짊어지구서믄 저 짚은 산중으루 소금 팔러 가서,

"소금 사시요, 소금 사시요."

하고 다니닝께로 어떤 아주 산촌집엘 들어가니까 큰 기와집이 하나 있는데 날이 저무니께,

"오늘 좀 자구 갑시다."

하니께, 아주 하얀 할머니가 나오면서,

"아이유! 쥐무시구 가라."

그래 고마워서 그 집엘 들어갔습니다. 그 집엘 들어가서 밤에 잠을 잘라고 소금짐을 뜨락[47]에다 재 놓구서 있는데, 인제 우리들 마냥으로─ 오늘 저녁같이루 인제 옛날 얘기가 나왔어요. 그 할머니하구 소금장수하구─ 그래 인제 그 할머니가 아닙니다. 호랭이가 변장을 해가주 산골 사람 다 잡아먹구 집에 떡 들어앉았어요. 그래서 옛날 얘기를 하는데,

"소금장수는 뭐가 제일 무섭소?"

그래니께 소금장수는 똑바른 대로,

"아이, 난 호랭이가 제일 무섭소. 그래 뭐 할머니는 뭐가 제일 무섭소?"

그래니까 할머니가 있다,

"아이구! 나는 왕방울이 제일 무섭다."

구 그래요. 그 호랭이 할머니가,

"왕방울이 나는 제일 무서운데─"

그래 인제 이리 쳐다보니 집 천장에 왕방울이─ 이만한 큰 방울이 하나 달렸어요. 그래서 인제 가만히, '내가 오늘 밤에 저 할머니한테 잽혀 멕히는구나!' 생각을 하구서는 인제 저녁시간이 돼서 잠을 자. 할머니도 자구.

소금장수는 호랭인 줄 하마 알고 잠을 안 자고 살자고 이렇게 있자니까 할머니가 쿠룩쿠룩[48] 잠을 자는 소리가 났어요. 그래서 고만 그 방울을 가만히 내리쿼가지구선 이 할머니─ 이젠 호랑이니까루[49] 슬슬 긁었

---

47) 뒤뜰. 집채의 뒤에 있는 뜰.
48) 쿨쿨.
49) 할머니가 호랑이로 변신했다는 뜻임.

습니다. 긁어 주면서 호랭이 붕알에다 달아맸어요. 그 왕방울을 갖다가서 챙챙 동겨서[50] 달아매 놓고는 인제 할머니가 곤히 자는데 고만 소금 짐을 짊어지고,

"할머니, 할머니? 나는 인제 떠납니다."

소릴 지르니께- 그 소금장수도 용감하든가 베요.[51] 할머니가 번뜩 일어나닝께 왈랑떨랑 왈랑떨랑 소리가 나니까 이 할머니가 고만 오도 가도 못하고,

"아이구! 들어온 밥을 놓쳤네. 아이구! 들어온 밥을 놓쳤네."

하면서- 자기가 잡아먹을 걸 방울 땜에 못 잡아먹는다고, '아유, 들어온 밥을 놓쳤네.' 소릴 지르면서 그 할머니가 그래구 있어요. 그럴 때 고만 소금장사는 도망을 갔어요.

그래 아마 사흘- 사흘을 오도 가도 못하고 호랭이가 이제 집에 누웠어요. 방울을 끄르지도 못하고- 식음을 전폐하고 드러눴습니다. 눴는데 어디서 여우 떼가 한 여나믄 마리가 쫓아왔어요.

"아저씨 왜 이래 드러누웠어요?"

"아니 그런 게 아니라 어제 소금장수가 와서 왕방울을 달아줘가지고 나는 오도 가도 못하고 사흘째 이렇게 누웠다."

아주 슬픈 소릴 하면서 호랭이가 얘길 하니께 여우들이,

"아, 그까짓 거- 할머니, 우리가 끌러 주지 뭐 어째 그렇게 슬픈 소릴 하느냐?"

"어떻게 끌러 주는 게냐?"

니까,

"아, 나 하라는 대로 시키는 대로만 할머니가 하면 우리가 끌러 드리지요."

---

50) 동여.
51) 용감한가 봐요.

"그럼 어떻게 할라고 그러느냐?"

니,

"우리가 가는 대로 뒤따라오라."

고 그래.

"그럼 우리 여섯이— 우리덜이 할머니를 모시고 나갈 테니까 따라오라."

하난 왕방울을 붙들고 여러 명이 이렇게 다리— 발을 이렇게 붙들구선 앞산으로 들어갔는데— 그래 인제 거기다 할머니를 눕혀 놓거든.

"할머니 뭐이 소리가 나면 참새 떼가 와서 방울을 풀어주는 줄 알고 그때는 눈을 더 꼭 감으라."

구 해. 이래 모셔가지구 앞산에 가 풀밭에다 눕혀놓구성 이 여우들이 어떻게 숭계[52]를 꾸미냐 하면,

"할머니, 눈을— 우— 우— 소리가 나면 참새 떼가 끓는 줄 알고 더 꼭 감으라."

해 놓구는 삑 돌려 불을 질렀습니다. 그래니께 이 호랭이는 그만 쏙아가지구선 그만 눈을 우— 소리가 나니께 꼭 감구 드러눴더니까루 그만 불이 붙어가지구— 호랭이덜이 불이 붙어가지구 펄떡펄떡 뛰면서,

"아이, 죽겠네."

소릴 지르면서 거기서 그만 호랭이가 죽었에요. 죽으니까 인제 여우들이 돌아서서 잡아먹었습니다. 호랭이 고길 잡아먹었습니다. 이웃집에 가 칼 얻어오고 되매[53] 얻어 오고 뭐 깨소금 얻어 오고— 다 잡아먹고 생각하니께, 아유— 칼, 도매 얻어온 집에는 갖다 줄게 없으니까 여우 열 마리가 이를 파내가지구 한 뭉테기씩 요렇게 뭉쳐가지구선 이웃집에 갖다 주니까, 아— 고기 갖다 주었다고 그 할머니들은 여우 이 파낸 것을,

---

52) 흉계(凶計).
53) 도마.

"아주 맛이 좋다."구, "꼬시구54) 맛있다."

하면선 그렇게 잘 먹드래요. 그래 고까지 끝이예요.

7) 어머니 시집보낸 아들 내외 ···

1969. 5. 4. 도담리 / 김동범, 여 · 63

아들하고 며누리하고는 두 내외간은 의리가 좋아서 언내55)를 낳고 잘 사는데, 그런데 홀어머니는 모성애를 며누리에게 빼앗겨서 며누리를 질투합니다. 사랑의 질투가 아니라 모성애의 질툽니다. 그래 이제 맨날 시어머니가 며누리하고 사이가 좋지 못하단 말이야. 그러던 어느 날 두 내우가 시어머니가 어디 이웃에 놀러간 사이에 하는 말이,

"이젠 막 일부러 거짓말로 싸움도 하고 우리 어머니를 시집을 보내자. 우리 아버지를 한 분 모셔야겠는데 내일 모래구 준비해서 떠날 테니까 당신은 준비해 놓으라."

구. 그래 준비해가지구설라무네 막 떠난다니까,

"그래 어디를 갈려고 하느냐?"

어머니가 물으니까,

"어머니 아무 데 아무 데 무슨 볼일로 며칠 걸리겠습니다."

"그럼 잘 다녀오너라."

그래 괴나리봇짐을 짊어지고 정처 없이 떠납니다.

어델 가자니까 고개가 다다랐는데 여름철인데 의복도 남루한데 그 골격하구 체구가 말이지 근사한 한 사람이 오거든. 그래 인제 이짝에서는 아들이 고개를 넘어 내려가고 이짝에서는 올라오구 해서 산마루턱에 느트나무가 있는데 거기서 쉬게 됐단 말이야.

---

54) 고소하고.
55) 어린애.

"그래 어르신네는 어디로 가시는 길입니까?"

"나는 정처 없이 댕기는 사람이요."

"그 어찌 그리 정처 없이 다니느냐?"

"난 식구도 없고 자식도 없고 그래 일가친척도 없고 무의무탁56)한 사람이라서 내게 내 육신이 살아 있는 동안에 남의 집에 얻어먹고 다니며 팔도강산 유람하고 다니는 사람이요."

하! 이 사람 소리를 듣고 보니까 꼭 들어맞았거든. 체격을 봐도 그렇고 나이를 봐도 그렇고 말을 하는 게 다 점잖하구— 한데 단지 그 참 외롭게 산다는 그 하나 결점이거든.

"그럼 어르신네, 저를 따라가시지요. 제 집에 하룻밤 유하고57) 가시지요."

"그럼 당신네 집은 어디로 가는데요?"

"나는 일로58) 돌아돌아 가야 됩니다."

"그럼 어데— 일로 가는 길인데 절로 가면 어떡허십니까?"

"글쎄 뭐 여기서 내일 볼일 봐도 관찮구 하니 저의 집으로 가십시다."

그래 삼십 리 길을 가서 그렇게 보냈는데— 그래 동네 어구의 주점에다가 모셔 놓고 그렇게 술을 대접한 다음에 해가 질 때를 기다려가지구 컴컴한 뒤에 사랑방에다 불을 다 준비해 놓고 음식도 준비해 놓고 사랑방에다 모셨거든.

그래 어머니한테 가서,

"어머니, 어머니. 꼭 사랑방에 나가서— 나가세요, 나가세요."

그래 사랑방에 나가자니 '왜 나가자느냐?' 하구, 그래 나가니까 점잖은 손님이 하나 떡 앉았거든. 바루 옆에서 듣질 못하지마는 아들, 메누리가 어떻게 하는가 싸움하는가 무신 소리가 나는가 좀 보고 있자니까 첫 번

---

56) 무의무탁(無依無托). 몸을 의지하고 맡길 곳이 없음.
57) 유(留)하고. '유하다'는 어떤 곳에 머물러 묵다.
58) 이리로. 이쪽으로.

엔 뭐— 뭐 좀 불쾌한 말이 오구가구— '당신이 어데 있어?' 하더니 차차 차차 '나는 어데 있구— 뭣하구— 어쩌구' 하더니, 아니 뭐 잘 융화가 돼 가는 모양이야. 아 그래 며늘아기가 좋아서 그래 문고래기[59]를 제껴놓고 는 살그머니 잔다. 자구 식전에 가만히 그 동정을 보니까 이 자기 시어머니가 인나가지구[60] 말이지, 하! 이 부엌에서 불을 때구 야단이란 말이야. 뭐 국 준비하구 음식 준비하고 말야. 그래가지구 메누리 알기를— 그 담 부터는 아들 알기를 기막히게 알고— 모셔다가 아버지를 삼고 말야. 그래 가지고 그래도 돈푼이나 가지구 다녔던 모양이야. 금은 패물을 팔아가지 고 토지 장만해서 잘살었다는 얘기에요.

8) 놋그릇의 화신(化身)[61] ....

1969. 5. 4. 도담리 / 김동범, 여·63

　*유관 자료인 강원도 명주군 〔사천면 자료 3〕, 충북 단양군 〔가곡면 자료 20〕, 동 〔매포읍 자료 22〕, 동 〔매포읍 자료 23〕을 참조할 수 있다.

　옛날에 한 사람이 있었는데— 뭐야? 아주 참 총각이 일루절루 산골로 돌아다니는데, 한 산중에를 들어가니까 외딴 집이 하나 있었어요. 그래서 그 집에 들어가,
　"쥔 양반? 쥔 양반?"
하고 불르니까 아무두 기척이 없더니만 한참 있더니 우떤 처녀가 하나가 나와요.
　그래,

---

59) 문고리.
60) 일어나서.
61) 화신(化身). 모습을 변화함.

“으째 이 댁에는 남자분이 안 계시구 이레 처녀가 나오느냐?”

그러니께,

“그런 게 아닙니다. 우리는 식구가 열두 식구가 살았는데 무슨 귀신이 잡아갔는지 우리 식구는 하루 하나씩 밤중이 되며는 다 데려가버리구 시방 오늘 밤에는 내가 죽을 차례―”

라구― 그 처녀가. ‘인제 어머니 아버지가 다 돌아가셨는데 내가 안 죽구서 살아야 하는데―’ 하고 그 처녀가 중얼거리거던.

그래서 총각 말이,

“그러믄 오늘 밤에 내가 인제 그 귀신을 다 쫓아 주겠으니 무신 약속을 하자.”

구.

“만일에 당신이 그 귀신을 다 쫓으면― 나를 살게 해준다면 내가 당신하고 백년언약을 해갖구 살겠다.”

구.

“아, 좋다.”

구.

그 총각이 그 집엘 들어가서 안방에 떡 앉아서 아주 장대[62]한 모양으로 아주 주먹도 들고 발을 꼭 세우고, 자기도 잡아 먹히까봐 무서워서 염례를 하고 앉았는데― 이제 그 집이 옛날에 장군이 살던 집이라서 탈바가지가 여럿이 있었어요. 얼굴에다 그림을 붙여서― 그놈에 귀신이 무섭다고 하니께, 이놈의 귀신을 어떻게든지 이겨 볼라고, 색시는 벽장에다 집어넣고 쇠를 딱 채워놓구선, 이제 그 총각이 안방에 혼자 앉아서 이 무르팍에도 탈바가지를 하나 씌우고 여기도 하나 씌우고 자기 얼굴에도 하나 씌우고 그러니까 대가리가 몇입니까?

그래 한식경쯤 기다리다가 큰 진[63] 담뱃대를 양쪽에 둘을 들고 이래

---

62) 장대(壯大). 허우대가 크고 튼튼함.

앉아서 안방에 잔뜩 이래고 앉았다가 밤 열두 시가 되니까루, 그 집 마루
밑에서 둥당둥당 뛰디리면서 나온디,[64]

"아, 오늘 저녁에 색시 잡어갈 날인데ㅡ"
하며 문을 열었어요. 문을 연디, 그런데,

"아구, 무서워라! 저 뭐 저런 게 다 앉았다? 이 집에."
그러디[65] 또 한 놈이 퍼덕 들어서디 뒤로 물러서고 물러서고ㅡ 그래 얼
마나 그래[66] 들어서도 아주 고만 이제 장갑을 쓰고 데꼬바릴[67] 해 물고
그러구 앉었으니께루, 그래 몇 시간을 그러더니 마루 밑구녁으로 다 들어
가 버렸어요. 그 둥당거리는 패가. 그래서 그 처녀는 벽장 속에 들었는데,
그 남자는 죽지 않고 인지 그걸 다 이기구서 날이 훤히 새니께 처녀를 그
가뒀든 벽장문을 열어 보니까 고만 그 처녀가 기절을 했어요. 정신을 잃
고 들어 누어서 내놓구서,

"오늘 밤의 귀신은 다 잡어 없앴으니까 나와서 인제 뭘 먹어야지?"
하며 냉수를 끓여서 입에 넣어주니까 살아났어요.

"아, 오늘 밤에 내가 꿈을 꾸니께로, '이 집 귀신이 아니라 이 집에는
옛날에 천년만년 이르는 장군으로 살든 집이라서 이 집에 마루 밑에다가
서 옛날 아주 묵은 놋기명[68]을 묻어 놨는데 이걸 다 파내서 없애버리면
느들 두 내외는 백년해로를 하고 잘살리라.' 하고 꿈에 선몽[69]을 했어
요."

그래서 아침에 그 총각이 마루를 훌뜯어 제키고 가서 파니까, 그 마루
밑에서 그 옛날ㅡ 아주 그 옛날에 묵었든 그 쇠가 많이ㅡ 그 놋쇠가 나

---

63) 긴.
64) 나오는데.
65) 그러더니.
66) 그렇게.
67) 대꼬바리를. '대꼬바리'는 담뱃대.
68) 놋기명(器皿). 놋그릇.
69) 현몽(現夢). 죽은 사람이나 신령 따위가 꿈에 나타남. 또는 그 꿈.

왔습니다. 그래 그 너무두 오래 만년을 놋쇠가 그 마루 밑에서 썩어가지구 이게 뭐 사[70]가 돼가지구 밤중이면 나와서 그 집 식구들을 다 잡아서 나와 없애버렸어요. 그래 없애버리구 다 파내고 그 두 내외가 아주 잘살다가 엊그제 죽었어요.

9) 개미 허리 · 땅개비 이마 · 닭의 울음 ·····················

1969. 5. 4. 도담리 / 김동범, 여 · 63

  *제보자는 위의 이야기에 잇대어 구연하였으나, 별개의 이야기를 덧붙인 것이라 판단되므로 나누어 채록하였다.

  그래 죽었는데, 그때 그 친구들이 다 그 소상[71]에 갔답니다. 삼년 날 때는 이 시골 사람들은 그곳엘 잘 가요. 지청[72]엘 가서 그 지내구선 집으로 왔어요. 오자니까루 친구 줄라구[73] 떡을 한 뭉테기를 주더랍니다. 오자니 개미란 눔이,
  "그 떡을 업고 가는 아저씨? 그 떡 무거우면 나 좀 주세요."
  "그럼 네가 좀 가지구 가거라."
  허리에다 칭칭 동여매어 줬어요. 그놈에 허리가 떡 들고 오다가 잘룩해져 시방 개미허리 짤룩합니다.
  "아이구, 아저씨. 나는 못 가지구 가겠어요."
  그래서 자기가 들구 오다가선ㅡ 이제 오자니께루 땅개비란 놈이 하나 나서면서,
  "아저씨 그 떡 내가 갖다 드릴께요."

---

70) 사(邪). 사기(邪氣). 사람의 몸에 병을 일으키는 여러 가지 외적 요인.
71) 소상(小祥). 사람이 죽은 지 1년 만에 지내는 제사.
72) 제청(祭廳). 제사를 지내기 위하여 마련한 대청.
73) 주라고.

그래서 땅개비 놈 머리에다 얹어줬습니다- 그 떡을. 껑충껑충 뛰다가 지끔 이마가 이렇게 쳐 있습니다. 그래 엎어져서 이마도 쳐졌는데- 그 사람이 할 수 없어서 그래 인제-

"이눔 너도 못 가지구 가구- 개미도 못 가져가구 땅개비도 못 가지구 가, 내가 갖고 가서 친구들이나 줘야겠다."

하고 어깨에다 메구 왔어요. 와가지구 도담74) 뱃개쯤 왔습니다. 그래 오자니까, 아- 이 배에 오자니까 웬일인지 방구가 '뽕' 나왔습니다. 그놈의 떡을 그만 물에 떨어뜨려 쑥 빠졌어요. 아, 어느 절에75) 그 두멍소76)에 큰 잉어가 널름 집어먹었는데, 그때 또 어부 하나가 나와서- 저 아래 옥자 할아버지라는 노인이 하나 있어요, 옛날에. 툭 챘어요. 지무낚수77)루 툭 채워가지구 와서 자기네들 식구가 먹을라구 배를 짜개서 홱 집어 내던지니까 닭이라는 놈이 집어먹구서는- 그걸 먹고- 친구 줄 떡을 먹곤 오늘날까지 배가 아파서 '골-골-.' 한답니다. 그래 이게 끝이예요.

10) 80세 시아버지를 장가들인 과부 며느리 ································

1969. 5. 5. 도담리 / 손달원(孫達元), 남·65

여든 살 난 노인이 망령이 들어서 장가를 보내 달라고 하거든. 그래 하다못해 자기 친한 친구가 하나 있어 친구를 찾아갔지. 그 찾아가서 온78) 돼지 하나를 짊어지고 가서 하인들을 시켜서 주인을 불러 주인이 나왔다.

"그래 어떤 일이냐?"

고 하니,

---

74) 단양읍(丹陽邑) 도담리(島潭里).
75) 겨를에. 사이에. 틈에.
76) 깊은 연못.
77) 제물낚시. 깃털로 모기 모양으로 만든 낚싯바늘.
78) 통째.

　"볼일이 있어 왔다."

고. 그래,

　"우선 술이나 먹자."

고. 안주하고 술하고 먹고 나서 또 궁금하여,

　"무엇 때문에 왔느냐?"

고 물으니,

　"그런 얘기는 할 수도 없다."

고, 그래,

　"술이나 먹고 보자."

고. 술을 한 잔 한 잔 잔뜩 취하도록 먹은 다음에 해가 슬핏하니[79] 집에 가도 안 하고는,

　"내가 오늘 자네 집에 자로[80] 왔으니 그렇게 알라."

고. 그래 이슥한 연[81]에 그러거든.

　"그래 자네 딸이 있지?"

　"있다."

고.

　"그래 몇 살 먹었나?"

　"열아홉 살 먹었다."

고.

　"우리 아버지가 자꾸 장가를 보내 달라구 그래서 어떡하는가? 그래서 친구를 찾아와야지. 친구 아니면 안 되겠으기에 자네를 찾아왔어. 어떡할 텐가?"

　팔십 된 노인과 열아홉 살 된 딸과는 두서도[82] 없는 애기고 곤란하거

---

79) 설핏하니. '설핏하다'는 해의 밝은 빛이 약하다.
80) 자러.
81) 어떤 일이 일어난 다음.
82) 두서(頭緒). 일의 차례나 갈피. 또는 터무니.

든. 그래 대답을 못할 판인데, 그럴 때 딸이 문 밖을 지나가다가 참말로 상전이 왔는데 바깥에서 들으니 말이여. 엿들어 보니, 자기 아버지가 대답을 못하거든. 그래 자세히는 못 들었지만 혼인 사건인데 뭔지 자시 모르겠어. 그래서 자기 아버지를 불러냈지. 그래서 나왔어.

"아, 그래 그 양반이 무슨 말씀을 해요?"

"아 너 알 거 아니다."

"저 알 거 아니라도, 무슨 말씀인지 저한테는 말씀을 하세요."

그래 자꾸 물으니게 말이여. 할 수 없이 말하거든.

"그분의 아버지가 팔십이 넘었는데 그 양반이 망령이 들어 장가를 보내 달라고 그러는데 아무나 할 수도 없고, 그래 너하고 말을 하니 어떡하냐 말이여. 차라리 내가 굶어죽는 게 낳지 말이여. 그 너를 그런 노인한테 시집보낼 수가 있나 말이여. 그래 할 수 없이 안 된다고ㅡ."

그 지집애가 가만히 생각하더니 말이,

"그기 그렇치 않아요. 딸자식이라는 게 본래 출가외인[83]이고, 딸을 낳아서 남 주는 것이고 내가 잘되고 못되는 것은 지[84] 복이고, 또 그 노인이 장가가려고 하는 것은 그래도 그만한 이유가 있길래 장가를 가려고 하는 것이지 그렇지 못해 장가갈려고 할 수가 있느냐?"

고 말이여. 그래서 인제,

"덮어놓고 허락하라."

고 그러거든.

"아, 나는 그럴 수 없다. 차라리 굶어 죽는 게 낫지 그럴 수 없다."

고. 그런데 그 새악씨[85]가 큰 요강에 말이여. 말요강[86]이라고 있잖아? 큰

---

83) 출가외인(出嫁外人). 시집간 딸은 친정 사람이 아니고 남이나 마찬가지라는 뜻으로 이르는 말.
84) 제.
85) 색시.
86) 매우 큰 요강.

요강. 그거에다 말이야. 모래를 하나 가뜩 넣어가지고 말이여. 종우[87]를 싹 싸가지고 하인더러,

"이걸 갖다가 그 노대감님 갖다 드리라."

고. 그래 뭔지 알 수가 없어. 그딱 싸발랐으니 띠어 볼 수 없는 거고 말이야. 그래 가지고 갔더니 안에서 요강을 이렇게 발랐어. 그러더니 요강을 뚝 잡아 띤단 말이야. 잡아 띠니 모래가 요강에 가뜩 들어 있어. 그래 요강에다 대놓고 오줌을 누거든. 오줌을 누니께 늙은이가 힘이 없으니 오줌을 누나마나지. 그러나 장가갈려고 하는 늙은이가 원력[88]이 있단 말이지. 오줌을 누니 주루룩 들어간단 말이여. 그래 파이서[89] 거품이 부글부글 올라왔단 말이야. 그래 종우에 딱 싸발라서 보냈단 말이야. 그래 색시는 그럴라고 보냈으니 말이여. 종우를 뚝 띠고 보니 그렇단 말이야. 그래 아버지를 불러내가지고,

"혼인 승낙하라."

구 말이여.

"이만하면 된다."

고. 그래 승낙을 했지. 그래 장가를 가게 됐는데, 하필 늙은이가 상각[90]을 자기 맏아들을 데리고 가.

"니가 가야 된다."

고. 장인이 장가를 가는데 상각을 맏아들을 데리고 가게 됐어. 상각은 자리를 사랑방에다 정하고 신방을 차렸지. 어— 이 첫날밤에 그만 복상사[91]가 되어 버렸어. 이러니 열아홉 살 먹은 처녀가 말이여. 멍히— 배 우에 와서 죽어버리니 기맥힌 노릇이거든 말이여. 그래 암말도 안 하고 그냥

---

87) 종이.

88) 원력(原力). 본디부터 가지고 있는 기운.

89) 패어서.

90) 상객(上客). 혼인 때에 가족 중에서 신랑이나 신부를 데리고 가는 사람.

91) 복상사(腹上死). 성교 중에 동맥 경화증이나 심장 마비 따위로 여자의 배 위에서 죽음.

소리를 질렀어. 그러니 문 밖에서,

"왜 그러느냐?"

"바깥사랑에 가서 상각 사위님 빨리 들어오라고 그래라."

그래 이슥해 있는데 나올 때가 되었는데, '상각 사위 들어오라.' 하니, 안 들어갈 수도 없고 해서 문 밖에서,

"왜 그러십니까?"

"빨리 방에 들어와서 불 켜 놓으라."

고. 그래 방에 가서 불을 켜고 보니 자기 아버지가 배 우에서 죽어 있단 말이야.

"들여다봐라 말이야. 네 눈으로 밑에까지 들여다봐라."

이거야.

"확실히 육체적 관계가 됐나 안 됐나 보라." 말이야.

"아, 왜 이러십니까?"

"아 그렇잖다."

고 말이여. 그래 들여다보니 그냥 그대로 죽었단 말이여. 그래서,

"너 봤느냐?"

그러니,

"봤습니다."

"그러면 모셔 눕혀라."

장가가가지고서 그날 밤에 죽었단 말이야. 그런데 그날 밤에 포태가 됐어. 그러니 그 색시는 말이여. 그걸 안 보면 말이여. 그 영감의 아들이라고 할 수가 있는가 말이여. 그러니 '똑똑히 보라.'는 말이여. 그래 색시는 신랑집에 와서 새 집을 짓고 아들은 낳아서 그 아들을 큰 아들이 공부시켜 대과급제[92]까지 시켜 주었어.

---

92) 대과급제(大科及第). 문과급제(文科及第). 문과의 전시(殿試)에 합격하던 일.

11) 시아버지 장가보낸 며느리 ·······························

1969. 5. 5. 도담리 / 손달원, 남 · 65

어떤 노인이 삼대독자로 내려오다가 손자가 일곱 살 먹은 게 죽어버렸거든. 죽구 또 메누리가 첫아들 낳고 과부가 돼 버렸지. 남편도 죽고 과부가 시아버지하고 살았지.

하루 저녁엔 자다가 이슥한 연후에 메누리가 나와서 시아버지 이부자릴 깔아주고 들어갔는데 이슥한 연후에 나가설라무네 시아버지 이불 밑에 손을 이래 넣어가지고 시아버지 그놈을 검사한단 말여. 그래 시아버지가 생각하니 깜짝 놀랐지. 청춘과부가 시아버님한테 그리하니 이거 집안에 별고[93]나는 일이거든. 그래 '왜 그러냐?'고도 못 그러고 가만히 그러구 있지. 그래 보니 보드라운 손으로 만지니 썩 일어난단 말여. 그래서 또 있다가 만져보니 또 일어나거든. 그래 세 번을 만져보더니 그냥 들어가더란 말여. 들어간 다음에 생각하니 이제 집안은 탈났어. '저게 여북 그 짓을 하고 싶어 그러느냐?' 말여. 그러니 뭐라 할 수도 없고.

그 이튿날 아침을 먹드니 말여. 시어버지한테 와서,

"저 친정엘 좀 갔다 와야 되겠습니다."

그러니 뭐 엊저녁 행동을 봤는데, '가지 말라.'구 할 수가 있나. '갔다 오라.'구. 맘에 가는 게 고맙지. 여기서 부정한 일이 있는 것보다 차라리 가는 게 고맙단 말여.

그래 갔지. 가니 친정아버지의 친구의 딸이 과년찬 게 하나 있어. 그래 아버지를 조른다.

"이거 아버지 생각해 보우. 어떻게 하우? 딸자식은 출가외인이라 하지만 우리 집은 어떻게 하우? 그래 아, 시아버지는 늙어서 어떻게 할 수 없지. 내가 과부 됐으니 어떻게 할 수 없지. 이걸 어떻게 하느냐?"

---

93) 별고(別故). 특별한 사고.

구 말여.

　"우리 시아버지 장가를 들여 달라."

구 자꾸ㅡ. 아 그래ㅡ

　"야, 야, 내가 우떡하나?"

　"아, 이웃에 아버지 친구 딸이 있잖아요. 그 집이 아주 불씬94) 가난이여. 아주 때꺼리95)를 분별96) 못하는 집안이여. 우떻든지 혼인만 하면 말여. 그 집은 내가 먹여 살릴 테니 혼인 좀 열리게 부탁해 달라."

구 말여. 하도 보채니까 말여. 되나 안 되나 그 친구한테 가서 말을 해 보는 거지. 아, 제때 하지 뭐, 색씨 아버지가ㅡ. 그럴 적에 그 색씨가 오막살이집에서 그 아버지 친구가 왔으니까 점심 대접하라구 점심을 할라구 쌀을 떠서 나가자니께 뭐 혼인 얘기로 자꾸 조르다가 저 아버지는 자꾸 '안 된다.'구 하구, 그래 문 밖에서 가만히 듣자니까 아무 데 아무 데 대감과 어느 부자란 말여. 그 자기 친정이 하두 곤궁하니까 말여. 그래 아버질 불러냈어.

　"이왕 저는 누구 줘도 남 주는 것, 그러니 친정이 하두 이러니 말여. 그저 아버지 저 안 난 턱대고97) 저 보내 달라구 말여. 가면 친정은 살게 되지 않느냐구. 그러니 보내 달라."

구.

　"안 된다."

구 자꾸 그래두, 딸이 자꾸만 그러니께ㅡ 그래 승낙을 했단 말여. 대번 거기서 날 택일을 해가지고 왔어. 한 달포98) 앞세워 놓고 아무 날 잔치하자고 택일까지 하고 왔어. 그래 집에 와서 시아버지한테 그런 얘길 하니,

---

94) 매우. 흠씬.
95) 때거리. 끼니를 때울 만한 먹을 것.
96) '마련'의 뜻임.
97) 셈치고.
98) 한 달이 조금 넘는 기간.

"아이 아버님 생각해 보세요. 우린 어떻게 합니까? 저 과부 됐지, 우리 집일은 어떻게 합니까? 그러니 아버님 장갈 가셔야 합니다."

하니께,

"그게 무언 소리냐?"구, "팔십 늙은이가 장갈 가면 뭘 하느냐?"구.

"그렇지 않습니다. 아버님 장갈 가셔야 합니다. 그래 제가 혼인을 정해 놓고 왔어요. 그러니 걱정 마시라고."

그러구선 한 달포 앞세워 놓구선 대번 그날부터 후원에다 집터를 다듬고 집을 짓는데 그저 삼칸 집으로 선화당[99]같이 잘 짓는단 말이여. 그래 그 이튿날 잔칫날이 다가왔는데 집이 다되자 이웃에 시아버지 친구 되는 데 가서, '아버지 잔칫날이니 와 달라.'구. 그러구 나선 계모한테 부탁하기를, 처녀를― 자기 계모지, 자기 시어머니를 시키기를, '옷을 가지구 가서 입지 말라.'구, '하나만 홑으로 입고 있으라.'구. 노인은 젊은 사람 같지 않아서 눈치를 봐서 먼저 잘 청구를 하는 거거든.

그래 있자니깐 일 년 만에 머슴아를 낳았어. 삼년 만에 아들 삼 형제를 낳았어. 맏아들을 낳은 건 그게 아들을 낳아야 자기 양자가 된단 말야. 이건 시동생 형제지만 내 아들 형제란 말여. 그래서 자기가 키우고, 유모 중에서 둘은 키우고, 아들 셋을 낳고는 더 못 낳았다. 후에 그 세 아들을 데리고 금강산 유람을 왔더래.

12) 원님놀이하는 자매들 ···

1969. 5. 5. 도담리 / 손달원, 남 · 65

매를 사서 시골로 내려 보내서 꿩[100]을 잡아. 매 사냥꾼이 몇 달 있다

---

99) 선화당(宣化堂). 각 도의 관찰사가 사무를 보던 정당(正堂).
100) 꿩.

왔는데 다리를 절룸절룸 하거든.

"자네 다리는 왜 그렇는가?"

"아, 이번에 매 사냥 갔다가 혼나서 죽을 뻔했으요. 가다가 발목을 삐어서 이렇습니다."

"그 왜 그런가?"

"아무 동네 가서 사냥을 하는데 날이 지웃하여[101] 꽁이 막 동네에 날아들어요."

동네에 날아 들어와서 누 집에 들어가서 매를 따라가다 못 따라 가겠어서— 높은 대청으로 꿩 잡으러 올라가서 날은 침침하고 하니 아, 밑에서 기다리니 잘 내려오는가? 그래 어찌 자꾸 후비니께 매가 내려와서 손등에 앉자마자 그 안에서— 보름께 되었는데— 색시들이 앉아서 놀다가 '이 어떤 매사냥꾼이 남의 대청에 와서 이러냐?'고, '이 자식을 좀 뚜드려 준다.'고 말이야. 그래 울 너머로 보니까 열댓 된 큰 색씨들이야. 한 이십 되고 이십 넘은 색씨도 있고 한데, 우 나온단 말야. 놀다 말고 머리에 수건을 막 동여매고 쫓아온단 말야. 그만 그 판에 매를 들고서 쫓겨났단 말야. 쫓겨나다 보니까 뒤에서 우루루 쫓아오는데 뭐 붙들렸다간 큰 욕을 보겠어. 그래 막 뛰어가다 똥뗑이를 걸어차고 나가 자빠져 그만 발목을 삐었습니다. 그만 급해서 숨어 있자니 어둠침침하니 이놈의 지지배[102]들이 오다가 '아 이놈 어디 갔나, 어디 갔나?' 하더니 그만 없으니까 '에이 이놈 놓쳐 버렸다.' 그러구 '여기 와서 노름이나 하고 가자.' 하구.

예전에 원 놀음이 있어. 그래 거기서 제일 나 많은 색씨를 원님으로 삼고 말야. 이방 다 내놓구서[103] 원 놀음을 하는데 대번 첫 번째 문제가 말여.

"이 동네 이좌수 잡아 오너라."

한단 말여. 그래 이좌수가 딸이 삼 형젠데 큰딸 스물여섯, 작은딸 스물셋,

---

101) 기웃하여. 기울어져.
102) 계집애.
103) 만들어 놓고. 세워 놓고.

고담 딸 열아홉 살 그래. 열아홉 살 하면 예전엔 과년이지. 그래 열아홉 살 먹은 이좌수 딸을 데려다가,

"이좌수 잡아 대령했습니다."

"그놈 볼기 때려."

가만히 엎드려서 보니까 말에 처음 치마를 벗기더니 고쟁이[104]를 벗겨서 알궁둥이[105]를 까놓고 볼기를 때린단 말야.

"이놈, 뭣 때민에 딸 셋을 다 시집을 못 보내느냐?"

"재산이 없어서 그럽니다."

"이놈, 무언 소릴 하는 거냐? 읍스면 읍는 대로 보내문 되지. 그래 재산 없다구 인륜을 폐해? 아, 들으니 네 큰딸이 스물여섯이요, 둘째딸이 스물세 살이고 네 적은딸이 시방 열아홉 살이라매? 이놈, 죽일 놈 같으니라구. 때려라."

그놈 너무 과해서 그러는 거지, 그럴 수가 있는가 말여. '네가 욕심이 있어서 너무 과해서 그러는 거지. 때려라.' 말이여. 한 너덧 차례 때리구 말이여.

"그래 내 들으니 말이여. 그 아무 데 아무 동에 좌수 아들은 스물네 살 먹었고, 아무 동네 아무 동네 그 좌수는 아들이 스물 몇 살 먹었고, 아무 동네 좌수 아들은 열아홉 살인데 너 그런데 주지 안 주구서 있느냐?" 구 말이여. 호령하구선,

"물리라."

구 내보내구선 손바닥을 박장대소하구 깔깔거리군 그만 저희끼리 가 버린단 말이여.

그래 이 대감이 가만히 들으니까 우스운 얘기거든. 그래서 인제 그 매사냥꾼을 불러서 그 동네 이좌수라는 사람을 알아가지구서 글루[106] 편지

---

104) 한복에 입는 여자 속옷의 하나. 속속곳 위, 단속곳 밑에 입는 아래 속곳으로, 통이 넓지만 발목 부분으로 내려가면서 좁아지고 밑을 여미도록 되어 있다.
105) 벌거벗은 궁둥이.

를 했지, 인편으루. 그래 이좌수가 올라갔어. 아, 들으니 대감이 뭐 좌수
야 까짓거 볼꺼 없지만 그래두 나이가 먹었으니 말야.

"자기 집에 딸이 삼 형제 있다는 게 옳은가?"

"네."

"그래 시집 안 가냐?"

"뭐, 집이 가난해서-"

"그냥 그래 보내지. 우떡할라구 그냥 그래 놔 두느냐 말여. 너 내 곁에
좀 있으라."

구. 그래 그 원놀음을 하던 그대루 말여. 그 동네- 그 동네 좌수를 시켜
서 불렀지. 뭐 대감이 오라는데 안 올 수 있어 왔지.

"저 자네들 집에 모두 아들이 있다지?"

"예, 있습니다."

"그래 이제껏 장가를 안 들이느냐?"

"적합한 데가 없습니다."

"그런 소리가 어디 있느냐?"구, "그래 자네 아들은 몇 살인가?"

죽 물어보구 나선, 대감이 거기 앉아서 사주를 쭉 쓴단 말이여. 그래
인제 이좌수를 불러 내놓구는,

"이 사람에 딸이 삼 형제 있어, 하나는 스물여섯 살 먹구 하나는 스물
세 살 먹구 하나는 열아홉 살 먹었는데, 스물네 살 먹은 총각은 스물여섯
살 먹은 처녀하구 살아두 괜찮다. 또 스물두 살 먹은 총각은 스물세 살
먹은 것하구 살아두 괜찮구, 열아홉 살 먹은 건 열아홉 살 먹은 것끼리
혼인하라."

구. 대감이 그렇게 시키는데 혼인 안 할 수가 있나? 안 하믄 큰일날 텐데.
그래 사주를 놓고 이쪽에서 서로 써서 뭐 이렇게 하고-

"잔치를 언제 택일하구 할 수가 없어. 불복일107)루해 날을 맡아서 아무

---

106) 그곳으로. 거기로.

날 잔치하라.”

구.

　“아, 졸지108)에―.”

　“아, 졸지가 무슨 졸지야? 내가 하라믄 하는 거지.”

　그래 인제 할 수 있어? 인제 이 좌수가 간 다음에,

　“어떻게 하느냐?”

구.

　“걱정마라. 딸 시집은 내가 보내줄게.”

　그러구서 고을루 떡 통지를 냈지. ‘아무 날은 아무 동에서 이좌수 딸을 시집보낼 꺼여. 그래 주례는 내가 할 꺼여. 그러니 그런 줄 알라.’구 하구― 원한테 통지를 했단 말야. 그러니 대감이 온다니 그 고을이 들먹하지109) 뭐. 아 그 동네 길 복판에다 차를 벌려놓고110) 야단이지 그래 뭐 그날 셋은 한꺼번에 상 셋을 갖다놓고 서로 상례111)를 해서 그래 딸 셋을 시집보내드래.

13) 아내에게 절하는 남편을 만난 어사 2 ·····················

1969. 5. 5. 도담리 / 손달원, 남 · 65.

　*유관 자료인 충북 괴산군 〔청천면 자료 56〕; 단양군 〔단양읍 자료 8〕 및 동 영동군 〔심천면 설화 26〕 참조할 것.

---

107) 불복일(不卜日). 혼사나 장사 따위를 급히 치르느라고 날을 가리지 아니하는 것을 이르는 말.
108) 졸지(猝地). 갑작스러운 판국.
109) ‘들먹하다’는 ‘들썩하다’. 시끄럽고 부산하다.
110) 벌여놓고.
111) 상례(相禮). 서로 예로써 대함.

이제 박문수 박어사가 어사를 하는데 그전 으사[112]라면 지끔─ 그전 암행어사가 지끔으로 말하면 정보관이라 할까 형사라고 할까? 그런데 옷도─ 그래니까 아주 시립파관[113]하구설랑 그지[114] 복장을 하구선 댕겼는데 팔도 유람을 하는데 그러니까 선악을 가릴려고 하는 판이라.

인제 한 군데 가다 보니까 산촌엘 들어갔는데 재를 넘어가자니까 한나 절이 훨씬 지났는데 어떤 신부녀[115]가 점심밥을 해서 밥방석[116]을 갖다 놓구 나니까 남편을 새주밭을 갑니다.[117] 밥을 늦게 해왔다고 남편이 꾸중을 하고 그러니까, 그저 애걸하는 말로,

"아유, 사실이 그러잖으니 그러질 말고 애길 들어보시구 걱정[118]을 하시라."

구.

"그래 그 뭐냐?"구, "이렇게 지끔이 점심참인가 말야. 저녁 먹을 때가 곧 돼 가는데 이거 어떻게 된 일인가?"

했드니,

"하여튼 들어보시라."

구 했지. 근데 그 집은 우떤 집인가 하면 이제 두 내외가 사는데, 첫아들을 하나 낳은 서너 살 먹은 아들이 하나 있고, 노할머니가 하나가 계셨었어. 근데 이제 조손을 집에 놔두고 두 내외는 사리[119]밭 파러 와서 파다가 그 신부녀가 점심을 해가지고 올라고 집엘 가니까 아 이 시어머니가 노망기가 들어 손자를 쌂았다 그거요. 집에 가니까, 아 이 부엌에서 불을

---

112) 어사(御使).
113) 파립파관(破笠破冠)? 혹은 폐포파립(弊袍破笠).
114) 거지.
115) 신부녀(新婦女). 새색시.
116) 밥을 담은 광주리.
117) 청취 불량.
118) 꾸중.
119) 사래. 이랑. 갈아 놓은 밭의 한 두둑과 한 고랑을 아울러 이르는 말.

때는데,

"아이, 어머님, 뭐 점심을 해 놓으셨어요?"

"아니다. 얘, 내 이 방을 따니[120] 벌건 수탉이 하나 방엘 들어와서 그게 하 고기가 먹고 싶어 그놈을 잡아서 솥에 지금 앉혀 쒒아 났다. 글[121] 날 한 그릇 죄다 주구 에 느 즘심을 해가지구 가거라."

가서 소당[122]을 내려 보니까 손자를 갖다 쒒아 났단 말야. 그래 이거 보니게 참 기가 막힐 거 아냐? 아[123]를 얼른 끄내설라매 갖다가 고만 오지그릇[124]에 하나에 다 담고 솥을 씻고 닦고 해가지고— 그 집에 닭도 멕였는데 그만 씨장닭 하나 두었던 놈을 잡아서— 닭을 참 잡아서 정말 쒒어 시어머니 이제 한 그릇 퍼다가 디리고 그래 점심을 해가지고 오느라고 이렇게 한참 때가 훨씬 넘었다고 그런 사과 얘길 하거던, 남편한테.

그래 인제 하두 이상스러워 이 분은— 박문수 박어사는 수풀에 가마히 앉어 그 동정을 보는데—

"그래 그렇게 되어 인제 늦었습니다. 조금도 언짢게 생각지 마시라."고. 말을 하자면 아들 좋아하지, 며느리가 좋아하겠어? 한데 며느리가 그 남편한테 강권하거던.

"원망 마시라."고, "자식은 우리 젊은 것들이 나면 자식 아닙니까? 그래서 닭을 대신 하나 잡어 삶어 드리고 왔소."

아, 이 남자가 들어보니, 참 감복할 일이거든. 고만 점심 늦었다고 책망하던 걸 안 먹고 그 부인한테 절을 무수 백번 한단 말야. 꾸벅꾸벅— 아이거 뭐 뭐 기가 막힌 노릇이란 말야. 그래 박문수 박어사가 다가가서,

"그 어떤 이유로다가 부인한테 절을 그래 무수 백배를 하니 그 어떤

---

120) 문을 여니.
121) 그것을.
122) 솥.
123) 아이.
124) 붉은 진흙으로 만들어 볕에 말리거나 약간 구운 다음, 오짓물을 입혀 다시 구운 그릇.

이유요? 그 좀 알자."

고 하니,

"행객은 뭐 알 필요가 없습니다."

"아, 행객은 좀 뭐 알면 어떠냐?"

고?

그래 으사125) 수단에 뭐 어쨌든지 뭐 안 할 말도 나오게 할 수 있는 문제 아냐? 그래저래 물으니까, 그 실토정126) 얘기를 쭉 다하지.

"아, 그래- 그러냐?"

구. 그래 인제 그분이 한 곳 남기지 않고 쭉 돌아가지고 팔도유람을 다하고 나라에 올라가서 상소해서 그 젊은 내외한테 한 골127)을 베128) 주더랍니다. 효자 표창할 적에 효자로 뽑더랍니다.

14) 매사냥꾼의 지하국 구경

1969. 5. 5. 도담리 / 손달원, 남·65

매사냥꾼이란 사람이 집에 하나 있으면 '삼뜩이'129)라고. 응. 매는 꿩을 잡으면 꿩을 뜯고, 이 남편은 매를 가주다니며 산에 다니며 옷을 뜯고, 매 사냥꾼 부인은 집에설랑 낭구해가지구 울타리를 뜯는 거야. 그래서 헤헤- 그래 인제 이 남편은 늘 매사냥을 좋아한단 말야. 조흔 어- 청사130) 보라매131)가 하나 있는데 이 참 꿩을 잘 잡아. 가주 늘 가면 꿩을 몇 마리씩 잡아.

---

125) 어사(御使).
126) 실토정(實吐情). 사정이나 심정을 솔직하게 말함.
127) 고을.
128) 베어. 떼어.
129) 삼 뜯기.
130) 푸른빛의.
131) 난 지 1년이 안 된 새끼를 잡아 길들여서 사냥에 쓰는 매.

아, 한날은 나가더니 아 메칠이 돼두 안 온단 말야. 근데 뭐 딴 집에는 그전에는 주장132)이 나가면 나가는 날부텀 꼭 올 때까지 주장 밥그릇을 두지 않고 떠놓는답니다. 그런 예133)가 있답니다. 그래 늘 언제 때마둥134) 밥그릇을 비우지 않고 밥을 떠서 인제 부엌에 덮어 놔뒀다 치우고 또 덮어 놔뒀다 치우고 한단 말야.

아 그런데 이놈의 매사냥꾼이 매를 노니까 매가 꿩을 달구 가가지구 고만 새가 새 구멍엘 쑥 들어가니까 매가 그리 훅 따라 들어가거든. 그래 그만 이 매 임자도 막 따라가다가 매가 안으로 들어가니까 아, 그만— 그 만쯤 가 새 굴로 쑥 빠졌단 말야. 빠져가주구 내려가다 보니까, 이 굴이 얼마나 짚었는지 지금으로 말하면 미국이랄까 이 땅 밑에 나라로 들어간 단 말야. 하하하— 땅 밑에 나랄 내려가 보니까— 얼말 내려가니까 평원 광활한데 거기도 일월이 광명하구 한데 온통 들판에서는 논을 갈고 밭을 가느라고 소를 부리구 사람들이 웅기웅기135) 일을 하고 아 그 오136)는 됐구 배는 잔뜩 고픈데— 한 군데 가자니까 점심밥을 들에 내다 먹는단 말야.

‘에이— 밥이나 얻어먹고 가자.’ 가서 서서,

“아이, 그 여러분 잡숫는데 십인일식137)으로 그 밥 한 술만 요기시켜 주십시오.”

당췌138) 말이 없거던. 준다 못 준단 말도 없고 왔느냐 말도 없고, 어쩐 사람이냔 말도 없단 말야. 아니 이 도대체 이상하단 말야. 암만 그래도

---

132) 주장(主長). 주인. 남편.
133) 예(禮). 예식.
134) 때마다.
135) 웅기중기. 크기가 크고 고르지 아니한 것들이 듬성듬성 많이 모여 있는 모양.
136) 오(午). 오시(午時). 오전 열한 시부터 오후 한 시까지.
137) 십인일식(十人一食). 열 사람이 조금씩 덜어 밥 한 그릇을 만듦. 혹은 십시일반(十匙一飯). 밥 열 술이 한 그릇이 된다는 뜻으로, 여러 사람이 조금씩 힘을 합하면 한 사람을 돕기 쉬움을 이르는 말.
138) 당최.

대답이 없단 말야.

"에이— 난 곁139)에 가 좀 앉아 볼 끼다."

밥 방석에 가 떡 앉았단 말야. 앉어두 영 말두 없구,

"에이— 그럼 난두 좀 밥을 먹어 볼 게다."

이젠 거 수저 갖다 논 걸로 퍼먹는단 말야. 같이 퍼먹어두 왜 먹느냔 소리도 없고 하 이상하단 말야.

그러다 보니까 이제 촌으로 들어설라므네, 촌중을 다니면서 가위140) 걸식을 하다시피 다니는데 누 집에 다니든지 들어가두 부엌문 앞엘 가나 안방엘 들어가나, 왜 들어오냔 말도 없구 밥좀 달라 그래도 나가라 소리 두 없구 들어가라 소리두 없단 말야. 가만 생각하니, 야 저 사람이 날 못 보는 것 같단 말야. 자신이 그래 인제 떡 들어가서 그래 상으로 가니까, 젊은 신부가— 그 신부가 이제 밥을 해가지구선 밥을 푸거던.

"아, 그 나한테 밥 한 그릇 주오."

하니깐 대답두 없구 돌아다도 안 본단 말야.

"야, 이이가141) 아매142) 날 못 보는가보다."

그 우리들— 그러니까 사람 같구 귀신 같이 됐던 모양이야. 그러니까 밥하는 여잘 가서 뒤에 가서 허리를 꾸—욱 끼어 안아도 암말도 안 하거 던. 허—! 아 아 이건 못 보는 게 확실하다 말이지. 이거 참 부인들 있는 데 무슨 애길해서 좀 상시럽습니다. 허—.

밥을 다 퍼다 놓구서 이제 상을 줄라고 벌떡 일어나서 지금으로 말하 면 키쓰고 그전으로 말하면 입을 맞췄단 말야. 아 그러니께 암말도 안 하 고 가만 있잖나 말야, 그 여인이. 밥은 다 얻어먹었는데, 이거 뭐 인제 또 점심 먹을 때도 무체면하고 퍼먹을 수밖엔 없다. 또 인제 밥을 퍼먹지.

---

139) 곁.
140) 가위(可謂). 한마디의 말로 이르자면. 또는 그런 뜻에서 참으로.
141) 이 사람이.
142) 아마.

같이 주장밥 차려다 논 거. 퍼먹어두 뭐 왜 먹느냔 소리도 없구 그래. 똑 귀신과 같단 말야.

아, 그래 이놈의 여잘 그래 자꾸 고만 그 집에설라므네 여잘 고달프게 하고, 인제 디리 주무르고 끌어안고 막 하니, 아 이놈에 여자가 앓는단 말야. 아 뭐 디리 앓거던. 그래 그 다음에는 즈딴에는[143] 약국에 가 약을 지어온다 뭐 무녀한테 가서 물어서 굿을 한다. 경자[144]를 불러서 경을 읽는다. 나야 말이지. 자꾸 앓지.

아 그래 어떤 절이 하나 명복[145] 점을 해가지구 점자[146]를 불러 경을 읽으니께 신장대[147] 나는[148] 건 여기와 같드래요. 대를 뜩 잡어갖고 물으니까, '천상에설라므네 엉 큰 대귀신이 내려왔는데 말야. <u>흐흐흐</u>— 이 귀신을 잡아서 여기서 처리할 수가 없단 말야. 이 귀신은 오방신장[149]을 불러서라므네 잘 떠들어[150] 모셔서 천상으로 그 내려보낸 데로 환송[151]을 시켜야지, 여 놔두면 아주 나라이 전부 망한단 말야.' 하구선 귀신이라구 하드래. 하하하—

그래가지구선 디립다 경을 읽어대거던. 아— 참! 아 신장이란 게 와가지구 말이지. 그만 떠들어서 그 오든 새굿 구녕으로 해서 훌렁 내놨어요. 내노니께 이 나라에 왔단 말야. <u>흐흐흐</u>.

이 나라에 와서 그러니께 집엘 뜩 와보니까 석 달 열흘 꼭 백일이 됐단 말야. 아, 그래 뭐 아주 죽었다구 뭐 다시는 아무 데도 문소문[152]해도

---

143) 저희 딴에는. '딴'은 자기 나름대로의 생각이나 기준.
144) 경자(經者). 경꾼. 경객(經客). 경을 소리 내어 읽거나 외는 사람.
145) 명복(名卜). 이름난 점쟁이.
146) 점자(占者). 점쟁이. 점치는 일을 직업으로 하는 사람.
147) 신장(神將)대. 무당이 신장(神將)을 내릴 때에 쓰는 막대기나 나뭇가지.
148) 내리는.
149) 오방신장(五方神將). 다섯 방위를 지키는 다섯 신. 동쪽의 청제(靑帝), 서쪽의 백제(白帝), 남쪽의 적제(赤帝), 북쪽의 흑제(黑帝), 중앙의 황제(黃帝)이다.
150) 떠받쳐.
151) 환송(還送). 도로 돌려보냄.
152) 문소문(聞所聞). 소문으로 전하여 들음.

싹도 없으니게 그래서 인제 뜩 백일 만에 집엘 오니까 집에서 아주 반갑
게― 들어서자마자 맞는다 말야. 그래 그런 얘길 하니께,

　"세상에 당신은 꿈을 꿨소? 잠을 잤소?"

하고 부인이 그러더래. 하하하―.

15) 상제는 노래하고 중은 춤추고 2 ···

1969. 5. 5. 도담리 / 손달원, 남·65

*이본으로 충북 괴산군 〔청천면 자료 60〕을 참조할 수 있다.

　이것두 역시 박문수 박어사 때입니다. 아, 거 박문수 박어사가 한 집엘
갔는데, 한 상주[153]가 노래를 해. 아 여승― 중 하나는 아 춤을 대구 춘
단 말야. 노인 한 분은 앉아서 밖을 내다보고 탄식을 하고 있단 말야. 그
래 인제 거 가서 까닭을 물었지.

　"그게 아니구, 오늘 아칙[154]이 내 생일이요."

　그 노인 말이,

　"우리 집 가세가 빈한해서 뭐 이 조석[155] 한 때를 아주 참 제대로 먹
을 때가 없는데, 저기 저 중인 여자는 우리 며느리란 말야."

　며느리가 머릴 깎아서 팔아서 으 시아버지의 아칙 생신 반찬 장만하고
밥을 해서 갖다가 봉양을 하고, 그러니께, 이제 그 상주는 누구나 하면
어머니― 자친상[156]을 당해서 그 상주인데 그 아들이란 말야. 그 부인이
하두 그래 갸륵하고 하니까, '아버지가 그래두 맘 불안히 생각말고 잘 잡
수라.'고. 그라고 아들이 거기서 춤을 추고 중은 메느리란 말야. 그러니

---

153) 상주(喪主). 주(主)가 되는 상제(喪制). 대개 장자(長子)가 된다.
154) 아침.
155) 조석반(朝夕飯). 끼니. 아침밥과 저녁밥을 아울러 이르는 말.
156) 자친상(慈親喪). 어머니의 상사(喪事).

그래가지구 효자 정문[157)]을 탔단 말야. 그런 얘기야.

16) 시부모를 살찌워 팔려던 며느리 2 ·······························

1969. 5. 5. 상진리(上津里) / 장기준(張基俊), 남·61

*이본인 충북 괴산군 〔청천면 자료 19〕, 단양군 〔매포읍 자료 30〕; 동 〔어상
천면 자료 5〕; 경남 남해군 〔고현면 자료 11〕을 참조할 것.

예전 한 곳에 부부가 있었지. 늙은 시모[158)]하고 남자는 마음성이 참 좋
거든. 그런데 그 여자가 당췌 시부모한테 어떻게 못살게 구는지 시어머니
한테 먹을 것도 안 멕이고— 아, 이러구서는 뭐 설움만 준단 말야. 그러
니까 여러 사람이 다 거 불효라구 그러지. 그 남편은 생각하길, 아! 이거
내가 불효는 아닌데 뭐 부모한테 하느라고 하는데 불효라고 그러니 그
참 너무한단 말야. 어떻게 할 수는 없고 하루는 장에 갔다 왔단 말야. 뭐
라구 하니—
  "참 이 사람아, 우리두 부자가 되겠네."
  "뭐이 어떻게?"
  "모양도 우리 어머니 같고 세기두[159)] 우리 어머니같이 센 노인이 살이
통통하게 쪘는데 누가 와 사자니께루 얼매 달라대. 그래 우리두 우리 어
머니 살 좀 찌라구[160)] 갖다가 팔세."
  아, 그러니께 이건 돈만 안단 말야. 내자[161)]는,
  "아, 그럼 그랩시다. 그거 밤이 살 오른다고?"

---

157) 정문(旌門). 충신, 효자, 열녀 들을 표창하기 위하여 그 집 앞에 세우던 붉은 문.
158) 시모(媤母). 시어머니.
159) 희기도. 머리가 하얗게 되었다는 말임.
160) 찌개 해서.
161) 내자(內子). 남 앞에서 자기의 아내를 이르는 말.

"아, 그럼. 살 오르고말고."

이거 뭐 한 장에162) 한 말씩 노163) 사온다구. 그거 뭐 삶고 굽고— 자꾸 보164)를 시키고 고기도 사다 드리니까— 아, 뭐 음식도 먹지 못하고 설움만 받던 늙은이가 아침에 그래 보를 해주니께 차차차 나아지거던. 나중에는 보리방아를 쪄165) 먹게 됐거던. 디딜방아를 쪄 먹게 됐단 말야. 나가서 이제 보리방아를 찌을라고 하면 아, 보리방아를— 보리방안 줄 알구서 확을 단도리166)한다 뭐 방아쇠를 씌운다 하구서, '아, 얼른 갖다 부어라. 내 얼른 쓸어167)줄게.' 그래 이제 찌어가지구 아이가 울면 아이를 업어 주고 또 가서 이제 뭐 보리쌀 가지구 부엌에 들어가면 가 불을 살라 넣어 주고 이러거든. 아, 그래 심부름을 여간 잘한단 말야, 저희 시모가. 아, 그래 다른 사람들도 이만 이러거든.

"아, 그 사람이 부모한테 잘못한다고 그러더니 참 시방 와선 썩 잘하네 그려. 그— 그 우째 그러는지 모르겠네."

이렇게 말이 나온단 말야. 그때에 아— 그 여자는— 돈만 아는 여자는 돈으로 다뤄야 하거든.

"이제는 우리 어머니 갖다 팔아서 얼마를 받으면 부자가 될 테니까 가서 팝시다."

하니,

"안 됩니다. 남의 자식을 두기로 그만 하겠소? 보리방아 잘 쓸어 줘. 언나 잘 업어 줘. 밥 잘해 줘. 남의 자식 갖다 두는 것보다 날 테니까 그만 둡시다."

이러거든. 그래 이래서 불효를 면하더란 말야.

---

162) 장날에.
163) 노상. 언제나 변함없이 한 모양으로 줄곧.
164) 보(補). 영양분이 많은 음식이나 약을 먹어 몸의 건강을 도움.
165) 찧어.
166) '채비. 단속'을 뜻하는 일본어에서 온 말. 단취(段取).
167) '쓸다'는 거친 쌀, 조, 수수 따위의 곡식을 찧어 속꺼풀을 벗기고 깨끗하게 하다.

17) 며느리 효부 만들기 ··

1988. 6. 3. 어의곡리(於儀谷里) / 심상원, 남 · 76

*제보자의 건강 상태로 이야기가 다소 산만한 감이 없지 않았다.

　어느 남에 동네에 가설라네 젙방168)을 하나 얻어갖고 그 아들을 그 동네 일꾼을 줬단 말이여. 일꾼으로. 그러니 그 전에는 저- 산 사람 품값이라고 뭐 볏말씩이나 미리 얻어다가 이래 먹고사는데, 그 남의 방을 하나 얻어 가지고 있으니 시아버이나 메느리나 아들이나 한방에 자는 거지. 그래 그 사는 동네- 그 건네 동네 사람에 어떤 노인이 환갑이라고 말이여. 그래 환갑노인이,

　"저 도랑 건네 저 누 집에 사는 노인이 있어. 그 노인도 거 오시래라."

　가끔 가니까. 이 노인이 에- 의복이 남루해서 살몸이 나와. 이거 참말로 다급한데 얻어먹고 싶은 생각은 불현듯한데 하두 부끄러워 갈 수가 있는가? 그래설라무네 메느리 궤짝을 찾아서 이래 들써169) 보니까 아들 옷 한 벌 해 놓은 게 있드라 이거여. 그래, '내가 이걸 입고서 가서 좀 기갈이 차서 얻어먹고 올 거다.' 하고 이제 방에 들어가니, 아- 메느리가 그 방아 찌로 간 게 그 단세170) 하마171) 오네 그려. 어떡해? 오는데-

　"야야, 내 저 건네 환갑집에서 나 같은 늙은이도 오라 하니, 참말로 뭐 있나- 참말로 니 궤짝에 보니께 옷이 하나 있길래 이걸 내입었다."

이거야. 아, 이런 메느리가 있는가? 대간지172) 지 남편도 해 놓고 입어 보도 않았는데- 대반173) 벗이라네. 이거 거 곤란하지 않은가? 그래도 이거

---

168) 곁방.
169) 들추어.
170) '그 사이'의 사투리.
171) 벌써.
172) 대관절. 여러말 할 것 없이 요점만 말하건대.
173) 서슴지 않고 단숨에.

― 이거― 언능174) 그걸 입고서 기어코 메느리랑 실랑이를 하다― 그 집
에 가자면 도랑을 이래 건너가는데 메느리가 도랑까지 이래 나와설라므
네 대구175) 벗으라 이거여. 거 이거 기맥힐 일이 아니여? 게 환갑 집 늙
은이가 이래 보니 거 어떤 젊은 댁네가 노인을 붙잡고 자꾸 이야기를 하
더라 이거여. 거 환갑 집에 간 뒤에, 그 집 노인이 묻기를,

"도랑에서 거 붙잡고 저리 근넸다가 근너든 사람은 누구십니까?"

"내 메느립니다. 내 메느리가 내가 여 도랑 건너가다 하이나176) 넘어질
까 봐서 그래 붙잡아 주고 가느라고 그렇습니다."

환갑 늙은이는 자기 메느리 아들이 있어도 그런 거동을 못 봤는데, 그
집은 그렇게 아들을 남을 주고 품을 이래 하면서도 그렇게까진 하는가
싶어,

"저 근네 그 댁에 가서 젊은 댁네 오라 그래라."

그 이 댁내가 생각이 많아. '내가 자기 집에 시집와 가지고서 오늘날까
지 고생만 하고 호강을 못하고 있는데 이눔의 시아버이가 그 집에 가서
뭐라고 했길래 날로를 붙잡으로 왔나?'
이런 생각이야.

'내가 오늘 가서 자초지종부터 하는 얘기 다 막 퍼부을 거다.'
하고서 서실177) 푸르게 그 집 문 앞을 들어가니 고만 장내 것들이 붙잡
고,

"아구! 댁네 그렇게 어렵다며 우째 그리 시부모 공경하느냐?"
고. 기가 막혀서― 그려― 아, 그래서 떡이고 밥이고 진탕 주거든. 실컷
먹고, 그 집에서 떡을 한 보따리 싸주면서,

"시장할 땐 이거라도 갖다 먹으면 좀 날 거라."

---

174) 얼른.
175) 대고. 무리하게 자꾸. 또는 계속하여 자꾸.
176) 행여나.
177) 강하고 날카로운 기세.

고. 그래 메느리가 싸가지고 와서 가만 생각하니,

  "우리 아버님이 내게 무신[178] 흠담[179]을 했으면 내한테 그런 음석 돌아올 일도 만무고— 이래 설라므네 시아버이는 그래 또 메느리가 또 뭐라고 하면 이거 동네 남사스럽지[180] 않은가 하고 잔뜩 쪼글트리고 앉아 설라네 그 뭐 물이나 떨어질까 봐선[181] 간신히 일부 먹고 싶은 것도 좀 들 먹고서 가 방에 들어가면서 고만,

  "야야 내 하나도 버리지 않았다. 인제 벗어 놓면 된다이."

하니, 고만 개과천선하더니 메느리가 못 벗게 하는 기야.

  "아버님, 내가 잘못했으니 입으시라."

구. 그래설레네 효부라야 반 효자가 있다는 얘기도 있잖애? 옛말이. 그런 이야기도 없지 않아 있고—.

18) 호랑이 잡고 손자 살린 할아버지 ································

1988. 6. 3. 어의곡리 / 배흥환, 남·60

  군대 있을 때— 육이오사변 때 군대 있을 때 중대장 애긴데, 중대장 할머니가 일정시대 그 인제 이웃집 노인들하고 그 강원도 금강산 구경을 가는데, 지금으로 말하면 아마 철원 지방을 지나서 산골로 가다 보니까, 그때 가을인데, 한 사람이 마을에서 인제 그 콩타작을 하는데, 훌렁 벗고 도리깨질을 하는데 보니까 등때기[182]에 막 시커멓고 여기도 막 흠이 있더래요. 그래가지고 가을철이고, 인제 좀 덥기도 하고 그래서 쉬어 간다고 그 집 처마 밑에 이래 앉아서 하니, 그 양반이 참 그 일을 하다 말고

---

178) 무슨.
179) 험담(險談). 남의 흠을 들추어 헐뜯음. 또는 그런 말.
180) 남우세스럽지. '남우세스럽다'는 남에게 놀림과 비웃음을 받을 듯하다.
181) 보아. 봐서.
182) '등'을 속되게 이르는 말.

노인들이 오고 그러니까 담배도 툭툭 두드리면서 곁에 앉더니,

　"그래 어딜 가시느냐?"

그러더래. 그래서,

　"우리 지금 금강산 구경을 간다."

고. 그래서 인제 한 노인이— 중대장 어머니가— 할머니가 묻기를,

　"아저씬 왜 그 등때기에 흠이 이래 있느냐?"

고 그러니까,

　"아, 그 얘길 하자면 깁니다."

　그러더니 얘기를 하더래. 자기 요래 내려오는데— 오대독자로 내려오

는데. 어— 하루는 칠월 달인데 손자를 인제 딜구[183] 할매방에서 자는데,

이놈이 자다가 자꾸 칭칭거려서,

　"너 왜 그러니?"

하고 그러니, 아이가,

　"똥이 매렵다."

고 그러더래. 그래가지고 여름에는 그때는— 지금은 모기약도 많고 뭐 그

렇지만, 모닥불을 이래 해 놓고 숯불 피워가지고 모닥불 옆에 가[184]를 요

래 놓고서 들어와서 담배를 피다니까[185] 밖에서 그만 '캑' 소리가 나서

보니까 아 그만 손자를 물고서 아, 그만 호랭이가 물고 가뻐리네. 아, 이

사람이 가만 생각을 해보니 삼— 오대독자로 내려왔는데— 딱 손자 하난

데 그걸 잃어버리면 아주 그만 자기네 조상이 문 닫을 것 같거든.

　그래가지고 그 산골에는 뭐냐 그럴 것 같으면 요런 마을에 어느 굴에

호랭이가 있다는 알고서— 그 산골에는 지금도 그 저— (청취 불능) 이전

사람들은 창을— 거 창을 지단한[186] 거— 창을 해 놓고 있거든. 창을 가

---

183) 데리고.
184) 그 아이.
185) 피우고 있으니까.
186) 기다란.

지고- 여로 말할 것 같으면 차지봉 같은 고란[187) 데 올라가니께 호랭이 굴이 있는데 그 들어가 보니까 인제 호랭이가 응- 호랭이가 그 아를 그 안에- 굴 안에다 물어다 놓고 새끼는 고- 인제 거 있고, 고 새끼 옆에다 물어다 놓고 또 나갔더래.

그래가지고 이 사람이 그만 호랭이 올 때를 기다리고서[188) 굴 밖에 가만- 그 굴 옆에 지키고 있다니까, 그 영감이 호랭이가 굴에 들어갈 때는 바로 들어가는지 꺼꿀로 들어갔는지 몰랐는데, 굴에 들어가는데 호랭이가 꺼꿀로 들어오드라네. 어, 대가리를 앞세우고 꼬리를 휘이휘이 이래 저으면서 굴로 들어오드래. 그래가지고 이 사람이 고만 곁에[189) 오는 놈 꼬리를 바짝 쥐고 창을 고만 가지고 배때지[190)를 들이찔렀는데, 이놈의 호랭이가 그만 후닥닥 놀래가지고 말이여. 꼬리를 젓는데 잡아땡기니 호랭이가 앞으로 빡 차고 말이야. 그래서 고만 돌에 탁 받고 그래가지고 아- 그래서 이마를 마 엄청나게 깼대. 그래가지고 그 이자[191) 창을 막 힘만큼 가슴에 들이미니까 그만 호랭이가 그만 죽어 뿌렀는데, 그 나중에 보니께 호랭이가 암놈이드래.

그 이튿날부터 자우간[192) 숫놈의 호랭이가 동네를 응홍거리고 돌아다니는데 동네 그 아줌먼네가 말이여.

"아구, 아무개 할아버지는 말이여. 호랭이를 잡아가지고 우리 동네 사지도 못하고 큰일 났다."

말이여. 그래가지고 동네 사람이 그 다 고만 해가 있어서 저녁을 해 먹고 문을 해 닫고 말이여 이랬는데, 자우간 호랭이가 집집마다 응홍거리고 돌아다니면서- 집을 막 훌훌 타며 훌훌 털고 돌아다녀 밤엔 뭐 꼼짝을 못

---

187) 그런.
188) 거기에서.
189) 곁에.
190) 배때기. '배'를 속되게 이르는 말.
191) 인제.
192) 좌우간(左右間). 이렇든 저렇든 어떻든 간.

했다는 거야. 그래서 인자 그— 이 영감은 호랭이를 잡고서 인제 그 손자는 데려왔지만 그 동내 사람한테 원망 들은 생각을 하니 참 기가 막힌다 말이여. 그래서 인자 '이놈의 호랭이를 꼭 잡긴 잡아야 이거 내가 아주 저걸 할 텐데—' 싶어가지고 호랭이 잡을 생각을 하고서 며칠 고민을 하는데 저녁마다 호랭이는 막 응흥대면서 동네를 막 돌아치는데 고만 뭐 뭐 겁은 나고 그래서 연구를 하는데 우트케 하냐 하면은— 옛날엔 인자 그 싸리남구나 소까바리[193]— 저 울타리 담 있구— 울타릴 하는데, 울타리리 밑에 가만 숨어 있다니께, 이눔의 호랭이가 저서[194] 응흥응흥 하더니 울타리를 훌쩍 뛰넘어 오드래. 그래가지고 바짝 끌어안았는데 말이여. 이래가지고 호랭이가 엇비슷하게 있으니 호랭이가 등때기[195]를 막 디비[196] 파는데 말이여. 호랭이가 이래가지고 업혀 있으니까 등때기를 막 디비팔 꺼 아니여? 살을 이래가지고 막 디비 파는데— 그러니 이놈의 기운이 얼마나 시겠어? 그래가지고 허리를 바짝 끌어안고서 동네 돌면서,

"내가 호랭이를 꼭 끌어안았으니 말이여. 나와서 때려라."

그래도 하나도 안 나오드래. 그래가지고 밤새도록 호랭이를 끌어안고 말이여. 호랭이가 죽을 때까지 등때기를 들이팠으니 얼마나 패겠냐 말이여? 그 죽질 않아 다행이지. 그래가지고 날이 훤하게 되니까 호랭이가— (청취 불능) 호랑이를 잡은 모양이라. (조사자 : 호랑이를 잡게 된 그 사람의 그 용기—) 그 용기하고— 인제 힘이 있고 그러니까, 인제 첫째는 호랭이를 잡으면 자기 손자를 살리려고 우선 호랭이한테 자기가 가면 죽는 줄은 알지만 자기 손자를 찾아아 자식이라도 몇 명 있고 자기가 대가 끊치 않는다 말이아. 그리니까 손자를 찾으러 가가지고 결국은 응, 그러니

---

193) 솔카리. 소나무의 가지를 땔감으로 쓰려고 묶어 놓은 것. 여기서는 소나무 가지를 엮어 만든 울타리를 가리킴.
194) 저기에서. 저쪽에서.
195) '등'을 속되게 이르는 말.
196) 들여. 후벼.

까 호랭이가 손자를 물어다가 그 호랭이 해다 놨는데, 손자가 아직 안 죽었드래. 응, 그래 살아 있어가지고 그래 결국은 암호랭이를 잡고 손자 데리고 집으로 왔지. 그래 손자 살리고 첫째는 그 암놈 숫놈 다 잡았지. 응. 다 잡았지. 그러니께 그 사람은 그 뭐냐하면 첫 번에는 그 호랭이한테 가면 죽는 줄은 알지만은 우선은 죽는 것보다도 내 손자를 살리겠다는─ 인제 그 오대독자니까, 대를 안─ 문을 안 닫으려고─ 집안 문을 안 닫으려고 손자 살리려고 갔지. 그래가지고 두 마리 다 잡게 됐다는 거지.

19) 도깨비 나오는 집 ··

1988. 6. 3. 어의곡리 / 성명 미상, 남·?

요 위에 교회 앞에 거 인제 거 연대희 모친이 거기 계신데, 그 양반은 뭐냐 같으면 도깨비하고 사궜다고.[197] (조사자 : 도깨비하고 사귀어요?) 응, 도깨비하고 친했지. 친했─ 응, 새겼는데,[198] 그 인제 그 집엔 그 우트케 했냐 하믄 아침에 자고 인나며는[199] 소두방 안에다 말이여. 솥뚜껑이를 고만 집어 여믄 끄내질 못한대. 그러면 인제 그 이튿날 보면 또 이걸 꺼내놓고─. 우떨 땐 자고 아침에 보면 장독을 또 차곡차곡 단을 해놓고 그 이튿날이믄 또 이걸 늘궈 놓고[200] ─

그래 하도 무서워서 하루는 동네 사람들이 다 모여가지고 그 방에 들어앉았는데, 천장이 뚫피지도 않았는데 흙이 똥글 똥글 똥글 요런 게 말이여. 흙이 여 그 저 논에 논흙 묻힌 거 고거드래. 또르르 하며 땅에 똑 떨어지고 똑 떨어지고 아주 뭐─엄청 삼태기로 몇 삼태기를 담아냈다는데─. 근데 그 누가 그랬는지 그 노인 하나가,

---

197) 사귀었다고.
198) 사귀었는데.
199) 일어나면.
200) 늘어놓고.

"흙을 이래 떤지지 말고 돈을 던지지."

그래니까, 그땐 또 돈을 하나 떤지드래. 그러고 그 집에 또 이상한 것이 뭐이냐 그랬더만 밤에 이래 있으면 문살이 고만 홀홀홀 타올라가면— 불도 없는데 타올라가고—. 옛날에 거 짚신을 삼을라고— 인제 고 짚신을 삼으려고 지푸래길201) 묶어 노면 아, 그 짚단 안에 불이 벌건 게 들어 있고—. 그래가지고 결국은 있질 못하고 그 집을 뜨고서 그만 저 알202)로 이사를 오게 됐는데 말이여. 그 집— 그 집은 지금도 집을 안 짓고 그 빈 터로 있어요. 거긴 도깨비터라고—.

어, 그렇죠. 근데 그 사람이 저 알로 이사 갔는데, 그때가 인자 그 도깨비 있다는 소릴 듣고는 우리가 인자 어릴— 아주 철도 몰랐을 때 인자 그 얘길 듣고 그 양반이 이 아래 집을 지가 이사를 갔는데, 하루는 그 집에서 '저 있다. 저 있다.' 막 소리가 막 나길래, 인자 내가 그때 한 열댓 살 땐데, 그래 가 보니까, 아이 뭐가 저 뒤안203)에서 말이여. '돌을 떤진다.' 그러고서 돌을 떤진다. 그러면서 뒤안으로 뛰들어가. 그래가지고 우리가 이제 죽 갔는데, 사람들이 그러다 보니께— 그 옛날이니께— 여름이다 보니께 많이 모였는데, 성규 아버지가 그짝에서 문을 열고서 뭐 있다고 떠드니까, 돌멩이 하나가 그 마루에 탁 떨어지드래. 이래 보니까 산에서 그 저 깬 돌이 그거드라고. 아, 그래가지고 무서워서 오지도 못하고 그 집에 자고 간 거여.

그런 얘기가 있다고. 그런데 그기 도깨빈지 뭐 허깨빈지— 지금은 그런 거 없는데 옛날에 그런 게 있었다고. 참 이상하지.

---

201) 지푸라기를.
202) 아래.
203) 뒤꼍. 집 뒤에 있는 뜰이나 마당.

20) 배짱 좋은 배씨

1988. 6. 3. 어의곡리 / 성명 미상, 남·?

그전에 배연풍— (조사자 : 뱀풍요?) 응? 배연풍— 배연풍이라고 살았는데, 큰 부자래요. 그런데 이전엔 도둑놈 때문에 못 살았어. 시방은 모두 나무를 깎았지만 저 탑골 제루대에 전부 소낭귀[204]가 가득했는데, 도둑놈들이 아무 때고 와서 돈 갖고 와라 하는데— 거기도 저 배사범이라고 집안 사람인데 엄청난 사람이여. 그래 그 사람을 시켜 돈을 갖다 줬는데, 돈을 갖고 올라가면 도둑놈들이 주욱 있었는데— 그래 배사범이,

"야, 내한테도 한 몫을 갈라 줘야 한다. 내가 돈 갖다 주는데 한 몫 안 주면 되겠나?"

그리여. (제보자 웃음) 그렇게 이놈이 배짱스럽게 말하지 않나? 그래 할 수 없지, 뭐. 한 몫을 배사범에게 가져오고—. (제보자 웃음) 그 전엔 큰부자가 많던 동네였지.

21) 배충신각(裵忠臣閣) 1

1988. 6. 3. 어의곡리 / 성명 미상, 남·?

*단양군 〔매포읍 자료 45〕 참조할 것.

인저 배충신각이 있는데— (조사자 : 배충신각이요?) 예, 으— 저— 배씨여. (조사자 : 백씨요?) 배, 배— 백씨가 아니라 배씨여— 배씨. (조사자 : 아, 배충신각이요?) 응. 배충신각이 배점 가면 충신각이 서 있다 이 말이여. 그 배점에 살고 있었는데, 그렇게 국상[205]이 났어. 근데 어느 대

---

204) 소나무.
205) 국상(國喪). 국민 전체가 복상(服喪)을 하던 왕실의 초상. 태상왕(太上王), 상왕(上王),
　　왕, 왕세자, 왕세손 및 그 비(妃)의 상사(喪事)를 이른다.

왕의 국상이 났는지는 난 역사적으로는 모르고, 그때 그 왜 아태조[206]만 해도 손주떼기[207]였지. 손주떼기ㅡ. 공방동[208]에 올라와서 그 국상의 곡소리를 낸 것이 하여튼 아태종 때다. 그리기 이 반영이 돼 있다 그거지.

그래서 그 배ㅡ 지금 배점 가믄 배충신당을 져 놨다고. 지 놨고, 그 충신비를 써 놨어. 그 보통 이ㅡ 그런 그 공동묘지ㅡ 배점 공동묘지 앞에다가 그 충신각을 지 놨는데, 그 산에다 그 충신각 앞으로만 가지 뒤로는 못 간다고. 이런ㅡ 그 뒤로는 못 가. 앞으로 가지. 그 지금 이 공방동ㅡ 소백산 공방동에 가면 그 저ㅡ 하여튼 아주 말이야. 초석에다가 막 새겨 놨는데, 여간 손ㅡ (청취 불능)

(조사자 : 배충신이란 분이 어떤 분인데요?) 배충신이라고ㅡ 그 왜 좀 서울에 노잣돈이 없어 못 가고, 그 공방동 부근에 와서, 국상이 난데[209] 이제 곡을 했어. 그 곡소리가 아주 서울 장안까지 들렸다구. 그래 임금이,

"누구 울음이냐?"

해가지구 그래ㅡ 그래가지구,

"에ㅡ 충북 배점 사는 배충신이다."

해가지구 그래 그 배충신ㅡ (조사자 : 이름이 충신이예요?) 아니지. 이름은 있겠지. 이름은 나는 모르고ㅡ 이름을 할림[210]ㅡ 그 전에 내가 알긴 알았는데 내가 잊어버렸구마. 그냥 충신이지. 그래 충신은 배충신이다ㅡ.

22) 사기(邪氣)를 물리치고 부자 된 건달 ··························

1988. 6. 3. 어의곡리 / 성명 미상, 남·?

*유관 자료인 강원도 명주군 〔사천면 자료 3〕; 충북 단양군 〔가곡면 자료

---

206) 아태조(我太祖). 조선 태조(1335~1408) 이성계를 성씨를 붙여 이르는 말.
207) 손자 때(?).
208) 공동묘지.
209) 났는데.
210) 한림(翰林).

20]; 동 〔매포읍 자료 8〕; 동 〔매포읍 자료 23〕을 참조할 수 있다.

옛날에 두 내우211)가 사는데 그 아내는 참 알뜰하고 저거한데 남자는 참 그 지금으루 말하면 인제 그 깡패 한 가지지. 인제― (조사자 : 건달요?) 건달. 술이나 먹고 남이나 두드려 패고, 그렇지 않으면 인제 노름판에 가서 객기212)나 뜯고, 그래가지고서 인제스리 살림살이엔 뭐 하나도 관심이 없는 사람이야. 그래 인제 아내는 반면에 참 알뜰히 그 남의 삯빨래도 하고 바느질도 하고 이래가지고 인제 먹고 사는데, 하루 인제 이 사람이 어떻게 됐냘 것 같으면, 노름판에서 노름을 하는데 구경을 하다가 개평 몇 푼을 뜯어가지고 우째213) 갑자기 집엘 가고 보드란 거여. (조사자 : 예)

그래가지고 집문 앞엘 나서니까 눈이 참― 지금은 그렇지만 옛날엔 눈이 많이 왔다고. 한― 지금으로 말하면 한 일 메타쯤― 일 메타― 한 오십 센치 왔겠지. 그래 인제 집에 가느라고 가다가 마침 앞에 나섰는데, 웬 여자 하나가 등불을 들고 부지런히 따라 가도 그만치 가고, 또 천천히 가도 그만치 가고, 대체 이상하드래. 그러더니 이 여자가 자기 앞에 가드니 고 옆에 한 십 리쯤 따라 갔는데, 학생 옆에 고 오막살이집이 있는데 그 집으로 들어가드래. 그래가지고, '내가 여태까지 이 밤중에 이래 다녀도― (청취 불능) 여자가 색시하고 여리214) 가는 건 첨 봤으니 무슨 곡절이 있겠다.'고 그래 그 집으로 들어갔대.

들어가니까 아, 안노인하고 바깥노인하고 호호한 노인이 둘인데, 그 노인이 한다는 소리가,

"아주 잘 왔다."

---

211) 내외(內外). 부부.
212) 개평. 노름이나 내기 따위에서 남이 가지게 된 몫에서 조금 얻어 가지는 공것.
213) 어째. 어찌하여.
214) 여기로. 이곳으로.

고 말이여.

"우리 이 딸내미가 윤정승의 몸종인데, 인제 아침에 일찍 가가지고 밤 늦게까지 인제 그 일 돌보고 오느라고 상기215)돼 늦는다."고, "그런데 오늘 저녁에 다행히 또 이 청년이 이렇게 바래다주고 그래서 고맙다."
고. 그런데― 그래서―

"어딨느냐?"
고 그래서,

"나 밖에 아무게 있다."216)
고. 그래서,

"여태까지 우리가 참 사람이라는 것이 참 옷만― 옷깃만 스쳐도 인연이라는데, 우리 딸내미를 십 리 길을 바래다주었으니 참 인연이라."
고, 그래서 이런 얘기 저런 얘기 하다가,

"장갤217) 갔느냐?"
고 묻드래요. (조사자 : 예)

그래서 남자라는 게 장가를 갔어도,

"아이― 나 장가 안 갔소. (모두 웃음) 총각이다."
라고 그러니까,

"그럼 잘 됐다."
고. 여태까지 우리 딸이 지금 과잉218)이 찼는데 참 신랑감도 마땅한 사람이 없고 그래서 예를 못 올리고 있는데, 어떻게든지 우리― (청취 불능) 인제 영감 할멈은 인젠 뭐 세상도 다 살았고 이러니까 짝을 지어 줘야 될 텐데 어떻게 우리 사우219) 노릇을 하라.

---

215) 아직. 어떤 일이나 상태 또는 어떻게 되기까지 시간이 더 지나야 함을 나타내거나, 어떤 일이나 상태가 끝나지 아니하고 지속됨을 나타내는 말.
216) 뜻이 모호하나 문맥상 '아무 데 산다.' 혹은 '아무 데 있다.'는 뜻으로 보임.
217) 장가를.
218) 과년(過年).
219) 사위.

고 그래.

이 사람이 인제 그 뭐 건달이고 뭐 그러니까 뭐 뱃장도 있구 이러니까,

"아, 사우 노릇 한다."

고. (조사자 : 예) 그래서 인제,

"그러문 인제 시간도 오래 됐고—"

이랬대.

"인제 주무시고 내일 저녁에 내가 또 오겠다."

고 말야. 그래서 인제 집엘 그 길로 나와가지고 인제 집에 가서 그건 암 말도 안하고 그 이튿날 낮에 가 영감을 만나볼라고 말야. 낮에 가니까 아, 우떻게 된 것이 자기 들어갔다 나온 발자국밖에 없더란 말여. '야, 이게 참 이상하다!' 하고 말야. 그래서 방문을 열어 보니까 납골—납골된 그 송장만 말여. 뼈가 하도 오래 돼가지고 살은 하나도 없고 이 납골만 세 개에 뼈다귀 있더란 거여. (조사자 : 예) 그래서 그— 그 참 겁도 나지만 워낙 뱃장이 세고 하니까, '야, 이 양반들이 죽어서 귀신이 된데에 내가 홀렸구나!' 이래가지고 그때 이제 묻어놨지만 그 양지짝에 (청취 불능) 혼 자 그 시신을 따로따로 묶어가지고 흙 양달에 묻어 주었단 말여. 묻어주 고 집에 와서 가만히 자는데 아이고! 노인하고— 그날 저녁에 보던 노인 하고 색시하고 와가지고, 색시는 남편이라고 하고, 노인은 사우라 그러고,

"아유, 사우가 나를— (청취 불능)"

주었대.

"얼마나 고맙느냐?"

고 말여.

"나는 인제 앞으로 참 이런 저거를 했는데, 우리 사우를 잘 둬가지고 내가 참 집을 이래 짓고 편안하게 살게 됐다."고, "고맙다."

고 말여.

"사우 은공을 꼭 갚아 줘야 될 텐데 갚을 길은 없고, 내가 꼭 얘기할 테니 내 말대로 들으라."

고 말여.

"지금 여기서 동구220) 밖으로 나가면 하— 그 지금으로부터 몇 키로 나가면 어느 산을 돌아가지고 큰 집이 하나 있는데 그 집은 빈집이다. 그런데 그게 자네 집일세. 사우 자네 집이니 그 집에 가 지키게. 그러문 자네 잘살 수 있네. 지키게."

그랬더니 그게 이 양반이 그 소릴 꿈에 들었지마는 아유! 뭐 은근히 생각하고서 생각도 안 하고 있는데 아! 그 이튿날 꿈에 또 나타나더란 겨. (조사자 : 예) 또 그런 얘길 하더란 말여. '에이! 뭐 가볼 끼라.'고, 그 이튿날은 밥을 일찍 해 먹고, 참 그 노인이 시켜 주는 대로 그 산모퉁이 돌아가서 어쩌면 그 아닐까221) 아주 큰 대궐이— 집도 큰 대궐인데, 참 그야말로 바람은 씨렁씨렁222) 불고— 그 집은 잘 진 집이지만 하도 사람이 오래 거처223) 않아가지고 문이 다 떨어지고 뭐 그랬드래요. 그래서 '이게 우리 집이라니까 내가 인제 살 수밖에 없다.'고.

그래서 인제 안채는 들어가 보지도 않고— 하도 크니까 인제 행랑채에 방이 한 칸 있는데, 방을— 인제 그 문도 바르고 뭐 인제 이렇게 하고— 해 놓고서 그 이튿날 집에 가가지고 각시보고,224)

"인제는 우리 집을 하나 좋은 걸 장만해 놨으니 (청취 불능) 그리 이사를 가자."

고—. 그래 인제 이 사람은 그런 얘기를 하니까, 인제 뭐 살림살이래야 뭐 지금은 살림살이가 많지만, 옛날엔 살림들이 엔간한 살림살이래도 그저 뭐 우마차225)로 한두 개 실으면 아주 그 살림살이 많은 기라구. 엔간하면 여자가 이고 남자가 짊어지고 갈 정도로 요렇게 그런 살림살인데—

---

220) 동구(洞口). 동네 어귀.
221) '아닌 게 아니라'의 뜻임.
222) 씽씽.
223) 거처(居處). 일정하게 자리를 잡고 사는 일.
224) 각시에게. 색시에게. 아내에게.
225) 우마차(牛馬車). 우차와 마차를 통틀어 이르는 말. 달구지.

그래 인제 그 이튿날 날이 새면서 여자는 솥잔등이226) 그릇하고 이고, 남자는 뭐 미농고리227) 짊어지고 참 그 집을 찾아가가지고, 그래 인제 돌아댕기며 문짝 떨어진 거 뭐 이런 거 두드려 패가지고 방이 인자 오래 인제 빈 방이 됐으니까 불을 때고, 인자 그 방을 연기 인자 안 나는 거 흙을 좀 바르고 그래 해 놓고서, 인자 그날 인자 첨 저거 해 놨는데, 같이— 남편은 다시 여자와 하룻밤을 잤으면 좋겠는데, 이 남자는 그 동안에 그만 또 궁금해가지고 술 생각이 나가지고 각시를 인제 그 방에다 그냥 놔 두고 자기는 인자 술 먹으러 간 기여.

　(조사자 : 예) 그래서 이 여자는 그날 마침 이사를 오느라고 남의 인자 그 바느질거리를 맡았는데 그 인자 바느질을 꿰매고— 인자 옛날에는 풀로 붙여가지고 꿰매고 이래 했더매. 가래에도 이불을 꿰매 놓고 한밤중은 지냈는데 바람도 덜컹덜컹 버드나무도 참 잘— (청취 불능) 들어가는데 안에서 뭐가 덜그럭덜그럭 소리가 나드래. ‘야, 이게 대체 뭔 소릴까?’ 하구서 하도 이 양반이 숨을 죽이고서 가만히 들으니까, 사람 발자국 소리가 덜컥덜컥— 가만히 들으니까 자꾸자꾸 가까이 들리거든.

　‘야, 틀림없이 들어오는구나!’ 하구서 겁이 잔뜩 긴장돼 있는데, 아이— 방문 앞에까지 들어오는 소리가 덜컥 나더니 문을 부시시 열드라는 거여. 그래 여자는 보지도 안 하고 덕만 쓰고 있는데, 가만히 보니까 옆을 보니— (청취 불능) 얼굴이 하얗게 있고 감투를 쓰고 이런 귀신이 나타나드니— 인자, 아랫묵에 인자 거기서 하는데, 저 웃묵에 문으로 들어와가지고 더컥더컥 들어오드니 암말228)도 안하고 저기 섰드래. 그러더니 아! 여자— 바느질하는 여자 손목을 그만 그만 암말도 안 하고 덜컥 쥐니까 이놈의 여자가 얼마나 놀랬게?229)

---

226) 솥단지. 솥. 밥을 짓거나 국 따위를 끓이는 그릇.
227) 미상. 농짝이나 고리짝을 가리키는 듯함.
228) ‘아무 말’이 줄어든 말.
229) 놀랬을 거야?

그래가지고 그만 갑자기 놀래가지고, '어디 이런 법이 있냐?'구 인두를 꺼내가지고서 고만 이래 얼굴을 딱 지졌다는 거야. 사람을— 인제 그 사람 얼굴에다가. 그래가지고 인제 그길로 막 지지니까 그 인제 귀신인지 사람인지 몰라도— 또 뜨겁다 소리도 안 하고 손을 놓고서 또 뒤돌아서더니 덜그럭덜그럭 하더니 그만 해서 안으로 들어가는 소리가 나드래. 그러더니 기척이 없드래.

그래 밤새도록 겁이 나서 잠도 안 자고 그냥 샌눈[230]으로 인제 있다니까,[231] 낮— 지금으로부터[232] 한 열 시쯤 해가— (청취 불능) 신랑이 어서[233] 술을 잔뜩 먹고 인제 콧노랠 부르며 들어오드래는 거여. 그래서 인자 아무 소리도 안 하고 아침을 해주고 인제 그 밥[234] 중에 한다는 소리가,

"어저께 하도 이상한 저게 있으니까 이게 우리 집이라고 그러니까 우리 안에 가서 구경을 좀 하자."

그래가지고 참 그 집을 가 보니까 집이 참 그래[235] 큰데, 뭐 방이 그저 이짝도 있고 저짝도 있는데, 한 군데 큰 방을 열으니까 그 주름이라고 그 저기 상청[236]을 모시며는 그 치는 포장[237]이 있다고. (조사자 : 예) 그 친 기[238] 하도 오래돼가지고 낡아가지고 말여. 그거 명주로 했는데 그게 아마 오래돼가지고 떨어지고 뭐 이랬는데, 그래 그놈을 걷히니까[239] 관이 말여. (조사자 : 예) 여기 이래 큰 게 있는데, 아! 거기 인두 자국이 바짝 났드래. (조사자 : 아!) '아, 어제 이게 왔구나!' (조사자 : 관에?) 응, 관. 인

---

230) 뜬눈. 밤에 잠을 이루지 못한 눈.
231) 있자니까. 있으니까.
232) 지금으로 치면.
233) 어디서.
234) 밥을 먹는. 식사.
235) 그리. 그렇게.
236) 상청(喪廳). 궤연(几筵). 죽은 사람의 영궤(靈几)와 그에 딸린 모든 것을 차려 놓는 곳.
237) 포장(布帳). 베, 무명 따위로 만든 휘장.
238) 친 것이.
239) 걷으니까. 제치니까.

제 그 사람 사는 관인데- 그래서 '야, 이상하다!' 그래가지고- 그때서 여자가 말야. 어저께 응-

  "이게 나한테 들어와가지고-"

말야 그런 얘기를 하니,

  "그러냐?"

고 말야.

  "뭐 이런 게 있냐?"

고- (청취 불능) 뭐 겁도 안 하고 대담하니까 뚜껑을 여니까 금하고 말여. 은하구 아주 꼭 들었다는 거여. 옛날엔 부잣집이 인제 그 돈이 많고, 아니면 그 양반들이 자꾸 포졸240)이 가니까 그걸 안 뺏길라고 거기에도 인자 비밀로 인자 그 널을 만들어가지고 거기다가 금하고 은하고 비밀로 감춰 놨는데, 이거 그만 노인이 죽을 때 그만 자식한테 얘기를 안 해가지고 이게 그만 사241)가 되어가지고 그만 귀신이 되어 돌아대니니 그 큰 집을 지킬 수가 있어? 집안들이 들어가도 무섭고, 아무나 들어가도 귀신이 나타나고 하니까 그만 도망가고- 도망가가지고, 이 사람이 대담한 탓으로 말이지, 결국은 그 금하고 은하고 팔아가지고 부자가 되고, 그 집을 지키고 말야. 잘살았대.

---

240) 포졸(捕卒). 포도청에 속한 군졸.
241) 사(邪). 요사스러운 것. 사기(邪氣).

23) 부자가 된 석순이 ···

1988. 6. 3. 어의곡리 / 성명 미상, 남·?

*녹음 상태가 매우 좋지 않았음. 유관 자료인 강원도 명주군 〔사천면 자료 3〕; 충북 단양군 〔가곡면 자료 20〕; 동 〔매포읍 자료 8〕; 동 〔매포읍 자료 22〕를 참조할 수 있다.

석순이[242]가 뭐냐면― 석순이가 우째서 부자가 됐느냐 하면― 석순이가 천하무적 석순이라 그랬지 않어? 백만장자 석순이가 처음 거렁뱅이[243]로 돌아댕기다가 어흠― 어― 한 군데 여인숙에 쭉 들어 자는데, 저 사람이 여게[244] 자게 되면 옆동에 불이 나서 다 죽― 아무 데 댕기다가 불이 나서 되적[245]을 만난 사실이 있거든. 그때 이 사람이 어디 잘 덴 없구 말이지. 한 군덴 백만장자가 있었는데, 그 집이 도깨비장난을 맞아서 아― 고만 재산이 탕진 가산 되고 그 집에 뭐 훔치[246] 가는 사람이 있으므는 몇 개 이상하지[247] 않은 손실을 본단 이기여.[248] 저 뭐 그리 백만장자의 집에는 제 아무리 누르면[249] 그런가? 이 그냥 가만있었단 얘기지.

근데 이 뭐 가지가면[250] 손해 보고 손해 보니까 가지가진 못하고 따로 있었는데, 그 석순이가 생각해 보니 우째 내가 팔자가 이리 없어 동네 백만장자 홀로 된 지아비 무덤에 가서 죽을 수밖에 없다고 말이지. 그저 이

---

242) 원래 '석숭(石崇)'은 중국 서진(西晉) 시대의 문인(文人)이자 관리로, 그는 항해와 무역으로 큰 부자가 되어 매우 사치스러운 생활을 하여 중국과 한국 등지에서 후대에도 부자의 대명사로 여겨졌다.
243) 거렁뱅이.
244) 여기에.
245) 도적(盜賊).
246) 훔쳐.
247) 예상(豫想)치.
248) 본다는 얘기여. 혹은 본다 이거여.
249) 청취 불량.
250) 가져가면.

ᅳ (청취 불능) 한밤중 되니 말이지. 천병만사[251]가 들이닥치는 거 같은 게 말이지. 그냥 기함[252]을 하겠는데도 말이지. 일단 죽은 목숨이니까 아무 쪼금도 신변적인 문제를 갖지두 않구 아ᅳ 이 누구ᅳ 도깨비놈들이 뭐를 많이 따다 놨다가 확 둘러미치는데[253] 궤짝이더래. 그래,

"느가[254] 누구냐?"

하니까,

"이 집이 방에 금은보배를 궤짝에다가 너서[255] 아 가만히 내비둬가지고[256] 이 그 사[257]가 돼가지고서는 이 친구 절단 났으니까[258]ᅳ (청취 불능) 근데 이 궤짝을 한 서너 번 가량 둘러치는데 당신이 하면 아 그담엔 말이지. 그 아무ᅳ"

(청취 불능) 그 백만장자[259] 이기[260] 그만 사가 돼가지고 도깨비들이 등쌀을 댔는데, 거 기걸[261] 이제 팔아가지고 말이여. 토지고 뭐고 좀 사서 그래가지고 자기가 먹을 건 제 자식으로 못하고 남의 동자를 얻어야 하니 형님 소릴 듣는다 이거여. 하루 이틀 멕이라는 똑같은 얘긴데, 그래서 이 그 백만장자의 도깨비 방맹이라는 게 그눔이 절딴나고 도깨비가 이제 그 석순이에 대한 문제를 가서 의논해가지고ᅳ (청취 불능) 얘긴데,[262] 이런 또 우리가 또 식생활 문제는 사람이ᅳ 있는 사람이 더 묵

---

251) 천병만사(千兵萬士). 혹은 천병만마(千兵萬馬)의 잘못일 듯.
252) 기함(氣陷). 갑작스레 몹시 놀라거나 아프거나 하여 소리를 지르면서 넋을 잃음.
253) 둘러메치다. 둘러메어 세게 넘어뜨리다.
254) 네가.
255) 넣어서.
256) 내버려 두어서.
257) 앞 이야기의 주 참조.
258) 망했으니까.
259) 백만장자가 아니라 그가 감춘 금은보화를 말한 것임.
260) 이것이.
261) 그것을.
262) 이상의 단락의 내용은 원 녹음 자료가 정확치 않아 전반적인 내용 이해가 곤란할 정도임.

고263) 사야 일단 내 식생활 문제도 나고 (청취 불능)을 무슨 걱정을 뭐시기264) 접는다는 것도 똑같은 얘긴데, 그래 이 못난 사람이라는 게 자기 팔자소관에 맡겼다는 거지. 천하무적 석순이가 그 도깨비—도깨비 그 (청취 불능) 떼가지고 부자가 됐다는 얘기지.

24) 축지법 쓰는 스님 1 ···

1988. 6. 3. 어의곡리 / 성명 미상, 남·?

최대희라고— 최대희라고— (조사자 : 최대이요?) 야.265) 최대희. 이름이 대희야, 대희. (조사자 : 대희?) 대희야. 최대사가 처음에 거 저 그 전에 절터가 최씨네 절터요. 그래고 여 와서 또 중년에 새로 이룩한 분은 최대희라고. 그분이 저기 영월서 절공불266)해가지고 영월 봉구사 짓고 풍기 청계사267) 짓고 여기로 왔는디, 그분하고 나하고는 친했지. 그랬는데 나도 그때 절에 가게 돼가지고 다니는데, 최대희가 인제 이걸 지을 적에 여개268) 상지둥269)을 누가 했냐 하믄 전유수가 했고, 또 저기 선 조성산이가 했고, 삽까래270)는 연재희가 했고— 그래 지가지구선271) 최대희가 그래 공부해가지고— 이분이 에— 술272)이 뭐냐 허믄 소축273)을 했어. 소

---

263) 먹고.
264) 무엇. 무엇인가.
265) 그렇다.
266) 절공부를. 절에서 공부를.
267) 경상북도 상주시 화서면 하송리와 화남면 동관리에 걸쳐 있는 산인 청계산(淸溪山)에 있는 절.
268) 여기에.
269) 상기둥. 안방과 마루 사이에 있는 가장 중요한 기둥.
270) 서까래.
271) 지어서는.
272) 술(術). 도술(道術). 술법(術法).
273) 소축(小畜). 육십사괘의 하나. 손괘와 건괘가 거듭된 것으로, 바람이 하늘 위에 다님을 상징함. 여기서는 '작은 축지법(縮地法)'을 뜻함.

축을 했는데, 나하고 같이 생활을 많이 해 봤는데, 딴 사람은 모르지 뭐.

그래 말이 간단 간단해. 그래 절이 먼저 스고 요 백해강274)이 두 번째 섰는데, 그 백해강 사장이— 김성기라는 분이 인제 절에 댕기는 분인데, 중이 내려오네. 걸어 내려오니까,

"스님, 여 타세요."

이래.

"에이— 난 걸어가지요."

어— 인제 거 차 타고 간 분이 모야?275) 사장은 인제 운전사하고 역전을 가는데 역에 가니까 최대사가— 마276) 걸어간 분이— 차 비켜 간 분이 역에 먼저 가 있거든. (일동 웃음) (청중 : 축지여) 그래가지고 아 이늠에 백해강 사장이 고만 홀딱 반한 거야. 반했지 뭐. 어 이 걸어가는 사람이 차를 안 탄다구 그래서 여서 떨어졌는데 먼저— 차보다 먼저— 역전에 먼저 가 있으니 뭐— (청중 : 축지법?) 야. 소축이지 뭐. 대축277)은 안 되고. 그래 그만 먼저 가 있으니까 그만 김성기 사장이 반해가지고 절에로 오르내리는데, 그분이 인제 내가 같이 생활할 적에— 난 중도 아니지만 생활하는 적에 아, 이 뭐 한번 내가 그런 얘길 했어.

"스님, 나도 뭐 염줄278) 하나 사고 싶은데요."

하니,

"야, 귀찮다. 야아, 내가—내가 새벽에 사 올께요."

"기다려. 내일 아침에 내가— 새벽에 내 사가지고 올께요."

"가져 왔노라."

고—. 아침 먹다니까 들어왔더라고. 근데 그 분이 여 와서 머라머라279)

---

274) 무슨 건물의 이름(상호)으로 생각되나 확실치 않음.
275) 뭐야.
276) 말을 잠시 더듬을 때 내는 일본어식 어투.
277) 대축(大畜). 육십사괘의 하나. 간괘(艮卦)와 건괘(乾卦)가 거듭된 것으로 하늘이 산 가운데 있음을 상징한다. 여기서는 '큰 축지법(縮地法)'을 뜻함.
278) 염주(念珠)를.

하믄 온대요. 그래 인제 그 딴 사람도 다 들었제. 그 함석집인데 함석 위에 한 개 떨어지는 소리 듣고 두 개 떨어지는 소리 들었다는 거여. 그 최대사가- 그분이 걸음을 걷는데 절 이짝 뭐 여 절 뒤로 올라가서 절 앞산까지 내려오는데 우리넨 못 따라 댕겨요. 그저 앞에 가도 하마 저만치 가서 바짝 바짝 바짝 소리만 나지 어디로 갔는 줄도 모른다고. 그 뭐 한 삼십 분이면 돌어 내려와요. 우리네는 보통 두 시간, 세 시간 걸려야 될 걸, 한 삼십 분이면 돌아 내려와.

(조사자 : 그분 도를 많이 닦으셨나요? 언제 죽으셨어요?) 아마 죽은 지가 칠팔 년- 아니 칠팔 년이 아니구나! 한 십 년 넘었어요. 그 아들이 하나 있었는데, 아들도 죽고 근기280) 여-여 딴 분이 와 있지. 아들도 인제 대학교까진 배워가지고. 중 공부하기 전에 아들 하나 난 걸 상근281) 키웠지. 근데 키워가지고 아들이 대학교까진 배운 기 다른 방향으로 나갔으면 출세를 하는데, 아버이 뒤를 잇고 중노릇하다가 그만 죽어버렸지. (조사자 : 어떻게 죽었어요?) 아버이도 맨 병으로 죽었지. 죽고- 아들도 뭐 병보다도 사람이 잘 먹고 잘 입는 것보다도 사람이 마음의 병이라고 또 어떻게 잘못돼가지고 아들은 게 자살하다시피 했지. 불도를 좀 어긋났지. 뭐 잘못했지 뭐-.

25) 축지법 쓰는 스님 2

1988. 6. 3. 어의곡리 / 성명 미상, 여 · ?

옛날엔 요 매포 지역에 이제 이 스님이 행하신 이적들이 여러 가지 있고 해노니까요. 인제 일부러 이 스님이 그 하신 거 이적이라는 것을 실질

---

279) 뭐러뭐라고. 똑똑히 알 수 없게 무어라고.
280) 그러니까.
281) 늘. 항상.

적으로 눈으로 보고 싶은 분이 참 많으시잖아요? 그래서 여기 매포에 계신 유지되시는 분들이- 지방 유지되시는 분들이 일부러 담에 오셨답니다. 오셔가지고- (조사자 : 보려구요?) 예, 오셔가지고- 보고 싶고 그래서 제각기 한방에 앉아 계시는데- 지금부터 뭐 좀 오래 전에는 그러니까 교통이 불편하고 사실은 여 차가 다 끊긴 상탠데.

"그 우리가 이제 짜장면이 먹고 싶으니까 그걸 어떡하면 좋겠냐?"

고 그러니까, 그 스님이 하신 말씀이,

"그럼 돈 얼마씩 추렴을 해가지고 내주면 몇 분 뒤에 짜장면이 도착할 것이라."

구 그렇게 이야기를 하셨대요. 그래서 그 스님 시킨 대로 돈을 이렇게 추렴을 해가지고 인제 주셨다는 거예요. 그러구는 얼마 있다가 뭐가 쿵하는 소리가 나가지구 떡 보니까 짜장면이 싹 와분[282] 거요. 여기서 제천 간에 거리가 쪼금 있거든요. 그러믄서, '사실이 이 짜장면을 어느 가게에서 했는가를 확인을 한번 해보고 싶으면 제천에 무슨 무슨 식당에 가서 몇 날 몇 시에 이렇게 그 군인이 와서 가져왔을 거'라고- 그 저 형상을 군인으로 인제 보게끔 하셨든가 봐요. 그래서 인제 그 분들이 사실인가 아닌가 싶어서 확인하기 위해서 제천을 거 가서- 인제 그분이 말씀하신 데 가서 여쭤보니까 짜장면 몇 그릇을 마 몇 시쯤 돼가지고 그분이 가져 가셨다고 확인이 된 거예요.

또 많은 환자들이 이렇게 있으면 그분이 그러셨답니다. 근대 그냥 이래 주문만 외와고[283] 종이를 이렇게- 약종이 있잖아요? 한약상에 가면 약종이를 이래 죽 놓으면 무슨 주문만 이렇게 외우면 이렇게 막 천장에서- 하늘에서 약이 막 둑둑둑둑 떨어진대요. 그러면 그걸 집어가지고 그 사람들한테 주면 그러면 그거로 다 낫고 예 백발백중이래요.

---

282) 와 버린.
283) 외우고.

　　그리고 주로 신도들이 서울서 많이 오시고 그러니까는 차편을 많이 이용하고 그랬는데. 옛날에 지금같이 교통이 편리하지 못했잖아요. 그래 옛날에는 다 뭐 스님들이- 뭐 스님들 다 못 살고 하니까, 다 인제 다 짚신을 신고 다니는 때였으니까. 짚신을 두 켤레를 딱 싸매가지고, 서울을 갔다 오시는 걸음 있으면 딱 한 켤레는 가실 때, 또 한 켤레는 오실 때 이렇게 해가지고 나중 보면 금방 갔다 왔는데 신발이 다 닳았다고 하더라고. 그러니까 우리가 보통 걸음 걸으면 이 발자욱이 양옆으로 두 길이 나 있는데 그 분은 일자로 걸으셨다고. 그 기 축지법이거든요. 어떻게 수행하셨는지는 잘 모르겠습니다.

　　이 스님이- 인제 옛날에는 일찍 다 출가를- 결혼을 하시고 이러는데. 아 그 친구 분 되는 분이 세 분이서 소백산 가서 공부를 하셨는가 봐요. 최대희 스님 부인이 굉장히 미인이셨기 때문에 많은 남자 분들이 인제 그 탐을 하셨는가 봐요. 그 공부하시는 도중에 이렇게 보니까 그 부인이 그 남자들로 해가지고284) 이렇게 고난을 많이 받고 이러니까. 그분이 이제 신통력으로 거기서 방맹이를 보냈는데, 보통 사람들은 그냥 까마귀나 나르는 듯이 이렇게 생각을 했는데, 나중에 보니까 큰 간장독이 빠져서 터지드라고요. 그래서 아, 역시 보통 사람들은 그 잘 모르는데 인제 같이- 친구 분들은 공부하시는 분들은 아시잖아요? 누가 뭐 그 멀리서- 그 하늘에서 뭐가 날아오는 것처럼 이렇게 됐는데, 알구 보니까 이게 방맹이드랍니다. 간장독이 터져가지고 그 부인이 그렇게 놀랬답니다. 그 여자 하나도 놀래고, 하나는 그 여자를 건드릴라 했던 그 남자가 그 문 밖에 나와가지고 금방 그렇게 즉사를 했다고-. 또 한 가지는 그 수행하는 분들 좀 그렇잖아요? 여자들은 남편이 이렇게 가정을- (이하 녹음 불량으로 채록 불능)

---

284) 인하여. 때문에.

26) 까치집 짓는 선비 ···

1988. 6. 3. 어의곡리 / 성명 미상, 남·?

숙종대왕 즉위 십 년간에는 참 국토에 민안[285]하고 시화연풍[286] 했다는 기야. (조사자 : 나라가 편안하구요?) 응, 그래. 참 좋았었는데— 거 서울에 한 사람이 선빈데[287]— 일류 선빈데, 아 이 과거를 열 번을 보러 가도 열 번을 다 떨어진 기라, 이기. 그렇게 인제 성심껏 해도—. 아, 그햇 봄에는 한번 올해 또 과거를 보러 갈 판인데, '에이! 모르겠다. 점쟁이한테 점이나 한번 보자.'구 말이여. 가 점쟁이한테 점을 한번 하니까는, 점쟁이가 한다는 말이,

"당신이 이 질[288]로 가가지고 마당 가 낭굴[289] 하나 캐다 심으라."
이기야.

"낭굴 하나 캐다 심어가지고, 까치가 와가지고 집을— 삼월삼짇날[290] 까치가 집을 지가지고— 그 낭게[291] 집만 지면 당신이 올해 과거를 한다— 까치가 집을 지면 과거를 한다."
이렇게 했다는 기야. 그래 하니까는 이 만고[292] 서울 같은 데 낭구를 하나 캘래캐도[293] 캘 데가 있나? 거 어디 참 저 멀리 가 두 내우가 사는데, 두 내우 다 아주 성의가 대단한 분이라 이거야. 그래 정성으로 어디 가 낭구를 하나 캐다가 낭구를 심어 노니, 삼월삼짇날이 다가오는데 이느무 까치가 어디 집을 지야지. 삼월삼짇날인데 이눔의 까치가 집을 안 짓는다

---

285) '국태민안(國泰民安)'의 잘못.
286) 시화연풍(時和年豊). 나라가 태평하고 풍년이 듦.
287) 선비인데.
288) 길.
289) 나무를.
290) 음력 삼월 초사흗날.
291) 나무에.
292) 만고(萬古)에. '만고'는 세상에 비길 데가 없음.
293) 캐려고 하여도.

이기야. 야 이느무 두 내우가 하는 말이,

"이- 이거 뭐 까치가 없어서- 이 서울에는 까치가 없으니- 집이 없어서 못 오는 기다. 우리가 까치집을 한번 짓자."

응, '까치집을 짓자.' 해 밤에 가가지고 안294)에서는 낭구를 올리고- 까치 낭구 같은- 까치집이다 하는 걸 주다295) 놓고서, 안에서는 올리고 남자는 올라가 까치집을 짓는 기라 이기여. 짓는데 까치가 소리를 못 들어서 못 온다고 남자는 까치 낭구를 받으면서 까치 소리를 하는 기라. '깍깍' 하고. 여자는 올리 주면서 '깍깍' 하고. 그리 인제 소리를 지르는데 숙종대왕이 이 나라가 평안한가 거 구경을 하러 밤에 순시를 나가 댕기다가 거 어디서 뭐 이 사람이 '깍깍' 하고 '깍깍' 하고 이랜다 말이여. 가 보니까는 한 사람이 나무 위에 올라가 까치집을 지면서네 여자는 낭구를 올리고 이런단 말이여. 그 숙종 임금이- 숙종대왕이 가만 보니 참 히안하거든. '이기 먼 곡절이 있는지 모르겠다.' 이기여. 그래서 가만히 어디 멀리서 보다가는 가서 기침을 했다 이기야. 기침을 하니깐 위에 있든 사람이 얼른 내려왔드래. 그래 인제 그 보통 평복296)을 하고 갔으니까 누군동297) 모르지. 그래가

"날 좀 보자."

구 말이야.

"그래 보니 당신이 그 무슨 이유로 밤에 집을 지으면서 까치 소리를 하느냐?"

구 그러니깐,

"내가 십 년을 과거를 보러 갔다가 꼭 낙방을 했소 십 년을 낙방을 했는데, 아, 오늘 또 어디 가 점을 보니깐 낭구를 하나 캐서, 삼월삼짇날 우

---

294) 아낙. 아내.
295) 주워다가.
296) 평복(平服). 평상시에 입는 옷.
297) 누구인지는.

리 집에 까치가 집을 지야지 올해 과거를 본다 그러니 이거 뭐 서울에 까치다구 구경을 못하니 우리가 집을 지 놓으면 까치가 내려올께 아니냐? 응, 그래서 우리가 까치집을 짓노라.”

이래. 참 그 성의가 기가 막히다 말이여. 그거 보이깐 그 사람이— 숙종대왕이 그래 있다가,

“내 어디 풍편에298) 들으니 내일 갑자기 별과299)를 하나 보인다 캅디다.”

인제 숙종대왕이 그렇게 한 거다 이거여. (조사자 : 별관이요?) 별과— 별과. ‘갑자기 과거를 하나 보인답디다.’ 그런 기라.

“보는데 당신이 오거든 바로 직방이300) 임금 앞에 이러한 걸 하나 났을 테니 이 속에 들은 게 뭐냐고 묻거든 까치라고만 하시오.”

기 숙종대왕이 간밤에 나갔다 갑자기 신하들을 불러가,

“어디 가 까치를 한 마리 붙들어 오라.”

했다 이기여. 그 인제 그눔을 갈쳐 줬으니까 제눔이 특별히 이 과제301)를 줄라고 하는 거거든. 특별히 과제를 줄라고 하는 방향인데, 아 그래 놓고 그 이튿날 아침에 막 광고가 나붙는단 말이여. 별과라고 말이여. 갑자기 별과를 오늘 보인다 이거여. 그래 뭐 가까운데 선비들은 다 모이는데 그 안에 들은 놈이 먼지302) 알기303) 뭐냐 이기야. 그래 이 사람은 들었으니까는 이길로 가가지고 그 앞에 가서 아 이 직방 가— 들어가 보니까는 임금이 이래 앉았다 꼬쟁이304)로 귀짱305)을 탁 때리면,

---

298) 풍편(風便)에. ‘풍편’은 어떤 말을 누구에게랄 것 없이 간접적으로 들었을 때를 이르는 말.
299) 별과(別科). 별시(別試). 나라에 경사가 있을 때에 보던 임시 과거 시험.
300) 에돌거나 망설이지 아니하고 곧바로.
301) 과제(科題). 과거를 볼 때에 내주던 제목(題目).
302) 무엇인지.
303) 알 게. 알 것이.
304) 꼬챙이.
305) 궤짝.

　　“이 안에 든 게 뭐냐?”

이래니까는 아, 이 사람이 그만 ‘까치’ 소리를 못하고, ‘삐꾸 올시다.’ 그래뿌렸다 말이여. (조사자 : 삐꾸요?) 어어― 이눔이 까치 소리가 안 나와 ‘삐꾸’라 그랬뿌렸다 말이여. 어 까치 소리를 그만 잊어버려가지고 평생을 소원하던 걸 그만 까치 소리가 안 나와 삐꾸라 그래뿌렸네. 하 이― 이런! 아 이― 이눔 과거를 줄라 했는데― 그 사람 꼭 과거를 줄라 했는데, 그만 과거를 못 주게 됐단 말이여. 이게 몰랐으니까는. ‘아― 그만 나가라.’고. 나와가는306)― 아 그 참 나오고 생각하니 까친데 아 삐구라고 해 났네. 아, 어떡하냐 이거여. 아, 그래 한나절 만에 이리 나와가지고 뒤에 후문 하나 나와가지고,

　　“아, 이 까치라고 하면― 그 속에 들은 건 분명히 까치가 들었으니 까치라고만 카면, 과거를 볼 턴디. 난 까치라고 못했소.”307)

　　삐꾸라고 했단 말이여.

　　“게 꼭 까치요.”

　　꼭 ‘까치’라고 말이야. 이 사람이 아 그걸 들어서 아 그 사람이 또 들어가니까네 아 임금님이 꼬쟁이로 궤짝을 탁탁 때리미,308)

　　“이 속에 든 게 뭐냐?”

그러니까, 이 사람이 또 까치 소리를 잊어버려갖고 또 ‘삐꾸’라 그래버리네. 또―

　　“삐꾸 올시다.”

　　(청자 웃음) 그래다구, 아 임금님이 하도 괘씸스러서,

　　“아― 이눔아, 이게 까치지 삐꾸야?”

이러믄서는 소리를 냅다 질러 버렸거덩.

　　“아, 예전에 아주 구한국 시절에 까치를 가지고 삐꾸라 그랬다 캅니

---

306) 나와가지고서는. 나와서는.
307) 다른 사람을 만나 이렇게 한 말임.
308) 때리며.

다.”

이 사람이 그만 그래 둘러댔다 이기야. 그렇게 냅다 둘러대니깐,

“그래? 그러믄―”

임금도 잘 몰랐다 이거여.

“까치던가?”

언제 적에는 삐꾸라 됐는가 안 됐는가 그건 숙종대왕도 몰랐다 이기야. 음― 숙종대왕도 몰랐으니까는, ‘그러며는 아까 삐꾸라 그런 사람을 그 사람을 찾아야 한다.’ 이기야. ‘먼저 삐꾸라 그런 놈을―.’

“그러면 아까 요 전에 나간 사람을 어디로 갔는가? 빨리 찾으라.”

고 말이여. 그래,

“찾아왔다.”

고. 그래 찾아와서―

“그래 예전에는 까치를 삐꾸라 했느냐?”

“아, 그 예전에 구한국 시절에는 까치를 삐꾸라 하다가 인제서는 까치 라고 부른답니다.”

“그래? 금309) 니가 맞았지. 냉중310) 부른 놈은 틀렸다.”

이기여.

“다 같이 삐꾸라 해도 먼저 부른 사람이 인제 삐꾸라 했으니깐 니가 맞았다.”

고 말이여. 그래 그 사람은 별과를 주는 기라. 그래 두 내우가 성의껏만 하면 수가― 그런 수가 생긴다 이기야. 그래 예전 전설이야. 그래 시방 사람들이 뭐든동311) 자기가 노력을 하겠다고만 하면 안 되는 게 없다는 기요, 이게.

---

309) 그러면.

310) 나중.

311) 무엇이든. 무엇이건.

27) 비룡사(飛龍寺)[312]의 건축 ··

1988. 6. 3. 어의곡리 / 성명 미상, 남·?

(조사자 : 그래도 이런 데 절을 옮길라면— 절을 세울라면 그 뭐 땅에 대해서 이렇게 명당자리다 뭐 그런 게 있을 거 아니예요? 이 뭐 어의곡리가 어떻게 좋은 땅이다. 그래서 절을 세웠을 거 아니예요?) 거어— 글쎄 아까도 얘기했지마는 저어기 옛날에 절턴데 그 절이 없어질 쩍에 왜 없어졌냐 하면 중 뭐야? 중들이 그전 동냥을 했그던요. 동냥을 해가진께로 고만 법당에 상지둥[313]이 하나 생겼어. 상지둥—. (조사자 : 상기둥?) 법— 법당 안에 기둥이 하나 생겼다고 (조사자 : 아아) 그럼 빈대가 예기 뭐 하— 동기동기 쌓여가지고 뭐 복판에 지둥이 하나 생겼다고.

그 옛날엔 여 빈대 땜에 못 살았어. (조사자 : 아이, 웬 또 이— 난데없이 빈대가 그렇게 많아요, 여긴?) (일동 웃음) 이 마을뿐 아니라 다 있지요. (청중 : 이전 서울 빈대 없는 기와집 뭐—) 어디든지 다 있다고. 그래 인제 그 탑을 옛날에 싼 탑이 이젠 다 무너졌는데, 이 절 이룩하고 최대 사가 어떻게 됐냐 하믄 집 이룩할 찍에[314] 구들비[315]를 인제 우리네가 떠논 게 있어 그 사람이 져션 못 져요. 두껍고 커서 뭐 움직일 수 없어 그 내버릴라고 했는데, 자구 가니께로 집에 와서 져가지고선 그 이튿날 또 일하러 가니께로 걸[316] 혼자 갖다 놨어. 혼자 갖다 놨드라고. 그래고 또 탑을 시방 쌓은 게 있어요.

한번 올라가 보시면 알게 돼요. 탑을 여럿이 싸도[317] 그걸 하루 못 싸는데 자기 혼자 고만 밤에 후딱 싸 놨드라고. 인제 그 돌탑은 없어졌지

---

312) 충청북도 단양군 매포읍 어의곡리에 있는 절.
313) 안방과 마루 사이에 있는 가장 중요한 기둥.
314) 적에. 때에.
315) 구들장.
316) 그것을.
317) 쌓아도.

요? 그 있나요? 인제— (청중 : 동리 길가에 없는데— 들어가는데—) 들어 가는데 큰— 그전에 복판에 쌓은 게 있어요. (조사자 : 그럼 돌탑은 누가 쌌다는 거예요?) 최대희— 그 그 저어 소쩍하던— 그으 저어 소축318)하던 스님이—. (조사자 : 최대희?) 야아. 고만 이래 여럿이 쌓아도 안 되는데—. 그래 뭐 신자가 얼마 안 돼서 신자가 다 모여 싸도 지금 해도 못 다 할 걸 하룻밤에 다 쌓아 났어. 그건 내 장담해요. 탑도 뭐 컸지.

28) 비룡사의 유래 ···

1988. 6. 3. 어의곡리 / 성명 미상, 남·?

비룡사라고 하는 거를요. 명명하게 된 거는 이분 수제자 되는 분이 한 분이 여 가까이 계시거든요. (조사자 : 예) 그분이 낮에 꿈을 꾸었는데— 꿈을 꿨는데, 낮잠에 보니까 이 절터에서 용이 한 마리가 승천을 하더랍 니다. 꿈에—. 그렇게 해서 나중에 알고 보니까 여기 계시던 비룡사 스님 이시죠. 그분이 돌아가셨더랍니다. (조사자 : 예) 입적하셨다— 스님들은 돌아가시면 입적하셨다 그러죠? (조사자 : 꿈을 꾸는 그날?) 예. 와가319) 보니까— 알아보니까— 하도 이상한 일이 있어서 알아보니까 그 스님이 돌아가셨더랍니다. (조사자 : 꿈은 어디서 꿨는데요?) 그분이 계시는— (조 사자 : 집에서?) 예. (조사자 : 그래서 비룡사라고?) 예. 용이 날아간다 그 래서 비룡사라고 짓게 되었다고 합니다.

---

318) 수축(修築). 집이나 다리, 방죽 따위의 헐어진 곳을 고쳐 짓거나 보수함.
319) 와가지고. 와서.

29) 아기장사와 용마 2

−단양장씨 시조

1988. 6. 3. 어의곡리 / 성명 미상, 남·?

*이본으로 충북 단양군 〔매포읍 자료 2〕; 동 〔어상천면 자료 1〕 참조할 것.

그 여 하진[320]−단양− 구단양이라고− 건너 하진이라는 데가 있어요. 하진− 그 장씨들이 거 많이 사는데− (조사자 : 장씨요?) 장씨− 장씨. 장씨가 인제 안동장씨, 단양장씨− 수근장씨가 있는데, 그 하진엔 장씨들이 많이 사는데, 이 시조 산소를 갖다가 지기랄− 하진 밑에− 그 밑에 갖다 썼다는 기여. 그 모퉁이에 써 놓았는데 그 참 장군될 자리에 썼어요.

그 자리에다 묘를 쓰면 아주 나라 큰 장수가 될 자리라고. 장수가 될 자리를 갖다가 묘를 썼는데, 안 될래니까는 아 그 한날[321]이− 아 저 산에 있는 중이 하나 와가지고는 동냥을 달라니까는 아 이눔의 집에서 동냥을 안 주고− 안 줬단 말이여. 안 주고 괄세를 하니까네 아 그 이늠의 중이 이래 내다보드니마는,

“저 산소가 저 누[322] 산소냐?”

이랬단 말이여. ‘누구 산소냐?’ 그러니까는,

“우리 시조 산소다.”

그러니까네,

“에이, 그 산소 잘못 썼다.”

고 말이여.

“그 산소 앞에 그 산수는 잘 썼는데, 그 산소 앞에 큰 소남기[323]− 아

---

320) 단양군 적성면(赤城面) 하진리(下津里).
321) 하루는. 혹은 같은 날.
322) 누구.
323) 소나무.

름드리 소남기 하나 섰는데 그 소남기를 비324) 내던져버리라.” 그랬어.

 “그 소남길 비믄 인제 좋은 이— 좋은 장수가 날끼다.”

이랬단 말이여. 그니깐 안 될래니깐 이놈의 하진장씨의 종손이 이 ‘저기 남그를 비믄 잘된다.’니깐 남기를 가 비니깐, 이눔의 남그 넘어가믄서는— 밑봉325)으로 넘어갔다 말이여. 밑봉으로 넘어가믄서는 소나무 가지가 하나 뚝 뿔더니326) 봉분327)을 내따328) 찍었다 이거여. 봉분을 냅다 내리 찍었다 이거여. 봉분을 냅다 찍으니까네 밑봉에서 피가 냅다 솟드라는 거여. 피가— 피가 냅다 솟았는데. 그 하마329) 안 될 때가 됐거든.

 그길로 그 집에 하진장씨 마을에 장수가 하나 났는데— 사람을 하나— 아를 났는데, 언나를 나니까는 금방 난 놈이 실광330) 아래 있어. 예전에는 실광이 있어. 이기331) 집에 이리 실광— 선반 삼아 실광을 내들여 났는데, 금방 난 아332)가 실광간을 널름 올라가 앉는다 이기여. 그 장수다 이 말이여. 그래 보니 나래333) 밑에— 겨드랑이 밑에 나래가 났드래. 나래가 났드라는 기여. 그기 참 장수가 아니여? 그기 하늘이 내린 사람인데—

 집안에 그러니깐— 그 대개 그 예전에는 집안에서 큰사람이 나면 역적이 될까봐 겁이 나서 죽이는 기라, 이기—. 역적이 겁이 나가— 역적이 되면 삼족334)을 멸하그던. 응, 역적이 되면 삼족을 멸하니께, 그걸 인제 뭐야? 방비하기 위해서 집안에서,

 “안 된다. 죽이자.”

---

324) 베어.

325) 밑동.

326) 부러지더니.

327) 봉분(封墳). 흙을 둥글게 쌓아 올려서 무덤을 만듦. 또는 그 무덤.

328) 냅다.

329) 벌써.

330) 살강. 그릇 따위를 얹어 놓기 위하여 부엌의 벽 중턱에 드린 선반.

331) 이게. 이것이.

332) 아이가.

333) 날개.

334) 삼족(三族). 부계(父系), 모계(母系), 처계(妻系)를 통틀어 이르는 말.

이 말이여.

"죽여야 된다."

하니께네,

"그 우트케 죽이느냐?"

맷돌을- 맷돌이라면 콩 가는- (조사자 : 예) 두부, 콩 갈고 이러는 맷돌을 갖다가서는 아를 엎어놓구선- (조사자 : 어머!) 그 위에다 맷돌을 갖다 주[335] 실으니까는 맷돌이 히뜩[336] 자빠지고, 아가 숨만 쉬면 맷돌이 히뜩 자빠지고 응- (모두 웃음) 그 힘이 그래 좋으니께는- 힘이 장사다 이기여. (조사자 : 어렸을 때부터요?) 그래가지고서는 집안이 모여가지고서는 우트케든지 죽여 버렸다 이 말이여. (조사자 : 어머!)

죽이자니께[337] 아 그 하진 앞에 용숫개라고 있어요. 하진 그 구단양서 충주로 나가는 질까[338] 거 가면 용숫개라고 인제 있는데, 그날 밤에- 아 죽든 날 밤에 용숫개 용추호서 용마가 나드라는 기여. 물에서- 그 용숫개 용- (조사자 : 용수께요?) 용숫개라고. 장수가 죽으니까네- 그 말을 타고 댕길 사람이 죽여 버렸으니께는 말이 나가지고 무용의지물[339]이 됐다 이거여. 그 소리소리 지르다가는 송장벌이라고 고만 거 와서 죽어 버렸어. 용마가 나가지고-. (조사자 : 그 말만 그냥 죽고요?) 응, 그 말만. (조사자 : 그럼 이야기 제목이 뭐예요?) 그것도 인제 그 단양장씨들에 대해가지고- 그래 시조가 그렇게 됐다는 것이라.

---

335) 주워.
336) 맥없이 넘어지거나 동그라지는 모양.
337) 죽이니까.
338) 길 가.
339) 무용지물(無用之物).

30) 시부모를 살찌워 팔려던 며느리 3 ·······················

1988. 6. 3. 어의곡리 / 성명 미상, 남·?

*이본인 충북 괴산군 〔청천면 자료 19〕, 단양군 〔매포읍 자료 16〕; 동 〔어상천면 자료 5〕; 경남 남해군 〔고현면 자료 11〕을 참조할 것.

우떤 사람은 응— 민느리[340]가 시아부지— 혼자[341] 시아부진데 그렇게 미워하고 밥도 잘 안 주고 이래. 이러니 이 아들이 자꾸 타일르고 나무래봐도 안 되고 이 버릇을— 이 노릇을— 이러설라네 자식새끼만 없으면 그저 뚜드려 패서 내쫓고 따귀라도 때리면 좋겠는데— 아 그래도 저래도 못해. 암만 타일러도 안 돼. 그래 한 날은 장엘 가서는— 저물게 집에 와서는 대문에 서가지고 '허 허' 웃네. 웃으니 각시가 하는 말이,

"여보, 당신 오늘 장에 갔다가 아 사마[342] 들렸소? 미쳤소? 왜 제정신에 앉아서 그리 웃소?"

이러고,

"그래 무얼 그렇게 보았소?"

"아, 이 사람아. 내가 장에 가서 실컷 웃을라니 남들이 날 보고 미쳤다 그럴 끼고, 그래 집에 오니 글키[343] 웃음보가 터지네."

이래.

"그래 뭘 그렇게 봤냐?"

고 그래.

"똑 생긴 게 우리 아버지 같은 양반이 오늘 장에 왔는데, 아 이 살이 두레박[344] 덩이같이 쪘어. 그랬는데, 그렇게 살찐 노인을 사러 오는 사람

---

340) 며느리.

341) 홀.

342) 사마(邪魔). 수행을 방해하는 마귀.

343) 그렇게.

344) 둥그런 박덩이.

이 있더라. 그러니 그 값을 엄청나게 주고 사 가데. 그 우리 아버지도 그 살이나 쪘으면 그 팔면 그 우리 땅도 좀 사고 아이 괜찮게 살갔나? 근데 살이 쪄야지.”

“아, 우특하면 노인네 살을 찌워?”

“아, 우리 집에 닭도 쎘잖애? 닭도 가끔 잡아 드리고, 장에 가면 쇠고기도 좀 사다 이래 해 드리고, 허연 이밥도 좀 해드리면 거 노인네 살이 고대345) 찌거든— 찐다.”

그래. 아 그래 그렇게 미워하던 며느리가 그대로 한다 이거여. 팔아가지고 땅 살려고. 그러니 시아버이는 안 그러던 며느리가 그러니 그느므 은공도 희한하면서도 좀 가려야 하겠다 이거야.

저놈으 민느리는 시애비 미워하던 중에 그— 그래 해서 팔고 땅도 사고 이놈으 욕심이라서,

“어떻게 하면 좋지?”

“살을 찌우지. 우리 집에 닭도 세잖애?346) 닭도 가끔 잡아 드리고, 장에 가면 소고기나 좀 해 드리고 허연 이밥347)이나 해 드리면 노인네 살이 고대 찐다고 그래.”

그렇게 미워하던 민느리가,

“그대로 한다.”

그러여. 팔아 가지고 땅 사려고 그러니, 시아부지는 안 그런 민느리가 그러니 그놈의 은공도 시아부지로서 같이 하게— 그래 아들이 낭구348)라도 해 노면 그걸 콕콕 쟁여서349) 때기 좋게 단단히 묶어서 부엌에 들여놓고, 애기를 업고서 꿈지럭이면,

---

345) 금방. 금세. 당장.
346) 많잖아.
347) 쌀밥.
348) 나무.
349) 재서. 물건을 차곡차곡 포개어 쌓아 두어.

"야야, 그것도 늙으면 병이 되느니라. 애기를 날 좀 다오. 애기 내가 업을게."

아, 며느리가 가만히 생각하니, 야 그놈을 그렇게 미워했지만 그 시아부지가 낭구를 그리 해 노니 때기 좋지. 아알350) 딱 업고 나가니 몸이 거뜬해 좋지. 가마이 생각해 보니까 부부간에 언간히 인정이 있는 거 같애. '근대 우리 아부님이 그럴 만큼은 살이 못 쪘는데 홋후장날351)에 팔까?' 고만 못 팔게 하네그려. '우리 아부님 아니면 살림이 안 된다.'고, '부모를 파는 데가 어디 있느냐?'고. 그니까 사람이 고만 일변- 조석지변352)이라고 그렇게 변할 수가 있어.

31) 흉가(凶家) ··

1988. 6. 3. 어의곡리 / 성명 미상, 남 · ?

옛날에는 내가 어려서 국민학교에 다닐 때 그때에 한 동네에- 옛날에는 얻어먹는 사람이 많았다고. 그때 한 사람이 나이가 한 오십, 육십 가까이 되었는데- 육십이 넘어 보인다. 그 양반이 충청남도 어디 한 군데에 가는데 그곳에 늦어서 자고 가자니까,

"저기 동구 밖에 초가집이 있는데 거 가 자구 가라."

그래가지구 그날 마침 거 자는데 좀 으시식하드래여. 그래 무서우나마나 이래 있는데, 난데없이 또 비가 촥 뜨더니353)- 비가 부슬부슬 오는데 한밤중 되니께 아, 어떤 사람이 말이여. 팔을 이래 훌렁훌렁 걷더니 말이여.

"이놈의 새끼, 해보자."고, "해보자."

---

350) 아이를.
351) 다음 장날.
352) 조석지변(朝夕之變). 조석변개(朝夕變改). 계획이나 결정 따위를 일관성이 없이 자주 고침.
353) 떨어지더니.

고 이러면서 들어오더라는 겨. 그래가지고 그때 인자 짝대기가 있었는데 짝대기로 앞에서 들어오면 확 밀고 또 후라시354)가 있어 이리로 비추면 어디로 가고 또 저쪽으로 확 밀고 그랬는데, 밤새도록 싸우다 보니까 비는 마구 오고 그랬는데, 난데없이 이눔이 쫓겨 갔더래. 그래가지고 이제 구들바닥355)에 있는 흙을 이래 축축한 게 막아가지고 물이 안 들어오도록 가 구석에 가 자다니께, 아 아침에 막 떠드는 소리가 나더래. 그래서 이래 보니까, 동네 사람이 '그 집에 그지356)가 있기만 하면 죽는다.' 그러더래. 그런데 인자 송장 치우러 왔다 이거여. 그래가지고 그걸 내력을 알아보니까, 그 집을 보기 싫어서 뜯을라고 동네에서 동네 사람들이 다 나서가지고 그걸 뜯을라고 막 한 반찜357) 뜯는데 동네 밖에 난데없이 불이 나가지고 말이여. '그래 그 집을 못 뜯고 그냥 나358) 뒀다.'고 그런 이상한 소리를 하더라고. 그래 내가 그때 쪼만해서 거 상당히 이상하다 그랬어.

32) 정삼봉과 우역동 3 ···

1988. 6. 4. 어의곡리 / 김성렬, 남 · 64

  *아침에 설화를 들려주었던 연대희 할아버님과 담소하던 김성렬 할아버님을 노인정으로 모셔서 이야기를 채록하던 중에, 옆에 있던 연대희 할아버님께서 정도전 이야기를 하라고 하니까 웃으시면서 구연했다. 같은 자료가 단양군 〔가곡면 자료 4〕; 동 〔가곡면 자료 21〕; 〔매포읍 자료 54〕로 채록된 바 있다.

  예 정도전이 난 자린디, 근께 그 정도전이 날 즉에, 그러믄 이조— 아

---

354) 플래시(flash). 손전등. 가지고 다닐 수 있는 작은 전등.
355) 장판이나 자리를 깔지 않은 구들의 맨바닥.
356) 거지. 걸인(乞人).
357) 반쯤.
358) 놓아.

조359) 개국공신이 아니냔 말여. 정도전이 아조 개국공신인데, 그 인제 이 원인은 우역동이 신단양에 살았는 겨. 신단양 도전리360)라는 데에 살았어요. 우역동이란 분이ㅡ. (조사자 : 우역동이요?) 예, 우역동ㅡ 우역동 산소가 시방 적성면 애곡리361)에 여362) 있습니다. 음, 바로 이 산 너메363) 가면 우역동 산소가 있는데, 그 단양우씨들이죠. 단양우씨들인데, 그러믄 정도전이가 엑ㅡ (기침소리) 정도전이가 우디서 우트케 됐느냐카므는 우역동네 몸종입니다. 여자가ㅡ 우역동이ㅡ 정삼봉 어무니가 우역동네 종이래요. 여자 종이래요. 종인데 아주 빡빡 얽었어요. 이 우역동 어무니가ㅡ (조사자 : 얼굴이요?) 빡빡ㅡ 얼굴이 빡빡 음, 곰보ㅡ (조사자 : 곰보요?) 응, 곰보여. 곰보가 되가364) 나이가 삼십이 되고서두 시집을 못 갔어요. 이래, 시집을 못 가고 그 인제 종질을 하고 있는데ㅡ (제보자 : 입 다시는 소리를 냄)

그래 이제 신단양 가면ㅡ 이 신단양진데 시방 여중학교 앞에 고 오면 그전에 대추나무골이라고ㅡ 내가 고 신단양에 사십 년을 내가 살았어요. 사십 년을 내가 거 신단양을 살아가지고 나는 그 동네 드가서 예전 전설이에 노인들이 어느 터서365) 그 우트케 됐느지까지 좀 알아요, 그래서 그 걸 알아가지고 거가 있었는데ㅡ 대추나무골이라고 그러는데, 그 우역동네 땅이 참 전체가 많았는데, 그 여름인데 곡식밭에 새가 오니까 새막366)을 지어놓고 그 여자종더러 니가 새를 보라 그랬어요. 새를 보라고 해가지고 그 여자종이 가서 새를 보다 거 있는데ㅡ

---

359) 아조(我朝). 우리 왕조. 여기에서는 '조선조'를 가리키는 말.
360) 도전리(道田里). 충청북도 단양군 단양읍.
361) 적성면(赤城面) 애곡리(艾谷里).
362) 여기.
363) 너머에.
364) 되어서.
365) 터에서.
366) 새막(ㅡ幕). 벼나 수수 따위의 곡식이 익을 무렵에 모여드는 새를 쫓기 위하여 논밭 가에 지은 막.

음— 그 정삼봉 아버지가 이 경북 봉화 사람이라 그래요. 경북 봉화—
봉화에 있는 이 일류 선빈데, 영천 고을 원한테 갈라구 한기367) 상진368)
으로 해가지고 도전369)으로 해서 이 영천370)으로 가는 구도질이래요.371)
거가 질가372)에 새막이 있는데 갑자기 소나기가 냅다 쏟아졌다 이기야.
소나기가 냅다 쏟아지니께네 그 새막에 쫓아들어가니께네 이 우째 얼굴
은 빡빡으로 얽은 곰보가 나이가 과년찬 처녀가 하나 새막에 앉아 있는
데— 하 비는 계속 왔다 이기여. 비는 계속 오니께네 그 선비가 가다가
이제 비를 넙죽 맞고 드가서 이 추운 데 인제 앉았으니 그 한 군데— 비
가 안 끊치고 오래 오니까는 오래 앉았다가 인제 우역동네 증삼봉 어무
니하고 우트케 알고 질 가다 말고 지낸기라, 거서. 그 질로 그만 이 이는
가버렸다 이기여. 가니까네 그 증삼봉 어무니가,

"당신은 어디 있는, 성은 누구며, 그 이름이나 좀 가르쳐주고 가시오."
이르켄기라,373) 이제 증삼봉 어무니가—. 그래,

"나는 있기는 경북 봉화에 있는데 성은 정가다."

그 이름은 내 자세한 걸 모르고 성은 '정가다'고 인제 그래 놓고 가버
렸단 말여. 간 후에 인제 증삼봉을 배가지고 난 거라요. 그 이래가지고
성만 증간374)지 알고— (조사자 : 아, 그 곰보 처녀가?) 응. (조사자 : 누구
애기를?) 애기를 밴기라 이거. 애기를 배가지고 났는데 그 인제 아바이도
없지 뭐. 인제 남의 종으로 있다가서 아만375) 났는데, 그래 그 뒤로 이제
증삼봉이가— 증삼봉이가 생애지지376)래요. 어데 배운 데가 없어요. 아,

---

367) 한 것이.
368) 매포면(梅浦面) 상진리(上津里).
369) 매포면 도전리(道田里).
370) 매포면 영천리(泠泉里).
371) 구도(舊道) 길이래요. 옛날 길이래요.
372) 길 가.
373) 이렇게 한 것이라.
374) 정가(鄭哥)인.
375) 아이만.

대본377) 천재로 알른378) 기래요. 이기 천재로 알아가지고 아조 개국공신
이 된 거 아녜요? 이게－. 아조 개국공신이 돼가지고 그 도전이 그가379)
터가 그리 좋다는 자리여, 거가－. (조사자 : 터가?) 응, 터가 좋다는 자리
고－ (조사자 : 신단양 산자리가?)

신단양 산자리가 그래가지고 이 아조 개국공신이 될 즉에 우역동이 이
걸 알았다 이거여. 즈 집에 종의 몸에서 난기－ (조사자 : 아!) 인제 나라
개국공신이 됐다는 걸 알고서－ 예전에는 이 양반 싸움으로다가서는 막
몰아 죽일 때여, 이게－. 그래니까는 우역동을－ 우역동네가 정삼봉을 막
몰아 죽일려고 하니께네, 증삼봉은 우역동을 막 몰아 죽일려고 한 기라.
막 몰아 몰아 죽이는 판에 그 인제 우째 좀 돌아난 기 아조가 인제 거 망
할 적에－ 될 즉에, 우－ 아 증삼봉을 또 몰은 기여. 이게 또 몰아가지고
증삼봉은 씨아380)가 없잖어. 고만 이 우역동한테 싹 멕혀가지고 싹 죽었
잖아? 싹 몰아서－. 이제 일시에 두 집이 모두 다 망한 기라, 고마. 이기
그렇게 막 망한 자리여.

그래서 이제 그 증삼봉이가 아주 개국공신으로 있을 즉에 즈그 어무니
가 죽었다 이기여. 즈그 어무니가 죽었는데 뭐 명전381)인가 뭘 쓸라니까
는 아－ 이느므 걸－ 이걸 참 일류 대신들이 모여가지구 차마 이거 쓸
수가 없어. 성이 골가382)여, 골가. 우역동 엄마가 골막대기여. (모두 웃음)
그래니 참 이기 나라서 이러 일류－ 참 개국공신의 유명한 사람인디, 즈
어머이가 성이 그래 골가라는 게 말이 되는겨, 이기? 이 골가라면 쌍놈
중에 상 쌍놈이거든, 이게. 참 별씨 양반이라고는 없는 긴데, 그 이렇게 됐

---

376) 생이지지(生而知之). 태어나면서부터 저절로 알았다는 뜻.
377) 대번. 대번에.
378) 알은.
379) 거기가.
380) 씨앗. 씨.
381) 명정(銘旌). 죽은 사람의 관직과 성씨 따위를 적은 기.
382) 골가(骨哥).

다는 기여. 그래 그 도전[383]에 신단양에 전설이 그렇게 나온 이야기여―
본래. (청중 : 증삼봉 어무이― 증삼봉 어무이가?) 응. 증삼봉 어무니가―.
(청중 : 증삼봉 어무니지?) 응. (청중 : 우역동 어무니가 아니고) 우역동 어
무이― 증삼봉 어무니가― (조사자 : 정삼봉 어머니가 골막대기요?) 응.
골막대기여. 응, 골막대기―. (제보자 : 정정 요청과 함께 웃음) 그래 그
이제 신단양에서 나가지고 정삼봉이가 그렇게 됐다는 기고.

　　그럼 거서 증삼봉이가 왜 이자[384] 도전서 났느냐? 정삼봉의 인제 호가
세 가― 세 가지래요. 도전서 났다고 정도전이고, 그 정삼봉이 정도전이
여. 도담 삼봉[385] 정기를 탔다고 해갖고 징삼봉이여. (조사자 : 정삼봉이
요?) 응. 정삼봉― 성은 정가고― (조사자 : 예) 도전서 났다고 정도전이고,
삼봉 정기를 탔다고 정삼봉이고―. 신단양 앞에 고 건네 거 비양[386]― 그
깨진 비양 그거 그 기 봉이― (제보자가 말을 너무 빨리 하다 보니 더듬
어서 무슨 말을 하는지 알아들을 수 없었음) 종지봉이여. 그 동산 이름이
종지봉이여. (조사자 : 종지봉이요?) 응. 종지봉. 그 정삼봉, 정도전, 정종
지[387]입니다. 정삼봉 해가[388] 호가 정종지. 정삼봉의 호가 세 가지여. 그
게 이 명과 호가 정삼봉, 정도전, 정종지라고. 그렇게 인자 호가 세 가지여.

　　그래 도전이라는 데가 그래서 정도전이고, 인제 그 그가 한 데가 (옆에
계시던 연대회 할아버님 : 그렇지) (조사자 : 지금 현재 알려져 있는 이름
은 정도전―) 정도전은 그것만 알지만 증삼봉, 증종지라는 건 아적[389]―
(조사자 : 예) 알려지진― 나오진 않습니다. 이게 아주 예전 전설로는 그

---

383) 매호읍 도전리(道田里). 현재는 단양읍에 편입됨.
384) 인제.
385) 도담삼봉(島潭三峰). 단양팔경의 하나로, 남한강 상류 한가운데에 3개의 기암으로
　　이루어진 섬을 말한다.
386) 벼랑.
387) 정종지(鄭宗之). ‘종지’는 정도전의 자(字).
388) 해가지고. 해서.
389) 아직.

아주 판에 박힌 얘기여. (조사자 : 예. 그럼 아저씨, 그러면은 거기서ㅡ 그림 엄마ㅡ 정도전의 엄마 이름이 골?) 골막대기. (조사자 : 골막대기면은 결국은 못 싣고 마는 거예요?) 그렇지 (제보자와 청중 웃음) (조사자 : 그 명부에는 이름을 못 올ㅡ?) 못 올렸지. (조사자 : 못 올렸다는 거죠?) 쌍놈이기 때문에 안 된다. (옆에 계시던 연대희 할아버님 : 옛날에는) (조사자 : 골씨가?) 그 시방 이 우리가 한국에서 성을 가지고 따지는데 시방에 와서는 돈 많은 사람이 양반이지, 양반이 났냐. 예전에는 이제 아조만 하더라도 '천방지축마골피'390)여, 응. '천방지축마골피'. (조사자 : 천한 성요?) 응. 천한 성. 그거는 양반 집에 앞에 가서는 들어서지도 못해요. (조사자 : 예) 삽적간391)에서 무릎 꿇고ㅡ 꿇어앉아야지 되지. 그 성은 '천방지축마골피'라는 게 시방 와서는 돈 많은 게 양반이여. (조사자 : 예) 응. 돈 많은 게 양반이여. (조사자 : 예)

33) 화목한 집안

1988. 6. 4. 어의곡리 / 김성렬, 남 · 64

시방 할머이들하고 예전 시어머이하고 틀리다는 것이ㅡ 예전에 한 재상가집에서 참 며느리를 하나 봤다 이기여. (청중 : 재상이요?) 재상가라면 나라ㅡ 이 참 이 나라에 관료ㅡ (청중 : 예. 재상) 응, 재상가집에서 인제 며느리를 하나 봤는데, 참 서로 인제 그런 집에서 며느리를 봐놓고ㅡ 그 예전에는 며느리를 처음으로 이래 보면, 일주일 간 정지392)를 내보내지 않아요. 일주일 간을ㅡ (조사자 : 예? 정천이요?) 정지. 시방 부엌에ㅡ (조사자 : 아, 부엌) 부엌에 드가서 음식이고 뭐고 하지를 않으라 그래요.

---

390) 천(千)·방(方; 혹은 邦)·지(池)·축(丑; 혹은 秋라고도 함)·마(馬)·골(骨)·피(皮).
391) 삽작간. 문간.
392) 부엌.

하지를 않으라 하고, 일주일 후에는 나가서 인제 시범적으로다 자기가 인제 해보는 기고[393] ─ 이렇게 하는데 ─ 아, 일주일을 자기 집에서도 배울 만치 배워가 왔는데, 일주일을 가만히 있다가 일주일 후에 정지에 드가서 인제 이 설거지도 하고 이래하고는 그래고 한 삼 일 하다가는 집에 와 보니까 큰일도 지내고 이 빨래가 좀 많단 말이여.

빨래를 인제 한다고 인제 해가지고 솥에 안쳐 놓고, 그 인제 물이 좀 먼데 물을 좀 길러 갔다 오니께네, 아 ─ 이눔의 빨래를 평상에 안 해보던 여자다 이기여. 빨래를 물을 조금 붓고 빨래를 앉혀 놓고 불은 잔뜩 때 놓고서 멀리 물을 길러 갔다 오니께 ─ (조사자 : 다 탔구나!) 빨래가 다 타뿌렸다 이거여. (조사자 : 웃음) 아, 이거 큰일 났네. 이거 그 뭐 어떻게 해보지도 안 허고 정지에 앉아 우는 기라. 마 그 큰일 났거덩. 그래 우니까는 시어미가 쫓아나가가지고 하는 말이 ─ 아, 보이까는 뭐 정지에서 뭐 탄내가 난다 이기여. 보니까 빨래를 태웠다 이기야.

"아휴! 이거 내가 잘못했구나. 아가 아가, 내가 이기 잘못이지 니 잘못이 아니다. 니가 물 이러 간지 알믄 내가 나와서 이거 봤으면 그런 폐단이 없는데 총체 ─ 제일 잘못은 내게 있으니 니가 ─ 니 잘못이 아니다." 란 걸 시어머니가 말린다 이거여. 시어머이가 말린다 이기여. 그 시어머이가 말리니 뭐 그나마나 잘못했긴 자기가 잘못했으니 어떡해? 허허. (조사자 : 모두 웃음)

아, 그래 말이래. 시아버이가 어디 갔다 와 보니까 며느리가 앉아 울고 시어머니가 그래. 그래,

"왜 그래?"

"아, 이거 아가가 내가 잠깐 안 나와 보는 바람에 이거 빨래가 좀 눌어 가지고서 아가가 이래 운다."

그러니까,

---

393) 것이고.

　“아, 그거 내가 잘못이다.”
말이여. (조사자 : 시아버지가요?) 응, 시아버지가ー.
　“당신ー 둘이서 잘못 아니다. 내가 식전에 노느니 물만 한 짐 져다 놨
어도 아가가 물 지러 갈 거 아니지 않느냐.”
말이여. (조사자 : 웃음) 허허.
　“그러니 내가 잘못이다.”
이기여. ‘내가 잘못이다.’ 아, 이거 세 잘못이 나왔다, 이거ー. 서이가 자
기 잘못했다는 기다. 아, 이게 가만이 자기 신랑이 어디 갔다 와 보니께
는 서로 잘못했다구 그래.
　“아이, 왜 그러시냐?”
구 그래. 아, 그런 얘길해.
　“이ー 이건 아버지나 우리 어매가 잘못이 아니라 내가 잘못이오. 내가
정지에 낭구394)를 많이 들여 놔서 그렇소. 낭기 없었으면 불을 많이 안
땔 거 아니냐?”
이거여. 허허ー. 그 다 그래 (모두 웃음) (조사자 : 다들 이유가 있네요) 그
러니 집안이 화목한 기라 이기여. (조사자 : 그럼 제목이 뭐지요?) 그ー
그러니까는 그렇게 서로 화목한 집안이 나중에 안락해가지고 잘살게 되
었다는 기요. 그러니 집안은 언제나 서로 우의가 있고 서로 화목해야 한
다는 거. 그기 참 좋은 전설이요. 그기. 허허.

---

394) 나무.

34) 용한 점쟁이 1 ···

─백 냥 점(百兩占)

1988. 6. 3. 우덕리(友德里) / 성명 미상, 남·?

*이야기를 하나 해 달라고 부탁드리자 잘못하면 어쩌냐며, 좀 지루하다면서 이야기를 시작하였다. 이본은 영동군 〔황간면 자료 11〕 참조할 것.

그전에 저 전라도서 한 선비가 하나 있는데 글도 못 읽고 일도 못하고 상구쟁이[395]여. 부모 덕택으로 그냥 먹고 사는데, 부모를─ 그만 바깥부모는 그만 돌아갔단 말이여. 죽었어. 죽은 뒤에 안부모[396]가 살았는데, 그 인제 두 내우[397]하고 안부모하고 사는데. 아 이 사람이 아버이 덕택으로 먹고 살다가 아버이가 턱 죽으니 먹고 살 도리가 없단 말이여. 농사를 질래니 질 수가 있나? 상구쟁이가 돼 노니─. 그러다 그 앞에 배가 있는데─ (조사자 : 배?) 배라카는 것은 삿대질하고 타는 거 그것만 배웠다 이거여. 에, 그 나한테[398] 이눔의 배를 사가지고 뭐 이 장사를 해야지. 그전에는 곡석을 동네서 사가지고 그걸 걷어가지고 서울 가 팔아가지고 소금을 받아다가선 갖다 집에 가 팔고 이랬어.

그래 인제 동네 댕기믄서 참─ 그래서 참 배도 사야 되지, 곡석도 사야지, 그래 참 돈이 있어야 될 거 아이여? 논이 댓 마지기 되고 밭이 여남은 마지기 되는데 거 밭을 팔았어. (조사자 : 밭을 팔았어요?) 밭을 파니 돈이 있어야지 될 거 아이여? 그 돈을 가지고 배를 하나 샀다 이거여. 하나 사고, 그 또 남은 돈을 가지고 곡석도 사고, 이렇게 한 배 해 싣고서 서울로 올라갔어. 서울에 올라가 보니 어데 소금을 참 한 열댓 가마니 사야 되는데, 가보이 여기저기 한 여남은 가마이밖에 없다 이거여. 그래 그

---

395) 상고(商賈)쟁이. 장사치.
396) 늘 집 안에 계신 부모라는 뜻으로, '어머니'를 이르는 말.
397) 내외(內外). 부부.
398) 나에게. 자신이.

걸 살려고 골목을 이래 돌아 댕기다 보니, 한군델 가다 간판을 써 붙였는
데 '백냥집'이라 써 붙여 놨다 말이야. (조사자 : 예?) 백냥집. (조사자 : 아
백 냥 집) 돈이 백 냥이야. 시방으로 말하면 천 냥이고 십 원이지만은 그
때는 돈이 백 냥이니 열 냥이니 이랬거든. 백냥집이라 떡 써 붙이 놨다.
이눔의 백냥집이 뭐 순갈도 뭐 백 냥을 받고 돈을 받고, 또 사기를 할라
그러나 뭔지 알 수가 있어? 그래 누— 곁에399) 사람한테 물었어.
　"아, 저 집이 백냥집이라니 도대체 뭐하는 집이요?"
물으니께, '점하는 집'이라 이런다 이기여. 점 복채400)가 백 냥이여— 한
번 하는데. 아 이눔의 소금을— 콩을 판 것이 꼭 백 냥이란 말이여. 백 냥
인데—
　"에라, 모르겠다. 장사를 내중에 또 하면 하고, 이놈의 점을 하도 용하
니껜 백 냥까지 받지 그잖으면 백 냥씩 받을 리가 참 만무해. (제보자 : 그
때 한 건에 열 냥하고 스므 냥밖에 안 가는데—) 에이! 그놈에 점이나 한
번 해보자."
고 떡 들어가서는— 들어갔단 말이여. 드가니께로 소경이 말이여. 여자가
소경이 점을 하는데, 산통을 이래 흔들고 그 문서를 쥐구 이랜단 말이여.
그래 떡 드가서,
　"여 점하는 집이면 복채가 얼마나 가오?"
그래니,
　"아, 거 간판에 써 붙인 거 못 봤느냐?"고, "거 백 냥이라."고.
　"아, 그러냐?"고.
　"금401) 점을 하면 아주 이 일생을— 아주 평생을 아주 점을 다 할 수
있느냐?"
고.

---

399) 곁에.
400) 복채(卜債). 점을 쳐 준 값으로 점쟁이에게 주는 돈.
401) 그럼.

"아, 다할 수 있다."

고. 그— 그만 백 냥을 내놨어. 백 냥을 턱 뿌려 노니까, 아 그눔의 봉사가 그만 돈을 움켜줘서 주머니 집어 너뿌리고 점을 떡 한다 이거야. 돈은 하마402) 그 사람한테 돌아갔지. 그래 봉사가 점을 하는데, 산통을 흔들고 이래 점을 하는데 뭐 다른 얘기는 아무것도 없고 글을 몇 줄 이래 써줘. 글을 써주는데, 뭐라고 써줬냐 하면, 암하에 불계선403)하라, 바위 밑에 배를 매지 말아라. 또 고 밑에 또 뭐라고 썼냐 하면은. 대병을 불가식404)하라. 큰 떡을 먹지 말아라. 또 고 밑에 또 뭐라고 썼냐 하면은 낙유를 두상객405)하라, 떨어지는 기름을 머리에다 쳐라 이기여. 머리에다 바르랜다 이기여. 그래 이제 석 줄을 떡 썼지. 그래 또 그 밑에 뭐라고 썼느냐 하면. 뭐여? 어 필두에 성개소406)하라, 붓 위에 파리를 가히 웃어라 이랬단 말이여. 붓 위에— 붓을 이제 쓰자니께 붓 위에 파리가 앉아가지고 나불나불한단 말이여. 그걸 보고 웃으라는 기여. 또 그 밑에는 이 죽 이래 그까지 넉 줄을 쓰고서, 밑에 뚝 떨어져 가지고 '곡일두 미삼승'407)이라. 곡식은 한 말인데 쌀이 서 되다. 이래 써놨다는 겨.

이래 써놨으니 아 이눔의 치다 봐봐야 글이지 뭐. 다시 뭐— 그래해,408)

"아, 그믄 우트케 해 달라."

고 그러니께,

"아, 이만하면 당신이 다 그만하면 배운 게 있을 테니까 그만하면 되지. 까짓 거 이거 들고 가라."

---

402) 벌써. 또는 '아, 뭐' 정도의 뜻으로 사용한 것 같음.
403) 암하(巖下)에 불계선(不繫船). '바위 밑에 배를 매지 마라.'는 뜻임.
404) 대병(大餠)을 불가식(不可食). '커다란 떡은 먹지 마라.'는 뜻임.
405) 낙유(落油)를 두상객[頭上加]. 제보자는 '두상객'이라 했으나 뜻풀이를 보면 '두상가(頭上加)'일 듯하다. '떨어진 기름을 머리에 바르다.'라는 뜻임.
406) 필두(筆頭)에 성개소[蠅可笑]. '성개소'는 '승가소'의 잘못일 듯. '붓 끝에 앉은 파리를 보고 웃는다.'는 뜻임.
407) 곡일두 미삼승(穀一斗 米三升). '곡식 한 말에서 쌀 석 되가 나온다.'는 뜻임.
408) 그래서.

는 겨. ‘아, 그만하면 되고 제 발로 가라.’는 기지. 이것만 써주고 가라는
겨. 아 이눔의 망할 눔이 뭐 이 해석을 해줘가지고 일평생 우트케 된다는
걸 똑똑히 얘기를 해야 되는데, 아 이것만 써주고 가라니! 또 돈은 줬지.
아 그래 이젠 그만 나온 겨. 아 그만 소금도 못 사고 빈 배만 끌고서 이
래 내려오는 기여.

　내려오다 보이께로 참 며칠을 왔던지 한 군데 오다니께로 날이 아주
아침엔 창창하고 맑았었는데 거 강가엘 갈라 하니까. 아주 이 검은 구름
이 아주 고만 고개 위에 둥둥 막 떠- 떠다니구선. 아 비가 소내기가 고
만 이래 딸쿠기[409] 시작하는데 당최 눈을 못 뜬다 이기여. 어떻게 딸쿠는
지. 그러다 보니께로- 가다 보니께로- 가다 보니께로 바우가 말이여.
저 아주 강에 바우가 넙죽한 기 이런 게 사람이 전부 걸로[410] 다 들어가.
배두 글로[411] 들어가고, 사람도 글로 들어가고-. 비 끊을라고.[412] 비가
눈을 그저 딸쿠니 뭐. 그 ‘아이, 난도 저기 좀 들어가서 비를 좀 건네야겠
다.’ 거 막 들어갈라고선 생각이 우뚝 나는 것이 ‘암하에 불계선’하라-
바우 아래 배를 매지 마라. 이기 생각이 난단 말이여. ‘아이, 고만 내가
잘못했네.’ 고만 도로 몰고 나갔네. 막 나가자니 바우가 덜컥 무너져. 그
래 그 밑에 서울 사람은 다 죽었지. 아, 이거 바우가 넘어가니 배가 그만
쫙 밀려가지고 저 개천에 가 덜컥하구 마구- 그래 여기서 그만 그래 그
서울사람 다 죽었어. 그래서 배를 돌려 나갔단 말이여. 막 나가니 이 바
우가 덜컹- (청중 : 어휴!) 배도 다 파묻히고. 바우가 넘어갔으니 다 죽지
안 죽어?

　그래 또 도로 배를 끌어들여갖고 집을 내려오니까 그 어머니가,

　“아이구! 야야, 서울 가서 고생 얼마나 했냐? 참 큰 고생했다. 니가 고

---

409) 떨어지기.
410) 그곳으로.
411) 그곳으로.
412) 그을라고. ‘긋다’는 ‘비를 잠시 피하여 그치기를 기다리다.’의 뜻임.

대 올 줄을 내 바랬는데 아, 우째 이렇게 늦었냐?”
하니,

“아, 우째 하다 보니 늦었어요.”
하고 대답을 했어.

“아구, 야야. 니가 배가 고프고 밤에 니가 밥해 먹느라고 고생을 했으니 나가 너 올 때를 바라구선 저다 우에다 떡을 핼라고 가루를 빠서 해 놨으니 이 떡을 내가 해줄 테니끼니 니가 이걸 먹고 천천히 있으면 배가 고프드래도 천천히 먹고 이걸로 해줄 테이께는 이걸로 그만 먹으라.”
이랬단 말이여. 그래 이제 시어머니하고 며느리하고 뿐이지 뭐. 그래,

“그럼 그렇게 해요.”

그래 이제 반죽을 해 가지고 고만 송편을 했다고 송편― 이 똥그란 거― 송편 알아? 송편을 해가지고서는 우선 급하지.

“우리는 천천히 해 먹더라도 자는413) 우선 해 주자.”
고. 그래 이지414) 둘이 고부찌리415) 떡을 한 그릇 될 만치 해 가지고선 갖다 줬다 이기여. 그래니께니 밥을― 떡을 이래 해 놓고서 시어머이는 뜸 좀 들으라고― 뜸이 들어? 대번에 뜸이 안 들어, 뜸이 들라고 방엘 들어갔다 이거여. 그래 서울 가서 우트케 했으며― 이런 얘기도 하고―. 그래 들어간 새에 그러고선 나가 보이껜 떡이 다 익었어. 그 한 그릇 채려 가지고선 이제 소반에 받쳐서 아들을 갖다 줬다 이거여. 아들이 떡을 먹을라고 보이게로 꼭대기 올려난 기 질416) 커. (조사자 : 꼭대기에 올려 논 게 제일 커요?) 꼭대기 올려난 기 젤 크다고. 거 ‘대병을 불가식하라.’― 큰 떡을 먹지 말라 했거든. 아뿔사! 이기 질 크니까 이걸 내려놓고― 아주 소반에 내리 났다 이거여. 그러고선 이렇게 어머이는,

---

413) 저 애는.
414) 이제.
415) 고부(姑婦)끼리. 시어머니와 며느리만.
416) 제일.

"아이 야야, 그걸 내리 놓나?"

"아이 천천힌 먹지요 뭐."

이렇게 하구선 그 떡을 다 먹었다 이기여. 아 이거 큰 떡을 먹지 말라 했는데, 큰 떡이 이기 제일 크니까 우트케 하나 하고서 문을 탁 여니께 개가 반가워서 말이여. 아주 이기 처음 보니게 반가워서 개를 훅 던져 줬어. 이눔의 개가 물고서 가다 그만 먹었어. 아 이눔의 개가 먹디만 막 발광을 하고 뭐 이— 그 뭐 그냥 죽어뿌렸어. 누가 그랬겠어? 어머이가 했겠어, 마누라가 했겠어? (청중 : 마누라요) 그 마누라가 그랬겠지? 다른 사람은 그럴 리가 만무하잖어? 아 그래드니 이미 고만 이눔의 개가 죽으니까, 아 그 어머이도 보니까 어머이가,

"아구! 야야, 니가 안 먹길 잘 했지. 그래 우트케 해서 나하고 가417)하고 둘이 맨들었는데 이 우쨘 일이냐? 이기 이기 큰— 뭔 일이냐?"

금418) 저— 저— 알 거 아이여?

"무슨 일이냐?"

그러니껜, 아들이,

"아이, 어머이 암 말도 말아요, 암 말도 말아요."

자꾸 '암 말도 말라.'는 기여. 아, 그 이상하다! 이거 뭔 내가 그랬단 것도 이상하고 아 그거 메누리가 그랬다 하기도 머하고,419) 이 이상한 일이거든. 그러나 마나 이 아들은 '아이, 암 말도 마라.'고 자꾸 그러고. 아 그 말았지. 그래다가선 이제 말고서— 말고서는, 기 하마 개가 죽고 하이께 마누래도 겁이 나든지 마음이 좋지 않지. 뭐 좋을 리가 만무하잖애? 하마 개가 죽으니까.

그래서 인제 그만 말고서 인제 그날 저녁이 됐는데, 그 우째 어머이가,

---

417) 그 애. 며느리.

418) 그럼.

419) 뭐하고. '뭐하다'는 언짢은 느낌을 알맞게 형용하기 어렵거나 그것을 표현할 말이 생각나지 않을 때 암시적으로 둘러서 쓰는 말.

"야야 모처럼 아주 저 아무 데 가서ㅡ 거 가서 거 두 내우가 자거라."
그랬단 말이여. 그래 뭐 참 마누래도 즈 마누라니 안 들어 갈 수도 없고ㅡ
그 마누라가 간부가 있단 말이여. 간부가 있어가지고 그 본 남편을 죽일
라 그랬거든. 그래가지고 떡 들어가 자는데, 그 흔히 남자는 아랫묵에 자
고 여자는 웃묵에 자잖어? 그 인제 아랫묵에 지대서420) 이래 자는데. 그
리 이제 송편을 해 가지고 지름을 발르잖애? 그 지름을 발라 가지고선 바
르는 긴데, 기름병을 그 전에 딸쿠고선 글 벼름박421)에다 그걸 걸어 놨던
모냥이지. 그래 점쟁이도 용하기도 용하지. 벼름박에 걸어 놨는데ㅡ 아
거 벼름박에 이래 듰는데, 이눔의 지름이 뚝뚝 떨어져. 그 물러 가지고
말이여. 뚝뚝 떨어지는데, 아 얼굴에 여길 떨어져. 그 이기 뭔가 하고서
이래하고서 맡아보니께 지름이여. 여기다 씩씩422) 발랐어, 이래. (제보
자 : 머리에 기름을 바르는 시늉을 하며ㅡ)

그 시방 아주 옛날이 아니구 아마 해방되고 아 해방되고 아마 일정시
대 첨에 일본놈이 일본 갔다 오고ㅡ 오는 사람도 있고 그래 그랬든 그때
인 모양이여. 아주 어두울 때. 그래니끼니 하이깔라를 했지 하이깔라를
하고, 그 전에 왜 하잖어? 일본 사람들. 그래가지고선 기름을 떡 썩 발랐
는데. 그리ㅡ 그리 여자가 말이여. 아이 암 날은 하마 저끼리 꼬질길423)
다 했지. '암 날은 올 테니까, 오그든 담박 죽이뿌리라.'고 아마 두 내
우424)는 짰다 이기여. 그 간부하고ㅡ.

그 이 사람은 뭣도 모르지. 뭐ㅡ 뭐 우트케 됐는지도 모르고, 개가 거
죽으니 점쟁이ㅡ 아마 속으로는 '아, 이기 저렇구나!' 이 사람은 그뿐이
지, 누가 우트케 됐는지도 모르지. 바로 그 바로 고만ㅡ 고만 배를 타고

---

420) 기대서.
421) 바람벽.
422) 쓱쓱.
423) 꼬지르기를. '꼬질르다'는 고자질하다. 혹은 일러바치다. 여기에서는 '모의하다'의
　　　뜻으로 쓰였음.
424) 남자와 여자. 간부간부(姦夫姦婦).

고생하느라고 고만 정신없이 고만 들눠425) 잤어. 마누라는 웃묵에 자고―
그 인제 자는지 우째는지 모르고―. 얼마를 자든지 자가지고선 깨니까 달
이 말이여, 훤하고 샌다고. 달이 훤하고, 문이 훤하고, 인제 샌단 말이여.
새는데 이렇게 문을 여니께로 아 비린내가 확 치드래. (청자 : 비린내요?)
인나서426) 이래 문이 훤한데 아 비린내가 확 치는 기 아, 깜짝 놀래 그만
'이 뭐 비린내가 이래 나는가?' 벌떡 인나서 보니까 문이 여 훤한데 자기
마누라 배때기에 칼이 꼽혀 있어.

   그래 저놈427)이 말이여. 이래 맞춰428)― 머리를 맞춰 보니께로― 여자
만 지름 바르지, 남자는 지름 안 바른다 이거야. 그렇찮애? 여 지름이 묻
은 걸 보고 덮어놓고 '이기 여자다'― 덮어놓고 꼭대기 걸 그만 맞치보도
안 허고 픽 찔렀다. 칼로 픽 찔르고서 고만 내뺐다. 아! 비린내가 확 치는
기 당최 모르겠어. 쫓아 인나서― 벌떡 인나니께로 자기 마누라 배때기에
칼이 여 찌다난 게429) 있어. 아구! 그 뭐 빼야지 안 뺄 수는 없는 거 아이
여? 그 빼가지고선 섰는데, 이웃에 나만한 늙은이가 말이여― 여자가―
그 전에― 시방은 성냥이다 방화430) 이 많지만은 그 전엔 이 화룻불에다
불씨를 꼭 묻었어요. 짝디기를 이래 화루431)에 담아 가지고 이래 가만 놔
두면 이 밤새도록 불이 붙어 가지고 안 꺼진다고. 그래서 아 불씨를 보다
니까는 불이 꺼졌어. 그 이 늙은이가 저 집에가 불을 좀 얻는다고 그 집
엘 왔다 이기여. 와서 보니께는 날은 다 새는데 뭐 방에서 나오도 안하고
방에서 중얼중얼중얼하고 뭐 이랜다 이기여. '아 이 집엔 뭐 인나도 안하
고 방에서 혼차 중얼중얼하기만 하느냐?'고 문을 확 열었다 이기여. 여니

---

425) 드러누워.
426) 일어나서.
427) 살인한 간부(姦夫)를 가리킴.
428) 만져.
429) 기다란 것이.
430) 방화(放火). 여기서는 '불을 붙이는 것'이란 뜻으로 사용한 것 같음.
431) 화로(火爐).

께로 남자가 칼을 들고 섰다 이기여. 여자는 이 배에서 피가 마구 솟아 올르지— 그 오비이락432)이여. 배 떨어지자, '까마귀 날자 배 떨어진다.'는 그 얘긴데, 금 그 지경이 떡 되니, 아구 그만 저 여자가 뭐라고 하냐면은, "아이구, 운제433) 왔는지 어제 왔는지 아이, 왜 이렇게 이 지경을 하느냐?"고, "그냥 말로 하든지 하지, 왜 이렇게 사람을 찔러 죽이냐?" 고. 그눔은 인제 뭐 갈데없지 뭐. '사람을 찔러 죽이냐?'고 아 그래 걱정하이께, 아 그 어머이도, '아이, 뭐이 우트케?' 이래면서 나와보이께 아, 그 지경이 됐네. 아, 피가 배때기에 딸쿠지.434) 그래 고만— 고만 혼자도 아이고 그 인제 동네 사람이 빤히 다 알고 이장 알고 동네 구장 알고 다 알고 나니까. 이거 조사와가지고 가서 고소를 했다 이거여. 아, 고소를 하니. 그 전엔 원435)이 아니여? 시방은— 여 그 전엔— 시방은 군수지만, 시방은— 그 전엔 원이여. (조사자 : 원? 네— 네) 원이 이제 와가지고— 참 고을 와 사는데 그 원하테 가가지고 그만 정소436)를 했어. '사람이— 어떤 사람이 아 배를 사가지고 서울로 장사를 하러 갔다가 장사도 안 하고— 안 하고선 그냥 와서 자기 마누라 배를 찔러서 죽있으니— 그런 사고가 이래 있다.'고. 그러니께니 관가에서 그만 붙잡아 갈 꺼 아니여? 거포교 뭐 이방 뭐 사람을 보내서 불러다가— 불러 가 뿌렸단 말이여. 그래 끌고 가 뿌렸지.

그래 인자 살인자는 사영437)이여. 사람 죽이면 너도 죽어야 된다 이거여. 그래 거 가가지고선 가다 허리춤에다 붙들어 맸단 말이여. 그래 매

---

432) 오비이락(烏飛梨落). 까마귀 날자 배 떨어진다는 뜻으로, 아무 관계도 없이 한 일이 공교롭게도 때가 같아 억울하게 의심을 받거나 난처한 위치에 서게 됨을 이르는 말.
433) 언제.
434) 떨어지지.
435) 원(員). 수령(守令). 고려 · 조선 시대에, 각 고을을 맡아 다스리던 지방관들을 통틀어 이르는 말.
436) 정소(呈訴). 소장(訴狀)을 관청에 냄.
437) 사형(死刑).

놓고서.

"너는 살인자 사영이니깐 너는 죽은 줄 알아라. 그래 어떡해서 여자를 칼로 찔러 죽였느냐?"

이기거든.

"에ㅡ 저는 칼로 찔러 죽인 배가[438] 없고, 자다가ㅡ 자다가 인나 보니깐 마누라 배때기에 칼이 꼽혀서 그걸 칼을 쭉 뺐습니다. 빼자 이 늙은이한테 들키서 이렇지 난 사람은 죽은 배가 없습니다."

"하나 마나 니가 칼을 들고 있었으니 니가 그랬지 그럼 누가 그랬다는 거냐?"

누가 어디 댈 데 있어? 할 수 없는 기지.

"사실 그렇게 됐습니다."

"그래, 그러나 마나 니가 이렇게 했으니까 내 보낼 수 없으니깐 넌 죽을 때를 바래라."

그 전엔 이 사형들이란 건 매고선 그 '너는 죽어도 한치 말아라.' 이런 다짐장[439]이 있어. '너는 죽어도 한치 말아라.' 이런 다짐장이 있는데, 이거 종이를 갖다 놓고 덜커덕 씨라는[440] 겨. 그 다짐장을. '너는 죽어도 원통하거나 한 개도[441] 한을 말아라.'하는 그런 다짐장이 있는데 쓰라는 기여. 그래 이 사람이 그걸 씰라고 붓을 들고 여 있단 말이여. 근게 붓 위에 파리가 앉았잖애? '필두에 승개소'[442] 하라, '붓 위에 파리는 가히 웃어라.' 이기여. 그래 이 사람이 덮어놓고서는 그걸 보이게 파리가 여 올라앉아 너불너불 대니껜 허허허허 웃는단 말이여. 아 원이 내다보니까 아 잠박ㅡ 담박 죽을 놈이 허허 웃는 단 말이여. 아, 그 이상한 일이거든. 거

438) 바가.
439) 다짐을 적은 종이.
440) 쓰라는.
441) 하나도. 전혀.
442) 필두(筆頭)에 승가소(蠅可笑)라.

담박 죽을 놈이 우째 웃으니. 그래 하인들을 시켜서,

"아이, 그눔 담박 거 매서 죽을 놈이 허허 웃으니 웃는 곡조443)가 우짼지 그걸 알려 보내라."444)

이랬거든. 그리 그만 이 사람이 그걸 내놨어. 거 쪼만 거를— 쪼만 거를 고만 이래 놓고,

"사실은 이기 이렇게 내가 한번 서울 가 점을 했는데, 이기 상근445) 맞춰 내려옵니다. 근대 나는 모른다."

이기여. 아 보니까 '암하불계선하라'와 '대병불가식하라'가 꼭 맞아. 아주 꼭 맞았다니까. 그래 '필두에 승가소'랬는데, 붓 위에 파리가 앉으니깐 웃었고 용케 또—

"그래? 그럼 우트케 됐든지 '곡일두 미삼승'하라, 금 이건 뭐냐?"

그러니까,

"그건 저 해독을 못합니다. 이래 원님께서 해독을 한번 해시446)보라."

구. 가마이 생각하니 이 사람은 참 애무447)한 사람같애. 그 뭐이 꼭 맞아 들어간다니깐. 그 애매한 거 아니여?

'곡일두 미삼승'— '곡석은 한 말인데 쌀은 서 되다' 한 거를 원이 터득을 해야 된다고. 이놈을 터득할래니깐 '곡석은 한 말인데 쌀은 서 되'라니 이기 먼지 알 도리가 있나? 아무리 생각을 해봐도— 그래 꿍꿍— 밥을 안 먹어. 고만 고놈의 그것 때문에— 그거 아니면— 그걸 알아야만 그 사람— 상사람448)을 그만 안 죽일 텐데—. 그걸 모르면 안 되거든. 그래서 아 이놈이 고만 식음을 전폐하고선 꿍꿍 앓는 기여, 원이—. (조사자 : 예)

---

443) '곡절(曲折)'의 잘못. 순조롭지 아니하게 얽힌 이런저런 복잡한 사정이나 까닭. 사정.
444) 알아보아라.
445) 늘.
446) 하셔.
447) 애매한. 앰한. 아무 잘못 없이 꾸중을 듣거나 벌을 받아 억울한.
448) 평민. 벼슬이 없는 일반인.

아, 그래니께 얕은꾀는 여자가 더 나. (청중 웃음) 어디 가든지 여자가 더 나. 그래 꿍꿍 앓으니깐 그 원의 부인이 보니께로 아 요샌 밥도 잘 안 먹고 우째 꿍꿍 앓는 소리를 하고 이랜단 말이야. 그래 나가서,

"아, 요샌 워째 음석449)을 잘 안 자시고 뭔 얼굴에 되게 수심이 있는 것 같으니 왜 그럽니까?"

이랜 거여.

"아이, 뭐 부인은 알 거 아니라."

고.

"아, 여보시오. 한 집에서 살고 한 집에서 밥을 먹고 살믄선 그래 당신 모르는 건 내한테 혹 아는 수도 있으닌께 얘길 바로 해 달라."

는 기지. 그래 그 얘기를 했어.

"여 사람 하나 죽인 이가 있는데 그 점을 했는데, 상근 맞춰 내려오는 끝에 와서는 '곡일두 미삼승'이라 하는 거를 이거 내가 해야 되는데 글풀이할 도리가 없다."

이래니, 그 여자가 가만히 한참 생각을 하더니,

"에이, 그 뭐 크게 어렵지 않아요. 밥이나 자시라."

고. 그 이런 제기 '어렵지 않다.'고 하니— '나는 뭔지 아지도 못하겠는디 어렵지 않다.' 하니 이상하다 이거여. 그 이제 참 밥을 먹고서,

"그 이거 참 당신이 죄인을 알가든 그것 참 신선하이450) 가르치라."

고.

"아이, 가르친다."고, "그래 걱정말라."고.

곡석은 한 말인데 쌀은 서 되다. 한 말이면 몇 되여? (조사자 : 한 말이면요?) 한 말이면 몇 되냐고? (조사자 : 열 되요?)451) 한 말이면— (조사

---

449) 음식.

450) '선선하게'의 잘못. 시원한 느낌이 들 정도로 서늘하게. 성질이나 태도가 쾌활하고 시원스럽게. 선선히.

451) 이때 청중 속에서 '닷 되요.'라는 말이 조그마하게 들렸음.

자 : 열 되) 열 되 아니여? (조사자 : 예) 열 되가 한 말이거든. 소도452)엔 시방 닷 되도 한 말이라고 그러지만 닷 되 그건 닷 되밖에 안 되고, 열 되라야 한 말이여. 금 곡석이 열 되거든. 쌀이 한 되니 재453)가 뭐454) 되여? (조사자 : 재요? 재가 뭐예요?) 재가— 재가 일곱 되 되잖애? (조사자 : 재가 뭐예요?) 저— 딩개455) 말이여. 볏짚 깝줄456)— 볏짚 깝데기 말이여. 볏짚 껍질 글 딩개라 그러잖애? 그— 그기 일곱 되 아이냐 이 말이여.

그래 '재 강'짜457)— 재 강짜— 강가458)가 있어요. 재 강짜 강가가 있어요. 재 강짜 강가가. 이— 이기 일곱 되니깐 칠성459)이요, 칠성. 입곱 칠(七)짜 되 성[升]짜 칠성이라고. '강칠성'460)이라는 사람이 이 짓을 했다 이기여. 그렇게 된겨. 그래 그늠의 점쟁이가 용하기야 하늘 아래 용하지. 그래 재 강짜지. 칠성은 일곱 되 아니여? 그래 칠성 아니여?

"그 강칠성이라는 사람이 이 짓을 했다."

이기여.

"아, 그러냐?"

고. 그믄 불러내가지고— 하인들 불러

"아무 데 가가 강칠성이라는 사람 있으니까 가 불러 오니라."

아, 이눔들 가다 장터에 가다 구경하이께로,

"강칠성이라는 사람이 있느냐?"

물으니께,

"아, 있다."

---

452) 소두(小斗). 한 말의 반이 되는 말. 곧 닷 되들이 말이다.
453) 겨.
454) 얼마나.
455) 등겨. 벗겨 놓은 벼의 껍질.
456) 껍질.
457) 겨 강(糠) 자(字).
458) 강가(康哥). 강씨.
459) 칠성[七升].
460) 강칠성[康七升].

그러는겨. 그늠이 백정이여. 강칠성이라는 사람이 소 잡는 백정이여. (조
사자 : 아, 백정) 그 이래 칼을-

　"칼이 이게 누 칼이냐?"

니께, '아 이 아무개- 강칠성의 칼'이라는겨. 다 뻔히 안다 이기야. 그
잡으러 가니께, 고을에 있는데- 백정촌은 대반461) 백정만 있고 다른 사
람은 이렇게 있드래. 그래 고462) 가니께로- 칼은 감추고선,

　"강칠성이라는 사람이 ·여 누구요?"

물으니께로, 내라463) 그러드래.

　"강칠성이 나오라."

고 그래 대번 붙잡아가 포승해가지고선 칭칭 둘러,

　"금 가자."

말이여.

　그래 가가지고,

　"금 당신이 강칠성이니 이 칼이 누구 칼이냐?"

　그럼 지 칼이지 뭐 별 수 있나?

　그래 그 사람한테 가가지고 그 원이 그 사람을 고만 강칠성이라는 사
람을- 살인자- 사람이니께 쥑이뿌리고- 그래 그 사람은 아 머 앰해
서464) 빼어 놓고,

　"잘살어라."

　그런 전설이 있어. (웃음)

---

461) 대반(大半). 반수 이상.
462) 거기.
463) 나라고.
464) 앰하여서. '앰하다'는 아무 잘못 없이 꾸중을 듣거나 벌을 받아 억울하다.

35) 열녀문

1969. 5. 4. 평동리(坪東里) 자택 사랑방 / 김홍규(金洪奎), 남·67

　여기에 이씨네들이 많이 사는데, 한번은 총각 한 분이 전라도로 오입을 나갔다가 하도 사람이 신실[465]하고 하니 어떤 집에 사위로 들어가 두 내외가 살림을 하다가 갑자기 남편이 죽었네. 둘이 살 적에 부인이,

　"당신 고향은 어디요?" 하니,

　"내 고향은 매포면 들고리인데 고향에 가면 일가친척도 많이 있다." 고 얘기를 했지.

　그런데 옛날엔 누가 죽으면 고향산천에 묻는 관습이 있었는데, '남편이 객지에서 죽었으니 고향에다 묘를 쓰자.'고 부인이 날송장[466]을 이고 전라도에서 여기까지 오니, 그 정성이 여간이 아니었다. 선영[467] 계하[468]에 암장[469]하고서, 청춘 수절을 하며 여기서 사시다가 돌아가셨다. 그 후 그 갸륵한 정성에 놀라와 이곳에 열녀문을 세웠다.

36) 호랑이 목에 걸린 비녀 1

1969. 5. 4. 평동리 자택 사랑방 / 김홍규, 남·67

　*유관 자료인 충북 단양군 〔어상천면 자료 7〕; 동 영동군 〔황간면 자료 5〕 및 옥천군 〔청산면 자료 15〕 참조할 것.

　소백산 죽령재 너머 희방사[470]란 절이 있는데, 그 시초 적에 한 중이

---

465) 신실(信實). 믿음직하고 착실함.
466) 죽은 지 얼마 되지 아니한 송장. 염습(殮襲)을 하지 아니한 송장.
467) 선영(先塋). 조상의 무덤.
468) 계하(階下). 원뜻은 '섬돌이나 층계의 아래.' 여기서는 '발치'의 뜻으로 쓰인 듯함.
469) '안장(安葬)'의 잘못.
470) 경상북도 영주시 풍기읍 수철리에 있는 절.

막을 치고 수도를 하고 있었는데, 밤이면 범이 와서 막을 빙빙 돌고 하거
든. 허나 그런 수도하는 분이니까, 정신없이 도만 믿고 책만 읽고 할 뿐
이었지.

어느 날 한번은 이놈이 입을 딱 벌리고 대가리를 들이대고 있는데, '아―
이놈이 해꾸지하러 왔나보다!' 하고, '잡아먹으려면 빨리 잡아먹든지 해
라.' 하고 가만히 보니 뭔가 애원하는 것 같애. 무심코 입 안에다 손을 들
이대니, 뭔가 걸리는 게 있어 빼보니 비녀가 하나 나오거든.

그래서 대사가,

"이놈, 못된 짓 했구나!"

하고 나무라니, 그만 어슬렁어슬렁 가버렸어.

그리고 어느 날 하루는 이놈이 큰 처녀를 업어다 방바닥에 턱 던지고
는 가버려. 보니 처녀는 죽은 것 같애. 그래 백비탕471)을 먹이고 수족을
만지고 하니, 한참 후에야 살아났다 말이여. 그러나 그런 도사야 색탐472)
없고 단순히 도만 믿으니,

"그래 처녀는 어떤 처녀인가? 어떻게 여기까지 왔소?"

하니,

"나는 서울 아무 대감집 딸인데 저녁에 오줌― 소피하러 나왔다가 그
후 어떻게 된 건지 모릅니다."

하고 말하니, 대사가 가만히 생각하니 호랑이란 놈이 자기를 살려 주었다
고 그 은공으로 처녀를 갖다 주는 것 같애. 허나 대사에겐 천부당만부
당473)하지.

"그래? 그럼 서울에 가면 너 집은 아니?"

하니,

"서울만 가면 안다."

---

471) 백비탕(白沸湯). 아무것도 넣지 않고 맹탕으로 끓인 물.
472) 색탐(色貪). 여색을 몹시 탐함.
473) 천부당만부당(千不當萬不當). 어림없이 사리에 맞지 아니함.

고 대답한다. 그래서 대사와 동행해서 서울로 갔지.

　한편 처녀집에서는 딸이 호안[474]에 갔다고, 호안굿[475]을 하고 야단이 났어. 대감 내외분은 딸 생각을 하고 대청마루에서 울고 있는데, 웬 대사가 자기 딸을 데리고 오거든. '아, 굿을 하고 – 하니 죽은 딸의 혼이 오는 모양이다.' 하고 생각하니, 반갑고 한편 겁도 나고 정신이 얼떨떨한데, 그 딸이,

　"저는 죽지 않고 살아왔으니 아버지 어머니 안심하십시오."

하니, 그 부모들 기쁨이 오죽하겠어.

　"그래 어떻게 살았니?"

하니, 그동안의 이야기를 죽 하고,

　"대사 덕분으로 다시 살아오게 되었습니다."

하니, 부모들이 얼마나 반가워하겠어? 그래서 딸을 찾은 게지.

37) 사명당(四溟堂)이 된 임진사 ·······························

1969. 5. 4. 평동리 자택 사랑방 / 김홍규, 남 · 67

　성은 임씨로, 십육 세 때 별과에 급제하여 살다가 아들 하나를 두고 상처를 당하게 되었다. 그 당시로 보아 가정도 부유하고 어린것들 문제도 있고 해서 주위 사람들이 장가들라고 권하는 바람에 장가는 다시 갔는데 후처 몸에서도 이들 남매가 났다. 그런데 본처의 아들을 밀양 박진사댁으로 장가보내기로 하고 있는데 계모가 마음이 고약한지라. 가만히 생각하니 전실 아들만 없으면 많은 재산을 자기 아들에게 물려주겠는데 – 그래서 야욕을 품고 장가들 때 전실 아들을 모해할 생각을 하고 기회만 노렸다. 그래서 계획적으로 종 두 늙은이를 후대를 하고,

---

474) 호환(虎患). 호랑이에게 당하는 화(禍).
475) 호환굿. 범탈굿. 호환을 예방하기 위해서 하는 굿.

“내 시키는 대로만 하면 종 신세도 면하고 아주 부유하게 살도록 해 줄 테니 첫날밤에 신랑 목을 베어 오라.”
하고 매수를 했지. 그 매수당한 안종476)이 집에 와서 남편한데,

“여보, 우리도 부인 말만 들으면 양반 노릇을 할 수 있으니 그렇게 합시다.”
하고 말하자, 남편이 처음에는 거절하다가 끈기 있는 여자의 설득에 꾀이여 그만 승낙을 했지. 그래서 첫날밤에 남종이 신랑의 목을 베어 왔다. 그래 종문서는 소멸하고 논 수십 마지기를 주어서는 보냈지.

한편 상객으로 갔던 임진사는 사랑에서 자다가 신랑 목이 달아났다는 소리에 깜짝 놀라 신랑방에 가 보니 온 방에 피가 낭자하고 신랑은 이미 죽었고 각시만 살아 있으니 자기 아들 죽었는데 각시는 데리고 올 필요도 없으니 그날로 임진사는 와 버렸지.

한편 색시가 가만히 생각해 보니 자기가 온통 누명을 뒤집어쓰게 됐거든. ‘혹시 간부와 모략해서 신랑을 죽였다.’고— 이 정도 되니 이젠 색시 집도 행세를 못하게 되고 남의 집까지 망하게 하니 그길로 멀리 장사를 떠나 버렸지. 바늘이나 화장품 같은 소소한 것을 가지곤 이곳저곳 돌아다니다 간 곳도 자꾸 가고 해서 자연 아는 사람도 생기고 하여 한 동네 어떤 집과 친절하게 되었어.

하루는 그 집에 가니 큰일이 있다고 하여 자지 못하게 되매 주인이,

“요 뒤에 가면 두 노인이 내외가 사는데 아마 쉴 수 있을 테니 가보시오.”

그래서 가 보니 두 노인이 반겨 맞으며,

“우리는 자식들도 없고 하니 하루 만이 아니라 며칠이라도 유숙해 가라.”
하면서 아주 극진히 대하여 주어. 그래 하루, 이틀 묵다가 갈려 하니,

---

476) 여자 종을 낮잡아 이르던 말.

"지금은 정초[477]인데 가 보았댔자 장사도 잘 안 되고 하니 보름이나 지나고 가라."

하거든. 가만히 생각해 보니 옳은 말이라. 그래서 밤에 잘 때는 색시는 웃방에서 자고, 아랫방에는 두 노인이 자는데 잠은 안 오고 이런저런 생각을 하고 있는데, 아랫방에서 잠꼬대 소리가 나는데 가만히 들으니,

"제가 죽인 것이 아닙니다. 주인이 시켜서 한 것이니 용서해 주십시오."

하고 중얼거리는데, 색시가 언뜻 그 생각이 나서, 주인한테, '어디서 살았는지?' 등 여러 가지를 캐물으니 무언가 말이 섞갈리는[478] 게 있어. 낮에 안늙은이가 일 보러 나간 사이에 노인한테 가서 다짜고짜로,

"당신이 임진사의 아들을 죽였지?"

하고 덤비니, '아니라.'고 자꾸 부정하다가 색시가 칼을 썩 뽑아 들고 협박을 하니 그제사,[479]

"안늙은이에 꾀여서 죄를 지었다."

고 실토하매, 마침 안늙은이가 들어오다 이 말을 듣고 화가 나서,

"이놈에 영감쟁이 시키지 않은 짓이나 하고 있네."

하면서 콱 후려치니 영감이 죽어 버리네! 그래서 색시도 이 여자를 죽여 버렸지.

영감이 죽기 전에 물어보았지.

"목을 베어서 어떻게 했나?"

하니,

"계모가 병에 넣어 종이루 꼭 봉해서 고미다락[480] 구석에 놓아두었다."

고 대답했지.

---

477) 정초(正初). 정월의 초승. 또는 그해의 맨 처음.
478) '섞갈리다'는 갈피를 잡지 못하게 여러 가지가 한데 뒤섞이다.
479) 그제야. 그때야.
480) 고미와 보꾹 사이의 빈 곳.

그길로 색시는 임진사를 찾아갔지. 마침 임진사는 후처가 하는 꼴들이 어찌나 아니꼽고 하여 속이 상해서 전처 묘에 통곡하고 돌아오는 길에 어떤 부인이,

"임진사댁이 어딥니까?"

하고 묻기에,

"어떤 부인인데 임진사를 찾소?"

하니, 부인이 말하기를,

"나는 밀양 사는 여자인데, 임진사는 우리 시아버지입니다."

하거든. 임진사가 가만히 생각하니 저 여자가 악마거든. 허나 궁금해서,

"그래 시아버지는 찾을 필요가 뭐냐?"

하니,

"첫날밤에 신랑을 잃고 죄를 뒤집어썼는데 그 누명이나 벗고 죽고자 합니다."

한다 말이야.

"그럼 벗을 수가 뭐냐?"

"원 죄인을 찾았습니다."

그래서 사정 얘기를 하고 그 다락에 가 보니 정말 머리가 하나도 상하지 않고 그대로 있어. 아, 임진사가 가만히 생각하니 자식의 머리나마 찾았고, 비록 자식은 죽었으도 며느리가 기특해서 같이 살려고 했는데, 그 며느리마저 죽어 버리니 집에 남은 것은 모두 원수뿐이란 말여. 그때 마침 계모가 친정에 갔다 오는 걸― 아들 두골, 며느리 신체며, 자식놈, 계모 등을 대청에 묶어 놓고는 종들에게는 문서를 주어 보내고 그 집에 불을 질러고 그 후로 서산대사에게 가서 도를 닦아 도승이 되었다.

38) 손에 든 담뱃대를 찾은 바보 ······························

1969. 5. 4. 평동리 자택 사랑방 / 김홍규, 남·67

옛날에 어떤 늙은이가 담뱃대를 휘젓고 가다가 손이 뒤로 가니까 담뱃대가 안 보이거든.

"아, 내 담뱃대?"

하고 찾다가 손이 앞으로 오니,

"아, 여기 있구나!"

하고, 이런 식으로 계속 담뱃대를 찾는 바보 녀석이 있었다.

39) 불구멍 난 데 붉은 헝겊 ······························

1969. 5. 4. 평동리 자택 사랑방 / 김홍규, 남·67

퇴계 선생은 그렇게도 유명하신데, 그 부인은 지독히 바보였어. 하루는 도포자락이 불에 타서 그 구멍을 기워 달라고 보냈더니, 부인이 그 구멍에다 붉은 헝겊을 붙여 보냈다. 그래서 퇴계 선생이 그것을 입고 다니니 그 제자들이 보고, '불구멍 난 데는 응당 붉은 헝겊을 붙이는가보다.' 하고 생각하매 그것이 오늘까지 전래된다고.

40) 동고(東皐) 선생의 출생 ······························

1969. 5. 4. 평동리 자택 사랑 / 김홍규, 남·67

동고[481] 선생 윗대에 하루는 과객이 한 사람 왔는데— 옛날엔 손님이 오면 각기 외상[482]을 차려 주었는데— 손님상, 주인상 따로— 손님이 저

---

481) 조선 명종 때의 명신인 이준경(李浚慶, 1499~1572)의 호.
482) 한 사람 몫으로 차린 음식상.

녁을 안 먹고 있거든. 주인이 가만히 보니 반찬도 같고 하나 틀린 데도 없는데 안 먹는다 말여. 하도 이상해서,

"왜 저녁을 안 자시오?"

하니,

"오늘 저녁에 친기[483] 제사가 드는데 과객으로 돌아다니니 똑바로 한 번 지낼 때가 없으매 오늘 저녁엔 제사를 지내고 먹으렵니다."

주인이 생각하니 제사가 한 시 두 시경인데 어떻게 그때까지 저녁도 안 먹고 있을 수가 있어? 그래서,

"저녁 먹은 후 나중에 제사 지내도록 차려 주겠습니다."

그리고는 저녁을 먹고 주인은 안으로 들어가서 맏며느한테 부탁을 하니,

"내 제사도 못 지내는데 남의 제사까지 어떻게?"

하며 거절하매, 두째 며느리에게 부탁했으나 역시 거절을 당해 할 수 없이 시집온 지 얼마 되지 않는 끝 며느리한테 부탁을 하니,

"자다가 밤참도 해 먹고 하는데 그게 뭐 큰 문제입니까?"

하며 당장 승낙하매, 한참 놀다가 제사 시간이 되어, 안노인[484]이라고 대청에서 지내라기에 나가 보니 진수성찬으로 차려 놓았어. 그래 제사를 잘 지내고 사랑에 나와 음복[485]을 하고 그 이튿날 손님은 가 버렸지. 그리고 난 후 한날은 주인영감 꿈에 한 노인이 나타나서,

"배를 곯고 다니다가 여기 와서 덕분에 잘 먹었는데 그 은혜를 어떻게 갚으면 좋을지 모르겠는데 내 자손이나 하나 점지하리다."

주인이 가만히 생각하니 하도 기이해서 끝 며느한테 얘기를 했더니 며느리도 꼭 같은 꿈을 꾸었다고 하네. 그래서 열 달 후에 아들을 하나 낳으니 아주 재주 있고 총명하니 그분이 바로 동고 선생이다.

---

483) 친기(親忌). 부모의 제사.
484) 과객의 어머니를 가리킴.
485) 제사를 지내고 난 뒤 제사에 쓴 음식을 나누어 먹음.

41) 토정과 옹기장수

1969. 5. 4. 평동리 자택 사랑방 / 김홍규, 남·67

1.

토정 선생이 아산군수로 있을 때 하루는 천기를 보니 아무 날 오시에 이곳이 불바다가 되겠거든. 그래서 주민들을 보고 피난을 하라 하니 아무도 믿지 않고 안 간다 말여. 그럭저럭하여 내일 오시면 이제 물바다가 되는데 토정 선생도 살아야겠고 해서 길을 떠났지. 허나 어디를 가야 살지를 모르겠단 말야. 마침 가다가 이춘삼이란 집에 들려서,

"피난 가자."

하니, 주인집 딸하고 배가 맞아서 여자가 가기 싫어하매 그 때문에 '못 간다.'고 그러는데 한 옹기장수가 오거든. 그런데 태평하거든. 그러다가 시간이 다 돼가자 옹기장수가 나서는데 할 수 없이 토정 선생도 같이 따라 나섰지. 한참 가더니 어떤 산 중턱에 가서는 털썩 주저앉아 버려. 허나 한갓 옹기장수와는 상대할 바도 못 되고 하니, 같이 나란히 앉기는 싫어 조금 더 위로 올라가니, 옹기장수가 말하기를,

"쓸데없이 더 안 올라가도 될 걸!"

그래서 조금 위에 앉아 있는데 마침 시간이 되어 물이 밀려오기 시작하는데 바로 옹기장수가 앉아 있는 곳까지 와서는 물이 딱 멈추더니 지게 작대기 끝에 찰랑찰랑 하더라지. 그러고 보니 그 유명한 토정 선생도 옹기장수를 당하지 못했어.

2.

이 이야기는 좀 다른 것도 있지.

토정 선생이 오대산에서 도를 닦을 때 천일기도를 목표로 하고 자기 먹을 것을 자기가 장만해가지고 열심히 도를 닦는데 천 일이 가까워오도

자기 마음에는 아무것도 아는 것이 없어. 이거 아무리 '십년공부 나무아미타불'이란 말이 있지만 이토록 아는 게 없으니 정말 답답했지. 그러다가 천 일이 되는 마지막 날엔 밤에 아주 정성껏 기도를 드리고 잠을 잤는데, 꿈에 한 노인이 나타나서, '덕분에 삼천 그릇을 잘 얻어먹었으니 오대산만 나가면 도가 터져 모든 것을 해결할 수 있으리라.' 그 후 아산군수로 부임했는데― (제보자 : 그 다음 얘기는 아까 한 얘기와 같지) 그래 옹기장수를 만나 같은 방에 투숙을 했는데, 자시쯤 되니 옹기장수가 나가거든. 허나 토정 선생은 물이 오시에 오는 줄 알고 태연히 있으니,

"자오상충486)을 모르는군!"

그러니까 토정은 물이 들어올 시간은 실제로 자신데487) 오시488)로 잘못 알았지. 그래서 토정은, '아무턴 저놈을 따라 가 보자.' 싶어 옹기장수를 따라갔는데 산중턱에 이르러서는 지게 작대기는 푹 꽂고 주저앉아. 토정은 조금 더 위에 올라가니까,

"쓸데없이 더 안 올라가도 될 걸!"

마침 물이 밀려오는데 지게 작대기 있는 데까지만 밀려와서는 물이 딱 멈춰 버리네. 결국 토정도 옹기장수한테는 졌지.

42) 오시하관(午時下棺)에 사시발복(巳時發福)489) ....

1969. 5. 4. 평동리 자택 사랑방 / 김홍규, 남 · 67

*유관 자료로 영동군 〔용산면 자료 68〕이나 동 〔용산면 자료 71〕을 들 수 있다.

옛날 산골에 한 부부가 살았는데 살림은 차리려니 토지는 없고 그저

---

486) 자오상충(子午相衝). '자시'와 '오시'가 맞지 않고 서로 어긋남.
487) 자시(子時)인데. '자시'는 밤 열한 시부터 오전 한 시까지이다.
488) 오시(午時). 오전 열한 시부터 오후 한 시까지이다.
489) '오시' 즉 낮 12시경 하관을 하여 '사시' 즉 이튿날 오전 열 시경.

그날그날 땅을 파고 사는데, 하루는 나물을 무쳐 남편에게 갖다 주고 오는데 오는데 질가490)에서 허기를 만나 기진맥진한 사람을 만났는데, 나물도 남편이 다 먹어 버렸고, 그렇다고 그런 사람을 보고 지나칠 수도 없고 해서 마침 애기에게 젖줄 시간이 되어 젖이 가득 찼는데, 그만 부인이 젖을 내어선 빨려 주었지. 퉁퉁 불은 두 통을 다 먹고 나더니 그제사 정신을 차려서,

"어떻게 이 은혜를 갚겠습니까?"

하며 산골 토방집으로 같이 왔어. 집에는 여자뿐이니까 방에는 들어가지 못하고 밖에서 빙빙 도는데, 마침 남편이 와서는,

"저 사람은 누구요?"

부인이 낮에 있었던 일을 얘기하니,

"같이 나물이라도 나눠 먹읍시다."

하며 손님을 불러 같이 저녁을 먹고, 손님과 주인은 방에서 자고, 부인은 부엌에서 자고.

이튿날 손님이 떠나려 하면서,

"내일 모레 상처하겠소."

남편이 들으니 어처구니가 없고 허나 사실인지 아닌지는 지나보아야 알겠고─ 그러더니,

"혼자서 장사를 치려면 외롭고 힘도 들 테니 내가 그때까지 있다가 장사나 치루고 떠나겠소."

하고 같이 있는데, 정말 며칠 후에 부인이 무단히491) 죽어 버리네. 그때사 '이 사람이 보통 사람이 아니구나!' 하고 같이 시체를 메고 산비탈에 묻으러 갔는데, 아직 시간이 남아 담배를 한 대 피우면서 손님이 말하기를,

"오시 하관에 사시 발복하리라!"

---

490) 길가.
491) 무단(無斷)히. 아무 사유가 없이.

그래 오시에 하관을 한 것인데[492] 사시쯤 되니 어떤 여자가 갑자기 와
서는 머리를 풀고 시체 앞에 엎더려 대성통곡을 하는데— 오시가 되어
장사는 지내고. 주인이,

"나는 딸도 동생도 아무도 없는데 어떤 분이기에 남의 시체 앞에서 이
렇게 우오?"

부인이,

"이제 금방 이 앞으로 몽댕이를 들고 몇 사람이 지나가는 것은 보았지
요? 나는 아무 대감 딸인데 시집을 갔더니 남편이 날마다 술만 먹고 두들
겨 패니 도저히 참을 수가 없어 오늘 도망쳐 나왔는데, 뒤에는 막 따라오
고 피할 길이 없어 이렇게 울고 있으면 상주인 줄 알고 지나갈 것이기에
울었습니다."

주인이 들으니 딱해.

"그럼 같이 움막에 가서 얘기나 합시다."

그리곤 집에 와서 서로의 입장을 얘기하고 그날부터 부부가 되었지. 허
나 그런 대감집 딸이니 그런 산골에 살 수가 있겠어?

"당신 마음에 드는 집이나 땅을 사가지고 평지로 나가 삽시다."

남편이,

"어디 그럴 형편이 되오?"

하니, 여자가 보따리를 푸는데 금은보화가 가득 찼네. 그 돈으로 집 사고
하여 잘살았지. 그러니 젖 두 통 대가를 남자가 톡톡히 받은 셈이지.

---

492) 했는데.

43) 어린 원님의 기지 ···

1969. 5. 4. 평동리 김홍규 씨 댁 사랑방 / 김병규(金炳奎), 남 · 54

*제보자는 경북 영주군 순흥면에서 성장했다고 한다.

옛날에 열여섯에 고을 원이 된 사람이 있었어. 그런데 사람들이 원이 하도 작으이 줬다폈다 하고 자기네들끼리 일처리를 하고 원은 아무것도 아이라고[493] 알었거던. 그래도 원은 어린아 맘이 있어서 어린아 짓만 했지. 심심하면 사무상에서 물러나와 아이들하고 장난이나 하고 말이지. 그래 하루는 강가에 꽃놀이를 갔는데- 아이 가을 단풍놀이를 갔는데, 단풍이 금강산은 비끼나라카고[494] 물도 참 좋았어. 시녀들을 많이 데리고 뱃놀이도 하고 강가에서 놀기도 하는데, 밑엣 놈들이 저희끼리만 시녀들을 데리고 놀았거던. 그래서 원이 하도 괘씸해서 평소 때부터 젤 말 안 듣는 나쁜 사령을 시켜서,

"저기 보이는 것이 무엇이냐?"

"수수."라고 하니까,

"그러면 저기 가서 제일 복판에 가서 젤 키 큰 것을 베어 오너라. 부러뜨리지 말고-"

그래 이 사령이 종일 술을 마시고 정신없는데 '부러뜨리지 말라.'고 하니 정신이 들어 조심조심 가서 장도칼로 베어 왔거던. 옛날에는 이런 놀이 때 도포를 다 입고 다녔거던. 그래 원이,

"이 수숫대궁[495]이 몇 해 자란 것이냐?"

"당년에 자란 것입니다."

"그러면 이쪽 도포 소매에서 저쪽 도포 소매로 내어 보아라. 꺾지 말고

---

493) 아니라고.
494) 비켜나라 하고. 저리 가라 하고.
495) 수숫대.

도포 속에 다 집어넣어야 하느니라.”

그걸 꺾지 않고 집어넣을 수가 있어? 그래 원이 호령을 하면서,

“야, 이놈들, 당년에 자란 수숫대궁도 못 잡아넣는 놈들이 십육 년이나 자란 나를 너거 맘대로 해?”

사령들이랑 모두 수그러졌지. 그때부터는 모두 항복하고 원을 잘 모셨다는 게지.

44) 내 복에 사는 딸 1

1969. 5. 4. 평동리 김홍규 씨 댁 사랑방 / 김병규, 남·54

*이본으로 영동군 〔황간면 자료 10〕을 참조할 수 있다.

옛날에 대갓집 정승이 딸 여러 형제를 두었는데 언제나 딸네들 글공부도 걱정이고 어떤 사람을 사우로 삼을지 걱정을 하고 있었는데, 하루는 딸을 전부 불러서,

“너는 누496) 복에 묵느냐?”

물으이, 다른 딸들은 다,

“아부지 복에 묵지요.”

하는데, 열여섯 난 막내딸은,

“내 복에 내 묵지. 누 복에 묵어요?”

하고 대답하거던. 그래 아부지가 괘씸히 여기던 차에, 하루는 수껑497) 파는 사람이 왔어.

“총각, 이리 오너라.”

하고 불러서,

---

496) 누구.
497) 숯.

"어디 사느냐?"

물으이,

"삼각산 어디에 산다."

고 하가던.

"그래 장가는 갔느냐?"

"안 갔다."

고 하거던.

"그럼 누구하고 사느냐?"

물어보이,

"늙은 어무이하고 모자 산다."

고 하길래,

"잘 됐다."

하고서는,

"그러면 내 딸을 줄 것이니 데려가라."

고 하고는 막내딸을 수껑장수에게 딸려 보냈어. 그런데 집이 어찌나 간구498)하던지, 벼룽빡499)에는 청룡황룡이 올라가고 한데500) 호호501) 할마이 있거던. 그래 막내딸은 그날부터 남편이라 부르고 시어머이라고 부르고 했는데, 밤에 잘 때는 지붕에 별이 들쑥날쑥 했다거던.

그런 어느 날 하루는 막내딸이 남편 점심을 시어머이502) 수껑 꿉는데503) 가져 갈라는데 시어머이 대신 받아가지고 산판504)으로 갔지. 시어머이는 정승댁 딸이라 맘대로 못했거던. 그런데 이 막내딸은 옛날에 금은

---

498) 간구(艱苟). 가난하고 구차함.
499) 바람벽. 방이나 칸살의 옆을 둘러막은 둘레의 벽.
500) 얼룩이 져 있음을 표현하는 말임.
501) 호호(皓皓). 하얗게 셈.
502) 시어머니가 남편에게.
503) 꿉는데.
504) 산의 일대.

보화를 본 일이 있었거던. 정승집이니께-. 그런데 수경 굽는 이맛돌505)
이 몽땅 금덩어리였거던. 그래 막내딸이,

  "그걸 빼라."

고 했어. 그런데 총각은,

  "집구석이 이걸 빼면 망한다."

고 안 뺄라카거던. 그래도,

  "빼라."

고 해서,

  "모팅이를 깨서 짊어지고 장안에 가서 지 값대로 받아 오라."

고 일렀지. 숯으로 엽전 서 푼 너 푼 벌던 살림에 굉장한 것이었지. 장안
에 들어가 벌려506) 놓고 있는데 해가 석영판507)에 한 사람이 와서,

  "총각, 그것 팔 겐가?"

  "그렇다."

고 하니,

  "천 냥에 팔게."

  총각이,

  "왜 그런 말씀을 농담이라도 하십니까? 지 값대로만 주이소."

  그래서 돈을 많이 받아서 집을 짓는데- 궁궐 못지않게 지었고, 특별
히 대목508)한테 막내딸이 일러서

  "'내 복에 먹지' 소리가 나도록 대문을 만들라."

했었어. 그런데 집에서는 딸 소식을 십 년이 다 되도록 몰라 방을 붙여서
찾아가지고 딸네 집에를 갔잖애? 딸네 집에 가이 참 어리어리509)한데 방

---

505) 아궁이 위 앞에 가로로 걸쳐 놓은 긴 돌.
506) 벌여. 늘어.
507) 석양판. 해 질 무렵. 또는 석양빛이 비치는 곳.
508) 대목(大木). 목수. 나무를 다루어 집을 짓거나 가구, 기구 따위를 만드는 일을 업으
     로 하는 사람.
509) 으리으리.

에서 들으이, '내 복에 먹지! 내 복에 먹지!' 하는 소리가 자꾸 나거던. 그
래 딸에게 까닭을 물으이, 딸이—

"괘씸해서 그런 맘을 묵었다."

이기여. 그런데 마침 수껑장사하던 총각이 들어오는데 아, 옷 잘 입고 잘
묵고 하이 인물이 나서 사우 중에 젤 낫거던. 그래 '내 복에 내 묵지' 했
던 말이 들어맞았지 않애? 그래 사우 아들들도 복이 많애서 과거 봐서 잘
살았다고 하지.

45) 배충신각 2

1969. 5. 4. 평동리 김홍규 씨 댁 사랑방 / 김병규, 남 · 54

*단양군 〔매포읍 자료 21〕 참조할 것.

옛날에 배점에 배충신이라는 사람이 있었는데, 일본 사람이 조선 나올
때— 일본 사람이 조선 나오니 조선 사람은 물러앉아야 됐단 말이지. 그
래 그분이 소백산 국망봉 꼭대기에 올라가 서울을 쳐다보며 밥도 안 먹
고 닷새 동안 울었다 이거여. 우는 것이 서울 장안까지 들려서 충성심 때
문에 그 충성이 뻗혀서 들린 기라.

그래 임금이 이 울음소리를 듣고서,

"이 울음소리가 어디서 오는 것이냐?"

하고 물었거던. 온 궁궐 안에 '웅— 웅—' 하고 닷새나 들리게 되니 이상
해서 신하들을 시켜,

"울음소리 나는 데를 찾아라."

하니, 결국 국망봉까지 와서 그 사연을 알아가지고 가서,

"왜병이 조선에 나오니 조선 망국을 슬퍼해서 밥도 안 먹고 닷새 동안
운다."

고 해서 왕이 배충신 충신각을 배점에 세워 주었지.

46) 한 신부에 두 신랑 ·····································

1969. 5. 4. 평동리 김홍규 씨 댁 사랑방 / 김병규, 남 · 54

옛날 간구510)한 집에 총각이 하나 있었는데 부잣집 딸한테 장개를 가게 되었어. 그런데 그 삼촌이 자기 며누리를 삼을라꼬 맘을 묵고는 먼저 그 삼촌이 총각한데 위조 파혼 편지를 가져왔다고 하면서 주었거던. 그래 이상해서 총각이 그 집을 찾아가서 보이, 처녀 모습이 문에 비치길래 담을 뛰어넘어 가 처녀를 만내서 물으이,

"그런 일이 없다."

고 하거던. 그래 처녀가 이상히 여기고,

"암매511) 까닭이 있을 것이니 장개올 때는 사모뿔512)에 꽂고 오라."

고 옥지환513) 한 켤레를 주어서 기분 좋게 돌아서 나왔지. 그런데 오는 길에 기다리고 있던 삼촌이 장개 이야기를 하다가 일이 틀린 걸 알고,

"술이나 같이 하자."

고 데리고 들어갔는데, '총각은 닭똥소주514)를 주고, 삼촌은 보통 술을 주라.'고 주막 할마이한테 말해났으이 총각이 서너 잔 마시고 뻗었지 뭐. 닭똥소주가 이만저만 독한 기 아이거던. 그래 삼촌이 할마이하고 둘이서 총각을 소깝단515)에 거꾸로 매달아 술독에 담가 버렸잖애. 그런데 처녀가 생각하이 아무래도 수상쩍어서 남장을 하고 총각을 찾아가다가 배가 고

---

510) 간구(艱苟). 가난하고 구차함.
511) 아무래도. 혹은 아마.
512) 사모에 뒤에 좌우로 뻗어 나온 잠자리 날개 같은 모양의 검은 뿔.
513) 옥지환(玉指環). 옥가락지. 옥으로 만든 가락지.
514) 독주.
515) 솥뚜껑.

파 주막에 들어가서 '먹을 것을 달라.'고 하고는 기다리니게 떡을 가져오는데, '국물도 좀 가져오라.'고 했거던. 그런데 할마이가 소깝단을 열려고 하지 않기에 이상해서,

  "열지 않으면 죽인다."

고 단도를 빼놓았거던. 그러자 열었는데 열어서 사람 담긴 것을 내어 보니 그 총각이거던. 그래 다 죽은 사람을 방에 들여다가 백비탕을 끓여 먹여 살리고 할마이한테는,

  "그 죽인 사람한테 시체는 무서워서 치웠다고 말하라."

고 이르고는 총각에게는,

  "집에 가만히 있다가 잔칫날 오라."

고 했잖애. '옥지환을 사모뿔에 걸고' 말이지. 그래 밤질을 걸어서 집에 오는데 사람이 오는데 경찰이라. '사연이 이러이러하다.'고 이야기하고서 '잔칫날 와서 범인을 잡으라.'고 했지. 그런 뒤에 잔칫날이 닥쳐서 신랑이 왔는데 신부가, '배가 아프다.'고 야단이거던. 그라고는 나올 생각도 않잖애. 처녀가 문틈으로 다 봤으이 신랑이 가짠 줄 알았거던. 그런데 또 신랑이 하나 대리청516)에 오르는데 동네 사람들은 신랑이 둘이라고 야단이 났는데 이제사 신부가 나오는데 사모뿔에 옥가락지 걸고 온 사람이 진짜 신랑이라고 하고 예를 지내고, 가짜는 기다리고 있던 경찰에 잽히갔지. 그래서 가난한 총각이 부잣집 딸한테 장개를 갈 수 있었잖애.

---

516) 대례청(大禮廳). 결혼식을 비롯한 여러 가지 의식을 거행하던 집.

47) 재주꾼 배필 맞기 1 ···

1969. 5. 4. 평동리 김홍규 씨 댁 사랑방 / 김병규, 남 · 54

*이본인 단양군 〔매포읍 자료 60〕 참조할 것.

옛날에 여자가 재주가 비상한 사람이 있었는데, 쐐기[517]를 떨어 명주 질삼[518]을 하는데 어찌나 기술이 좋던지 한 시간에 서너 필을 짤 수가 있었다 이기여. 그래 자기 남편감도 기술이 자기만큼은 돼야 한다고 생각하고서 그 근처에는 좋은 사람이 없어서 남편감 구하러 돌아다니는데, 하루는 길을 가다가 정자나무 밑에서 쉬는데 어떤 총각이 논매는 걸 보고 동네 사람이,

"총각이 일을 너무 마이 하면 안 좋으니 쉬어 가면서 하라."

고 하거던. 말을 듣고 보이 이쪽에 번뜩, 저쪽에 번득 하는 것이 논매는 솜씨가 놀랍거던. 그래서 일이 끝난 뒤에 그 총각집에 유하러[519] 들어갔어. 그날 밤은 총각집에서 자는데 총각은 사랑에 나가 자고, 여자는 안방에서 각방에 자고 말이지. 이튿날 아적[520]에 총각을 불러서 사정을 말하고, '서로 일정 시간 내에 논매기하고 베짜기 시합을 하자.'고 해서 그렇게 하기로 했는데, 여자가 베를 다 짜고 점심을 해서 논으로 이고 나가이 멍석 한 잎 지기[521] 남가[522] 놓고 다했거던. 그래 여자가,

"나와서 밥을 먹으라."

고 하이 자기 일을 어지간히 해냈다 싶어 나와서 밥을 먹고 집에 가보이 베는 다 짜져 있었지.

---

517) 쐐기풀.
518) 길쌈. 실을 내어 옷감을 짜는 모든 일을 통틀어 이르는 말.
519) 유(留)하려. 머무르려고.
520) 아침.
521) '그 정도 양의 씨앗을 심을 수 있는 논밭의 넓이'의 뜻을 더하는 접미사.
522) 남겨.

그런데 여자가,

"총각은 멍석 한 잎 지기를 못했으니 결혼 할 수 없다."

하고, 또 길을 나서 남편 구하러 다니다가 암만 찾아도 없어서 자기 팔자에 배필은 없으니 금강산 구경이나 갈뺴이라고[523] 구경을 갔는데, 폭포수 흘러내리는 걸 보고 하 이 마음이 더욱 처량해서 그 위에 올라가서 보이, 건너산에는 나무하는 사람이 '쩡— 쩡—' 도끼질을 하고 있는데 그 소리를 들으이 여자가 총각 못 찾은 것이 더 비감해져서 노래를 한 마디 부르고는 치마를 둘러씨고 폭포수 밑으로 떨어져서 '꿍—' 하는데 보이 땅바닥이고 정신을 차리고 보이 새 송판으로 지은 새 배 위에 있거던.

그래 배에 있는 총각한테,

"이기 어찌된 일인고?"

물으이 이 사람이 바로 건너산에서 나무하던 사람인데,

"내가 당신 노랫소리를 들으이 꼭 당신이 죽을 것 같애서 찍어낸 나무를 가지고 동경 목재소 가서 못을 박아 배를 만들어 방금 이 밑에 갖다가 대었다."

고 하거던. 그만하만 기술이 놀랍잖애? 그래 여자가 '옳다!' 싶어 자기 기술을 말하니,

"그건 아무것도 아이라."

고 하잖애? 그래서 결혼을 하기 됐다는 게지. 그렇잖애?

48) 간부간부를 재판한 아이의 꾀 2 ·······················

1969. 5. 4. 평동리 김홍규 씨 댁 사랑방 / 김병규, 남·54

*이본인 충북 괴산군 〔청천면 자료 2〕와 동 영동군 〔용산면 자료 69〕를 참조할 것.

---

523) 갈 수밖에 없다고.

집이 가난한 내외가 중국에 돈벌이를 나가서, 한국사람 사는 동네를 들어갔는데 친구를 만나 어찌하만 돈을 벌지 도리를 물으이, 그 친구 하는 말이,

"돈벌이는 죽음을 무릅쓰야 되는 것이고, 그런 돈벌이는 있는데 마적단524)에다가 마느래를 팔라."

고 했다. 그때 '마적단에는 여자가 없어서 돈 벌려면 그렇게 하는 것이 좋은 순데-' 하며, '마적단이 무섭다.'고 하거던. 아, 이 사람이 팔자고 하니 그렇고 안 팔자고 하니 그렇고 해서 망설이다가 결국 팔기로 하고 팔아 버렸는데, 마적단은 한 사람 한 사람 돈을 내니께 새 장개 열다섯 번은 갈 만한 돈을 받았었는데, 마적단이 혼자서 여자를 독차지할려고 서로 죽여서 마적단이 가는 길에 쭉 늘렸거던. 그래서 그놈을 따라가다가 마지막에 하나 남았을 때 조선 사람 둘이서 마적을 쥑이고 마느래를 도로 찾았지.

그런데 한꺼번에 돈을 너무 많이 벌어서 일찍이 고향에 갈 수가 없어서, '남의 집이라도 살면서 한 삼 년 보내고 가자.'고 했지. 그래서 그 지방 면장집에 들어가서 돈을 주인한테 맽기고 '한 삼 년 농사나 짓고 갈 때에 달라.'고 했는데, 고만 여자가 주인하고 눈이 맞아 돈 준 것도 주인이 딱 잡아떼고 '새경이나 받아가라.'고 하거던.

이 사람이 마누래 잃고 돈 잃고 기가 차서 혼자 길을 한 십 리쯤 가다가 길에 혼자 앉아서 실컷 울었잖애. 그런데 지나가던 여학생들이 아침에 학교 갈 때 울던 사람이 저녁에 돌아올 때까지 울고 있어. 웬일인지 물어 이야기를 듣고는 경찰서로 갔거던. 그래 여학생들이 순사복을 입고 목수를 시켜 궤짝을 두 개 짜서 사람이 들어갈 만치 말이지. 그래 하나는 남자를 주어 넣고, 하나는 여자를 주어 넣었거던. 그래 여자 넣은 것을 지

---

524) 마적단(馬賊團). 말을 타고 떼를 지어 다니는 도둑떼. 주로 청나라 말기에 만주 지방에서 활동하였음.

고 강가까지 갔다 오라고 했는데, 그 속에는 몰래 여학생이 들어갔거던.
그리고 또 여자 넣은 것을 남편이 지고 가게 하고 그것도 여학생이 들어
갔지. 면장은 '말을 잘하라.'고 여자한테 타이르고, 본 남자는 '사실대로
바로 말하라.'고 아내한테 이야기했을 거잖애? 그러이 사정을 다 알기 됐
지. 여학생들 재주가 참 용하다는 게지. 그리해서 남자는 돈도 찾고 마느
래도 찾아서 잘살았지 뭐.

49) 오이와 청개구리의 우정 ···

1969. 5. 4. 평동리 김홍규 씨 댁 사랑방 / 김병규, 남 · 54

　*이 이야기는 흔히 두 친구가 짜고 숨긴 물건을 알아내 맞추었다가, 용하다는
소문이 나 결국에는 중국 임금의 옥새를 찾아내게 되는 내용으로 전개되는데
(유관 자료 참조), 여기에서는 두 사람이 '나무꾼과 도둑'으로 설정되어 있는 점
이 특이하다. 유관 자료로 괴산군 〔청천면 자료 5〕; 동 〔청천면 자료 18〕; 단양
군 〔매포읍 자료 50〕; 영동군 〔용산면 자료 70〕 등을 참조할 수 있다.

　옛날 산골 외딴집에서 하루는 저녁에 제사를 지내고 아침에 보니 솥하
고 놋기명525)이 온데간데 없거던. 그런데 누가 갖고 갔는지 알 도리가 있
나. 그래서 동리에 알릴라고 집 밖에 나오이 신새벽에 나무하러 갔던지
나뭇짐을 누가 지고 오는데 그 사람이 '청개구리'526)잖아. 그래 사정을
말하이,
　"아, 그래 그걸 몰라요? 내가 잘 알지."
하면서,
　"가이527)가 가져간 기 아이고 오이528)가 가져갔지."

---

525) 놋기명(器皿). 놋그릇.
526) 사람의 이름임.
527) 간 사람.

(제보자 : 외딴집이니께 마땅한 소리잖아?) 그래 주인이 '오이'529)를 불러서,

"네가 도둑질했지? 빨리 가지고 오너라.

하이— 정말로 오이가 숨킷다거던. 어데다 두었는지 물으이, '아무 데 아무 데 덤불 밑에 갖다 놓았다거던. 그래 이놈이530) 하도 신기해서,

"누가 그러더냐?"

하이,

"개구리가 그러더라."

그래서 '그놈을 그냥 두어서는 안 되겠다.' 싶었지. '그놈이 점도 칠 줄 아는가보다.' 해서 다음 날 둘이 나무하러 가서 무인지경에서 오이가 쑤시밭531)을 돌아 댕기다가 손에다 뭘 지고532) 나와서,

"너 때문에 도독질도 못해 먹겠다. 네가 그리 용하다면 이것이 뭣인지 알아봐라. 그렇지 못하면 죽여 버린다."

하이, 무슨 영문인지도 모르는데다가 알 수도 없으이, '이제는 죽었다!' 싶어서,

"가련한 청개구리— 오이 손에 죽는구나!"

하고 말하면서 퍼드리고533) 앉이니, 오이가 깜짝 놀라며 손을 펴는데 청개구리가 뛰어나오거던. 그래서 오이가,

"이렇게 잘 맞히니 하는 수 없다."

하고, "앞으로는 잘 봐 달라."꼬 했다는 이야기지.

---

528) 온 사람.
529) '청개구리'란 사람이 말한 '오이'가 아닌 실제 사람의 이름이 '오이'임. 따라서 청개구리는 짐작으로 '왔던 사람(오이)'이 가져갔을 것이라고 한 것을 실제 인물 '오이'가 가져갔다는 것으로 알아듣고 붙잡아다 채근한 것임.
530) 오이가.
531) 수수밭.
532) 쥐고.
533) '퍼지르다'는 '퍼더버리다' 곧 '팔다리를 아무렇게나 편하게 뻗다'의 뜻임.

50) 돌이와 두꺼비 ···

1969. 5. 4. 평동리 김홍규 씨 댁 사랑 / 유긍모(柳亘模), 남·40

 *출생 이후 현지에서 거주하고 있으며, 생업은 농업이라 한다. 유관 자료로 괴산군 〔청천면 자료 5〕; 동 〔청천면 자료 18〕; 단양군 〔매포읍 자료 49〕; 영동군 〔용산면 자료 70〕 등을 참조할 수 있다.

 옛날에 어떤 부잣집에 삼대독자로 내려오다가 아들을 하나 얻었는데 이 아들을 살리기 위해서 이놈이 야물라고[534] 이름을 '돌이'라고 지었대. 그리고 가난한 뒷집에서는 이름을 천하게 지으면 좋다고 아들 이름을 '두꺼비'라고 지었다지. 그래서 돌이가 두꺼비 집이 가난하이 도와줄라고 맘을 묵고 있었는데, 하루는 냇가에서 반지 비슷한 것을 주웠어. 가만히 보이 돌이 저거[535] 집에 대대로 내려오던 옥가락지거던. 그래서 말이지. 냇가 모래밭에 다시 묻어 놓고 집에 왔지.

 그랬는데 집에서는 돌이 어머이가 대대로 내리오던 옥가락지가 없다고 야단이거던. 그래서 돌이가,

 "뒷집 두꺼비가 냄새를 잘 맡으니께 두꺼비를 데려오자"

고 하고는, 두꺼비한테는 묻어둔 곳을 일러주고서 데려왔단 말이지. 그래,

 "냄새를 맡으라."

고 하니께 두꺼비가 장롱에서부터 시작해서 온 집안을 뺑뺑 돌다가는 대문으로 환하키[536] 나가서 냇가에 가더니만 한참 돌아다니다가 한 모래밭에 가서,

 "여기 이상한 냄새가 난다."고, "파 보라."

고 해서 가락지를 찾았거던. 그래 상금으로 쌀 두 가마이[537]를 줄려고 하

---

534) '야물다'는 일 처리나 언행이 옹골차고 야무지다.
535) 저희. 제.
536) 훤하게. 휑하게. '휑하다'는 무슨 일에나 막힘이 없이 다 잘 알아 매우 환하다.
537) 가마니.

는데 돌이가 씨와서538) 일 년 먹을 만치나 주었거던. 그래서 온 동네에 소문이 났지. 그런데 일 년이 다 되어서 쌀이 떨어질 때쯤 돼서 서울에서 옥쇄539)를 잊어먹었는데 찾지를 못해 냄새를 잘 맡는다는 두꺼비를 불러 올리가지고,

"네가 냄새를 잘 맡는다지?"

"예, 그렇습니다."

"그러면 내가 옥쇄를 잊어먹었는데 찾아보아라. 그런데 백 날이 지나지 안 해야 된다."

고 했단 말이지.

두꺼비는 별당에서 백 날이 다 되도록 밥만 먹고 있었는데 찾을 수가 있어야지. 그걸 어째 찾아? 그런데 백 날이 되는 날 웬 사람이 문 앞에 꺼적대기540)를 깔고 그저 절을 하고 있거던. 그래,

"왜 그러느냐?" 하니,

"죽을죄를 지었다."

고 하면서 감춘 데를 고한 것이었지. 그래서,

"네 이놈, 죄를 용서할 테니 천리만리 가라."

하고는,

"옥쇄 있는 데를 알 수 있겠다."

고 말하고는 궁궐에 들어가서부터 냄새를 맡아 연못가에 가서는 백 번이나 뺑뺑 돌다가,

"이 못이 수상하다."고, "물을 퍼내라."

고 해서 옥쇄를 찾았지 뭐. 그거 기가 맥힐 거 아이라? 그런데 이미 백 날이 지나서 자기 집에서는 두꺼비가 죽은 줄 알고 집에 불을 지르고 도망을 갔을 거거던.541) 그런데 두꺼비는 자기가 말해 둔 것이라, '우리 집

---

538) 덧붙여서.
539) 옥새(玉璽). 국권의 상징으로 국가적 문서에 사용하던 임금의 도장.
540) 거적. 짚을 두툼하게 엮거나, 새끼로 날을 하여 짚으로 쳐서 자리처럼 만든 물건.

에 불이 났을 거'라고 말했는데, '정말 그렇다.'고 하니 더 놀랐지. 그래 일 년이나 잘 먹고 있다가 집에 오이 집에서 반갑게 맞아주었지 않아? 상금으로 새집 짓고 말이야.

그런데 또 중국에 천자의 딸이 하나 있는데 만신창이542)를 앓아. 다른 데는 다 낫는데 장배기543) 딱 한 군데가 안 낫아서 두꺼비가 용하다는 말을 듣고- 자기 집에 불난 것도 안 보고도 알았거던. 그래서 돌이와 두꺼비를 데리고 갔대. 그런데 중국에 가서도 연구가 없어서 밥만 먹고 있었잖애? 이번에는 둘 다 죽을 줄 알고 떠나올 때 '백 날이 지나도 안 돌아오면 집에 불을 지르고 피하라.'고 했거던. 그런데 할 일은 없고 하이 남은 밥풀을 손으로 비벼서 백 날 가까이 뭉친 게 계란만하기 뭉쳤거던. 백날이 되어서는, '이제는 할 수 없다.' 하고 천자 딸 장배기에다 뭉친 걸 붙이니 딱 들어맞잖애. 그리고나서 기다리다가 이제는 꼼짝없이 죽는 줄 알고 사실대로 말한다고.

'애만544) 두꺼비 돌에 치었습니다!'545)

하고 '죽을죄를 지었다.'고 하려는데, 그 약을 붙인 딸이 잘 자게 되고 그만 낫게 돼서 살아서 상을 받아 고향에 와서 둘 다 잘살기 됐다지. 이름이 두꺼비, 돌인 때문에 무슨 말인지 몰라서- 속내용은 모른 것이지.546)

51) 토정 선생 마부의 묏자리

1969. 5. 4. 평동리 김홍규 씨 댁 사랑방 / 유금모, 남·40

옛날에 토정 선생이 지리에 참 유명했던 모양인데, 그때 아산에 살면서

---

541) 집을 떠날 때 '아무 날 집에 불을 놓으라.'고 미리 약속을 했다는 뜻임.
542) 만신창이(滿身瘡痍). 온몸이 상처투성이가 됨.
543) 정수리.
544) 앰한. '앰하다'는 아무 잘못 없이 꾸중을 듣거나 벌을 받아 억울하다.
545) 두꺼비가 자신을 이 지경에 빠뜨리게 한 친구인 '돌이'를 원망한 것임.
546) 중국 천자가 몰랐다는 것임.

이쪽 금수산을 통로로 해서 강릉까지 일 년에 이삼차씩 자주 드나들었는
데 마부도 늘 같이 따라다녔지. 그런데 언제 토정 선생이 피곤하신지 방
금 물을 지나왔는데 그때는 말 안 하고 이쪽에 와서 '물을 먹고 싶다.'고
하거던. 마부야 외곬으로 들으이 토정 선생이 말하던 걸 잘 기억하고 있
었던 모양이지. 그래 마부가 갈낢547)잎에 물을 떠다 드리고 선생이 피곤
해 보이니까, '일찍이 신위지지548)나 봐 두시라.'고 했지. 그래 선생이 금
수산 날망549)에 돌 세 개를 쌓아서 표를 했는데 마부가 하는 말이,

　"제 묏자리도 하나 봐주시라."

고 하니,

　"글세—"

하고는 말을 안 하거던. 옛날에는 주인이 죽으면 마부도 '죽어서 주인을
모시라.'고 매장했거던. 천상 묏자리를 봐 두어야 되니께, 마부가 전에 선
생이 이야기하던 자리를 가리키며,

　"여기가 어떻습니까?"

하니 토정 선생이,

　"거기는 물이 없는 자린데—"

하거던.

　"선생님, 물자리를 갈라 먹으면 되지 않습니까?"

하고 묏자리를 정했다고 하니, 마부는 늘 외곬으로 듣기만 해서 그 자리
를 기억해 놨던 거지.

---

547) 갈나무. 떡갈나무.
548) 신후지지(身後之地). 살아 있을 때에 미리 잡아 두는 묏자리.
549) 마루. 등성이를 이루는 지붕이나 산 따위의 꼭대기.

52) 부처님 가슴에 꽂은 칼 1 ·······························

1969. 5. 5. 하시리(下時里) / 유춘종(劉春鍾), 남·57

*이본으로 영동군 〔황간면 자료 7〕이 있다.

경상도 상주 원등사에 주지가 있었는데, 그 주지가 절을 증축하기 위해 시주 받으러 나갔어. 그래서 어느 집 사랑방에 유숙하는데, 그 집에 서른 살이 돼도 장가가지 못한 머슴총각이 있었어. 그 총각이 대사에게 자기가 모아 온 돈과 논 이십 마지기를 모두 시주하니, 대사가 그 총각에게 감동되어서 백일 동안을 '그 총각이 장가가게 해 달라.'고 부처님께 기도를 했지. 그런데 이상하게도 그 총각은 봉사가 되고 말았어. 그래 대사가 총각을 절에 데리고 와서 다시 백일기도를 드렸는데 이번에 다시 그 총각이 반신불수[550]가 돼 버렸어. 대사는 화가 났지만 다시 백일기도를 했더니 마지막 날에 총각이 소피보러 나갔다가 호안에 잡혀가서 물려 죽었지. 그러자 대사가 화가 나서 법당으로 들어가 불상의 복부를 칼로 찌르고 빼려고 하자 칼이 안 빠지지 않아? 그래 대사는 법당을 닫고 이십일 년 동안 누워 죽만 마시고 절도 독경[551]도 모두 때려 치웠지.

그때 상주목사가 신임해 와서 대사의 그런 일을 듣고 대사에게 법당문을 열라고 명하니 대사도 목사의 명이라 거절할 수가 없어 상좌중을 시켜 문을 열었지. 그랬더니 부처 복장[552]에 칼이 박혀 있지 않아? 그래 상주목사가 그 연고를 물으니, 대사가 그 전말[553]을 얘기했지. 그랬더니 목사가 그 칼을 빼니 쑥 빠지지 않아? 여기에서 대사가 통리[554]를 하게 됐지. 실은 그 머슴총각이 죽어서 환생할 땐 장님이 되고, 다음 환생에는

---

550) 반신불수(半身不隨). 병이나 사고로 반신이 마비되는 일. 또는 그런 사람.
551) 독경(讀經). 불경을 소리 내어 읽거나 욈.
552) 가슴의 한복판.
553) 전말(顚末). 처음부터 끝까지 일이 진행되어 온 경과.
554) 통리(通理). 사물의 이치에 통달함.

반신불수가 되고, 다시 환생할 땐 호안에 갈 팔자인데, 대사가 세 번 환생해서 치를 인생을 삼백 일 기도로 모두 한꺼번에 치르고— 지금의 상주목사는 바로 환생한 머슴총각이란 말이지.

53) 장화령

1969. 5. 5. 하시리 / 유춘종, 남·57

장화령은 무당을 쫓아다니는 화랭이555)가 죽어서 이 산에 묻혀 장화령이란 산 이름이 됐지.

54) 정삼봉과 우역동 4

1969. 5. 5. 하시리 / 유춘종, 남·57

*유사한 이야기가 단양군 〔가곡면 자료 4〕; 동 〔가곡면 자료 21〕 및 〔매포읍 자료 32〕로 채록된 바 있다.

품달의 우역동 선생이 계집종을 사다 놨는데, 그때 밭에 조를 심었는데 새가 자꾸 쪼아 먹어서 그 여종에게 움막을 지어 줘서 새를 쫓게 했어. 그런데 어느 비오는 날 어떤 과객이 비 피하러 그 움막에 들었다가 그 여종이 애를 배게 됐지. 애를 낳아 노니 그 애가 자꾸 울었어. 그때 마침 중이 시주를 왔어. 그래 역동 선생이 그 연고를 묻자, 그 대사가,
"저것은 우는 것이 아니라 『주역』에 있습니다."
하겠지. 그 아이가 자라서 종의 자식이니까 그 집 머슴을 살았지. 그런데 소풀 뜯으러 가라면 밤에 그냥 돌아와서 하는 말이,

---

555) 남자 무당.

"새가 이십팔숙556)을 응해 놀더라."

고. 또 풀을 뜯으러 갔는데,

"그 풀도 생명인데 어떻게 어떻게 생명을 함부로 죽이냐?"

고 하는 것이야. 이렇게 비상한 애가 드디어 출가해서 깊은 산중에서 공
부를 하여 나중에는 이태조의 공신이 되었어. 이분이 바로 도담557)의 삼
봉558) 정기로 태어난 정도전이란 분이지.

55) 소년 유척기(兪拓基)의 슬기 ···

1969. 5. 5. 하시리 / 유춘종, 남 · 57

*끝부분에 들어 있는 똥 이야기는 충북 단양군 〔가곡면 자료 2〕에도 나온다.

유척기559)의 아버지는 무식했어. 그때 중국 사신이,

"용단호장560)에 화원서방561)의 뜻을 풀이하라."

고 조선에 명했어. 그래서 나라에서는 팔도어사를 보내,

"인재를 얻어 오라."

고 명했어. 그때 충청어사가 청풍에서 비를 만나 유씨 집 처마에서 비 피
하고 있는데 가만히 안을 살펴보니 그 어머니가 떡방아를 찧다가 척기를
부르며,

---

556) 이십팔수(二十八宿). 천구(天球)를 황도(黃道)에 따라 스물여덟으로 등분한 구획. 또
　　는 그 구획의 별자리.
557) 도담(道潭). 충청북도 단양군 단양읍에 있는 리(里).
558) 삼봉(三峰). 도담삼봉. 단양팔경의 하나로, 남한강 상류 한가운데에 3개의 기암으로
　　이루어진 섬을 말한다.
559) 조선 영조 때의 문신(1691~1767).
560) 용단호장(龍短虎長). 용은 짧고 호랑이는 길다. 겨울철에는 해가 용을 상징하는 진
　　시(오전 7시~9시)에 떠올라 해의 길이가 짧고, 여름철에는 해가 호랑이를 상징하
　　는 인시(오전 3시~5시)에 떠올라 해의 길이(낮의 길이)가 길다는 뜻임.
561) 화원서방(畵圓書方). 해[日]를 그림으로 그리면 둥글고, 글씨로 쓰면 모가 진다는 뜻임.

"비를 가져 오라."

하자 조그만 어린애가 강아지에 비를 매어 어머니에게 보내지 않아? 어사가 그것을 보고 신통해 하며 척기 어머니에게 하룻밤 유숙을 청하여 그 집에 들었지. 그래 그 아이의 호주머니를 보니 호주머니가 잔뜩 불러 있어서 물어봤지.

"그 주머니에 무엇이 들었냐?"

"산이요."

"무슨 산?"

"잡동산562)이요."

그래 어사가 기특하다고 생각하고 있는데 그 애가 자겠지. 그래 어사가 그놈 몰래 똥을 갖다 놨지. 그리고 애를 깨워서 책하기를,

"크단563) 놈이 무슨 똥이냐?"

하자, 아이가 하는 말이,

"내가 눈 똥이 아니에요. 똥꼬리가 위로 섰고 너무 굵어요."

이 말에 어사가 감탄을 하고 그 아이에게 사실 얘기를 했어. 그러자 그 아이가,

"우리 아버지에게 감투564)를 주고 내 앞에 절하면 가르쳐 준다."

고 하자, 어사가 절을 했지. 그러자 그 아이가 그 해답은 '해[日]'라고 하며 그것을 풀기를, 해가 인방565)에서 뜨니 '호장'566)이고, 해가 진방567)에서 지니 '용단'568)이고, 그림을 그리면 둥그니 '화원'569)이요, 쓰면 모

---

562) 잡동사니. 잡다한 것이 한데 뒤섞인 것. 또는 그런 물건.
563) 커다란.
564) 예전에, 머리에 쓰던 의관(衣冠)의 하나. 여기에서는 '벼슬'을 뜻함.
565) 인방(寅方). 이십사방위의 하나. 동북(東北)에서 남으로 15도 방위를 중심으로 한 15도 각도 안의 방향이다.
566) 호장(虎長). 앞 주 참조.
567) 진방(辰方). 이십사방위의 하나. 정동(正東)에서 남으로 30도 방위를 중심으로 한 15도 각도 안의 방향이다.
568) 용단(龍短). 앞 주 참조.

가 지니 서방[570]이오. 그래서 우리나라는 유척기 선생 때문에 화를 면했다는 거지.

56) 동사주팔자(同四柱八字)

1969. 5. 5. 하시리 / 유춘종, 남 · 57

이성계가 왕이 되어 자기 고향에 동월동시에 낳은 사람이 지금 어떤가 하고 알아보니 아들이 팔 형제, 나락이 삼백 석, 벌이 백 통이나 되어 아무 근심 없이 살더래. 그래 이성계가 자기는 왕이 되었으나 국사에 근심이 떠나지 않는데 그 사람은 아무 근심 없이 사는 게 싫어서 그 사람에게 근심을 주려고 문제를 내었어. '삼계삼지삼계화[571]에 짝을 지어 오라.'고 석 달 말미를 주어 '그때까지 못하면 죽인다.'고 영을 내렸지.

그런데 두 달이 돼도 짝을 지우지 못해 한 달을 산에다 정성을 드렸더니, 꿈에 노인이 셋이 나타나 '삼대삼성삼경출'[572]이라는 짝을 지어 주고 가더래. 그래 그 짝을 태조에게 보이니, 태조가,

"너는 무소원이다."

하고 그 아들들에게 벼슬을 주었어.

---

569) 화원(畵圓). 앞 주 참조.
570) 서방(書方). 앞 주 참조.
571) 삼계삼지삼계화(三桂三枝三桂花). 계수나무 세 가지에 세 개의 꽃이 피었다는 뜻.
572) 삼대삼성삼경출(三大三星三更出). '세 개의 커다란 별이 삼경에 나타났다.'는 뜻.

57) 정해진 목숨 ···

1969. 5. 5. 하시리 / 유춘종, 남 · 57

어떤 날 밤에 한 동자가 찾아와 하는 말이,

"옥황사제의 심부름으로 들기름을 가지러 왔다."

고 하자,

"들기름을 무엇에 쓸려고 하느냐?"

고 물었지. 그러자,

"선악의 명부 꾸미는 종이에 기름을 먹이려고 한다."

고 대답했어. 그래 그 주인이,

"내 이름은 어디 있는가 알아봐 달라."

고 하자, 다음에 와서,

"악의 첫머리에 있다."

고 대답했어.

이런 후에 어느 날 두 청년이 와서 유숙을 청해 허락했는데 이상하게
두 청년이 밤만 되면 나갔다가 들어옴을 보고 주인이 미행해 보니 산꼭
대기에서 검무를 추며 연습을 하더래. 이런 후에 청년들이 내려오려고 하
자 주인은 급한 김에 고목나무 속에 숨었어. 그러자 두 청년이 고목나무
앞에서 두 동강이 내기 시합을 하여 그 속에 있던 노인이 죽었어.

58) 인과응보(因果應報)573) ···
─부부로 환생한 머슴과 말

1969. 5. 5. 하시리 / 유춘종, 남 · 57

진묵대사574)가 길을 가다가 젊은 여자가 못에 빠지려고 하는 것을 말

---

573) 전생에 지은 선악에 따라 현재의 행과 불행이 있고, 현세에서의 선악의 결과에 따
라 내세에서 행과 불행이 있는 일.

리고 그 이유를 물으니 그 여인이,

"조실부모하고 숙부집에 있다가 출가했는데 남편이 매일 때려서 살 수가 없어 죽을려고 한다."

고 말함을 보고, 대사가,

"불공을 드리라."

고 했지. 그래 그 여자가 쌀 석 섬으로 불공하자, 대사가 그 여자에게,

"숯 한 테미575)와 초석자리576)를 가지고 가서 초석자리를 물에 적셔 숯불에 구워서 구들577) 한 구석에 놔두고 남편이 오면 가만히 있으라."

고 일러주었어. 그랬더니 남편이 와서 구석의 초석자리로 아내를 때리는데, 숯불에 구운 초석자리라서 금세 부서지고 말았어. 그러더니 남편이 점심을 먹고는 아무 말도 않고, 그 이후로는 때리지도 않아. 그래서 나중에 남편에게 때린 이유를 묻자, 남편도 '모르겠다.'고 그래. 그런데 삼 년 후 대사가 그 집 앞을 지나갈 제 아내가 따라가서 감사를 드리고 이유를 물었더니,

"전생에 아내는 누구 집 일꾼이고 남편은 그 집 말인데 환생해서 전생의 고578)를 인과응보 하는 것."

이라고 말해 주었지.

59) 초립동과 퇴계(退溪) 선생의 내기바둑 ·······································

1969. 5. 5. 하시리 / 유춘종, 남 · 57

퇴계 선생의 선조는 아전이었어. 퇴계 선생이 금강산 유람을 갔는데 날

---

574) 진묵대사(震默大師). 조선 후기 전라북도 김제 출신의 승려(1562~1633).
575) 테미.
576) 초석(草席)자리. 왕골, 부들 따위로 엮어 만든 자리.
577) 방고래 위에 깔아 방바닥을 만드는 얇고 넓은 돌. 여기서는 '방'을 가리킴.
578) 고(苦). 전세에 지은 나쁜 업 때문에 받는 몸과 마음의 괴로움.

이 저물어 어떤 암자에 가 하룻밤 유숙을 청하니까 발장579)지게 총각이 먼저 들어 있었어. 조금 있으니 초립동이 장죽을 물고 들어와 퇴계 선생에게 바둑 두기를 청하여 내기를 걸기를,

"내가 지면 흑말·백말이 황금·백금으로 된 바둑알과 바둑판을 주고 그대가 지면 그대 머리를 내놓으라."

했지. 그래 바둑을 두는데 퇴계가 지게 됐어. 초립동이 소피보러 간 사이에 잠만 자던 발장지게 총각이 한 수를 알으켜 주고 다시 잠을 자겠지. 그래 퇴계가 이겼는데, 초립동이 화를 내며 바둑판을 퇴계에게 주며 가 버렸어. 이때 발장지게 총각이 일어나 퇴계에게 이르기를,

"전하580) 수라581)에 사약582)이 들어갈 테니 어서 귀경583)하라."

고 말하며,

"아까 초립동은 신선인데 그대가 신하로서 임금의 위독을 모르고 놀러 다니는 것을 괘씸히 여겨 너를 죽이려고 한 것인데 내가 구한 것."

이라 하고는 다시 자 버렸어. 이튿날 퇴계 선생이 깨어보니 집도 아뭇것도 없어. 그래 퇴계 선생은 축지584)를 써서 궁중에 바삐 들어가 임금을 구했어.

60) 재주꾼 배필 맞기 2

1969. 5. 5. 하시리 / 유춘종, 남·57

*이본인 단양군 〔매포읍 자료 47〕 참조할 것.

---

579) 김(해태)을 햇볕에 말리거나 건조장에 말릴 때 틀로 모양을 내어 찍어서 말릴 때 쓰는 도구.
580) 전하(殿下). 왕을 높여 이르거나 부르던 말.
581) 궁중에서 임금에게 올리는 밥을 높여 이르던 말.
582) 사약(死藥). 독약.
583) 귀경(歸京). 서울로 돌아가거나 돌아옴.
584) 축지(縮地). 축지법. 도술로 지맥(地脈)을 축소하여 먼 거리를 가깝게 하는 술법.

아침에 밭에 가서 모시를 가지고 천을 짜서 밥 덮개를 그 아침으로 만드는 처녀가 있는데 그 재주에 맞가는 배필이 없어 시집을 못 갔어. 그 동내에 석 섬 내는 총각이 있어. 총각이,

"내기를 하여 이기면 나에게 시집오라."

고 하여 시합하는데, 그 총각이 세 포기를 하지 못하여 장가를 가지 못하고 말았어. 그런데 한 총각이 있는데, 그는 하룻저녁에 벼룩을 석 되 서홉을 잡아서 굴레를 씌워 잔디밭에 굴리는 재주가 있어 내기를 하는데, 그만 한 놈이 굴레를 벗고 도망가서 또 실패했어. 그런데 그 동내에 한 심술궂은 사내가 있었는데 그 총각이 그 처녀보고 내기를 신청하여 어디로 나오라고 하고는 처녀가 찾아오니까 아무것도 해 놓지 않고 담배만 피우고는,

"나한테 시집 안 오면 죽이겠다."

고 위협하였지만, 그 처녀가 거절하니까 들어서 던졌는데 전라도까지 날라갔어. 그런데 전라도에 대밭 보러온 남자가 하늘에서 처녀가 떨어지는 걸 보고 장도585)로 대를 짤라 삼태기를 만들어서 받았기 때문에 둘이 결혼해서 잘살았어.

(61) 떡보와 사신

1969. 5. 5. 하시리 / 유춘종, 남 · 57

떡보라는 바보가 있어. 중국 사신이 오는데 인재가 없어 방을 붙였지. 떡보가 떡을 실컨 먹고 싶어서 지원하였어. 그래서 배불리 실컨 먹고는 중국 사신을 맞으러 압록강 뱃사공 노릇을 하는 거야. 이때 사신이 압록강을 건느는데 배 속에서 '조선 지도가 어떠냐?'는 뜻으로 손으로 원586)

---

585) 장도(粧刀)칼. 주머니 속에 넣거나 옷고름에 늘 차고 다니는 칼집이 있는 작은 칼.
586) 원(圓). 동그라미.

을 보이자, 떡보가 떡인 줄 알고 '노치떡587)을 먹었다.'고 큰 원을 그렸지. 그랬더니 사신이 놀라서 다시 한 번 시험하리라고 '복희씨'라는 뜻으로 가슴을 치자, 바보는 '떡 먹은 게 체해서 그러나보다!'고, '자기는 문제없다.'는 뜻으로 수염을 쓰다듬었드니, 사신은 '순임금588)을 얘기하는구나!' 하는 뜻으로 생각했어. 그래 중국 사신이 생각하기를, '조선에는 이런 뱃사공도 이런 높은 수준을 지니고 있으니, 정부에는 얼머나 훌륭한 인재들이 있을까?' 하여 교만한 마음을 버렸더래.

(62) 선생님 장가 들인 학동 2 ──────────────────────────────

1969. 5. 5. 하시리 / 유춘종, 남·57

  *이본인 충북 단양군 〔단양읍 자료 1〕 참조할 것.

  서당 선생이 홀아비인데, 그 서당의 학동이 자기 오촌 당숙모589)가 과부라 이 두 사람을 결혼시키려고 꾀를 냈지. 어느 밤 자기 숙모님이 불 끄고 잘 적에 찾아가서,
  "우리 선생님 안 왔어요?"
하고 묻는 거야. 그러니까 숙모는 그저 장난으로 알고 있었는데, 이 아이가 닷새를 매일 와서 자기 선생님을 찾아 화가 났어. 이렇게 해 놓고 나서 아이는 서당 선생과 약속을 하기를,
  "오늘 숙모님이 내가 또 그 질문을 하면 화가 나서 쫓아 나올 테니 그 사이에 숙모님 방에 들어가서 벌거벗고 누워 있으라."
고 일러주고는 아이가 아주머니 집에 가니까, 아주머니가 아이를 쫓아 잡

---

587) 느티떡. 느티나무의 연한 잎을 쌀가루에 섞어서 찐 시루떡.
588) 순(舜)임금. 중국 태고(太古)의 임금. 이것은 '순임금'이라기보다는 '염제(炎帝)'의 잘못으로 생각된다. 즉 '염제'를 '염제(髥帝)'로 보아 그렇게 생각했다는 것이다.
589) 당숙모(堂叔母). 종숙의 아내.

을 때, 서당 선생은 그 방에 누워 있었지. 아이는 아주머니에게 잡혀서,

　"그럼 아주머니 방에 들어가 보자."

고 했어. 그래 둘이 아주머니 집에 가서 이불을 들쳐보니 벌거벗은 선생
이 있지 않아? 그래서 선생은 도망갔는데, 아이가 아주머니에게,

　"내게 술 한 동이와 떡을 해 주면 소문 안 낸다."

고 하여 그것을 받아 놓고 손님을 초청해서,

　"오늘은 우리 숙모님과 선생님의 잔칫날—"

이라고 하여 서로 살게 됐다는 얘기지.

(63) 나도밤나무의 유래 ···

1969. 5. 5. 하시리 / 유춘종, 남 · 57

　이율곡의 아버지가 강릉의 아내에게로 가는 중이었어. 그런데 대관령
의 주막에 미인이 하나 있었는데 이 미인에게 어떤 도승이 가서,

　"이 사람[590]과 동침하면 대인을 낳으리라."

고 일러줬어. 그래 조금 있으니까 한 남자가 오는데 이 사람이 바로 도사
가 일러줬던 사람이거던. 그래 미인이 술상을 차려서 대접하고는 둘이 동
침하려는데, 율곡의 아버지가,

　"내 부인의 마음은 저 달과 같다. 나는 왜 내 정조를 남에게 줄 게 뭐
냐?"

하고는 강릉으로 와서 아내에게서 아이를 낳았으니, 그 아이가 바로 이율
곡선생이야.

　율곡이 다섯 살 때 어느 중이 와서 율곡을 보고 호안에 갈 팔자라고
그 방도를 가르쳐 주기를,

　"밤나무 천 주를 키우면 된다."

---

590) 율곡의 아버지.

고 했어. 그래 밤나무 천 주를 키웠더니 나중에 중이 와서 세어보니 구백 구십구주야. 그래 '한 주가 모자란다.'고 했더니 그 옆에 참나무가 '나도 밤나무'라고 하여 천 주를 채워 무사했다는 게야.

(64) 십대 손을 살린 손승렬의 유서 ·······················

1969. 5. 5., 하시리 / 유춘종, 남 · 57

밀양 평원에 손승렬이가 살았어. 이 사람이 길을 가다 전나무의 솔방울이 발등을 치자 솔방울이 구불러[591] 간 모양을 보고 점을 쳐보니 이 솔씨가 몇 백 년 후에 군수 관청의 들보가 되었다가 이 들보에 쳐서 군수는 죽을 팔자야. 자기 점을 쳐보니 제 십대 손이 바로 이 원에게 죽을 수거든. 그래 손승렬이 죽을 때, '유언함을 전해 집안에 변이 일어나면 원에게 바치라'고 했어.

그런데 십 대손 째에 가서 이상하게 살인을 하게 됐어. 그래 함 속에 든 유서를 원에게 주자 원이 받으러 나올 때 대들보가 부러져 원님은 목숨을 구했지. 그래 유서를 보니, '나는 너를 살렸으니 너는 나의 십대손을 살리라.'고 돼 있어, 그 자손을 살렸다는 거지.

(65) 손병사(孫兵使)[592] ·····························

1969. 5. 5. 하시리 / 유춘종, 남 · 57

경상도에는 해묵히는[593] 풍습이 있는데, 선병사 어머니가 일 년 묵고

---

591) 굴러.
592) 영 · 정조 때의 무신이었던 손상룡(孫相龍). 밀양에서 병사 벼슬을 했는데 민간에는 그에 관한 전설이 다수 구전되어 왔다.
593) '해묵히다'는 어떤 물건이 해를 넘겨 오랫동안 남아 있게 하다.

시집으로 가는데 도중에 영남루에서 내려 경치 구경을 하다가, 후객594)으
로 따라 온 사촌 오라버니에게,

"시집에는 편지를 보내 하루 늦는다고 하고 관아로 가서 군수에게 돈
이천 냥과 기생을 데리고 오라."

고 일렀어. 그래 오라버니가 미안해서 천 냥만 꿔 와 기생을 데리고 잘
놀았어. 다음 날 시가에 들어가니 사당 차례595)보다 왕신귀596)집에 먼저
제사를 지내는 거야. 그래 그 귀신집을 태웠어. 그래 곧 임신을 했는데,
꿈에 그 왕신귀가 오더니,

"네 아들은 내가 다 잡아간다."

고 하며 첫아들이 낳자마자 죽었어. 두째를 임신했을 때도 왕신귀가 또
그래서 자기가 자기 아이를 죽였어. 그래 셋째 임신했을 때는 왕신귀가
항복하고 물러가 낳은 애가 손병사지.

66) 오성과 한음 ···

1969. 5. 5. 하시리 / 장덕순(張德順), 남 · 42

1.

오성대감이 평소 하도 의견이 넓어서 하루는 임금이 그의 의견을 시험
해 보기 위하여 오성대감을 먼저 내보낸 뒤에 나머지 신하들에게 다음
날 조회에 출석할 때 된장을 한 덩어리씩 가지고 입궐할 것을 명했다. 다
음 날 조회 시 다른 신하들은 모두 왕에게 된장을 바쳤으나 오성만 이것
을 알지 못하고 빈손으로 왔다. 임금은 이어 오성에게도 된장을 바칠 것
을 명했다. 오성은,

---

594) 후객(後客). 상객(上客). 혼인 때에 가족 중에서 신랑이나 신부를 데리고 가는 사람.
595) 차례(茶禮). 음력 매달 초하룻날과 보름날, 명절날, 조상 생일 등의 낮에 지내는 제사.
596) 왕신귀(王神鬼). 왕귀신.

“그렇다면 저도 바치지요.”

하고는 중우597)를 끌어 올리면서,

“저는 배짱이 커서 단지 채 바치겠습니다.”

하고는 장단지598)를 내보였다. 왕 이하 모든 신하들은 이에 찬탄을 금치 못했다.

하루는 다시 임금이 오성대감을 시험하기 위하여 먼저 궐 밖으로 내보내고 신하들에게 다음 날 조회 때 나올 때 계란을 하나씩 가지고 올 것을 명했다. 다음 날 조회 때 다른 신하들은 모두 임금에게 계란을 바쳤으나 오성만이 빈손이었다. 임금이 다시 오성에게 계란을 바칠 것을 명하자 오성은 잠깐 궁리 끝에 갑자기 책상다리599) 하고 앉아 궁둥이를 두드리며 ‘꼬끼요!’ 하고는 하는 말이,

“저는 알을 만들어만 주었지 지금 가진 알은 없습니다.”

고 답변하여 임금 이하 모든 신하들의 찬탄을 받았다.

2.

오성이 국가의 군량을 맡고 있을 당시 하루는 군량을 그곳 그 시에 대지를 못하였다. 오성은 이 죄로 잡혀 들어가서 문초를 받게 되자 임시 변명으로 ‘군량은 제가 맡은 것이 아니라 한음이 맡은 것’이라고 말한 뒤, 한음을 잡으러 간 사이 궁리를 짜내어 전 백성에게 가마니에 모래를 넣어 강변에 쌓게 한 다음 강물에 회를 풀게 하였다. 그리고는 왜적에게, ‘우리는 군량 단속을 다하였으니 해 볼 테면 해보자.’고 을러댔다. 왜적이 가만히 보니 저쪽 군사의 먹고 남은 쌀이 썩어서 그 물이 강물로 흘러간다고 착각하여 본국에서 군량을 조달할 필요 없이 조선 군사를 조금 더

---

597) 중의(中衣). 고의(袴衣). 남자의 여름 홑바지.
598) ‘종아리’와 ‘장을 담는 단지’라는 이중의 뜻이 있음.
599) 한쪽 다리를 오그리고 다른 쪽 다리는 그 위에 포개어 얹고 앉은 자세.

밀고 나가 저 군량을 뺏으면 된다는 생각으로 본국에 군량 보내기를 중지하라고 명령했다. 그 후 왜군이 조선 군사를 밀어내 본즉 모래만이 가마니에 들어 있어 군량이 떨어진 왜군은 패퇴했다.

3.

오성은 한음과 장난을 좋아했는데, 하루는 한음을 골리기 위하여 그를 불러서 말하기를,

"너 가끔 여편네하고 싸우지? 부인 버르장머리를 꼼짝 못하게 가르쳐 놓자. 내가 먼저 공연히 트집을 잡아 내 여편네와 싸우고 식음을 전폐하고 문을 걸어 닫고 방에 앉아 있을 테니 네가 창구멍으로 밥을 넣어라."
하고는 집에 가서 부인과 트집을 잡아 싸우고는,

"여자 소리가 담 밖을 나가면 집안이 망한다는데─"
하며, '굶어 죽겠다.'고 문을 걸고 방에 들어앉았다. 부인은 멍석을 깔고 잘못했다고 빌며 밥 먹기를 권하나 오성은 문을 닫아걸고 방에서 한음이 창으로 넣어 주는 밥을 받아먹었다. 그러다가 며칠 후에 방을 나오니 그 뒤부터는 부인이 입도 못 떼었다. 오성은 한음을 보고,

"나는 내 여편네 버릇을 고쳤으니 너도 그렇게 하라."
하여, 한음도 오성과 같이 마누라와 싸우고 방에 문을 걸고 들어가 있으니 밥 갖다 준다던 오성이 아무리 기다려도 소식이 없다. 그렇다고 밥 굶는다고 결심한 사람이 아내에게 밥 달랄 수도 없고 이틀을 그렇게 굶으니 환장할 지경이었다. 혼자서, '요놈에 새끼, 나가기만 하면 원수를 갚을 테다.' 하고 벼르기만 했다.

사흘째 되는 날 창을 두드리며 무엇을 갖다 주고 먹으라고 하는데, 깜깜한 밤에 더듬더듬 기어가 받아먹으려고 보니, 무엇이 물컹 하는데 구두짝 떨어진 것을 불귀서 간장에 절여 갖다 주었다. 세상에 아무리 씹어도 비리고 짜기만 한데다 씹히지도 않아 입만 아팠다. 하도 분개해 '우리 부

인이 밥만 주라고 하면 얼른 나가서 먹어야지.' 하고는 이튿날 방을 나와 밥을 먹었다. 그리고는 오성 집에 찾아가 저만치 불러내어,

"야, 이놈아? 네가 들어가 앉았을 때는 매분600) 밥을 갖다 주었는데, 넌 사흘을 굶겨 뽑고 가죽때기 썩은 걸 갖다 줘? 임마!"

오성이 말하기를,

"너는 내가 들어가 있을 때 고기 갖다 줘 봤냐? 나는 그 고기를 구하느라고 얼마나 고생했는데 알아? 잘 처먹었으면 고맙다고나 할 것이지."

이 말에 한음은 대꾸를 못하였다.

4.

한음의 아버지 소상이 돌아왔는데 한음이 굴건제복601)을 하고 상제 노릇을 하노라니까 오성이 와 있었다. 한음이 생각하기를, '네놈이 인사하러 오긴 왔지만 틀림없이 장난을 하고 갈 텐데―' 그런데 이상하게 점잖게 주는 술만 먹고는 이어,

"친구, 나는 가네."

하며 떠났다. 한음이 속으로, '저놈 사람 됐구나!' 했으나 오성이 삽작문 밖엘 나가더니 한다는 말이,

"아이 참, 내가 장난을 해도 너무 했구나!"

하고 주머니를 뒤지며,

"너의 아버지 혼백602)으로 장난을 했다."

상제가 이 말에 급해서 버선발로 뛰어나와,

"야― 이놈아, 혼백을 다오. 저녁 제사 지내야 된다."

오성은 혼백을 주는 척하며 도망하기를 거듭하다가 이윽고 광속에 던

---

600) 매번(每番).
601) 굴관제복(屈巾祭服). 굴건을 쓰고 제복을 입음.
602) 혼백(魂帛). 신주(神主)를 만들기 전에 임시로 명주나 모시를 접어서 만든 신위(神位). 초상에만 쓰고 장사 뒤에는 신주를 쓴다.

지는 시늉을 하였다. 어떻게 급하던지 한음은 맨발로 뛰어가 광에서 혼백을 모셨다. 알고 보니 오성이 가짜 혼백으로 한음을 놀렸다.

(67) 고창녕의 명판결

1969. 5. 5. 하시리 / 장덕순, 남 · 42

1.

고창녕[603]이 열네 살에 고을 원이 되어 나가게 되었는데 그 아버지가 말하기를,

"아직 나이가 어리고 경험이 없으니 아무 데 있는 내 친구 아무개 원에게 가 있으면서 좀 배워가지고 부임하라."

하였다. 그래서 고창녕은 아버지가 말한 원에게 찾아갔는데 하루는 어느 사람의 제소[604]가 들어왔는데― 말하기를,

"우리 어머니가 돌아가신 지 한 달이 됐는데도 돈이 없어서 제사를 드리지 못하던 중 남에 소를 빚을 얻어 팔아서 그 돈을 가지고 오다가 잃어버릴까봐 땅에 묻었는데 이튿날 찾으러 가니 돈이 없습니다."

그 마을 원은 이를 해결치 못하고 까막까막하고 있는데, 어린 원이 자신이 한번 판결해 보겠다고 나섰다. 그 마을 원은 그러라고 하여 고창녕이 문초를 시작하기를,

"어― 이 밖에 그 돈에 대해서 이야기한 사람이 없는가? 부부간에도 말허지 않았는가?"

"부부간에만 말했습니다."

"그러면 네 아내는 옷을 어느 정도 갈아입는가?"

---

603) 고유(高裕, 1722~1779). 조선 후기의 문신. 성리학에 능통했고 창녕현감 재임시 선정을 베풀어 흔히 '고창녕(高唱寧)'으로 불렸다.
604) 제소(提訴). 소송을 제기함. 또는 그런 일.

“보통 검지 않게는 입는 편입니다.”

“그럼 하루 낯짝은 몇 번씩 씻더냐?”

“하루 넷째두 씻구 다섯 번두 씻습니다.”

“화장은 어떻게 하느냐?”

이렇게 질문을 퍼붓은 다음 육방 관속을 불러 그 여자를 잡아들이라 하였다. 그리고는 원이 말하기를,

“네 이년, 이실직고[605]하라. 외간남자에 관심을 얻는 것까지는 좋으나 시어머니 제사에 쓸 소 판 돈을 훔치다니?”

놀랜 여자는 결국 모든 것을 고백하고 말았다.

2.

하루는 다시 원정[606]이 들어왔는데, 허무맹랑한 원정이 들어왔다.

옹기장사가 들어와서는 한다는 말이,

“옹기를 지게에 지고 산에서 지게를 걸쳐놓고 쉬었는데 바람이 불어와서 지게가 넘어지는 바람에 옹기가 깨졌으니 이 값을 받아 주시오.”

원이,

“옹깃값이 을마냐?”

옹기장수가,

“을마쯤 하오.”

“그럼 물러가 있거라.”

고창녕은 궁리 끝에,

“마을에 있는 뱃사공을 전부 불러들이라.” 하였다. 서공들은,

“소인들은 아무 죄가 없습니다.”

원님이,

---

605) 이실직고(以實直告). 사실 그대로 고함.
606) 원정(原情). 사정을 하소연함.

"왜 죄가 없느냐? 너희들 뱃고사를 일 년에 몇 번이나 지내느냐?"

선원들―

"적어두 한 달에 한 번은 합니다."

원님이,

"뱃고사를 지낼 때 주둥이를 오므리느냐 아니면 뭘 빌면서 지내느냐?"

"돛대를 달고 다니니 동남풍 불기만을 빌었습니다.

원님―

"다름이 아니라 어부들은 배만 가진 욕심으로 동남풍을 빌었지만 남 옹기장사의 지게에 동남풍이 치받아서 옹기가 깨졌으니 당장 물어내라."

선원들은 전액이 암만[607]이라는 말을 듣고 금액을 물어냈다. 원은 다시 옹기장사를 불러,

"이놈, 다시는 옹기 아니라 별거라도 이런 제소[608]는 하지 말아라."

이리하여 고창녕은 바람에 깨진 옹깃값을 받아냈다.

(68) 실수를 거듭 하는 바보

1969. 5. 5. 하시리 / 제보자 미상

한 마을에 지독한 바보가 살고 있었는데 나이가 들어도 바보라 혼처가 나지 않았다. 그 바보의 아버지가 아들의 혼인을 걱정하던 중 친구를 찾아가 상의하니 친구가 말하기를,

"낮으면 낮은 짝을 찾으면 되지 않겠는가?"

하며 선선히 중매할 것을 승낙하였다.

그 후 바보는 장가를 들게 되어 살던 중 아버지가 죽었다. 아버지가 살아 있을 때는 아버지의 도움 아래 살 수 있었으나, 아버지가 죽으니 살길

---

607) 얼마쯤.
608) 제소(提訴). 소송을 제기함. 또는 그런 일.

이 막연했다. 하루는 아내가 바보에게,

 "그렇게 집에 가만히 있지만 말고 나무라도 해 오라."

고 하여 바보는 도끼와 소를 가지고 산에 나무를 하러 갔다. 산에 가 보
니 바보 생각에 잔가지로 나무를 하면 시간이 오래 걸릴 것 같아 큰 아름
드리나무를 찍어 소등에 줄로 붙잡아 매고 끌었다. 큰 나무가 넘어지면서
소등을 때려 소등이 부러져서 죽었다. 바보는 한탄 끝에 죽은 소를 그냥
놔두고 산을 내려오기 시작했다. 한참 내려오다 연못가에 다다르니 연못
에 오리가 새까맣게 앉았는데 바보 생각에 도끼만 한번 던지면 단번에
열 마리는 잡을 것 같았다. 그래서 겨냥하여 도끼를 던졌으나 오리는 날
라가고 도끼만 물에 빠졌다. 바보는 도끼를 건지려 물에 들어갔으나 코에
물이 들어가자 겁이 나서 도로 나와 할 일 없이 집으로 돌아갔다.609)

 한편 아내는 아무리 기다려도 남편이 오지 않아 마중을 나왔으나 길이
엇갈려 바보가 집에 와 보니 집엔 아무도 없었다. 장독 곁을 보니 방
갓610)이 하나 있는데, 바보는 이것을 어느 놈이 장을 훔쳐 먹는 줄 알고
돌을 힘껏 던졌으나 돌이 장독에 맞아 장독에 있던 장이 모두 논으로 쏟
아져 나갔다. 바보는 화도 나고 배도 고파 방으로 펄쩍 뛰어드는데 보니
무엇이 물컹 밟히는데 그것은 혼자서 방에서 돌아다니다 문턱을 베고 자
는 갓난애였다. 아이는 죽어 있었다.611) 바보는 그래도 자기 자식이라 아
랫목에 눕혀 놓고 이불을 덮어 놓았다. 얼마 후에 아내가 돌아와,

 "왜 이리 늦었는가?"

묻자, 바보는,

 "배가 고프니 밥부터 먹고 얘기하자."

고 하여, 아내는 밥을 지어 와 바보는 배불리 먹었다. 아내가 다시,

---

609) 다른 이본들에 의하면 이때 옷을 도난당하여 벌거숭이로는 돌아갈 수 없어 날이
    어두워질 때까지 기다리는 것으로 되어 있다.
610) 예전에, 주로 상제가 밖에 나갈 때 쓰던 갓.
611) 밟혀 죽은 것임.

"무슨 일이 있었는가?"

묻자, 바보는 무엇부터 얘기할까 하고 생각한 뒤에, '먼저 소부터 얘기하지.' 하고는 소 죽은 자초지종을 설명했다. 아내는 어이가 없었으나 하는 수 없이 체념하였다. 바보는 다시,

"어디 그뿐인가 또 있지."

하고는 도끼 잃어버린 것을 말하였다. 아내는,

"소두 죽었는데 도끼 잃은 걸 가지고 무얼 그리 상심하시오?"

하니, 바보는,

"어디 그뿐인가? 왜 방갓은 장독 옆에다 걸어 놔?"

하고는 장독 깬 얘기를 하였다. 아내는 다시,

"소두 죽고 도끼도 잃었는데 뭘 장독 깬 것 가지고 상심하시오?"

하니,

"어디 그뿐인가?" 또 있지. 왜 애는 꼭 문턱에다가 눕혀 놓는 거야. 하마터면 다칠 뻔 했잖아?"

아내는,

"그래 어디 다치지나 않았나?"

고 하며 이불을 걷어 보니 아이가 죽어 있었다.

아내는 그런 일이 있은 뒤 남편과 헤어질려고 하였으나 체념하고 다시 살기로 하여 그럭저럭 살아나가던 중 바보의 장인이 죽었다. 그래서 아내와 바보는 처갓집에 가게 되었는데 바보는 거기 가서 상주인 처남에게 무어라고 인사를 해야 될지 몰라 동네 젊은 사람들에게 물었다. 동네 사람들이 바보를 놀려 주려고,

"가서 우리 시키는 대로만 하라."

하고는,

"자네 아버지와 난 죽마지우였는데 먼저 갔으니—"

하고는 큰 소리를 내어 울게 하였다. 바보는 그 소리대로 가서 상주에게 하니 상주는,

"아니 매제612)? 여기까지 와서 농담을 하나?"

하며 화를 내었다. 바보는 모처럼 잘해 보려고 하였으나 창피만 당하고 집으로 돌아와 다시는 젊은 놈들에게 묻지 않기로 했다.

다시 장인의 소상이 돌아와 바보는 며칠 전부터 동네 늙은 노인에게 가서, '어떻게 인사를 할 것인가?'를 물으니, 노인이,

"아직 일주일이나 남아 있어 지금 아르켜 줘도 넌 잊어버릴 것이니 이번 소상엔 나도 갈 테니 같이 가서 나 하는 대로만 하게."

하였다.

바보는 기쁜 마음으로 소상날 노인을 따라 가 문틈으로 가만히 노인의 거동을 보니 노인은 우선 상 채려 놓은 곳으로 가서 제사상 다리를 붙들고 흔들며,

"아이고! 내 자네하고 죽마지우였는데 어찌 자네가 먼저 가나?"

하고는 다시 상주에게 가서,

"자네 아버지와 나는 어릴 적 친구였는데 먼저 갔으니 자네 얼마나 상심이 큰가?"

하였다. 바보는 이것을 보고 들어와 제사상 앞에 가서 상 위 음식이 엎어질 정도로 제사상 다리를 흔들며 노인이 하던 말을 그대로 읊어 또 망신만 당하고 나왔다.

장인의 대상날이 돌아와 바보는 아내와 같이 장인 집에 다시 갔다. 장인 집에 도달하여 보니 옆방에서 떡을 만들고 있는데 바보가 먹고 싶어 죽을 지경이었다. 마누라에게 졸라 마누라가 찰떡을 떼어 주니 너무 뜨거워, '앗, 뜨거!' 하고 소리를 질렀다. 옆방에서 장모가,

"무얼 그러느냐?"

고 묻자, 아내가,

"고물 좀 손에 쥐어 주니 그것이 뜨겁다고 그런다."

---

612) 손아래 누이의 남편을 이르는 말. 매제(妹弟). 손아래 누이의 남편을 이르는 말.

고 하자, 바보는 장모 방으로 치달으며,

  "장모님, 이게 어디 고물예요. 저년이 알지도 못하면서 공연히 저런다."
고 하였다.

69) 성길사한(成吉思汗)[613]의 첩 ··

1969. 5. 5. 하시리 / 제보자 미상

  선조의 세자[614]에게 하루는 여승이 하나 찾아왔는데 그 여승은 일본
여자였다. 그 여자가 세자에게 말하기를,

  "저는 천하 대영웅을 찾아 배필로 삼고저 하는데 일본에는 제 배필이
없어 조선에 건너왔는데 당신을 보아하니 가히 일대의 영웅 같으니 저와
같이 사시자."고.

  세자는 이를 승낙하여 둘은 석 달을 같이 살았다. 살다 보니 여자가 살
펴본즉 남자는 밤마다 문을 걸고야 잠을 들었다. 여자는, '당신이 밤마다
문을 걸고야 자는 걸 보니 천하의 영웅은 아닌 것 같소. 난 다시 배필을
구하여 중국으로 들어가겠소. 당신의 말을 빌려 타고 가나 이 은혜는 이
년 후에 갚겠소.'라는 편지를 남기고 사라졌다. 세자는 그 후 그녀를 잊었
다. 한편 여자는 배필을 구하여 요동 칠백 리를 헤매던 중 어느 한 사람
이 축도축무[615]를 하는데 가히 일대 영웅 같아 앞에 가서 읍을 하고 둘
은 인사를 나눈 다음 여자는 자초지종을 설명하여 같이 살기를 청하여
승낙을 받았다. 그 남자는 바로 청태조 성길사한이었다. 둘이 이와 같이
만나서 같이 살던 중 명나라 정치가 부패하고 있어서 한[616]이 명[617]을

---

613) 칭기즈 칸. 몽골 제국 원(元)나라의 제1대 왕(1167~1227)의 음역어. 그러나 '청태
    조'는 여진족인 누르하치[努爾哈赤](1559~1626)이지 성길사한이 아니다.
614) 세자(世子). 임금의 자리를 이을 임금의 아들.
615) 습도습무(習刀習武). 칼쓰기와 무예 연습을 함.
616) 한(汗). 칸(Khan). 중세에, 몽고 · 터키 · 타타르 · 위구르에서 군주를 이르던 말.

정복하고 천자가 되어서 중국을 통치하게 되었다.

이때 조선이 청에 조공하기를 거절하므로 한은 쳐들어와 남한산성에 진을 치고 조선의 항복을 받았다. 그리고 본국으로 돌아가는 길에 세자, 대신의 아들 등 십이 인을 상국으로 섬긴다는 뜻으로 데리고 들어갔다. 세자가 청나라에 잡혀 들어가 살던 중 하루는 황후가 보니 옛날 자기 남편이었다. 그리하여 한에게 말한 다음 세자를 내궁으로 불러들여, 세자가 가 보니 바로 옛날 같이 살던 여자였다. 여자는 세자에게 자초지종을 설명한 뒤 옛 은혜로 한에게 말하여 십 년의 감금을 면제하고 풀어주기로 하였다. 그리고 세자가 돌아가는 길에 금은보화를 내리려 하였다. 그런데 그때 마침 중국 왕실에는 옛날 이태조의 벼루가 있었는데 세자는 이를 보고 금은보화를 물리친 다음 대신 벼루를 청하였다. 그리하여 그때 세자는 중국에 가서 태조의 벼루를 찾아오게 되었다.

70) 느티나무신의 보은삼(報恩蔘) {.dotfill}

1969. 5. 5. 하시리 / 제보자 미상

*이 이야기의 참고 자료로는 강원도 명주군 〔강동면 자료 1〕의 '해낭당'을 참조할 것.

평양에 노총각이 살고 있었는데 나이 서른다섯이 되도록 기생집, 요릿집에 화장품, 담배를 심부름해주는 것이 그의 생계였다. 나이가 많아지자 한심한 생각이 들어 차라리 죽는 것이 낫다고 생각하여 평양 독소주를 이고 묘향산 꼭대기로 가서 술을 먹고 죽어 까마귀밥이 되기로 결심하였다. 산에 올라가 큰 느티나무 밑에서 소주 한 동이를 다 먹고 오줌이 마려워 썩어 뚫어진 큰 느티나무에 신618)을 넣고 오줌을 누고는 잠이 들었

---

617) 명(明)나라.

다. 그런데 꿈에 웬 할머니가 나타나서,

"일어나거라. 나는 이 느티나무에 수백 년 사는데 오늘같이 좋은 변은 처음 만났다. 그래서 그 은혜를 갚겠는데 아무아무 나무 밑에 산삼 세 뿌리가 있는데 그것을 파서 그것으로 장가를 들어라."

잠을 깨고 일어나 그 나무 밑으로 가 보니 과연 산삼이 있는데 그것을 캐 보니 큰 무 밑둥만 하였다. 이것을 주리멱619)에다 넣어가지고 내려오는데 생각하기를, '산삼이 좋은 약이니 팔아 버리는 것보다 먹는 것이 낫겠다는 생각이 들어 세 개를 다 먹어 버렸다.

산에서 내려오니 그길로 점점 건강해지고 얼굴빛이 대춧빛 같고 자지가 자꾸 일어나 쓰러지지 않고 밤낮 일어나서 바지의 앞이 뚫어져 나갔다. 그러면서도 역시 창기방620) 심부름을 하고 있는데 하루는 그가 심부름 해주는 기생이 아주 근력이 좋은데 아무리 남자를 구해도 마음에 미치지 않았다. 그래서 그 기생이 이 심부름하는 놈을 불러 목욕을 시키고 옷을 해 입힌 다음 그 일을 해보니 아주 훌륭하였다. 그래서 밤낮 잘 먹이고는 매일같이 그 일만 하는데 결국은 이 기생이 당하지 못하게 되었다. 기생은 버릴래니 아깝고 살려니 더 이상 못 견딜 것 같아 궁리 끝에 자신과 같이 근력이 좋은 친구에게 찾아가 같이 살기를 청하였다. 이 여자도 근력 좋은 남자를 구하던 중이라 이를 승낙하고 같이 살게 되었으나 여자 둘이서도 당해낼 수가 없었다. 여자들은 하는 수 없이 또 다른 여자를 구해들이니 그때에야 어지간하게 되어서 넷이서 잘살았다는 얘기다.

---

618) 신(腎). 남근(男根).
619) 멱서리. 짚으로 날을 촘촘히 걸어서 만든 그릇의 하나.
620) 창기방(娼妓房). 기생이 있는 술집이나 유흥장.

71) 구두쇠가 쫓아간 장도둑 1

1969. 5. 5. 하시리 / 제보자 미상

*이본으로 경북 상주군 〔화북면 자료 4〕 참조할 것.

하루는 구두쇠가 보니까 마누라가 장단지[621]를 열어 놨는데, 왕파리가 장에다 다리를 점구고[622] 있는데 보니까 네 다리를 다 점구고 있었다. 구두쇠 생각에 이게 달아나면 장이 엄청나게 줄어들 것만 같아. 신발을 단단히 하고 파리를 냅다 잡을려고 하니, 파리가 도망가서 한없이 날라가 서울 삼각산에 앉았다. 구두쇠는 쫓아가서 잔뎅이[623]를 붙들려다가 또 놓치는 바람에 파리는 아주 의주 압록강에 갔다. 구두쇠는 여기서 또 꽁댕이[624]를 놓치는 바람에 파리는 대국[625] 곤륜산[626]까지 가서 구두쇠에게 기어코 잡혀 구두쇠는 파리에 묻는 장을 뺏어먹고 왔다.

---

621) 장항아리.
622) 잠그고.
623) 잔등. 등.
624) 꼬리.
625) 대국(大國). 중국.
626) 중국 전설상의 높은 산. 중국의 서쪽에 있으며, 옥(玉)이 난다고 한다.

5. 어상천면(魚上川面)[1]

1) 아기장수와 용마 3 ··

1988. 6. 3. 석교리(石橋里) / 유순열, 남·65

*이본으로 충북 단양군 〔매포읍 자료 2〕; 동 〔매포읍 자료 29〕 참조할 것.

    옛날이야기를 들어보면 그 용수[2]라는 구뎅이가 저 위에 가면 커다란 게 있어요. 그 인제 장마 때면 홍수가 올라오고 이러는디— 그 구뎅이가 왜 생겼나 하면은 그 조[3] 위엣집에서 옛날에 누가 살 적에 애기를 낳았는데— 애기를 낳아놓고서 사흘 만에 밖에 나갔다 들어오니께 애기가 읍드라는 거유. 그래서 이래 찾아보니까 그전에 실광[4]이라고 이렇게 난 걸 이렇게 둘을 들러 매고 살았어요. 거 위에 올라가서 앉았드래. 아, 그래

---

1) 어상천면의 구비문학 자료 조사는 국민대학교 국어국문학과 현지조사의 일환으로 1988. 6. 3.~6. 5.에 걸쳐 석교리(제1조)와 임현리(제7조)에서 이루어졌다. 그러나 현재 남아 있는 채록 자료들은 내용을 짐작할 수 없을 만큼 '청취 불능' 부분이 많고, 더욱이 원문을 확인해야 할 녹음테이프도 현재 남아 있지 않은 까닭에, 총 7편을 폐기하고 말았다.
2) 용소(龍沼).
3) 저기.
4) 살강. 그릇 따위를 얹어 놓기 위하여 부엌의 벽 중턱에 드린 선반.

사흘 만인데 실광에 가 이래 올라앉아 있는 걸 붙들어 가지고 내리고 보니께 양짝에 겨드랑 밑에 날갯죽지가 요만큼하게 요게 내밀었드라는 거야. 그래서 그 부모가 붙잡아가지고- 그 왜 옛날에는 그- 그런 사람이 장사가 돼가지고 잘못되어 나면 역적이 된다는 그런 말이 있지 않나? 잘 되면 충신이 되고 못되면 역적이 된다고. 만약에 이눔이 커서 역적이 되면 안 되니까 이걸 쥑여야 한다. 그래서 그 부모들이 모랫가마를 올려놔서 죽였다는 거여.

죽여가지고서 고 집 위에 갖다가 묻어서 지금까지도 묘가 하나 있어요. 있는데- 그래 그 사흘 만에 그 용수라는 구뎅이에서 말이 올라왔대요, 말이. 그래 '장사 나자 말 난다.'고 그러잖아? 옛날 얘기가. 그 애기 난 지 삼사 일 만에 그 구뎅이서 그 청색말이 올라 왔다는 거여. 그 구뎅이서, 그 올라와가지고서 이 장사 나자 말이 나가지고 장사는 차고- 장사는 죽여버리고 읍스니께. 이 근처를 돌아댕기며 운 데가요- 동산이라는 산이 동그란 산이었어. 낮에 봤겠지요? 그 산에 말랑5)에 올라가서 그만 죽어버렸어요, 말이. 그래가지고 말 무덤이 고 있어요. 말 묻어 논 무덤이, 무덤도 있고 장사 무덤- 장수 무덤도 있다고요. 그래서 그전부터 진설에 내려왔고-.

2) 도깨비도 알아보는 대인 ··

1988. 6. 3. 석교리 / 김봉식, 남 · 68

*우암 선생이 외가에서 박대를 받고 외가와 등을 진 이야기는 이 밖에도 영동군 〔심천면 자료 4〕; 동 〔심천면 자료 24〕; 동 〔용산면 자료 36〕; 옥천군 〔청산면 자료 13〕에도 나타난다.

---

5) 마루. 꼭대기.

　　송우암 선생이 어려을 적에 어머니하고 외갓집엘 갔어요, 외갓집엘 갔는데 거 그전에 걸어가다 보니까 인제 좀 늦었지. 인제 늦게 갔는데 그 사랑에 그 외할아버지― 인제 하여튼 간에 절을 하니까 그 모두 어른들이 있다가,

　　“아 그놈, 참 잘 생겼다.”
하고 말여. 이러니까 그 송우암 외할아버지가 한단 말씀이,

　　“밤골 귀하겠다.”[6]
(청취 불능) 말여, 이런 말씀을 하셨어. 거 송우암이 조그마하도, ‘그만 가자는 게― 집으로 간다.’는 게여. 어머니더러, 가자 말여. ‘집에 가자.’니 어머니는 금방 와가지고는 가자니 걱정할 거 아녀? ‘금방 와가지고 가자고 한다.’고 말여. 굳이 간다는 거여. 이놈은 그래 그만 혼자 간다고 그만 내빼더라는 거여. 집으루― 저문데, 그래 거길 가자 하니 외딴 데 참 개울을 하나 건너가는데, 거긴 누구도 가도 혼닌다네. 도깨비한테.

　　그래 외할아버지가 조그만 게 그래 가니 아무튼 조심이 되거든. 그 하인들을 뒤를 딸려 보냈어요. 조심이 돼가지고 딸려 보내니까, 밤이 인제 어두운데 인제 거길 지나가는데, 하 이 도깨비들이 불을 밝히며 ‘송우암 선생이 오신다.’며 ‘불 밝혀 드리라.’고 말여. 아주 뭐 갈 때꺼정 모셔다 드려요. 그러니까 도깨비들도 거 아마 대인들은 범하지 못하거던. 그래가지고 저 송우암 선생이 그 외갓집을 내주간 절단을 내겠다는 게― (청취 불능) 말하자면 그 외할아버지가 그랬다고 그랜지 아니까― 벌써 대인이라는 게 벌써 드러나니까 불 밝히라고 말이지, 송우암 선생이 오신다고, 불 밝히리라― 밝히라고 하더니 하 집까지 잘 모셔다 드리드라네.

---

6) 녹음 상태가 좋지 않아 의미를 알 수는 없으나, 옥천군 청산면 효목리에서 채록한 (1967. 6. 12) 이야기에는, 손님이 우암의 외할아버지에게 ‘저 아이가 누구냐?’고 묻자 ‘얻어먹는 아이’라고 대답하였다고 되어 있다.

3) 현명한 노인

1988. 6. 3. 석교리 / 서명석, 남 · 66

두 늙은이가 아마 나마냥 이래구 살았던 모냥이야. 아들 딸 다 나가고 두 늙은이가 이러고 사는데, 과수원을 하나 잘 만들어 놓고선 두 늙은이가 그 복판에다 집을 하나 잘 깨끗하게 짓고 둘이 가서 늘 지키고, 그거 따 먹고 지내는데 밤에 저 보니까 으짼[7] 놈이 와서 과수원에 와서 사과를 딴단 말이야, 그 늙은이가 인제 평상시에 인제 늘 연습하기를 활을 하나 잘 만들어가지고 활쏘기를 배웠어. 이제 와서 늘 바로 맞추기를 배우고 그거를 늘 소일삼아 하는데, 아 밤에 으짼 놈이 들어와서 과일을 딴단 말이야. 그러니까 이 노인이 시험 삼아 활을 가지구선 이래 해가지고선 바로 쏜기 아 그놈에 가 정통으로 맞았네. 정통으로 맞아가지고 복장을 맞아가지고 거서 죽어 버렸단 말야. 아, 이거 알기는 마누래하고 영감하고 둘이만 알지. 거 활로 쏴서 저걸 잡아 놨이니 그 큰일이란 말여, 그래 인제 영감이 할멈더러,

"여보, 저걸 으뜨케야 될까?"

그래.

"아, 글쎄 으뜨케야 되느냐?"

고. 그래 영감이 있다가 하는 애기가,

"그 으뜨케 할 수도 없고, 저 사과나무 밑에 파고 묻으면 거름도 잘 되고 그거 뭐 널찍한 사과나무 밭에 누가 알게 뭐냐?"고, "어서 뭐 누가 들어오는 걸 봤나, 죽이는 걸 봤나? 사과나무 밑을 파고 묻으면 사과나무 잘 클테고 거 파고 묻읍시다."

그래 거 마누래하고 둘이 파고 묻었단 말야. 거 파고 거다가 사뭇 이래 저 묻질 않아,

---

7) 어떤.

"저걸 으뜩 하냐?"

고 그러니까 영감이,

"이걸 으뜩할 수도 없으니 꺼적8)에 싸서 물에 갖다 넣야 한다."고─

"강물에 갖다 띄워야 한다."

고 그러니까,

"아, 그거 그럽시다."

그래 아 영감은 짊어지고, 안노인은 뒤에 따라가네. 인제 강물에를 짊어지고 따라가네. 인제 이 영감이 짊어지곤 늘래다간9) 안 늫구선 돼루 나와가지구선,

"이놈이 아무래도 억울하게 죽은가봐─ 억울하게 죽은가베. 아무러 늘래고 해도 등어리에서 떨어지질 안해. 그러니까 이걸 늘 수가 없다."

"그럼 어떡하느냐?"

"그럼 사과나무 밑에 거름도 되게 묻자."

그래서 둘이 의논을 하구선 도루 짊어지고 과수원에 들어와서 사과나무 밑을 파고 묻었단 말야. 게 묻곤 삼사년 지난 다음에도 기척 없어. 그런데 아 이놈의 영감 할매가 싸움이 붙었네. 마침 둘이 사는 기 '니가 잘했네 내가 잘했네.' 싸우다가 이눔에 안노인이 하는 얘기가,

"이놈에 늙은이 사람을 저게 잡아서─ 쏴서 죽애 가지고 강물에 갖다 늘래 하다기 안 떨어지니까 저 사과나무 밑에 갖다가 파묻어 놓구선─ 사람을 죽애가지고 뭐 잘했다고 나한테 큰 소리를 하느냐?"

고, 아 이 안노인이 이래네.

"내가 운제 그랬어? 내가 운제 그랬어. 아, 안 그랬다."

그래고는 아 이삼일 있다가 이놈에 영감이 아무래도 안 되겠대. 밤에 혼자 가서 그 사과나무 밑을 파다가 백골을 꺼내다가 다른 데다 갖다 묻

---

8) 거적. 짚을 두툼하게 엮거나, 새끼로 날을 하여 짚으로 쳐서 자리처럼 만든 물건.
9) 넣으려고 하다가는.

었어요. 묻어 놓고서는 그래도 자꾸 싸우네. 그래가지고 일전— 이전 말이 나니까 지금과 같이 경찰서나 뭐 이런 데 말이 들어갔단 말이야. 그니까 늙은이를 잡어 간 거야. 그 잡아다가,

"느 마누라가 그러는데 너 사람을 죽여서 사과나무 밑에 끌어 묻었다는데 그 될 일이냐?"

"아이, 난 그런 일이 없다."

그래 안노인을 불러다 물으니까,

"사과나무 밑에 저다 끌어 묻었다."

고 그래. 미루10) 알고서 파내 버렸단 말야. 미리 알고선 가장11)을 해 놨는데, 그래 두 늙은이를 데리다 그걸 파키네.

"파거라. 여다 묻었으면 파자. 그러면—"

그래 파니 뭐이 있나 뭐? 가장을 해서 그냥— 그야말로 거적만 썩은기 나온단 말야. 그래서 그 혼나기는 안노인만 혼나드래.

"너 왜 영감을 평상12)을 이래 살다가 영감을 뭐해서 이래 잡을려고 하는가?"

그래. 이 할멈이 영감을 뭐했다고 붙들래 들어가고 영감은 괜찮았단 말야. 그렇게 남자가 뭐든지 일을 하면 든든하게 해야 한단 말야. 거다 놔두면 안 돼. (모두 웃음) 그래서 그 노인이 실상 그 저지래를 하구서두13) 그렇게 묘하게 빠지면서 할머니를 잘못이라고 하고 할머니를 닥쳤단14) 말여. 그러니까 거 남자는 언제나 일을 해두 그렇게 심각하게 해야 한단 말여, 남자는. 이놈에 바깥늙은이도, '이놈에 늙은이가 나하고 평상을 살면서도 니가 운제 저 소리를 할래두 할 것이다.' 생각을 했단 말여. '운제

---

10) 미리.
11) 가장(假葬). 시체를 되는대로 대강 또는 임시로 묻음.
12) 평생(平生). 일생(一生). 세상에 태어나서 죽을 때까지의 동안.
13) 저지르고도.
14) 다그쳤던. '다그치다'는 일이나 행동 따위를 빨리 끝내려고 몰아치다.

싸움을 하면 니가 저걸 들춰도 들출 테니 니가 그래기 전에 내가 사전에 처리할 것이다.' 하고 사전에 처릴 다해 치워버렸어. 그래 사람이 여자나 남자나 뭔 일을 해도 심각히 해야 돼. 일을 저지르거나 큰일을 해도 곰곰 히 생각해서 몇 번씩 연구를 해서 이래 해야지, 금방 할 일 금방 해서 후 닥딱 저지르면 내중에 후회가 나요. 음.

4) 도깨비에게 홀린 이야기 ....

1988. 6. 3. 석교리 / 성명 미상, 남 · ?

도깨비에게 홀려서 돌아가신 거여. 그거는 그래가지고— 어째가지고 몇 분 간 걸렸겠지. 그래가지고 아 인제 쫓아오니까 어딜 갔는지 말야. 외길목이지만 말야.
　"아, 같이 가세. 같이 가세."
하고 자기 형님이 인제 제수씨를 인제 데리고 이러구설랑은 뒤를 쫓아가 니까 말야. 인기척도 없고 말야. 대구[15] 달아났거던. 아— 그려설랑은 부 리나케 횃불을 들고 인제 뒤쫓아설랑은 인제 가는데, 그 길에서 한 이 키 로 정도 오믄요. 산이 이렇게 아주 협소한 산이 이렇게 있는데, 산으로 내려오믄서 거기에 소[16]가 하나 있어요. 소라는 게 이렇게 웅덩이 모냥 이렇게 쫙 쏟아지는 건데 그 소가 옛날말로 명지[17] 꾸래미[18]가 모자른대 는 거여. 그거는 하나의 과장된 얘기겠지만 하여튼 깊긴 무진장 깊어요.
　내가 국민학교 댕길 제 늘 글로[19] 이렇게 지나 댕기고 그랬는데, 이게 길 옆에 요렇게 토끼질[20]같이 산을 깎아가지고 길을 요만큼 내고는 바우

---

15) 대고. 계속하여 자꾸.
16) 소(沼). 땅바닥이 우묵하게 뭉떵 빠지고 늘 물이 괴어 있는 곳.
17) 명주(明紬). 명주실. 누에고치에서 뽑은 가늘고 고운 실.
18) 꾸러미. 꾸리어 싼 물건.
19) 그곳으로.

가 이렇게 큼직한 바우가 있고, 그 바우 밑이 바로 인제 냇가면서 거기가 소란 말여. 바우에 이렇게 올라스면 시퍼런 물이 이렇게 빙빙 도는 물이 거기 보여요. 근데 거까지 오르는데, 거기가 옛날부터 성냥도깨비란 게 별명을 가진 도깨비가 살아요. 우리 증조할아버지도 거기서 돌아가셨어요. 그 소에서―.

근데 그게 인제 비가 오구 인제 날이 축축하구 그러면― 성냥도깨비란 게 왜 그러냐 하면 나는 못 봤지만 성냥 이렇게 착 키면 착 하고 불이 나듯이 이느무 게[21] 이 구석 저 구석에서 칙 하면 불이 칙 나와. 칙 나오면 이렇게 인제 번갯불이 이렇게 칙 칙 비치듯이 말야. 구석구석에서 칙 칙 하면 불이 칙 칙 나오고 이러거던. 고 부근에서만 (조사자 : 그때만요) 아, 비 올 적에. 그래 인제 도깨비 이름이 성냥도깨비인데, 거기를 지날 때에는 어떠한 장정이던지 일단 겁을 먹는단 말여. 그 또 호랭이도 나와요.

그 산등에서 거기를 오는데, 인제 제수씨를 데리구― 그리구 인제 동생을 따라서 거꺼정[22] 오는데 동생을 못 만났던 게 그 부근에 가까이 오면은 일단 겁을 먹기 매련인데, 겁은 조금 나는데 그래도 제수씨가 있고 여자가 있으니까 그런 티[23] 안하고 앞장서서 이르구 오다 보니까 불은 다 꺼졌고, 한 이 키로 걸었으니까 게 불똥 가지고 휘휘 저면서[24] 이렇게 올로 오자니까― 고 부근에를 거의 다 오니까 막 꾸룩꾸룩 소리가 나는데 아, 이거 겁이 난다 이거여. 게 인제 조심스럽게 가만히 겁이 나면설랑은 뭐 호랭이가 나왔나 어쨌나 하고 인제 이게 의심을 하면서 이게 가까이 이렇게 귀를 기울이면서 오다 보니까 부슬비가 내리니깐 그렇게 빗소리는 과히 나지 않는데, 꼭 사람이 뭐 물에 빠져설랑은 꿀꺽꿀꺽 하는

---

20) 토끼가 나다니는 길.
21) 이놈의 것.
22) 거기까지.
23) 어떤 태도나 기색.
24) 저으면서.

그런 그 음성이 나거던. 바루 앞으루 동생은 간 거구 말야.

그래설랑은 바루 길깨[25] 바우니까 불빛을 이래 가면설랑은 겁이 나 이래 보니까 아니안게[26] 아니라 마침 거 자기 거— (테이프 교환) 거 사이에 이 목이 요기가 딱 걸려가지고 이렇게 색가닥질[27]했단 말여. 물구나무 서길 딱 했단 말여. 그러니 드루와설랑은— 참 잠수[28]를 해가지고 들어가서 이걸 빼낼래니 말여. 그게 우리가 보기에는 축축하지. 그 센 불이 빙빙빙빙 돌면서 시체가 거기 따라 들어가면서 어떻게 그 새가리가[29] 딱 찡군[30] 거니까 사람이 갖다가 쥑인 거보담 더 세게 이게 틈바구니에 들어가. 그건 사실이여. 그러니까 물속에 드러가설랑은 아무리 장정이 가 빼낼래도 거 쉬 빼아질 리는 없거던.

그걸 죽자사자 하고 어떻게 어떻게 해설랑은 빼냈어요. 빼내가지고설랑은 나오니까 그 동안에 뭐 물은 뭐 많이 먹었지. 그래가지구서는 빼내서 물은 토해 주고 뭐 인공호흡이래든지 이런 건 할 줄 모르니까 그냥 그저 상식적으루 물만 토해 놓구 이래가지구서는 뭐 다 죽은 사람은 인제 업구서 저의 집엘 갔어요. 갖다 닙혀 놓구서 기같은 날 하루를 지내가지구서는 뭐 오후 저녁때쯤 네 시나 다섯 시 그때쯤 가설랑은 겨우 눈을 떠서 살아나긴 살아났어요. 살아났는데 그래가지구는 그분은 겨우 삼 년을 살고 죽었어요.

청춘에 죽었는데 거 살아난 다음에,

"너 왜 그랬느냐?"

하고 그 과정을 물으니까, 몰라. '일체 모른다.' 이거여. 가장 인제 중요한 문제는 뭐냐 하면 왜 멀쩡한 사람이 비 오는데 그러지 않아도 자고 가야

---

25) 길 가.
26) 아닌 게.
27) 물구나무서기. 거꾸로 서기.
28) 잠수(潛水). 물속으로 잠겨 들어감.
29) 틈에다.
30) 끼운.

할 입장에 말여. 왜 태구31) 갔느냐 이거여. 가가지구 거긴 왜 빠졌느냐 이거여. 멀쩡한 길을 내놓구 여태까지 올러오던 길에 하필 그 부분에 왜 빠졌느냐? 이것은 반드시 뭐인가— 참 귀신이 있는 거겠지.

5) 시부모를 살찌워 팔려던 며느리 4 ·······································

1988. 6. 3. 석교리 / 제보자 미상

  *이본인 충북 괴산군 〔청천면 자료 19〕, 단양군 〔매포읍 자료 16〕, 동 〔매포읍 자료 31〕; 경남 남해군 〔고현면 자료 11〕을 참조할 것.

  옛날에 저 두 내우가 살고 시아버이가 홀시아버이가 하나 있어. 시아버이가 있는데, 아— 이눔의 남자는 시아버이를— 아버지를 좀 공경을 해야서 좀 기운이 나게 해 줄라고— 아, 이눔의 여자가 말을 들어야지. 아, 이늠으 거 어특하나? 아, 이눔의 여자가 말을 안 들어. 여자가—뭐라 해도— 그 사람이 간구32)하고 아주 읍써가지고 꼭 장날마다 나무 한 짐씩 꼭 갖다 팔어. 그래 이 사람— 남자는 꼭 나무 한 짐을 가져가면 하다못해 고등어를 한 손33) 사오든지 북어를 한 마리 사오든지 뭘 사오든지 고기는 꼭 사오거든. 그래 사가지 와서 마누라한테 하는 말이,
  "여보, 저 아들은34) 주지 말고 꼭 고가지선35) 저 어른만 한때 그저 쪼만씩 쪼만씩 해 드리라."고, "그래믄 내 고기를 한 파수36)에 꼭 조금씩 사 대— 댈 테니까 노인넬 대접하라."

---

31) 대고, 무리하게 자꾸.
32) 간구(艱苟). 가난하고 구차함.
33) 생선 따위의 개수를 나타내는 단위의 하나.
34) 아이들에게는.
35) 그것을 가지고서는.
36) 파수(派收). 장날에서 다음 장날까지의 동안. 곧 닷새 정도의 동안을 이른다. 단양은 5일장이라 함.

고. 그러믄 '그런다.' 해 놓구선 한때 우째 대접하면 그만이고, 이눔의 아들을 '그만— 그만 너두 먹어라. 너두 먹어라.' 우트케 다 줘삐리고 한때밖에 그만 안 줘. 아 그래— 참 그래 보니 또 근심이라. 그래 '아, 이걸 우특하면 저눔의 주제에 아버이를 공경을 잘 하게 할까?' 하구서 연구를 한다, 인제. 아이— 한날은 참 장에 갔다 오더니만,

"아이, 참 장에— 오늘 장을 가보이 참 별 히안한 게 다 났드라."
고.

"뭐이 희한하냐?"
고.

"아 글쎄 어떤 사람이 노인을 하나 데리구 왔는데, 이 노인이 살이 퉁퉁하게 쪘드라고. 쪘는데 아이 이걸 글쎄 누가 사가잖어? 아, 그 노인을 누가 사 가는데 아 그 돈을 받고 팔드라고. 그 인제 우떻든 말이여. 그 우리도— 우리들도 저 아버님 저녁거리도 없으니 살이나 좀 퉁퉁하게 찌워 가지고 장에 갖다 팔자."

고 그러니까, 이 마누라가 가마이 생각을 해보이, 아 그눔의 집에서 참 여태껏 방구들[37] 지고 밥만 해주고 뭐 빨래 싸다 해주고 설거지하고— 아 참 그랬으면 좋겠거든. 살을 퉁퉁하게 찌워가지고—.

"아, 그럼 살을 찌우자면 어특하면 살을 찌울까?"
하니까,

"살찌우는 건 내가 음식을 뭐든지 대줄 테니까 당신이 공경만 잘하면 한 서너 달 만 공경하면 살이 찐다."
고 이랜단 말이여.

"금 그렇게 하자."
고. 그래 이 사람이 뭘 나가 사 오냐 하면은 밤을 사요— 밤. 밤이 사람한테 영양이 있는 거예요. 꿔[38] 먹든지 쪄서 먹든지 간에 밤을 그저 한 섬

---

37) 온돌.

사가지고서. 그 전에는 섬이야. 가마니— 가마니가 아이고—. 사다가선,

  "갖다 상에 올리라."고, "이걸 가지고 그저 꾸어서도 드리고 까가지고
밥에 쪄서 드리고, 이래 해서 뭐 때가 되믄 하지 말고 그저 갖다 놓고서
그저 가끔 보고서 참39)처럼 어째 심심하면 먹게시리 자꾸 하라."는 겨.
"아들은 당최40) 비끼지41) 말고 아들 보면 자꾸 달라 해 안 되니까 감춰
가지고 꼭 그렇게 하라."

고. 그이— 인제 참 저이도 밤 까가지고 밥에 넣어 찌기도 하고 바로
뷕42)에 불에다 꿉기도 하고 뭐 이래갖고서는 이제 잠자리에 자꾸 갖다
주는 기여. 아, 이렇게 앉아서 자꾸— 거 앉아서 주는 대로 슬금슬금 먹
으니께로 사람이나 송아지나 자꾸 앉아서 먹으면 살쪄요. 마음 펜하고 하
면. 아, 그 자꾸 아무 일도 아이들도 안 주고 자꾸 갖다 준다 말이여. 그
이상하단 말여. 그 전에는 뭐 한 때도 두 때도 먹을지 말지 이랬는데, 자
꾸 갖다 주니 아 앉아 노이 심심하니 자꾸 앉아 먹고 앉아 먹고 하는 기
여. 한 서너 달 그래 먹으니까 아 기운이 나. 아, 사람이 기운이 난단 말
이여. 기운이 나는데 가마이 들어앉아 생각을 해보니께로 안 되겠어. 나
가서 뭐든 꿈질거려야 되지, 그냥은 안 되겠다 말여.

  그래서 그만 이 늙은이가 바깥에 나가가지고 가마이 보니께 요새 앓어
가지고 아퍼가지고 며칠 저기 죽지 않고 도로 살아나는구먼. 아, 그래 나
가서 가마이 보니께 그 뭐 마당도 뜨더분하니께 마당도 한번 씰어야 되
겠고— 뭐 마당도 씰고, 아 이 낭구를 해다 났는데 낭구를 어설피해서 그
매느리가 불 때는데 숫하게 애먹어. 에이 뭐 낭구를 좀 쪼갠다고 고걸 또
콕콕콕 쪼개가지고 뷕에다 이래 들여놨지. 그리 이눔의 아들하고 뭐 찍째

---

38) 구워.
39) 아침과 점심 또는 점심과 저녁 사이의 끼니때. 혹은 그러한 때에 때때로 먹는 간식.
40) 도무지. 영.
41) 보이지.
42) 부엌.

거리느라고 고만 잠을 잘 못 자고 하이께네 아 날이 새도 인나를[43] 안 해. '아, 이거 안 되겠다. 내가 물을 좀 데와 주야겠다.' 목욕탕 가가 불을 때가지고 물을 데워 줬네. 재도- 이제 재도 쳐다 붓고- 아, 비가 올 만 하믄 빨래도 걷어다가 마루에 갖다 놓고, 아 또 물이 없으믄 아, 물도 들어다가 붓고-. 전부 아주 하는 기야.

메누리가 가마이 들누따가선[44] 나가 보이께 아 자기 할 걸 다 해 놨다 이기야. 시아바이가. 아, 물도 데워 놨지. 재도 치웠지. 빨래도 다 걸어 놨지. 아, 뭐 다 해 놨어. 아주 나가서 밥만 끓여가지고 먹으믄 편하긴 젤 편하다 말이여. 아, 가마이 생각해 보이께 시아버이가 없으믄 내가 그걸 하느라고 숱한 애먹을 낀데 시아버이가 전부 일을 다 해 놨으니 뭐 할 기 있어? 그러니께 며칠 있다가 집이- 참 살이 웬간해지니께 이제 아들이 인제 우째나 보느라고 말이여. 아들이,

"아이, 아버지가 이제 살이 엔간이[45] 쪘잖애?"

"쪘으믄 우특하란 말이요?"

메느리가 이제 이런단 말이여.

"우쩌긴 뭐. 장에 갖다 팔지. 놀면 뭐해? 자우간 장에 갖다 팔아야지."

"여보, 그딴 소리 하지도 말라."고, "아, 시아버이를 어데- 저 저 아버이를 어데 장에 갖다 파는 데가 어디 있냐?"고, "누가 봤느냐?"고, 아 야단을 친다 말이여. 이- 이런 제기- 그래 뭐 그만 아들이 말았지 뭐. 그래서 그만 시아버이 공경을 잘 하드래요.

---

43) 일어나지를.
44) 드러누웠다가는.
45) 웬간히. 웬만히. 정도나 형편이 표준에 가깝거나 그보다 약간 낮게.

6) 박어사를 감탄시킨 어린아이의 슬기 2 ·······································

1988. 6. 3. 석교리 / 제보자 미상

　＊유관 자료인 충북 단양군 〔가곡면 자료 2〕를 참조할 것.

　옛날에 말이여. 박문수가ー 박문수 박어사가 되잖애? 박문수가 나기를 여 금수산 너매[46] 평와대라는 데 여서 났거든. 하는데 만날 피포파립[47)ー 갓도 다 떨어진 것 쓰고 뭐 옷도 다 떨어진 거 이래구선, 시방 그 탐정어ー 비밀 탐정하는 셈 그래. 그래해 누가 잘하고 못하고 그걸 탐정할라고. 한 군델 가다니까는ー 그 전엔ー 시방은 질을 잘 닦아 다 대로로지만 은 그 전엔 소로지. 요만한 데ー 요런 디다가 댕기는 데가 많았거등. 여 골짜구에는. 가다니까 아들[48)]이 둘이 앉았어. 아, 아랫도리는 빨가벗구 웃도리만 입고서는 둘이 앉았는데ー 그 하난 좀 크고 하난 작다 이기야. 그리고 아들이 앉았드만 보이께는 이눔이 질에다ー 질에 요맨한 질에다 자꾸 돌멩이를 갖다 이래 싸 논다 이 말이여. 그 인제 박문수가 가다가,

　“이눔들, 질은 비좁은데 돌멩이를 자꾸 싸노면 사람이 어딜로 가라고 돌멩이를 쌓는냐?”
이랬드래.

　“아구, 그 양반. 사람이 성을 비키야지 성이 사람을 비킵니까?”
이래거든. 이 ‘성 쌓는다.’는 기여. ‘사람이 성을 비키야지 성이 어찌 사람을 비킵니까?’ 아, 그 참 사람이 그렇지. 사람이 성을 비키야지 성이 사람은 못 비키거든. 고놈 말하는 거 보이 고 참 이상하거든. 그래 뚜벅뚜벅 가야. 그래서 하도 귀여워서,

---

46) 너머.
47) 폐포파립(弊袍破笠). 해어진 옷과 부서진 갓이란 뜻으로, 초라한 차림새를 비유적으로 이르는 말.
48) 아이들.

"그 너는 몇 살 먹었고 너는 몇 살 먹었느냐?"

그래 묻는단 말이여. 큰 아가 대답을 뭐라고 하냐며는,

"야를 한 살 주면은 동갑이 되고, 야[49] 나이를 나를 한 살 주면 야보다 내가 곱이 된다."

이기여. (제보자가 조사자에게) 금 몇 살이겠어? 큰 아는 몇 살이고, 작은 아는 몇 살이여? (조사자 : 다시 한 번요) 작은 아 큰 아가 있는데, 큰 아가 이제 대답하기를, '내 나이를 한 살 띠다가 작은 아를 주믄 동갑이 되고 나[50]가 똑같단 말이여. 또 작은 아를 나이를 한 살을 띠다가 큰 아를 주믄 큰 아가 작은 아의 배가 돼, 배가. 다섯 살이면 열 살 되는 기지 뭐. 그래 이 뭐 큰 아가 몇 살이고 작은 아가 몇 살인가? (조사자 : 큰 아이가 네 살이고 작은 아이가 두 살 아니에요?) 그 아나 모르나 물어 보는 기지, 뭐.

그 쉽기는 쉬운데, 얼찐[51] 하기가 어려워. 쉽긴 쉽다고. 그래 큰 아는 이제 한 살을 띠다가 작은 아를 주믄 동갑이 돼. 똑같게. 나이가 똑같애 똑같고, 작은 아 나이를 한 살 띠다가서 큰 아를 주믄 큰 아가 작은 아보다 배가 된단 말이여. 다섯 살이면 열 살 되는 기지 뭐 그렇잖어? 그 배 아이여? 그래서 그 기 큰 아는 일곱 살 먹고, 작은 아는 다섯 살 먹었다 이거여. (조사자 : 아!) 일곱 살에다 한 살을 띠면 다섯 살에 해가지고 여섯 살 되 똑같잖애? 다섯 살 먹었는데 한 살을 띠다가 일곱 살에 여덟 살이 되잖네? 여덟 살 네 살 이기 곱이 되잖어? 근데 '아는가, 모르는가?' 그래 그 얘기여. 아, 그래 박문수 그런 사람도 한참 궁리를 해봐서 알았단 말이여. 모른단 말이여 처음에 닥치면 잘 몰러. 한참 궁리한께로 하나는 일곱 살이고 하나는 다섯 살이다 이기여.

그런데— 그러니껜 그— 이 하는 거 보니, 야! 그눔 가마이 보이께는 이눔 궁리가 참 비상하고 아, 그 몇 살 되도 않은기 이렇게 참 하니 저눔

---

49) 이 애.
50) 나이.
51) 얼른.

의 의견을 어떻게 좀 더 봤으면 좋겠는데. 아이 뭐 못 보겠단 말이여. 그
래서,

　"아야, 느 집에 저 객실이 있나?"

　"예, 아부지 자는 방이 있어요."

그러거든.

　"그럼 저 느 집에 하룻밤 자고 갔으면 좋겠다."

　"아, 가시지요 뭐."

　아, 그 큰 아가- 가가52) 데리구서 갔단 말이다. 가서- 인제 대문간엘
가서- 그 전에는 말이여. 이 대문간이- 큰 대문간이 있고, 또 사랑으로
들어가는 요런 일각문53)이 있어요. 요렇게 사랑으로 들어가는- 짐은 지
금 못 들어가고 사람만 들어가는 일각문이 있는데, 그 대문간에 가니께,
이 야가 하는 말이,

　"어머이, 어머이?"

이래.

　"왜?"

　"아부지 집에 계세요?"

　"아이 오늘 어디 가셨는데-"

　"아, 여 손님이 한 분 오셨는데-"

　"손님이 왔으면 사랑으로 들어가 모셔라."

　아, 그래 나와서,

　"아부지는 오늘 어디 가셨다는데 손님 워 심심하지만 사랑으로 들어가
세요."

그래. 그래 실짝 들어가- 사랑에 들어가 앉았지. 기 뭐 아들-

　"아버지도 어디 가고 주무셔도 불을 좀 살라야 되겠어요."

---

52) 그 아이가.

53) '일각문(一角門)'의 잘못. 대문간이 따로 없이 양쪽에 기둥을 하나씩 세워서 문짝을
　　단 대문.

그래 술책 썼지, 뭐. 이제 그래 불을 살르고 불을 때고 즈 어머이가 다 치우고 뭐- 그 뭐 볼 살마도 없는데 우트케 결국 지가 들고 댕기는 밥상을 내다 주고, 즈이 어머이가 문 앞에 갖다 놓고서,

"아- 여 손님, 저는 밥상을 못 갖고 가니 손님이 이거 들어다 잡숴요."

이래. 그 이래 문을 열고 들여와 뭐 아주 잘 먹었어. 그래 거서 잔다. 자니 혼자 자이 적적하지.

"아이, 저 손님 심심한데 손님 거 자세요. 나는 어머이한테 가 잘래요."

"그래. 거 가 자거라."

자구 또 일찍 일어나가지고 또 죽을 쒀. 솥에 불을 살라 늫고 다 쑤고서 즈이 어머이한테,

"아, 나 이저 쇠죽 다 쒔으니까 가도 돼요?"

"그래."

그래구 있다 이래 나가 보이께로, 아이 손님이 말이여. 옷을- 갓을 쓰고 옷을 입고서 저 아침이나 얻어먹었으면 그래 쫓겨 내빼지는 안 하는데, 이 식전에 인제 뜩 나가. 저 일각문 곁에 가서 우드카이[54] 이래 섰다. 그래가 아가 인제 갈라고 하니께는 아 손님이 거 일각문 곁에 거가 섰어.

"아, 손님 왜 여 와 계세요?"

"야 그런 거 아이다. 느 어머이가 말이여. 날 불러서 내가 여 와 시방 섰다."

이래거든. (조사자 : 박문수가요?) 박문수가. 그 저놈 말 들어볼라 그래재.

'아, 느 어머이가 여 와 불러가지고-' 그 느 어머이가 손님을 왜 불렀겠어? 글쎄 그래. '느 어머이 불러가지고 시방 여 와 이래 섰다.' 이눔이 넝큼 하는 말이,

"예, 불렀을 께래요. 내 동상이 똥을 쌌어요."

---

54) 우두커니. 넋이 나간 듯이 가만히 한 자리에 서 있거나 앉아 있는 모양.

이래네. 개를 취급하네. 개로. '내 동상이 똥을 쌌어요.' 개로 인정하드래.
아이고! 그만 밥도 못 얻어먹고 고만 들고 내빼버렸대. 박문수가 그랬대
요, 글쎄.

7) 호랑이 목에 걸린 비녀 2 ··
— 희방사(喜方寺)

1988. 6. 3. 석교리 / 제보자 미상

*유관 자료인 충북 단양군 〔매포읍 자료 36〕; 동 영동군 〔황간면 자료 5〕 및
옥천군 〔청산면 자료 15〕 참조할 것.

풍기 희방사[55]가 여기 있어. 희방사 여 안 가봤어? (조사자 : 희방사 입
구요?) 응. (조사자 : 예, 아직 못 가봤어요) 희방사가 여기 있고, 또 절이
있단 말이여. (조사자 : 절?) 희방사절. 희방사라는 절이 있는데— 내 절
얘길 해. 우선 들어봐. 그 전에 말이야. 버들 유짜 유가여. 그래 유씬데,
장개도 안 가가 아 총각 아이여. 총각 아가 아 이 도를 믿는다고— 도를
믿는다고 그 희방사 골째기 거 가서 아주 산골잉께 뭐 집두 읍구 산골인
데— 거 가서 우물— 이 땅에 움을 파고서 이래 집을 어드렇게 짓고선
그 속에서 살았어. 장개도 안 가고. 그 속에서 사는데, 참 맷 해를 살았든
지 뭐 그 속에서 밥해 먹고 그 속에서 자고 하 참 혼차 그래 사는데. 아
주 산골 뭐 뭐— 아주 급한 골짜구지 뭐. 거서 사는데, 아— 이눔으 얼매
를 거 있다— 이렇게 멧 핼 거 있다니께, 아 뭐이 배깥에서 쿵 하더래.
(조사자 : 바깥에요?) 바깥에서 뭐 이리 쿵 하여 나가서 이래 보이께로 호
랭이가 한 마리가 와가지고 넙죽이[56] 엎지리.[57] 엎더갖고 발로 쿵쿵 하

---

55) 경상북도 영주시 풍기읍 수철리에 있는 절.
56) 몸을 바닥에 너부죽하게 대고 닝큼 엎드리는 모양.
57) 엎드려.

더래. 뭐가 헐까? 누가─언58) 늠이 와서는─ 나가 보이께 호랭이가 와서
이래. 호랭이가 입을 딱 이래 벌리고서 아, 이래 쭈글티고 앉았다 말이여.
그 나가 보니 그래 여그 어트─우트케 앉았어.

  "그래 니가 그 쭈글티고 앉았이면 날 잡아 먹을려고 쭈글티고 앉았느
냐?"
하니께는 안 잡아먹는다고 고개를 뚤래뚤래 흔들어.

  "금 니가 입을 벌리고 거 앉았이믄 금 니 입에 뭐이 들었다는 말이냐?"
그러니까 고개를 끄덕끄덕 끄덕여. '뭐이 들었다.'고.

  "그럼 거 들은 거 어서 빼내 달란 말이냐?"
하니께, '그렇다.'고 고개를 끄덕끄덕거려. 그래 이 사내가─ 총각이 손을
들이─ 들이미니께로 뭐이 여 꽉 절렸드래.59) 이렇게─ 이렇게 꽉 절렸
드래. 아, 그눔을 쥐구서 잡아 땡기니께로 비네가─ (조사자 : 아, 비녀)
비녀. 사람을 잡아먹은 비녀가 거그 목구녕에 가 걸려─ 걸렸드래─ 비
녀. 아 그늠을 쑥 빼니까는 이늠이 '좋다.'구─ '아프기나 마나 좋다.'구
내빼드란 말여. 그래 그만 간기다60) 하고는 며칠을 있다니께는, 또 뭐이
배깥에 쿵 하드래. '뭐이 또 왔나?' 하고 문을 열고 나가 보이께로─ 글공
부를 하다 또 나가 보이께로, 아 이눔이 돼지를 한 마리 잡아다가선 갖다
놓구선 그걸 먹으라는 겨.

  "그 이걸 날 먹으라고 가져 왔느냐?"
니께, 그렇다고 끄덕 고개를 끄덕끄덕거려.

  "에이, 난 이른 게 필요 없으니까 니나 갖다 먹으라."고, "가져가라."
고 그래니, 물고 가드라는 거여. 그러니 뭐─ 거 가서 또 뭐─ 호랭이가
또 뭐 무섭지가 않아. 하마 또 그래 사니까. 또 우째 이래 있다니께로 또
뭐이 쿵 하드래. 뭐이 이래나 하고 또 나가 보이께로 웬 사람을 하나 물

---

58) 어느.
59) 걸렸더래.
60) 간 것이다.

어다가선 갖다 놨는데 여잔지 색신지 분간을 못하겠드래. 머리를 산발해
가 막 허쳐가지구— 가서 이리 훑어 봐도 이기 죽었는지 살았는지 모르
겠다구. 가서 다시 한 번 이래 가슴을 만져보니까는 가슴이 발랑발랑발랑
하드래. (일동 : 웃음) 아, 살았구나! 이 물을 갖다가선— 물을 끓인 걸 갖
다가선 밥숟갈을 갖다가선 떡 멕이니께는 처음에는 '에' 물고 안 받드래.
그래 '죽나?'[61] 그랬드니그 물만— 어트케 그 물이 넘어가드래는 거여.
또 한 숟갈 이래 떠 넣으니까는 또 넘어가드래. 아, 세 숟갈을 퍼멕이니
께는 눈을 번쩍 뜨드래.

  "아, 여그가 어데요?"

  "여가 어데요."

이래. 그 보이까 색시여.

  "아, 여그가 어데냐?"

고 해싸서,

  "아, 여그 아주 극한 골짜구여. 사람두 사는 데도 아니고 아주 산 골짜
구라."

하니께,

  "아이구! 내가 여그 우트케 왔을까— 우트케 왔을까?"

그래. 그래 인제,

  "그 당신이 어서[62] 왔느냐?"

고 총각이 물으니께,

  "예천서— 예천 산다."

고 그러더래. 예천— 거 풍기 넘어가가지고 저 예천으로 가는데, 그 동네—
예천 살어.

  "그 예천 살믄은 우트케 해서 머리를 풀고 이렇게 내내— 남잔지 여—

____

61) 죽었나.
62) 어디서.

색신지 처년지 모르겠다."

고 그러니께로,

　"예, 그런 게 아니라, 내가 낼 시집 갈 날이오. 낼 시집 갈 날인데 저녁을 먹구선 에이, 머리나 좀 감아 빗는다고 물을 푸구선 문을 열고 나온 것만 알았지. 그 후로 모른다."

는 거여. 이 처녀가 이눔의 호랭이가 업구 왔는데 뭐 그거를 모른다 그래. 그래 뭐뭐 하마 날이 샜으니까 오늘 아니여?

　"고63) 오늘 갈려 그러다가 못 가면 내일 가도 되니까, 이제 집으로 가는 게 좋찮냐?"

이래니께, 안 된다는 기여.

　"내가 당신 아니면 내가 죽은 거 아니냐?"

고. 그러하면 죽음 살린 이가 여기 이 총각 아니여?

　"총각 아니면― 당신 아니면 내가 죽었는데 당신을 내가 보내면 나보고 우툴할 수 있느냐?"고, "당신은 나하고 사자."

는 기지 뭐. (조사자 : 여자가요?) 총각이 말이여.64) (조사자 : 총각이? 아아) '살자'는 기여.

　"아이, 나는 새댁이가 필요 읍고― 다 필요 읍고 내 혼차 사는 사람이니까 색시가 아무 필요 읍다."

고 이르니까,65)

　"오늘 갈라 하면 거 내일 가도 될 테니까―"

　"그냥 집에 가서― 그만 가라."

고 이렇게 해.66) 자꾸 '사자.'는 기여.

　"난 죽어도 인제 안 가니께 어디 오는 줄도 모르고 내가 어딜로 가는

―――――――――

63) 거기.
64) 제보자가 잘못 대답한 것이다. 이것은 여자가 한 말이다.
65) 이러니까.
66) 이 앞은 남자의 말이고 뒤는 여자의 말임.

질[67]도 모르고 하니께 당신하고 살자.”

고.

　“아이, 난— 나는 뭐 장개가 필요 없으니까— 총각으로 이대로 늙어
죽을 거니까, 아무 필요 없다.”고, “아, 어서 가라.”

고. ‘못 간다.’는 기라.

　“그 못 가면 내가 업고 가면 되잖여?”

　그만 총각이 업고 간다는 기지.

　“내가 업고 가면 될 거 아이야?”

　“아이구 필요— 싫다.”

구. 아, 그러다니께 이눔의 호랭이가 한 마리 넙죽이 와서 디게[68] 엎드리
고 있단 말이여. 그래 이 총각이,

　“아, 니가 와서 그래 엎드려 있으믄 내 등어리를 타란 말이냐?”

　그러니께 고개를 끄덕끄덕 거려. 그래서, 거 총각이 앞에 거 호랭이 잔
등이를 쥐고 타고, 뒤에는 색시가 인제 총각을 잔뜩 끌어안고서 타. 그래
그눔을 타고서— 둘이 타니까 이눔의 호랭이가 뻐얼떡 인나디만 산을—
이 산 꼴짜구루만 가. 평지는 사람 때문에 갈 수 없잖애? 산 골짜구루만
자꾸 요리 가디니마는 졸린 모냥인지 우뜬 모냥인지 쭈글티고 앉았드래.

　“이걸 내리라는 말이냐?”

이러니께, ‘내리지 마라.’ 이래는 기야. 그래 또 바래키[69] 가라니께 바래
캤지. 얼마를 있더니만 해가 컴누름하니께로 또 뻘떡 인나드래. 또 슬금
슬금 가드라는 기여. 한참 가디만 고만 쭈글티고 앉아서 가도 안 하드래.

　“여 내리라는 말이냐?”

하니께, ‘내리라.’고 고개를 끄덕여. 그래 뭐 내리니까 이눔의 호랭이는
그만 썰렁썰렁 가뻐렸다 말여. 그래 총각이 하는 말이,

---

67) 길.
68) 되게. 아주 몹시.
69) 기다렸다가.

"금 여그이 암만해도- 여 호랭이가 여그까지 업고 온 거 보이 더는 안 가니까 당신이 여 어데 아마 사는 거 같으니 이 잘 동네를 잘 보라."
고.

"보믄 당신이 댕긴 질이 혹 있을 테니 보라."
고. 그래이 그 색시가 가마이 있다가 사방을 이래 보니께로- 그 전에는 뭐 나물 캐 먹었기 땜에 나물도 뜯고 하던 질이 있다 이기야.

"아, 여 우리 저 사는 동네라."
고.

"그럴 끼라."
고.

"그럼 찬찬히 내려서 당신 집을 찾으라."
고. 그런데 참 처녀가 인제 질로 내려가- 자기가 이 질을 아니까 참 찾아가지고- 찾아 고 내려가니께- 자기 집으로 가니께, '아, 이- 이눔의 호환이 물어 갔다.'고 막 굿하느라고 뭐 꽹가리 징을 뚜드린다 뭐 극성이란 말이여. '호환에 물어갔다.'고- '호랭이가 물어 갔다.'고-. 아 뭐 들어가면서 보니까 막 그래. 그래니까 막 색시가 들어가믄서는 '아부지, 아부지!' 소리를 지르니께로, '아- 저 귀신이지. 호랭이 물어간 귀신 들어온다. 저 귀신 좀 보라.'고. (조사자 : 웃음) 아, 이눔으 무당도 또 징을 치미[70] 춤을 치미 이러다가, '저- 저 둔갑했다.'고, '귀신 보라.'고, '저- 저 귀신 들어온다. 귀신이다.' 아- 이래니께는 이눔의 참 즈 아부지도 호환이 물어간- 단단히 호랭이가 물어 갔는데 아이 저기 들어오니 저 귀신이지 뭐냔 말이여. 그러니 그저 물을 그저 받아 가지고 휑하니 끼얹고- 물을 이래.

"아이구, 나는 귀신이 아니래요. 귀신이 아니래요. 아무개래요. 아무개래요."

---

70) 치며.

　자꾸 이러니께로- 아- 자꾸 '아무개 아무개' 하미 덤벼드니, 아 이눔이 참 귀신인지- 이눔의 무당 말대로 이눔이 귀신인지 뭔지 알 도리가 없어. 보이께로 자기 딸은 분명히 자기 딸 겉은데 이 이눔으 귀신이라니 할 수 있어? 아 자꾸 인제 덤벼들며,

　"아우! 아부지- 어머이. 나 귀신 아니래요. 귀신 아니래요. 아무개래요. 아무개래요."

　자꾸 이래. 아, 그래 그 가마이 보니께로 즈 아부지도 그렇고 어머이도 그렇고, 가마이 보니께로 딸은 분명히 자기 딸인데 이눔을 알 도리가 있어?

　"금 니가 정녕 귀신 아니고 아무개냐?"

이래.

　"예, 아무개올시다."

이래.

　"그 아무개면 우트케 돼서 이렇게 니가 이렇게 왔나?"

　"예, 내 일은 내가 말하믄 자꾸 귀신이라 하니 바깥에 저 사람이 하나 여 와 있으니 그 총각더러 한 번 물어보쇼. 그래믄 대충 잘 알 낍니다."

이래.

　"아, 그래? 그러믄-"

　그 아버이가 그래잖어 문 밖을 나가니께 그 총각이 하나 섰어.

　"이리 들어오라."

구. 그래 들어가니,

　"그 사실이 야[71]는 거 호환이 물고 간 귀신이라."고, "이래 시방 굿을 하고 이래는데 귀신이 아니고 죽은 사람이라 하니 당신한테 물어보면 안다니 우트케 돼서 이러냐?"

이래고 그 사람한티 묻는 기여. 그 사실을 얘길 했지 뭐.

　"아이, 그라고 그렇게 돼서 끝구 이래 내려왔노라."

---

71) 이 아이.

구 이래니께,

"아이구! 그러냐?"구, "참 내 아무개라."

구 그러믄섬,72)

"그러믄 이왕 뭐 당신 땜에 야 살았으니 당신하고- 내 사우 노릇하고- 딸하고 사라."

는 직통 봤다는 기지. (조사자 : 네)

"나 거서도73) 저 분이 자꾸 사자는 거 내가 마다했는데 여기서 살끼요? 난 장개가 필요 없고- 수도하는 사람이기 때문에 장개가 필요 없다."

고. 그래 무당들 내내 굿하다 말고, 그만 그 지경이 도니74) 전부 싹 그 질로 다 가뿌렀지 뭐여. 아, 그래 똑 인제 붙들려 있다니께, 장개를 가라는 기지.

"아이, 난 안 간다."고, "절대로 안 간다."

고 당최 그러니께,

"오늘 갈라 하마 못 가믄 내일 가도 되니께-."

아, 이눔이 뭐 그 자꾸 권해도 안 간다니 그 우특하난 말이여.

"그럼 자기가 포원75)이 뭐냐? 포원대로 해 줄 테니 포원이 뭐냐?"

이래 물었어. 아주 부자여. 큰 부자여. 그 집이- 아주 색시집이.

"뭐 포원은 다른 포원은 읍고, 내가 그 아무 데 산골짜기 있으니- 움을 파고 있는데, 절이나 하나 지 주면 그게 포원이다."

하네.

"아, 그기 뭐 어렵냐? 까짓거 돈 있으면 되는 긴데 그게 뭐 어렵냐?"

고.

---

72) 그러면서.
73) 거기서도.
74) 되니.
75) 포원(抱寃). 원한을 품음.

아, 뭐 돈을 얼마나 얻었든지 막 싣고 지고 해가지고 막- 그 전엔 뭐여? 시방은 차가 있어 맨 싣지마는, 그게 읍는 시는 말에다 싣고 뭐 소에다 싣고 뭐 이래 짊어지고 뭐 이래 가잖어? 아, 돈만 있으면- 거가 산골짜구니 나무 천지고 대목76) 비77) 내고- 막 비 내구 그래서 '희방사' 절을 지었대요. 어떤 사람은 '꽃다울'- 저 '질길 희'째78) '모 방'째79)라 그러는데, 꽃다울 희짜- 에 모 방짜라 그래. 꽃다울 방,80) 참 드물다- 드물 희짜81) 꽃다울 방짜라 그래.82) 그래 희방이라 그러는데- 그 절을 떡 졌는데- 아, 이늠을 지구두83) 돈이 남았어. 그 어찌 할 수가 있어?

거가 무쇠다리라고. 그 전엔 있었대. 무쇠다리. (조사자 : 무쇠다리?) 돈이 남아가지고 그 무쇠로 뭐가지고 다리를 맹글었어. 다리를. 그래가지고 그 동네의 이름이 무쇠다리라 이렇게 했어. 그래도 돈이 남아가지고 음 그 사람이 성이 버드나무 유짜 유가84)거든. 그래서 버드나무- 낭구를 하나 큰 거 비다 다리를 놨대. 그래서 유다리라 또 이렇게도 했다 그러거든, 그 동네 이름을. 근데 시방에는 유다리도 다 없어지고 무쇠다리도 다 없어지고 시방 절밖인 없어.

---

76) 대목(大木). 커다란 나무.
77) 베어.
78) 즐길 희자(喜字).
79) 모 방자(方字).
80) 방(芳).
81) 드물 희자(稀字).
82) '희방사(喜方寺)'를 혹은 '희방사(稀芳寺)'로 쓰기도 한다는 말임.
83) 짓고도.
84) 유가(柳哥).

8) 김진사의 아들과 이진사의 딸 ··

1988. 6. 3. 석교리 / 제보자 미상

그 전에 한 동네서 김진사 이진사가 살었어. 진사— 진사가— 여 김진사 이진사가 살았는데, 이진사는— 김진사는 좀 가난하고 못살았고, 이진사는 잘살았어. 이진사는 딸은 다 놓고[85] 막내딸이 남았다 이기여. 남았는데— 김진사는 두 오누인데, 그 아버이 어머이 그만 다 죽었어. 죽고. 두 오누이만 살어. 누우[86]가 있고 인자 남동상이 있다 이기여. 누우는 그래도 자기— 자기 아버이한테 글을 배워가지고 좀 아는데 동상은 모른다 이기여. 그 동상이 인제 즈 누이한테 배웠다 이기여. 그 기 다 갈치는 기여. 갈치보니 즈 누우가 글이 짤러서 그 잘 갈칠 수가 없다 이기여. 겨우 이래 이름 자나 알고 이래 배웠는데.

그 누우가 생각을 해보니, '동상은— 그 나는 까짓 글 배우나 마나 저 이름 자나 하면 되지, 뭐 동상은 그 저 남자기 때문에 글을 배워야 서울가 과거를 하든지 보든지 뭘 하지.' 그래서 이 누우가 학비라도 줄라니 돈도 없고. 거 거서 가자면— 그 학방을 가자면 이진사 마당을 지내야 이제 그 학방을 가게 됐다 이기여. 그래서 저 참 학방을—

"니 아무 데 가서 그 노인이 글을 갈친다니 거 가서 글을 배워라. 글이라는 것은 아무 사람이고 가서 갈쳐 주니까, 니가 뭐 가면 그저 책을 찌고 가믄 그저 글을 갈쳐 주니까, 내가 뭐 하다못해 뭐이 돈이 아쉬워도 내가 뭐 어떻게 지 값을 할 테니까 니가 거서 글을 배워라."

그 야가 인제 그 전에 노방에[87] 노름을 막대기를 끼[88]가지고 새끼다 이래 싸가지고 둘러 미고 대녔어요.[89] 시방은 벨트 바지지만 그전에 새끼

---

85) 시집보내고.
86) 누이. 누나.
87) 노상. 줄곧. 언제나.
88) 끼어.
89) 다녔어요.

로 해가지고 이래 둘렀다 해. 그래 그걸 둘러미고 책을 옆에 찌구선 그 인젠 학방을 댕기는 기지.

　동창은 아마 대구 꽃이 피고 아마 삼, 사월― 삼월 그믐께 됐든 모냥이지. 근데 그 마당으로 김진사, 이진사 마당으루 지내는데, 어디서 자꾸 '도련님, 도련님?' 이랜다 이 말이여. 그 이 어디서 이러는가 사방을 이리 두리두리 살펴보니께로― 잘 살펴보니께, 그 이진사네 뒤안에 말이여. 고 홰나무90)가 이렇게 하나 있어. 고 홰나무가 있는데, 고 홰나무 꼭대기에 여자가 하나 올라앉았다 이기여. 올라앉아서 자꾸 '도련님, 도련님?' 부른다고. 야, 이거 여자가 이래― 그래 뻔히 볼 수밖에 더 있어? 이래 뻔이 보니까 이 색시가 말이여. 그 고 홰나무 가지를 세 가지를 이래 꺾어서 이래 비캐.91) 이래 비키디만 또 거 이래 봐. 또 손을 이렇게 쥐가지고 이랬다 이랬다 이랜다고. (제보자 : 손을 쥐었다 폈다 한다) 그 시늉을 그랜다고. 그러고서 그만 내리고. 그러더니 또 명경92)을 말이여, 명경― 색경이라고도 하고, 거울이라기도 하고. 그래 그 거울을 환한 데로 이래 비킨단93) 말이여. 비키는데 또 엎어가지고 이래 또 한참 이래 하고. 그러더니 그만 또 내리구. 그러더니 그만 슬금슬금 나가더니 그만 나무 밑을 슬슬 슬슬 다신 못 보겠어.

　그 이튿날을 봐도 못 보고 다신 못 봐. 아 이눔이 뭔지 추적을 해야 되는데 추적을 할 도리가 있어? 생전 해야 그러이 뭐― 학당을 찾아서 들릴 때마다가 이눔으― 그눔으 생각이 나가지고 누군가 하는데 그 뭐― 뭔지 알아? 아, 이 집에 와서 밥 먹다가도 이래 가마이 생각을 해보이 그 모른다 이기여. 며칠을 해도 몰라. 뭐 알 도리가 있어? 그래 그랬지 해야 알지 뭐.

　아, 즈이 누우가 가마이 보니께 저놈이 뭔 수심이 있어 가지고 뭐이 생

---

90) 회나무. 노박덩굴과의 낙엽 활엽 소교목.
91) 보여.
92) 면경(面鏡). 주로 얼굴을 비추어 보는 작은 거울.
93) 비춘단.

각하는 것 같은데 안 갈쳐 준다 이기여.

　"야야, 너 뭐— 뭐 속에 뭐 고민이 있어가지고 뭐 거런 거 같은데, 너 뭐— 뭐이 어째서 가마이 그러냐?"

고.

　"아이, 누님도 아 글자를 몰라가지고— 글자를 잊어가지고 글자를 몰러 그래지요."

　뭐 누가[94] 뭐 가마이 보이 꼭 뭐— 뭐이 속이 근심이 있는 것 같애. 며칠 동안 또 밥 먹다가 또 숟갈을 이래 드네, 글 읽다가도 또 이래고. 아이 꼭 뭐 속에 뭐이 있기는 있는데 당최 안 갈쳐 주니. 한 날은 붙잡고 앉았어.

　"그래 너는 나를 믿고 살고 나는 너를 믿고 사는데, 그래 니가 나를 안 갈쳐주고 서로 말 속이면 뭐 이 한 집에서 산다닌 게 뭐 있냐? 안 되지 않냐? 바로 얘길 해라."

　저녁에 가마이 생각을 해 볼 때, '내가 추적하고 며칠을 해봐도 못하겠으니 이제 누우를 가르쳐 줘야겠다. 안 갈쳐 주면 안 되겠다.' 하거든. 그래 그런 거를— '내가 어디 가는데— 학방엘 가는데, 그 전에 뭐 저 갈 적에는 아무 기척 없드이만 요새 며칠 안 되는데, 그 이진사 마당을 지내다니께로 어디서 자우간 도련님 도련님 소리만 하더라고. 그래서 그 지붕을 히뜩 보니께로 고 홰나무— 고 홰낭구 올라앉아서— 색시가 하나 앉았는데, 처음에는 그 꽃가지를 세 가지 이래 뵈드라고. 그러더니 그만 턱 접드이만 손을 이렇게 했다 이렇게 했다 하더라고— 고만 이렇게 하더라고. 그러더이만 또 명경을 이래 뵈키더이만 또 이래 엎어서 하고 비키고 하고,

　"그기 뭐입니까?"

이래 묻는다고. 저 누우 그도 저녁에 얼찐 생각이 안 나는데,

———————

94) 누나가.

　"야야, 그거 나― 내가 천천히 생각할 테니까 학당에나 부지런히 댕기.[95] 아직 글이 짤러 그렇다."

　그래 또 학당엘 당기 갔다 와서 또 즈이 누우한테 물으니,

　"누님, 그기 우트케 생각해 봤어요?"

　"그기 뭐 그렇게 바쁘나? 천천히 할 테이까 어여 글이나 당기."

　"아이, 뭐 알면 시원하니, 속이 답답해서 죽겠어요."

　"그눔에― 그 뭐 이르다 안 허나?"

이래거든. 아이 누님은 아는 것 같은데,

　"고만 갈쳐 줘요."

이래믄서 다짜고짜 알려 달라는 기야.

　"금 내 갈쳐 주마. 여 앉아 봐라. 처음에 꽃가지 이래 세 가지 꺾어 뵈킨 거는 '절이화지 삼지'[96]하니 이래는 말이여. 꼭 절[97]이라는 것은 꽃가지를 꺾는 거여. 꺾을 절잔데― '절이화지삼지'하니― 그래 꽃가지를 세 가지를 꺾었으니 말이여. 그기 여 이씨 가문 삼녀라 하니 이씨 집 셋째 딸이라 이 말이여. 셋째 딸이라― 막내딸이라. 셋째 딸이여. 이씨 집 셋째 딸이라. 그래 손을 또 이렇게 이래 세 번 이랬으니까 '옥수번이삼내'[98]하니 꼭 손을 세 번을 본다 그랬으니, '이바기자니십오야[99]―' 너와 나는 열다섯이로구나! 열다섯 아니야? 열다섯? 열다섯이라고. '개명경이부복'[100]하니― 밝은 식경[101]을 열었다가 다시 경[102]을 덮었으니, 아― 거 멀찍이 해라, 이 달 그믐 날 저녁에 오너라 이기여. 캄캄하면 그믐 아

---

95) 다녀.
96) 절이화지삼지(切李花之三枝). 오얏꽃 세 가지를 꺾으니.
97) 절(切).
98) 옥수번이삼래(玉手飜而三來). 옥 같은 손을 세 번 뒤집어 보인다.
99) 청취 불량. '십오야(十五也)'는 '열다섯이로구나!'
100) 개명경이부복(開明鏡而復覆). 밝은 거울을 열었다가 뒤집음.
101) 색경. 거울.
102) 경(鏡). 거울.

이여? 밝으면 보름이고. 그— 이 달 그믐 날 저녁에 오니라 이 말이여.”

그래서 그걸 터득을 해가지고 그 그믐날이 떡 닿았는데— 그 인제 즈누우가,

“오늘 저녁이 그믐날이니 니가 가봐라. 가보면 된다.”

그래서 참 저녁을 먹으니께로 하마 어두침침하니까 거 갔단 말이여. 그래 저 가서 참 돌어가니께는, 그 집이 그만 실— 그만 담을 어트케 그만 높게 쳐서 높이 뺑둘러 쳤는지 대문 닫으면 들어 갈 데가 없어. 하! 이거 이거 이리 오라 했는데 대문도 닫고 뭐 담은 저리 쳐 놨느니 이거 어데 들어갈 데가 있는가. 저녁 어디— 그때 오라고 했으니까 뭐 그래도 길이 어디 있는가 그래 담을 한 번 삐이 이래 도는 기여, 바깥에서. 가다니께 컴컴한데 뭐 담에 허연 게 이렇게 얹쳤단 말이여. ‘이기 뭔가?’ 하고 이래 쥐고서 이래니께 그때서 툭 잡아챈다 이기여. 거 무명 줄을 말이여. 이래 담에다 걸치 놨단 말이여. 걸쳐 놓구는 그걸 쥐면 그짝에서 잡아땡기면 넘어가는 거 사실 아이여? 넘어갔단 말이여.

넘어가 보니 연못이여. 못이 이렇게 고만 떡 둘러서 못을 건네야 그 별당을 드가게 됐는데— 아, 뭐— 뭐 물 때매 드갈 수가 있어? 아, 이눔의 줄이 둘인데, 하나는 영 길고, 하나는 줄이— 여 배가 하나 떡 물에 있는데, 이눔도 잡아 댕겨 보니께네 배가 저리 나가고, 이눔을 잡아댕기보니 배가 일리 돌어온단 말이여. 줄이 둘이 있는데—. ‘맞다. 이래하고 잡아댕기면 배가 일리 들어오는구나!’ 이걸 잡아댕기니께 배가 차차 차차 들어와가지고 그걸 하니께 또 저짝에서 잡아댕기니께 저짝으로 간다 이기라.

고 별당엘 떡 이자 하나 밤으로 가니께 글을 읽는데— 그저 책을 툭툭 책자를 뚜드리며 글을 읽는데 아주 술술 문자여. 야, 이거 뭐 이렇게 되니 이거 드가기는 드가 봐야겠는데, 그래 이제 문을 열면서,

“실례합니다.”

하면서 문을 열고 드가니까, 아 이 색시가 벌떡 인나디만,

“아, 아닌 밤중에 남자가 남녀가 유별인데 우째 어디 이렇게 들어오느

냐?"

고 어 호령을 한다 말이여. 그러니 이제 이 총각이 하는 말이,

"아, 나비가 꽃을 찾는 모양으로 난도[103) 꽃을 바래서 글 소릴 듣고선 따라 들어왔니라."

이러니껜,

"아, 그러냐?"

구,

"그럼 들어오라."

구 하마 차담상[104)을 다 이래 채리갖고 실과도 뭐 잔뜩 해 놓구서,

"오시느라고 얼마나 수고했느냐?"고, "잡수라."

고스래[105) 실큰[106) 앉았디만- 둘이 을매여?[107) 터울이 한 동갑이여. 이 을매나 재미가 있어? 시방 뭐뭐- 시방 아들이 연애 그러면 뭐 재미 엄청 나지 뭐. 옛날에 까짓 대[108) 뭐. 그래 저 들어가니께로 그만 놓구선- 책을 이래 내놓구선 글을 읽으라는 겨. 아, 이눔은 뭐 다 시조를 소절을 내놓고 있는데, 저는 시조는커녕 보두 못했는데 아- 내놓고 있으니, 이 뭐 당최 딱 진 기지.

"아, 나는- 내가 이른 걸 보두 못했다."

고 그러니까,

"아이, 글이 짤러가지고[109) 안 되겠다."고, "그 전에는- 고만 글을 더 배와야 되겠으니 안 된다."

고.

---

103) 나도.
104) 다담상(茶啖床). 손님을 대접하기 위하여 내놓은 다과(茶菓) 따위를 차린 상.
105) 하면서.
106) 실컷. 마음에 하고 싶은 대로 한껏. 한참.
107) 얼마야.
108) 대해. 비교해.
109) 짧아서.

"아, 그러나마나 밤도 오래 되고 그랬으니 자자."

그 이불을 쪽쪽 피 놓구서 자갖구— 둘이 그만 이불 속에 들어가 잔 기여. 그 재미가 얼매나 좋겠어? 우린 뭐 그런 거 다 못 겪어 봤지만. 그 들어가더니 자는데 그 정신없이 뭐 그만 자는데— 그 진사 부인이 밤에 잠을 자는데 꿈을 꾸는데 아주 참 좋은 꿈을 꿨어. 그 자기 딸 저기 자는 방에서 청룡이 황룡을 물고선 마구 후미[110]를 들이치믄서 승천을 해가 올라간다 이기여. 야, 이거 꿈을 참 대구 꾸는데 이거를 꼭 남자가— 여자가— 그렇지. 남자 같으면 초공 과거를 하겠는데, 천상에 여자니 뭐 해 볼 수가 없어.

그만 하도 꿈을 잘 꿔서 이제 사랑에— 그 전엔 말이여. 이 남자가 여자가 한 방에 안 자요. 남자가 저 안방서 자고— 참 남자는 사랑에 가 자고 여자는 안방에서 자고 이랬는데, 여자한테 들어가 자는 날이 따로 있어요—있지. 어데 뭐 우리 매로[111] 만날 한테 이리 뒹구매 안 자고. 우선 저 책— 얘기책을 봐. 홍길동 책을 봐. 홍길동— 홍길동을 낳는데, 꿈을 꿔가지고— 참 그 양반에한테 났으믄 큰 자슥을 낳는데, 홍길동이 첩으 몸에 났잖애? 그와 같이도 하룻날이고 보름날이고 딱 정해 놓고 정핸 날만 들어갔지. 달리 못 들어가요. 이렇게 아주 내우간에 있는데. 그래 이제 이 부인이 하도 꿈을 잘 꿔서— 에이, 이눔의 영감한테 가 얘기나 좀 해 본다고. 그 바깥에 나가 사랑을 뚝뚝 뚜르리면서,

"들어가도 괜찮겠습니까?"

그래.

"아이구, 부인이 우찌 이렇게 밤에 오시느냐?"

고.

"근데 뭔 얘기가 있어서 내가 왔어요."

---

110) 후미(後尾). 꼬리.
111) 모양으로.

"하, 그래요?"

그래 드가서 꿈 얘기를 했어.

"하이구, 난두 그래 꿈을 꿨는데 둘이 똑같이 꿨다."고, "나도 똑 아들만 같다면 서울 가 뭐 과거를 볼 텐데, 딸이— 천상 딸이 돼노니 뭐 해볼 끼 없다."

고. 그래 그만 수그리뜨리라 했지 뭐. 아 이눔의 종년이 있는데. 아— 이 아침에 하마 아씨가 하마 벌써 인날 때가 됐는데 안 인난다 말이여. '아, 우째 그러나?' 하고 그 문 앞에 가서,

"아씨님, 아씨님. 세수하세요. 세수하세요."

이래. 당최 기척두 없어. '아, 이게 웬일인가?' 하고 자꾸 그래도 기척이 없어. 그 문을 이래 뚫고서 이래 디다 보이께네 몸뗑이는 하난데 대가리는 둘이여. 머리가 둘이란 말이여. 거 갑자기 거 들눴으니까 몸뗑이는 하난데 머리가 둘이라 이거여. 아, 깜짝 놀래서 나와서 그 마나님한테 그래.

"아, 그 아씨가 자꾸 안 인나고 그래서 하두 그래 궁금해서 문을 뚫고 보니까, 아— 머리는 둘이고 몸뗑이는 하나더래요."

그래 이— 그 마님이,

"예끼, 망한 년. 똑똑히 알지도 못허고 어디 그런 기 있느냐?"

고 호령을 내리.112) 밤에 꿈을 꾸자니까, 이 꿈은 좋은데 이기 이상한데—

"아 저년— 그만 종년이 뭐할라꼬 그러냐?"

고 호령을 내리.

"어디 똑똑히 알지도 못허고 그러냐?"

고. 금— 그래서 그 마나님이 가마이 가봐서 참—

"아야, 그만 인나거라. 인나거라."

그래서 당최 안 인나. 그래서 궁금해서 문을 열고 드가보이께 참 머리는 둘이야. 그래 벌떡 인나드이 정말로 색시가 됐어.

---

112) 호령을 내려.

"그 뭐 어트케 돼 이러냐?"

그러니께, 그 색시가,

"아, 어머이 죄송합니다. 제가 죽을 때가 돼 이런 짓을 했나 봅니다."

아, 그래. 밤에 꿈을 꿔 보이게 이눔으 아를 가지는 꿈인 줄 알았드니만 저 두 내우 이렇게 짝을 지가지고 들눈 걸 이걸 누가 알았느냐 이기여. 그 가마이 생각하니,

"하마113) 이 지경이 됐으니, 너도 양반의 집에서 말이 많어. 그러니까 그만 그 너 둘이 여 꼼짝 말고 가마이 앉아 있거라. 밖에 나가지 말고 여 가마이 있거라. 이래 우트케 됐으니 밤이나 되든 서로 헤지던지 하지 가만 있으라."

고 그래 놓고선 그 종년을 보고선,

"당최 알지도 못하고 어디 그러드냐?"고, "내 보이 하나뿐이더라, 어디 그러냐?"

고 그래 그만− 난리 날까봐 그래 그만,

"아이, 내 그럼 잘못 본가 봐요."

"잘못 보고 말구지. 그런 소리 당최 하지도 말라."고, "내 오늘 저 아침에는 내 여 딸년하고 밥을 같이 먹겠으니 넌 저 상을 채리 오너라. 내 같이 먹겠다."

고. 그 인제 사우 줄라고 그러잖어?

"하, 아구− 왜 거서 잡숴요?"

"아, 글쎄 오늘 아침에는 내 우째 그래 먹고 싶다."

이래니, 그리 그 종년들이 밥 두 상을 해− 잔뜩. 그리 총각은 아랫묵에다 구석에다 이불을 푹 덮어, 이불 개 논 폭114)으로. 그만 이래기 때문에 그 밥상을 가져 와.

---

113) 벌써. 이미.
114) 모양.

"그 이왕 하마 이래 됐으니 먹으라."

고. 그 뭐 둘이 앉아서— 뭐 마나님은 먹두 안했지. 나하구만 먹었지. 거
가 참 아침 저녁을 채리 먹고서— 저녁을 먹고서 이제 아는동 모르는동,

"가라."고, "가가지고 어른들이 서로 인제 (제보자 : 지금은 없지마
는)115) 서로 중매해가지고 이래 해야 되지, 느들 이래 양반찌리 이래서
되냐?"

시방은 그건 상관없지 뭐— 그까짓거.

"안 되니까 가라."

그래 다부 보냈다고. 그 색시가 가마이 생각을 해보니, 아직 글이 미숙
하고 그래가지고 뭐 안 되겠다 이기여. 즈 아바이한테 얘기하는 겨.

"아부지요, 저— 저 그 김씨네 집에 그 집이 한 집이 있잖아요? 김진사
라는 집에 아부지하고 다 같이 진사하는 집이 있잖아요?"

"있지, 그 진사 죽었는걸."

"근데 죽었는데— 그 집에 두 오누이가 있는데, 뭐 거 그 누우는 글을
좀 배운 것 같은데 그 동생은 글을 좀 못 배운 것 같아요."

"아, 그럴 테지. 뭐— 뭐 배울 길이— 뭐 갈켜 줄 수 있나?"

"그러믄 아부지가 그러지 말고 다 같은 친구 아들이니 우리가 독서석
을 차리놓고 그 사람을 좀 데리다가 글을 가르치지요."

그런다. 그래 가마이 생각하니, 또 딸이 또 그래니 그것도 무116) 괜찮을
것 같아. 저희도 형편이 곤란하고 하니 글쎄 그것도 괜찮겠는데—

"예, 아부지 어때요? 아부지는 뭐 그 갈쳐도 되니까—"

그 인제 진사가 가마이 생각하니 그거 괜찮어. 그래서 참— 그렇지만
하마 자기 마누라한테 들어도 하마 다 들어 알겠지, 모를 리가 만무하잖
애? 그래 이제 참 저 경상도서 글 선상을 하나 데려다가 갈쳐놓고서 그

---

115) 지금은 중매로 결혼하는 일이 드물다는 말임.
116) 뭐.

총각을 오라는 겨. 그눔이 혼자 배우자니 이래니 딸도 좀 가르쳐야겠어. 둘이 다 남복을 해가지고 글을 배우는 기여. 그 다른 사람은 모르지 뭐. 다 이 선상도 모르고 다 남복을 했으니. 하나 이 집에 아들이고, 저놈은 다른 집 아들인 줄 알지. 뭐 여잔지 알어? 그 참 둘이 글을 읽어. 이놈들이 얼매나 독실이[117) 배웠든지 참한 인물이 떡 돼가지고 서울서 과거를 본다. 둘이 다 갔어. 둘이 다 말을 타고선 서울로 갔단 말이여. 가더니 글을 이래 바쳤더니 둘 다 장원을 했네. 둘 다 정승을 했다 말이여. 아, 정승을 해가지고 아- 뭐 뭐 나팔을 불며 뭐 이래가지고선 참 말을 타고선 집에 내리왔단 말이여.

그 진사가 생각을 해보이, 야- 임금을 속인 것 같다 이기여. 여자가 뭐 벼슬이 어디 있어? 남자가 벼슬하면 여자는 저절로 따라가는 긴데. 가마이 생각하니 안 되겠어. 그 자기- 인제 진사가 상서를 써가지고서 나라 임금한테 그만 바쳤어. 아무개는 약지를 해 주시오. 면제- 면제를 해 주시오. 이 사람은 여식- 남자가 아니고 여자니까 면제를 해 주시오. 아이 깜짝 놀래.

"이 무신 소리냐?"
고 깜짝 놀래.

"아, 아들- 제 딸인데, 딸이 참 과거를 했는데 면제를 해 달라."
고. 그래서 그 참 사우 될 사람은 면제를 하고 정승이 되고. 남자가 정승 되면 여자는 저절로 따라가는 기여. 숙부인[118)이든지 뭐 정부인[119)이든지 이리 따라가는 기래. 그 나간 질에[120) 예를 이루고- 그래 예를 일궈 가지고 둘이 사는데-. 그러니 저짝에는 하마 김씨네 집에는 두 오누이가

---

117) 독실(篤實)히. 극진히. '독실'은 믿음이 두텁고 성실함.
118) 숙부인(淑夫人). 정삼품 당상 문무관의 아내에게 주던 외명부의 품계. 숙인(淑人)의
    위, 정부인의 아래.
119) 정부인(貞夫人). 정이품·종이품 문무관의 아내에게 주던 봉작. 숙부인의 위, 정경
    부인의 아래.
120) 길에. 김에.

있다가, 아— 이눔의 동상은 고마 진사 집에 장개를 가서 거 있지. 여 혼자 누가[121] 혼차 살 수는 없는 거 아니여? 데리고 올래도 또 사돈간이 되잖어? 그 데리고 올 수도 없는 기고. 그 가마이 궁리를 하니께, 그 진사— 이진사가 하는 말이,

"안 된다."

고. 그 서울 거 나라 임금한테 가서,

"사실 딱한 일이 한 가지 있습니다."

"뭐인 일이냐.?"

"내 사우가 오누인데, 누우가 하나 있는데, 지금 혼자서 살고, 내가 들어가서 할래니까 그 뭐 창피스러운 일이 있고 하니 어딜로 보내야 되겠는데 어딜로 보내면 좋겠습니까?"

"아, 그건 걱정 말라."구, "내 혼인한다."[122]

고, 나라에서 병조판서의 아들을 고만 보냈어. 그만 병조판서의 아들이[123] 됐지. 또 이제 야는 김진사네 딸은[124] 이진사의 사위 정승을 했으니까 아, 을마나 잘살아? 그 둘이— 두 집이 다 잘살아서 먹고— 잘 먹고 디비[125] 죽었대.

9) 용천

1988. 6. 3. 석교리 / 제보자 미상

이 샘물이 보시다시피 참 좋찮아요? 들어가 보면. 그전에 아주 이 물을 아주 약수라 그래가지고 그 쌍가마를 타고 이래고 어— 물을 먹으러 이

---

121) 누이가. 누나가.
122) 혼인을 시켜 주겠다는 말임.
123) '며느리'의 잘못.
124) '아들은'의 잘못.
125) '뒤비다'는 '뒤집다'.

렇게 들어와서- 아주 옛날 양반들이 가마를 타고 들으와 물을 먹고 이
랬는데, 바로 고 묘 우에 묘가 하나 있어요. 묘- 사람 묻은 묘가- 묘가
하나 있는데, 그게 인제 맺 백 년이나 되았는지 그 묘를 씨고서 물이 나
빠져가지구서 그 약물 먹으러 안 온다. 이렇키 말해 전설이 전해 와요.
(조사자 : 그러니까 그 무덤이 요 우물 위에 있다는 거예요?) 바로 우물
우에 있어요. 바로 우물이 이렇게 있는데, 그 우물 우에 거 가 있다고요.
　그래서 인제 이 동네서 그런 얘길 듣고서 아, 그거를 그 나라이다[126]
상소를 해가지고 그 묘를 바치워야 한다. 인제 그런 얘기 했었어요. 우리
연전에 청년들이 그래가지고서 그걸 인제 얘길 하니까, '그럼 물을 검사
해 봐야 안다.' 그래 그 물을 떠가지고 가서 먹고 검사를 하고 있는데, 그
만 흐지부지하고 말았어요. 그래 뭐 수질은 이상이 읍고 (청중 : 그 묘가
유진사 묘라고. 거 유진사 묘입니다) 그래 그 물이 인제 수질을 관계가
읍는데 사뭇 이래 먹다가 우리가 한 열댓 살- 한 열서너 살 됐을 때, 이
마이[127] 나던 물이 여 돌바우 밑에 요 요거마치[128] 얼음을 깨고서 바가
지로 떠다 먹고 살았어요. 거지[129] 떨어졌어요. 그래가지고 이 동네가 폐
동이 된다고 그랬거든. 동네서 모여서 돈을 마아가지고[130] 제사를 아주
크게- 아주 이 장만을 하고 풍물[131]을 갖다가- 아, 예전 농악을 갖다가
울리고 각골 물을 떠다 거따가[132] 놓고서는 절을 하고 지성을 드렸어요.
그랬는지 저랬는지 그 후로 지하수 나오는 것이 여저껀[133] 이러쿠 나와
요. 그래서 그 참 이 물이 이 근방에서는 아주- 이게 물이라면 그렇게

---

126) 나라에다.
127) 많이.
128) 요것만큼. 요만큼. 이만큼.
129) 거진. 거의.
130) 모아서.
131) 농악대.
132) 거기다가.
133) 여태껏. 여태.

좋다고 떠다 놔요. 게 뭐 우리 동네서 칠십이 되도록 살아요. 그것 두 가
지는 사뭇 계속해서 들어 내려온 거예요. 그만 해요.

10) 석교(石橋) ....

1988. 6. 3. 석교리 / 제보자 미상

다리를 놨어야. 인제 돌다리라고 할 텐데─ 그 인제 유동에서,
"여가 무신 동네요?"
허면,
"여가 돌다리요."
그러면,
"돌다리가 어딨어? 돌다리가 어딨어?"
이래요. 거 인제 그럴 거 아니여? (조사자 : 하하) 그런데 우리가 인제 나
가지고 태버린[134] 고향인데, 거의 칠십이 되도록 살면서 들어보면, 이 웃
말에는 옛날에 이 큰 샘 하나뿐이유. 딱 하나뿐이란 말이여. 딱 하나뿐이
고 농사를 질 때도 지금 경운기로 물을 실어갖고 주로 모를 심고 이랬는
데, 이 중간 말[135] 사는 사람은 물을 수십 구뎅이를 팠어요. 황복연이라
는 사람이 아마 한 이십 구뎅이를 팠어요. 파도 전혀 물이 안 나고 물을
읃지 못하고 거 아주 아랫마을 아주 하촌에는 또 파면 물이 쌨어요.[136]
거기는 언간하면 파면 물이 나오고 요 윗마을에도 파면 물이 나오는데
중간 마을은 도저히 아무리 짚이 파도 물이 안 나와요. 그래서, '아 여
가[137] 돌다리가 있다. 윗마을에도 물이 있고 이 마을 끄트머리에도─ 끝
에도 물이 있는데 왜 이 중간만 물이 읎느냐?' 일로 보면 돌다리가 이렇

---

134) 태어난. 또는 태(胎)를 버린.
135) 마을.
136) '쌨다'는 '많다'의 사투리.
137) 여기에.

게 건너가가지고 물이 밑으로 새 내려가서 저 아래 가 나니까 이 복판이
돌다리로 계속 윗사람들이 이렇게 얘길 하고 있어.

　그런데 그기 점을 해보면 돌다리가 틀림없어요. 조끔 내려가면 요 도랑
으로 가서 이런 구멍으로다가 물이 전부 새요. 새가지고 저 끝에 하촌 마
을에 가서 물이 나요. 그래서 여기를 돌다리- 돌다리 그러는데, 그 이전
에 누가 이 마을 이름을 질 적에, 아니면 이 지리 아는 사람이 틀림없이
이름을 지었다 이렇게 이야기로 내려와요.

11) 주천(酒泉)

1988. 6. 3. 석교리 / 제보자 미상

　*이본인 충북 단양군 〔대강면 자료 3〕; 영동군 〔용산면 자료 30〕; 동 〔용산
면 자료 43〕 참조할 것.

　어, 그 조그만 구녕 밑에 그 나는 물이 하나- 물구뎅이가 있어요. (조
사자 : 아, 마을에요?) 아니요. 저 강원도 주천이라 하는데- (청중 : 영월)
예. 영월- 영월. 주천- 주천면. 그래서 그전에는 거게서 술이 났대요.
술. 그래 주- 주천이라 그랬는데- (조사자 : 술 주짜, 샘 천짜예요?) 어,
술 주짜, 샘 천짜 주천이라 그랬는데, 거게서 인제 술이 인제 나왔는데-
양반이 지내가면 약주가 나오고, 상늠이 지내가면 막걸리가 나왔대요. 그
주천 그 물구뎅이에서-. 그래가지고서 고만- '상늠이 어디 이럴 수가
있냐?'고, '양반이 지내가믄 약주가 나오고, 상늠이 지내가믄 막걸리가 나
오니 이늠의 구뎅이를 둬서 안 된다.'고 구뎅이를 그만 그 상늠이 그만
박대를 했다- 했다는 거예요. 그래서 그만 약주도 안 나오고 막걸리도
안 나오고 지금 물만 나왔대요.

　그래서 그 구멍 때매- 그 물구멍 때문에 그 마실138)을 '주천'이라 그래

요. 그래 그- (청중 : 술 주짜?) 예. 술 주짜, 샘 천짜- 주천면이거든. (청중 : 술이 나오니까?) 예. 그래서 그- 그것도 그 예전에 그 전설인데 그- 그럴듯하긴 해. 왜 양반이 지내개면 약주가 나오고, 상늠이 지내가면 나왔으니- (모두 웃음) 그래서 거기를 주천면이라고- 지금도 주천면이래요.

12) 대전리(大田里) ··

1988. 6. 3. 석교리 / 제보자 미상

그 인제 '사그막'이라고 하는 건 모르겠는데, 거그를 '대전리'139)라 그래요. 대전리. 그 왜 대전리라 그랬냐 하믄 그것도 인제 전설에 내려오는 얘긴데, 그 대전리라는 마을에 밭이 참 커요. 아주 밭이 그 어느 골에 들어가믄 몇 천 평 되는 편한140) 밭이 있대요. 그래서 그 너른 밭이 있어서 대전리라고 했구나! 이래가지고 그 대전리라고 하나 봐요. 하, 이 단순히 그래가지고 그건 대전리라 해요. 이 근방에서 그 큰 밭은 그 대전리밖에 없어요.

13) 신숭겸(申崇謙)141) ··

1988. 6. 3. 석교리 / 제보자 미상

학생들은 그 역사교육을 받아 잘 알 거요. 이 저 지금 치면은 몇 해나 될까? 고려 초에 그 왕건이가 인제 그 고구려142)를 냉기고서143) 인제 건

---

138) 마을.
139) 어상천면 대전리.
140) 평평한.
141) 신숭겸(申崇謙, ?~927). 고려 초의 무신. 시호 장절(壯節). 평산신씨(平山申氏)의 시조. 궁예를 폐하고 왕건을 추대하여 고려 개국의 대업을 이루고 공산에서 견훤의 군대에게 태조가 포위되자 그를 구하고 전사했다.

국할 당시에− 그때에 저 역사에도 많이 나오지마는 신숭겸이라는 분이
있어요. 아, 그것이 내중에 인제 그 고려 태조가− 태조가 되면서 일등공
신으로 모셨는데, 에− 그분의 그 묘가 춘성군− 우리 고향인데, 춘성군
서면 방동리144)라고 거기에 장절공145)이라는 이제 그 묘가 있어요. (조사
자 : 어디요? 서면−) 서면 금산− 아니 저 방동리− 방동리.

   그래 그 거기 묘가 세 개가 있어요. 에− 그러니까 두 개는 인제 가짜
고, 하나는− 그중에 어느 것 하나는 진짠데, 그 왕건− 저 신숭겸 씨가 그
말하자면 인제 전쟁 때에 왕건의− 그분이 인제 왕에 오르기 전에 에− 고
구려를 정복할 그 당시에, 에− 왕건이가 인제 그 전세가− 전쟁에 그 전
세가 아주 불리해가지고 아− 인제 붙들려 죽게 된 그런 인제 위기에 봉
착했었어. 그때에 인제 신숭겸이라는 장군이 왕건의 탈을 쓰구설라무네
왕건을146) 인제 변장을 해가지고 아− 나가설랑− 아, 나가설라무네 죽
었단 말이여. 죽었는데 거냥147) 죽는 게 아니라 아− 목을 짤리켰어요.
음− 적군에 목을 짤리켜서 죽었는데, 그래가지고 말에다 얹어설라무네
시체를 인제 아− 왕건 그 진지로다 인제 돌려보냈는데− 그래가지고 인
제 그 상대− 인제 고구려 측에서는 아− '왕건이가 죽었다!' 이래가지고
인제 한창 인제 좋아가지고 인제 저거할 때에 승리감에 사로잡혔을 때,
그 찰나에 반− 반전을 해가지고 승리한 거여. 그래가지고 왕건이가 인제
고려를 건국했지.

   그러니까 그 신숭겸이라는 그 신하는 왕건에 대한 둘도 없는 충신이란
말이여. 그래서 일등공신으로 모셨는데, 근데 목이 없으니까− 목이 없으
니까 하도 그 참 충성스러운 그 마음에 고마움을 저거 보답하기 위해서

---

142) 후고구려. 즉 궁예가 세운 태봉국을 말함.
143) 남기고서.
144) 춘성군(春城郡) 서면(西面) 방동리(芳洞里).
145) 장절공(壯節公). 신숭겸의 시호(諡號).
146) 왕건으로.
147) 그냥. 그대로.

순금으로다 머리를 만들어가지고 장례를 지낸 거여. 신숭겸이 그분을―
그래서 저 황해도 구월산하고 지금 내 얘기하는 춘성군 서면 방동리하고
또 어딘가 하고 묘가 이르케[148] 있어요. 아― 각처에. 그래 산소가 물론
좋지. 명산에다가 아홉 군데― 아, 세 군데에다가 아홉 장을 썼단 말이야.
근데 지금까지도 어느 자리에 진짜가 있는가를 몰라요. 몰르는데 그 인제
흘러 내려오는 얘기를 듣고 보면은 지금 얘기하는 춘성군 우리 고향에
그 묘에― 거기에 진짜가 있다라는 그런 인제 흐름의 얘기가 나오지.

그런데 그것이 에― 이조 오백 년에 고구려가 삼백 년이나― (조사
자 : 잘 모르겠는데요. 고구려요?) 어, 고려. 그런 긴 세월 동안에, 에― 지
금 그 신숭겸 씨의 자손들이 거기를 지키고 있는 거예.

14) 역촌

1988. 6. 3. 임현리(任縣里) / 제보자 미상

옛날에요. 왜 그러냐면 우리는 보던 못했어요. 에, 우린― 내 올해 칠
십 다섯인데 글[149] 보던 못했는데, 우리 으른들― 으른들 위에 그때 시작
했든 모냥이여. 그래가지구 가타골이라고 그러는데, 조 근네 뒤에 거 고
택[150]이 있어요. 거기에 향교가 있었답니다. 향교가― 어, 참 고을 원님
이 있었답니다. 고을 원님이 있는데― 그렇게 여기가 인제 어상천 고을인
데 말이여. 고을 원님이 거그 있는데― 거 절골이라는 데서 거 절이 있는
데 말이여. 그 중이 가태골 고 고개를 넘어댕기면서 여 실리 부인을 건드
렸어. 그래가지구 에― 옛날에 그래가지구 이 고을이 삭[151]하고 영춘으
로 갔어요. 그래가지구 영춘에갖다가[152] 향교를 짓구 인제 영춘, 단양, 제

---

148) 이렇게.
149) 그것을.
150) 고택(古宅). 오래 된 집.
151) 삭(削). 폐지.

천, 청풍, 거기두 향교 있는 데는 고을살이가 예전에 있었어요.

그 고을이 슨 것은, 에- 경술년[153] 합방인데- 경술년 한일합방을 했어. 그런데 우리가 갑진생이기 때문에 합방 이후에 났어. 합방 이후에- 합방 이후에 났는데, 그 합방이 되기 전에는 다 같이 원님이 있었어요. 그래가지고 그 합방 되믄서 영춘 고을이 삭하고, 단양 고을로 합하고, 청풍이 삭하고 제천으로 합하고 그랬습니다. 아, 게 우리는 이제 여 어상천서 나가지구 한 십오 년간을 살았어요. 그래고 육이오사변에 국군 들어와가지고 에- 나이 칠십 다섯이요, 올해. 그래 오늘 가[154] 내일 가 하는데-. 어상천이라는 데는 역사가 없어요.

그래고 예전에 각 고을에 있는데 말이여. 역촌이라는 데가 있어요. 역촌 응? 역촌이라고- 에, 역촌이라는 거는 거 상놈들 사는 곳이라고 말로는 그래 되지마는 양반도 살고 쌍놈도 살아요. 그래는데 그 역촌이라는 건 우트케 됐는 거냐 하면, 인제 영춘에 예를 들어서 거 고을살이가 잘못한단 말이여. 그러면 역촌에서 어사를 찾어가요. 어사- 지금으로 말하면 국정감사지. 어사를 찾아가가지고, '우리 고을의 원님은 이러이러한 일을 해가지고 백성이 못 살겠소,' 이래믄, 그 어사가 영춘 고을에 와서 이제 출동할 적에, '역촌에 사람은 어느 날 어느 시에 오너라.' 이래믄 양반이고 상눔 할 것 없이 육모방맹이 하나 들고 쫓어간다 이 말이여. 그래믄 그만 고을을 그만 때리뿟고[155]- (웃음) 거 여러분이 모두 『춘향전』 많이 봤지요? 에, 그와 똑같습니다. 에- 그래서 그때 쓰기 위해서 각 고을살이에 에- 역촌 하나씩을 다 가지고 있지요. 영춘 고을에는 어상천이 역촌이고, 또 단양 고을에는 매포가 역촌이고, 또 제천은 온양이고, 이 영월은 안당이고, 이 충주는 추덕이고, 에- 그 뭐 요 근처에 고것만은 알아요. (웃음)

---

152) 영춘에다.
153) 1910년.
154) 죽음을 뜻함.
155) 때려버리고.

15) 묘도둑

1988. 6. 3. 임현리 / 김영태, 남, 75

　나가요.[156] 어려서 조실부모를 했어요. 조실부모를 하고 우리 어머이는 팔십이 넘도록 계셨어요, 그래 인제 우리 어머이한테서 잘 들었죠. 그건 난 보두 못했지만은 어머님이 자세한 말씀을 해요. 영춘이[157] 장풍구라는 양반이 영춘 원님으로 왔어요. 게 인제 풍기서 왔다고 장풍구[158]라고 아마 그랬던 모냥이지. 어, 그 성은 장씨고. 그 집 식구가 육십여 명이래요. 에, 그 장풍구네 식구가 육십여 명이여. 그런데 에— 대갓집이지. 육십여 명인데—. 양반이구 그러니까 종늠들 많고 자기네 가족이 많고 그래가지고 했는데, 이 영춘 원님으로 온 지 일 년이 지내니까, 이 방을 붙였단 말이여. 기 방이라는 건 지금 이 벽보 붙이는 거랑 똑같지. 그런 방을 붙였는데— 에, '장풍구는 말이여. 에— 돈 을매를 해가지고 죽령재로 오너라.' 이 말이여. '이 단양서 영남 넘어가는 죽령 글로 오너라. 느그 아부지— 거기를 올 것 같으면— 돈 을매를 해가지고 글로 올 것 같으면 에— 느 아부지 두상[159]을 주마.' 방을 붙였단 말여.

　그 장풍구가 인자 자기가 직접 사륜기[160]를 참 타고서 아부지 산소로 가 보니까 아 묘를 다 파헤쳤부렀다 이기여. 아, 이런 변이 있는가? 그래 그 아부지 두골을 찾아야 될 거 아녀? 응, 찾을라고 돈을 해가지고 말여. 그때에 엽전을 썼답니다. 엽전은 백 냥이 한 짐이래요. 에— 백 냥이 한 짐이여. 그래서 술을— 인제 좋은 술을 맹글어가지고 짊어지고 돼지 다리 하나 짊어지고 돈 한 짐 지고 그래가지고 서이서[161] 말야. 이 사지원에

---

156) 내가요.
157) 영춘에(永春)에. '영춘'은 충청북도 단양군 영춘면.
158) '장풍기'가 옳을 듯하다.
159) 두상(頭上). 머리.
160) 사륜거(四輪車). 바퀴가 넷 달린 수레.
161) 셋이서.

조포교를— 조포교라고 하는 양반이 키가 사천왕[162] 같고 참 그 영춘에 관포[163]로 있었어요. 관포. 그래가지고 그 양반하고 우리 아버님하고 장풍구 원님하고 단양을 나가는데, 단양서 저녁을 먹고 죽령재— 캄캄한 그믐밤이라도 우리 아버님은 돼지다리 지고 술 지고, 돈은 에 아직은 저 조포교가 지고, 우리 아버님이 앞에 서서 초롱불을 해서 앞에 가고, 장풍구는 가운데 올라가고 인제 조포교 양반은 뒤에 올러가고 죽령재 말랑[164]에 어느 정도 인제 얼마 안 남기고 올라가니까 황톳불[165]을 해놨드랍니다. 황톳불을 해 놔가지고 사람이 가운데 황톳불을 해놓구 여 사람은 일루[166] 돌구 또 여기 사람은 일루 돌고 이래 빙빙 돌면서,

"거 누구냐?"

소리를 질러. 그래서,

"영춘에 사는 장풍기 올시다."

이래니까,

"응, 얼른 올러오느라."

이러드래는 기여. 그래 올라갔답니다. 올라가니까 양짝으로 싹 비키드래. 싹 비키고 황톳불만 있드라 이 말이여. 그래 황톳불을 가서 이래 갖다 놓고 장풍구가— 그 뭐 우리 아버님하고 조포교하고는 마 암말도 못하지마는, 그 직접 고을 원님으로 계시는 장풍구께서,

"그저 자잘못간은 고사지물[167]로 해놓고, 그저 우리 아버님 두골을 주시라."

이 말이여. '잘못하는 일이 있으면 타일러 주시고 그저 우리 아버님 두골

---

162) 사천왕(四天王). 사왕천(四王天)의 주신(主神)으로 사방을 진호(鎭護)하며 국가를 수호하는 네 신.
163) 관포(官砲). 관가에 소속되어 있는 포수.
164) 마루. 등성이를 이루는 지붕이나 산 따위의 꼭대기.
165) 화톳불. 한데다가 장작 따위를 모으고 질러 놓은 불.
166) 이리로.
167) 고사지물(固辭之物). 굳이 내버려 두는 일.

을 주십사.' 이 말여. 그 이렇게 비는 일이네. 그래 노니, 그래드래.

"너 그 짊어지고 온 게 뭐이냐?"

"하나는 술이고 돼지고기고 하난 돈입니다."

"음, 술이여? 그럼 그 술 거 내놓고— 이래 흩쳐놓고168) 놓고, 느부텀 한 잔 따러 먹어 봐라."

이 말이여. 의심이 나니까, '한 잔 따라 먹어 봐라.' 이래니까, 그래 참 돈 짐은 그대로 놔두고 술을 꺼내 놓구서 첫번 따러가지고— 우리 아버님은 원래 술 안 잡쉈요. 술 안 잡수고 고을 원님부텀 한 잔 따라가지고 잡수시게 하고 주니까 그 양반이 또 마시고 그 다음엔 또 같이 간 조포교라고 하는는 양반이 또 한 잔 먹고—,

"왜 하난169) 안 먹느냐?"

고 호령을 하드란 말여.

"저는 원래 술이라는 건 입에도 못 댑니다. 예 못 먹습니다."

"어, 그러냐? 그래믄 느그 아버지 두상을 우리가 잘 보관해서 그러니까 아믄 날 저녁으로 느 집에 갖다 줄 테니까 가거라."

이 말이여. 아, 이런 변이 있나? '달라.'고 그 원님이 엎드려서 그러니까 황톳불 가에 엎드려서 그저 빌기만 한단 말여. 그저 '달라.'고 그러니까,

"오늘은 안 되고 우리가 갖다 주마. 가거라."

이 말이여. 아, 이거 우특하우? 강약이 부동170)이니. 요늠들이— 그 셋 중에 무기가 있는가? 아무것도 없이 그냥 갔으니— 말캉171) 덤비면 거거 그만 큰일거리고 '가라.'고 고만 호령을 하드라는 거여. 그래 그 밤에 더 들어가지고서 단양에서 자구서 그 이튿날 돌아오셨는데 갖다 준다고 하

---

168) 펼쳐 놓고.

169) 한 사람은.

170) 강약(强弱)이 부동(不同). 강약부동(强弱不同). 둘 사이의 힘이나 역량이 한편은 강하고 한편은 약하여 서로 상대가 되지 않음.

171) 말끔. 조금도 남김없이 모두 다.

던 날 인제 한 달 앞세워 놓고, '어느 날 저녁에 갖다 주마.' 이래더니 그 날 저녁메 그 장풍구 그 양반이,

"술 좀 해 놔라. 고기 좀 장만해라."

이래 만반에 장만을 해 놨다 말이여. 올 때를 바라니 이눔이 오는가? 그래 또 안 오고, 그 이튿날 아침에 아 자고나니까 골목에다 또 방을 붙였단 이 말이여. '돈 을매 해가지고 저 이 배티재로 오느라.' 이 말이여.

이 배티재라는 데는 영춘서 영남 가는데— 에, 이풍[172]이라는 건 알아요? 여러분 이풍 삼도[173] 접경입니다. 거가 삼도 접경인데 거 삼도 접경께에 넘어가는 아주 재가 또 험해요. 글로 또 '가져오너라.' 글로 또 한 번 갔답니다. 또 인제 그때와 같이 돈 해가지고 또 해 짊어지고서— 고건 인제 영춘서 한 삼십 리밖엔 안 되니께 곁에 따라서 인제 올라가니까 또 이 맨 죽령재서 하던 그때 식으로 한단 말이여. 또 황톳불을 해 놓고 이래서 저 초롱불을 해 들고— 그 지금은 거도 다 신작로 났어요, 그런데 그때 그저 사람 하나 간신이 댕기거나 말거나 하는 그 질로 그 바둥거리고 또 올라가니까 또 그래드라는 거여. 그래 인제 또 '술 따러 먹어 봐라.' 말이여. 그 식을 또 하드라는 기여. 그래 인저 또 술을 따러 먹고 이러니까, 그 인제 우리 아버님은 술 안 잡수니까 그땐 인제 아주 안 먹는 줄 알고 그땐 암말도 안 허드라거든.

"응, 아주 조건[174] 안 먹는게 일이여."

이랬든 모냥이지, 그놈들이. 그래서,

"그 두상을 달라."고, "그 아버님 두상을 달라."고, "내 잘못한 일이 여하간 있드래도 좀 불구하시고 그 두상을 주시라."

하고 열심히 비셨답니다.

"아믄날 저녁에 갖다 주마. 느 집으로 갖다 줄 테니까 응— 가거라."

---

172) 영춘면 의풍리(儀豊里).
173) 삼도(三都). 충청도·전라도·경상도의 3도를 아울러 이르는 말.
174) 저것은.

이 말이여.

  또 한 달 앞세워 놓고 그랬드라 이 말이여. 또 어트케 할 수가 없어. 거서 뭐 어트케 그눔들하고 싸울 수도 없고. 뭐 그래 또 인제 집에 와서 또 인제 한 달이 다가오니까, '설마 두 번을 돈을 갖다 주었으니까 요번에는 아 갖다 놓커니175) 뭐 이런 각오를 하고서 또 인제 술을 장만하고 뭐 이래 잘해 놨더니— 그 장풍구라는 양반이 그 양반이 후해요. 네, 후했답니다. 그런데 뭐냐 재산이 많지. 그래 노니까 그늠들이 돈 빨아 먹을라고 그러는데, 또 언제 오는가? 이튿날 아침이 자고 인나니까176) 또 방을 붙였다는 거여, 골목에다가. '돈을 또 을매 해가지고 빙백177)으로 오니라.' 이 말이여. 빙백이라는 데는 영춘서 소백산을 오른서 이 남산골 뒤로 돌아가지고 그 빙백이라는 데를 가자믄 참 멉니다. 순 산골입니다. '글로 오니라.' 이 말이여. 그래서 그 장풍구가 그 다음에는,

  "뭐 열 번을 가도 그늠들한데 속을 테니까, 내가 고상하는 건 고만 놔두고 자네들이 고상을 하니 그만 내 아주 양보하고 말겠네."
이래. 그래 두 번 돈 갖다 주고 자기 아버님 두상도 못 찾고 고만 그렇게 허탕을 했다 이기여. 그러니까 지금으로 말하면 남의 아이를— 부잣집 아이를 유괴해갖고 갖다 감춰 놓고 방 붙이는 거 그거만치178) 전화로— 에, 옛날— 지금은 전화로 연락하지만, 그전엔 저 방을 갖다 붙여요. 그런게 지금도 벽보 붙이는 거랑 마찬가지지. 그래 그런 식을 했답니다. 옛날에.

---

175) 놓겠거니.
176) 일어나니까.
177) 빙벽(氷壁), 즉 얼음이나 눈에 덮인 낭떠러지?
178) 그것처럼.

16) 도둑과 재치 있는 소금장수 ···

1988. 6. 3. 임현리 / 김영태, 남, 75

조— (청취 불능) —라는 이가 말여, 우러 아버님하고 참 격별[179]한 친구야. 그런데 게 그 양반이 그때 내 나이 스물세 살 먹어서 거 가 잤는데 저 양반이 귀는 잡숴서[180] 잘 못 듣는데 밤새도록 얘길 할라고 들어. 그러면서 무슨 말씀을 하신가 하니,

"야, 사람은 그짓말도 가주[181] 댕기야 된다."

그짓말 안 가주 댕길 필요 없다 이 말여. 그러더니 뭐 그냥 뭐 입으로 얘기하면 알아듣들 못하니까 그래 고개만 끄떡끄떡하지. 그래는데 그전에 여기 영춘하고 어상천하고 소금을— 충주 뇌교라는데 알아요?. 여러분들이 충주 뇌교— 고 충주서 큰다리 건너— 넘으면 고가[182] 뇌교여. 그런데 여기 사람들이 거 가서 소금을 바꿔다 먹어. 여[183] 소금을. 소금을 바꿔다 먹었는데, 인제 콩이나 팥이나— 아, 차찔[184]이 없었으니까. 그러니까 그때는 제천읍에서 차찔이 안 되고, 이 소금을 서울서 배로 올라와가지고 충주 뇌교뱀이는 배가 못 올리와가지고 여기 사람들이 전부 거가 소금을 바꿔다 먹었다 이 말여. 콩이나 팥이나 해가 짊어지고 거 가 바꿔다 먹었는데. 그— 그이가 '야, 사람은 그짓말도 가지고 댕겨얀다.'[185] 이 말이여. 그래 내가 고개만 끄적끄적하지.

내가 콩을 서 말을 짊어지고 충주 뇌교로 소금을 바꾸러 가지 않었냐 이 말이여. 아, 넘어갈 적지는[186] 혼자 이 박달재[187]하고 다닥재[188]를 넘

---

179) 각별(各別)의 잘못. 어떤 일에 대한 마음가짐이나 자세 따위가 유달리 특별함.
180) 먹어서.
181) 가지고.
182) 거기가.
183) 여기.
184) 찻길.
185) 다녀야 한다.
186) 적에는.

어가지고 충주 뫼교 가서 소금을 바꿔 짊어지고 아, 다닥재 밑엘 오다니
까- 아, 소금 진 사람들이 한 이십 명 버글버글 한다 이기여.

  "그 왜 안 넘어 가느냐?"

이래니까,

  "아- 여보, 넘어가는 기 뭐요? 다락재에 지금 미구[189) 도둑놈이 있어
가지고 오십 명이 차야 넘어 갑니다."

이래. 그래 이 이가 일은 바쁘지, 뭐 혼자서네- '설마 뭐 뭐 사람 잡아
먹을라고-' 고만 짊어지고 혼자 올라갔다 이 말이여. 혼자 올러오니까
아, 처음엔 다락재엔 없다드래 미구 도둑놈이. 그래 인제 거 저 뭐시기
다락재를 넘어가가지고 인제 백운면 소재지를 지내서 박달재 밑에 떡 들
어서니까 거기도 한 이십 명이 있드라 이 말이여.

  "왜 당신네들 안 가고 있소?"

이래니까,

  "아- 여보, 이 박달재 미구 도둑놈이 지금 수북해서 오십 명이 차야
넘어 간단 말요."

  그래 '에이, 이놈에-' 또 혼자 짊어지고 올라갈 수밖에 없어. 이 양반
이 참 용하지. 짊어지고 덜렁덜렁 오니까 참말로 밑에 거냥 다 올러 왔는
데- 떡 올라오니까,

  "너 그 소금 좀 놔라."

이 말이여. 딱 세 늠들이다 이 말이여. 그래잖아도 그걸 짊어지고- 소금
을 짊어지고 올러오느라고 땀을 뻘뻘 흘리고 있는데, '거 놓으라.'니 좀
잘 놓겠어? 떡 놓구서- 놓구 났으니,[190) 곁에 와 이래 섰는데, 한 놈은

---

187) 충북 제천시 봉양읍(鳳陽邑) 원박리(院朴里)와 백운면(白雲面) 평동리(平洞里) 경계에
    있는 고개. 천등산(天登山) 박달재라고도 함.
188) 일명 다락재. 충북 청주시 상당구(上黨區) 용암동(龍岩東)과 운동동(雲東洞)을 이어
    주는 고개.
189) 묘구(墓寇). 무덤 도둑.
190) 났더니.

쇠창을 쥐고- 창을- 창을 쥐고, 두 놈은 보따리다 뭘 안었다 이 말이여. 그래 쫓아가 척 안드이 한 늠이 떡 한다는 말이,

"야, 이 안에 저기 손이 다 썩으니 말여. 그 소금짐에 좀 절구자."191) 이 말이여. 죽은 송장을 손을 끊어가지고 댕긴다 이 말이여. 이놈들은 갖다 묻은 거를 인제 그 부짓집 묘를-. '이 손이 다 썩어서 안 되겠으니까, 그 소금짐에다 좀 절구자.' 이 말이여.

그래믄 그 송장 손을 소금짐에다- 소금에다 갖다 넣고 절구 놓면 아, 그 소금 먹겠소? 그러면, '절구지 마라.'고 돈 있는 대로 주고 뭐 소금도 도라192) 이라믄 소금조차 옹골차게 뺏기울193) 참이란 이 말이여. 그래,

"절굴라면 절구고 말라면 마라. 그까짓 내 먹을 소금이 아니니까-." 이랬다 이 말이여.

"아, 니가 지고 가는 소금 니가 먹지 누가 먹느냐?"

"여보, 그런 소리 마오. 내가 제천 모산194) 사우."
이랬다 이 말이야- 풀풀하게.

"아, 제천 모산 사는데, 아 심판서네가 식염195) 소금 떨어졌다고 가 소금 져 오라 그러니 우특허우? 나 같은 상놈이 뭐 안 져다 줄 수는 없고 그래 짊어지고 왔으니, 그 집 식염 소금이지- 그 심판서네 식량 소금이지, 그 내가 먹을 게 아니요. 맘대로 하우, 절구든-. 난 돈두 없고- 절굴라면 절구구 뺏을라면 뺏고 맘대루 허우."
이랬다 이 말이여. 이거 엉터리없는 그짓말이지. 그래니까- 그래고서 곰방대다가 담배를 꺼내가지고 손바닥에 놔서 쓱쓱쓱 비벼가지고 한 대 떡 피우니까 그늠들이 그때선 공손히 하드라는 기여.

---

191) 절이자.
192) 달라.
193) 빼앗길.
194) 현좌면(縣左面) 모산리(茅山里).
195) 식염(食鹽). 먹는 소금.

“여보, 그 심판서댁에서 소금을 그 장떠미 소금을 언제 들여 간댑디까?”

“아, 내가 여보 그거 물을 새 있소? 가져 오라니 올 뿐이지. 그 집에서 장떠미 소금을 들여가자면 사람이 오륙십 명이 올 틴데 내가 아우.”
이랬다 이 말이여. 그러니까 이늠들이 곁에 와서 떡 앉더니,

“여보 그 뭐 담배를 시끄먼 거 피우?”

“읍는 사람이 시끄먼 거 피우지 어특허우?”

아, 이늠이 보따리를 슬금슬금 끌르디마는 담배를— 담배 빨간 거— 새잎 잘 난 거 그걸 하나를— 한 이파리 빼주네. 한 이파리 빼주미196)—

“이걸 한 대 피워보우.”

“아, 그래지요.”

툭툭 털구서 그놈을 또 쓱쓱 비벼가지고 담뱃대에 너가지고 한 대 피우미,

“아, 그 담배 침 맛 좋소.”
이랬다 이 말이여. 그래니까 그늠들이 뭐라고 얘기하는고 하니,

“소금을 짊어지고 가그던, ‘다락재나 이 박달재나 너 오다 뭐 봤느냐?’ 물론 요렇게 물을 거요. 그러믄 아무도 못 봤다고만 허시오.”

이래 부탁을 하더라 이 말이여. 그때에 제천 심판서가 현직 판서로 있음서 말이여, 현직 판서로 있음서 제천 의림지197)에 그 터가 좋다고 그래가지고 거 와서 집을 짓고 종놈들하고 아주 뭐 사람이 기가 맥히지. 거긴 뭐 및 백 명 살았다 이 말이여,

저 미구 도둑늠이 가만히 생각해보니까, 심판서 댁에서 거기서 도둑늠을 만났다 소리가 나먼 말이여. 아, 국가에 군병을 풀어가지고 빽 돌려 포위하면 즈가 다 잡히겠다 이 말이여. 알아듣겠어? 그리니까 아 이놈들

---

196) 빼어 주며.
197) 의림지(義林池). 충청북도 제천시에 있는 저수지. 김제의 벽골제, 밀양의 수산제와 함께 삼한 시대 삼대 수리 시설의 하나임.

이, '그저 가거든— 저 심판서 댁에 가그던 다락재하고 박달재하고 아무도 못 봤다고만 그러오. 그러고 푹 쉬어 가시요.' 이래믄서 뻘건 엽초를 말이여. 가져가면 쉬민쉬민[198] 피우라고, 아, 거 색깔이 좋은 걸 한 움큼 빼 주드라 이 말여. 빼주곤 '푹 쉬가지고 가민[199] 그저 쉬민쉬민 피우시구— 그저 한 가지 부탁은 그댁에 가거든 그저 아무도 못 봤다고만 그저 그런 말씀만 해 주시오.' 그러고 공손히 얘길 하드라 이 말이여. 아, 그래 실컷 피우구 실컷 쉬가지구 짊어지고 내가 집을 왔잖나? 아, 하는데— 사람이 그짓말이라는 건 그럴 적에 한번 써먹야지. 여느 때 그짓말하민 안 되지. (모두 웃음)

아, 그 양반이 그렇게 하신 양반이야. 그러니까, 사람은 그짓말도 가지고 댕기는데, 그짓말을 어느 때 쓰느냐 하면 고때에— 그 인제 아주 어트케 시기를— 고때는 무신 수단을 하든지 무신 그짓말을 하든지 내 몸이 잘 빠져나가는 것이 사람의 근본이 아닌가 그래. (모두 웃음)

17) 삼 년 동안 '하늘 천'만 읽은 사람 ·······································

1988. 6. 3. 임현리 / 배상남, 남 · 61

'하늘 천' 한 자를 삼 년 읽은 사람이 있어. 선생님이 앉아서 하늘 천 갈치면 고 자리선 아는데 나가면 잊어삐린다 이 말이여. 나가민 잊어삐리고 나가민 잊어삐리고 삼 년이 걸렸어. 한 자를— 삼 년이 걸렸는데 낸중에는 선생님이 가마이 이눔을 보니까 도저히 장래성이 없드라 이기여. 그래서, '저 사람은 이제 글을 그만 갈쳐주지 말아야겠다.' 이래 결심을 했어요. 그래서 그때가 겨울인데 하도 그만 선생님이 마 속도 상하고 부애가 나니까 책을 찌고 온 걸,

---

198) 쉬엄쉬엄. 쉬어 가며 천천히 길을 가거나 일을 하는 모양.
199) 가면서.

"가라."

그랬다고— '가라.'고.

"너는 글자 한 자— 생각해 봐라. 한 자— 저 한 자를 삼 년을 읽어도 그렇게 모르는데 우트케 내가 널 글을 가르쳐 내겠느냐? 그래니까 도저히 너는 글 배울 그런 뭐— 뭐시가 안 되니까 인제 가라."

이렇게 선생님이 말씀을 하시는데— 그래니까 또 애는 글을 역시 더 배워야 되겠는데, 선생님이 '가라.'고 그래지, 집에서 부모는 '서당을 가라.'고 그래지. 그래 양짝 생간200)에 찌서201) 댕기질 못 한단 말이여. 그래서, '인제는 내가 죽을 수밖에 없다.' 결심을 했어요. 그래가지고 겨울인데 눈이 아주 많이 온—. 옛날에 보리찌202) 가리203)가 있어요. 보리를 이제 뜰고선204) 그걸 가리를— 가리 논205) 덴데, 천자책을 여기다 찌고서는,

"에이, 오늘 저녁엔 내 가다 미리 궁굴어206) 죽는다."

그런 결심을 하고서는 이 사람이 책을 찌고 가다가— 오다가 산비알207)에 이런데 그만 내리 궁굴었어. 겨울인데— 아, 이리 궁구는데— 궁굴어가지고 한참 있으니까, 하얀 노인이 하나가 뜩 와— 칼을 가져오드니 하는 얘기가,

"니 그 성심— 성의가 대단하니까 내가 너를 아주 문장— 아주 명필을 해 내보내 줄 테니까 기다리라."

이래믄서는,

"니 배 안에 먹통이 가득 들었다. 그러니까 내가 그 먹통을 여다208) 빠

---

200) 사이.
201) 끼어서.
202) 보리짚. 보리의 낟알을 떨어낸 뒤에 남은 짚.
203) 단으로 묶은 곡식이나 장작 따위를 차곡차곡 쌓은 더미.
204) 떨고 나서. '떨다'는 달려 있거나 붙어 있는 것을 쳐서 떼어 내다.
205) 놓은.
206) 뒹굴어.
207) 산비탈.
208) 여기에다.

내 줄 테니까 그 질로 나가서 니가 한번 선비 노릇을 해라.”

그래믄서는 칼로 자기[209] 배를 가르더라 이기여. 가르더니 옆에다 동
울[210] 놓고서는 참 이래 먹을 퍼내더니 바늘로 자기 배를 꾸매드래.[211]
그런데 깨니까 꿈이드라 이거여. 그런데 이걸 생각하니까 히안하거든. 그
래서 가마이 생각하니까, ‘야, 이기 히안하구나!’ 이래가지고서 천자책이
옆에 있드래. 천재책을 이래가[212] 놓구서는— 피[213] 놓구서 앉아 보니까
‘하늘 천’자를 삼 년을 읽어도 모르던 기 다 알겠더라 그기야. 지절로 다
알고 덮어놓고 또 외우겠다 이거야. 그거를 외우고 글 또 아주 음도 다
알고 그렇드래.

그래서 그 질로 그 책을 들고 선생님을 찾아갔어요. 찾아가가지고서
는— 옛날에는 그래 저 이런 문이 이른 게 아니고 여런[214]— 이런 살문
인데, 침을 이래이래 해가지고서는 문을 이래이래 뚫어 문구녁을 이래 디
디[215] 보니까 애들이 방에 글을 읽어요. 그 전엔 죽죽 들어앉아 글을 읽
는데, 선생님은 담배를 피우시면선 딱 들눠서[216] 이래 있드래. 방중에—
그래 지금으로 하면 노크지,

“저 지가 선생님한테 꼭 한 말씀 드리고 갈라고 왔습니다. 올[217] 저녁
만 문을 열어 주시오.”

그랬어. 그러니까,

“가라.”

그랬어.

---

209) 아이를 가리킴.
210) 동이를.
211) 꿰매더래.
212) 이렇게.
213) 펴.
214) 이런.
215) 들여다.
216) 드러누워서.
217) 오늘.

"너는─ 내가 아주 너 때문에 속이 많이 상하니까─ 도저히 이거 안 되니까 가거라."

아주 꿇어앉아가지고서는,

"아구, 그러지 말고 제발 오늘 저녁엔……."

그래 문을 한 번 열어 줬다고. 그래 들어오더니 꽉 꿇어앉아서 선생님한테 하시는 말씀이,

"저 선생님, 제가 하늘 천 짜를 한 삼 일 읽었는데, 인제 오늘 저녁에 선생님 속을 확 풀어드리고 제가 가겠습니다."

"응, 그래?"

벌떡 인나며─ 선생이 들눴다 인나 앉으면서네,

그래 우트케 하나? 그렇게 속을 썩이고 오늘 저녁엔 지가 속이 시원하게 해준대는데─. 이 천자를 그 앞에 내노며 좍좍 다 읽었어. 전부 다 읽고 덮어 놓고 또 다 외우고 또 음을 탁탁 붙있단 말이여. 그래 선생님이 무릎을 탁 치민서,

"야, 이거 참 니가 귀신 아니냐?"

"아니 사람을 그렇게 하시냐?"고, "귀신같다니? 게 아니올시다. 제가 참말로 그런 사람인데─."

"금218) 니 도대체 글을 우트케 그래 아느냐?"
그러니께,

"그 저는 사실─"

지내온 얘기를 죽 했어. 그래이까 '하늘 천' 짜를 삼 년을 읽고 댕기다니까 을매나 애를 먹었겠어? 그래 애먹은 얘기 그런 얘기를 죽 하민 끝으로 글을 한 구 졌어요. 그래 뭔 글을 졌냐 하믄은, '천지현황을 삼년 독하니─ 하늘 천 따 지 검을 현 누르 황을 삼년을 읽었으니,' 그기 첫 귀여. 언지219) 언재호야220)를 할진고, '어찌 언, 이끼221) 재, 이끼 호─ 그 끝에─

---

218) 그럼.

천자[222] 끝머리 그 넉 자를 언제나 배울꼬. 그런 글을 글쎄 그 자리 앉아서 그 글을 한 수 짓고서는,

"선생님, 저는 갑니다."

그 질로 나가서는 이 사람이 아주 그렇게 선비가 돼가지고 말이지. 세상에 나가서 잘살았다는 그런 얘기를 내가 누구한테 들었는데, 그기 왜 그러하냐 하면은 그렇게 사람이 근면 성실하면 안 되는 게 없다는 그 얘기여, 바로.

18) 무식한 사돈

1988. 6. 3. 임현리 / 제보자 미상

저 둘이 사돈을 했는데, 한 집은 문장집이고, 한 집은 아주 아주 무식한 사돈이라 말이여. 그 신랑집이 바로 무식한 집인데, 그 인제 신랑 그 아버이가 상객[223]을 떡 갔단 말이여. 아 상객을 갔는데, 옛날에는 그 단자[224]라는 게 있어. 뭘 얻어먹자면 글을 써가지고 그 답을 해줘야지 얻어먹는단 말이여. 그기 있는데— 단자를 이 사돈집에서— 문장 집에 가 필연코 하긴 하는데 문제라 이기여. 왜 그러나 하면 아무것도 모르니까— 무식하니까— 글 안 배웠는데. 그런데 이 사람이 배짱이 좋았어. 그래가지고 단자가 자꾸 날아들어 가니까, 상을 받고 앉아 있으니까,

"뭘 좀 다구[225]— 뭘 좀 다구."

그래구서는 인제 그 단자를 써 보래드래. 그래니까 그 무식한 사람이

---

219) 언제나.
220) 언재호야(焉哉乎也). 『천자문』의 맨 마지막 구절.
221) '어조사'를 뜻함.
222) 『천자문』을 가리킴.
223) 혼인 때에 가족 중에서 신랑이나 신부를 데리고 가는 사람.
224) 단자(單子). 사주 또는 후보자의 명단 따위를 적은 종이.
225) 다오. 달라.

배짱 좋게 당장 가서, '종이 한 장하고 먹하고 가져오라.'고 호령을 냅다
했단 말이여. 그래이까 어디라고— 인제 들이 보냈단 말이여.

　"나가— 내가 (제보자 : 쓸 줄— 무식한 사람이 쓸 줄도 모르는데—)
내가 글은 잘 쓰지마는 어데 니 신랑 니가 잘 쓰니까는 써라."
이래믄서는,

　"내 부르는 대로 쓰라."
이기여. 그래 임시방편으로다 기양 막 막 육두문자226)로다 인제 싹 게다
쓴 게 뭐라고 썼냐 하면은, '한씨본 박천우 주인 문하라.' 요렇게 써 보냈
어. 글을 써 보냈다고. '한씨본 박천우 주인 문하라.' 자, 이걸 써서 내보
내니까, 거 문장이 그렇게 많은데 이눔을 가져가 물으니께 하나도 몰라.
뭐인지 터득을 못해. 거 인제 글씨는 아는데 '한씨본 박천우 주인 문하
라.' 이거는 도저히 터득을 못한다고. 거 돌아댕기면 얘기를 하니까 다 모
른다 그 말이여. 그 다음엔 돌어가 굴복을 했어요. 착 꿇어앉아서 하는
얘기가,

　"도대체가 이런 글은 없는데 이기 무슨 글입니까?

　"아하 이것 참! 이거 난 뭐 이 사돈이 이거 문장 명필이라고 얘기 듣고
왔는데 이렇게 무식하구먼."
이래믄서는 대답을 해 줬다고. 우트케 해 줬나 하면, 한씨 본227)이라는
건 청주한씨가 있어. 청주228) 알았어요? 그래 맑은 술이 한씨본이여. 맑
은 술. 박천우는 저 평안북도 저게 가면 안주라는 땅이 있어. 안주 땅—
안주 땅, '박천우'229) 이랬으니까 근230) 안주라는 말이야. 그러니까 '맑은
술하고 안주는 주인한테 물어 찾어 먹어라.' 그 뜻이란 말이여. 그래 인제

---

226) 육두문자(肉頭文字). 육담 따위의 저속한 말.
227) 본(本). 본관(本貫). 시조(始祖)가 난 곳.
228) 청주(淸酒). 지명인 청주(淸州)와 술인 청주(淸酒)를 혼용한 것임.
229) 평안북도 안주(安州) 위쪽에 박천(博川) 땅이 있음. 따라서 '박천우' 즉 '박천 위[上]'
　　 가 '안주'라는 내용은 잘못된 것임. 이것은 '박천하'라고 했어야 할 것임.
230) 그것은.

이걸 인제 대답을 딱 해 줬단 말이여. 내중에가 참말로 맞거든. 무식하지마는 그래서 거서 짜구 넹깄어요.[231) 그래 그 뒤로는 사돈집에 단자 안 해 보내드래.

안 해 보내구서 그만 있다가 자구 가게 되는데- 자구 가는데, '오늘은 내가 이기긴 이기는데,[232) 내일 사돈을 아주 이기야 되겠다.'는 겨. '내일 아침엔 필연코 둘이 앉아서 겸상을 차리 들어올틴데 저눔의 사돈을 먼저 내가 이기야 되겠다.'는 겨. 그래서 또 궁리를 하믄서 자믄서네, '내일 아침에 저 사돈한테 또 무슨 궁리를 하나?' 응, 한 가질 해 났어. 그래가지고 아침에 인제 주인하고 저 채리[233)가지고 왔는데, 술잔을 서로 권할 거 아니여?

"참 사돈, 저 참 오늘 가니까-"

방금 뭐 글쎄 또 얘기를 하믄 이래다가.- '아이 사돈 참-' 밥 먹다 말고 하는 얘기가, 이 무식한 사람이 뭐라고 하면,

"사돈, 이 우리가 밥 먹으면 가잖우? 가는데 저- 이 가는 선물로다가 말이지. 내가 사돈한테 문장이니까 뭔가 우리 한번 글재주나 한번 보고 갑시다. 그럼 사돈이 먼저 얘기 할라우? 금[234) 내가 먼저 얘기 하지 뭐."

저 사람이 먼저 하면 지거든. 그래 무식한 사람이 면[235) 얘기를 하나 하면,

"사돈 밥식변에 나물주 한 자 아오?"

이눔의 글씨가 또 없어. 그런 글씨는 어디 가도- 옥편에 아무리 찾아도 밥식변에 나물주 한 자는 없단 말이여. 그런 건 없어여. 아, 이눔의 문장 그 사돈이 가마이 생각하니 모르겠단 말이여.

---

231) 넘겼어요.
232) 이겼는데.
233) 차려.
234) 그럼.
235) 뭔. 무슨. 어떤.

“아, 이거— 사돈, 그런 글씨는 아무 데 가도 없는데요.”

“하— 사돈, 이거 큰일 났구먼. 나 이거 문장236)인 줄 알았더니 도대체
가 그기 밥식변에 나물주라 했으니까 ‘밥 비빌 채’ 아닙니까?”

그 맞거든, 또. 응— 그래서 그 사돈을 이제 이깄어. 두 번 다 이깄다
고. 그 전날도 이기고 고 날도 이기고. 그 무식한 사람이 그렇게 배짱을
부리가지고 사돈을 했다는 기여— 그 사람이. 어드란 얘기를 내 어디 가
들었어. 그렇게 아무것도 몰래도 그렇게만 하면 돼요.

---

236) 문장가(文章家). 글을 뛰어나게 잘 짓는 사람.

저자 조 희 웅

〈주요 경력〉

서울 출생
서울대학교 문리과대학 국어국문학과 졸업
동 대학원 문학 석사·박사
한양대학교 전임강사, 국민대학교 교수를 거쳐 현 명예교수
하버드대학 및 규슈대학 객원교수
국민대학교 2부대학장·문과대학장·대학원장 역임
고전문학회장·구비문학회장 역임

〈주요 저서〉

『구비문학개설』(1971), 『조웅전』(경판 교주, 2008), 『조웅전』(완판 교주, 1978; 2009), 『편옥기우기』(공역, 2002), 『한국구비문학대계』(1-1 서울 도봉구 편, 1980; 1-4 경기 의정부시·남양주군 편, 1981; 1-6 경기 안성군 편, 1982; 1-8 경기 용인군 편, 1984), 『경기북부 구전자료집』 Ⅰ·Ⅱ(공편, 2001), 『영남 구전 자료집』 1~8(공편, 2003), 『영남 구전민요 자료집』 1~3(공편, 2005), 『호남 구전 자료집』 1~8(공편, 2010), 『Korea Folktales』(2001), 『조선후기 문헌설화의 연구』(1980), 『한국설화의 유형』(1983; 1996), 『설화학강요』(1989), 『고전소설 이본목록』(1999), 『고전소설 작품연구 총람』(2000), 『고전소설 문헌정보』(2000), 『고전소설 줄거리 집성』 Ⅰ·Ⅱ(2002), 『고전소설 연구보정』 상·하(2006), 『고전소설 등장인물 사전』(근간), 『이야기문학 모꼬지』(1995), 『이야기문학 가을걷이』(2008), 『이야기문학 실타래』(2008), 『이야기문학 징검돌』(2009) 외.

┃ 글누림 학술 총서 5 – 현지채록 구비전승 자료집

이야기 망태기 1 서울·경기·강원·충북(1)

초판 인쇄 2011년 12월 20일 | **초판 발행** 2011년 12월 30일

지은이 조희웅

펴낸이 최종숙 | **책임편집** 임애정

편집 이태곤 전희성 | **디자인** 이홍주 안혜진 | **마케팅** 박태훈 안현진 | **관리** 이덕성

펴낸곳 글누림출판사 | **등록** 제303-2005-000038호(등록일 2005년 10월 5일)

주소 서울시 서초구 반포4동 577-25 문창빌딩 2층

전화 02-3409-2055, 2058 | **팩스** 02-3409-2059

홈페이지 http://geulnurim.co.kr | **전자우편** nurim3888@hanmail.net

ISBN 978-89-6327-165-1 94810
　　　978-89-6327-144-6 (세트)

정가 55,000원

* 잘못된 책은 교환해 드립니다.